Julia Ross

DER STOLZ DER KURTISANE

Roman

Aus dem Englischen von
Susanne Kregeloh

BASTEI LÜBBE

BASTEI LÜBBE TASCHENBUCH
Band 18 737

1. Auflage: März 2009

Vollständige Taschenbuchausgabe

Bastei Lübbe Taschenbücher in der Verlagsgruppe Lübbe

Deutsche Erstausgabe

Titel der Originalausgabe: »Games of Pleasure«
Originalverlag: The Berkley Publishing Group
A division of Penguin Putnam Inc., New York
Dieses Werk wurde vermittelt durch die
Literarische Agentur Thomas Schlück GmbH, 30827 Garbsen

Textredaktion: Britta Siepmann
Titelillustration: © Vittorio Dangelico via
Agentur Thomas Schlück GmbH
Umschlaggestaltung: Rainer Schäfer
Satz: Urban SatzKonzept, Düsseldorf
Gesetzt aus der New Caledonian
Druck und Verarbeitung: GGP Media, Pößneck
Printed in Germany
ISBN 978-3-404-18737-9

Kapitel 1

Wut ist eine nutzlose Reaktion auf zurückgewiesene Liebe. Zumal wenn es so schwer war, die wahre Liebe zu finden, besonders für den begehrtesten Mann Englands.

Ryder fühlte sich verschmäht und verletzt. Heiße Empörung tobte in ihm, als er auf seinem Wallach den Klippenweg entlanggaloppierte.

»Es tut mir sehr leid, Lord Ryderbourne«, hatte sie gesagt. »Ich muss Euch darüber in Kenntnis setzen, dass ich heute Morgen eingewilligt habe, Lord Asterley zu heiraten.«

Sie musste gewusst haben, dass seine Absichten ernst waren. Er hatte jede erdenkliche Ermutigung erhalten. Er war eine hervorragende Partie, selbst für die Tochter eines Earls. Dennoch hatte sie sich die ganze Zeit über auch von Asterley umwerben lassen. Und am Ende hatte sie dann verkündet – mit zitternden Händen und bebenden Lippen, auf die sie sich immer wieder gebissen hatte –, dass die Vorstellung einer Ehe mit Ryder zu beunruhigend für sie wäre, um sie in Erwägung zu ziehen. Stattdessen hatte sie sich für einen Baron entschieden, der zwar amüsant, aber mittellos war.

Während Ryder – bestärkt durch ihre scheuen Blicke und ihr zartes Erröten – seine Werbung wohldurchdacht vorangetrieben hatte, war er von Lady Belinda Carhart zum Narren gehalten worden. Offensichtlich konnte nicht einmal die Perspektive, eines Tages die Duchess of Blackdown zu sein, Ryders persönliche Unzulänglichkeiten aufwiegen.

Es war demütigend, wenn nicht vielleicht sogar tief kränkend. Es gab überhaupt keinen Grund, warum eine junge Lady Angst vor ihm empfinden sollte, schon gar nicht in Anbetracht seiner glänzenden Zukunft und seiner aufrichtig ausgedrückten Bewunderung für sie.

Doch Lady Belinda hatte ihn angestarrt wie ein verschrecktes Kaninchen. »Ihr seid sehr energisch, Lord Ryderbourne. Alle Mädchen fürchten sich vor Euch.«

Es war, so empfand er es, ein ernster Schlag für sein Selbstvertrauen.

Natürlich nicht hinsichtlich seiner Stellung in der Gesellschaft. Wohl aber für den Glauben an sich selbst.

Und dieses Gefühl war sowohl unwillkommen als auch neu. Ryder fühlte sich seltsam verletzlich – und die beste Reaktion darauf schien heftiger Groll zu sein.

Nieselregen benetzte sein Gesicht. Der Boden war rutschig. Im letzten Winter hatte ein Erdrutsch einen Teil der Straße fortgerissen und ins Meer gespült. Vor Ryder lag jetzt der schmale Weg, den die Einheimischen durch die aufgewühlte Erde neu angelegt hatten. Er war so schmal, dass weder Karren noch Kutsche ihn passieren konnten. Ein zweiter, noch schmalerer Pfad führte zwischen den entwurzelten Bäumen hindurch zum Strand hinunter.

Er ließ sein Pferd langsamer gehen und hielt schließlich an, um über die Bucht zu schauen. Am Horizont ballten sich Wolken zusammen. Wellen, grün wie dunkle Jade, schlugen weißschäumend gegen die zerklüfteten Felsen der Landspitze.

Irgendetwas trieb auf den rauen Wellen, tauchte zwischen ihnen auf, verschwand wieder.

Ryder beschattete mit einer Hand seine Augen. Vielleicht Teile eines Wracks? Was immer es gewesen sein mochte – es war nicht mehr zu sehen.

Er atmete tief durch. Salzige Luft füllte seine Lungen. Wellen drängten in den Ärmelkanal. Gischt spritzte auf die Klippen. Brecher zogen und zerrten am groben Kies des tief unter ihm liegenden Strands.

Ryder liebte dieses Land. Er liebte Wyldshay, das Haus seiner Vorfahren, es war seine Freude und seine Bürde. Er liebte seine Familie. Seinen Vater, den alt gewordenen Duke, der mehr und mehr Verantwortung auf seinen ältesten Sohn übertrug. Seine Mutter, strahlend und gebieterisch und der Mittelpunkt der Gesellschaft. Seine Schwestern, die bald von Bewerbern umschwärmt werden würden. Und er liebte seinen jüngeren Bruder, Wild Lord Jack – der verruchte, faszinierende Junge mit dem Gesicht eines Engels, der schon vor langer Zeit sein Zuhause verlassen hatte, um durch die Welt zu ziehen – und der vor Kurzem wieder fortgegangen war, nach Indien, zusammen mit seiner Frau. Ryder war zurückgeblieben, mit den Pflichten und mit den Vorrechten, die sein Leben als Erbe mit sich brachte.

Er hatte niemals zuvor Groll deswegen empfunden, doch jetzt schien eine leichte Unzufriedenheit an ihm zu nagen wie eine Maus an einem Sack Getreide.

Ryder zuckte die Achseln und drängte sein Pferd weiter, als das Stück Treibgut wieder von einer Welle hochgehoben wurde, viel näher an der Küste, als er erwartet hatte. Es neigte und drehte sich und wurde in Richtung der Landzunge getrieben.

Abrupt zügelte Ryder sein Pferd. Ein Boot. Es war kurz davor zu sinken und ohne Ruder, und die Wellen katapultierten es geradewegs in Richtung der Felsen.

Am Bug sah er etwas flattern – war es ein Stofffetzen?

In der Wasserlache, die sich im Boden des Boots gesammelt hatte, lag jemand.

Der Wallach knickte in den Hinterläufen ein. Seine Hufe rutschten auf dem Matsch, als Ryder ihn über den Pfad die

Klippe hinuntertrieb, durch entwurzelte Bäume und Buschwerk. Steine rumpelten, prasselten vorbei, als sie den Strand erreichten. Im Sattel tief vorgebeugt galoppierte Ryder auf die Brandung zu. Er ließ die Zügel auf den Hals des Pferds fallen, riss sich Hut, Umhang und Jacke herunter. Sein Herz hämmerte, als er sein Tier in die Brandung trieb.

Der Wallach schwamm angestrengt. Das Wasser stieg bis über Ryders Brust, durchnässte seine Kleidung. Der Sattel wurde unter seinen Schenkeln rutschig wie Seife. Er trieb sein Pferd an, schneller zu schwimmen, seine Hände griffen in die nasse Mähne und die Zügel, die wie feuchtes Gummi waren.

Das sinkende Boot war zwischen den Wellenbergen verschwunden.

Der Atem des Wallachs dröhnte wie der feuerspeiende Atem eines Drachen. Ryder schrie. Das Meer verschluckte den Schrei in der Unendlichkeit seiner Weite.

Ryder wendete das Pferd und ließ es sich im Kreis drehen, er brüllte wie ein Verrückter, als das kleine Boot plötzlich vom Zenit einer sich brechenden Welle herabstürzte. Kalte Gischt peitschte in Ryders Gesicht.

Halb blind griff er nach dem Dollbord.

Eine Frau. Fast nackt. Elfenbeinfarbene Haut schimmerte bläulichweiß unter ihrem Korsett und den Fetzen eines durchnässten Hemds, ihre Oberschenkel und Arme waren dem kalten Regen und dem Meerwasser ausgesetzt. Wie Seegras klebte salzverkrustetes Haar auf Nacken und Schultern, die langen Strähnen reichten bis über die schmale Taille. Der Kopf ruhte, das Gesicht halb verborgen, auf einem ausgestreckten Arm genau oberhalb des Wassers, das ins Boot geschlagen war.

Die nächste Welle riss ihm das Boot aus den Händen.

Ryder drängte den noch immer schwimmenden Wallach zurück in Richtung Boot. Ein Seil hing vom Bug, schlüpfrig wie ein Aal. Er beugte sich aus dem Sattel herunter und griff danach. Haut schürfte von seinen Handflächen ab, als die nächste Welle das Boot anhob. Sein Griff um das Seil riss ihn vom Pferd.

Die kalten Fluten schlugen dröhnend über ihm zusammen. Ryder trat heftig mit den Beinen und packte den Schweif des Wallachs. Er kämpfte gegen das Wasser, während er das Seil um den Schweif knotete. Als er auftauchte und sein Pferd sich zurück zum Strand drehte, traf ihn ein herumschwingendes Steigeisen hart am Ellenbogen.

Er fluchte und hievte sich mühsam in das Boot.

Sie lebte. Als Ryder die Frau hochhob, stöhnte sie, ihr Kopf fiel zurück und entblößte ihre weiße Kehle. Eine rote Schramme zog sich über eine Wange, auf ihren Armen sah er rote Striemen. Einen Augenblick lang erfüllte ihn wilder Zorn, dann zwang er seine Gedanken zur gegenwärtigen Situation zurück.

Das Boot sank tiefer, als eine weitere Welle über ihm zusammenbrach. Der verletzte Nerv in seinem Ellbogen schrie, lähmte die Muskeln vom Handgelenk bis hinauf in die Schulter. Nichtsdestotrotz stützte Ryder die Frau mit einem Arm gegen seinen Körper und schob einen Fuß unter die Sitzbank, um seinen Stiefel abzustreifen. Mit diesem begann er zu schöpfen, als hinge sein Leben davon ab – auch wenn es nicht *sein* Leben war, um das es hier ging.

Er könnte es auch mit einem Arm bis zur Küste schaffen. Doch die Frau könnte er nicht tragen, ohne dass sie beide untergehen würden.

Ihr Leben also. Ihr Leben hing davon ab.

Eine Frau. Eine Fremde. Sie wirkte so zart wie Glas. Ihr Haar wie ein geheimnisvoller Umhang. Ihr Gesicht war zerschunden vom Faustschlag eines Mannes. Wären die rotvioletten Fingerabdrücke überall auf ihrer Haut nicht gewesen, hätte ihr Körper unter den Falten des nassen Hemdes aus Marmor gehauen sein können. Es war ein sinnlicher, bezaubernder Körper, der eine Einladung zu verheißen schien.

Ryder fluchte wieder und schöpfte weiter Wasser.

Das Boot hob sich, als es von seiner Wasserlast befreit wurde. Das Pferd schwamm stetig und von seinem Instinkt getrieben auf den Strand zu. Die Frau hustete und öffnete die Augen. Der zarte Schwung ihrer Taille brannte unter seiner Hand. Sie hustete wieder, dann strich sie sich mit beiden Händen das klitschnasse Haar aus der Stirn.

Ihre Brüste hoben sich, die Brustwarzen schimmerten dunkel unter dem nassen Stoff.

Sie schaute argwöhnisch zu ihm hoch. Ihre Augen waren wie dunkle Schokolade, ihre nassen Wimpern wie Dornen aus Misstrauen.

Ryder erwiderte ihren anklagenden Blick, ohne mit der Wimper zu zucken. Natürlich war er sich des dunklen Dreiecks zwischen ihren Schenkeln bewusst; ihre Brüste erhoben sich einladend aus ihrem Korsett, ihre weißen Beine und Füße schimmerten unter den zerrissenen Seidenstrümpfen, als wäre sie ohne Schuhe über Steine gelaufen. Hielt sie ihn für einen solchen Schurken, dass er seine Aufmerksamkeit auf irgendetwas anderes als ihre Rettung richtete? Dass er irgendetwas anderes empfand als heißen Zorn auf den unbekannten Mann, der sie so zugerichtet hatte?

»Es ist alles in Ordnung«, sagte er. »Wir sind fast am Ufer. Ihr seid in Sicherheit.«

Sie zitterte und schlang die Arme um ihren Oberkörper, dann rutschte sie so weit von ihm weg, wie der Platz auf der Ruderbank es zuließ. Sie verzog den Mund auf beinahe mutwillige Weise.

»Wer seid Ihr?«, fragte sie. »Sir Galahad?«

Wunderschöne Augen schauten unter geraden, dunklen Brauen auf sie herunter: Augen grün wie Glas, Augen wie von Sturm umwölkt, klar und doch so unendlich tief wie das Meer. Aus dem exakt gestutzten Haar tropfte Wasser über ein herb-männliches Gesicht, das dazu geschaffen worden war, den Frauen zu gefallen. Das nasse Hemd klebte an seinen breiten Schultern. Unter den vom Meerwasser durchtränkten Hosen zeichneten sich seine kräftigen Oberschenkel ab.

Ein großer, gut gebauter Mann, nass wie ein Seehund. Jung und stark und schlank – und herrlich in seiner männlichen Selbstsicherheit.

»Ich heiße Ryderbourne«, erwiderte er.

Miracle hielt ein kleines Lachen zurück, sie war entsetzt, wie bitter es schmeckte.

Nur das: *Ryderbourne*. Mit der Überzeugung ausgesprochen, dass damit jeder genau wusste, wer er war. Auch wenn es nur sein Ehrentitel war, denn als ältester Sohn und Erbe des Dukes of Blackdown stand er im Rang nur knapp unterhalb eines Marquis. Sein Vorname war, wenn sie sich richtig erinnerte, Laurence Duvall Devoran St. George, doch seine Freunde nannten ihn ›Ryder‹.

Eine Hand voll auserwählter Freunde!

Die amüsanten jungen Gentlemen, die herumhurten und sowohl ihre Jungend als auch ihr Glück vertranken und verspielten, sprachen nur hinter vorgehaltener Hand über ihn. Ein stolzer Spross der St. Georges, dazu auserkoren, einer der mächtigsten Adligen Englands zu werden. Warum also überrascht sein, wenn Lord Ryderbourne stets seinen eigenen exklusiven Weg ging?

Miracle hatte ihn in London gelegentlich aus der Ferne gesehen, natürlich immer von allen wie ein Mitglied des Königshauses umschwärmt. Er sah jetzt gar nicht so anders aus, auch wenn er bis auf die Haut durchnässt war. Harte Muskeln, die sich anspannten, als er das Boot ausschöpfte. Auch dass seine grünen Augen weiterhin wachsam und kühl blickten, machte ihn nicht weniger anziehend.

Die Schicksalsgöttinnen hatten bestimmt gelacht, als sie ihre Netze gesponnen und damit noch mehr Probleme geschaffen hatten! Miracle wäre viel lieber von einem grauhaarigen Fischer mit einer treusorgenden Ehefrau gerettet worden – wenn das Schicksal es ihr schon bestimmt hatte, überhaupt gerettet zu werden.

Glücklicherweise würde Lord Ryderbourne sie nicht erkennen, denn sie hatten niemals in denselben Kreisen verkehrt.

Der Kiel knirschte auf dem groben Kies des Strands. Das Wasser reichte dem Pferd bis zu den Fesseln, als es stehen blieb und sich wie ein Hund schüttelte. Lord Ryderbourne zog seinen vom Salzwasser ruinierten Stiefel wieder an und sprang aus dem Boot. Er watete durch das Wasser zu seinem Pferd und rieb dessen Nacken. Der Wallach schnaubte und schüttelte sich erneut. Lord Ryderbourne löste das Seil aus dem Schweif des Pferds und ging über den Strand zu der Stelle, an der er vermutlich seine Kleider zurückgelassen hatte.

Das Pferd wartete, beobachtete ihn.

Als er zurückkam, war er in seine Jacke geschlüpft und hatte seinen Hut aufgesetzt. Er schien unempfindlich gegen den kalten Regen zu sein und reichte ihr einen schweren Umhang.

»Wer hat Euch das angetan, Ma'am?«

Miracle ignorierte den Umhang und starrte aufs Meer. Die weißen Schaumkronen tanzten jetzt noch höher unter den tief hängenden grauen Wolken. Trotz des seltsamen Anflugs von

Heiterkeit fühlte ihr Herz sich so taub an, als wäre es von Verzweiflung erfüllt. Gänsehaut überzog ihre Arme.

»Niemand hat irgendetwas getan, Mylord. Es war ein Unfall.«

»Ihr seid geschlagen worden.« Seine Stimme war angenehm – dunkel, wohltönend und durchdrungen von Klugheit. »Ihr seid Eurer Kleider beraubt und in diesem Boot ausgesetzt worden. Von wem?«

Miracle schüttelte den Kopf, wobei sie ein erneutes Zittern durchlief. Sie befürchtete, sie könne etwas schrecklich Unangemessenes tun, wie laut loszulachen oder ein unzüchtiges Lied zu singen.

Mit einer weit ausholenden Bewegung legte er den Umhang um ihre Schultern, dann bot er ihr seine Hand.

»Macht Euch keine Sorgen. Ich werde Euch in Sicherheit bringen.« Das sagte er mit gebieterischem Unterton in der Stimme, er war es gewöhnt zu befehlen. »Kommt! Sonst sterbt Ihr noch vor Kälte.«

Miracle hielt mit beiden Händen den Umhang geschlossen. »Hätte ich Ruder, ich würde sofort wieder hinausfahren.«

Seine Augen wurden dunkel wie die Nacht. »Ihr hattet vor, Euch das Leben zu nehmen?«

»Oh, nicht absichtlich.« Sie unterdrückte den aufsteigenden Drang zu lachen. »Wie immer es auch erscheinen mag, aber so melodramatisch bin ich nicht.«

»Ich auch nicht. Wie ist Euer Name?«

In der Frage lag etwas Beharrendes. Er würde sie niemals hier allein zurücklassen. Er würde sich verpflichtet fühlen, galant zu sein. Es gab nicht viel, was sie dagegen machen könnte. In trotzigem Aufbegehren gegen ihr Schicksal erwiderte Miracle seinen Blick und log ihn zum dritten Mal an.

Ihre erste Lüge hatte darin bestanden, sich bewusst an

einige weitere Augenblicke seligen Vergessens zu klammern, nachdem sie im Boot das Bewusstsein wiedererlangt und durch verklebte Wimpern zu ihm hochgeschaut hatte, bevor sie gezwungen gewesen war, ihn wahrzunehmen.

Dann hatte sie geleugnet, geschlagen worden zu sein.

Die dritte Lüge war schließlich der Name, der ihr jetzt über die Lippen kam, ohne dass sie vorher über ihn nachgedacht hatte. Sie hatte ihn nie zuvor benutzt.

»Miss Elaine Sanders, Mylord.«

»Dann kommt, Miss Sanders!«

Er beugte sich über das Boot, hob sie hoch und bettete sie fürsorglich an seine Brust.

Als hätte das Meer sie besiegt, ergab sich Miracle. Jeder weitere Kampf schien absurd zu sein.

Sie sah ihn an, als er sie zum Pferd trug. Sein Mund war wunderschön, wie geschnitzt, doch die strengen Linien darum schnitten ihr ins Herz. Er sollte lachen und nicht so finster schauen wie diese grässlichen Wasserspeier alter Burgbrunnen. Natürlich wusste er nicht, wen er in den Armen hielt und wer so absolut abhängig von seiner Gnade war. Würde er sie sofort fallen lassen, wenn er es wüsste? Oder würde er eine schnelle körperliche Gegenleistung verlangen und sie dann mit einer Guinea sich selbst überlassen? Wie ein verrückter Rausch erfüllte dieser Gedanke ihr Herz, perlte wie Champagner, der mit Wermut verdorben worden war.

»Ich habe mich geirrt«, sagte sie. »Lord Lancelot.«

Lord Ryderbourne blieb stehen. Sein Herz schlug laut an ihrem Ohr. »Wie bitte?«

»Es war Lancelot, der die Frau aus dem Wasser gerettet hat. Nicht Galahad.«

Er stand schweigend da und hielt sie auf seinen Armen, während der Regen immer heftiger wurde. Die zurückfließenden

Wellen saugten am Kiesstrand mit dem schmatzenden Geräusch eines Trolls beim Mittagessen. Das Boot hüpfte davon.

»Elaine«, sagte er schließlich. »Sie hieß auch Elaine. Aber sie saß in einem Fass mit kochendem Wasser und trieb nicht wie Ihr auf dem kalten Meer. Ihre Errettung war Sir Lancelots erstes Wunder –«

»– und auch sein letztes, weil es ihn seine Jungfräulichkeit kostete, womit er wiederum seine geheimnisvolle Kraft verlor.«

»Ich bin keine Jungfrau«, erklärte er in aller Deutlichkeit.

Als wäre sie wirklich verrückt, brach sich die in ihr angestaute Heiterkeit Bahn und sprudelte in einem hellen Lachen aus ihr heraus. Doch Lord Ryderbourne hielt sie unverwandt in seiner Umarmung, bis Miracle schließlich den unerklärlichen Drang zum Weinen hinunterschlucken musste. Sie zitterte wie ein Fisch an der Angel und fühlte sich plötzlich wie von allen Emotionen befreit. Bereitwillig schmiegte sie sich in den warmen Umhang.

Lord Ryderbourne ging weiter.

»Ich könnte vermuten, dass Ihr selbst auch keine errötende Maid mehr seid, der Natur dieser Unterhaltung nach zu schließen. Doch ich glaube, Ihr habt einen Schock, Miss Sanders. Es ist eindeutig, dass Ihr mit der Faust geschlagen worden seid, auch wenn Ihr es abstreitet. Hätte ich nicht eingegriffen, wäre der Tod das unausweichliche Ende Eurer Bootsfahrt gewesen. Ich hoffe, Ihr seid zumindest froh, am Leben zu sein?«

Am Leben sein! Ja, sie hatte dem Tod ins Auge geblickt. Doch allen Widrigkeiten zum Trotz war sie am Leben! War das genügend Anlass für Hysterie? Oder war es einfach die Reaktion auf die Fügung, ausgerechnet von diesem so außergewöhnlichen Mann gerettet worden zu sein?

»Da es das einzige Leben ist, das ich habe, muss ich Euch für Eure Tat danken, Lord Ryderbourne. Wenn Ihr mich jetzt freundlicherweise herunterlassen würdet, kann ich von hier aus allein weitergehen.«

»Nein.« Er setzte sie in den Sattel und schwang sich hinter ihr auf den Wallach. »Ihr seid ernster verletzt, als Euch bewusst ist. Ihr kommt mit mir.«

»Ihr entführt mich?«

»Ihr seid ohne Kleider und ohne Geld, völlig durchnässt und halb erfroren. Ihr tragt keine Schuhe. Ich setze mein Werk fort, Euch zu retten. Wenn es sein muss, auch vor Euch selbst.«

Er nahm die Zügel. Der Wallach tänzelte nervös, dann erklomm er den rutschigen Pfad, der die Klippen hinaufführte. Als sie den oben liegenden Weg erreichten, ließ Lord Ryderbourne das Pferd in einen leichten Galopp fallen, und sie ritten in die einsetzende Abenddämmerung hinein. Ein kleines Mädchen, das Gänse hütete und unter einem Baum Schutz vor dem Regen gesucht hatte, starrte ihnen nach, als sie vorübergaloppierten. Eine kleine Gruppe Schafe stob auseinander. Die See färbte sich dunkel, als der Regen noch stärker niederzuprasseln begann.

Zwanzig Minuten später klapperte der Hufschlag des Pferds die zu einem Strand führende, gepflasterte Dorfstraße entlang, an der eine Hand voll reetgedeckter Steinhäuser wie zufällig versammelt standen. Die Fischerboote waren auf den Strand hinaufgezogen worden, zwischen Pfählen, die im Sand steckten, waren Netze gespannt.

Sie ritten zum einzigen Gasthaus des Dorfs. Der Merry Monarch schien recht groß zu sein, doch ein Hauch von Verwahrlosung lag über dem regennassen Hof und den leeren Ställen. An sämtlichen Gebäuden blätterte die Farbe ab. Nur ein einziger Mann kam aus dem Haupthaus, um sie zu begrüßen. Er trug einen zerschlissenen Mantel.

»Ein Zimmer.« Lord Ryderbourne ließ sich aus dem Sattel gleiten. »Ein Zimmer, ein heißes Bad, etwas zu essen. Und dass Ihr mir das Pferd besonders gut versorgt.«

Der Mann zupfte an seiner Stirnlocke. »Mylord!«

Ryderbourne warf eine Münze in die aufgehaltene Hand des Mannes, dann wandte er sich um und hob die Arme. Da sie keine andere Wahl hatte, glitt Miracle in seine Umarmung hinein, legte die Arme um seinen Nacken und lehnte den Kopf an seine Schulter. Der Regen tropfte wie ein Strom von seiner Hutkrempe, doch ihr Retter wandte sich so, dass sein Körper sie vor den schlimmsten Unbilden des Wetters schützte.

Der Mann nahm die Zügel.

»Einen Kleiebrei für das Pferd«, befahl Lord Ryderbourne. »Und reibt es sorgfältig ab.«

»Sehr wohl, Mylord!«

Miracle schaute dem Wallach nach, als der Knecht ihn fortführte. Das kräftige Hinterteil. Das Fell, das zu einem kohleschwarzen Glanz gestriegelt war, der trotz des Bads im Salzwasser vorhanden war. Dieses Pferd war offensichtlich ein Vermögen wert.

»Ihr vertraut diesem Niemand Euer Pferd an?«, fragte sie.

»Absolut«, erwiderte Lord Ryderbourne. »Bis der Erdrutsch die Straße fortgerissen hat, wurde in diesem Gasthaus der gesamte an der Küste entlanglaufende Kutschenverkehr abgewickelt. Auch wenn sie hier jetzt vom Durchgangsverkehr abgeschnitten sind, weiß Jenkins noch immer sehr gut, wie man sich um ein Pferd kümmert.«

»Bis auf die Einheimischen kommt jetzt also niemand mehr hierher?«

Miracle wusste sofort, dass ihre Stimme sie verraten hatte.

Er schaute auf sie hinab und lächelte. Ein freundliches, fast amüsiertes Lächeln, das verriet, dass er durchaus lachen konnte und überdies eine rasche Auffassungsgabe hatte – ja, überhaupt nicht kalt und arrogant war, ganz und gar nicht.

»Euch verlangt es nach Ruhe, Miss Sanders?«, fragte er. »Ihr wollt die Einsamkeit? Einen Ort, an dem niemand Euch finden wird? Dann seid Ihr hier genau richtig.«

»Und Ihr könnt mir das garantieren«, meinte sie, »weil Ihr Lord Ryderbourne seid, der Erbe der unvergleichlichen St. Georges. Man sagt, Ihr könnt allein, indem Ihr eine Augenbraue hochzieht, Drachen töten –«

»Sagt man das?«

Sie neigte den Kopf gegen Lord Ryderbournes Schulter und schaute in den regennassen Himmel, während er sie zur Eingangstür des Gasthauses trug.

»Außerdem sagt man Euch nach, dass Ihr eine Lady mit einem einzigen Blick entweder in die Verzweiflung stürzen oder sich wie im Himmel fühlen lassen könnt – was ganz von der Lady abhänge –«

Der amüsierte Ausdruck verschwand von seinem Gesicht. »Und zu welcher Art Lady gehört Ihr?«

Miracle schlang die Arme fester um seinen Nacken. »Welche Art von Lady sollte ich denn für Euch sein?«

Kapitel 2

Ryder stieß die Tür zu einem Schlafzimmer mit dem Fuß auf und trug seine Gefangene hinein, zwei Hausmädchen folgten ihm auf den Fersen. Das Zimmer war kalt, unbenutzt.

»Kümmere dich um das Feuer, Mary«, trug er einem der Mädchen auf. »Alice, bring heiße Suppe oder Tee oder gesüßten Wein: alles, was ihr an heißer Flüssigkeit in der Küche habt.«

»Ja, Mylord.« Alice eilte davon.

Während Mary sich am Kamin zu schaffen machte, stellte Ryder seine Last auf dem Teppich ab, ging dann rasch zum Bett und schlug die Decken zurück. Die Laken fühlten sich klamm an.

»Wenn du mit dem Feuer so weit bist, hol saubere, trockene Laken«, wies er das Hausmädchen an. »Und bring eine Wärmpfanne mit.«

Mary knickste und lief geschäftig aus dem Zimmer. Flammen schlugen jetzt den Abzug hoch. Wärme begann die kalten Winkel zu durchdringen.

Ryder fühlte sich ungewohnt lebendig. Sein Treibgut stand da wie ein junger Baum. Langes nasses Haar schlängelte sich über den durchnässten Umhang. Sie erwiderte seinen Blick ohne zu blinzeln, ein kleines trotziges Zucken verzog ihre Mundwinkel.

Abgesehen von ihren hässlichen Verletzungen zeugten ihre dunklen Brauen und die stolze Länge ihres Halses von wahrer Schönheit. Ein Zauber schien im Schwung der schwarzen Wimpern und auf den sinnlich roten Lippen zu liegen. Es war diese verkörperte Vollkommenheit, die ihn mitten ins Herz traf, wie ein Juwel, das man unerwartet zwischen Seetang findet. Er hatte eine Frau gerettet, die mehr als schön war. Ihre Erscheinung war so faszinierend wie ein Diamant. Kein Mann würde sie je ansehen, ohne sie zu begehren.

Die Luft schien zu knistern, als ihre Blicke sich begegneten. Doch es war nicht nur ihr Liebreiz, der das Blut drängend wie Frühlingssäfte durch seine Adern strömen ließ; es war die wunderbare Fügung, sie gerettet zu haben.

Sein Puls schlug schnell, als Ryder sich, als wollte er diesen Zauber brechen, abwandte. Er war es gewohnt, sich Problemen mit kühlem Gleichmut zu stellen. Er warf seinen Hut in eine Ecke, dann legte er seine durchnässte Jacke ab. Als fühlte sie sich befreit, ging seine Gefangene zum Feuer und hockte sich davor, um die Hände der Wärme entgegenzustrecken. Sein Umhang schleifte wie die Schleppe eines Hochzeitskleids hinter ihr her.

Ryder trat an das Fenster. *Welche Art von Lady sollte ich denn für Euch sein?*

Anders als Jack trug er eine Verantwortung, die weit über diese Frau und diesen Zwischenfall hinausging, auch wenn die Aufregung noch in seinen Adern pulsierte. Die Hände auf dem Rücken verschränkt, starrte er hinaus in den Regen und stellte sich den unbequemen Wahrheiten, bevor er sich wieder umwandte und Miracle ansah.

»Ich würde es vorziehen, wenn Ihr ehrlich wärt«, sagte er. »Meine Tage verlaufen im Allgemeinen recht vorhersehbar. Es gehört nicht zu meinen Gewohnheiten, junge Ladys aus einem Wassergrab zu retten. Vielleicht ist es üblich, unter solch ungewöhnlichen Umständen angelogen zu werden. Ich weiß es nicht.«

Ihr Kopf fuhr hoch, ihre Haut schimmerte geisterhaft hell

unter dem rosaroten Muster ihrer Verletzungen. Ihre Augen waren dunkel wie die eines Gefahr witternden Rehs. »Wieso sollte ich gelogen haben?«

»Der Name der Frau, die Sir Lancelot auf geheimnisvolle Weise aus dem Fass mit kochendem Wasser gerettet hat, war zweifellos Elaine«, erwiderte er. »Aber ich glaube nicht, dass es auch Euer Name ist. Eure Kleider – was davon übrig ist – ist von teurer und bester Qualität. Eure Hände sind glatt und makellos, wie die einer Lady. An Euren Fingern zeichnen sich die Spuren von den Ringen ab, die Ihr bis vor kurzem noch getragen habt. Ihr heißt nicht Miss Sanders. Ihr seid verheiratet. Hat Euer Gatte Euch geschlagen?«

Sie schaute zurück ins Feuer, ließ ihm nichts als den Anblick ihres auf elegante Art gerade gehaltenen Rückens und ihres gesenkten Kopfs.

»Ich erkenne an, in Eurer Schuld zu stehen, Mylord. Ich stimme aber nicht mit Euch überein, dass es Euch das Recht gibt, mir Fragen zu stellen.«

»Warum sonst solltet Ihr so voller Furcht sein? Niemand anderer als ein Ehemann könnte solche Kontrolle über Euch ausüben.«

»Meine Situation geht Euch nichts an.«

»Ich habe Eure Situation zu meiner Angelegenheit gemacht, als ich Euch aus dem Meer gefischt habe.« Er fühlte sich von dieser intensiven neuen Heftigkeit, die in ihm erwacht war, wie getrieben und trat einige Schritte auf sie zu. »Warum verbergt Ihr die Wahrheit vor mir? Ich bin einer der wenigen Männer in England, der in der Lage ist, Euch zu helfen, was immer auch Euer Problem ist.«

»Mein einziges Problem, Mylord, ist, dass ich bis auf die Haut durchnässt bin, dass mir kalt ist und dass ich müde bin. Ihr müsstet doch mit Euren eigenen Angelegenheiten beschäftigt sein. Und diesen solltet Ihr Euch wieder widmen.«

»Ich kann Euch nicht Euch selbst überlassen. Das müsst Ihr einsehen.«

»Ich könnte Eure edlen Motive schätzen, ohne zuzustimmen, dass sie nötig sind.« Sie richtete sich brüsk auf und wandte sich zu ihm um. »Wenn Elaine Euch nicht gefällt, dann sucht Euch irgendeinen anderen Namen aus.«

»Dann gebt Ihr zu, dass Ihr nicht so heißt?«

»Ist das wichtig? Schließlich sind wir Fremde, die sich zufällig begegnet sind. Falls ich darum bitten darf, mir ein paar Shilling zu leihen, genug, um mir Kleidung beschaffen und ein Pferd mieten zu können, müsst Ihr Euch nicht länger mit mir belasten. Das ist doch sicherlich nicht jenseits Eurer Mittel, oder? Wenn ich mich erst einmal wieder an einem sicheren Ort befinde, werde ich das Geld an Euch zurückschicken.«

Er konnte kaum glauben, dass sie ihn so unbekümmert fortschicken wollte. »Ihr bietet an, es mir *zurückzuzahlen*?

»Selbstverständlich.« Ein ironischer Unterton schwang in ihre Stimme mit. »Ihr werdet nicht schwer zu finden sein. Jeder in England hat von Wyldshay gehört, der geheimnisvollen Burg auf einer mitten in einem See liegenden Insel.«

»Daran ist nichts Geheimnisvolles«, entgegnete er. »Es ist einfach nur ein riesiger und ziemlich von der Zeit überholter Haufen Steine.«

»Nur der Erbe eines unermesslichen Privilegs kann so etwas sagen.«

»Und nur ein Mann mit einem solchen Privileg kann versprechen, sich um alle Schwierigkeiten zu kümmern, und es auch so meinen.«

Sie trat einige Schritte vor, dabei hielt sie den Umhang an

ihrem Hals mit beiden Händen geschlossen. »Ihr werdet mir also eine kleine Summe leihen?«

»Nein«, entgegnete er. »Das werde ich nicht.«

Die Farbe wich aus ihrem Gesicht, als würde eine plötzliche Panik sie packen. »Warum nicht?«

Der Türriegel knarrte.

»Herein!«, rief Ryder.

Miracle wandte sich ab, der Umhang schleifte über den Boden, als sie zu einer Truhe ging, die an einer Wand des Zimmers stand, und sich darauf niederließ.

Mary und Alice traten ein, die eine mit einem Stapel frischer Laken, die sie auf einer Wärmepfanne balancierte, die andere mit einem Tablett. Alice schaute Ryder scheu an, als sie das Tablett auf einem kleinen Tisch in der Nähe des Kamins abstellte, dann ging sie, um ihrer Begleiterin zu helfen, das Bett zu richten.

»Benötigt Ihr sonst noch etwas, Mylord?«, fragte Mary, als sie damit fertig waren.

»Eine Wanne und Eimer mit heißem Wasser«, sagte er. »Bringt auch Toilettenartikel – alles, was eine Lady brauchen könnte.«

Ryder betrachtete das Tablett. »Ah! Gesüßter Wein! Unser Wirt hat sein Bestes getan. Der Merry Monarch verfügte über einen recht guten Weinkeller, bis der Erdrutsch ihn ins Desaster gerissen hat.«

Seine Gefangene zog den Umhang fester um sich und starrte ihn an. »Warum wollt Ihr mir nicht helfen?«

»Ich helfe Euch doch.«

»Ich darf hier nicht gefunden werden. Ich muss fort!«

»Nicht bevor Ihr Euch ausgeruht und etwas gegessen habt.« Er füllte zwei Gläser. »Trinkt etwas Wein! Ihr werdet Euch dann besser fühlen.«

Sie wandte den Blick ab, offenbar wütend. »Alle hier kennen Euch, nicht wahr?«

»Ich habe mein ganzes Leben damit verbracht, in diesem Teil Dorsets herumzureiten. Wyldshay beherrscht die Gegend hier wie eine eiserne Faust, die auf Samt schlägt.«

»Und das«, sie sah ihn aus blitzenden Augen an, »ist auch eine hervorragend passende Beschreibung meiner Situation, meint Ihr nicht?«

Sie war durchnässt und verletzt und schmutzig. Sie war herrlich. Ryder reichte ihr ein Glas, der Wein darin war warm und duftete. Sie nahm es, wie eine Lady von einer anderen ein Blumensträußchen entgegennehmen mochte, mit einer anmutig leichten Neigung des Kopfs, dann setzte sie sich auf einen in der Nähe des Feuers stehenden Stuhl. Ryder stützte beide Hände auf die Armlehnen des gegenüberstehenden Stuhls, den Tisch mit dem Tablett neben sich.

»Was daran ist denn so passend?«, fragte er.

»Das Vergnügen, von der Gnade des Erben eines Duketitels abhängig zu sein«, erwiderte sie. »Die eiserne Faust hält mich in diesem Zimmer gefangen. Der Samt täuscht eine vollendete Höflichkeit vor, so, als wäre keine überwältigende Macht involviert. Und Ihr beschuldigt *mich* der Täuschung. Hättet Ihr all dieses Anspruchsdenken nicht seit Eurer Kindheit verinnerlicht, würdet Ihr mir gestatten zu gehen.«

Tropfen glitzerten in ihrem Haar und in den Falten seines Umhangs. Als wäre sie eine Prinzessin, die von Piraten geraubt worden war, als sähe er sie wie durch Glas, so schimmerte sie in ihrem Wollen und ihrer Zerzaustheit. Sein Herz schlug einen seltsamen kleinen Purzelbaum. Hatte er sie schon irgendwo einmal gesehen, glänzend und strahlend, das Haar hochgesteckt, mit Diamanten um ihren Hals?

»Kein Gentleman, der es wert ist, so genannt zu werden,

würde Euch erlauben zu gehen, ohne darauf zu bestehen, Euch seine weitere Hilfe anzubieten«, erklärte er.

»Ihr wisst offensichtlich sehr wenig über die Männer, Mylord.«

»Ihr habt Angst«, beharrte er. »Warum?«

Sie schüttelte den Kopf und beugte sich zum Feuer, während sie ihre ruinierten Strümpfe herunterstreifte. Ein nackter Fuß wölbte sich anmutig. Blaue Schatten lagen in der Vertiefung unterhalb des Knöchels und in der hauchfeinen Spur der Adern unter der weißen Haut. Seine Aufmerksamkeit richtete sich auf den sinnlichen, hochmütigen Schwung des Spanns.

»Ihr müsst Euch vor Eurem Gatten verstecken?«

»Ich kann hier nicht bleiben.«

»Ich werde Euch nicht gehen lassen –«

»O Gott!« Sie warf den Kopf hoch. »Ihr gefallt Euch noch immer in dieser überheblichen Auffassung von Verantwortlichkeit? Ihr glaubt, Ihr müsst ritterlich sein und Euch wie ein Gentleman verhalten? Oder denkt Ihr, dass ich so verzweifelt bin, dass ich mir etwas antun könnte – ist es das?«

Sie zog den nackten Fuß zurück unter den Umhang. Ryder schluckte hart. Ja, er hatte Angst um sie, denn sie schien verzweifelter zu sein, als es ihr bewusst war. »Das könnte sein.«

»Dann seid versichert, Mylord, dass ich weit Schlimmeres als das überlebt habe. Ich verspreche Euch, dass ich mir nicht ohne guten Grund das Leben nehmen werde.«

»Das soll mich vermutlich beruhigen?«

»Warum nicht? Ich bedeute Euch nichts. Leiht mir ein paar Münzen, und Ihr habt Eure Pflicht als Gentleman getan!«

Er verschränkte die Arme vor der Brust. »Die Wahrheit könnte mich überzeugen, dem zuzustimmen. Nichts anderes.«

Sie zitterte, entweder empfand sie Angst oder Zorn oder beides. »Ihr könnt mich hier nicht gefangen halten.«

»Nein, aber Ihr könnt wohl kaum in Eurem gegenwärtigen halbbekleideten Zustand von hier fortgehen, so reizvoll diese Aussicht für die Dorfbewohner auch sein mag.«

Vor dem Zimmer war ein Klirren zu hören. Ryder ging zur Tür und öffnete sie Jenkins, der eine Wanne gebracht hatte. Ihm folgte eine Reihe von Hausdienern, die Eimer mit heißem Wasser trugen.

»Nehmt ein Bad«, sagte Ryder. »Und sorgt Euch um nichts. Niemand wird Euch hier finden. Ich werde mich um alles kümmern.«

Ohne einen Blick zurückzuwerfen, verließ er das Zimmer.

Miracle wickelte sich fester in seinen Umhang und sah zu, wie das Hauspersonal das heiße Bad vorbereitete. Sie war – gegen alle Erwartung – noch am Leben, auch wenn sie sich zum Sterben schwach fühlte. Sie war von einem Mann, mit der naturgegebenen Kraft eines Gottes, gerettet worden, und von einer irdischen Macht, die dieser nicht weit nachstand. Doch nicht einmal der Sohn des Dukes of Blackdown konnte sie retten, wenn die Wahrheit herauskam. Die einzige Möglichkeit bestand darin, so weit wie möglich aus Dorset zu fliehen. Vielleicht nach Amerika?

Sie schluckte den Impuls eines unerklärlichen Heiterkeitsausbruchs herunter. Sie stand noch unter Schock. Auf ihre Gefühle konnte sie sich jetzt nicht verlassen. Lord Ryderbourne besaß vermutlich die Macht, das zu tun, was er versprochen hatte – dafür zu sorgen, dass niemand sie hier finden würde, wenigstens für den Augenblick nicht. Und wenn man sie doch finden würde? Nun, sie könnte ebenso gut frisch gebadet wie schmutzig sterben!

Sobald die Männer das Zimmer verlassen hatten, ließ Miracle

den nassen Umhang fallen und streifte ab, was von ihrem zerfetzten Korsett und Hemd noch übrig war. Sie zuckte zusammen, als die verletzte Haut in Kontakt mit dem heißen Wasser kam, dann ließ sie den Kopf in den Nacken sinken. Ihr Haar umfloss ihre Schultern.

Wütende Stimmen wisperten im Wasser in der Wanne und zischten im Knacken des Feuers. *Wo hast du diesen feinen Geschmack entwickelt? In der Gosse? Warte, bis ich mit deinem hübschen Gesicht fertig bin! Danach wird keiner mehr scharf auf dich sein! Hure! Du Hure! Du lässt dich von Hanley bumsen, aber über Philip Willcott rümpfst du die Nase? Nie wieder tust du das, Miracle! Nie wieder!*

Sie schlug die Hände vors Gesicht. Wasser strömte aus ihrem Haar. Miracle spreizte die Finger und starrte auf die blassen Spuren der Ringe, die sie früher an diesem Tag abgelegt hatte. Mit einem Schulterzucken griff sie nach der Seife. Sie duftete nach Orangen und Lavendel und war wie eine Erinnerung an die Unschuld. Miracle schrubbte sich, als könnte sie den Flecken in ihrer Seele fortwaschen. Ihre Haut rötete sich.

Es regnete noch immer. Sie hatte nichts anzuziehen, außer Lord Ryderbournes nassem Umhang, der dort zusammengeknüllt auf dem Boden lag, wo sie ihn hatte fallen lassen. Vielleicht war es besser, nur ein Problem zurzeit zu lösen? Bis zum Morgen würde sie hier vermutlich sicher sein, doch sobald er entdeckte, was sie getan hatte, würde Lord Hanley unerbittlich Jagd auf sie machen. Und wenn er sie gefunden hatte, könnte nicht einmal der hochwohlgeborene Lord Ryderbourne sie davor bewahren, gehängt zu werden.

Sie musste sich Kleider und etwas Geld beschaffen. Sie musste herausfinden, welche Schiffe von welchen Häfen in See stachen, und durfte dabei keinen Verdacht erregen. *Sie musste sich einen Plan zurechtlegen!*

Aber sie war so furchtbar müde und das Bett lockte mit seiner weichen Umarmung, behaglich warm dank der Wärmepfanne. Es würde doch gewiss nicht schaden, sich für ein paar Minuten hinzulegen?

Miracle stieg aus der Wanne und wickelte sich in ein weiches Handtuch, dann beugte sie sich vor, um ihr Haar auszuwringen. Man hatte ihr auch Kamm und Bürste gebracht, ja sogar eine Zahnbürste und Creme, selbst duftender Körperpuder fehlte nicht. Es waren all die Dinge, die eine Lady erfreuten – oder vielleicht eher deren Mann?

Sorgt Euch um nichts. Niemand wird Euch hier finden. Ich werde mich um alles kümmern.

Und vielleicht tat er das, wenigstens für ein paar Stunden, wenigstens so lange, bis die Meute der Verfolger hier eintraf, bis höhnisch lachende Fremde kamen, um sie in den Tod zu zerren.

Miracle ließ das Handtuch auf den Boden fallen. Sie hängte Lord Ryderbournes Umhang in Reichweite an einen Haken. Eingehüllt in den zarten Duft, der von ihrer Haut und ihren die Schultern wie glänzende Seide umfließenden Haaren ausging, legte sie sich ins Bett.

Das Herz schlug ihr bis zum Hals, nachdem sie unsanft aus dem Schlaf gerissen worden war. Die Tür war aufgestoßen worden. Männerstimmen hallten auf dem Korridor wider. Lichter schimmerten, huschten durch die Dunkelheit, blendeten sie. Es war also zu spät! Zu spät! Man würde sie nackt in ihr Verderben schleppen.

Zur Hölle mit ihnen allen!

Miracle griff nach dem Umhang, sprang aus dem Bett und lief zum Fenster, versuchte, es zu öffnen. Der Sturz auf den

Hof des Gasthauses würde vermutlich zu tief sein, um ihn zu überleben, aber besser das als der Galgen!

Eine Hand schloss sich hart um ihren Arm. Heißer Atem, wütend und heftig, strich über ihre Wange.

»Was zum Teufel habt Ihr vor?«

Sie starrte in Lord Ryderbournes Gesicht, dann schaute sie über seine Schulter. Laut mit den Eimern klappernd, waren Bedienstete dabei, ihr kaltes Badewasser fortzutragen. Eine andere Prozession von Dienern hatte Kerzen angezündet und einen Tisch und Stühle vor dem Kamin aufgestellt. Hausmädchen trugen Tabletts mit heißen Speisen ins Zimmer. Miracle kämpfte gegen die stechenden Tränen an, die ihr die schwindelig machende Erleichterung und ihr eigener unseliger Mutwillen in die Augen getrieben hatte.

Die Tür schloss sich hinter den Dienern, die sie mit ihrem Retter allein ließen. Sein Haar war inzwischen getrocknet, an manchen Stellen schimmerte es wie Mahagoni. Es war nicht so dunkel, wie es zuvor, nass vom Seewasser, den Anschein gehabt hatte. Er trug keine Jacke, nur Hosen und ein frisches Hemd und ein Krawattentuch. Während sie geschlafen hatte, musste er in einem anderen Zimmer gebadet und sich umgekleidet haben.

»Ihr habt mir versprochen, dass Ihr nicht versuchen werdet, Eurem Leben ein Ende zu bereiten.« Seine Finger brannten auf ihrer Haut. »Ist Euer Wort nichts wert?«

Ihr Puls hämmerte, doch sie lächelte ihn an. »Ich habe nur gesagt, dass ich es nicht ohne guten Grund tun würde.«

Er sah in einer Art spöttischer Bestürzung auf sie hinunter, scharf geschliffen wie eine Messerschneide. Er war offensichtlich erregt. Obwohl sie den Aufschlag des Umhangs mit einer Hand geschlossen hielt, musste er Einblicke auf ihren nackten Körper gewährt haben, als sie sich bewegt hatte.

»Und dieses *Abendessen* ist Grund genug?«, fragte er. »Habt Ihr so besondere kulinarische Ansprüche, dass die Küche hier sie nicht befriedigen kann?«

»Ganz und gar nicht, Mylord.« Sein Duft – nach Mann und Seife und frischer Wäsche – hüllte sie ein. Von seinen Stiefeln ging ein leichter Geruch nach Meerwasser aus. Sie waren getrocknet und poliert worden, trugen aber noch Salzflecken. Ihre Nasenflügel bebten, als sie seinen Duft tief einatmete. »Irgendetwas riecht hier in der Tat himmlisch, und ich bin ausgehungert wie ein Bär.«

Seine Augen schimmerten so funkelnd wie die Flügel eines Eisvogels. Die Stimmung hob sich, als würden Sonnenstrahlen plötzlich aus dunklen Wolken hervorbrechen.

Er hob die Hand und gab ihren Arm frei. »Das bin ich auch.«

»Dann sollten wir essen«, sagte sie und beantwortete die versteckte Botschaft in seinen grünen Augen, »wenn Ihr meint, dass es sicher ist, es zu tun?«

»Jeder in diesem Dorf musste mir Stillschweigen über Eure Ankunft schwören. Niemand wird es wagen, mir nicht zu gehorchen.«

Miracle entfernte sich einige Schritte von ihm. Heiße Schauder durchliefen sie. Sie wandte ihm den Rücken zu, während sie beide Hände hob, um nach dem Kapuzenkragen des Umhangs zu greifen. »Aber vielleicht gibt es eine andere Art von Gefahr?«, fragte sie. »Ich könnte es diesem Umhang ganz einfach erlauben, von meinen Schultern zu gleiten. Dann würde ich nackt vor Euch stehen und Euch einladen, noch eine andere Art von Appetit zu befriedigen.«

Sie hörte ihn Luft holen. Seine Schritte hallten auf den Bodendielen wider. Der Türriegel klackte, als er ihn vorschob. Er hielt inne.

»Dieser Gedanke ist mir tatsächlich auch gekommen, aber

ich werde ihn nicht in die Tat umsetzen. Ein solcher Schuft bin ich nicht.«

Sie blickte sich über die Schulter nach ihm um. Ja, er war noch erregt. Und zwar mächtig! »Vielleicht wäre Euer Körper damit nicht einverstanden?«

Er lehnte sich mit dem Rücken gegen die Tür und verschränkte die Arme vor der Brust. »Der Körper hat kein Bewusstsein, Ma'am. Ich jedoch wurde in einem Dschungel von Skrupeln erzogen.«

»Wie Sir Lancelot.«

»Das schmerzlichste Beispiel in der Literatur für Untreue?«

Miracle vermochte seinen Gesichtsausdruck nicht zu deuten. Ein sardonischer Impuls von Heiterkeit? Ein reuiger Rückzug? Sie ging zum Kamin, bot ihm nichts als den Anblick ihres vom Umhang bedeckten Rückens und ihres kaskadengleich fallenden Haars.

»Schmerzlich?«, fragte sie. »Warum?«

»Weil Lancelots Schwäche sein Denken beeinträchtigte. Es machte ihn zu weniger, als er hatte sein wollen.«

»Er war noch immer der vollkommene Ritter.«

»Nicht in seinen Augen. Er hat geglaubt, dass er nur vollkommen wäre, solange er keusch blieb.«

»Dann war er ein Sklave der veralteten Ansichten über Keuschheit und Sünde«, sagte sie.

»Veraltet?«

»Meint Ihr das nicht auch?« Sie wandte sich zu ihm um und lächelte wissend über sein offensichtliches Unbehagen. Wie sehr er auch versuchte, sich wie ein Gentleman zu benehmen – er war allein in einem Zimmer mit einer Frau, die bis auf einen übergeworfenen Umhang nackt war. Ihre Brustwarzen hatten sich unter dem weichen Stoff aufgerichtet. »Habt auch Ihr Euch der Keuschheit verschworen, Mylord?«

»Ich bin kein Mitglied der Tafelrunde.«

»Nein, ihr St. Georges genießt einen ganz anderen Ruf: den von Pflicht und Macht und Privilegien, genau wie die Ritter an König Artus' Hof. Aber es gibt auch den Ruf, den Euer Bruder verkörpert, den der Zügellosigkeit. Lord Jonathan ist dafür berüchtigt, die Sünde zu leben, nicht wahr?«

Seine Augen brannten, als hätte sie ein Feuer in seinem Inneren entzündet. »Wer zum Teufel behauptet solchen Unsinn?«

»Ah«, sagte sie. »Euer kleiner Bruder ist also *nicht* abenteuerlustig durch die ganze Welt gezogen?«

»Jack ist nicht der Erbe. Er kann tun, was ihm gefällt.«

»Grundgütiger Gott!« Ihre Stimme troff vor offenem Hohn. »Und Lord Ryderbourne kann das *nicht*?«

»Ihr meint, ich tue jetzt genau das, was ich will? Vielleicht. Aber mit der Macht kommt auch die Verantwortung, klug mit ihr umzugehen. Ich bin nicht ohne Gewissen.«

»Nein, Mylord, ich glaube, Euer Gewissen ist nicht das Problem!«

Er stand einen Moment schweigend da, als müsste er diese Worte verdauen, dann stieß er sich von der Tür ab und ging auf Miracle zu.

»Wollt Ihr, dass ich davonlaufe? Es scheint, dass ich letztlich doch kein solcher Feigling bin.« Er blieb stehen und hielt den Kopf gebeugt, dann richtete er sich auf und atmete tief durch. »Ich möchte, dass Ihr mir vertraut. Ist das unvernünftig?«

»Ich weiß es nicht. Vielleicht ist es keine Frage der Vernunft?«

»Um Himmels willen! Jeder Gentleman würde einen Hund vorm Ertrinken retten, ohne eine Gegenleistung zu erwarten.«

»Warum beharrt Ihr dann so sehr darauf, mich gegen meinen Willen hier festzuhalten?«

»Weil eine ganze Menge Dinge in meiner Macht liegen und ich der Meinung bin, dass es das Beste für Euch ist, zu essen und zu schlafen, ehe Ihr weitere Entscheidungen trefft. Ich habe Euch Kleider gebracht. Sie liegen dort auf dem Bett. Etwas davon sollte passen.« Entschlossenheit strahlte von ihm aus wie das Licht einer Lampe. »Da draußen ist niemand, der Euch hier finden wird – nicht einmal Euer Ehemann.«

Miracle schluckte. »Ich habe keinen Ehemann.«

»Vielleicht nicht in Eurem Herzen, nicht nach dem, was er getan hat. Wenn Ihr es wünscht, sorge ich dafür, dass alle Welt das erfährt.«

Diese Erklärung zeugte von purer Macht, als sei das völlig selbstverständlich für ihn. Höchstwahrscheinlich war es auch so. Doch er konnte ihr nicht helfen. Miracle unterdrückte ihre Reaktion auf die Absurdität ihrer misslichen Lage und ging zum Bett. Kleider, Unterröcke und Leibwäsche lagen auf dem Überwurf. Sie zog den Umhang fester um sich, sodass sie einen vollkommen sittsamen Anblick bot, als sie sich umwandte und ihn ansah.

»Warum seid Ihr so sicher, dass ich verheiratet bin, Mylord?«

»Nur ein Ehemann könnte genügend Macht über Euch haben, um solche Angst in Euch zu wecken. Ihr habt bis vor kurzem noch Ringe getragen. Jede Lady, die von einem Fremden oder auch einem Bekannten geschlagen worden wäre, würde sich geradenwegs in den Schutz ihrer Familie retten. Oder seid Ihr unüberlegt durchgebrannt, und das hat Euch Eurer Familie entfremdet?«

Sie zog eine Augenbraue hoch. »Und wenn es so wäre, dann könntet Ihr das Parlament befehligen? Ihr könntet die Ehe einfach durch die Macht Eures Namens auflösen? Oder vielleicht würdet Ihr jeden, der Frauen schlägt, zu einem Duell herausfordern, um ihn zu töten? Ist das Eure Lösung?«

Seine Augen verdunkelten sich bedrohlich, als wären ihre Worte von tödlichem Ernst, was sie vielleicht auch sein mochten. »Was würdet Ihr vorziehen?«

»Ich weiß es nicht«, erwiderte sie. »Ich bin überwältigt von so viel Ritterlichkeit. Habt Ihr je ein Duell bestritten, Mylord?«

»Ich vertraue völlig auf meine Fähigkeiten im Umgang mit einer Pistole.«

»Das ist nicht das, was ich gefragt habe. Ohne Zweifel besteht Euer Alltag aus einer Reihe langweiliger Verpflichtungen, die Euch wenig Zeit lassen, Duelle auszutragen.«

Er schien sich unbehaglich zu fühlen. »Sicherlich trage ich Verantwortung.«

»Und könnt Ihr es Euch leisten, diese Bürde zu verleugnen und Euer Leben für eine Fremde zu riskieren?«

»Es besteht keine Notwendigkeit anzunehmen, dass mein Leben gefährdet sein könnte. Es gibt andere Wege.«

»Ah, Ihr werdet also meine Probleme durch die Gerichte lösen lassen! Wäre das nicht eine beträchtliche Belastung für Eure Zeit, Mylord?«

Er lächelte sie an, doch es war das Lächeln von Wolken, die einem Sturm vorangingen. »Jede juristische Angelegenheit, die Ihr geregelt haben wollt – Scheidung, Annullierung –, kann meinen Sekretären übertragen werden. Was immer Euer Problem ist, ich kann es, ohne selbst großen Aufwand zu haben, lösen. Warum es also ablehnen?«

»Vielleicht wünsche ich nicht, noch tiefer in Eurer Schuld zu stehen, Mylord.«

»Eure Schuld mir gegenüber ist belanglos und schon vergolten. Was kann das dann also noch ausmachen?«

Sie biss sich auf die Lippen. »Mir macht es etwas aus.«

»Es gibt keine Schuld, die nachzutragen wäre«, beharrte er, »außer jener, die der Ehre geschuldet wird. Ob es uns gefällt oder nicht, ich trage die Verantwortung für Euch. Ich bestehe darauf, dass Ihr nicht von hier fortgeht, ohne mir zuvor erlaubt zu haben, Euch zu helfen. Oder Ihr legt mir genau dar, warum ich das nicht tun soll. Seid Ihr damit einverstanden?«

Sie zog seinen Umhang noch fester um ihre Schultern. »Wie es scheint, bleibt mir gar nichts anderes übrig.«

Er trat näher, faszinierend in seiner intensiven Männlichkeit. »Ihr gebt mir Euer Wort darauf?«

Miracle schaute ihm in die Augen. Unter der Arroganz, die mit einer so starken Ausstrahlung von Macht einherging, lag aufrichtige Sorge. Wahrscheinlich war er sich nicht bewusst, was sein eindringlicher Blick sonst noch verriet. Aber sie wusste es.

»Ja, ich verspreche es, Lord Ryderbourne. Ich werde dieses Zimmer nicht verlassen, ohne Euch entweder die Wahrheit zu sagen oder mir von Euch helfen zu lassen.«

»Dann haben wir also einen Pakt geschlossen«, sagte er. »Ich werde dafür sorgen, dass Ihr ihn einhaltet.«

»Und heute Abend? Werdet Ihr denn nicht von eurer Familie erwartet?«

»Das Wetter ist schlechter geworden. Ich habe eine Nachricht nach Wyldshay geschickt, dass ich aufgehalten worden bin.«

Miracle wandte ihm den Rücken zu. Der Umhang glitt ein Stückchen von ihren Schultern, und sie zog ihn nicht wieder zurecht. »Ihr beabsichtigt, die Nacht hier zu verbringen?«

Lord Ryderbourne atmete tief ein und ging einige Schritte. Sie hörte, dass die Fensterläden geschlossen wurden. »Mit Sicherheit habe ich vor, hier zu Abend zu essen.«

Ihr Puls hämmerte in einer brennenden Gewissheit, die den Anflug einer seltsam schmerzlichen Enttäuschung in sich trug. War er letztlich doch nicht anders als all die anderen Männer?

»Dann, Mylord, wenn Ihr mir einige Augenblicke gestattet, um mich anzukleiden, würde ich mich geehrt fühlen, Euch bei einem Essen Gesellschaft leisten zu dürfen. Und morgen früh werdet Ihr entweder die Wahrheit wissen oder welche Herausforderung auf Euch wartet – oder vielleicht auch beides.«

Schwer und glänzend, üppig und schimmernd wie das schwarze Gefieder der Stare und Amseln spann ihr Haar ein dunkles Netz auf ihrer weißen Haut. Der Umhang glitt noch ein wenig tiefer. Der anmutige Bogen des Halses, die zarten, schmalen Schultern, die helle Haut!

Sein Herz pochte, als er sich umwandte und den eisernen Riegel der Fensterläden schloss.

Sie nahm die Kleider in den Arm und trat hinter den Wandschirm, der in einer Ecke des Zimmers stand.

Unter dem Umhang war sie nackt gewesen! Jede Bewegung hatte winzige Einblicke auf schlanke Beine, auf zierliche Knöchel und kleine Füße freigegeben. Und vielleicht auch auf eine Brust? Einen wohlgeformten Oberschenkel? Ein wenig zu angestrengt hatte er versucht, nicht hinzuschauen.

Ein solcher Schuft bin ich nicht!

Vielleicht nicht absichtlich! Doch die Bewegungen hinter dem Wandschirm verhöhnten seine Gelassenheit. Ryder starrte auf seine Finger – die er wie ein Seestern gespreizt auf den Fensterladen presste –, während sich jede Faser seines Körpers auf die Geräusche konzentrierte. Das Rascheln eines Unterrocks. Das Knistern von Spitze. Das Schließen eines Knopfs.

Das leise Klappern von Schuhen. Bei jedem Geräusch wurde sein Begehren nur noch stärker.

Um Himmels willen! Hatte er denn seinen Körper so wenig unter Kontrolle, dass sein gesunder Menschenverstand außer Kraft gesetzt wurde? Sie war geschlagen und auf dem Meer ausgesetzt worden. Wenn ihr Mann erfuhr, dass sie überlebt hatte, würde er sie ohne Zweifel verfolgen, um sein Werk zu vollenden. Das Schicksal hatte sie stattdessen in die Hände des einzigen Mannes geführt, der ihr helfen könnte, in welch misslicher Lage sie sich auch immer befinden mochte.

Ryder holte tief Luft und wandte sich um. Licht flackerte durch das Zimmer und zauberte Farbe auf den mit Stoff bespannten Paravent. Natürlich hatte er für sich ein anderes Zimmer gemietet: das Zimmer, in dem er sich gewaschen und umgekleidet hatte.

Pflicht und Disziplin hatten schon immer sein Leben bestimmt. Er hatte absolutes Vertrauen in seine Selbstbeherrschung und in die Richtigkeit seines Beharrens auf Ritterlichkeit. Dennoch fühlte er auch diesen deutlichen Wunsch, Mut zu haben, die Herausforderung eines Abenteuers anzunehmen, der Versuchung zu erliegen, ein paar Stunden für sich selbst zu haben, zusammen mit einer wunderschönen Frau, die ihm ihr Leben verdankte. Warum nicht? Was könnte es denn schon schaden? Vielleicht könnte er doch ihr Vertrauen gewinnen, vielleicht würde sie ihm doch erlauben, ihr zu helfen?

Sie trat hinter dem Wandschirm hervor.

Dunkles Haar umrahmte ihr Gesicht und floss ihr wie ein schimmernder Wasserfall über Schultern und Rücken. Weiche Locken umschmeichelten ihren Hals und ihren hellen Nacken. Sie hatte darauf verzichtet, das Haar hochzustecken oder mit einem Band zu bändigen. Stattdessen zierte dort, wo eine Kette hätte sein können, ein schmales schwarzes Samtband ihren Hals.

Die Wirkung – im Gegensatz zu ihrer formellen Kleidung – war unbeschreiblich verführerisch.

Heißes Blut pulsierte in seinen Lenden.

Ihr elfenbeinfarbenes Seidenkleid war auf beiden Schultern mit Knöpfen geschlossen. Es war ein Kleid, das der Tochter des Wirts gehört hatte, die Seide dazu ohne Zweifel von Schmugglern erworben. Ryder hatte es früher an diesem Abend für einen Batzen Geld erworben. Ein Überwurf aus einem dünnen schwarzen, netzartigen Stoff kräuselte sich über die Seide und betonte ihre schmale Taille und ihre langen Beine.

Die Ärmel des Überkleids verbargen die Verletzungen auf ihren Armen. Die Wunde auf ihrer Wange wurde durch den Schatten ihres Haars verborgen. Doch nichts verhüllte die herrliche Schwellung ihrer Brüste in dem tiefen Ausschnitt und die zarte Haut ihres Dekolletés, die wie Sahne schimmerte. Als würde es ihr guttun, Trost in seiner Bewunderung zu finden, verbarg nichts die schier atemberaubende Schönheit seiner Gefangenen, eingehüllt in ihr Geheimnis, ihren Mut und Verstand.

Sie machte einige Schritte, die fast geräuschlos waren: Sie trug Tanzschuhe aus weißem Satin, ein Hauch von Stoff mit dünnen Sohlen und Bändern, die um die Knöchel geschnürt waren.

»Ich war unhöflich«, sagte sie. »Ich wollte das nicht sein. Eure Lordschaft war sehr großzügig, und ich bin dankbar dafür. Ich schulde Euch mein Leben. Ich habe das nicht vergessen.«

»Die Dankbarkeit liegt ganz bei mir.« Vielleicht meinte er das wirklich. Der Gedanke ließ ihn sich seltsam schutzlos fühlen. »Sollte ich zu herrisch gewesen sein ...«

Sie lachte. »Ah! Sind so viele Ladys allein durch Eure gebieterische Präsenz *derart* demoralisiert, Mylord?«

Er holte tief Luft. »Ja, vermutlich sind es viele.« Er bot ihr einen Stuhl an und nahm dann ihr gegenüber Platz. Sein Verlangen nach ihr verspottete ihn wie ein dritter Gast am Tisch.

Der schwarzsamtene Blick begegnete seinem und hielt ihn fest. »Aber ich habe mich noch nie in meinem Leben sicherer gefühlt.«

»Danke. Ihr könnt nicht wissen, welch kostbares Geschenk dieser Gedanke im Augenblick für mich ist.«

»So wie für mich Eure Versicherung, dass niemand mich hier finden kann. Vielleicht können wir deshalb Behaglichkeit, in deren Genuss wie hier beide gerade kommen, genießen und die ganze verrückte Welt dort draußen vergessen?«

»Ja, warum nicht?« Er lächelte, auch wenn sein Herz klopfte, als hätte sie eine Tür aufgestoßen, die zu einem unbekannten Ort führte. »Seid Ihr hungrig?«

»Wahnsinnig!« Sie sah ihn durch gesenkte Wimpern an. »Seid Ihr es nicht?«

Ryder fürchtete, er könnte sich einfach auflösen, deshalb grinste er sie an. »Genauso schrecklich!« Er schenkte Wein ein und hob die Deckel von den Tellern. »Entdeckt Ihr etwas, worauf Ihr Appetit habt?«

Ihre Pupillen öffneten sich wie die Knospe eines Gänseblümchens und boten endlose Tiefen. »Es gibt nur wenig, auf das ich keinen Appetit habe, Mylord.«

Er schluckte hart. »Ich fürchte, wir haben nur eine begrenzte Auswahl, die aus dem besteht, was unser Wirt zufällig vorrätig hatte: Ochsenschwanzsuppe, Brot, Gemüse, Kaninchen-Stew, kalte Rindfleischpastete, gebratenes Huhn, zwei Obstpasteten – eine mit Kirschen, eine mit Rhabarber und

Ingwer, denke ich – und einen Krug mit dicker Sahne. Mögt Ihr so einfache Landmannskost?«

Sie spielte gedankenverloren, auf beinahe laszive Art mit dem Band, das ihren Hals schmückte. Seine Aufmerksamkeit richtete sich auf ihre weiße Haut, dorthin, wo der schwarze Samt über dem Busen in sinnlicher Einladung schmeichelte.

»Ich mag alles, Mylord, vom Einfachen bis zum Exotischen. Vielleicht habe ich eine Schwäche für Gerichte, die zu probieren Ihr niemals die Gelegenheit hattet?«

Er wandte den Blick ab und füllte ihren Suppenteller. Doch dann schaute er wieder auf, als wäre ihr Blick ein Magnet.

»Der Duke beschäftigt einen der besten französischen Köche des Landes. Ihr denkt, dass es irgendwo etwas zu essen gäbe, das interessanter ist als das, was auf Wyldshay serviert wird?«

»Oh, dessen bin ich mir sicher!«

Sie tauchte ihren Löffel in die Suppe, führte ihn zum Mund und nippte davon, wobei sie ihren Blick nicht von Ryder abwandte. Ihre Lippen waren rot und köstlich, sie lächelten ihn an. Sein Puls hämmerte.

»Ich diniere auch in London. Gelegentlich an der Tafel des Königs.«

»Zweifellos. Aber der König ist in letzter Zeit so furchtbar anständig.« Sie fuhr sich mit der Zungenspitze über die Lippen. »Habt Ihr es nie gewagt, wahrhaft ungewöhnliche Dinge zu kosten, Mylord, und jeder Art von Appetit nachgegeben, wie verrucht er auch immer gewesen sein mochte?«

»Kann Essen eine Sünde sein?«

»Durchaus, wenn es respektlos in den Mund genommen wird.«

»Allein der Gedanke macht mich schwindelig.«

Sie brach ein Brötchen auf und strich mit den Fingern über sein weiches Inneres.

»Weil ein Mann kräftige Nahrung braucht? Etwas, in das er seine Zähne versenken kann?« Mit ihren weißen Zähnen riss sie einen kleinen Happen vom Brot ab, dann lächelte sie ihn an wie ein Hund, der einen Knochen bewachte. »Oder um das er seine Zunge wickeln kann?«

Er lachte und schenkte noch Wein ein. Ganz abgesehen von seinem heiß rauschenden Blut und seiner ungezügelten körperlichen Reaktion überstieg die Unerhörtheit dieser Unterhaltung sowieso ihre eigenen Grenzen. Warum sich nicht also einfach entspannen und es genießen?

Nach dem, was sie gerade überlebt hatte, brauchte sie vielleicht einfach die Gewissheit, dass ein Mann sie anstatt mit seinen Fäusten auch mit Freundlichkeit behandeln konnte? Wie könnte er so grausam sein, das zunichte zu machen?

»Ihr seid zu besorgt um mein Wohlergehen, Ma'am, deshalb denke ich, ich sollte meine Zunge besser zwischen meinen Zähnen halten.«

Sie bestrich eine der Brötchenhälften dünn mit Butter und biss dann wieder ein kleines Stück davon ab. »Aber macht das es nicht ziemlich schwierig, solch ein Fest zu genießen, wenn es sich bietet? Wie könnt Ihr erwarten, selbst in dessen Herrlichkeiten zu schwelgen, wenn Ihr Eurer Zunge niemals die Zügel freigebt?«

»Aber welche der Herrlichkeiten lockt am meisten, Ma'am? Huhn, Kaninchen oder diese edle Rindfleischpastete?«

Die leichte Handbewegung, mit der sie ihr Weinglas erhob, war verwirrend aufreizend. Verlangen hallte in dunklen, verborgenen Tiefen wider.

»Ihr ladet mich ein, an der edelsten aller Fleischsorten meinen Appetit zu stillen?«, fragte sie. »Leider scheint das edle Rindfleisch seine Wünsche unter einigen sehr kunstvollen Verzierungen aus Pastetenteig zu verbergen.«

»Rindfleisch kennt keine Wünsche.«

»Und ob es sie kennt«, entgegnete Miracle, und Mutwillen blitzte in ihren Augen auf. »Aber wenn Ihr so entschlossen seid, das zu leugnen, dann solltet Ihr vielleicht besser mit diesem weißen Fleisch und der gänzlich unschuldigen Kartoffel beginnen, oder? Bitte, Mylord, nehmt diese beiden Stücke, rund und köstlich und buttrig glänzend – und dazu vielleicht diese Karotte? Sie ist sehr aufrecht und fest!«

Ryder keuchte beinahe, dann warf er den Kopf in den Nacken und brach in Lachen aus. Er konnte sich nicht daran erinnern, wann er sich das letzte Mal eine so unverfälschte Freude gestattet hatte. Er fühlte sich stark und heiß vor Verlangen, doch sie erwiderte sein Lachen, als wäre sie ganz und gar sorglos, als wären all ihre dunklen Schatten vergessen. Und das machte ihn unglaublich froh.

»Und was werdet Ihr nehmen?«, fragte er.

Sie lächelte noch immer, als sie sein Glas nachfüllte. Dann zerschnitt sie die Pastete mit ihrem Messer.

»Ich werde natürlich die edelste Speise nehmen, die angeboten wird«, erklärte sie.

Ryder stürzte den Wein herunter, er war erfüllt vom Staunen darüber, wie schnell sie ihre Ängste abgelegt zu haben schien – und dass sie offensichtlich überhaupt keine Besorgnis angesichts der Tatsache empfand, mit ihm zusammen zu sein.

»Ihr fürchtet Euch nicht vor der grässlichen Rindfleischpastete, Ma'am?«, fragte er, nur um sicherzugehen. »Ihr haltet sie nicht für zu mächtig?«

Sie zog eine Augenbraue hoch, als wollte sie ihn sanft verspotten. »Finden andere Damen diese edle Pastete denn so furchteinflößend, Mylord?«

»Viele von ihnen, Ma'am, das muss ich leider sagen!« Er

fühlte sich inzwischen angenehm beschwipst. »Verdammt zu viele!«

»Warum? Sollte Rindfleisch denn einschüchtern, nur weil es ein hochstehendes Mitglied der Aristokratie ist?« Sie beugte sich über den Tisch und drückte die Messerspitze in die Fleischpastete. »Erhebt Euch, Sir Rinderlende!«

Nur zu genau wusste Ryder um seinen Blick auf das Tal zwischen der betörenden Schwellung ihrer Brüste. Als er sein Glas zum wiederholten Male leerte, wusste er, dass es zu spät war, umzukehren.

»Aber Ihr könnt nicht leugnen, dass ein solcher Aristokrat unter den Fleischsorten sich gut als kalte Pastete macht, so gefangen inmitten von üppig verziertem Teig?«

»Aber sie ist nicht kalt«, sagte sie. »Warum denkt Ihr das? Ich glaube, es ist eine Pastete von großer Tiefe und Großzügigkeit und im Innern in der Tat sehr heiß.«

Ryder nahm sein Messer und schnitt damit in das Herz der Pastete, legte es offen. »Nein«, sagte er. »Wie Ihr seht, ist es eine kalte Pastete.«

»Aber es ist genügend Feuer in diesem Zimmer, um sie zu erwärmen.«

Der Wein brannte in seinem überhitzten Blut. »Soll ich es wagen?«

»Traut Ihr Euch nicht? Ihr könntet ansonsten bedauern, das arme Rindfleisch verschmäht zu haben wie einen kalten Fisch. Und Ihr würdet Euch fragen, wie verführerisch manches gemundet haben könnte, wäre nur ein wenig Feuer hinzugefügt worden.«

»Senf würde da nicht genügen?«

»Oh«, entgegnete sie, »ich liebe Senf, wenn er sehr scharf ist.«

Er verlor sich in seiner Fröhlichkeit. Kerzenlicht tanzte und schwebte, legte unendliches Versprechen in den lieblichen

Schwung ihres Halses. Ihre Haut spannte sich, als sie den Kopf zurücklegte, um ihr Weinglas zu leeren. Ryder war erregt, sein Glied hart und heiß, und er fühlte sich völlig unbekümmert.

»Dann meint Ihr nicht, dass wir uns ein wenig Abkühlung gönnen sollten?«, fragte er und stieß dabei den Atem aus, den er zuvor ganz unbewusst viel zu lange angehalten hatte.

»Ganz und gar nicht«, sagte sie. »Ich denke, wir sollten uns sofort den süßen Dingen zuwenden.«

»Ihr wisst, dass ich vom Verlangen nach der Frucht erfüllt bin, aber dass diese Verlockung nicht für mich bestimmt ist, nicht wahr?«

»Warum nicht?« Ihre Finger, schlank und geschmeidig, streichelten den geriffelten Stiel ihres Weinglases.

»Weil ein Gentleman seinen Appetit immer zügelt, wie stark er auch in Versuchung geführt sein mag.«

Selbst in seinen Ohren klang das übertrieben, doch sie lachte und spießte mit der Gabel eine Kirsche auf. Ihre Lippen glänzten feucht und reif, ihr Mund spitzte sich für einen Moment wie zu einem Kuss, als sie an der roten Frucht saugte. Verlangen schoss in seine Lenden.

»Dann mögt Ihr keine Kirschen? Die meisten Männer behaupten, sie jeder anderen Frucht vorzuziehen. Oder zieht Ihr einen würzigeren, volleren Geschmack vor, wie den des Rhabarbers und des Ingwers?«

Der Wein, den er sich so großzügig zu Gemüte geführt hatte, ließ seinen Kopf dröhnen. Sein Blut flammte vor Begehren. Sein Mund war so trocken, dass er das Gefühl hatte, seine Zunge würde am Gaumen kleben. »Ich weiß es nicht. Heute Abend werde ich gehen, ohne etwas davon probiert zu haben.«

»Werdet Ihr das? Warum?« Sie schnitt die Rhabarberpastete an und tippte mit dem Zeigefinger in den heraustretenden Saft. Sie spitzte die Lippen, als sie ihn abgeleckt hatte. »Ah! Sie ist sehr süß! Ihr solltet davon kosten. Sie wird Euch nicht beißen.«

Er spürte, wie ihm die Hitze zu Kopf stieg. Er konnte keine Worte mehr finden. Da war nur noch dieses leichtsinnige Verlangen, als er zusah, wie sie mit der Zungenspitze den Saft von ihrem Finger leckte. Ryder klammerte sich an seinen letzten Funken Vernunft.

»Nein«, brachte er schließlich heraus, seine Stimme klang belegt. »Wie köstlich auch immer es sein mag, die Ehre verlangt etwas anderes.«

Sie spießte ein Stück kandierten Ingwer auf ihre Gabel und hielt es ihm hin. »Ihr müsst Euch wirklich nicht fürchten, in dieses Stück Ingwer zu beißen, Mylord. Die Ausgewogenheit zwischen den beiden Geschmacksrichtungen ist perfekt.«

»Ich habe keine Angst«, widersprach er heftig.

»Doch, die habt Ihr. Eure Ernährung hat sich viel zu lange auf jenes bittere Obst aus dem Dschungel beschränkt. Ich denke, es ist lange her, dass Ihr ein wenig nachsichtig mit Euch gewesen seid.«

»Nein! Das ist es nicht.« Er schloss die Augen, um dem Drang zu widerstehen, sich einfach über den Tisch zu beugen und sie zu küssen.

»Dann zieht Ihr es vor, Euch mit einer bescheideneren Pastete zu begnügen?«, fragte sie sanft. »Es gibt dafür keinen Grund, das versichere ich Euch.«

Ryder schaute auf. Ihr Lächeln war offen, einladend. Keinerlei Schatten lauerte in ihren Augen. Die Versuchung, ihre Einladung anzunehmen, war schier überwältigend. Die weniger zurückhaltenden Teile seiner Anatomie schrien ihren Einwand: *Warum nicht? Warum nicht?*

»Auch wenn ich schon vieler Fehler bezichtigt worden bin«, sagte er, »Bescheidenheit wurde mir noch nicht nachgesagt.«

Mit seiner letzten Unze Willenskraft stieß er seinen Stuhl zurück und stand auf.

Er hatte vor, seine Verbeugung zu machen und das Zimmer zu verlassen. Jede Pflicht, die er der Höflichkeit schuldete, war erfüllt. Sie konnte keinen Zweifel mehr daran haben, dass er sie atemberaubend fand, dass er sie mit erschreckender Intensität begehrte, dass er nicht vorhatte, ihr etwas anzutun. Höchstwahrscheinlich würde sie sich nicht das Leben nehmen: nicht dieses Leben, das so vital und geistreich und offen für sinnliches Vergnügen war. Er konnte sie beruhigt in diesem Zimmer alleinlassen und sich in sein eigenes Leben zurückziehen.

»Niemand wird Euch hier finden«, sagte er. »Aber ich denke, ich sollte doch noch heute Abend nach Wyldshay zurückreiten.«

»Bei diesem Unwetter? Es muss furchtbar sein, in so einem dornenreichen Dschungel von Skrupeln aufgewachsen zu sein. Lassen diese strengen Prinzipien es denn niemals zu, auch die Annehmlichkeiten des Lebens zu genießen, Mylord?«

Miracle nahm einen Löffel voll Sahne aus dem Krug und vermischte sie mit dem süßen Saft aus der Pastete. Dann tippte sie mit einer Fingerspitze hinein und strich damit über seine Lippen: reichhaltige Sahne, mit der süßen Spur von Zucker und Ingwer.

Ihr Finger schien seine aufgewühlten Nerven sanft zu streicheln. Sein Blut jagte ihm durch Adern. Er schloss die Augen. Da war nur noch dieses honigsüße Gefühl. Seide raschelte, als sie um den Tisch herumging. Der Duft nach Orangen und Lavendel und Moschus.

Sein Mund öffnete sich dem sanften Druck ihrer Lippen. Sie schmeckte nach Kirschen und Sahne, gezuckertem Rhabarber und kandiertem Ingwer, alles überlagert von dem Geschmack nach Wein und nach Frau. Wie betäubt von seinem Verlangen erwiderte er die Berührung ihrer Zunge mit seiner. Ihre Hände umfingen seine, hielten ihn wie gefangen auf seinem Stuhl. Ihrer beider Pulsschlag vibrierte zwischen ihnen, Handfläche an Handfläche.

Es war ein verwirrendes, bereitwilliges Ergeben, in dem Ryder sich eine letzte sichere Grenze setzte. Nur ein Kuss! Nur das! Ein einziger Kuss! Doch er küsste wie blind, leidenschaftlich, erfüllt von schmerzlicher Zärtlichkeit durch die sinnliche Großzügigkeit ihres Mundes.

Ohne den Kuss zu beenden, gab sie seine Hände frei und ließ ihre Finger seine Arme hinaufwandern. Sie umfing seinen Kopf und zog seinen Mund zu sich herunter. Sie kniete zwischen seinen gespreizten Beinen. Seine Hände strichen durch ihr Haar, ehe sie ihre nackten Schultern fanden und an ihrer Kehle und über das Band aus schwarzem Samt hinaufglitten.

Als sie ihre Lippen schließlich von seinen löste, war ihm gleichzeitig nach Lachen, Stöhnen und Verzweiflung zumute. Ihre Finger streichelten über seinen Rücken und glitten unter sein Hemd, während seine die Schwellung ihrer Brüste fanden. Er umschloss sie mit seinen Händen, das süße Gewicht unter der zarten Seide, ihre Brustwarzen waren hart, drängten sich gegen seine Daumen.

Sie stöhnte leise, als er sie stimulierte, dann küsste sie ihn wieder. Während ihre Lippen suchten und fanden, öffnete sie die Knöpfe seiner Hose. Lust verzehrte ihn wie eine Flamme, konzentrierte sich auf dieses pochende Zentrum, als sie ihn befreite und ihre Hand seinen harten Schaft umschloss. Ihre

Bewegungen zeugten von Erfahrung, als sie an seinem Penis hoch- und niederfuhr und dabei dessen Spitze mit ihrem Daumen reizte. Ryders Verstand pulsierte von farbigen Lichtern. Sein ganzer Körper pochte vor köstlicher Lust.

Er warf den Kopf in den Nacken, um den Kuss abzubrechen – die letzten dornigen Sträucher des Dschungels zerrten noch an seinem Bewusstsein –, doch sie packte seine Hände und drückte seine Arme auseinander, ehe sie den Kopf senkte, um sein heiß pulsierendes Glied mit ihrem Mund zu umschließen.

Das war die reine Intensität. Seidig, köstlich. Ihre Zunge tanzte. Sie vollführte verruchte Spiele mit ihren Zähnen. Er nahm nur noch diese Gefühle war, so konzentriert wie ein Blitz, so hinreißend wie ein Höhepunkt – aber dennoch hinausgezögert, als ob sie wüsste, wie sie ihn an den Rand der Ekstase treiben und ihn dort halten konnte.

Er hörte ein Stöhnen, als unzusammenhängende Töne der Lust aus seinen zitternden Lungen aufstiegen. Seine Hände griffen ihre, umfassten sie hart. Ihr Mund tauchte ihn in weiße Vergessenheit. Die Ekstase baute sich auf, fast zum Höhepunkt. Sein Kopf fiel zurück, seine Muskeln waren angespannt, ihre Hände drückten seine. Doch mit einem letzten Stoß ihrer Zunge ließ sie ihn frei. Verzweifelt und verrückt vor Lust öffnete er die Augen.

Sie stand auf und trat einen Schritt zurück. Unter schweren Lidern sah er zu, wie sie ihr Kleid an beiden Schultern aufknöpfte. Als zarter Hauch von Seide glitt es herunter bis auf ihre Knöchel. Ihre Augen waren riesig und dunkel und bezauberten ihn, ihr Lächeln eine entzückende Verführung. Als sie nur noch Hemd und Mieder trug, beugte sie sich hinunter, um ihn wieder zu küssen. Sein Atem brannte ihm in den Lungen, als sie ihr Hemd hob und sich mit gespreizten Beinen auf seinen Schoß setzte. Während sie sich küssten, nahm sie seine Erektion in sich auf.

Obwohl Ryder beinahe wieder Herr seiner Sinne war, schaffte er es nicht, sich aus ihr zurückzuziehen und sie zurückzuweisen.

Ein solcher Heiliger war er schließlich doch nicht.

Stattdessen barg er das Gesicht an ihrer Schulter und stieß hart zu, versuchte, sie tiefer zu erkunden, jedes ihrer süßen Geheimnisse zu entdecken. Während er eintauchte und sich zurückzog und wieder zustieß, streichelte ihr Schoß ihn mit köstlicher Raffinesse. Niemals zuvor war er in den Genuss eines solches Gefühls gekommen. Nichts als Süße. Nichts als Hitze. Nichts als Lust. Als er ein letztes Mal mit sinnenraubender Intensität in sie stieß, schloss ihr Schoß sich fest um ihn, bevor der Strom seines Samens ihn in ekstatische Vergessenheit zog.

Ein feiner Schweißfilm überzog seinen Körper. Er ließ den Kopf zurückfallen und kämpfte um ruhigen Atem, während er sie noch fest an sich gezogen hielt. Sie legte die Arme um seinen Nacken und hauchte kleine Küsse auf sein Gesicht und sein Haar.

»Ah, mein süßer Sir Lancelot«, flüsterte sie in sein Ohr. »Ihr seid also doch nicht so zurückhaltend!«

»Nein, meine Freunde nennen mich Ryder –« Er versuchte, zumindest einen vernünftigen Gedanken zu fassen. »Aber ich dachte, Ihr wolltet mich loswerden?«

»Dachtet Ihr das?« Ihre Stimme schnurrte. »Was hattet Ihr denn vor, als Ihr darauf bestanden habt, dass ich bleibe?«

»Ich hatte vor, nach Hause zu gehen.«

»Nein. Ihr dachtet, Ihr solltet mich nicht allein lassen.«

»Ich habe Euch nicht getraut, war mir nicht sicher, ob Ihr nicht doch etwas Verzweifeltes zu tun versuchen würdet.«

Sie schmiegte sich enger an ihn, noch immer saß sie auf seinen Hüften. »Ihr hattet recht.«

Er hob den Kopf und sah ihr in die Augen, die groß und dunkel waren, voller Geheimnisse und Humor. Sein Herz schlug wie wild.

»Wer seid Ihr? Ich weiß nicht einmal Euren wahren Namen.«

»Ah, nicht jetzt! Der Morgen ist für unsere Abrechnung noch früh genug. Schließlich habt Ihr mich durch einen Schwur gebunden – ich werde nicht gehen, ohne Euch über meine missliche Lage entweder die Wahrheit zu sagen oder Euch die Gelegenheit zu geben, mir zu helfen. Es erschien mir am einfachsten, bis dahin einem Verlangen nachzugeben, das wir so offensichtlich gemeinsam hatten, oder?«

Ryder betrachtete ihr Gesicht. Ja, sie hatte es ebenso sehr gewollt wie er. Um sich der Lebendigkeit ihrer Existenz zu vergewissern? Um ihre Macht und ihre Identität wiederzuentdecken, nachdem ihr Ehemann sie so grausam verraten hatte? Wenn es so war, dann lag vielleicht keine Sünde darin. Nur die reine Flamme der Leidenschaft, die alle Kränkung fortbrannte. Allen Zweifel. Alle Pflicht und Standeserwartung.

»Ja«, sagte er, als ein neues, aber untrügliches Wissen in seinen Adern zu pulsieren begann. »Aber war es nicht doch eine Sünde, als Lancelot sich Guinevere so leicht ergeben hat?«

»Nein.« Ihre Augen waren bodenlos tief. »Sie wäre gestorben, wenn er weniger großzügig gewesen wäre. Und jetzt, Mylord, solltet ihr ein Bedürfnis nach Schlaf haben, und nicht danach, wie ein Wahnsinniger durch den Sturm nach Hause zu reiten.«

»Mein Bedürfnis«, entgegnete er, »hat höchstwahrscheinlich gerade mit Schlaf recht wenig zu tun.«

»Dann würde Euch ein wenig mehr Verderbtheit gefallen?

Das Bett ist wirklich sehr bequem. Wollen wir uns dorthin zurückziehen?«

Er war Blackdowns Erbe, der Mann, von dem das Wohlergehen tausender Pächter und anderer Menschen abhing, ein Mann von Verstand und Ehre, ein Mann, der nicht mit der Ehefrau eines anderen schlief. Und doch fühlte er sich lebendiger, als Lord Ryderbourne sich je gefühlt hatte, so, als wäre Laurence Duvall Devoran St. George plötzlich wiedergeboren worden. Er stöhnte wie ein Mann, der ausgepeitscht wurde, dann hob er sie hoch und trug sie, ihre Beine noch um seine Hüften geschlungen, zum Bett.

Er setzte sie auf die Laken. So anmutig wie Sternenlicht sank sie in die Kissen.

»Und wie steht es um Euer Bedürfnis?«, fragte er.

»Mein Bedürfnis war, eine Erinnerung zu haben an meinen Ritter in seiner glänzenden Rüstung.«

Ryder streifte seine Stiefel ab, dann zerrte er sich das Hemd über den Kopf.

»Nicht nur eine Erinnerung«, sagte er. »Eine ganze Nacht davon.«

Kapitel 3

Er hatte sich geweigert, sie als eine Art Leihgabe zu sehen. Er würde sie nicht gehen lassen. Um das wiedergutzumachen, was sie ihm bereits schuldete und was sie noch gezwungen sein würde, zu tun, gab es nur eine Möglichkeit. Und das war in diesem Fall wirklich kein Opfer. Denn Lord Ryderbourne war attraktiv und jung, stark und muskulös wie ein Rennpferd. Seine Hände, sein Haar, seine Haut, seine Zähne, alles spiegelte energiegeladene Jugend und ein Leben akribischer Gewohnheit wider.

Doch der Ausdruck um seinen Mund verriet auch, dass sein Leben von Selbstbeherrschung und Verantwortung bestimmt wurde. Seine Augen verfolgten sie. Die Klugheit und die natürliche Freude, die mit all dem Drum und Dran seiner gesellschaftlichen Stellung und konventioneller Moralvorstellungen belastet waren. Flüchtete er niemals? Hatte er sich nie gestattet, mal über die Stränge zu schlagen?

Jetzt hatte ihn der Wein ein wenig betrunken gemacht, weit stärker berauscht war er jedoch von der Lust, die sie ihm gegeben hatte. Es gab einen Weg, die Balance wiederherzustellen, die Falten der Anspannung in seinem Gesicht zu glätten. Doch Miracle hatte nicht die Absicht, ihm auch nur einen Moment des Nachdenkens zu gestatten.

»Dann kommt zu Bett, Mylord«, sagte sie. »Unsere Bedürfnisse sind dieselben.«

Groß und schlank, durchtrainiert und kraftvoll stand er vor ihr und warf sein Hemd beiseite. Sein dunkler Blick überwältigte in seiner Intensität.

Miracle kniete sich hin und legte beide Hände auf seine

Brust, dann beugte sie sich vor und reizte mit der Zungenspitze erst die eine, dann die andere Brustwarze und streifte ihm dabei die Hose herunter. Sein Atem kam stoßweise. Er schob ihr das Hemd von den Schultern, seine Fingerspitzen zeichneten den Schwung ihrer Brüste nach. Irgendetwas in der natürlichen Wertschätzung seiner zarten Bewegungen traf sie bis ins Herz.

Seine Hände waren so behutsam und sanft! Als er sich herunterbeugte, um ihre Brustwarzen zu küssen, war sein Mund so empfindsam, als wäre er der Gnade seiner Zunge ausgeliefert, als wüsste er in seiner Seele, was ihr gefiel, als würde er sie mehr zu ihrem Vergnügen als zu seinem eigenen streicheln.

Über große Erfahrung verfügte er nicht. Gewiss war er keine Jungfrau mehr, aber er war auch nicht besonders routiniert. Es war nicht Können, was sie so tief anrührte: nichts Geschicktes oder Ausgefallenes oder Verruchtes, keiner von den Tricks, die jeder Frauenheld mit seinen Fingerspitzen vollführte.

Stattdessen überwältigte Lord Ryderbourne ihr Herz. Es war diese fast schmerzliche Empfindsamkeit ohne jeglichen Zynismus. Diese frappierende Unschuld, gepaart mit einer wunderbaren Großzügigkeit des Geistes. Es war dieses Einmalige, das sie nicht erwartet hatte, auf das sie nicht hatte vorbereitet sein können. Miracle zitterte, als sie das Risiko erkannte, das sie unbeabsichtigt eingegangen war: Dieser Mann drohte, ihre Seele zu berühren und sie zum Schmelzen zu bringen.

Selbst in den dunkelsten Tiefen seiner Leidenschaft, lange nachdem er ihr das Mieder und den Unterrock ausgezogen hatte, lange nachdem sie beide aufgehört hatten, Zartheit und Sanftheit zu wollen, hatte er sie auf eine Art behandelt, wie sie sie nie zuvor erlebt hatte. Stark und sanft, wild und sinnlich brachte er sie wieder und wieder an den Rand der Ekstase und ließ sie sich dann in ihr verlieren.

Sie weinte über diese Macht und verabscheute sich dafür, so schwach zu sein.

Doch sie nutzte jede Fertigkeit, die sie je erlernt hatte, um ihm noch größere Lust zu bereiten, um ihn mit noch größerer Intensität fühlen zu lassen. Wie hätte sie wissen können, dass sie viel mehr zurückbekommen würde als sie gab?

»Ist das Liebemachen ein Duell?«, fragte er sie irgendwann, seine Augen verhangen, seine Stimme außer Atem.

Die letzten Kerzen zerflossen auf dem Tisch, warfen unruhige Schatten.

Sie hob den Kopf von seiner Schulter. Mit jeder Faser ihres Seins spürte sie seine Fingerspitzen, die langsam über ihren Leib strichen. Kein Mann zuvor hatte sie jemals so berührt – als wäre sie schöner als das Leben selbst. Diese leichte Zärtlichkeit bewegte sie tiefer, als sie es je für möglich gehalten hätte.

»Warum ein Duell?«

Sein Blick schimmerte so dunkel wie der Ozean bei Mitternacht. »Vielleicht weil am Ende der Tod stehen kann.«

»*La petite mort?*«

»Nein«, sagte er und lächelte sie an. Der Schein der Kerzen strich trügerisch über sein Gesicht. »Nicht unbedingt der kleine Tod des Höhepunkts, sondern der Tod der Seele, des Menschen, der er einmal gewesen ist.«

Als hätte der Winter das Zimmer betreten, bekam sie eine Gänsehaut. »So tief seid Ihr von ein wenig Liebe beeindruckt, Mylord?«

Er lachte und rollte sich auf den Rücken, dann nahm er ihr Kinn zwischen seinen Daumen und Zeigefinger, um mit ihrer Unterlippe zu spielen. »Ich wurde bezwungen, Liebste. Ich werde nie wieder derselbe sein.«

Eine weitere Kerze erlosch, als Ryder den Kopf senkte, um Miracle wieder zu küssen, und damit die Kälte vertrieb.

Doch irgendetwas Unerklärliches, irgendetwas Zerbrechliches und sorgsam Verwahrtes schien in ihrem Herzen zu zerspringen. War es ein schrecklicher Fehler gewesen zu denken, sie könnte ihre Schuld auf diese Weise zurückzahlen und alles wäre vergessen? Natürlich würde ihm nichts von dem, was zwischen ihnen geschehen war, schaden. Sie kannte die Männer. Sie wusste, wie sie den Sex wirklich sahen, welche blumigen Phrasen sie auch immer dabei benutzen mochten. Sie wusste, dass er froh sein würde, sie nie wiederzusehen, wenn sie ihm erst die Wahrheit über sich gesagt hatte.

Doch jetzt war er hier, zärtlich und warmherzig und wahrhaft. Der Morgen lag noch Stunden fern. Miracle erwiderte den Kuss und eroberte seinen Mund, während sie die Hände über seinen Rücken gleiten ließ, um seinen Po zu umfassen.

Als sie aufwachte und die Hand nach ihm ausstreckte, durchlebte sie einen Moment heftiger Panik, weil sie annahm, er wäre fort. Doch er war lediglich aufgestanden, um die Fensterläden zu öffnen. Seine Silhouette zeichnete sich gegen den Nachthimmel ab. Ein schwacher Lichtstrahl gab dem ausgestreckten muskulösen Arm, seinen nackten Schultern und seinem breiten Rücken Kontur: ein silberner Schimmer, der die Schönheit seines herrlichen Körpers betonte, der in seiner Männlichkeit sorglos und sicher wirkte.

Als hätte Ryder in dem Moment gespürt, dass sie aufgewacht war, wandte er sich um und kehrte zum Bett zurück. Er ließ sich zwischen die Decken gleiten und zog Miracle wieder in seine Arme. Sie entspannte sich in seiner Umarmung und lehnte den Kopf an seine Schulter. Ihre Hand ruhte auf seinem Herzen, und sie fühlte sich wie verzaubert von dem gleichmäßigen Schlag seines starken Lebens.

Es hatte aufgehört zu regnen. Durch die offen stehenden Fensterläden konnte man eine Hand voll Sterne am samtenen Himmel sehen. Sie schaute hinauf zu einem verhangenen gelblichen Schimmer, als würden ihre Gedanken an einen Ort des Friedens fließen, als wäre seine Umarmung ein sicherer Hafen, den sie nach einer langen und gefährlichen Reise erreicht hatte.

»Das muss der Jupiter sein«, sagte sie.

»Ihr kennt die Planeten?« Seine Stimme klang heiser, und sein Atem drang warm an ihr Ohr.

»Der Jupiter braucht elf Jahre, dreihundertdreizehn Tage, achtzig Stunden, fünfunddreißig Minuten und vier Sekunden, um die Sonne zu umkreisen.«

»Woher wisst Ihr das?«

»Ich war fast genau so viele Jahre alt, als ich es zum ersten Mal hörte, deshalb hab ich es behalten.«

Seine Finger strichen über ihr Haar, berührten federleicht ihre Schläfe. »Ihr habt Bücher über Astronomie gelesen, noch bevor Ihr zwölf Jahre alt gewesen seid?«

»Nein, aber ich habe die Sterne durch ein Teleskop gesehen, und man hat mir alles darüber erzählt. Der Jupiter hat vier Monde. Der Saturn sieben. Etwas über die Sterne zu lernen, war wie eine Offenbarung für mich, ein Wunder. Bis dahin war der Himmel für mich nur eine funkelnde Decke gewesen, die über die Erde gebreitet war. Danach war es dann, als könnte ich mich in jener unermesslichen Unendlichkeit verlieren, wann immer ich wollte.«

»Wünscht Ihr noch immer, Euch zu verlieren?«

Sie setzte sich auf, seine Hand glitt auf ihre Hüfte herunter, wo er sie ruhen ließ. Seine Finger hoben sich dunkel von ihrer weißen Haut ab, die im trüben Licht sanft schimmerte.

»Es gibt über tausend Sterne«, sagte sie. »Jeder einzelne

davon ist eine Sonne, und jeder liegt im Zentrum seines eigenen Systems von Planeten. Ich habe immer Trost in dieser Vorstellung gefunden.«

»In der Vollkommenheit der Schöpfung?«

»Nein, das nicht. Eher in deren unendlicher Unvollkommenheit. Als ich klein war, habe ich gedacht, das Universum muss vollkommen sein, aber selbst unsere Sonne hat dunkle Flecken. Diese Flecken wachsen und schwinden, als würden aus einem Hochofen verglühte Kohlebrocken nach dem Zufallsprinzip ausgestoßen.«

Langsam strich er mit der Hand an ihrem Rücken hoch, als wollte er sich dessen Form in sein Gedächtnis einbrennen. Dann begann er, seine Finger müßig mit ihrem Haar spielen zu lassen. »Das steht aber nicht im Widerspruch zu ihrer Vollkommenheit.«

Miracle neigte den Kopf und schloss die Augen. »Habt Ihr jemals in die Sterne geschaut, als Ihr noch ein Junge wart?«

Ryder zögerte nur für einen Moment, ehe er antwortete. »In Wyldshay bin ich manchmal des Nachts allein auf das Dach des Fortune Towers geschlichen. Aber nicht, um die Sterne zu sehen, sondern um ihnen zuzuhören.«

»Ihnen zuzuhören?«

»Ich habe meine Ohren angestrengt, die feinen hohen Töne zu hören, die die Planeten singen, wenn sie sich in ihren Umlaufbahnen bewegen. In manchen Nächten habe ich sogar geglaubt, ich könnte es.«

»Vielleicht war es ja so.«

Er griff nach der Bürste, die auf dem Nachttisch lag. »Vielleicht hat aber auch nur der Wind in den Schnüren des Fahnenmasts gesungen. Oder es war sein Seufzen, wenn er um die Wasserspeier und Zinnen gestrichen ist.«

»Nein. Ihr habt die Musik der Sphären gehört. Es ist eine sehr traurige Melodie, die nach Einsamkeit klingt.«

»Einsam war ich nicht. Ich hatte einen Bruder und Schwestern, und ich lebte in einem Haus voller Dienstboten.«

Er begann, ihr zersaustes Haar zu bürsten. Langsame Bürstenstriche glitten von ihrer Kopfhaut bis zu ihrer Taille. Ein Prickeln der Lust tanzte ihnen hinterher, als schien sie unter seiner Fürsorge zu schmelzen.

»Ihr strengt Eure Ohren noch immer an, dieses geheime Lied zu hören«, stellte sie fest. »Eure Seele hat ihre Schwingen nach der Harmonie des Universums ausgestreckt. Es ist unsere beste Flucht aus dem Chaos.«

»Ich hätte es nicht so gesagt, aber vielleicht vertreiben sich alle Kinder die Zeit mit solchen Dingen, selbst wenn das Leben etwas anderes verlangt.«

»Ihr wurdet als Erbe eines Herzogtums geboren«, sagte sie. »Man muss eine Menge von Euch verlangt haben.«

Einige Minuten lang fuhr er schweigend fort, ihr Haar zu bürsten. Die Berührung ließ Miracle vor Lust zittern, und sie starrte auf das von den geöffneten Fensterläden gerahmte kleine Rechteck des Himmels und die ferne Majestät des Königs der Götter.

»Wart Ihr einsam als Kind?«, fragte er schließlich. »Als man Euch von den Sternen erzählt hat?«

»Ah!«, sagte sie. »Macht Euch um mich keine Gedanken.«

Ryder legte die Bürste beiseite und begann behutsam, ihr Haar zu flechten, dann löste er das Samtband von ihrem Hals, um den Zopf zu binden. »Ihr verkörpert die Vollkommenheit«, sagte er.

»Sagt das nicht!«

»Warum nicht? Die Silhouette Eures Rückens schimmert makellos im Sternenlicht. Eure Haut scheint fast transparent, als wärt Ihr ein Geist der Schönheit, ausgeschickt, nur um mich zu quälen.«

Sie wandte sich um und schaute ihn an, sah in seine dunklen Augen, auf das zerzauste Haar, die starke männliche Kehle, die breite Brust. Mit einer Fingerspitze zeichnete er langsam den Umriss ihrer Brust und ihrer Brustwarze nach, als bepinselte er sie mit Sternenlicht. Die empfindsame Spitze richtete sich auf, Verlangen strömte in ihren Schoß.

»Ich quäle Euch?«, fragte sie.

»Mit dem Versprechen auf noch mehr Glückseligkeit.«

Miracle betrachtete ihn, sah seine Herrlichkeit wie durch einen Schleier aus Sternenschein und plötzlich aufsteigenden Tränen. Sie nahm ihm das Samtband aus der Hand, schloss beide Hände um sein Gesicht und zog seinen Mund nah an ihren.

»Ich bin kein Geist, Mylord, nur eine Frau –«

Er unterbrach sie mit einem Kuss. Miracle erwiderte die Berührung seiner Zunge. Sie schob ihren Oberschenkel über seinen und hielt seine über den Kopf gestreckten Arme fest. Sein Begehren drückte sich hart gegen ihren Bauch. Langsam, köstlich langsam, zog sie sich von dem erschreckenden Abgrund zurück, der sich gerade vor ihr aufzutun schien. Sie hielt Ryder fest und zog ihn mit sich.

Als Ryder erwachte, hatten sich die Bettlaken wie ein Leichentuch um seine Beine gewickelt. Er befreite sich aus ihnen und stützte dann seinen pochenden Kopf in beide Hände. Tageslicht flutete das Zimmer. Nicht das perlenschimmernde Grau der ersten Dämmerung. Helles, strahlendes Licht. Das Geklapper emsiger Aktivität klang vom Hof des Gasthauses herauf.

Obwohl das Licht in seinen Augen schmerzte, zwang Ryder sich dazu, sich im Zimmer umzusehen. Harte gelbe Strahlen prallten gegen die Wände und beleuchteten grell den kalten Kamin und die billigen Möbel. Das Feuer war erloschen. Er setzte sich auf.

Sie war fort.

Eine Fliege umkreiste träge das kalt gewordene Essen auf dem Tisch.

Ich mag alles, vom Einfachen bis zum Exotischen ...

Sie war fort. Für einen Moment wusste er nicht, ob er es ertragen konnte.

Er ließ den Kopf zurück in die Kissen fallen und drückte beide Hände auf die Augen. Erinnerungen wirbelten durcheinander, er fühlte sich wie in einem Sog der Gefühle. Seine Zunge, seine Beine, sein Rücken, sein ganzer Körper schmerzten süß in tiefer körperlicher Erschöpfung, als wäre seine Seele ausgeplündert worden. Sein Kopf schmerzte – das aber leider ganz und gar nicht süß –, als wäre ein Dampfhammer dabei, ihm das Hirn aus dem Schädel zu treiben.

Zum Teufel, wie viel Wein hatte es gebraucht? Wie viele Flaschen waren nötig gewesen, um den Mut zu finden wider besseren Wissens Liebe mit einer Fremden zu machen?

Sie hatte ihn verführt. Doch am Ende hatte die Verantwortung bei ihm gelegen. Er hatte Plattitüden über Ehre und Pflicht von sich gegeben. Aber dann hatte er nicht gezögert, die Verletzlichkeit einer Frau auszunutzen, die nur wenige Stunden zuvor knapp dem Ertrinken entkommen war, einer Frau, die von ihrem Ehemann geschlagen und dann in einem Boot ausgesetzt worden war, damit sie auf dem Meer umkam.

In ihrer blinden Suche nach Trost war sie mit einem Fremden ins Bett gegangen und hatte sogar einige schmerzliche und sehr persönliche Einblicke mit ihm geteilt. Offensichtlich bereute sie es. Und deshalb war sie gegangen.

Aber natürlich hatte sie recht damit. Zusammen aufzuwachen hätte ihnen beiden die Peinlichkeit beschert, sich dem stellen zu müssen, was sie getan hatten.

Seine Hände zitterten, als eine Welle von Schmerz seine Handflächen feucht werden ließ. Nicht der Schmerz von zu viel Wein. Es war der Schmerz von Selbstekel. Sie hatte ihn um ein Darlehen gebeten. Sie hatte sich verzweifelt gewünscht zu gehen. Mit der Behauptung, es wäre nur zu ihrem Besten, hatte er darauf bestanden, dass sie die Nacht mit ihm verbrachte.

Hatte er im tiefsten Inneren gewusst, dass er ihr keinen anderen Ausweg gelassen hatte, als mit ihm das Bett zu teilen? Wenn es so war, dann verabscheute er sich für seine Doppelzüngigkeit. Doch wie könnte er die Glückseligkeit bereuen, die er erlebt hatte?

Er hatte ihr gesagt, dass er keine Jungfrau mehr war. So weit, so gut. Jetzt wusste er, dass er über nicht mehr Wissen oder Erfahrung verfügt hatte als ein grüner Junge. Sie hatte ihren Mund benutzt, um ihn an den Rand des Wahnsinns zu bringen. Sie hatte ihre Hände benutzt. Ihre Zunge. Ihre Beine. Ihre Brüste. Ihren Körper. Sie hatte vor nichts gezögert und hatte Dinge getan, die er sich nie vorzustellen gewagt hatte, hatte ihn an Orte geführt, von deren Existenz er nicht einmal etwas geahnt hatte – und sie hatte dabei eine unersättliche Potenz entfacht.

Das war vielleicht am leichtesten zu verstehen: die fordernden Bedürfnisse des Körpers. Doch sie hatten auch geredet, so wie Liebende oder Seelenverwandte, die ihre Träume miteinander teilten, ihre Träume über Sterne und Kindheit.

Gott! Warum hatte er ihr von diesen naiven Nachtwachen seiner Jungenzeit auf dem Dach des Fortune Towers erzählt?

Er hatte seit Jahren nicht mehr daran gedacht. Er war seit damals nie wieder auf die Dächer von Wyldshay gestiegen. Und doch hatte er sich daran erinnert, als wäre es gestern gewesen, dass er zum ersten Mal geglaubt hatte, er könnte das zu einer Harmonie vereinte hohe Singen des Merkur und tiefe Brummen des Saturn hören. Es war am Ende seiner Kinderzeit gewesen, kurz darauf hatte er nämlich erkennen müssen, dass es in seiner Zukunft keinen Platz für Fantasie gab.

Doch sie war aufgewacht und hatte das Geschehene bereut und war geflohen. Um ihm das Herz aus der Brust zu reißen und es mit sich fortzunehmen?

Vielleicht war er verrückt geworden? Denn selbst auf dem Gipfel seiner Leidenschaft hatte sein Verstand kühl das Ausmaß seiner Narrheit erkannt: Lord Ryderbourne, Faszinosum und Maßstab der Gesellschaft, hatte es einer Fremden, der er zufällig begegnet war, erlaubt, seine Seele zu enthüllen.

War das Besessenheit? War es das, was Sir Lancelot getrieben hatte, sein Land, seinen König, seinen besten Freund zu verraten?

Ryder zwang sich aus dem Bett und trat nackt wie er war ans Fenster. Getrockneter Schweiß lag wie Salz auf seiner Haut. Das Haar klebte ihm am Kopf. Ihn umgab der Geruch nach Moschus und nach Orangen und Lavendel.

Seine Kleider lagen ordentlich zusammengelegt auf einem Stuhl. Die Kleider, die er ihr gebracht hatte, waren weg. Sie hatte sie vermutlich mitgenommen – und offensichtlich auch seinen Umhang.

Natürlich hatte sie ihren Pakt gebrochen. Er würde niemals die Wahrheit über sie erfahren noch ihr helfen können. Doch so ordentlich, als hätte sie es mit ihrem schwarzen Samtband gebunden, hatte sie stattdessen seiner Unerfahrenheit und seiner Heuchelei ein Geschenk gemacht.

Und was zur Hölle hatte er ihr dafür zurückgegeben?

Ryder ging zu seiner Hose, die noch dort lag, wo er sie in der vergangenen Nacht achtlos hatte fallen lassen. Er hob sie auf und betastete die Tasche. Seine Börse war noch da. Er schüttete die Münzen auf den Tisch. Sie hatte nichts genommen, nur die Kleider und seinen Umhang. Also hatte sie nicht einen einzigen Penny bei sich. War sie zurück zur Küste und dort entlang geflohen, geradenwegs in die Hände ihres Ehemannes, der schon einmal versucht hatte, sie zu töten?

Er füllte ein Glas mit dem von ihrem gemeinsamen Mahl übrig gebliebenen Wein. Verfügte man über Reichtum, konnte man fast alles kaufen. Nur schade, dass ein Mann sich nicht auch seinen Verstand kaufen konnte! Nicht einmal Ehre konnte man kaufen. Ryder ließ den Wein stehen, stieg in seine Hosen, ging zur Tür und riss sie auf.

Auf sein Rufen kam ein Mann herbeigelaufen: Jenkins, dem das Gasthaus gehörte und der sich aber auch um seinen Wallach kümmerte.

»Bringt mir heißes Wasser und meine Reitkleidung«, befahl Ryder. »Schickt die Mädchen, damit sie hier für Ordnung sorgen, und lasst das Frühstück servieren. Sattelt mein Pferd, es soll in einer halben Stunde bereit stehen. Ihr könnt mir die Rechnung für alles nach Wyldshay schicken.«

Der Mann zupfte an seiner Stirnlocke. »Ja, Mylord.«

Ryder wandte sich zurück ins Zimmer. Etwas Kleines, Weißes erregte seine Aufmerksamkeit. Er starrte es an: ein weißer Satinschuh lag zusammengerollt auf der Bettkante.

»Mylord?«

Er schaute auf. Jenkins stand noch immer an der Tür. »Ja?«, sagte Ryder. »Was gibt's?«

»Und die Rechnung der Lady, Mylord? Die können wir auch schicken, nicht wahr?«

»Welche Rechnung?«

Jenkins wirkte nervös, als er einen Schritt zurücktrat. »Für das Pferd und den Sattel, Mylord. Und für die Esswaren. Für die Kleider und die Reitstiefel und die Handschuhe und den Hut – ja und die Satteltaschen, um alles zu transportieren. Und für den Führer, der sie direkt zur Straße nach London bringen sollte. Die Lady hat gesagt, das alles wäre auf Eure Anordnung hin.«

»Ein *Pferd*?«

»Sie hat gesagt, sie kann kein Mietpferd nehmen, weil sie nicht weiß, ob sie es zurückgeben kann, Mylord. Sie hat dann den Sattel meiner Tochter gleich dazu erworben. Sie hat gesagt, es wäre alles in Ordnung, was immer auch es kosten würde. Ein Reitpferd für eine Lady ist schwer zu bekommen, jetzt, da wir nach dem Erdrutsch unseren ganzen Handel verloren haben.«

Fast ungläubig starrte Ryder ihn an. »Welches Pferd zum Teufel habt Ihr ihr verkauft?«

»Das beste, das ich noch zurückbehalten hatte, Mylord: das große kastanienbraune mit der Stirnblesse und dem großen weißen Fleck auf der Kruppe, der aussieht wie die Landkarte von Irland. Die Lady hat zwar gesagt, dass ihr das Aussehen nicht so ganz gefällt, aber das Pferd wird viele Meilen laufen, ohne zu ermüden, und es ist so sanft wie ein Lamm. Dann wollte sie noch das Reitkostüm meiner Tochter. Es ist ganz schlicht braun, aber aus sehr guter Wolle. Meine Tochter hat es erst im letzten Winter bekommen. Nun, und dann waren da noch all die anderen Kleinigkeiten, die sie mitnehmen wollte. Aber da unser Geschäft jetzt nicht mehr so recht läuft, ist das alles nicht einfach für uns zu ersetzen. Die Lady hat gesagt, wir sollen uns keine Gedanken machen und alles einfach auf Eure Rechnung setzen. Auch die Stricke für die Fußfesseln.«

»Fußfesseln?«

»Ja, Mylord. Wie die Zigeuner sie benutzen. Damit das Pferd nicht weglaufen kann, wenn es zum Grasen abgeschirrt wird.«

Die Heiterkeit traf Ryder wie der Schlag eines unsichtbaren Angreifers und überwältigte ihn. Lord Ryderbourne, Sohn und Erbe des Dukes of Blackdown, stand halbnackt in einem heruntergekommenen Schlafzimmer in einem heruntergewirtschafteten Gasthaus in Dorset, und es war so offensichtlich wie das Tageslicht, was hier im Bett geschehen war.

Nichtsdestotrotz waren die beflissenen Lakaien des Merry Monarch wie immer gesprungen, um seinen Befehlen zu gehorchen – selbst wenn sie von einer unbekannten Frau gegeben wurden, mit der er die wildeste Nacht seines Lebens verbracht hatte.

Er warf den Kopf in den Nacken und lachte, bis es wehtat. Kein Wort über all dies würde jemals das Dorf verlassen, aber wer konnte dem Wirt einen Vorwurf machen, wenn er vom Sohn des Dukes eine Stange Geld für sein Schweigen und das seiner Diener verlangte?

Niemand vom Personal sah ihn schief von der Seite an, während das Zimmer hergerichtet, der Tisch abgeräumt, die zerwühlten Laken vom Bett abgezogen wurden. Alice und Mary schleppten reichliche Mengen von heißem Wasser herbei und brachten ihm seine Reitkleidung, gewaschen und gebügelt. Die Waschfrau, die die halbe Nacht gearbeitet haben musste, war sicher gewesen, großzügig für ihre Dienste entlohnt zu werden.

Sobald Ryder sich gewaschen und angekleidet hatte, sein Haar war noch feucht von dem Wasser, in das er seinen Kopf getaucht hatte, trug Jenkins auch schon ein Tablett mit Kaffee, Eiern, Rindfleisch und Speck herein. Dreißig Minuten später und frei von jeglicher sichtbarer Spur seines nächtlichen Abenteuers, saß Ryder am Fenster und schaute über die Häuser des Dorfes hinweg zum Strand.

Die Boote waren weg, hinausgefahren zum täglichen Fischfang. In Wyldshay wartete eine Million Aufgaben auf ihn, eine Last an Arbeit, die auf ihre Art so groß war wie die eines jeden Dorfbewohners, wenn nicht um vieles größer. Auf dem Hof des Gasthauses führte Jenkins den schwarzen Wallach hin und her. Doch Ryder saß da wie gelähmt, während die Gedanken durch seinen Kopf wirbelten.

Sie hatte ihm einen Schuh aus Satin zurückgelassen.

Und Erinnerungen –

Er stieß einen Fluch aus und stand auf, dann ging er mit entschlossenen Schritten zur Tür. Selbst wenn er ihr hinterherritt, hatte sie doch einige Stunden Vorsprung. Hätte sie weitere Hilfe von ihm gewünscht, wäre sie geblieben und hätte ihn darum gebeten. Stattdessen war sie wortbrüchig geworden. Sie hatte ihr Versprechen nicht eingehalten.

Die Episode war vorüber. Er würde diese Frau sehr wahrscheinlich nie wiedersehen. Er hatte ein eigenes Leben, das seine ganze Zeit in Anspruch nahm.

Mit großen Schritten ging er hinaus in den Hof, wo die Sonne ihn begrüßte und sein Pferd den Kopf hob und wieherte. Jenkins ließ die Zügel fahren. Ryder schwang sich in den Sattel. Sobald er aus dem Dorf heraus war, drängte er den Wallach zu einem zügigen Trab, dann zu einem rasanten Galopp. Er hielt erst an, als er das erste Mauthäuschen erreichte.

Der Wächter kam heraus und legte den Finger an seine Mütze.

Einen Moment lang war Ryder versucht, nach einem kastanienbraunen Pferd zu fragen, dessen Fellzeichnung auf dem Rücken dem Umriss Irlands ähnelte.

Er unterließ es und griff stattdessen in seine Westentasche, um eine Münze herauszuholen. Seine Finger berührten ein zusammengefaltetes Stück Papier.

Vor Überraschung stellten sich ihm die Nackenhaare hoch. Er tat einen Blick auf die Vorderseite – sein Name, *Lord Ryderbourne*, stand in schwarzer Tinte in einer zierlichen Frauenhandschrift darauf. Er zerknüllte die Nachricht in seiner Faust, ehe er sie zurückschob. Er fand einige Pennys in einer anderen Tasche und ließ den geforderten Betrag in die Hand des Mautwächters fallen.

Während er nach Hause ritt, brannte die zerknüllte Nachricht auf seinem Herzen.

Die Mauern von Wyldshay stiegen aus dem See auf, in dem es erbaut worden war: jene großartige Festung aus Stein und Wasser. Seine Bestimmung.

Bevor er den Wald verließ, um das letzte Stück bis zur Brücke zu reiten, ließ Ryder sein Pferd zum Stehen kommen. Er griff in die Satteltasche. Der elfenbeinfarbene Slipper aus Satin lag seltsam schwer in seiner Hand. Warum zum Teufel hatte er das Gefühl gehabt, er müsste ihn behalten?

Der Wallach bewegte sich unruhig, er wollte zurück in seinen Stall.

Ryder schob den Schuh in seine Manteltasche und griff nach dem Brief, der noch auf seinem Herzen ruhte: die Nachricht, die er selbst nicht dorthin gesteckt hatte, die während seine Kleider in der Küche zum Trocknen gehangen hatten, in die Tasche geschoben worden sein musste, wo nur er sie finden konnte.

Es war eine schreckliche Versuchung, zu lesen, was sie geschrieben hatte: Vorwände, Entschuldigungen, Bitten, Lügen?

Die Fahne der St. Georges flatterte auf dem höchsten Turm von Wyldshay, der Wind peitschte den Stoff. Schwalben segelten über die Insel hinweg, die sowohl das Heim seiner

Kindheit als auch sein künftiges Erbe war. Das war seine Wirklichkeit, das war sein Leben. Der Schuh und die Nachricht waren ohne Bedeutung. Er würde beides entsorgen, sobald er in seinem Zimmer war. Eine verrückte Nacht, durchliebt mit einer fremden verheirateten Frau, würde irgendwann Vergangenheit sein, eine Erinnerung, an die man vielleicht noch eine Zeitlang dachte, aber die irgendwann vergessen sein würde.

Ryder ließ die Nachricht, wo sie war, nahm die Zügel in die Hand und ritt los.

Miracle entließ ihren Führer und sah dem Mann nach, als er davonritt, zurück zur Küste, zurück zum Merry Monarch und dem Fischerdorf. Die Morgendämmerung warf ihre langen Schatten durch den feinen Dunst, der über den Feldern und Klippen lag. Sie hatte Lord Ryderbourne in tiefem Schlaf in ihrem zerwühlten Bett zurückgelassen – den wunderbarsten Mann, dem sie je begegnet war.

Die Erinnerung brannte in ihrem Herzen. Würde er sich verraten und zurückgestoßen fühlen? Würde er denken, dass sie ihn beraubt hatte? Wahrscheinlich wohl zumindest seiner Ehre. Er hatte so sehr versucht, den Gentleman zu spielen. Er hatte nicht wirklich ihr Liebhaber sein wollen. Sie war niemals zuvor einem Mann wie ihm begegnet und konnte deshalb nur ahnen, wie er sich fühlen mochte.

Natürlich würde er wütend sein. Wütend, oder sogar angeekelt, oder vielleicht auch ein wenig gedemütigt. Aber sie kannte die Männer. Er würde ihre Begegnung schon bald als eine unbedeutende Episode abtun, als süße Erinnerung, dazu bestimmt, ins Nichts zu verschwinden.

Sie glaubte nicht, dass er ihr folgen würde, nachdem er die Nachricht gelesen hatte. Sie hatte sie ihm in seine Westentasche gesteckt, um sicher zu sein, dass er sie an der nächsten Mautstation finden würde. Sie glaubte auch nicht, dass er weiterhin wünschen würde, sie vor ihrem Schicksal zu bewahren. Er würde vielmehr erkennen, wie glücklich er allem entronnen war, wenn er erst wusste, wer sie war.

Und so war es ganz entschieden auch das Beste.

Sie klammerte sich an diese blinde Zuversicht, als sie ihr Pferd wenden ließ und weiterritt. Nicht in Richtung London. Hanley müsste ihr inzwischen auf der Spur sein, und die Hauptstadt war ein zu naheliegendes Ziel. Stattdessen ritt sie nach Norden. Sie wollte sich an die vielen kleinen Nebenstraßen halten, auf denen sie noch eine Chance zum Entkommen haben würde.

Immerhin besaß sie ein Pferd und einen Sattel, einen warmen Umhang, Kleider zum Wechseln, und sie hatte zu essen. Als Lord Ryderbourne ihr einen Kredit verweigert hatte, war es ihr nur gerecht erschienen, ihm im Tausch für das, was sie so verzweifelt brauchte, ihre Gunst anzubieten. Sein Geld ohne seine Einwilligung zu nehmen wäre Diebstahl gewesen. Falls Miracle noch andere Gründe hatte, sich unbehaglich zu fühlen, Geld für das zu nehmen, was sie geteilt hatten, so wollte sie sich mit diesen nicht befassen.

Einige Stunden begegnete ihr außer ein paar Farmarbeitern niemand. Neugierige Blicke und gelegentlich unverhohlenes Anstarren folgten ihr dann. Eine Lady in einem braunen Reitkostüm, die ohne die Begleitung eines Dieners ausritt. Auf diese Weise aufzufallen war entschieden ein Risiko, aber den Weg zu Fuß bewältigen zu müssen wäre noch schlimmer gewesen. Zu Fuß wäre sie zu langsam und zu angreifbar gewesen. Und auch wenn sie für einige Tage Essensvorräte haben mochte, so hatte sie doch kein Geld für eine Fahrt mit einer Kutsche.

Sie würde verlassene Scheunen finden oder verborgene Winkel, in denen sie die Nächte verbringen könnte, eingehüllt in seinen Umhang. Sie würde nur die öffentlichen Straßen benutzen, auf denen am wenigsten Verkehr war. Würde sie dann bei Dillard in Derbyshire sein, würde sie sich ihre Ersparnisse geben lassen und von dort mit der Kutsche nach Liverpool fahren.

Wenn sie Glück hatte, würde sie ihren Verfolgern immer einen Schritt voraus sein. Wenn sie Glück hatte, könnte sie doch noch entkommen.

Miracle war Stunde um Stunde geritten, hatte Meile um Meile zurückgelegt, als sie es hörte. Sie hielt an. Das Pferd warf den Kopf in den Nacken. Sie drehte sich um, ihr Herz donnerte, dann gab sie dem Kastanienbraunen einen Schlag mit der Gerte. Das Pferd machte einen so abrupten Sprung nach vorn, dass um sie herum Erde aufspritzte.

Doch der Klang folgte ihr wie ein Albtraum, er kam und ging bei jeder Biegung der Straße, bei jeder Lücke in der Hecke: das Bellen von Hunden.

Ryder ritt im Trab über die Brücke und unter dem hochgezogenen Fallgitter hindurch. Er schwang sich aus dem Sattel, während ein Stallknecht herbeigelaufen kam, um den Wallach zu übernehmen. Ohne einen Blick zurück betrat der Sohn des Dukes mit weit ausholenden Schritten die große Halle von Wyldshay, wobei er Hut und Handschuhe ablegte.

Dienstboten verneigten sich. »Mylord!«

Er nahm zwei Stufen auf einmal, dann ging er die endlos langen Korridore entlang, die zum Whitchurch Flügel führten, in dem die Zimmer lagen, die ihm zur persönlichen Nutzung zur Verfügung standen, seit er die Kinderzimmer verlassen hatte. Überall in diesem Haus stieß man auf etwas, das verdeutlichte, wem das Bauwerk seine Identität verdankte: Der heilige Georg prangte auf Wandbehängen, starrte arrogant von Gemälden, tötete sich windende Drachen, stand da in Stein gehauen. Über Türstürzen und Balken, an Decken und den gedrechselten Pfosten von Geländern, überall sprang das Familienmotto oder der Name St. George in das Bewusstsein eines jeden Bewohners.

Lord Ryderbourne, wisperten die Mauern, *Laurence Duvall Devoran St. George. Du bist zu Hause!*

Einer seiner Sekretäre schaute auf, als Ryder das Büro von Wyldshay betrat, das sich in unmittelbarer Nähe seiner privaten Räume befand.

Der Mann sprang auf. »Mylord!«

»Wir hatten für heute Morgen zehn Uhr eine Verabredung, Mr. Davis«, sagte Ryder. »Ich bin zu spät. War es etwas Dringendes?«

Natürlich war es dringend. Alles, was den Besitz betraf, war dringend. Immer. Die Blackdowns kontrollierten mehr als zwanzigtausend Morgen Land in Dorset, dazu zahllose Ländereien und Besitzungen in anderen Grafschaften. Das Herzogtum beschäftigte Haushofmeister und Sekretäre, Agenten und Haushälterinnen, und irgendjemand aus der Familie musste die Fäden zusammenhalten. Jemand musste die letzten Entscheidungen treffen.

Während er älter geworden war, hatte der Duke diese Aufgabe nach und nach auf seinen ältesten Sohn übertragen. Jetzt leitete Ryder Wyldshay fast allein.

Er arbeitete vom Nachmittag bis spät in den Abend hinein und hörte erst auf, als er bemerkte, dass das Gesicht seines Sekretärs grau vor Müdigkeit war.

»Es war nicht meine Absicht, Euch so über die Maßen zu

beanspruchen, Mr. Davis«, sagte er. »Lasst liegen, was noch getan werden muss. Erledigt es morgen, wenn Ihr mögt. Ich kann dies hier allein zu Ende machen.«

»Es ist mir eine Freude, mit Euch zu arbeiten, Mylord«, erwiderte der Sekretär. »Ich werde mich ausruhen, wenn wir fertig sind.«

Ryder lächelte. »Keine Schmeichelei, Sir. Macht eine Pause, um Himmels willen! Holt Euch etwas zu essen. Hier gibt es nichts, was nicht noch ein wenig warten kann.«

»Es ist keine Schmeichelei, Mylord«, sagte Davis. »Ich meinte es so. Es ist sowohl eine Ehre als auch eine Freude, mit Eurer Lordschaft zu arbeiten.«

Der Mann verließ das Zimmer. Ryder lehnte sich zurück und reckte sich, er war ein wenig nachdenklich. Davis mochte ihm die Wahrheit gesagt haben, auch wenn das – immer und ewig – unmöglich festzustellen sein würde. Es war einfach ein Teil von Ryders Leben, dass er niemals fähig sein würde, Schmeichelei von Aufrichtigkeit sicher unterscheiden zu können.

Wahrscheinlich, dachte er mit einem schiefen Lächeln, haben wir deswegen so wenige wahre Freunde!

Als die Tür wieder geöffnet wurde, schaute er nur kurz auf, weil er Davis zu sehen erwartete. Doch dann erhob er sich schnell und verneigte sich.

»Euer Gnaden!«

Klein, doch hoheitsvoll, betrat seine Mutter das Zimmer. Als sie ihn ansah, glaubte er, in seine eigenen Augen zu sehen, Augen so grün wie Glas. Von ihren blonden Haaren bis zu ihren Schuhen war sie die Verkörperung der Perfektion. Es war eine Perfektion, die zu erlangen, Ryder sich immer bemüht hatte, doch er wusste, dass er niemals so sein könnte.

»Seid Ihr von Sinnen, Ryderbourne?«, fragte sie. »Was tut Ihr hier?«

»Ich verwalte unsere Besitzungen«, entgegnete er. »Das tue ich. Auch wenn Eure Gnaden diesem Zimmer üblicherweise keine Besuche abstattet, so ist es doch Teil unserer Verwaltungsbüros.«

Sie zog die schön geschwungenen Augenbrauen hoch, als hätte er verkündet, er würde von nun an dem Müßiggang frönen. »Wir beschäftigen Verwalter, die sich um die Ländereien kümmern sollen. Ihr seid mein erstgeborener Sohn. Ihr seid gestern Morgen fortgeritten, um Lady Belinda Carhart einen Heiratsantrag zu machen. Diesem wirklich hübschen Mädchen, das zwar nicht unbedingt mit viel Verstand gesegnet ist, dafür aber über einen nicht zu unterschätzenden Einfluss verfügt. Wie viel Fehleinschätzung hinsichtlich des schönen Geschlechts diese Wahl auch demonstriert haben mag, so habt Ihr immerhin behauptet, sie zu lieben. Glücklicherweise ist Lady Belinda allein durch ihre Geburt qualifiziert, eines Tages meine Nachfolgerin zu werden, wenn allerdings auch durch nichts sonst. Es mag Euch in den Sinn gekommen sein oder vielleicht auch nicht, dass ihre Reaktion auf Euren Antrag nicht für Euch, sondern auch noch für andere von Interesse sein könnte.«

Ihm fehlten die Worte, also begnügte er sich mit der einfachen Wahrheit. »Ich entschuldige mich, Euer Gnaden. Ich hatte es vergessen.«

Die Herzogin trat zu einer Zeichnung, die an der Wand hing, und gab vor, diese eingehend zu betrachten: die klassizistische Fassade von Wrendale, einem der herzoglichen Häuser in Derbyshire. Ihr gerader Rücken drückte Ärger aus.

»*Vergessen?* Dass Ihr verlobt seid oder dass Ihr es nicht seid?«

Die winzige Spur von Erheiterung, zusammen mit einer wirklichen Überraschung über sich selbst, zwang Ryder zu einem Lächeln. Lady Belinda und die Kränkung ihrer Zurückweisung war ihm seitdem nicht mehr in den Sinn gekommen – er holte tief Luft. Nicht, seit er ein kleines Boot auf dem Meer hatte treiben sehen. Fast kam es ihm vor, als hätte er diesen Heiratsantrag in einem anderen Leben gemacht, in einem, das jetzt völlig ohne Bedeutung war.

»Sie hat mich abgewiesen«, erklärte er.

Die Bänder am Kleid seiner Mutter wogten sacht wie in einem unsichtbaren Windhauch. »Hat sie gesagt warum?«

»Ich mache ihr Angst. Sie wird Asterley heiraten.«

Die Duchess stand einen Moment lang schweigend da, ihrem Sohn noch immer den Rücken zugewandt. Als sie wieder sprach, klang ihre Stimme so schneidend wie eine Stahlklinge. »Asterley? Wie absolut erbärmlich von ihr! Doch Ihr scheint Euch nicht allzu viel daraus zu machen.«

»Ich dachte, ich würde es.«

Sie wandte sich um und musterte ihn forschend. »Aber jetzt tut Ihr es nicht mehr? Was ist in der Zwischenzeit geschehen, dass Ihr Eure Meinung geändert habt?«

Er stand aufrecht da, die Arme vor der Brust verschränkt, und lächelte. Der Schuh aus Satin lag über seinem Herzen und brannte sich in sein Bewusstsein. Während der langen Stunden, die er mit Davis über Papieren sitzend verbracht hatte, hatte der Schuh wie ein Vulkan gebrodelt. Ryder hatte Lady Belinda vergessen. Die geheimnisvolle Fremde dagegen war ihm keinen Moment lang aus dem Sinn gegangen.

»Das ist eigentlich meine Angelegenheit, Euer Gnaden.«

»Weil Ihr für die Nacht im Merry Monarch in Brockton untergekommen seid, um Euren Kummer zu ertränken«, sagte sie. »Falls Ihr Euch erinnert – Ihr habt eine Nachricht geschickt, Ihr wäret vom Sturm aufgehalten worden. Aber nur ein Feigling wählt das Trinken als Lösung.«

Es gärte in ihm. »Jack würdet Ihr nicht ins Gesicht sagen, dass er ein Feigling sei.«

»Weil mein jüngerer Sohn, welche Fehler er auch immer haben mag, den Mut eines Drachen hat.«

Ryder holte tief Luft. Warum zum Teufel hatte er die Nachricht nicht längst vernichtet? Er hatte nicht die Absicht, sie zu lesen.

»Das ist richtig, aber der wahre Grund ist, dass Ihr Jack mehr liebt als das Leben und es immer getan habt. Es ist in Ordnung. Ich habe mich mit dieser Tatsache vor vielen Jahren abgefunden. Es tut mir leid, dass mein Bruder Euch das Herz gebrochen hat, indem er England verlassen und mit seiner Frau nach Indien gegangen ist. Das gibt Euch aber nicht das Recht, mich zu beleidigen.«

»Und Euch nicht das Recht, es mir zu verübeln, wenn ich entscheide, Euch zu tadeln. Ich bin Eure Mutter, Sir.«

»Wie könnte ich das jemals vergessen, Euer Gnaden? Aber meine Nachricht gestern Abend hat Euch nur die Hälfte der Wahrheit über meine verspätete Heimkehr gesagt. Natürlich gab es viel zu viel Wein, aber ich habe meinen Kummer auch in den Armen der Frau eines anderen Mannes ertränkt.«

Die Herzogin zögerte nicht. »Dann habt Ihr Euch wenigstens wie ein Mann benommen.«

Ryder warf den Kopf in den Nacken und lachte laut auf. Seine Mutter würde niemals aufhören, ihn zu verblüffen. Aber wie auch, schließlich verblüffte sie jeden, mordete Herzen und zog Speichellecker an, wohin sie ihre zierlichen, elegant beschuhten Füße auch immer setzte.

»Ihr seid nicht überrascht?«, fragte er schließlich.

Ein Lächeln verzog ihre Mundwinkel. »Ich bin entsetzt bis ins Mark. Mein tugendhafter erstgeborener Sohn! Welch glückliche Fügung, dass Eure Schwestern nicht im Hause sind, sondern mit ihrer Tante den *Lake District* bereisen!«

»Ihr würdet es vorziehen, ich wäre nicht so tugendhaft, Euer Gnaden?«

»Ich würde es vorziehen, Ihr würdet verlobt sein und bald heiraten. Obwohl ich von ihrer Brillanz nicht allzu beeindruckt gewesen sein mag, hätte Lady Belinda Carhart zumindest gewusst, wie sie sich als Duchess zu benehmen gehabt hätte. Ihr solltet dem Duke besser sagen, dass er seine Hoffnung auf ein legitimes Enkelkind wieder einmal aufschieben muss.«

»Jack und Anne werden Söhne haben«, entgegnete Ryder. »Die Fortführung der Linie ist sicher, ob ich heirate oder nicht.«

»Es geht auch noch um andere Dinge.«

»Weil Jack die Freiheit so viel angenehmer ist als die Last, mein Erbe zu sein? Auch wenn Ihr es nicht ertragen könnt, dass er sich immer geweigert hat, an Eurer Seite zu bleiben, so wollt Ihr auch nicht, dass mein Bruder mit den Pflichten des Herzogtums belastet wird, nicht wahr?«

Ihr Nacken unter dem blonden Haar schien so zart und sehr verletzbar. »Klagt mich nicht an, ihn zu sehr zu lieben, Ryderbourne! Ihr wart von Geburt an so robust wie ein Ochse. Bei Eurem Bruder hingegen habe ich während der ersten fünf Jahre seines Lebens darum gebangt, dass er zu schwach sein könnte, um zu überleben. Er ist fast gestorben, als er geboren wurde. Wusstet Ihr das?«

»Ich bin erstaunt. Ich dachte, Ihr würdet Jack mehr lieben als mich, weil er sich einen so leuchtenden Weg durch Eurer aller Herzen gebahnt hat.«

Sie legte die Hand auf den Türpfosten, die schmalen Finger funkelten von Ringen. Ihre Knöchel schimmerten weiß.

»So ist es auch, natürlich. Die ganze Welt liebt ihn. Aber Ihr seid mein ältester Sohn und der Erbe eines der größten Herzogtümer in England. Was immer Jonathans Gaben sein mögen, Ihr werdet der bessere Duke sein. Ihr müsst klug heiraten, und es wäre besser, dies geschähe bald. Geht nach London! Nehmt die Einladungen an, in diesem Sommer einige der in Frage kommenden Familien auf ihren Landsitzen zu besuchen. Findet ein Mädchen, das so beeindruckt von dem ist, was Ihr bieten könnt, dass es vergisst, Angst vor Euch zu haben.«

Allein der Gedanke daran war ihm zuwieder. Hatte er doch schon Lady Belinda Carhart einen Antrag gemacht. Was zur Hölle hätte er gemacht, hätte sie seine Werbung angenommen?

»Ich kann gerade jetzt nicht die Zeit erübrigen, Wyldshay zu verlassen. Anders als Jack und meine kleinen Schwestern habe ich hier Verpflichtungen.«

»Unsinn! Was du Pflicht nennst, mein lieber Junge, ist nur ein Vorwand, dich dem anderen Teil deiner Bestimmung zu entziehen.«

»Klug zu heiraten?«

»Die Gesellschaft zu überraschen – auf skandalöse und verrufene Weise, wenn es sein muss. Danach musst du deine zukünftige Duchess natürlich heiraten. Aber warum es nicht vorher mit ein bisschen Rebellion und Aufruhr versuchen?«

»Ich kann nicht wie Jack werden, Mutter«, sagte er. »Ich werde ihm niemals ähnlich sein.«

»Nein, natürlich nicht.« Sie lächelte, fast, als würde sie auch für ihn tatsächlich so etwas wie Liebe empfinden. »Dein Bruder ist einzigartig. Und das bist du auch. Aber hättest du Sekretäre so angeleitet, wie du es hättest tun müssen, dann gäbe es nichts, was dich hier halten würde, das nicht delegiert werden könnte. Und jetzt sei bitte so freundlich, dich zum

Dinner umzukleiden, um dem Duke und mir beim Essen Gesellschaft zu leisten. Dann können wir alle wieder einmal beweisen, wie zivilisiert wir sind.«

Das Pferd zitterte und schwitzte. Miracle ließ es im Schritt gehen und stieg schließlich ab, um das müde Tier am Zügel zu führen. Sie hatte die Verfolger abgehängt, wer immer sie gewesen waren. Vielleicht war es nur ein Farmer mit seinen Hunden gewesen. Vielleicht war es nur ein Master of Foxhounds, der mit der Meute übte, oder vielleicht war sie auch in eine Fuchsjagd geraten. Sie konnte sich nicht mehr mit Sicherheit daran erinnern, was genau sie gehört hatte. Sie war geflohen, hinein in ein Labyrinth unbekannter Wege.

Der Pfad vor ihr führte durch eine kleine Schlucht. Hoch oben hingen ausladende Äste riesiger Bäume über den Felsrand und verschluckten fast alles, was vom Tageslicht noch geblieben war. Der Boden unter ihren Füßen war so nass wie ein Flussbett. Miracle hatte keine Ahnung, wo sie war, doch sie mühte sich weiter, immer wieder glitt sie im Matsch aus. Am Ende der Schlucht mündete der Weg in offene Felder. Ein kleines Stück entfernt zu ihrer Rechten lag dichter Wald.

Miracle kämpfte gegen ihre Erschöpfung an, als sie ein Tor öffnete und das Pferd dann einen staubigen Pfad entlang zu den Bäumen führte. Am Saum des Waldes stieß sie auf eine kleine Hütte, deren Dach zur Hälfte eingestürzt war. Efeuranken zogen sich über zerfallende Mauern, in denen sich eine Unmenge Mäuse und kleine Vögel befinden musste, so laut raschelte es. In einer Ecke der Hütte lag zu einem Haufen aufgeschichtet altes Stroh.

Sie bückte sich, um dem Pferd die Stricke um die Fesseln

zu binden, dann löste sie den Sattelgurt und befreite den Kastanienbraunen von Sattel und Zaumzeug. Das treue Tier ließ den Kopf sinken und begann zu weiden, während sie es mit einer Hand voll Stroh abrieb. Grasend entfernte sich das Pferd in kleinen Schritten. Miracle betrat die Hütte.

Einiges Laub, das sich in der hinteren Ecke gesammelt hatte, war sauberer als das Stroh. Sie legte den Sattel dort ab, ließ sich selbst auf ihm nieder und aß etwas Käse und Brot. Danach verschlang sie einen Apfel bis auf das Gehäuse. Jeder ihrer Muskeln schmerzte, nicht nur vom Reiten und Laufen, sondern von den Schlägen, die Willcott ihr versetzt hatte. Ein kleiner Schauder lief ihr den Rücken hinunter.

Miracle warf den Apfelrest in hohem Bogen in Richtung des Pferdes und drängte die törichten Tränen zurück, die ihr in die Augen steigen wollten. Was immer auch geschehen würde, sie war entschlossen, nichts zu bereuen – auch nicht die letzte Nacht!

Die Dunkelheit wurde tiefer. Miracle legte das Reitkostüm ab und hängte es an einen Nagel, ehe sie das elfenbeinfarbene Seidenkleid anzog – ohne das schwarze netzartige Überkleid –, um es als Nachthemd zu benutzen. Samtigweicher Stoff streichelte sie. Sie meinte den Duft von Orangen und Lavendel zu riechen.

Sie versuchte, alle Bilder aus ihrem Kopf zu verdrängen, während sie sich in seinen Umhang wickelte und zum Schlafen zusammenrollte. Der Geruch nach Mann und Meer hüllte sie ein: Es war eine weitere herzzerbrechende Erinnerung an die wunderbare Begegnung mit Lord Ryderbourne.

Irgendwo, nicht allzu weit entfernt, rieselte Wasser über Steine. Eine Eule rief leise aus dem Wald. Ihr langes, melancholisches Rufen mischte sich mit dem Plätschern des Bachs. Ihr war, als riefe der Vogel den einen Namen, der für den Rest ihres Lebens Bestandteil ihrer Träume sein würde: *Lord Ryderbourne. Lord Ryderbourne*.

Der Whitchurch Flügel war vor fünfzig Jahren umgebaut worden. Von der kahlen Wirklichkeit uralter Steine unter glatten Gipswänden war nicht viel übrig geblieben. Ryder stand in seinem Schlafzimmer – umgeben von der eleganten Einfachheit kühlen Grüns und warmer Braun- und Weißtöne – und starrte aus dem Fenster. Wyldshay lag eingehüllt in Dunkelheit.

Sein jüngerer Bruder Jack hatte dagegen den ältesten Teil der Burg als Wohnung für sich gewählt. Die runden Zimmer des Docent Towers drückten unmissverständlich aus, dass Wyldshay im Grunde noch immer eine mittelalterliche Burg war.

Selbst als Kind war Jack ein Romantiker gewesen. Als jüngerer Sohn hatte er kaum Verantwortung übernehmen müssen, abgesehen von der, für sein Amüsement zu sorgen. So war es gekommen, dass Jack – Lord Jonathan Devoran St. George – seinen strahlend hellen Weg gegangen war, sowohl durch die Londoner Gesellschaft als auch durch die Welt. Und dann hatte er, mit erstaunlicher Nonchalance die Familientradition missachtend, geheiratet.

Anne Marsh – die neue Lady Jonathan Devoran St. George – war eine Bürgerliche, die kluge, großherzige Tochter eines Pfarrers einer Dissenter-Gemeinde. Anfangs hatte Jack sich ihr gegenüber wohl einfach verpflichtet gefühlt, aber am Ende hatte er sie mit nach Indien genommen, einfach weil sie beide sich so tief liebten.

Ryder wandte sich vom Fenster ab und begann, die Abendkleidung abzulegen, die er zum Dinner getragen hatte. Die

Kleidungsstücke, in denen er am Morgen nach Hause gekommen war, hatte das Personal geholt, um es zu säubern und aufzubügeln. Der Inhalt seiner Taschen lag sorgsam aufgereiht auf einem Tisch.

Er zerrte seine Krawatte auf, während er die Gegenstände betrachtete: seine Uhr, einige Münzen, ihr Schuh. Ihre noch immer zusammengefaltete Nachricht war auch gebügelt worden.

Ein wenig grimmig lächelte Ryder vor sich hin. Das Feuer rief bereits nach dem Brief. Er nahm den Schuh und legte ihn in eine Schublade, dann griff er nach dem Stück Papier und hielt es für einen Moment an die Nase.

Würde es ihren Duft tragen?

Nein, natürlich nicht. Es roch schlicht nach Papier und Tinte.

Es brauchte nur eine rasche Bewegung des Daumens, es zu öffnen.

Die vier Sätze brannten sich in sein Herz, als hätte sie es mit Feuer geschrieben:

Mein Name ist Miracle Heather.

Ich bin Londons berüchtigtste Hure.

Als Ihr mich in dem Boot gefunden habt, hatte ich kurz zuvor einen Mann getötet.

Danke für alles, was Ihr für mich getan habt oder mir angeboten habt, es für mich zu tun, Mylord, aber es ist besser, Ihr seid mich los.

Kapitel 4

Amselgezwitscher weckte sie. Miracle öffnete die Augen. Es wurde gerade hell. In ihrem Haar raschelten trockene Blätter. Sie setzte sich auf und kämmte es mit den Fingern aus, dann suchte sie in den Satteltaschen nach einem Kamm und etwas zu essen. Wasser plätscherte in der Nähe und begleitete das Lied des Vogels.

Miracle zog ihre Stiefel an und folgte – eingehüllt in Lord Ryderbournes Umhang – dem Geräusch, bis sie an einen durch den Wald fließenden Bach gelangte. Sie kauerte sich hin und spritzte sich das kalte Wasser über Gesicht und Arme.

Eine Amsel schien ihr zuzuschauen, wie sie da am Ufer saß, das vom Schlaf zersauste Haar kämmte und es schließlich hochsteckte. Miracle blinzelte dem Vogel zu, während sie Brot und Käse auspackte. Der Vogel flog davon, als sie sich nach ihrem Frühstück im Bach die Hände wusch.

»Hier streunt 'n Weibsbild rum! Los komm, vielleicht is' das ja 'ne Beute für uns Spaßvögel! Jucken tät's mich schon!«

Miracle erstarrte. Das Wasser tropfte von ihren Fingern, doch das Murmeln des Wassers verschluckte den Laut. Die Worte waren eindeutig aus dem Wald gekommen, aus Richtung der Hütte: die Stimme eines Mannes, in der rauen Sprache lag eine Spur von Gemeinheit.

»Lass es, du alter Bock«, sagte ein zweiter Mann. »Sach lieber, was wir mit dem Gaul machen. Der steht hier rum, als tät er auf uns warten. Ich sach dir was, stell nich' zu viel Fragen, dann kriegste keine falschen Antworten.«

»Aber hier treibt sich bestimmt 'ne Schlampe rum«, sagte der erste Mann. »Guck doch! 'n Weibersattel und 'n Kleid!«

»Das is' 'ne abgetakelte alte Hure! Die lohnt nicht für uns –«

Einige quälende Augenblicke lang herrschte Schweigen. Miracle spannte sich an, um über das Klopfen ihres Herzens hinweg etwas hören zu können.

»Dann los, mein Bursche! Wird dir Spaß machen, so'n kleiner Ritt am Morgen!«

Hufe schlugen hart, als ein Pferd nervös tänzelte. In ihr aufsteigende Wut besiegte augenblicklich ihre Angst. Wie aus einer Trance erwacht rannte Miracle den Abhang hinauf. Sie stürmte in dem Moment zwischen den Bäumen hervor, als ihr Pferd gerade davongaloppierte. Die beiden Diebe hockten, lächerlich aneinandergeklammert, im Damensattel und hüpften auf und ab wie Enten auf einem Teich.

Während sie verschwanden, begann es zu regnen.

London war laut und schmutzig. Selbst die elegantesten Häuser trugen Rußstreifen auf ihren Mauern. Ryder stieg aus der Kutsche und schaute an der Fassade seines Stadthauses hoch. Die St. Georges besaßen außer diesem Haus noch eine hochherrschaftliche Villa mit Blick auf den Green Park – die offizielle Stadtadresse des Dukes –, doch Ryder zog die Schlichtheit dieses Hauses in der Duke Street vor. Von der Familie benutzte niemand außer ihm dessen Räumlichkeiten.

Es regnete in Strömen, und überall hatten sich große Pfützen gebildet. Ein Lakai kam mit einem aufgespannten Regenschirm aus dem Haus geeilt.

»Ryderbourne?«, rief ein Passant ihn an. »Bei Gott! Ich habe nicht erwartet, Euch in der Stadt zu sehen, Mylord!«

Der Diener war stehen geblieben und wartete schweigend unter dem Schirm, als Ryder sich zu dem Mann umwandte, der ihn angesprochen hatte. Ein junger Gentleman in einem nassen Übermantel, der den Kopf gegen den Regen gesenkt gehalten hatte, wäre fast in ihn hineingelaufen.

Mit einer eleganten Bewegung aus dem Handgelenk hob Ryder sein Lorgnon, sein Blick schien den Burschen festzunageln.

Die Wangen des Mannes färbten sich dunkelrot. »Ah, Mylord! Ich war gerade – Nun, ich –«

Um Seine Lordschaft besser zu schützen, neigte der Lakai den Schirm ein wenig. Von dessen Spitzen liefen kleine Rinnsale auf den Kopf des impertinenten jungen Gentleman.

»Wir sind einander bereits begegnet, Sir?«, fragte Ryder. »Auf dem Fechtboden, möglicherweise? Mr. Lindsay Smith, glaube ich.«

Mr. Smith versuchte vergebens, ein Grinsen zu unterdrücken. Sein Gesicht glühte wie eine Gaslampe. Eine Kaskade von Regenwasser spritzte direkt auf seine Nase, doch er schien wie angewachsen auf dem Bürgersteig.

»Ich hatte die Ehre, einige Male mit Eurer Lordschaft zu fechten. Ich bin geschmeichelt, dass Eure Lordschaft sich erinnern. Natürlich war ich Euch unterlegen. Aber, nun – am besten, ich mache mich wieder auf den Weg! Eure Lordschaft wird verzeihen – ich wollte keinesfalls unhöflich –«

»Aber ganz und gar nicht«, entgegnete Ryder. »Ich bin gerade eingetroffen, um ein paar Tage in der Stadt zu verbringen. Ich würde ein wenig unbeschwerte Gesellschaft begrüßen. Etwas später am Abend vielleicht? Auf ein Glas Wein und ein Kartenspiel mit einigen anderen Gentlemen?«

Lindsay Smith' Gesicht glänzte über dem durchnässten Mantelkragen wie ein polierter Apfel. Ihm hatte es die Sprache verschlagen, so konnte er nur nicken.

»Dann ist das abgemacht.« Ryder senkte das Lorgnon und wandte sich zur Eingangstür. »Um zehn Uhr?«

Mit dem Lakaien neben sich stieg Ryder die Treppe hinauf und ließ den strahlenden Mr. Smith im Regen zurück.

Es gab vieles, was die Bürde ausglich, der Erbe eines Dukes zu sein. Das Vorrecht, Männer von minderem Stand zu kommandieren war eine davon. Lord Ryderbourne hatte sich an den eher schlichten Mr. Smith erinnert und hatte ihn nicht kaltgemacht, selbst als dieser tollkühne junge Mann die Verwegenheit besessen hatte, Seine Lordschaft auf der Straße so rüde anzusprechen. Dieses Zusammentreffen würde Lindsay Smith den Gesprächsstoff für Tage liefern. Und es stand außer Frage, dass er, sollte er andere Pläne für den Abend gehabt haben, diese auf der Stelle ändern würde.

Ryder überließ dem Diener seine Reisegarderobe und begab sich in sein Arbeitszimmer. Im Kamin brannte ein Feuer. Eine Flasche mit seiner bevorzugten Brandymarke stand bereit. Sein Lieblingssessel bot ihm seine respektvolle Umarmung an. Das Zimmer hieß ihn auf wunderbar vertraute Art willkommen, ganz so, als hätte Seine Lordschaft es nur für ein paar Augenblicke verlassen. Dabei war er seit Ende der Saison nicht mehr in der Stadt gewesen.

Die Diener schafften sein Gepäck die Treppe hinauf. Die Küche würde jede Speise zubereiten, die er wünschte. Man kannte jedoch seinen Geschmack so gut, dass niemand nach seinen Wünschen fragen musste. Die glattlaufende Maschinerie seines Lebens, dank der jeder seiner Wünsche vorausgeahnt und sofort erfüllt wurde.

Er hatte das immer als selbstverständlich betrachtet, als existierte eine Armee von unsichtbaren Geistern nur dazu, ihn zu bedienen.

Ryder füllte ein Glas, nippte an der samtigen Flüssigkeit und schaute nachdenklich in die Flammen.

Wo zum Teufel war sie jetzt?

Jetzt kam es ihm verrückt vor, dass er ihren Schuh nach London mitgenommen hatte. Er zog ihn aus seiner Tasche und starrte auf den zarten Satin, langsam ließ er die Bänder durch die Finger gleiten. Sollte er von Hurenhaus zu Hurenhaus gehen und nach der einen Frau suchen, auf deren zierlichen Fuß dieser Schuh passte? Herrgott! Ein Schuh wie dieser passte vermutlich tausenden Frauen!

Mit einem Fluch warf Ryder den Schuh auf einen Tisch. Natürlich war sie nicht eine von Tausenden. Sie war – Was? Seine Obsession? Und seine Verantwortung, jetzt, da er ihre Nachricht gelesen hatte?

Seit er nach Wyldshay zurückgekehrt war, hatte er kaum geschlafen. Es war sogar so weit gekommen, dass er die Wendeltreppe zum Dach des Fortune Towers hinaufgestiegen war, um wie ein Mondkalb in die Sterne zu starren. Jupiter stand an seinem Platz im Sonnensystem und starrte wie ein gelbes Auge höhnisch zu ihm herunter.

Dass sie mit ihm geschlafen hatte, war ihre *Bezahlung* gewesen, und schon während sie ihm so bereitwillig entgegengekommen war, hatte sie geplant, was sie am nächsten Morgen tun würde. Der Gedanke brannte und schmerzte und trieb ihn in eine verzweifelte Wut. Er hatte ihr einen Kredit verweigert, und deshalb hatte sie das, was sie von ihm hatte wollen, mit ihrem Körper erkauft.

Es hatte einige Tage harter Arbeit gekostet, ehe Ryder Wyldshay hatte verlassen können. Er hatte die laufenden Geschäfte Mr. Davis übertragen. Sollte sich ein Notfall ereignen, würde der Verwalter ihn benachrichtigen und seine Instruktionen einholen. Ihre Gnaden, die Herzogin von Blackdown nahm an, dass er nach London gereist sei, um sich ein wenig Zeitvertreib zu gönnen. Inzwischen wusste gewiss jede Mutter in den heimatlichen Grafschaften, dass Lady Belinda Carhart sich für

Asterley entschieden hatte und Lord Ryderbourne demzufolge noch immer auf der Suche nach einer Braut sein musste.

Die Aufregung darüber würde immens sein. Unmengen von Einladungen würden folgen.

Zu schade, dass er vorhatte, sie zu enttäuschen!

Sein Butler tauchte wie ein Geist auf, um sich des Wohlergehens seiner Lordschaft zu vergewissern und das Zimmer für die Gesellschaft später am Abend herzurichten. Ryder beachtete ihn kaum. Er aß allein im Speisezimmer, wobei er die Hälfte der Speisen unberührt ließ, dann bediente er sich vom Brandy, während er darauf wartete, dass Lindsay Smith und die anderen eintrafen.

Er hatte seine Einladung an einige junge Herren geschickt, deren gesellschaftliche Stellung nicht besonders hoch war. Seiner Einladung würde prompt Folge geleistet werden, selbst wenn er ihnen nicht mehr bot als ein fröhliches Spiel, einen exzellenten Wein und seine Gesellschaft. Ohne Zweifel hatte jeder von ihnen dafür andere Verabredungen abgesagt und hatte dies mit Freuden getan.

Die Uhr schlug zehn. Der Türklopfer ertönte, gefolgt von Schritten in der Halle. Ryder nahm sich vor, unterhaltsam und aufmerksam zu sein, vor allem aber wollte er zuhören. Sein Butler würde sich um alles andere kümmern, besonders darum, dass der Nachschub an gutem Wein aus einem von Londons bestsortierten Kellern nicht versiegte.

Gegen Mitternacht ließ sich ein halbes Dutzend junger Männer lautstark über den neuesten Klatsch aus, der in der Stadt kursierte – die Wetten, die Rennen, die Duelle und Verwicklungen, das aktuellste Angebot an heiratsfähigen jungen Ladys.

Lord Dartford, weitaus nüchterner als die anderen, hob sein Glas. »Ein Toast auf die Tugend, meine Herren!«

»Lasst uns lieber auf die Sünde anstoßen«, schlug Ryder freundlich vor. Er hatte seinen Wein kaum angerührt. »Deren Reiz ist sicherlich interessanter?«

Die Gäste brüllten vor Lachen. »Auf die Sünde!«, riefen die Männer. »Auf die Sünde!«

»Und auf die herrlichste Sünderin von allen!«, schrie jemand. »Auf Miracle Heather!«

Wieder leerten die Männer ihre Gläser – eine Spur von Neid oder Begierde oder Enttäuschung in jedem der Gesichter.

Sein Blut brannte, doch Ryder zwang sich, sich zu entspannen und nach mehr Wein zu winken. Deshalb hatte er die Männer eingeladen. Es würde seinem Anliegen kaum nützen, würde er sich über den Tisch werfen und seine Gäste verprügeln. Doch er fühlte sich, als würde er gegen einen heftig tobenden Sturm ankämpfen.

»Verdammt ungewöhnlicher Name, wenn ihr mich fragt.« Lindsay Smith hatte seinen Stuhl abrupt zurückgeschoben und starrte in sein Glas. »Wer wurde schon jemals auf den Namen *Miracle* getauft?«

»Dirnen müssen nicht *getauft* sein«, warf ein junger Bursche ein. »Nur gekauft.«

Die Männer brachen in brüllendes Gelächter aus, ohne die Sturmwolken zu bemerken, die sich über dem Kopf ihres Gastgebers zusammenballten.

»Ich erinnere mich nicht an die Dame«, sagte Ryder. »Ist sie hübsch?«

»Bei Gott, Mylord! Eine hinreißende Schönheit. Eure Lordschaft muss sie doch in London schon gesehen haben?«

»Ich denke nicht«, erwiderte Ryder. »Ich bin ja auch mehr auf dem Land gewesen.«

Smith beugte sich in verschwörerischer Kumpelhaftigkeit

vor, sein Blick war verschwommen. »Nun, für einen Burschen wie mich ist sie zu anspruchsvoll! Unter dem Sohn eines Peers macht sie's nicht. Sie ist vor kurzem nach Dorset gegangen, mit dem Earl of Hanley – diesem verdammten Kerl!«

»Eine Beziehung von längerer Dauer?« Bei der Erwähnung von Hanleys Namen ballte Ryder unter dem Tisch unwillkürlich die Hände zu Fäusten.

»Seit ein paar Monaten«, sagte Dartford. »Hanley war vernarrt in sie. Aber er ist vor ein paar Tagen ohne sie zurückgekommen.«

»Vielleicht hat Miracle Heather einen neuen Liebhaber gefunden?«

»Wenn das so ist«, erwiderte Smith, »dann sollte dieser Mann ein Auge auf den Earl haben. Man munkelt, dass er ziemlich wütend ist. So öffentlich von einer Hure gedemütigt zu werden? Verdammt, Sir! Dieses Spiel geht auch an Euch.«

Dartford schob die Münzen zusammen. Ryder erhob sich. Die Gesellschaft war zu Ende. Dartford hatte allen die Taschen geleert, einschließlich die seines Gastgebers. Im Gegensatz zu einigen der anderen Männer konnte Ryder sich das leisten.

Einzeln oder zu zweit wankten die Gäste auf die Straße, lobten den verdammt besten Abend, an den jeder von ihnen sich erinnern konnte – abgesehen natürlich von Lord Asterleys Party, auf der sechs nackte Frauen die Getränke serviert hatten. Ryder sah ihnen nach und fragte sich flüchtig, was Lady Belinda wohl dabei empfinden würde.

Dartford, der einzig Nüchterne unter ihnen, ging als Letzter. Er zögerte einen Moment, als er seine Handschuhe anzog. Eine scharfe Intelligenz verbarg sich hinter dem höflichen Blick des Mannes.

»Über den Grund für Hanleys Wut kursieren bereits Gerüchte«, sagte er.

»Ich begegne dem Earl so gut wie nie«, erwiderte Ryder. »Außerdem geht es mich nichts an.«

»Dann seid Ihr nicht auf dem Laufenden, Ryderbourne. Würdet Ihr Miracle Heather jemals begegnen, würdet Ihr sie so bald nicht mehr vergessen. Man sagt, dass Hanley in ihre Wohnung gestürmt ist und die Möbel zerschlagen hat, bevor er sich wie ein Wahnsinniger am Dienstmädchen vergriffen hat.« Dartford griff nach seinem Spazierstock und lächelte. »War die Wohnung möbliert vermietet? Ihr solltet es doch wissen. Sie liegt am Blackdown Square.«

Die Eingangstür schloss sich hinter ihm. Ryder schloss für einen Moment die Augen, dann warf er den Kopf in den Nacken und lachte, bis es schmerzte. Blackdown Square! Um Gottes willen! Die Wohnung, die sie gemietet hatte, gehörte zum Besitz des Herzogtums?

Irgendwo in den endlosen Unterlagen seiner Angelegenheiten mochte ihr Name sogar als der der Mieterin auftauchen – obwohl es wahrscheinlicher war, dass Hanley einen Agenten benutzt hatte, um die Wohnung für seine Geliebte zu mieten.

Es war spät. Fast schon Morgen. Ryder stieg die Treppe zu seinem Schlafzimmer hinauf. Um das Tohuwabohu in seinem Arbeitszimmer kümmerte er sich nicht weiter, es würde von den Dienstboten gesäubert werden.

Ihr Schuh glänzte auf seinem Nachttisch.

Was immer es auch kostete, er würde London auf den Kopf stellen, bis er sie gefunden hatte – und Lord Hanley zum Teufel schicken!

Drei Tage regnete es ununterbrochen. Miracle ging stetig nach Norden. Sie fand dichte Hecken oder leere Scheunen – einmal auch eine hohle Eiche –, wo sie sich in seinem Umhang zum Schlafen niederlegen konnte, wenn die Dunkelheit sich nach den langen Sommerabenden herabsenkte. Es war feucht, aber nicht besonders kalt, und der Schlaf kam nur schwer oder gar nicht.

Wann immer die Wolken aufrissen, schaute sie zum Himmel auf. In einer riesigen Entfernung von der Sonne zog der Jupiter seine Bahn, und er brauchte neun Stunden und sechsundfünfzig Minuten, um sich um seine eigene Achse zu drehen. Die Sonne war einundachtzig Millionen Meilen von der Erde entfernt. Würde sie jeden Tag zwanzig Meilen geradewegs hinauf zum Himmel gehen, würde sie mehr als zehntausend Jahre brauchen, um sie zu erreichen. Doch die Entfernung zu den Sternen war unermesslich viel größer. Es waren mehr Meilen, als die Zahl der Sandkörner an allen Stränden der Welt betrug, mehr als alle Baumwollfäden, die jemals in den Mühlen von Derbyshire versponnen worden waren.

Und sie, Miracle Heather, war nur ein verschwindend winziger Fleck in diesem ganzen unendlichen Universum. Ein ziemlich nasser, würdeloser Fleck in einem lächerlich wirkenden Seidenkleid, ohne Geld und mit fast nichts mehr zu essen. Die Diebe hatten alles mitgenommen: Pferd und Sattel, die Satteltaschen, ihre Kleider zum Wechseln und ihre Vorräte – selbst das Reitkleid –, alles war weg, bis auf einen Kamm, ein bisschen Brot und Käse, und den nutzlosen Inhalt ihrer Taschen.

Im Vergleich zum Universum war das natürlich gänzlich unbedeutend. Sie zog den Umhang noch fester um ihre Schultern und lachte hinauf zum weiten, sternenbedeckten Himmel.

Das Mädchen versank in einen tiefen Knicks, ihr Gesicht glänzte rot wie eine Runkelrübe. Auch ihre Hände waren rot, als wäre sie gerade damit fertig geworden, etwas zu schrubben.

»Es ist gut.« Ryder lächelte sie an. »Niemand wird dich auf die Straße setzen.«

Das Mädchen murmelte etwas Unhörbares. Ein hübsches und bedauernswert unbedeutendes Geschöpf, das wahrscheinlich direkt vom Land nach London gekommen war.

»Deine Herrin ist also mit Lord Hanley nach Dorset abgereist und nicht zurückgekehrt. Der Earl ist hierhergekommen, um sie zu suchen. Als er sie nicht vorfand, hat er die Beherrschung verloren und gedroht, dich ohne Zeugnis zu entlassen. Aber da dieses Haus mir gehört, musst du dir keine Sorgen machen.«

Sie nestelte an ihrer Schürze. »Ja, Mylord.«

»Wie ist dein Name?«

»Izzy, Mylord.«

»Dann setz dich wie ein vernünftiges Mädchen auf den Stuhl dort, Izzy, und berichte mir alles, was du über Miss Heather weißt.«

Wie ein angestochener Ballon sackte das Mädchen in sich zusammen. Sie hockte auf der Kante eines eleganten Stuhls und hielt den Blick auf ihre roten Hände gesenkt. Es gab keine Anzeichen von zerbrochenen Möbeln, doch von dem, was ein Vasenpaar hätte sein sollen, stand nur noch eine auf dem Kaminsims, und die Wände wiesen hier und da Spuren auf, die darauf schließen ließen, dass der Gips von einem Schlag beschädigt worden war.

»Ich weiß nichts, Mylord. Sie hat mir nichts über sich erzählt.«

Seltsam widerstrebend ging Ryder zu einer Verbindungstür und öffnete sie. Dahinter lag ein einfach ausgestattetes, weiß gestrichenes Schlafzimmer mit einem blassgrünen Teppich.

Unter der Decke schmückte kunstvoll gearbeitetes Gold-Maßwerk die Wände. Es war nicht gerade das Schlafzimmer, wie die Welt es in der Wohnung einer berüchtigten Kurtisane vermuten würde.

Einen Moment lang starrte er auf die stummen Laken und den elfenbeinfarbenen Bettüberwurf. Hatte sie dieses Bett mit Hanley geteilt? Als wären sein Mund und seine Kehle von einer Flamme versengt worden, bereitete ihm das Schlucken Schmerzen. Er schloss die Tür und wandte sich wieder dem Dienstmädchen zu.

»Miss Heather hat niemals etwas über ihre Familie oder ihre Kindheit gesagt? Woher sie kommt?«

»Nichts, Mylord.«

»Als sie mit Lord Hanley von hier fortgegangen ist, sind sie allein gereist?«

»Das kann ich nicht sagen, Mylord. Ich weiß gar nichts darüber.«

»Schon gut. Was ist mit ihren persönlichen Besitztümern?«

Eine zweite Tür führte in ein kleines Arbeitszimmer mit einem Regal voller ledergebundener Bücher. Einige der Rücken waren eingekerbt, als wäre eine Klinge diagonal über sie gezogen worden. Andere waren willkürlich aufeinandergestapelt, als wären sie wahllos in die Regale zurückgelegt worden, nachdem sie zuvor herausgerissen worden waren.

»Sie hat einige ihrer Sachen mitgenommen«, sagte das Mädchen. »Aber der Rest ihrer Kleider und die Sachen in ihren Schubladen hat Lord Hanley zerrissen, wie ein Dämon. Er hat auch das Porzellan zerbrochen. Ich wusste nicht, was ich tun sollte. Was ich konnte, habe ich wieder in Ordnung gebracht, und ich habe eine frische Decke auf das Bett gelegt.«

»Er hat das Bett zerstört?«

Das Mädchen nickte, ihr Gesicht war glühend rot. »Sogar die Matratzen – er hat alles mit einem Messer zerschnitten.«

Ryder ignorierte die Flammen, die seine Kehle zu versengen schienen. »Was ist mit ihrem Schmuck?«

»Das hat sie alles mitgenommen, Mylord. Lord Hanley hat nichts Wertvolles gefunden.«

Ein kleiner Schock, wie ein leichter Schlag, lähmte ihn für eine Sekunde. »Sah es so aus, als würde er nach etwas Bestimmtem suchen?«

»Ich weiß nicht, Mylord. Er war sehr wütend, wie ein Bulle, der aus dem Stall gelassen wird. Soll ich zusammenpacken, was von ihren Sachen übrig geblieben ist? Wollt Ihr die Zimmer für eine andere Lady?«

»Nein. Lass alles hier! Ich werde die Räume lassen, wie sie sind. Du bist ein braves Mädchen, Izzy. Du kannst hier bleiben.«

»Vielen Dank, Mylord.«

Ihre blassen Augen ruhten auf ihm, als er seine Handschuhe anzog. Er ging zur Wohnungstür, er hatte es eilig zu gehen. Waren diese gestärkten weißen Laken und der elfenbeinfarbene Bettüberwurf womöglich nicht ihre Wahl gewesen – sondern nur der Versuch des Dienstmädchens, die Dinge wieder herzurichten, nachdem Hanley im Schlafzimmer gewütet hatte? Hatten sie und ihr Liebhaber in rotem Satin oder schwarzer Seide geschlafen? Er wollte es nicht wissen.

Doch er wollte die Antwort auf etwas, das wenig Sinn zu machen schien: *Lord Hanley hat nichts gefunden –*

»Ich hab mal vermutet, dass sie aus Derbyshire sein könnte, Mylord.«

Sein Herz machte einen Sprung. Er blieb stehen und wandte sich um. »Aus Derbyshire? Warum?«

»Sie hat einmal gesagt, dass es nicht einmal in London so

laut ist wie in den Baumwollspinnereien von Derbyshire. Das ist alles.«

»Hier.« Ryder griff in seine Tasche. »Nimm das! Es ist in Ordnung. Es ist ein Sovereign. Für dich.«

Tränen liefen langsam über das Gesicht des Mädchens, als es auf die Münze biss und zusah, wie Lord Ryderbourne aus ihrem Leben davonging.

Der Earl of Hanley hatte im Club seinen üblichen Platz eingenommen. Sie waren sich zum ersten Mal in Harrow begegnet, damals noch Jungen, und waren sich seitdem aus dem Weg gegangen. Ryder betrachtete ihn einen Moment lang und versuchte, ihn mit den Augen einer Frau zu sehen. Er schätzte, dass man den Mann als gut aussehend beschreiben würde: schlank und groß, mit fein geschnittenem Kinn und blonden Haaren, die an den Schläfen silbrig schimmerten.

Lady Hanley war ein farbloses, unterwürfiges Geschöpf. Sie blieb meistens auf dem Lande bei ihrer ständig wachsenden Brut kleiner Kinder, während ihr Gatte in der Stadt wohnte.

Es war nichts Ungewöhnliches daran, dass der Earl sein Ehegelübde alles andere als ernst nahm, ebenso wenig wie daran, dass es da diese Schuljungenbeziehung gab.

Hanley faltete seine Zeitung zusammen und schaute auf, als Ryder näher kam.

»Ihr seid gekommen, um mich nach meiner Mätresse zu fragen?«, ergriff er das Wort und verzog leicht die Lippen. »Es ist so ermüdend! Die ganze Stadt brodelt von Spekulation. Habe ich sie in einem leidenschaftlichen Wahnsinn umgebracht und ihren herrlichen Körper anschließend zerstückelt? Oder ist sie mir mit irgendeinem böhmischen Prinzchen durchgebrannt?«

»Verratet es mir«, entgegnete Ryder, während er sich setzte. »Was davon trifft zu?«

Hanley trommelte mit den Fingern auf den Tisch neben seinem Stuhl. »Selbstverständlich trifft keines von beidem zu. Obwohl das Bild des Mörders mit der schwarzen Seele mich weniger wie einen Narren aussehen lässt.«

»Wobei Ihr sie natürlich nicht ermordet habt.«

In den blauen Augen flackerte für einen Moment etwas auf. »Was glaubt Ihr?«

»Ich halte es für möglich, aber unwahrscheinlich. Also muss sie Euch – aus welchem Grund auch immer – davongelaufen sein. Demütigend, aber kaum von Bedeutung.« Ryder griff nach einer der herumliegenden Zeitungen und überflog träge die Schlagzeilen. »Ich schätze, sie wird letzten Endes in ihre Wohnung am Blackdown Square zurückkehren?«

»Ich habe keine Ahnung«, entgegnete Hanley. »Ich zahle ihre Miete nicht mehr.«

»Aber ich. Ihr solltet wissen, dass die Zimmer dem Herzogtum gehören.«

Hanley trommelte mit den Fingern, während er Ryder sekundenlang anstarrte. »Ich habe mit dieser Hure nichts mehr zu schaffen. Wenn sie auf der Jagd nach einem neuen Beschützer in die Stadt zurückkommt, könnt Ihr Euch von mir aus gern ihrer annehmen.«

Ryder legte die Zeitung beiseite und ließ seine Stimme kalt wie Eis klingen. »Sollte sie mich haben wollen, müsste ich wohl kaum Eure Erlaubnis einholen.«

Der Earl lachte, es klang wie das Bellen eines wütenden Hundes. »Falls sie Euch haben will?! Sie ist eine professionelle Dirne. Und Ihr seid Blackdowns Sohn und Erbe. Natürlich wird sie Euch haben wollen. Sie wird den ersten Mann nehmen, den sie in die Finger bekommt.«

»Dann könnt Ihr mir ihre Gesellschaft empfehlen?«

Der Earl lehnte sich in seinem Sessel zurück, doch seine die Zeitung zerknüllenden Hände straften die vorgegebene Gelassenheit Lügen. »Im Bett ist sie natürlich eine Hexe. Wenn Ihr sie findet, dann soll sie Euch mal diesen kleinen Trick mit dem Band zeigen, den sie draufhat. Es hat etwas ziemlich Erregendes, auf diese Weise gefesselt zu werden, wenn Ihr versteht?«

Der Impuls, zu töten und selbst ein wenig zu zerstückeln, strömte heiß durch Ryders Blut, doch er stand in geübtem Gleichmut auf.

»Da ist dann noch die kleine Sache mit der Beschädigung von Eigentum des Herzogtums – ein paar Möbelstücke, einige Stuckverzierungen. Belanglos zwar, aber ärgerlich.«

Hanley warf die Zeitung beiseite und erhob sich, sodass er dem jüngeren Mann auf Augenhöhe gegenüberstand. »Ich bin überzeugt, Ihr versteht, dass kein Gentleman es schätzt, von einer Dirne zum Narren gemacht zu werden. Sie kommt aus der Gosse, Ryderbourne, und sie ist so verdorben wie ein fauler Pfirsich. Wenn Ihr sie findet, nehmt sie. Und wenn Euch nichts Besseres einfällt, als auf dieser Wohnungsangelegenheit herumzureiten, dann wendet Euch an meinen Anwalt. Wenn Ihr mich jetzt entschuldigt?«

Die Zeitung glitt zu Boden, als der Earl sich verneigte und mit steifen Schritten davonging.

Ryder atmete einige Male tief durch. Er war ein St. George. Er stand im Herzen des größten Imperiums der Welt. Er war so hilflos wie der bedauernswerteste aller Untertanen des Königs bei seiner Suche nach dieser einen Frau.

Doch wenn Hanley sie geschlagen und in dem Boot ausgesetzt hatte, dann würde der Mann am besten gleich damit anfangen, den zielsicheren Umgang mit einer Pistole zu üben.

Ryder trat hinaus auf die St. James Street und ging wie

blind durch den Park. Das Parlamentsgebäude ragte hoch am Ufer der Themse auf. An der Westminster Bridge blieb er stehen und schaute auf die weißen, über das Wasser gespannten Bögen. Jede Woche beendete irgendein bedauernswertes Wesen sein jämmerliches Dasein in diesem schnell dahinfließenden Fluss.

Aber nicht Miracle! Das Leben brannte in ihrer Seele doch sicherlich zu hell, zu lebendig für einen solch verzweifelten Schritt, oder? Offensichtlich war sie nicht in London. Doch immerhin hatte er diesen einen Hinweis bekommen, wohin sie gegangen sein könnte.

Wenn sie an einem Tag vierzig, fünfzig Meilen mit dem Pferd zurücklegte, könnte sie inzwischen den halben Weg nach Derbyshire geschafft haben. Und dabei musste sie irgendwo die Straße passiert haben, die von London nach Bristol führte. Könnte er dort irgendwie ihre Spur aufnehmen, könnte er dieser folgen. Es war seine einzige Hoffnung.

Ryder machte auf dem Absatz kehrt und schlug den Weg zu seinem Stadthaus ein.

Als es am nächsten Morgen gerade dunstig über London zu dämmern begann, trug Ryders schnellste Kutsche ihn in westlicher Richtung aus der Stadt. Er war gewillt, nach dem Passieren von Marlborough an jeder Mautstation und in jedem Gasthaus, wo man sie gesehen haben könnte, nach dem kastanienbraunen Wallach zu fragen. Und wenn es den Rest seines Lebens dauern würde, er würde sie finden.

Der Nachthimmel spendete ihr Trost, auch wenn man Sterne nicht essen konnte. Lord Ryderbournes Umhang gab ihr zwar Wärme, vermochte jedoch ihr Herz nicht zu besänftigen. Denn er roch nach Meer und er roch nach ihm, und dieser

Duft beunruhigte sie wie ein Schatten, der sie verfolgte, den sie aber nicht sehen konnte.

Es war dumm. Fatal. Jede Nacht eingehüllt in seinen Duft konnte sie diese eine Begegnung mit diesem Mann nicht vergessen. Der Sohn eines Dukes! Hatte auch sie ihm eine Nacht geschenkt, an die er sich erinnern würde? Oder hatte er sie schon aus seinem Gedächtnis und aus seinem Leben verbannt und war unbeeinträchtigt zu seinem üblichen Tagesablauf zurückgekehrt?

Es hatte eine Zeit gegeben, da hätte sie angesichts der Chance, einen so einflussreichen Gönner an sich binden zu können, einen Freudensprung gemacht. Doch zwischen ihnen war irgendetwas geschehen, was es dieses Mal für sie unmöglich machte. Der Gedanke daran entsetzte sie. Etwas, das sie fast so stark bedrohte wie die von Hanley zu erwartende Rache.

Doch das Leben hatte sie unmissverständlich gelehrt, dass man voller Mut und Zuversicht und darüber hinaus beharrlich sein musste. Sie würde jetzt nicht aufgeben.

Am nächsten Morgen kämpfte Miracle sich durch endlos weite Felder und über aufgeweichte Wege, die in Sümpfe von Morast führten. Farmarbeiter warfen ihr neugierige Blicke zu, wenn sie vorüberging, doch keiner von ihnen belästigte sie oder erkundigte sich, wohin sie ging. Schließlich stieg Miracle eine kleine Anhöhe hinauf und setzte sich auf einen umgestürzten Baum, um das Land zu überschauen, das sich vor ihr ausdehnte.

Zu ihren Füßen verlief eine breite Straße, auf der viele Reisende unterwegs waren, da es sich um die wegezollpflichtige Hauptstraße handelte, die von London nach Bristol führte. Kutschen aller Art bogen in die Zufahrten zu einigen großen Gasthäusern ein, die am Rand einer ziemlich großen Stadt lagen, oder verließen diese wieder.

Einige Meilen weiter querte ein Trampelpfad die Straße.

Es war ein Pfad für die Viehtreiber, der nach Nordwesten führte. Jenseits der Kreuzung dieses Pfads und der Mautstraße stand ein weiteres Gebäude, tief geduckt und umgeben von Tierpferchen. Miracle beschattete die Augen und schaute hinüber. Sie konnte den Namen dieses kleineren, schäbigeren Gasthauses nicht sehen, doch sie glaubte ihn zu kennen: Es musste das Drovers Arms sein.

Miracle zog ein kleines Messer aus ihrer Tasche, einen der ihr noch verbliebenen Schätze, den sie so teuer im Merry Monarch erworben hatte, und hob ihre Röcke bis über die Knie hoch. An ihren Stiefeln klebte Morast, doch die Wiese vor ihr schimmerte bunt von Wildblumen. Sie würde einige Stoffstreifen von ihrem Unterrock abschneiden, um damit Sträußchen zu binden, die sie an die Reisenden verkaufen würde. Das Herz wurde ihr schwer angesichts des Risikos, dass sie erkannt werden könnte, doch sie musste sich jetzt bald etwas zu essen kaufen oder sie würde vor Hunger sterben.

Ryders Kutsche fuhr auf den Hof des White Swan und hielt. Reitknechte schauten voller Neid auf die schmucke Livree seiner Vorreiter und sein herrliches Gespann. Wo immer er anhielt, unterbrach seine Ankunft das Tagestreiben des Gasthauses. Es war, als würden sich winzige Meteore unter den Gravitationseinfluss eines riesigen Planeten begeben. Wieder einmal trat er in das Zentrum dieses Wirbelwinds aus Dienstbeflissenheit und wiederholte die Worte, die er seit London nun schon unzählige Male von sich gegeben hatte.

»Eine Dame in einem braunen Reitkostüm, die einen kastanienbraunen Wallach mit heller Blesse reitet. Das Pferd hat einen weißen Fleck auf seiner Kruppe, dessen Umrisse der Landkarte Irlands ähneln.«

Pferdeknechte zuckten die Schultern. Dienstboten zupften an ihren Stirnlocken. Der Wirt eilte herbei, um sich höchstpersönlich um diesen so vornehmen Reisenden zu kümmern. Ryder nahm einen Brandy zu sich, während die Pferde gewechselt wurden. Niemand hatte sie gesehen. Niemand hatte das Pferd gesehen.

Er wollte gerade wieder in seine Kutsche steigen, als ein anderer Gast auf ihn zutrat. Der Fremde registrierte mit einem Blick das Wappen auf den Kutschentüren – den sich windenden Drachen, der unter der Lanze des heiligen Georg sein Leben ließ – und grüßte respektvoll.

»Kenneth Blake, Mylord, zu Euren Diensten! Es war mir unmöglich zu vermeiden, Eure Fragen mit anzuhören. Ihr werdet mir meine Einmischung vergeben, denke ich? Natürlich kann es sich um ein anderes Tier gehandelt haben, doch ich könnte schwören, dass ich genau solch ein Pferd heute Nachmittag auf dem Pferdemarkt gesehen habe, im nächstgelegenen Ort, ungefähr zehn Meilen die Straße hinauf.«

Ryders Herz begann wie wild zu schlagen. »Geritten von einer Lady, Sir?«

»Leider nein, Mylord. Zum Verkauf angeboten von zwei recht zwielichtig wirkenden Burschen – durch und durch Schlitzohren, würde ich sagen –, aber das Pferd trug einen Damensattel und war genauso gezeichnet, wie Ihr es beschrieben habt. Ich habe mir das Pferd für meine Tochter flüchtig angesehen, doch der Mann, der es verkaufen wollte, schien nicht viel über dessen Herkunft zu wissen. Das Ganze kam mir doch ziemlich seltsam vor.«

Furchtbare Sorge durchzuckte Ryder, als hätten sich stählerne Kneifzangen um seine Eingeweide geschlossen. Er dankte Mr. Blake und gab dann seine Anweisungen. Seine Kutsche rollte vom Hof des Gasthauses, im Galopp stürmten die Pferde nach Bristol.

Die Abenddämmerung hüllte den Balkon in seine grauen Schleier. Der gemalte Schwan auf dem Schild bog seinen Hals über einen Flügel zurück, als wollte er den vorüberkommenden Reisenden zuwinken.

Miracle schluckte vor Anspannung und ging einige Schritte weiter, im Torbogen zum Hof des Gasthauses blieb sie schließlich stehen. Sie knickste und hielt den Kopf gesenkt, während sie jedem, der eintrat oder herauskam, ihre Blumen anbot. »Für Eure Gemahlin, werter Sir! Für Eure Tochter!«

Sie hatte bereits genug verkauft, um ein Abendessen und ein Stück Band kaufen zu können. Morgen würde sie noch mehr Sträußchen binden. Vielleicht würden Wildblumen sie den ganzen Weg bis nach Derbyshire bringen. Inzwischen hatte sie nur noch wenige Sträuße übrig, und es war schon spät.

»Seltsame Sache«, sagte ein Mann zu seinem Begleiter, als sie auf die Straße hinaustraten. »Man würde nicht meinen, dass ein Angehöriger des Adels solche Mühe auf sich nimmt, um ein ganz gewöhnliches Pferd wiederzufinden.«

Sein Begleiter grinste. »Es sei denn, der infrage kommende Peer wäre Ire mit einer sentimentalen Neigung für ein Pferd, das die Landkarte seiner Heimat auf der Kruppe trägt –«

»– oder einer noch stärkeren Neigung für die abhandengekommene Lady im braunen Reitkostüm?«

Beide Männer lachten und gingen weiter.

Miracle ließ die Blumensträuße fallen, die sie noch in den Händen gehalten hatte.

Ein weiterer Gentleman war aus der Tür des Gasthauses getreten. Er war hochgewachsen und blond. Als er stehen blieb, um seine Handschuhe anzuziehen, spähte er in die Dunkelheit.

»Mein Pferd«, sagte er zum vorbeigehenden Stallknecht. »Ich möchte vor dem Abendessen einen Ausritt machen.«

»Sehr wohl, Mylord.«

Sie musste das Gesicht unter dem hellen Haar nicht sehen. Seine Stimme zu hören genügte vollkommen. Hastig zog sich Miracle tiefer in den Schatten zurück, dann huschte sie auf die Straße und eilte rasch aus der Stadt. Über einen Zauntritt gelangte sie von der Hauptstraße auf einen schmalen Pfad. Der Schrecken ließ ihr Herz schneller schlagen, raubte ihr den Atem. Sie konnte es nicht länger riskieren, so langsam voranzukommen. Was immer es sie kosten würde, sie musste sich ein neues Pferd beschaffen. Und dann musste sie verschwinden, ehe Lord Hanley sie aufspüren würde.

Ryders Pferde dampften, und vier neue wurden rasch zur Kutsche geführt, um seine Lordschaft dorthin zu bringen, wohin auch immer er als Nächstes wollte. Seine Diener nahmen in stoischer Haltung die Anweisung entgegen, im Gasthaus das Abendessen einzunehmen, dann ritt er ohne Begleitung in die Stadt.

Der Marktplatz war überall dort, wo während des Tages der Pferdehandel betrieben worden war, von Mist und Stroh bedeckt.

Ryder sprach den ersten Mann an, dem er begegnete. »Guten Abend, Sir. Ich suche nach einem kastanienbraunen Wallach mit weißen Flecken –«

Der Mann kratzte sich am Kopf und schüttelte denselben dann. Ryder fragte noch drei weitere Passanten sowie einen jungen Burschen mit einer Mistkarre und einer Schaufel. Vergebens. Der fünfte Mann jedoch nickte und wies mit dem Finger in eine Richtung.

»Mr. Pence, unser Apotheker, hat heute Nachmittag genau so ein Pferd erworben, Mylord, zusammen mit einem Sattel und Zaumzeug. Er sagte, er würde ein gutes Pferd für seine Frau brauchen ...«

Ryder schüttelte dem Mann die Hand und schlug die Richtung ein, in die der Mann gezeigt hatte.

Mr. Pence kam höchstpersönlich an die Tür und beharrte sofort darauf, dass Seine Lordschaft in seinem bescheidenen Salon Platz nahm. Das Messer in Ryders Eingeweiden drehte sich erneut herum, als der Mann lediglich das bestätigen konnte, was Ryder im White Swan bereits erfahren hatte.

Im Stall des Apothekers schimmerte der Kopf des Wallachs geisterhaft hell im Dämmerlicht, als er aus seiner Box herausschaute. In der Sattelkammer hing ein Damensattel.

»Ich habe zudem einige Satteltaschen samt deren Inhalt erworben, Mylord. Wenn Eure Lordschaft sich die Mühe machen wollen, zurück ins Haus zu kommen, um einen Blick darauf zu werfen?«

Ein braunes Reitkostüm, ein sauberer Unterrock, all die kleinen Dinge und Utensilien, die Miracle aus dem Merry Monarch mitgenommen hatte. Der Stoff glitt weich durch Ryders Finger. Kummer und Wut drängten wie eine Flutwelle in ihm hoch. Das Gesicht des Apothekers schien in einem dunklen Nebel zu verschwinden.

»Danke, Mr. Pence«, sagte Ryder schließlich. »Ich bin Euch zu größtem Dank verpflichtet.«

»Ihr wünscht das Pferd und diese Gegenstände zurückzubekommen, Mylord? Habe ich sie unrechtmäßig erworben? Oh, ich fürchte, die Männer, die mir all das verkauft haben, sind inzwischen schon längst über alle Berge.«

»Nein«, entgegnete Ryder. »Es ist nicht wichtig. Behaltet das Pferd. Ihr habt es in gutem Glauben erworben.«

Wie blind ritt er durch die Stadt, zurück zu seiner Kutsche. Miracle war überfallen worden. Das Pferd. Der Sattel. Selbst das Reitkostüm, das sie getragen hatte, die kleinen Dinge, die sie in den Satteltaschen gehabt hatte.

Es gab so gut wie keinen Zweifel darüber, was ihr widerfahren sein musste.

Die Bitterkeit seines Kummers stieg ihm in die Kehle, als ob er Asche geschluckt hätte.

Die Nacht war schon hereingebrochen, als Miracle im Drover's Arms eintraf. Bleierne Müdigkeit erfüllte sie. Der Weg über die Felder war mühsam gewesen, Zauntritt um Zauntritt hatte sie überwinden müssen, einige Male war sie in der Dunkelheit vom Pfad abgekommen und war in Weizenfelder geraten oder hatte eine Kuh aus deren Schlummer aufgeschreckt.

Eine Gruppe junger Burschen verließ das Gasthaus, im Schein flackernder Fackeln bewachten sie ihre Viehherden, ihre Schafe und Ponys. Massige Schattenformen glitten hin und her und erfüllten die Luft mit dem Geruch nach Tieren. Die Jungen, eingehüllt in ihre Umhänge, sahen Miracle gleichgültig an, als sie vorüberging.

An der Schwelle des Gasthauses zögerte Miracle für einen Moment und lauschte auf das gedämpfte Murmeln der Männer, die sich drinnen unterhielten und gelegentlich laut lachten. Sie zog die Nadeln aus ihrem Haar und schaute noch einmal zum klaren Nachthimmel hoch, bevor sie die Tür aufstieß.

In der Schänke war es fast noch dunkler. Der Rauch von Talgkerzen und Öllampen und Tabakqualm machte die Luft zum Schneiden dick. In den wenigen Lichtinseln standen Männer in staubbedeckten Umhängen beisammen oder saßen auf Bänken. Sie hoben ihre Bierkrüge und tranken miteinander, einige in vertrauter Kameradschaft, andere in verschleiertem Argwohn.

Viele von ihnen waren ohne Zweifel bewaffnet. Trotz ihrer schäbigen Kleidung trugen einige der Viehtreiber vermutlich große Summen von Gold in den Tiefen ihrer Manteltaschen, auch wenn die meisten von ihnen ihr Vieh auf Kredit verkauft oder gekauft hatten. Doch sie alle waren hart arbeitende Männer, die wochenlang unterwegs und weit weg von zu Hause waren.

Aber es gab hier auch andere Reisende – Landstreicher, altgediente Soldaten, Männer auf der Suche nach Arbeit –, weniger ehrenhaft als die soliden walisischen Viehtreiber und den Ehefrauen und Familien, die daheim zurückgeblieben waren, weniger treu.

Miracle atmete tief durch. Lord Hanley war bereits im White Swan. Sie konnte in der Dunkelheit nicht weitergehen. Deshalb musste sie dieses Risiko eingehen: eine Schänke voller Herumtreiber und reisender Männer, von denen sich einige vielleicht einfach nehmen würden, was sie zu verkaufen hatte, ohne einen Penny dafür zu geben.

Köpfe wandten sich ihr zu, als sie eintrat. Miracle zog sich den Umhang herunter und warf ihn sich über die Schulter. Alle Augen richteten sich auf den tiefen Ausschnitt ihres Kleides. Nur eine Sorte Frau würde so angezogen und ohne Begleitung in diese Schänke kommen.

»Ist das hier eine fröhliche Gesellschaft«, fragte sie, »die gern ein Lied mit auf den Weg nehmen würde? Nennt mir Euer Liedchen, Gentlemen, und sollte ich es nicht kennen, werde ich ein anderes umsonst draufgeben.«

Füße scharrten in der plötzlich eingetretenen Stille, dann begann einer der Männer zu lachen.

»Behalt deine Liedchen, Süße«, sagte er. »Wie viel willst du für einen ungestörten Augenblick mit mir?«

»Mehr, als Ihr Euch leisten könnt«, gab Miracle zurück, »und wenn ein Augenblick alles ist, was Ihr braucht, dann überrascht es mich, dass Ihr Euch vor diesen fröhlichen Burschen damit brüstet.«

Einige der Männer lachten, dennoch waberte die angespannte Spannung wie die stickige Luft in dem kleinen Raum.

»Vielleicht sollten wir teilen, zu gleichen Teilen«, schlug ein anderer Mann vor. Er sah sich um, um die Zustimmung der anderen heischend. »Zum Teufel, was soll das Gerede über Bezahlung für das, was ein Mann sich auch so nehmen kann, wenn es ihm gefällt?«

»Und es gibt vielleicht zwanzig von euch, bei drei Sekunden für jeden würde es also nicht länger brauchen als eine Minute für alle.« Obwohl ihr Puls raste, trat Miracle auf den Mann zu und nahm ihm den Krug aus der Hand, dann beugte sie sich hinunter und starrte ihm in die Augen. »Hättet Ihr in der vergangenen Stunde Eure Männlichkeit nicht im Bier ertränkt, Sir, würdet Ihr den Unterschied zwischen einer Frau und einem Lied kennen.«

Beifall brandete im Raum auf. »Jetzt hat sie's dir aber gegeben, Tom!«, rief jemand. »Die Lady ist eine kluge Frau.«

»Kann schon sein, aber zumindest hat Tom ihr in die Augen gesehen«, warf ein anderer ein.

Miracle stellte den Krug zurück und blinzelte Tom zu. »Trinkt weiter, Sir«, sagte sie. »Ein alter Soldat muss für sein Bier und für ein Lied bezahlen, aber das Anschauen kriegt er umsonst.«

Das Lachen, das dieses Mal ertönte, klang entspannter.

Tom grinste. »Wieso wisst Ihr, dass ich mal Soldat gewesen bin, Missy?«

»Weil Ihr ein braver Mann seid, Sir, und weil Ihr die Welt gesehen habt.«

Wieder wurde laut gelacht, untermalt von Pfeifen und Klatschen.

»*Greensleeves*«, rief ein Mann mit weißem Bart. »Oder *Barbara Allen*. Süße Lieder für einen alten Mann, Darling!«

Miracle schluckte ihre unendlich große Erleichterung herunter. »Ihr werdet beide zu hören bekommen, Sir, wenn Ihr den Hut für mich herumgehen lasst.«

»Verdammt«, sagte Tom. »Wenn Ihr mir einen Kuss gebt, Herzchen, werde ich mit dem Hut herumgehen.«

»Und flach auf dein Gesicht fallen?«, erwiderte der bärtige Mann bissig. »Du weidest deine wunden Augen besser von dem Platz aus, an dem du gerade stehst, alter Freund.«

Tom stellte seinen Krug geräuschvoll auf dem Tisch ab. »Dann lasst uns *Greensleeves* hören, Herzchen.«

»Dann also *Greensleeves*.« Sie zwinkerte ihm wieder zu. »Ein Lied über einen Mann, der seine Herzensdame nicht dazu bringen kann, bei ihm zu bleiben. Danach dann werden wir von *Barbara Allen* hören und von einem Mann, der am Kummer über seinen Verlust stirbt.«

»Ich glaube, die Lady stirbt aber auch«, ließ sich eine neue Stimme ruhig vernehmen, doch Miracle hatte bereits zu singen begonnen.

Sie wählte Melodien, die geschaffen waren, Heimweh, Sehnsucht und Liebe wachzurufen, nichts Unzüchtiges, nichts, was Lüsternheit hervorrufen könnte. Eine Gruppe von walisischen Viehtreibern fiel bald in ihren Gesang ein, oder begleitete sie mit gesummten Harmonien, wenn sie die englischen Worte nicht kannten.

Der bärtige Mann ging mit seinem Hut herum, als Miracle geendet hatte, und ermunterte die anderen, mehr zu zahlen. Es war kein Mann mehr im Raum, der sie jetzt gegen ihren Willen belästigen würde, mochten auch einige von ihnen verstohlen in ihren Taschen nachfühlen, ob sie wohl noch genug Münzen hätten, um ihre Gunst kaufen zu können. Es würde ohne Zweifel nicht lange dauern, und einer von ihnen würde zu ihr kommen, um ihr ein Geschäft anzubieten.

»Hier, Darling«, sagte der bärtige Mann. »Die Kerle haben genug gegeben, dass es für einen Krug Bier und ein Essen reicht.«

Sie schaute in den Hut. »Dann werde ich noch weitersingen. Ich möchte nämlich mehr als das, Sir.«

»Die Lady möchte feinen Wein!«, rief Tom. »Und ein Federbett!«

»Nein«, erwiderte Miracle. »Die Lady möchte ein Pferd.«

»Wenn Ihr mir diese Nacht verkauft«, sagte jemand, »bekommt Ihr von mir ein Pferd und einen Sattel dazu.«

Miracle erstarrte. Ein Echo hallte in ihrem Kopf wider – *ich glaube, die Lady stirbt aber auch*.

Der Sprecher stand in einer dunklen Ecke, fast ganz im Schatten verborgen. Vom Kopf bis zu den Stiefeln war er in einen schlichten Umhang gehüllt. Ein breitkrempiger Lederhut saß ihm tief in der Stirn. Seine ruhige Sprechweise war kultiviert, wie die eines Gentleman, auch wenn der Krug, den er gerade zum Munde geführt hatte, seine Stimme hatte gedämpft klingen lassen. Miracle konnte nichts vom Gesicht des Mannes erkennen, sie sah nur das Schimmern der Finger, die den Krug so festhielten, als wollte er ihn zerdrücken.

Ihr Herz begann zu klopfen. Die anderen Männer schauten argwöhnisch in Richtung des Fremden.

»Ich wäre mehr wert als das. Und ich biete nur ein weiteres Lied«, sagte sie. »Also, Sir, nennt mir eines.«

Sein Hut und sein hoher Kragen verbargen seine Gesichtszüge, doch seine Augen schimmerten wie Feuersteine. »Keine Lieder mehr«, sagte er. »Ich will den Rest dieser Nacht, Ma'am, ab jetzt bis zum ersten Hahnenschrei. Wenn Ihr meinen Wunsch erfüllt, bekommt Ihr Euer Reitpferd und eine Summe in Gold, die es Euch zu nennen beliebt.«

Ein schwarz-weißer Hund stieß ein tief aus seiner Kehle kommendes Knurren aus. Feindseligkeit breitete sich im Raum aus. Der bärtige Mann steckte die Hand in seine Tasche, in der er ohne Zweifel eine Waffe trug. Einige Viehtreiber griffen nach ihren Knotenstöcken und hielten sie mit harter Faust gepackt.

»Hört mal«, sagte Tom und erhob sich leicht schwankend. »Die Lady singt für uns alle. Und wenn hier andere Dinge passieren wollen, dann wird hier gerecht geteilt, das ist unsere Losung.«

»Aber es ist nicht meine.« Mit einer raschen Bewegung, die Gefahr verkündete, richtete der Fremde sich auf. Mattes Licht funkelte von den Läufen zweier Pistolen, die er auf die Männer richtete. »Keine dummen Gedanken, Gentlemen«, sagte er in die plötzliche Stille.

Stöcke fielen polternd zu Boden. Tom sackte zurück auf seinen Stuhl.

Der Fremde steckte die Pistolen unter seinen Umhang zurück und trat vor. »Nun, Ma'am? Gilt der Handel?«

Miracle hob das Kinn und sah ihn an, ihr Herz raste. »Ja«, sagte sie. »Ja, Sir, der Handel gilt.«

»Mit uns allen als Zeugen«, sagte der Mann mit dem Bart. »Und mit der Warnung, dass wir zugunsten der Lady Vergeltung üben werden, wenn Euer Versprechen sich als leer erweist.«

»Ihr könnt mich morgen früh teeren und federn, wenn ich

mein Versprechen nicht halte«, sagte der Fremde. »Aber wird sie ihres halten?«

Die Viehtreiber blieben zurück, als er zu Miracle ging und sie am Ellbogen fasste. Sie fühlte sich einer Ohnmacht nahe, als hätte sich die stickige Luft um ihr Gesicht geschlossen und erstickte sie. Das Kerzenlicht flackerte. Das Meer von Gesichtern verschwamm.

Der Mann legte die Hand um ihre Taille und zog sie in seinen Arm. Eine schmerzliche Erinnerung erfüllte sie, als sie glaubte, den Geruch nach Meer und Pferd wahrzunehmen, vermischt mit dem Duft nach Orangen und Lavendel. Doch es war zu spät, Protest zu erheben oder davonzulaufen. Sie hatte einen Handel abgeschlossen.

»Ein ungestörtes Zimmer.« Der hochgewachsene Mann warf eine Hand voll Münzen auf die Theke.

Der Wirt beeilte sich, eine Tür an der Rückseite des Raums zu öffnen. Sie führte zu einer Treppe.

Der Mann schob Miracle vor sich die Treppe hinauf und in eine Schlafkammer unter dem Dach, die nur von dem schwachen Schimmer erhellt wurde, der durch ein staubbedecktes kleines Fenster fiel. Er warf die Tür zu und drehte den Schlüssel im Schloss herum, dann ging er zum Fenster. Sternenlicht schimmerte leicht, dessen blasser Glanz betonte seinen Hut und den langen Umhang. Seine Gestalt schien gänzlich aus Dunkelheit geschaffen zu sein.

»Zieht Euch aus«, sagte er.

Zorn stieg tief in ihr auf. »Einfach so?«

Er fuhr herum, sein Umhang wehte. »Diese Situation verlangt wohl kaum nach Zartheit. Zieht Eure Kleider aus, und legt Euch auf das Bett. Auf den Rücken. Ich würde gern den Gegenwert für mein Geld haben – oder bedauert Ihr unseren Handel schon?«

»Ich kann es mir nicht leisten, ihn zu bereuen«, erwiderte Miracle und versuchte, Ruhe zu bewahren, auch wenn kalte Beklommenheit sie erfüllte.

»Die Bedingungen sind klar: Euer Körper zu meinem Gebrauch; mein Gold für Euch zu Eurem Belieben. Oder wünscht Ihr zuerst herauszufinden, wie viel Gold ich bei mir habe?«

»Ich habe zugestimmt, Euch das zu geben, was von dieser Nacht übrig ist. Doch ich habe weder Beleidigungen noch Rache zugestimmt.«

»Rache?« Er warf den Hut zur Seite und ließ den Umhang auf den Boden fallen, dann ging er zu ihr, als wäre arrogante Macht sein Geburtsrecht. »Aber was, wenn ich nur ein weiteres Lied von Euch haben möchte? Würdet Ihr es für mich singen?«

»Nein, ich habe genug gesungen.« Miracle strich sich mit beiden Händen das Haar aus der Stirn. »Ihr habt für diese Nacht meinen Körper gekauft, das ist alles. Tut damit, was Ihr wollt. Etwas anderes werdet Ihr nicht bekommen.«

Sie begann, die Knöpfe ihres Kleids zu öffnen, doch er packte sie am Arm, hielt sie auf.

»Eure Stimmbänder sind auch Teil des Handels«, sagte er. »Und ich will ein Lied.«

Miracle stand wie angewurzelt da und starrte zu ihm hoch, seine Hand brannte auf ihrer Haut. Wut und Kränkung tobten in seinem Blick, der so dunkel wie die finsterste Nacht war, doch dann öffnete er die Hand und gab Miracle frei.

»Welches Lied möchtet Ihr hören?«, fragte sie.

Seine Schritte hallten von den Holzdielen wider, als er erneut zum Fenster ging und dort stehen blieb. Sein Schatten fiel schwarz und grau auf die gegenüberliegende Wand. Miracle empfand eine unerklärliche Angst, wenn auch nicht vor ihm.

Er ließ den Kopf gegen die Scheibe sinken, als wollte er seine Augen vor der nächtlichen Finsternis schützen. »Singt mir das Lied, das die Sterne sangen, als sie zum ersten Mal ihre Bahn am Himmel zogen«, sagte er.

Kapitel 5

Miracle taumelte zurück, ließ sich auf die Bettkante sinken und schlug die Hände vors Gesicht. Auch wenn sie eigentlich nicht glaubte, dass er gekommen war, um sich zu rächen, so ließ dennoch ein eisiger Schrecken sie innerlich erstarren.

»Ich kann nicht«, sagte sie schließlich und schaute auf. »Ich kenne weder die Melodie noch die Worte.«

»Aber als Ihr *Barbara Allen* gesungen habt, begleitet von diesem Chor sehnsuchtsvoller Stimmen einer Horde walisischer Viehtreiber, dachte ich für einen Moment, dass ich nun die Musik der Sphären endlich doch noch zu hören bekommen würde. Warum singt Ihr mir nicht das Lied des Jupiter oder den Refrain, den der Orion singt, wenn er über das Firmament zieht?«

»Ich kenne diese Lieder nicht.«

»Also sind nicht einmal die Sterne kalt, entfernt und unmenschlich genug für Euch? Ist der Himmel nicht Euer Element, wo jeder Nadelstich aus Licht vollkommen und unaustauschbar ist – nicht verletzbar ist, keine Beute für menschliche Wärme oder Fehler oder sogar Mitgefühl? Ist das mein Unglück, Miss Heather?«

Die kalte Furcht strömte wie eine Springflut durch ihre Adern. »Es tut mir sehr leid, Lord Ryderbourne.«

Für einen Moment lang stand er schweigend da, regungslos wie eine Statue aus schwarzem Stein. »Ihr hattet keine Ahnung, wer ich war, als wir unten im Schankraum unseren Handel gemacht haben, nicht wahr?«

»Nein, da noch nicht«, sagte sie. »Nicht sofort. Nein.«

Sein Schatten schwankte, als Ryder den Arm ausstreckte und auf das Bett wies. »Ihr hättet dieses Bett mit jedem Fremden geteilt, der es Euch angeboten hätte?«

»Für den abgemachten Preis, ja.«

Wieder verfiel er in Schweigen, während ihr das Herz schon fast schmerzhaft hart gegen die Rippen schlug.

»Warum seid Ihr in Brockton vor mir davongelaufen? Warum zum Teufel wolltet Ihr Euch nicht von mir helfen lassen?«

»Ihr habt mir geholfen«, sagte sie. »Es gibt nichts mehr, was Ihr noch für mich tun könntet.«

»Außer dieses Mal für Eure Gunst mit Gold zu zahlen?«

»Wenn es Euch hilft zu wissen, dass ich froh bin, dass sich dieser letzte Handel als mit Euch geschlossen herausgestellt hat, Lord Ryderbourne, so seid dessen versichert.«

Er fuhr auf dem Absatz herum und begann, im Zimmer hin und her zu gehen, seine Stiefel trommelten einen harten Rhythmus des Zorns.

»Natürlich seid Ihr froh«, sagte er. »Weil Ihr wisst, dass ich Euch nicht zwingen werde, ihn einzuhalten. Ihr könntet mein Geld haben und bräuchtet nichts dafür zurückzugeben. Was Ihr zum Tausch anbietet, ist ohnehin wertlos für mich.«

»Das schien im Merry Monarch aber nicht so.«

»Da wusste ich noch nicht, dass Eure einzige Motivation Geld gewesen ist.«

Willkommener Zorn entfachte sich unter ihrer unerklärlichen Angst. »Was für eine großartige, selbstgerechte Aussage! Nur die, für die ein Leben in Wohlstand völlig selbstverständlich ist, können behaupten, dass Geld ein unehrenhaftes Motiv ist. Andere Männer haben sehr gut für das bezahlt, was ich Euch in jener Nacht gegeben habe. Ich bot Euch eine mir angemessen scheinende Gegenleistung für das, was ich brauchte. Ich habe Euch weder betrogen noch bestohlen.«

»Habt Ihr nicht?« Seine weißen Zähne blitzten in der Dunkelheit auf, als er den Mund verzog.

»Warum seid Ihr mir gefolgt? Wie habt Ihr mich gefunden?«

»Gott! Kommen wir jetzt zu den einfachen Fragen? Vermutlich können wir wohl nicht mit den schwierigen beginnen. Euer Wallach mit der hübschen Irland-Karte auf seiner Kruppe hat einen neuen Besitzer. Dieser ehrliche Mann hat ihn von zwei Halunken erworben, die inzwischen schon Geschichte sind. Er hat es zusammen mit Eurem Sattel und allem anderen gekauft, was Ihr besessen habt, sogar Euer Reitkostüm. Dieses Wissen hat mir ein Loch in meine Eingeweide gebrannt, bis ich in den White Swan zurückkam und dort herausfand, dass eine dunkelhaarige Frau in einem Seidenkleid Blumen an Reisende verkauft hat.«

»Das hätte auch jede andere Frau sein können.«

»Richtig.«

»Und warum seid Ihr dann hergekommen?«

»Weil ich mich gefragt habe, wohin zur Hölle Ihr zu Fuß und in der Dunkelheit wohl noch gegangen sein könntet – falls es sich bei dieser Frau um Euch gehandelt hätte. Und auf welcher Straße kommt man sonst am besten nach Derbyshire?«

Sie schlang die Arme um sich und zitterte. »Wer weiß es noch?«

»Mein Kutscher und zwei Diener. Einer von ihnen hat diskret diesen Hut und den Umhang besorgt. Mein Kutscher hat mich eine halbe Meile entfernt abgesetzt, wo der andere Diener mit einem Pferd wartete.«

»Also seid Ihr in Verkleidung hierher geritten. Und dann habt Ihr in Eurer Ecke gelauert, bis ich gekommen bin, und habt mir einen unsittlichen Antrag gemacht, als wärt ihr ein Fremder. Es ist schrecklich!«

Als wäre er gegen einen Baum gelaufen, verhielt Ryder

abrupt den Schritt. »Herrgott noch mal, bis zu dem Moment, in dem Ihr diese Schänke betreten habt, befürchtete ich, Ihr wäret getötet worden.«

Sie biss sich auf die Lippen und senkte den Blick. »Nein«, sagte sie. »Noch bin ich nicht tot. Aber Ihr hättet nicht in dieser Verkleidung herkommen sollen.«

»Hätte stattdessen Lord Ryderbourne mit seiner vierspännigen Kutsche und dem Wappen der Blackdowns auf deren Türen hier vorfahren sollen?«

In ihrem Herzen kämpfte Schmerz gegen Zorn. »Jetzt, da Seine Lordschaft die wahre Natur seiner Fantasie kennt, hätte er überhaupt nicht herkommen sollen.«

Er griff in seine Tasche. Zwischen seinen Fingern fielen silbrig schimmernde Stoffbänder herab. Miracle starrte stumm auf den weißen Satinschuh, den er ihr hinhielt.

»Das ist alles, was ich von unserem Zusammentreffen zurückbehalten habe«, sagte er. »Eure Kutsche ist bereits zu einem Kürbis zusammengeschrumpft, Euer Pferd huscht wieder wie eine kleine Maus hinter die Wandtäfelung, und Euer Seidenkleid ist zu Fetzen zerrissen, während Ihr kopflos zurück in die Asche geflohen seid. Doch getreu der Vorlage habt Ihr mir Euren Schuh dagelassen. Zum Teufel auch, was habt Ihr denn erwartet, wie ich reagiere?«

Das Ausmaß seines Zorns und Ärgers drohte sie zu erschlagen. »Ich bin nicht Aschenputtel. Ich bin eine Hure. Ich habe gedacht, dass Ihr mich vergessen würdet, wenn Ihr erst die Wahrheit erfahren hättet.«

Er zerdrückte den Schuh in seiner Faust. »Um Gottes willen! Ihr denkt, Ihr könnt einen Mann solch eine Erfahrung machen lassen, so rätselhaft und so unvermutet, und dann von ihm erwarten, dass er sie einfach ignoriert?«

»Ja. Das dachte ich. Was kann der Sohn eines Dukes mit

einer Frau wie mir wollen, außer sich eine weitere Nacht in meinem Bett zu kaufen? Leider verkaufe ich nicht mehr.«

Er warf den Schuh auf das Bett und ging mit großen Schritten wieder zum Fenster. »Dann habt Ihr noch ein Versprechen gebrochen!«

»Nicht *noch eins*. Das erste habe ich gehalten: Ich habe Euch eine Nachricht hinterlassen.«

Sein Rücken schien kerzengerade, seine ganze Figur schien wie erstarrt in Sternenlicht. »Ich erinnere mich.«

Schauder krochen ihr langsam den Rücken hinauf. »Ich hatte erwartet, dass es Euch abstoßen würde«, sagte sie. »Ich hatte erwartet, dass Ihr mich verfluchen würdet.«

»Obwohl ich der einzige Zeuge bin, den ihr habt, dass das, was immer ihr getan habt – oder glaubt getan zu haben – in Notwehr geschehen ist?«

Sie zuckte hoch. »Das könnt Ihr nicht wissen.«

»Ehe Ihr in dem Boot Euch selbst überlassen wurdet, um zu sterben, seid Ihr geschlagen worden.« Macht und Enttäuschung stauten sich in seiner Stimme wie Wasser hinter einem Damm auf. »Ich – und nur ich – kann das vor Gericht bestätigen.«

Die Vorstellung ließ sie auflachen, auch wenn ihr Herz sich anfühlte, als wollte es brechen. »Lord Ryderbourne würde vor der Ersten Kammer des High Court of Justice stehen, um der Welt über jene Nacht zu berichten, die er mit einer berüchtigten Hure im Merry Monarch verbracht hat? Wie viele Narben hat er, überwältigt von seiner Leidenschaft, gezählt? An welchen interessanten Stellen hat er all jene verräterischen Druckstellen gesehen? Der Wirt und die Mädchen würden sicherlich prächtige Zeugen abgeben. Es würde London den größten Skandal seit Jahren bescheren –«

»Ihr habt keine Ahnung vom Einfluss, den meine Familie in der Gesellschaft hat.«

»Doch, das habe ich!« Sie ging steif auf ihn zu. »Es ist eine Position, die es Euch erlauben würde, sogar einen noch größeren Narren aus Euch zu machen, als Ihr es bereits getan habt. Eure Familie würde das niemals zulassen. Armer bedauernswerter Lord Ryderbourne – mit einem Trick dazu gebracht, sich auf die Seite einer Hure zu schlagen! Seine Lordschaft wünscht, dem Gericht detailliert all diese unanständigen kleinen Dinge darzulegen, die sie in jener Nacht zusammen getan haben? Er wünscht zu erklären, warum er bereit ist, seinen angesehenen Namen durch den Dreck ziehen zu lassen? Denkt Ihr, es gäbe auch nur ein Gericht in diesem Land, dass mich danach frei meiner Wege ziehen lassen würde? Ein Wort Eures Vaters und der Richter wüsste genau, was er zu tun hat.«

Ryder packte sie an beiden Armen. »Wie könnt Ihr überhaupt wissen, was Ihr getan habt? Niemand wird vermisst. Ich habe mit Hanley gesprochen –«

»Lord Hanley? Warum? Wo?«

»In London. In seinem Club. Es war nicht schwer, den Namen Eures letzten Liebhabers in Erfahrung zu bringen.«

»Und deshalb fragt sich dieser widerliche Earl jetzt, warum Lord Ryderbourne so interessiert an seiner verschwundenen Mätresse ist? Ist Lord Hanley Euch hierher gefolgt?«

»Mir gefolgt?«

Miracle starrte in seine Augen. »Ja! Von London bis zur Mautstation und hinter diesem ehrlichen Mann her, der mein Pferd und meinen Sattel gekauft hat? Zum White Swan, wo so viele Zeugen mich beim Blumenverkaufen gesehen haben?«

Seine Hände drückten fester zu. »Warum zum Teufel sollte Hanley mir folgen?«

»Um mich zu finden natürlich. Um mich der Justiz auszuliefern. Er war im White Swan. Ich habe ihn dort gesehen, auch wenn er mich nicht entdeckt hat.«

»Hanley schien sowohl unverletzt als auch desinteressiert, als ich ihm in London begegnet in. Ihr seid sicher, dass er der Mann im White Swan war?«

Sie zerrte sich von ihm los. »Glaubt Ihr etwa, ich würde meinen Liebhaber nicht wiedererkennen?«

Sein Gesicht wurde weiß. Er ließ die Hände sinken und wandte sich ab. »Das war eine dumme Frage. Es tut mir leid. Aber warum denkt Ihr, dass er mir dorthin gefolgt ist?«

»Lord Hanley ist sehr an meinem Schicksal interessiert, und natürlich ist er unverletzt. Er war schließlich nicht das Opfer. Er war der Zeuge.«

»Von was war er Zeuge?«

»Ist das wichtig?« Miracle lachte, und es kümmerte sie nicht, dass die Erinnerung an jene Nacht ihr Lachen mit Bitterkcit vergiftete. »Ich fühlte mich verpflichtet, einem seiner Freunde meine Meinung zu sagen. Als Worte nicht zu reichen schienen, benutzte ich ein Messer. Man könnte sagen, es geschah in Notwehr, wenn Ihr so wollt. Aber welche Gründe auch immer sie haben mag, einer Hure steht es nicht zu, auf einen Gentleman loszugehen, ein solcher Angriff reicht aus, sie aufzuhängen. Ihr könnt mich nicht durch ein Gerichtsverfahren retten, Mylord. Eure Theorien und Eure Leidenschaft würden niemals gegen Lord Hanleys Ansehen bestehen.«

»Nichtsdestotrotz biete ich Euch meinen Schutz an. Ich könnte Euch auf einen Besitz in der Grafschaft bringen. Ich könnte Euch versteckt halten –«

»Welch entzückenden Komplizen bei einem Verbrechen Ihr doch abgeben würdet! Ihr seid der Sohn eines Dukes, Euch wird man deshalb nicht hängen, aber man wird über Euch klatschen, nachdem Ihr meinem letzten Tanz am Galgen von Tyburn zugesehen habt. Oder würdet Ihr Eure Ehre damit vergeuden, Lord Hanley zu einem Duell herauszufordern, in der Hoffnung, ihn zu töten, sodass er nicht als Zeuge gegen mich auftreten kann? Oder vielleicht könntet Ihr zum Hofnarren werden und beim König um Gnade für mich bitten, wenn ich des Mordes für schuldig befunden und verurteilt werde? Zu wessen Nutzen? Zu meinem oder zu Eurem?«

Er ging durch das Zimmer und schlug mehrmals mit der Faust gegen die Wand. »Sagt mir nur eines: Hätte ich das gesehen, wessen Hanley Zeuge gewesen ist, hätte ich es beenden wollen?«

Miracle war aufrichtig überrascht. »Oh ja!«, sagte sie. »Ganz entschieden!«

Sternenlicht überzog seine Wangenknochen mit Silber, die Haut schimmerte hell wie Satin, als er in die Nacht starrte. »Dann verdient Hanley es, zu sterben dafür, es nicht getan zu haben.«

Eis schien vor ihren Augen zu brechen und zu splittern und ihr die Sicht zu nehmen. »O Gott! Ihr *wollt* meinetwegen ein Duell? Vergesst ihn! Vergesst mich! Ihr habt ein eigenes Leben, voll von Verpflichtungen. Geht dorthin zurück!«

Seine schweren Tritte hallten auf dem Boden wider. »Verdammt, Miracle, werdet mir jetzt nicht ohnmächtig!«

Er fing sie auf, als sie schwankte. Für einen Moment war sie zu schwach, sich nicht gegen seine starke Schulter zu lehnen – nicht auf das regelmäßige Schlagen seines Herzens zu hören, seinen Duft nicht tief einzuatmen –, doch dann zwang sie sich, ihn wegzuschieben. Er ließ seine Hände sinken und starrte Miracle an.

Sie setzte sich auf das Bett und wappnete sich innerlich gegen eine weitere Lüge, die sie ihm erzählen würde und die ihn für immer fortschicken würde.

»Ich will nicht mit Euch zusammen sein. Ich wollte es nie. Ich habe eine Vereinbarung getroffen, das ist alles. Alles andere, von dem Ihr glaubt, dass es zwischen uns geschehen ist, war von meiner Seite nur gespielt und auf Eurer eine plötzliche Anwandlung törichter Vernarrtheit. Geht heim, Lord Ryderbourne! Ich will Euch nicht!«

Schweigen legte sich auf die Schatten im Zimmer. Völlige Stille floss über den Teppich, drang in unzählige winzige Spalten ein, füllte den Krug auf dem Waschtisch. Als wäre Schmerz wie flüssiges Kristall in die Luft gegossen worden, füllte das Wispern der Stille ihre Ohren, bis sie nur noch den unerträglich lauten Schlag ihres eigenen Herzens hörte.

»Nein, natürlich würdet Ihr mich nicht wollen«, brach er schließlich das Schweigen. »Ich entschuldige mich, sollte ich den Eindruck erweckt haben, etwas anderes anzunehmen.« Er beugte sich herunter, um Hut und Umhang aufzuheben. »Also was zum Teufel habt Ihr jetzt vor?«

»Verschwinden, wenn Ihr mich nur lasst.«

»Wohin?«

»Ich werde nach Derbyshire gehen, wo ich über Mittel verfüge, dann werde ich das Land verlassen.«

»Ihr werdet das tun, was immer es kostet?«

»Ja. Was immer es kostet. Es sei denn, Ihr wäret dazu entschlossen, jetzt nach dem Gesetz zu rufen, um mich hängen zu sehen, auf andere Weise könnt Ihr mich nicht aufhalten.«

»Ich kann es«, erwiderte er. »Aber ich werde es nicht tun.«

Wolken hatten sich am Himmel zusammengezogen und verbargen das blasse Licht der Sterne. Miracle griff nach auf dem Tisch neben dem Bett liegenden Streichhölzern und zündete eine Kerze an. Die Illusion von Wärme huschte über ihr Gesicht. Sein langer Schatten fiel hinter ihm auf den Boden. Ihr Herz klopfte dröhnend.

Ryder ging zum Tisch und legte den Hut darauf ab. Münzen klirrten und funkelten im Kerzenschein, als er den Inhalt seiner Geldbörse auf das polierte Holz entleerte. »Hier ist mein Geld. Auch wenn Ihr es Euch nicht verdienen müsst – wie Ihr schon so richtig vermutet habt. Kauft Euch ein Pferd. Reitet nach Derbyshire wie die Königin von Saba zu Salomon.«

»Ich will Euer Geld nicht«, lehnte Miracle ab.

»Um Gottes willen!« Sein Blick schien sie zu durchbohren, als er den Kopf hob. »Banditen haben Euch bereits Euer erstes Pferd gestohlen. Ihr habt Glück gehabt, nicht umgebracht oder vergewaltigt worden zu sein. Immerhin wart Ihr danach so verzweifelt, dass Ihr willens gewesen seid, Euren Körper an jeden dahergelaufenen Fremden zu verkaufen. Ihr seid deswegen sogar das Risiko eingegangen, dass einige von diesen Viehtreibern da unten sich Eurer Gunst auch umsonst bedient hätten – *teilen zu gleichen Teilen!*«

»Aber sie haben es nicht getan«, sagte sie. »Ich kenne die Männer. Habt Ihr das nicht bemerkt?«

»Nur zu deutlich.« Ryder ging mit großen Schritten zur Tür. »Ihr habt mit den Gefühlen dieser Viehtreiber gespielt, als wären sie Narren.«

»Alle Männer sind Narren.«

»Nehmt das Geld! Wenn Ihr weitere Hilfe braucht, sendet einen Boten nach Wyldshay. Ich habe die Verantwortung für Euch übernommen, als ich Euch aus der Brockton Bay gefischt habe. Also ist es nicht Eure Entscheidung, sondern meine.«

Als sie aufstand, huschten Schatten um sie herum, als glitten Schwärme von Aasgeiern mit lautem Flügelschlagen um ihren Kopf. »Wie könnt Ihr es wagen, mich auf diese Weise zu verfolgen und mich herumzukommandieren? Ich will Euch nicht verpflichtet sein. Ich werde weder Eure Geschenke noch Euer Geld nehmen.«

»Doch, das werdet Ihr!« Der Umhang wirbelte, als er sich,

bereits an der Tür stehend, noch einmal zu ihr umwandte. »Wenn Ihr allerdings darauf besteht, könnt Ihr es Euch auch verdienen!«

Seine Stiefel hämmerten, als Ryder den Umhang zur Seite warf, auf Miracle zustürmte und sie an beiden Armen packte. Seine Augen blitzten vor Wut, ohne Zärtlichkeit, ohne Fürsorge, als er sie an sich riss. Miracle sah zu ihm auf und lachte.

In unverhohlener Wut drückte er seinen Mund auf ihren. Seine Zunge drang ohne Gnade in ihn ein, als wollte er sie zwingen, ihn zurückzustoßen. Zorn und Verlust brannten auf seinen Lippen.

Eine ebenbürtige Wut, entstanden aus all den erlittenen Verletzungen, kochte in Miracle hoch, trieb sie an, als würden Feuerwerkskörper hinter ihren Augen explodieren. Sie rang mit ihm, mit Zunge und Zähnen und Lippen, bis pure Lust ihren gemeinen Triumph herausschrie. Küsse, heiß und feucht, wie Dämonen. Seine Erektion stieß gegen ihren Bauch, hart und fordernd. Hitze flutete seine Lenden.

Doch er zog sich zurück und öffnete die Hände, seine Augen waren wie dunkle Höhlen. Der Rausch des Verlangens schimmerte in ihnen, doch er ließ den Kopf sinken und starrte auf seine Hände, die jetzt zu Fäusten geballt waren.

»Ich muss Euch um Verzeihung bitten«, sagte er mit heiserer Stimme. »Ich habe noch nie in meinem Leben so etwas getan. Ich wollte nicht –«

Miracle unterbrach ihn, indem sie ihren Zeigefinger auf seine Lippen legte. Heiße Tränen liefen ihr über die Wangen – als hätte eine Feuerprobe sie geläutert und nichts zurückgelassen als einen Kern aus reinem Gold. Sein brennendes Verlangen und Leiden schnitt in ihre Seele. Ohne es bewusst zu entscheiden, legte sie die Hand an seine Wange und küsste ihn wieder, gestattete es ihren Lippen, sich unter seinen wie eine

Blume zu öffnen, willkommen heißend und zärtlich. Sie erlaubte ihm alles und gab es uneingeschränkt zurück.

Es bedurfte nur eines kurzen Moments, eines einzigen Herzschlags, und er war ihr erlegen. Sie spürte es in ihrem Mund, in jeder Faser ihres Körpers, in ihrem Schmerz des Bedauerns über den unvermeidlichen Zorn darüber. Sein Kuss bezähmte sie und streichelte wie ein verführerisches Wispern über ihre Lippen. Weitere köstliche Berührungen ihrer Zunge begleiteten ihr Gefühl, das Richtige zu tun, bis der Schmerz in ihrem Herzen wie Honig unter der glühenden Sonne schmolz.

Lord Ryderbourne war der wunderbarste Mann, dem sie je begegnet war. Er würde sie nicht verletzen, selbst wenn sie es verdiente. Er konnte sie einfach nicht sich selbst überlassen, selbst wenn sie ihn fortschickte. Ihr Körper konnte nicht gegen ihn kämpfen. Und offensichtlich konnte seiner dem ihren nicht widerstehen. Das Bett wartete auf sie. Doch noch war er allzu gewillt, sich aufzuopfern, und sie kannte die Obsessionen der Männer nur zu gut.

Sanft, sehr sanft beendete sie den Kuss und berührte mit einer Fingerspitze seine geschwollenen Lippen.

Er holte tief Luft, glühende Leidenschaft schimmerte in seinen Augen.

»Ich verspreche, dass ich Euch niemals wieder Geld oder irgendetwas anderes für Eure professionellen Gunstbeweise anbieten werde«, sagte er. »Ich bin nicht in der Absicht hergekommen, Euch zu belästigen oder Euch zu verführen, und ganz gewiss nicht, um Euch meine Aufmerksamkeit aufzuzwingen – das wäre nicht die Art von Vereinbarung, die ich würde treffen wollen.«

»Das habe ich auch nicht ein Minute lang gedacht.«

Die Kerze flackerte. Ryder ging zum Tisch und begann, die Münzen zu Türmchen zu stapeln.

»Ich will nicht wie die anderen sein«, sagte er.

Miracle trat ans Fenster. Ein sanfter Regen schlug gegen die Scheibe. Draußen war nichts als Dunkelheit und Nässe.

Sie legte die Handfläche auf das kalte Glas. »Ihr wart anders, Lord Ryderbourne. Ihr *seid* anders, auch wenn das nichts ändert.«

»Wenn das wahr ist«, erwiderte er, »dann ändert das alles.«

»Weil wir für eine seltsame Nacht jenseits aller Zeit das vollkommene Liebespaar waren?«

»Wenn Ihr so wollt. Außerdem denke ich, dass diese Tatsache es Euch zumindest gestatten sollte, mich Ryder zu nennen.«

»Wie Eure Freunde es tun?«

»Ja, warum nicht?«

Sie kostete die Bedeutung seiner harmlosen Gegenfrage einen Augenblick lang schweigend aus, ehe sie sich umwandte und ihn ansah. »Wenigstens versteht Ihr jetzt, warum ich Euer Geld nicht annehmen kann?«

»Ihr könnt nicht ohne Begleitung und ohne einen Penny nach Derbyshire reiten.«

»Doch, das kann ich.« Miracle bemühte sich, so fröhlich wie möglich zu klingen. »Schließlich bin ich auch schon vorher allein und ohne einen Penny gewesen.«

»Ihr deutet ganz richtig an, dass das etwas ist, was ich mir kaum vorstellen kann.« Grimmige Selbstironie kroch in seine Stimme. »Aber was zur Hölle soll es, einem Mann das Herz herauszureißen, indem Ihr nicht einmal seinen Schutz akzeptieren wollt?«

Sie konnte es nicht ertragen, auch wenn sie ihm ihr Leben verdankte. »Was immer wir geteilt haben«, sagte sie sanft, »es war keine Liebe.«

»Ah! Sehr wahrscheinlich nicht. Aber was zum Teufel wissen wir denn schon über die Liebe?«

»Vielleicht nicht viel. Was auch der Grund dafür ist, dass wir die Vereinbarung nicht einhalten werden, die wir in der Schankstube geschlossen haben – auch wenn wir beide über das Talent zu verfügen scheinen, den herrlichen Schmerz der Lust zu erwecken. Und was der Grund dafür ist, dass Ihr jetzt nach Hause gehen werdet.«

Seine Schritte hallten, als er durch das Zimmer ging, vom Bett zu der schäbigen Kommode und wieder zurück. Er würde in einigen Minuten begreifen, dass sie recht hatte. Mit Bedauern vielleicht, mit einem leichten Kummer über den Lauf der Welt, aber er würde wissen, dass es nichts mehr gab, was er ihr anbieten konnte – und dann würde er gehen.

Doch er blieb am Bett stehen und hob den Schuh auf. Die Bänder glitten wie Wasser durch seine Finger.

»Ihr glaubt, dass Hanley mir zum White Swan gefolgt ist?«

»Ich weiß es nicht. Doch nach meinem Aufbruch in Dorset konnte ich kaum unbeobachtet reisen. Er wird Berichte erhalten haben –«

Ryder warf den Kopf hoch, seine Nasenflügel bebten. »Ihr glaubt, dass er Euch Spione hinterhergeschickt hat?«

»Ja, ich bin mir sicher, dass er das getan hat.«

Ryder schloss die Faust um den Schuh, er wurde zerdrückt wie eine weiße Rose. »Und Ihr erwartet noch immer von mir, dass ich nach Hause zurückkehre?«

»Wenn Ihr Euch aus einem fehlgeleiteten Gefühl von Ritterlichkeit weigert, jetzt zu gehen, werde ich das strikt ablehnen. Es gibt keinen vernünftigen Grund, warum Ihr hier bleiben solltet. Ihr habt mir gegenüber keine wirkliche Pflicht.«

Wieder nahm er seinen Gang durchs Zimmer auf, lief hin und her wie ein eingesperrter Löwe. »Nein, natürlich nicht. Ich habe nur die eindeutige, eine passende Braut zu finden. Während der letzten Saison war London voll von einer Armada junger Ladys unter vollen Segeln, und alle hatten sozusagen Flagge gesetzt, um meine Aufmerksamkeit zu erregen. Man hat von mir erwartet, die passendste von ihnen auszuwählen und sie zu heiraten.«

»Dann solltet Ihr dorthin zurückkehren, um Eure Pflicht zu erfüllen, an welcher Lady auch immer Ihr Gefallen findet.«

»Nein«, entgegnete er. »Ich sollte mit Euch nach Derbyshire gehen.«

Sie konnte es nicht glauben. Ihre Verwirrung verschlug ihr die Sprache. Sie spürte, dass ihr Puls wie verrückt schlug, wie ein Fasan, der hinter einer Hecke zum Flug ansetzte.

»Aber das könnt Ihr nicht«, brachte sie schließlich heraus. »Ihr könnt nicht einfach aus Eurem Leben marschieren.«

»Doch, ich kann.«

»Ihr seid verrückt«, sagte sie. »Ein Wahnsinniger! Es gibt Millionen anderer Möglichkeiten.«

Er ließ sich in einen Sessel fallen, die Arme auf den Lehnen, die Hände lagen gefaltet zwischen seinen Knien. Das Kerzenlicht ließ seine Haut warm wie Bronze schimmern. Sein im Schatten liegendes Kinn verriet, dass er eine Rasur brauchte.

»Ja, ich weiß.«

»Ihr würdet nicht einen Tag überstehen.«

Seine Augen funkelten wie die einer Katze, sie leuchteten grün in der Dunkelheit, als er aufschaute. »Soll das eine Herausforderung sein? Ich verspreche, dass ich mit Euch mithalten werde.«

»Auf den Pfaden, über die die Viehtreiber und die Packpferde ziehen? Zu Fuß?« Panik begann in ihr aufzusteigen. »Und was geschieht in den Nächten?«

»Das ist es nicht, warum ich dies tue.«

»Warum dann?«

»Ich weiß es nicht. Vielleicht muss ich so etwas tun, bevor

mein Leben gänzlich in den vielen Verpflichtungen, denen ich nachzukommen habe, aufgegangen sein wird. Ich habe das schon während der Saison in London erkannt, denke ich. Die Sehnsucht nach etwas Unbekanntem ist wie eine Faust gewesen, die auf meinen Verstand eingeschlagen hat. Wenn ich Euch nicht vor Eurem Schicksal bewahren kann, vielleicht könnt Ihr wenigstens mich vor den Schrecken meiner Zukunft retten.«

»Vor all diesen jungen Ladys, die gern Herzogin werden möchten?«

»Ich werde zurückkehren, um eine von der Hand voll derjenigen zu heiraten, die die Voraussetzung, ein Leben als Herzogin zu führen, mitbringen. Für jede andere Frau wäre eine Vermählung mit mir eine Katastrophe.«

»Ihr werdet die richtige Lady finden. Es ist keine Schande, jung und unerfahren zu sein.«

»Natürlich nicht. Und doch hat dieses Spiel etwas geradezu Brutales an sich. Wie kann ich meinem eigenen Urteil trauen, wenn ich doch eine so verdammt kostbare Beute bin, dass selbst die unschuldigsten Frauen täuschen und intrigieren werden, nur um mich einzufangen? Der Rest ist ... Ich weiß es nicht einmal. Vielleicht steht Ihr für die Bedeutung von etwas völlig anderem – für eine Flucht ohne den Gedanken an Feigheit, weil ich mir gesagt habe, dass Euer Wohlergehen meine Pflicht ist? Ich weiß es nicht. Ich weiß nur, dass ich es nicht aus Lust tue.«

»Dann wollt Ihr es tun, um zu demonstrieren, wie wenig Ihr Euch selbst kennt? Natürlich tut Ihr es aus Lust, Ryder, aber Ihr habt vor, Eure Begierden nobel zu unterdrücken. Inzwischen finde ich Euch –«

»Nein! Nicht!« In spöttischer Empörung hielt er sich die Ohren zu. »Nicht! Natürlich begehre ich Euch! Aber warum zum Teufel müssen wir danach handeln? Männer sind keine Tiere.«

»Das scheint gerade eben aber nicht so gewesen zu sein«, erwiderte sie trocken, »als Ihr mich wie ein Wilder geküsst habt.«

Er stand auf und trat zu ihr. »Was nur Wasser auf meine Mühle ist. So etwas wird nicht wieder passieren.«

»Also leugnet Ihr jetzt, was wir im Merry Monarch gemeinsam erlebt haben?«

»Ich leugne es nicht. Ich will nur, dass meine Erinnerung an diese Nacht unbefleckt bleibt, ohne Vergangenheit und ohne Zukunft. Ich wusste schließlich nicht, warum Ihr geglaubt habt, mich verführen zu müssen. Vielleicht hat genau diese Unwissenheit unserem Zusammensein eine gewisse Reinheit verliehen. Ich kann es nicht sagen. Aber ich will diese Erinnerung nicht gegen den Lohn eintauschen, den ein Gentleman einer Kurtisane für ihre Liebesdienste zu zahlen hat.«

Sie strich sich über die Wangen. »Ihr wart nur der Empfänger meiner professionellen Dienste.«

»Dennoch würde ich es für die Zukunft vorziehen, es nicht mehr zu sein.« Ryder wandte sich ab, um den Schuh aufzuheben. Die Bänder wickelten sich um seine schlanken Finger, als wollten sie sich in Geheimnisse verwickeln. »Kommt Euch eine solche Abneigung lächerlich vor? Denkt Ihr, es sei nur der romantische Impuls eines Augenblicks?«

Miracle fühlte sich, als würde er sie langsam entzweireißen, wie Seidenpapier, Stück um Stück, in bedachten, präzisen Bewegungen. Den Schutz des Sohnes eines Dukes angeboten zu bekommen – zu jeder anderen Zeit in ihrem Leben wäre ihr dies wie die Antwort auf ein Gebet vorgekommen. Jetzt wusste sie nur, dass sie ihm seine Freiheit schuldete.

»Ich weiß es nicht«, sagte sie.

»Dann versteht dies: Ich verrate Euch etwas wahrhaft Fundamentales über mich. Für Promiskuität hatte ich nie etwas übrig. Ich habe weder Bordelle besucht, noch bin ich in den Landhäusern meiner Freunde von Schlafzimmer zu Schlafzimmer gewandert. Trotz der Erwartungen, die an meine Stellung geknüpft werden, würde ich es vorziehen, eine Frau zu heiraten, die ich lieben kann. Ihr habt mir gesagt, was Ihr seid und was Ihr erwartet. Jetzt sage ich Euch, was ich bin und was ich erwarte. Ich werde Euch nach Derbyshire begleiten. Ich werde Hanley davon abhalten, Euch auf irgendeine Weise zu belästigen. Aber ich tue das nicht, weil ich als Gegenleistung körperliche Zuwendungen von Euch erwarte.«

»Warum dann?«

»Weil ich die Verantwortung für Euch trage, und weil ich gehen will.«

»Also regiert in Eurer Familie der Wahnsinn? Ich habe einiges über die St. Georges gehört, das allerdings war bisher neu. Doch ich kann es wohl nicht verhindern, dass Ihr mit mir kommt, nicht wahr?«

»Nein, das könnt Ihr nicht.« Er schob den Schuh in seine Tasche und hob den Umhang vom Boden auf. »Das Bett scheint sauber und frei von Flöhen. Ich schlage vor, Ihr klettert zwischen die Laken und geht schlafen.«

»Während Ihr die keusche Nachtwache haltet?«

Seine Lippen verzogen sich in leichtem Spott, der aber nur gegen sich selbst gerichtet war. »In Reinheit, in Heiligkeit, im Gebet?« Er wickelte sich in den Umhang, setzte sich in den harten Stuhl und verschränkte die Arme vor der Brust. »Natürlich. Doch sollte Hanley in dieses Zimmer kommen, werde ich ihn erschießen.«

Miracle schluckte ihre Furcht herunter. »Meint Ihr, er könnte uns trotz all Eurer Vorsichtsmaßnahmen hier finden?«

»Nein, aber trotzdem beobachten zwei meiner Männer das

Anwesen. Bis zum Morgen sind wir hier sicher. Dann werde ich in den White Swan zurückkehren, um herauszufinden, was er treibt.«

»Ihr werdet ihn also dort erschießen?«

Er lachte. »Ich werde ihm einfach auf dem Korridor begegnen und ihm sagen, dass die Spur kalt ist und dass ich nach Wyldshay zurückkehren werde. Er wird mich als verbitterten und enttäuschten Mann erleben. Ein paar eingestreute Hinweise werden ihn dann auf eine falsche Fährte locken. Inzwischen wird mein Kutscher ohne mich nach Hause zurückfahren.«

»Und ich werde dann auch nicht mehr hier sein«, sagte sie.

»Ich werde folgen – aber nicht zu Fuß. Das macht überhaupt keinen Sinn. Bevor ich aufbreche, werde ich Euch ein Pony kaufen, auch damit die Viehtreiber sehen, dass unser Handel erfüllt worden ist.« Sein Grinsen ließ ihn jünger aussehen, fast fröhlich. »Geteert und gefedert zu werden klingt nach einer eher unangenehmen Prozedur.«

»Ihr wisst nicht, welchen Weg ich nehmen werde.«

»Ungefähr zehn Meilen nördlich von hier gibt es noch eine Schänke für Viehtreiber: den Duke of Wellington. Wartet dort auf mich.«

Sie glaubte nicht, dass er auch nur ein Wort von dem meinte, was er sagte. Er mochte vielleicht denken, dass er es jetzt so machen würde, in diesem Moment, aber am helllichten Tag und nachdem er erst in seine eigene Welt zurückgekehrt war, wenn er erst wieder all den Luxus gekostet hatte, den er gewohnt war, dann –

»Also gut«, stimmte sie zu, »ich werde bis Mittag warten, aber nicht länger.«

»Dann lasst uns jetzt wenigstens noch ein bisschen verdammten Schlaf bekommen!«

Miracle blies die Kerze aus, trat hinter den Wandschirm und legte ihr Kleid ab. Die Laken dufteten nach Seife und Sonnenschein. Die Wirtin musste eine stolze Hausfrau sein. Wie würde diese rechtschaffene Lady reagieren, wüsste sie, dass der Erbe des Dukes of Blackdown auf dem harten Stuhl schlief und nicht in dem Bett mit der Hure, die er gekauft hatte?

Vermutlich würde es Ryder gelingen, Lord Hanley von ihrer Spur abzubringen, zumindest für eine gewisse Zeit. Bei diesem Gedanken wurde Miracle das Herz etwas leichter. Nichtsdestotrotz hatte sie nicht so viel Vertrauen in ihn, auch seine anderen Versprechen zu halten – falls er wirklich mit ihr kommen würde.

Seine dunkle Gestalt war im Schatten fast kaum noch auszumachen, nur auf seinem dichten Haar glomm ein schwacher Glanz. Sein Atem ging ruhig und gleichmäßig.

Mit einem kleinen, beharrenden Pochen der Lust pulsierte das Blut durch ihre Adern, als Miracle ihn betrachtete. Er hatte sie gepackt, um seinen Mund heftig und wütend auf ihre Lippen zu pressen. Dann waren daraus Küsse exquisiter Köstlichkeit geworden. Sie hatte ihn nackt und erregt und wild vor Leidenschaft gesehen. Sie hatten über die Sterne gesprochen. Sie hatten zusammen an einem Tisch gesessen und hatten gelacht und geflirtet. Er hatte ihr Leben gerettet. Und er hatte nicht die Absicht, sie jemals wieder zu berühren.

Doch nicht nur er empfand dieses Sehnen und Verlangen, auch sie verzehrte sich nach ihm. Was immer auch geschehen würde, es würde eine schwierige Reise werden, mit einem schmerzhaften Ende.

Der Lohn, den ein Gentleman einer Kurtisane für ihre Liebesdienste zahlen muss.

Miracle zog die Decke bis zum Kinn hoch und drehte sich

auf die Seite, um in die Dunkelheit zu starren. Sie hatte es richtig gemacht, auch wenn ihr der Gedanke keine Freude bereitete.

Nicht Sir Lancelot, der Treulose. Sir Galahad.

Sie hatte sich im Schlaf herumgedreht, sodass ihr Gesicht im Schatten wie eine zarte Elfenbeinschnitzerei anmutete. Seine Gedanken rasten – donnernde Herden aus Pflichtgefühl, vorgefassten Meinungen und nur halb verstandenen Motiven, vorbeiziehende Eindrücke, die wildes Verlangen hervorriefen –, während das Blut in seinen Adern pochte.

Was wusste er von professionellen Kurtisanen? Seine seltenen Affären waren stets diskret abgelaufen. Es waren zumeist Damen der Gesellschaft gewesen, glamouröse Witwen, und deshalb war niemals Geld geflossen, sondern kleine, Wertschätzung zeigende Aufmerksamkeiten überreicht worden. Wenn er heiratete – was er natürlich musste –, würde seine Frau Herzogin werden. Wenn sie erst einmal einen Erben präsentieren konnten, würde niemand mehr von ihnen erwarten, einander treu zu sein, auch wenn der Schein natürlich stets gewahrt werden musste. Was immer geschehen würde, er musste eine Lady heiraten, die für diese Rolle erzogen und darauf vorbereitet worden war, eine Frau wie Lady Belinda Carhart.

Aber jetzt noch nicht!

Noch nicht!

Es gibt Millionen anderer Möglichkeiten. Gott! Der Himmel funkelte vor anderen Möglichkeiten, jeder Stern schien für eine von ihnen zu stehen.

Also warum hatte er den dunklen Pfad gewählt, der geradewegs ins Unbekannte führte?

Laurence Duvall Devoran St. George, Erbe des Titels des Dukes of Blackdown, Marquess of Ryderbourne und Earl of Wyldshay – mit all den Pflichten und Verantwortungen aber auch Vorrechten, die das bedeutete – hatte keine Ahnung, wie man auf den Straßen überlebte, über die die Viehtreiber zogen. Er hatte niemals auch nur einen Tag ohne Personal verbracht, das ihn bediente. Er war niemals zuvor gereist, ohne von Dienern begleitet zu werden. Die effiziente Maschinerie des Herzogtums hatte ihm stets den Weg geebnet, seit dem Tag seiner Geburt.

Was einer der Gründe war, warum er dieses Vorhaben verwirklichen wollte.

Und er würde mit der schönsten Frau reisen, die er je gesehen hatte – einer Frau, die sein Blut entflammt hatte, die ihn mit einem Blick dazu gebracht hatte, seine Prinzipien zu vergessen, die ihn verrückt machte wie eine scharfe Kante unter einem Sattel –, und dennoch würde er sie nicht jede Nacht leidenschaftlich lieben?

Falls doch, würde das über seine Kraft gehen? Wenn er dabei versagte, dann würde er bezweifeln, sich jemals wieder selbst trauen zu können.

Er tat dies alles für sie, weil niemand sonst sie vor Hanleys Zorn schützen konnte, und weil jeder andere Mann immer nur ihren Körper gewollt hatte.

Er würde dies aber auch für sich tun, denn nur sie hatte ihm jemals eine solch eindeutige Gelegenheit gegeben, dem Irrlicht geradewegs in den Abgrund zu folgen.

Als Miracle aufwachte, wusste sie, dass er fort war. Das Zimmer wirkte kahl und kalt ohne ihn. Sie lag einige Augenblicke lang still da und starrte an die Decke. Lord Ryderbourne –

Ryder – wollte für einige Wochen seinem Leben entfliehen und sich in der vermeintlichen Romantik einer Reise ins Nirgendwo verlieren. Und er hatte nicht vor, sie zu lieben?

Was immer seine Gründe waren, er dachte wirklich, dass er es könnte. Es berührte sie, rührte an etwas Verletzliches und verloren Geglaubtes tief in ihrem Herzen, dass sein Schritt ins wahre Leben – trotz all seiner Macht – so unschuldig war. Kannte er sich selbst denn so wenig? Nach dem, was sie bereits geteilt hatten?

Sie schwang die Füße auf den Boden. Auf dem Stuhl lag ein Bündel. Miracle tappte hinüber: ein neues Reitkostüm und ein sauberer Unterrock, eingewickelt in einen Umhang. Sie rieb mit dem Finger über die weichen Baumwollstrümpfe und das frischgewaschene Leinen. Wann zuletzt hatte ein Mann sich so aufmerksam um ihre Bedürfnisse gekümmert?

Ein Tablett mit kleinen runden Broten, Käse und einem Krug mit kalter Milch lockte vom Tisch her. Sobald sie angekleidet war, biss sie in das noch warme Brot und dachte, dass sie Tränen der Dankbarkeit vergießen sollte.

Eine halbe Stunde später trat sie hinaus auf den Hof des Drover's Arms. Wolken hingen tief über den Feldern. Die Viehtreiber waren mit ihren Herden schon weitergezogen oder ritten mit ihren Kreditbriefen, ordentlich zusammengefaltet in ihren Taschen, nach Hause.

Der Wirt lehnte über dem Zaun eines der Pferche und kaute müßig auf einem Strohhalm. Ein gesatteltes weißes Pony stand bis zu den Fesseln im Schlamm angebunden neben ihm, den Kopf gesenkt. Der Mann schaute auf, als Miracle näher kam.

»Euer Freund ist bereits fort«, sagte der Wirt. »Er hat für Euer Frühstück und Euer Kleid bezahlt, und er hat Euch dieses Pony gekauft, ehe er zu seinen netten kleinen Geschäften auf der Straße zurückgekehrt ist.«

»Welche Geschäfte? Für den sorglosen Umgang mit solchen Anschuldigungen könnte ein Mann gehängt werden.«

»Euer Gentleman der Straße dann also, wollen wir es so ausdrücken? Wer sonst trägt zwei kostbare Pistolen mit sich herum und ist so freigebig mit Gold? Und wer sonst arrangiert es, sein Liebchen in einem abgelegenen Gasthof wie diesem zu treffen, wo sie ihre kleinen Spielchen auf Kosten ehrenwerterer Gönner spielen können? Allerdings habe ich ihn noch nie in dieser Gegend gesehen oder etwas über ihn gehört.«

»Er war nur auf Durchreise«, sagte Miracle. »Eure Geschäfte sind nicht in Gefahr.«

»Darüber hat heute Morgen im Schankraum Einigkeit geherrscht«, sagte der Wirt. »Genau wie über den allgemeinen Wunsch nach Diskretion, wenn man einem solchen Mann gegenübersteht, zusammen mit ein wenig Bedauern darüber, dass Ihr offenbar bereits versprochen wart. Anders hätte er heute früh wohl auch nicht ganz so unbehelligt von hier wegreiten können.«

Miracle band das Pony los, saß auf und ordnete ihre Röcke.

»Ihr solltet das Ganze vergessen.«

»Das war auch sein Vorschlag. Seine Worte waren sehr sanft – dafür umso gefährlicher!« Der Mann schaute zu ihr hoch, die Augen hatte er gegen die ersten Strahlen der aufgehenden Sonne zusammengekniffen. »Also werdet Ihr Euch in Bristol mit ihm treffen? Keine Sorge, mein Lamm! Das Drover's Arms ist blind, taub und stumm. Niemand wird je ein Wort von mir erfahren.«

Miracle schenkte dem Wirt ihr bezauberndstes und strahlendstes Lächeln.

»Das ist außerordentlich klug von Euch!«, sagte sie.

Ryder schlenderte in das Frühstückszimmer des White Swan. Er hatte ein heißes Bad genossen, sich rasieren lassen und frische Kleidung angezogen. Dennoch sang das lockende Abenteuer Hosianna in seinem Blut. Warum es nicht tun? Warum nicht nach Norden, ins Nirgendwo reisen? Wyldshay – mit all seiner Schönheit, mit all seinen Verpflichtungen – würde noch auf ihn warten, wenn er zurückkehrte.

Der Wirt eilte herbei, um Seine Lordschaft zu bedienen. Was immer Lord Ryderbourne wünschte, im White Swan wäre man geehrt, es ihm zu bieten, wurde er nicht müde zu beteuern. Es gäbe Erdbeeren und hervorragendes gebratenes Schweinefleisch.

Ryder bestellte sein Essen und setzte sich mit dem Gesicht zur Tür. Miracle hatte tief geschlafen, als er sie verlassen hatte, ihr Haar auf den Kissen wie die Flügel eines Raben ausgebreitet. Verlangen pulsierte durch seine Adern. Nicht nur Verlangen nach Sex – obwohl das allein wirklich genügte –, sondern auch das Verlangen nach dem Unbekannten, nach dem Weg, der sich vor ihm auftat und in zwei Richtungen führte, beide mit ungewissem Ende.

Einige Augenblicke später, elegant und selbstbewusst, trat der Earl of Hanley in den Raum. Echte Überraschung schien in seinen Augen aufzuflackern.

»Ryderbourne? Welch unerwartetes Vergnügen!«

»Der Wirt empfiehlt das gebratene Schweinefleisch«, sagte Ryder. Er wies auf den ihm gegenüber stehenden Stuhl. »Bitte leistet mir Gesellschaft, Sir! Ihr seid bekanntlich ein Kenner sinnlichen Vergnügens. Lasst mich Eure Meinung über die Küche hier wissen. Ihr reist nach Bath? Oder vielleicht nach Bristol?«

Ein Diener zog den Stuhl vor, und der Earl nahm Platz. »Weder noch. Ich war auf der Suche nach Euch.«

»Wirklich? Ich kann mir nicht vorstellen, warum. Müsste ich mir über etwas Sorgen machen?«

Der ältere Mann lehnte sich zurück. Seine eisblauen Augen waren ausdruckslos. »Miracle Heather. Ihr sucht sie.«

»Tue ich das?«

»Bei unserer letzten Begegnung in London habe ich gewisse Verpflichtungen außer Acht gelassen, die ein Gentleman einem anderen gegenüber unter solchen Umständen gehabt hätte. Wenn Ihr es mir gestattet, würde ich das jetzt gerne nachholen.«

»Ihr habt deswegen den weiten Weg von London hierher gemacht?« Ryder gab dem Diener ein Zeichen.

»Warum nicht? Schließlich kannten wir uns schon als Schuljungen.«

»In der Tat. Mögt Ihr Eier zu Eurem Schweinefleisch?«

Ein kleines Aufflackern von Verärgerung schlich sich für einen Moment in Hanleys nichtssagenden Blick, wie der dunkle Schatten unsichtbarer Flügel, die über einen blauen Himmel huschten.

»Ich bin gekommen, Euch zu warnen, Ryderbourne: Ihr seid in tödlicherer Gefahr, als Ihr euch überhaupt vorstellen könnt.«

Kapitel 6

»Ich bin in Gefahr?«, fragte Ryder und zog die Augenbrauen hoch. »Um welche Art Gefahr handelt es sich denn bloß? Ihr macht mich in meinen Stiefeln zittern.«

Der Blick, mit dem der Earl Ryder provozierend einer Musterung von den Stiefelspitzen bis zum Haaransatz unterzog, und der missmutige Zug um seinen Mund ließen darauf schließen, wie verärgert er war. »Das bezweifle ich. Nichtsdestotrotz empfehle ich Euch, diese Suche aufzugeben.«

»Ich bin höchst geschmeichelt ob Eurer Sorge«, erwiderte Ryder. »Sie ist eine Femme fatale, verstehe ich das richtig?«

»Miracle Heather verspeist Männer wie Euch zum Frühstück.«

»Ein köstlicher Gedanke!« Ryder lachte. »Aber zu meiner Enttäuschung ist die Lady leider verschwunden.«

Der Earl bearbeitete das Stück Fleisch auf seinem Teller, als hielte er einen Säbel in der Hand. »Wie könnt Ihr da sicher sein?«

»Wie ich mir meiner eigenen Enttäuschung sicher sein kann, Sir? Ihr habt mich falsch verstanden.«

Der ärgerliche Zug um den Mund vertiefte sich. »Wie könnt Ihr sicher sein, dass sie verschwunden ist?«

»Nachdem Ihr sie in Dorset verlassen habt, wurde auf Blackdown-Land eine Lady gesehen, die zu Pferde und ohne Begleitung unterwegs war. Nach dem zu urteilen, was ich in London über Miss Heather erfahren habe, passte die Beschreibung dieser Lady auf sie. Sie ist eine bemerkenswerte Schönheit, soweit ich es verstanden habe, und sie ritt auf einem recht unverwechselbaren Pferd. Euer Geschenk an Sie, nehme ich an?«

»Nein, aber ich habe dasselbe in Erfahrung gebracht. Einige Farmer und Feldarbeiter konnten ihr Pferd meinen Informanten –«

»Eure Informanten, Sir? Ihr versucht auch, ihre Spur aufzunehmen?«

»Das tue ich. Aber bitte, fahrt fort!«

»Offenbar verfügt sie nicht mehr über das Pferd. Ich habe mit dessen neuem Besitzer gesprochen – wie Ihr vielleicht auch?«

Der Blick des Earls war eindringlich genug, um Stahl damit durchbohren zu können. »Ein gewisser Pence, ein Apotheker. Er war nicht zu Hause, als ich meine Aufwartung dort gemacht habe.«

»Leider endet die Spur bei ihm.« Ryder nippte gleichmütig am Kaffee. »Aber möglicherweise gelingt es Euch ja, mehr aus dem Mann herauszubekommen als ich. Ich habe den gestrigen Tag damit verbracht, die Mautstraße abzureiten, wie ein Jagdhund auf einer Fährte. Die allgemeine Meinung scheint zu sein, dass Miss Heather die Kutsche nach London genommen hat oder dass sie mit einem Straßenräuber auf und davon nach Bristol ist oder dass sie einen verflossenen Liebhaber wiedergetroffen hat und mit ihm nach Reading gegangen ist.«

»Ihr habt keine Meinung in dieser Angelegenheit?«

Ryder setzte die Tasse ab und verzog den Mund. »Wenn auch die Erdbeeren durchaus annehmbar waren, so lässt dieser Kaffee eine Menge zu wünschen übrig. Findet Ihr nicht auch?«

Hanley beugte sich vor, seine Augen waren fast schwarz. »Miracle Heather?«

»Ah, ja! Die reizende Mistress, die Ihr so sorglos verloren habt. Mein Verdacht ist, dass die Lady ein übles Ende gefunden hat und verscharrt in irgendeinem Straßengraben liegt.

Ihr könnt gern all diesen Hinweisen folgen Sir, aber mich langweilt diese Suche, und ich werde heimkehren.«

Der Earl verzog das Gesicht. »Heim?«

»Nach Wyldshay. Lästig, aber notwendig.«

Hanleys Stuhl kratzte über den Boden, als er abrupt aufstand. »Eine kluge Entscheidung, Ryderbourne!«

»Ich fürchte, dass ich nun leider vergessen habe, was genau mich so das Fürchten lehren sollte?«

Die Nasenflügel des Earls flatterten, als er sich zum Fenster umwandte. Kutschen und Pferde bevölkerten den Hof des Gasthauses. Das Klappern von Hufschlägen und das Knarren der eisenbeschlagenen Räder drangen bis ins Zimmer.

»Es ist nichts«, sagte er. »Es hat sich offensichtlich erledigt.«

Ryder schob seinen Stuhl zurück und stand auf. »Ich denke, der Schweinebraten wird auch überschätzt. Was denkt Ihr?«

Hanleys Oberlippe verzog sich auf hässliche Weise, als er Ryder kurz die Hand schüttelte, bevor er mit steifen Schritten den Raum verließ.

Das hakennasige Gesicht des Duke of Wellington schwankte, als das Schild im Wind zu schaukeln begann. Feiner Regen fiel aus einer dichten grauen Wolkenbank. Miracle saß auf dem Rand eines steinernen Wassertroges und hielt ihr Pony am Zügel, während es das Wasser schlabberte. Glitschiger Geifer tropfte zurück in den Trog.

»Nun, Jim«, sagte sie zu dem Tier. »Es muss fast ein Uhr sein. Was sollen wir jetzt tun, was meinst du?«

Das Pony tauchte seinen Kopf ins Wasser, das daraufhin hoch spritzte. Miracle lachte trotz des seltsamen Kummers, der ihr Herz erfüllte.

Ich hatte recht! Er kommt nicht!

Ohne Zweifel war es so das Beste. Ohne Zweifel hatte er noch einmal über sein verrücktes Versprechen nachgedacht und war nach Hause zurückgekehrt. Sie sollte froh darüber sein. Sie kannte die Männer gut genug – auch die privilegierteren Mitglieder des Adels –, um zu wissen, dass es nichts gab, was Lord Ryderbourne einer Frau wie ihr außer einem gebrochenen Herzen versprechen konnte.

Doch sie hatte ihm ihr Wort gegeben, auf ihn zu warten, wenn auch nur bis zum Mittag.

Eine Gänseschar marschierte mit für den langen Marsch geteerten Füßen vorbei. Drei Karawanen Packponys zogen durch das Dorf – ihre Körbe gefüllt mit Töpferwaren oder Eisenartikeln oder, wie in einem Fall, mit lebendem Geflügel.

Der Wind legte sich. Die Wolken schienen still zu stehen. Im Iron Duke wurde es ruhig, während der Namensgeber unter seinen gemalten Augenbrauen zu dem Weg hinüberstarrte, der nach Süden führte. Jim hob den Kopf und schaute einer Schafherde hinterher, die den grünen Pfad entlangzog und schließlich außer Sicht geriet, gefolgt von drei Viehtreibern auf ihren wohlgenährten Ponys.

Er kommt nicht!

Miracle stand auf und schwang sich in den Sattel des Ponys.

Also waren letzten Endes doch alle Männer gleich. Zumindest dieser Gedanke sollte doch etwas Tröstendes haben!

Ihr Weg führte nach Nordwesten durch einen Birkenwald, der von dichtem Unterholz gesäumt war. Miracle bückte sich, um einigen tief hängenden Zweigen auszuweichen. Bald ließ sie den Wald hinter sich, der Weg verlief jetzt zwischen hohen Böschungsrändern hindurch. Jim trottete weiter und knabberte hin und wieder an ihm vermutlich wohlschmeckenden Kräutern. Als der Pfad schließlich zu den Cotswold Hills anzusteigen begann, öffneten sich die Wolken, um kalten Regen niederprasseln zu lassen.

Am Abend stieß Miracle am Rand einer Wiese auf eine große, halb zerfallene Scheune. Die Hügel fielen dort sanft herab in ein kleines Tal. Eine Seite des Scheunendachs war heruntergestürzt, und Gras wuchs in einer dicken Matte zwischen den Steinen. Miracle verriegelte das, was von der Tür übrig war, sattelte das Pony ab und ließ es im Scheuneninnern grasen. Die Überreste des Heubodens am gegenüberliegenden Ende des Gebäudes sahen noch recht stabil aus, also kletterte Miracle hinauf und zog die alles andere als intakte Leiter hinter sich hoch.

Eingewickelt in ihren Umhang schmiegte sie sich in einen Stapel aus trockenem Stroh. Ryder hatte seinen Umhang wieder an sich genommen und ihr diesen neuen gegeben, der sie jetzt wärmte. Er roch nach nichts außer nach feuchter Wolle.

Zum Teufel mit ihm! Zum Teufel mit den Männern! *Er kommt nicht!*

Etwas kitzelte sie an der Nase. Miracle wischte es fort. Es kitzelte wieder. Sie war sofort wach, ihr Herz war erfüllt von heißer Beklommenheit. Da war nur das Stroh, das sich in dem dicken Stoff unter ihrer Wange verfangen hatte. Sie drehte sich auf den Rücken und schaute zu den Dachbalken der Scheune auf. Die Morgendämmerung schimmerte mit blassem Sonnenschein durch das Scheunendach, in dessen Ecken filigrane Spinnennetze wie silberne Spitze funkelten. Vom Scheunenboden drang das Klappern der Ponyhufe herauf. Der neue Tag war angebrochen, eingehüllt in tröstlichen Frieden.

Miracle setzte sich auf – und erstarrte.

Ein langer Schatten auf der Ostseite des Heubodens schnitt sich einen dunklen Pfad über die Bodendielen. Neben ihm lag eine lederne Satteltasche gegen die Wand gelehnt.

Panik krampfte ihre Eingeweide zusammen, begleitet von schmerzlichem Wiedererkennen. Ryder saß auf dem Fenstersims und schaute durch die unverglaste Öffnung hinaus, ein Knie bis zum Kinn hochgezogen. Der lange Umhang, in den er sich gewickelt hatte, schien ihn wie Einsamkeit eingehüllt zu haben.

Miracle schluckte ihre Panik hinunter. Ein brennendheißes Bewusstsein erfüllte sie: aufkeimendes, tiefes Verlangen – nach seinem starken Rücken, nach seinen langen, langen Beinen, nach seinen wunderbaren Händen, nach seinem Lächeln. Sie wusste, dass er sie beobachtet hatte, während sie geschlafen hatte. Sie wusste, dass er jenes Bewusstsein und jenes Begehren mit ihr teilte, aber dass er sich – wie Galahad – für zu vollkommen und zu beherrscht gehalten hatte, um danach zu handeln.

»Habt Ihr gut geschlafen?«, fragte er, ohne sich umzusehen. Eine Spur von Humor schwang in seiner Stimme mit. Humor und vielleicht ein seltsames Widerstreben, als müsste er sich zwingen, seinen selbst getroffenen Entscheidungen irgendetwas Erheiterndes abzugewinnen.

»Zu gut offensichtlich.« Miracle lehnte sich mit dem Rücken gegen die hinter ihr aufgestapelten Strohballen. »Wie lange sitzt Ihr schon da?«

»Den größten Teil der Nacht.«

Ryder ließ sich vom Sims auf den Boden gleiten und blieb, den Rücken gegen die Wand gelehnt, die Arme vor der Brust verschränkt, sitzen. Schatten verschluckten sein Gesicht, als der Morgen sich durch die unversperrte Fensteröffnung ins Scheuneninnere ergoss und Miracle einen Moment lang blendete.

»Wie habt Ihr mich gefunden?« Die Leiter lag noch immer dort, wo Miracle sie hingelegt hatte. »Und wie seid Ihr hier heraufgekommen?«

Er hob den Kopf und ignorierte ihre Frage, sein Profil hob sich geisterhaft vor den Spinnenweben und dem Staub ab. »Warum habt Ihr im Duke of Wellington nicht auf mich gewartet?«

»Ich habe meine Frage zuerst gestellt.«

»Dann ist die Antwort darauf, dass Ihr mich anlockt wie eine der Sirenen. Der Duft nach Wildheit und nach Herbst, der Euer Haar verzaubert, lässt eine Spur zurück, der ein Mann wie ein Bluthund folgen kann. Ich würde mir meinen Weg durch eine Rosenhecke schlagen, ich würde einen Turm erklimmen, der hundert Fuß hoch ist –«

»Ihr seid im falschen Märchen«, unterbrach sie ihn.

Sein Lächeln zauberte Grübchen auf beide Wangen, als er zu ihr hinüberschaute. »Ihr habt nun mal wie verzaubert geschlafen, deshalb schien mir der Vergleich mit der schlafenden Schönheit durchaus passend.«

»Dann hättet Ihr mich mit einem Kuss wecken müssen.«

»Dafür habt Ihr noch nicht lange genug geschlafen.« Er holte die Satteltaschen und kniete sich hin, um darin herumzukramen.

»Ihr seid nicht wirklich dem Duft meiner Haare gefolgt«, sagte sie.

»Bin ich nicht? Dann glaubt, wenn Ihr es wünscht, dass ich den Spuren Eures Ponys gefolgt und durch die Fensteröffnung hereingeklettert bin.«

Miracle schlang die Arme um ihre Beine und legte das Kinn auf beide Knie. »Aber es muss mindestens zwanzig Fuß vom Boden entfernt sein!«

Er schaute sich um und lächelte. »Ich bin im Labyrinth von

Wyldshay großgeworden. Einmal sind Jack und ich die Außenwand des Fortune Towers hinaufgeklettert, wir hingen wie die Eidechsen an den Steinen. Die Duchess hat uns dafür eine Tracht Prügel verpasst.«

»Das kann ich ihr nicht verdenken.« Sonnenlicht funkelte in ihren Wimpern, zerstreute sein Bild in einen Tanz aus Dunkelheit, wobei blutrote Lichter in seinem Haar aufschimmerten. »Und das Pony kanntet Ihr natürlich. Ihr habt es schließlich gekauft.«

»Glücklicherweise sind die Abdrücke seiner Vorderhufe gut wiederzuerkennen. Mein Pferd hat sich zu Eurem gesellt. Auch Schönheit ist sich nicht zu stolz, das Gras zu fressen, das zwischen Steinen wächst.« Er hielt Miracle eine lederüberzogene Flasche und ein kleines Päckchen hin. »Seid Ihr hungrig?«

Sie lachte. »Das habt Ihr mich schon einmal gefragt, mit katastrophalen Konsequenzen.«

Er ging in die Hocke und sah Miracle an. Das Sonnenlicht betonte die winzigen Fältchen in seinen Augenwinkeln. »Ich behaupte nicht, dass unser Appetit sich geändert hat. Ich sage nur, dass wir ihm nicht wieder so spontan nachgeben müssen.«

»Also sind wir beide dazu verdammt, auf ewig hungrig und durstig zu bleiben, so wie Tantalus?« Sie begegnete dem Blick aus seinen meergrünen Augen, während sie das Essen nahm. »Obwohl Appetit letztlich eine private und persönliche Angelegenheit ist. Also macht weiter so, Mylord, und erzählt mir so viele Lügen, wie Ihr wollt.«

Seine Wangen färbten sich rot, was ihn unglaublich verletzlich wirken ließ, ihn wahnsinnig attraktiv machte. Ryder stand abrupt auf und entfernte sich einige Schritte weit von ihr.

»Ich muss nicht lügen«, entgegnete er. »Ihr kennt die Wahrheit bereits. Ich sehe jedoch für keinen von uns einen Grund, sie aussprechen zu müssen.«

»Warum seid Ihr mir dann wirklich gefolgt? Ich war wirklich überzeugt, Ihr würdet es nicht tun.«

Er stützte beide Hände auf den Fenstersims. »Aber ich habe Euch mein Wort gegeben!«

»Dennoch gibt es so viele Gründe, warum Ihr stattdessen nach Hause hättet reiten sollen.«

Er schien plötzlich sehr ernst, so ernst und einsam und ratlos wie Paris, als dieser dummerweise der Göttin der Liebe den Apfel gab und damit Weisheit und Macht ausschlug.

»Von allen Gründen«, sagte er schließlich, »ist dieser der wichtigste: Ich habe einen jüngeren Bruder, Lord Jonathan Devoran St. George. Jack ist ein Abenteurer. Er ist durch die ganze Welt gezogen, manchmal, um einer Schimäre zu folgen, manchmal, um den fahrenden Ritter zu spielen und Aufgaben zu bewältigen, die die Grundfesten unserer Welt hätten zum Wanken bringen können.«

Miracle trank von dem mit Wasser verdünnten Wein und aß ein wenig Brot und Käse, Hunger verspürte sie indes nach etwas ganz anderem. »Ich weiß nicht, ob ich den Zusammenhang verstehe. Beneidet Ihr ihn darum, so zu leben?«

»Beneiden? Nein.« Er lehnte sich mit der Schulter gegen die Fensteröffnung und sah in den hellen Morgen hinaus. »Die Liebe zu meinem Bruder ist ein so tiefes, starkes und absolutes Gefühl, das keinen Raum für Kleinlichkeit lässt. Doch Jack hat England vor kurzem wieder verlassen und ist nach Indien zurückgegangen, und er hat seine Frau mitgenommen.« Er stieß sich vom Fenster ab und ging zu Miracle zurück. »Alles, was ich gestern gesagt habe, ist richtig und wahr, aber zum Teil kann ich auch deswegen nicht einfach nach Hause zurückkehren.«

»Ich verstehe nicht.«

»Nun, Jack würde immer alles stehen und liegen lassen, um der verrücktesten, unerwartetsten Lösung auf ein Problem zu folgen. Immer auf der Suche nach dem, was seinen Blick auf die Welt zu erweitern verspricht.«

»Er ist der jüngere Sohn. Er trägt nicht wie Ihr Verantwortung.«

»Nein, aber zum ersten Mal in meinem verdammten Leben ist es genau das, was auch ich tun werde. Ich habe Euch gesagt, dass ich für ein paar Wochen meinem gewohnten Leben entfliehen will, und ich *muss* es tun – um meinen Bruder besser zu verstehen, vielleicht aber auch, um mich selbst besser zu verstehen.«

»Und um diese neue mysteriöse Einsicht zu gewinnen, werdet Ihr mit einer Hure, die wegen Mordes gesucht wird, durch die Lande ziehen?«

Ryder nahm die Leiter und ließ sie vom Heuboden hinunter auf den Boden gleiten. Mit einem Plumps landeten ihre Füße auf den Steinen. Die Pferde zuckten zusammen und wichen zur Seite.

»*War* es Mord, Miracle?«

»Ich weiß nicht, wie man es sonst nennen könnte.« Sie betrachtete die Weinflasche, deren köstlich würziger Inhalt eine so perfekte Ergänzung zum Käse war. »Ich habe einem Mann ein Messer in die Brust gerammt. Dieser Mann war Philip Willcott, Lord Hanleys bester Freund.«

»Warum?«

»Aus Gründen, die wohl auf der Hand liegen. Ich mochte ihn nicht. Er mochte mich nicht. Es war grässlich und gemein, und es hat überhaupt keinen Sinn, darüber zu reden.«

»Ihr bedauert es nicht?«

Sie schnitt Ryder eine Grimasse, ihr Herz schlug wie verrückt, und ihre Handflächen fühlten sich feucht und kalt an. »Ich bedaure nur, dass ich nicht auch Lord Hanley erstochen habe, als ich die Gelegenheit dazu hatte.«

»Warum?«

»Das müsst Ihr nicht wissen.«

»Doch, das muss ich.« Jeder Zoll seines Vaters Sohn stand Ryder neben der Leiter, die Arme entschlossen vor der Brust verschränkt. Seine Augen brannten mit grünem Feuer. »Ehe wir von diesem Heuboden heruntersteigen, werdet Ihr die Güte haben, mir zu sagen, was geschehen ist, bevor Ihr in diesem Boot ausgesetzt worden seid.«

»Nein.« Miracle stand auf, um ihre wenigen Habseligkeiten zusammenzusuchen. »Ich werde nicht die Güte haben, das zu tun. Vielleicht habt Ihr vergessen, dass ich nicht Euer Lakai bin, der tut, was Ihr befehlt. Was immer ich getan habe – selbst wenn ich hundert Männer getötet haben sollte –, bin ich doch ein freier Mensch, zumindest jetzt noch.«

»Alles an seiner Haltung wirkte einschüchternd, vermutlich in einem sehr viel stärkeren Maß, als er es beabsichtigte. Sein Mund war energisch, sein Kinn hart. »Er hat Euch missbraucht?«

»Welchen Unterschied macht das?« Sie hob das Kinn und ging so nah an ihm vorbei, dass sie seinen Duft riechen konnte: nach Mann und Nacht und nach sauberem Leinen und weitaus verwirrender als der Wein. »Wenn Ihr freundlicherweise aus dem Weg gehen würdet, Mylord, ich muss nach draußen.«

»Ich werde nicht aus dem Weg gehen, bis Ihr mir gesagt habt, was passiert ist.«

»Nein.« Miracle holte tief Luft und machte Anstalten, sich an ihm vorbeizudrängen.

Ein Fußtritt gegen die oberste Sprosse ließ die Leiter umfallen. Die Pferde stoben zur Seite, als sie krachend zu Boden fiel und zerbrach.

»Wir werden diesen Heuboden erst verlassen, wenn Ihr mir die Wahrheit gesagt habt.«

Sie lachte ihn trotzig an. »Ihr würdet mich damit erpressen, dass ich Druck in meiner Blase verspüre?«

Tiefe Röte überzog seine Wangen. »Wenn es nötig ist.«

»Wenn Ihr nicht wünscht, uns beide in eine peinliche Lage zu bringen, die nicht wiedergutzumachen wäre, Mylord, dann solltet Ihr wissen, dass ich nicht mehr lange warten kann.«

»Sehr gut.« Seine Schritte hallten von den Dielen wider, als er mit langen Schritten zum Fenster ging. »Also werdet Ihr es mir sagen?«

»Ich sehe nicht, dass Euch das irgendetwas angeht. Ich muss jetzt nach draußen und es gibt es keine Leiter mehr.«

»Dessen bin ich mir bewusst.« Eine hohe Silhouette gegen die Helligkeit des Morgenlichts, schien er unbeugsam, doch dann legte er den Kopf zurück und lachte, als würde er sich unvermutet über sich selbst amüsieren. »Aber wie es auch sei, deren Verlust ist kein unlösbares Problem, nur ein unbequemes.«

»Aha«, sagte sie. »Die Mauern des Fortune Towers? Ihr habt vor, mich durch dieses Fenster hinunterzutragen?«

»Mir scheint, dass ich das wohl muss.« Er wandte sich um und grinste. »Nach dem, was ich gesagt habe, werdet Ihr sicher verstehen, dass mich diese Aussicht mit einem gewissen Widerstreben erfüllt?«

Sie trat neben ihn. »Hättet Ihr nicht so impulsiv gehandelt, Mylord, wäret Ihr jetzt nicht gezwungen, mich anzufassen.«

Als wäre unter seiner Haut ein Feuer entzündet worden, flammte Hitze in ihm auf. »Aber ich sehne mich danach, Euch anzufassen, auch wenn ich es nicht vorhatte. Ich habe nicht damit gerechnet, dass die Leiter zerbrechen würde.«

»In Eurer Welt wird nichts alt oder nutzt sich ab, nicht wahr? Nichts bricht entzwei. Aber sollte irgendetwas doch die Frechheit besitzen, kaputt zu gehen, wird es sofort von einer unsichtbaren Fee repariert oder ersetzt.«

»Ich bin nicht so weit von der täglichen Realität entfernt, Miracle.«

»Doch, das seid Ihr«, widersprach sie. »Aber jetzt will ich um alles in der Welt von diesem Heuboden herunter. Ich werde mit Freuden alles akzeptieren, was Ihr Euch an Möglichkeiten vorstellen mögt, selbst jene, die Euch so große Erheiterung zu bereiten scheinen. Was also werden wir jetzt tun? Ihr werdet beim Heruntersteigen beide Hände brauchen. Wünscht Ihr mich über Eure Schulter zu werfen, oder soll ich mich wie ein Affe auf Euren Rücken schwingen und mich an Eurem Hals festklammern?«

Seine grünen Augen funkelten wie Glas. »Was immer Ihr vorzieht.«

»Die Affen-Methode wird wahrscheinlich etwas weniger unbequem sein – unter Berücksichtigung meiner gegenwärtigen körperlichen Bedürfnisse.«

»Es tut mir leid«, sagte er.

»Dass Ihr die Leiter umgestoßen habt? Nicht doch!« Sie legte beide Arme um seinen Nacken. »Ihr und ich, Mylord, wir haben uns in ein Abenteuer gestürzt. Warum sollte das nicht ein wenig Tollkühnheit einschließen? Ich werde mein Bestes tun, Euch nicht die Luft abzudrücken, während Ihr Euch bemüht, uns beide nicht in einen Haufen zerbrochener Knochen zu verwandeln. Wollen wir es wagen?«

Ryder wusste nicht, ob er es ertragen könnte. Ihre Hände, die ihn berührten, ihre Arme, die sie um seinen Nacken geschlungen hatte. Strohhalme steckten in ihrem Haar, als versprächen sie goldene Üppigkeit und reiche Ernte. Sie lachte zu ihm hoch, ihre Augen schimmerten wie Seen voller Dunkelheit und mutwilliger Fröhlichkeit, ihre Haut war so kühl und glatt und einladend wie eine Schale voller Sahne.

Er wollte sie küssen, wollte diese roten Lippen erobern, wollte tief eintauchen in ihre mitreißende, sachkundige Leidenschaft. Doch es schien wie ein Befehl, dass er es besser unterließ – als wäre sie Calypso, die ihn in sieben Jahre des Vergessens stürzen könnte.

»Ihr müsst Euch hinter mich stellen«, wies er sie an.

»Wie Satan?«

Er lachte amüsiert. »Wie die Hexe, die Ihr seid. Doch sogar ohne Eure Zauberei werde ich uns nicht fallen lassen.«

»Mein lieber Ryder, ich habe nicht eine Minute lang gedacht, dass Ihr das tun würdet.«

Eine Fingerspitze strich sein Kinn entlang und hinterließ eine Spur aus Feuer. Sein Puls schlug hart und erfüllte ihn mit wilder, selbstironischer Heiterkeit. *Männer sind keine Tiere?* Circes Zauber hatte Männer in Schweine verwandelt. Zum ersten Mal in seinem Leben glaubte er zu verstehen, warum.

Miracle legte die Arme über seine Schultern und verschränkte sie fest vor seiner Brust, dann sprang sie, wie ein Kind, das Huckepack spielte, auf seinen Rücken und schlang ihre Beine um seine Taille.

Die Steinwand war rau und dort, wo sich das gesamte Gebäude zur Seite geneigt hatte, halb in sich zusammengefallen. Der Abstieg war leicht, denn es boten sich viele Möglichkeiten, die Füße zu setzen, auch mit seiner Last. Leicht und töricht und verrückt!

Sie drückte sich fest gegen seinen Rücken – alles war köstliche Weichheit und Wärme und süßer Duft –, als er Hand unter Hand setzend vom Heuboden hinunterkletterte. Bilder schwärmten durch seinen Kopf. Betörende Bilder, die Schwäche in ihm auslösten, verführerische Bilder, die ihn erregten, Bilder, gefolgt von Erinnerungen, die aufwühlten und quälten. In dem vergeblichen Versuch, sie zu vertreiben, schüttelte Ryder den Kopf. Er würde doch fähig sein, zumindest seine Gedanken zu kontrollieren?

Sobald er wieder Boden unter den Füßen hatte, ließ Miracle sich von seinem Rücken hinuntergleiten.

»Gut gemacht«, murmelte sie in sein Ohr. »Aber Ihr quält Euch jetzt selbst, weil Ihr nicht gleichgültig bleiben könnt, wenn eine Frau ihre Brüste gegen Euren Rücken presst und ihre nackten Schenkel um Eure Taille schlingt?«

Zwischen seinen gespreizten Händen presste Ryder die Stirn gegen die kalte Steinmauer. Trotz allem ging ihm der Gedanke durch den Sinn, er könnte sich jetzt einfach in eine Wolke schmerzvoller Heiterkeit auflösen. »Mein Gott, Miracle!«

»Und Ihr behauptet, dass Männer keine Tiere sind? Was habt Ihr gerade eben gedacht? Ich wette, dass Ihr nicht den Mut haben werdet, es mir zu sagen – trotz dem, was Ihr von mir verlangt.«

Er unterdrückte seine unangebrachte Heiterkeit und starrte auf das zertretene Gras zu seinen Füßen. »Ihr wollt wirklich wissen, was mir durch den Kopf gegangen ist?«

»Ja, unbedingt.«

»Es war nur eine Erinnerung – es hatte nichts mit Euch zu tun.«

Ihre Finger glitten über seine Schulter, fachten sein beunruhigendes Verlangen an, zwangen ihn, sich abzuwenden, um der Berührung auszuweichen. Die Spuren der Verletzungen zeichneten gelbe und bläuliche Schatten auf Miracles Gesicht. Doch sie kam ihm nur umso schöner vor, als strahlte sie von innen her in einem weißen Licht.

»Wenn Ihr darauf beharrt, dass ich Euch alle Fakten über meine elende Vergangenheit berichte«, sagte sie und ging einige Schritte von ihm weg, wobei sie ihn anlächelte, »dann kann ich doch wohl zumindest einen Einblick in Eure verlangen?«

»Das ist nicht dasselbe.«

»Doch, das ist es.«

»Wenn Ihr darauf besteht, dass wir Wahrheiten austauschen«, sagte er, »dann werdet Ihr Dinge erfahren, die ich noch nie einer lebenden Seele anvertraut habe. Aber ich dachte, Ihr müsstet dringend …«

»In die Büsche. Muss ich auch. Obwohl ich mich frage, was die Herzogin denken würde, könnte sie ihren ältesten Sohn in diesem Augenblick sehen.«

»Meine Mutter?« Er war aufrichtig überrascht. »Ich weiß es nicht. Ihre Gnaden würde wahrscheinlich pikiert ihre Augenbraue hochziehe und sich über meinen Mangel an guten Manieren wundern.«

Miracle blinzelte. »Vielleicht wäre sie aber auch amüsiert beim Anblick ihres tugendhaften ältesten Sohnes, der wie ein Hirsch zur Brunftzeit nach einer Frau keucht, die niemals wieder zu belästigen er geschworen hat?«

Ryder war so überrascht, dass er lachen musste. »Warum zum Teufel kümmert es Euch, was meine Mutter denkt?«

»Ich habe mich nur gefragt, woher Ihr Eure seltsamen Ideen habt, Mylord. Würde die Herzogin verstehen, dass Lord Ryderbourne denkt, er hätte unbeabsichtigt einen heiligen Kreuzzug begonnen, ohne überhaupt zu wissen, nach welchem Heiligtum er sucht? Würde sie letztlich zustimmen, dass Keuschheit notwendig ist, damit der Gral Lord Galahad nicht entgleitet, ehe er ihn greifen kann?«

»Ihre Gnaden ist eine feinsinnige Lady mit einer vielschichtige Persönlichkeit, aber ich bezweifele, dass sie der Kompliziertheit meines Denkens so viel Aufmerksamkeit schenkt.«

»Ah, dann ist vielleicht der Grund, warum ich Euch verspotten zu müssen meine, dass ich herausfinden will, ob Eure Behauptung, edlere Beweggründe würden Euch leiten, einfach nur Heuchelei ist?«

Ehe er etwas erwidern konnte, hob sie ihre Röcke und lief zum Saum des angrenzenden Waldes.

Das Lachen erstickte Ryder in der Kehle. *Nur Heuchelei?* Er lehnte sich gegen die Mauer zurück, als könnte er so Teil des kalten Steines werden. Stumm, nackt, verwurzelt in der Erde. Einige Minuten lang stand er da, ehe er sich, erfüllt von dem plötzlichen Bedürfnis Halt zu finden, auf den feuchten Boden gleiten ließ und sich setzte. Die Beine lang ausgestreckt und den Rücken gegen die Mauer gelehnt, beobachtete er die Sonne, die über den Baumwipfeln aufstieg. Sie flutete die Wiese mit strahlendem Licht.

Miracle war bezaubernd. Und er war von ihr verzaubert. Gab es für ihn trotz allem, was er ihr gesagt hatte, nur diesen einen Grund, hier zu sein? Sie hatte einen Mann namens Philip Willcott getötet. Sie floh um ihr Leben. Wenn er sich wirklich um nichts als um seine Pflicht kümmerte, dann würde er sie dem nächsten Richter übergeben und seiner Wege gehen. War er, wie die Reisenden in der *Odyssee* in Gefahr, all seine anderen Verpflichtungen zu vergessen?

Er beobachtete Miracle aus schmalen Augen, als sie zurückkam. Die Sonne glänzte hell auf ihrem Haar, ihre Röcke schienen wie von Gold gesäumt. Ihre Bewegungen wirkten sorglos, unbeschwert und so frei, als wäre dieser Gang über die von Butterblumen gesprenkelte Wiese genug, ihr uneingeschränkte Freude zu schenken. Hin und wieder beugte sie sich hinab, um eine Mohnblume oder eine Kornblume aus dem hohen Gras zu pflücken, das den Pfad säumte. Sie schien vollkommen in diesem Moment, als hätte sie keine Vergangenheit und keine Zukunft.

Keine Vergangenheit, keine Zukunft: wie diese eine Nacht, die sie im Merry Monarch geteilt hatten?

»Hier«, sagte sie und kam anmutig auf ihn zu. »Ich habe keine Pennys zu geben, aber ich zahle meine Schulden immer auf meine Art zurück. Hier sind einige Blumen für Eure Gedanken.«

Scharlachrot und kobaltblau regneten Blütenblätter aus ihren Händen und fielen auf seinen Schoß.

Er schaute zu ihr hoch und blinzelte, sie hob sich gegen den hellen Himmel ab. Sie war mehr als schön. Auch mit den Spuren der Schläge in ihrem Gesicht kam sie ihm vor, als wäre ihr Inneres wie Gold, so rein und aufrecht und makellos wie eine Messerklinge, als wäre sie von Engeln geschaffen worden.

»Welche Gedanken?«, fragte er. »In diesem Augenblick beherrscht nichts als Ungewissheit meine Gedanken.«

Sie hielt die leeren Blumenstängel in der Hand. Sonnenlicht rahmte ihre Finger wie mit Gold. »Ich dachte, das wäre der Hauptgrund für Euer Kommen.«

Er lachte. »Vermutlich ist es auch so. Doch diese Ungewissheit ist ein wenig unbequemer, als ich es mir vorgestellt habe.«

Miracle hockte sich hin, bedeckte das Scharlachrot und das Kobaltblau mit ihrem Rock. Sie legte den Kopf auf die Seite, als sie ihn anlächelte. »Ein Abenteuer bedeutet Unbequemlichkeit, Ryder. Hat Euer Bruder Euch das nicht gesagt?«

Er nahm ihr die bereits welkenden Blumen aus der Hand. »Natürlich sind Berge und Wüsten unbequem. Das habe ich nicht gemeint.«

»Doch wenn Lord Jonathan Euch von den Felsen und der Wüste –«

»– und dem Schnee –«

»– und dem Schnee erzählt hat, dann war das nur die Hälfte der Geschichte. Die Herausforderung des Abenteuers ist nicht die Unbequemlichkeit für den Körper. Damit kann jeder zurechtkommen. Die Herausforderung des Abenteuers ist die Veränderung. Und Veränderung ist immer unbequem, wenn nicht sogar erschreckend, auch dann, wenn man sich ganz bewusst dafür entscheidet.«

Ryder betrachtete den schwarzen Kelch einer Mohnblüte, deren Staubgefäße dick von Pollen waren. »Dann wird dieses Pochen in meinem Blut also durch Furcht hervorgerufen? Oder liegt es nur daran, dass man Mohnblumen nachsagt, dass sie Kopfschmerz und Gewitter bringen?«

Sie zog die Nase kraus, als sie ihn ansah, und richtete sich auf. »Ich habe keine Ahnung, obwohl der Grund für die Ausbuchtung in Eurer Hose ein ganz anderer ist. Ihr wisst, dass wir wieder Liebe machen sollten, allein schon, um Euch von Euren lächerlichen romantischen Vorstellungen zu befreien.«

»Nein«, entgegnete er und grinste sie an. »Die lächerlichen romantischen Vorstellungen machen mehr Spaß.«

Miracle schaute zum Himmel. Ein strahlend helles Blau hatte auch die letzte Ahnung von Wolken verdrängt.

»Nun, wenn Ihr eine Herausforderung wollt, dann würde ich sagen, meine Mohnblumen könnten recht bald Kopfschmerzen und Gewitter bringen.« Sie beugte sich herunter, um ihm die Blumen aus der Hand zu nehmen. »Für den Fall, dass Ihr es vergessen habt, Mylord, mein Leben ist verwirkt, wenn ich gefasst werde, und die Welt scheint mir gerade jetzt sehr kostbar. Ich würde es vorziehen, dass mein letztes Bild in diesem Leben nicht durch eine johlende Menschenmenge und obszöne Bemerkungen geprägt wird.«

»Dann wollt ihr alt und allein in Eurem Bett sterben?«

Sie steckte sich eine schlaffe Mohnblume ins Haar. »Nicht unbedingt allein, aber entschieden ein ganzes Stück älter, als ich es jetzt bin.«

»Dann lasst uns die Pferde holen«, sagte er. »Reden können wir beim Reiten.«

Ihre Röcke raschelten, als sie auf die Tür zuging. Sein Puls schlug noch unregelmäßig, sein Mund war trocken vor Verlangen, als Ryder sie davongehen sah. Er sprang auf, um ihr zu folgen.

Die schweren Bretter ächzten, als Miracle die Tür weit genug aufzog, um die Scheune zu betreten.

»Guter Gott!«, sagte sie. »Was ist denn das?«

Über ihre Schultern hinweg schaute Ryder auf die zwei Pferde, die – Nase gegen Schweif – ruhig dastanden. »Was ist? Was meint Ihr?«

Miracle streckte die Hand aus und fuhr zu Ryder herum. »*Das* ist Euer Pferd?«

»Ja. Warum nicht?« Er ging an ihr vorbei, um die Zügel vom Haken an der Wand zu nehmen, wo er sie am Abend zuvor hingehängt hatte. »Beauty ist eine hervorragende Stute. Ich habe ihretwegen nach Wyldshay schicken lassen.« Er stellte sich neben sein Pferd. »Seid Ihr neidisch?«

»*Neidisch?* Ihr habt Euren schwarzen Wallach zurückgelassen und stattdessen diese auffallende Stute bringen lassen?«

Er legte dem Tier das Zaumzeug an. »Warum nicht?«

Miracle ließ sich gegen die Tür sinken und drückte ihre Bestürzung mit beiden Händen aus. »Weil Beauty ihre Klasse zeigt, sobald sie den Kopf hebt. Weil Münzen klirren und klingen, sobald sie ihre Nüstern bläht. Ein leiser Schritt auf ihren kostbaren Hufen, und ihre edle Abstammung wird so laut verkündet, als würde der Stadtrufer auf dem Marktplatz seine

Glocke läuten. Wir wollten unbemerkt auf den Wegen der Viehtreiber reiten, Mylord, und nicht aller Welt verraten, wo wir uns gerade befinden.

Ryder tätschelte der Stute die Nüstern. »Ich stimme nicht zu.«

»Ihr stimmt was nicht zu?«

»Ich stimme nicht zu, dass wir nur so reisen sollten, wie Ihr es geplant habt, oder dass es irgendeinen Unterschied machen wird, wenn ich Beauty reite. Ich werde sie auf jeden Fall reiten.«

»Obwohl jeder sie überall und sofort an ihren auffallenden Silberfesseln und ihrer flammend roten Mähne wiedererkennen würde?« Miracle setzte sich auf einen großen Stein vor dem Scheunentor und ließ den Kopf in den Nacken fallen. »Der Himmel bewahre mich vor der romantischen Einfalt der Söhne eines Dukes! Ich habe mir irgendwie schon gedacht, dass Ihr ein heiliger Narr sein könntet. Jetzt weiß ich es.«

»Ihr denkt, wenn wir als einfache Landbewohner reisen, werden wir besser vorankommen? Ich bin nicht bereit, mich so vom Zufall abhängig und dadurch verletzbar zu machen. Ich will verdammt sein, wenn ich den ganzen Weg nach Derbyshire entweder zu Fuß gehen oder auf irgendeinem kurzbeinigen Pony reiten muss, dass es mir die Zähne aus dem Mund schüttelt.«

»Ihr hättet nicht kommen müssen.«

»Nein, aber da ich es getan habe, kann ich ebenso gut ein anständiges Pferd reiten.«

»Ich vermute, es ist eine vergebliche Hoffnung, dass der Sohn eines Dukes sich einfach in die Armee unbeschäftigter armer Teufel einordnen kann, die auf der Suche nach Arbeit durch die Gegend ziehen?«

»Das ist lächerlich und zudem unnötig. Es gibt Stellen, an

denen die Wege der Viehtreiber die zollpflichtigen Straßen kreuzen. Niemand wird auf uns achten, und wenn es jemand tut, dann sollten wir uns darauf konzentrieren, schnell voranzukommen.«

»Lord Hanley sucht nach uns«, sagte sie.

»Warum sollte ich das glauben, wenn Ihr mir nicht einmal sagt, was ihn dazu bewegt?«

Sie schloss die Augen. »Also gut. Wir können später darüber streiten. Bis dahin ist die wunderbare Beauty das einzige Pferd, dass Ihr habt, also sattelt sie und lasst uns aufbrechen.«

»Ich bin sehr froh, dass Ihr Vernunft angenommen habt«, sagte er. »Erlaubt mir, Jim für Euch zu satteln. Er mag fett und faul aussehen, aber er hat eine wirklich anständige Kinderstube genossen.«

»Anders als ich«, sagte sie.

Er war damit beschäftigt, den Sattelgurt zu schließen, und schaute jetzt auf. Sein Blick durchbohrte sie fast. »Das weiß ich nicht.«

»Ah, aber ich weiß es.«

Ryder zog eine Augenbraue hoch und reichte ihr dann Beautys Zügel, damit sie sie hielt, während er Jim holte. »Seid Ihr sicher?«

Miracle zog die verwelkte Mohnblüte aus ihrem Haar und warf sie zur Seite. »Haltet Ihr mich für eine Waise, die keine Ahnung hat, wer ihre Vorfahren waren? Oder vielleicht für den langvermissten Spross eines Adelsgeschlechts? Oder die uneheliche Tochter eines ortsansässigen Aristokraten, die zufällig durch ihre Geburt an den falschen Ort geraten war, aber schon bald mit ihrem liebenden Vater wiedervereint werden soll, um dann mit Reichtum und gesellschaftlicher Anerkennung beglückt zu werden?«

Er war so überrascht, dass er lachen musste. »Wer seid Ihr dann?«

»Ah, das sind zu viele Fragen nach zu vielen Geheimnissen auf einmal.« Sie stand auf. »Aber ich weiß über meine Abstammung vermutlich so viel wie Ihr über Eure.«

»Das bezweifle ich.« Er legte den Sattel auf Jims Rücken. »Die Linie der St. Georges lässt sich ununterbrochen zurückverfolgen bis zu den Normannen.«

»Und meine Familie brüstet sich ihres reinen Sachsenblutes schon lange, bevor Eure überhaupt daran gedacht hat, sich an die englischen Strände zu wagen, um Land zu stehlen, das ihnen nicht gehört hat.«

»Die Sachsen waren blond«, gab er zurück. »Aber Ihr seid hingegen dunkel –«

» – wie die Sünde?«

Er brachte ihr das Pony. Miracle stieg auf den Stein und klopfte die letzten Mohnblumen von ihrem Rock. Die schimmernden Blütenblätter fielen auf seine Stiefel.

»Ich denke, der Donner, den diesen Blütenblätter ankündigen, wird sehr bald Wirklichkeit werden«, sagte sie. »Dies hier ist kein Spiel, Mylord, nicht für mich.«

»Weil Ihr Angst um Euer Leben habt? Die müsst Ihr nicht haben! Obwohl ich wünschte, Ihr würdet mir endlich sagen, warum Ihr als Abkömmling all dieser aufrechten englischen Freisassen beschlossen habt, Euch den Zorn des Earl of Hanley zuzuziehen, indem Ihr seinen Freund ermordet habt.«

»Ihr würdet mich zwingen, es zu sagen?«

»Nein. Ich würde es vorziehen, wenn Ihr es mir aus freien Stücken sagt, einfach weil Ihr beschlossen habt, mir ohne Einschränkung vertrauen zu können.«

Miracle schwang sich in den Sattel. »Vielleicht werde ich es

Euch sagen, Mylord, wenn Ihr mir erklärt habt, warum es Euch solche verstörenden Erinnerungen zurückgebracht hat, als Ihr mich wie einen Sack Getreide diese Mauer hinunterbugsiert habt.«

Kapitel 7

Evesham Forbes Frobisher, Fünfter Earl of Hanley, trommelte mit den Fingerspitzen auf die Fensterbank, während er aus dem Fenster starrte. Auf dem Hof des White Swans herrschte ein unablässiges Kommen und Gehen von unzähligen Reitern und Kutschen. Ein Junge schob mit einem Rechen den Mist zusammen, doch der stechende Geruch nach Ammoniak blieb einfach unerträglich.

Er wandte sich um und zog eine Augenbraue hoch, als er den Mann musterte, der, die Mütze in der Hand, in der Mitte des prächtigsten Zimmers des Gasthauses stand.

»Miss Heather war ganz bestimmt hier«, sagte der Mann. »Ein halbes Dutzend unserer Männer haben die ganze Gegend um die Mautstation herum durchkämmt, ohne noch mehr in Erfahrung zu bringen. Pence, der Apotheker, hat das Pferd gekauft, aber er weiß nichts.«

Hanleys Blick glitt zurück zum Fenster. »Ryderbourne hat das auch gesagt.«

»Ryderbourne –?«

»Lord Ryderbourne, der älteste Sohn des Dukes of Blackdown. Ich kannte den Mann schon, als er wie ein Kleinkind immerzu geheult hat.«

»Mylord?«

»Schon gut.« Der Earl fuhr herum und sah seinen Bediensteten finster an. »Die Frau ist also verschwunden, und Ryderbourne ist abgereist?«

Der Mann starrte ausdruckslos auf irgendeine direkt neben dem linken Ohr seines Herrn liegende Stelle an der Wand. »Mehrere Zeugen haben ihn den Gasthof verlassen sehen,

Mylord. Man hat gehört, dass er gesagt hat, er wolle nach Hause, nach Wyldshay.«

Hanley legte den Messingknauf seines Spazierstocks unter das Kinn des Mannes und hob es damit an. »Dann denke ich, dass ich der Duchess of Blackdown einen Besuch abstatten sollte. Ich habe eine Vorliebe für alte Burgen und finde nichts interessanter, als die Söhne eines Dukes in ihrer angestammten Umgebung zu erleben – gesetzt den Fall, dass er wirklich dort sein sollte. Ihr werdet inzwischen herausfinden, wohin die beiden tatsächlich gegangen sind.«

»Die *beiden*, Mylord?«

»Herrgott! Beschäftige ich denn nur Dummköpfe? Die Frau und – höchstwahrscheinlich – ihr adliger Begleiter! Ihr seid so dumm und beschränkt und rattennasig, Mr. Lorrimer, wie die meisten Euresgleichen und die Hälfte der Reisenden an dieser Mautstation. Eure Beute ist mehr als sechs Fuß lang und hat das unübersehbare Gehabe eines St. George, und die Frau ist eine atemberaubende Schönheit. Ihr werdet sie finden. Ihr werdet ihnen folgen. Ihr werdet in Erfahrung bringen, wohin sie wollen. Und zwar ohne dass Ihr dabei gesehen werdet oder Argwohn erregt. Dann werdet Ihr mich umgehend über alles informieren.«

Mr. Lorrimer verknotete seine Hände hinter seinem Rücken. »Sehr wohl, Mylord.«

»Sehr wohl in der Tat für Euch, Mr. Lorrimer. Denn wenn Ihr sie findet, könnt Ihr das Doppelte des Betrages erwarten, den ich Euch ursprünglich in Aussicht gestellt habe.« Der Earl lächelte. »Außerdem könnt Ihr dann auch Zeuge einer Hinrichtung werden.«

Der Weg vor ihnen war von den Abdrücken unzähliger Hufe gezeichnet. Feldlerchen und Wiesenpieper sangen ihr Lied vor einem dunstigen blauen Himmel. Doch am Horizont ballten sich die Wolken, als würde ein unsichtbarer Riese steifgeschlagene Sahne zu fantastischen Hügeln auftürmen und sie dann mit Tinte übergießen.

Sie hatten die Scheune rasch hinter sich gelassen, hatten Wälder durchquert und befanden sich inzwischen wieder inmitten der weiten Hügellandschaft. Zum ersten Mal war es ihnen jetzt möglich, nebeneinander zu reiten. Wie in stummer Übereinkunft ließen sie beide ihre Pferde im Schritt gehen.

Miracle wandte den Blick zu ihrem Begleiter. Ryder saß lässig im Sattel und schaute unverwandt geradeaus. Dunkles Haar tanzte verärgert auf seiner Stirn und warf dunkle Schatten. Ein blasser Schein markierte sein Kinn und zog ihre Aufmerksamkeit auf die perfekte Form seiner Wangenknochen und seines Kiefers.

Sie hatte so viele Männer kennen gelernt, doch dieser berührte sie auf eine ihr unbegreifliche Weise, es war etwas weit Stärkeres als ihre instinktive Reaktion auf diese männliche Schönheit. *Die lächerlichen romantischen Vorstellungen machen mehr Spaß?*

»Warum hat man Euch Miracle genannt?«, fragte er.

»Meine Mutter fürchtete, ich würde sterben. Als ich mich weigerte, das zu tun, und stattdessen fröhlich in meiner Wiege strampelte, glaubte sie, ich wäre unter einem glücklichen Stern geboren worden.«

»Ihr wart ein zartes, verletzliches Baby?«

»Mein Bruder Dillard sagt, ich hätte von Anfang an wie ein Kalb gebrüllt. Aber er ist acht Jahre älter als ich.«

»Ihr habt also noch andere Geschwister?«

»Fünf von ihnen sind schon begraben: totgeboren, Fehlgeburten, tot in ihrer Wiege gefunden.«

»Das tut mir leid«, sagte er. »Das muss für Eure Mutter schrecklich gewesen sein.«

»Sie starb, als ich drei Jahre alt war, deshalb erinnere ich mich eigentlich nicht an sie.«

»Und seid Ihr unter einem glücklichen Stern geboren worden?«

»Natürlich! Ansonsten würde ich jetzt sicherlich nicht am Leben sein und mit dem Sohn eines Dukes unter diesem weiten blauen Himmel und dieser strahlenden Sonne dahinreiten.«

»Welche auf meinen Rücken herunterbrennt wie die Feuer des Hades.« Er wies mit der Reitgerte geradeaus. »Aber ich sehe Abhilfe in Form eines Sees mit klarem Wasser. In dem kleinen Tal da genau unter uns. Er ruft uns.«

»Wie die Sirenen?«

»Genau!« Er blinzelte ihr zu. »Ganz entschieden singt er sein geheimnisvolles, stummes Lied von der Sehnsucht –«

»– und verleitet Reisende zu gefährlichen Umwegen?«, beendete sie den Satz für ihn und machte dabei eine absichtlich übertriebene Gebärde.

In Ryders Augen flackerte Heiterkeit. »Ich habe die Angewohnheit, jeden Tag zu baden.«

»Ich auch, aber ich werde auf ein Bad verzichten, um meinen Hals zu retten. Es gibt einige Männer, die wünschen, mich am nächsten Baum aufzuhängen, und Ihr schlagt vor, wir sollten uns den Gewohnheiten des Luxus hingeben?«

»Das Bad in einem klaren See ist erfrischend, nicht luxuriös.«

»Und es vermag Euer erhitztes Gemüt abzukühlen? Sehr gut. Also schön, badet in Eurem mysteriösen See, wenn es denn unbedingt sein muss.«

Sie hielt ihr Pony an. Ein Bachlauf strömte über den Rand

eines steilen Steinabbruchs in einen kleinen See, dessen dunkle Oberfläche zum Teil durch überspringende Sandsteinklippen verdunkelt wurde. Uralte Bäume standen in pittoresken Gruppen inmitten eines Hirschparks, der sich über einige Meter bis zur Fassade eines großen Steinhauses erstreckte, aus dessen Schornsteinen Rauchwolken aufstiegen.

»Der See gehört zu dem Landhaus, liegt also auf Privatbesitz«, sagte sie.

»So ist es.«

»Der Rauch stammt vermutlich vom Küchenfeuer, was bedeutet, dass der Besitzer höchstwahrscheinlich anwesend ist.«

»Ja, das ist zu vermuten.«

»Wahrscheinlich wird er Eindringlinge nicht ermutigen, sein Land zu betreten. Im Unterholz könnte es sogar Fußangeln geben.«

Die Brise zersauste sein Haar, während er sich kurz seinem Pferd zuwandte, das zu tänzeln begonnen hatte. »Das mag schon sein. Wenn Ihr Angst habt, widerstehen wir der Versuchung und reiten weiter. Aber im Augenblick würde ich wahrscheinlich mein halbes Erbe für ein Bad geben.«

»Auch wenn es keine Stahlzähne in dem hohen Gras gibt, die darauf warten, sich in das Bein eines Mannes zu schlagen, könnte es dort Zäune mit scharfen Spitzen geben, die jedem Eindringling den Bauch aufschlitzen.«

»Ich bezweifle, dass es irgendwelche Hindernisse gibt, die jemand, der wagt, es auf einen Versuch ankommen zu lassen, nicht überwinden könnte.«

»Dann wollen wir uns von niemandem sagen lassen, wir wären nicht mutig genug!«

Miracle ließ ihr Pony in leichtem Galopp weiterlaufen. Ryder folgte ihr, wobei er Beauty gerade um so viel zurückhielt, dass sie den vor ihr laufenden Jim nicht überholte. Sie holten erst gleich auf, als der Weg von einem hohen Eisengeländer versperrt wurde, dessen oberer Rand aus wie Speerspitzen geformten Zacken bestand.

»Wie ich vermutet habe«, sagte Miracle, wendete das Pony und sah Ryder an. »Seine Lordschaft – wer immer es ist – hat Zäune errichten lassen, um solchen Pöbel wie uns fernzuhalten.«

»Dann seien sie verdammt, die wachsamen Augen seiner Lordschaft!« Ryder schaute sich um. »Allerdings hat er es versäumt, seine Bäume zu schneiden.«

Auf der anderen Zaunseite stand eine riesige Eiche. Einige ihrer kräftigen Äste waren über das Gitter hinausgewachsen. Die unteren Zweige waren zwar abgesägt worden, doch deren Stümpfe standen zwischen den Zaunstreben hervor.

Ryder ritt bis unter die Eiche, dann warf er die Zügel nach vorn über Beautys Kopf und befestigte sie an einem der abgesägten Aststümpfe. Zu gut erzogen, um zurückzuweichen, rollte die Stute mit den Augen. Als Ryder dann einen Fuß auf den Sattel stellte, um sich aufzurichten, schwang Beauty ihren Rumpf zur Seite und zwang Ryder, auf einem Fuß stehend und mit ausgestreckten Armen auf ihr zu balancieren. Der groteske Schatten, der über den Boden fiel, erschreckte das Pferd. Es duckte sich und scheute, doch sein Reiter war schon hochgesprungen und hatte nach einem der Gitterstäbe gegriffen. Augenblicke später saß Ryder bequem auf einem überhängenden Ast. Die Stute, befreit von ihrer Last, ließ den Kopf sinken und entspannte sich.

»Kommt!« Ryder streckte eine Hand zu Miracle herunter und grinste wie ein Schuljunge. »Lasst uns etwas Verbotenes tun!«

»Ihr wollt, dass ich mich auf Beautys Sattel stelle? Sie wird mich abwerfen.«

»Das würde sie wohl, Jim aber nicht.« Er schlang seine Beine um den Ast und streckte beide Hände nach unten. »Wie jedes andere liebeskranke Wesen wird das Pony nicht von der Seite der Stute weichen. Kommt, Ma'am, die Grotte wartet auf ihre Nymphe!«

Miracle sicherte die Zügel, raffte ihre Röcke und stieg auf den Rücken des Ponys. Jim zuckte mit einem Ohr, blieb aber ruhig neben der Stute stehen, als Miracle sich hochreckte. Ryder ergriff ihre Hände, zog sie zu sich hoch, bis sie neben ihm auf dem Ast saß. Vom Baum in den Park hinunterzuklettern war dann ein Kinderspiel.

Ryder führte sie über eine kleine Wiese. Am Fuß des Felsüberhangs formten große moosbedeckte Steinbrocken eine Felsenlandschaft mit einem Netz von tief eingeschnittenen Pfaden, die die Eindringlinge zu einem Wasserfall führten, der sich aus dem Schatten von Bäumen dunkel und kalt in den See ergoss.

Ryder kauerte sich hin und spritzte sich mit beiden Händen Wasser ins Gesicht.

Miracle hockte auf einem Vorsprung aus Kalksandstein und schlang beide Arme um ihre Knie. Sie war entschlossen, ihn nicht sehen zu lassen, wie ängstlich sie war.

»Dieser Ort ist mit viel Bedacht vergrößert worden, um ihn noch malerischer zu gestalten, nicht wahr?«, fragte sie.

»Absolut! Den Felsüberhang und den Wasserfall hat ohne Zweifel die Natur geschaffen, aber diese hübschen Felsstufen stammen von Menschenhand, ebenso wie all die exotischen alpinen Pflanzen, die hier wachsen. Ich denke, dass durch den umsichtigen Einsatz von Sprengstoff sowohl einige der Felsbrocken als auch der See entstanden sind. Der See ist tief genug, um geheimnisvoll zu wirken.« Er ließ Wasser über sein Haar fließen, die Tropfen rannen ihm über das Gesicht. »Es ist eine Spielerei. Auf Wrendale hat meine Großmutter ihre Ideen eines gelungenen Landschaftsparks auf ähnliche Weise verwirklicht.«

»Wrendale?«

»Eins der kleineren Besitztümer des Herzogtums.«

»Ah, ich verstehe. Und wenn ich nicht hier wäre, würdet Ihr nicht zögern, Euch zu entkleiden und in diesem geheimnisvollen Wasser zu baden, nicht wahr?«

»Ich werde mich stattdessen wie eine Bachstelze mit ein wenig Herumspritzen zufriedengeben. Das Reiten in nassen Unterkleidern schätze ich nicht besonders.« Er sah unter feuchten Wimpern zu ihr hoch. »Und ich kann wohl kaum nackt vor einer Lady baden.«

»Ihr vergesst, dass ich keine Lady bin.«

Wasser tropfte von seinen Fingerspitzen. »Aber was, wenn ein Gärtner oder eine Gruppe von Gästen des Hauses oder ein Kindermädchen mit seinem Schützling vorbeikommt, oder seine Lordschaft selbst, sollte er zufällig einen Spaziergang unternehmen und dabei entdecken, dass ich in seinem See herumtolle?«

»Dann würdet Ihr dieser Störung mit einem arroganten Blick begegnen, der den Gärtner einschüchtern, die Gäste erschrecken und das Kindermädchen vor Entzücken erschauern lassen würde. Und Seine Lordschaft beruhigen. Niemand würde in Euch je etwas anderes sehen als den Sohn eines Dukes: selbst völlig nackt, selbst auf dem Kopf stehend, sogar wenn Ihr Euch in der Gesellschaft einer mordenden Hure befindet.«

»Ich hatte nicht vor, auf dem Kopf zu stehen«, erwiderte er trocken.

Miracle richtete sich auf, ihr Herz war wie zerschmolzen von seinem Lächeln, von seiner sorglosen Zuversicht. »Es muss sehr angenehm sein zu wissen, dass man sich auf der ganzen Welt frei bewegen kann, selbst wenn sie jemand anderem gehört.«

»Ganz so einfach ist es nicht, Miracle.«

»Nun, da ich von gewöhnlicherer Herkunft bin und im Schwimmen weniger geübt bin, werde ich ein wenig spazieren gehen und Euch ungestört den Freuden des Sees überlassen.«

»Ihr schwimmt nicht?«

»Nein, ich schwimme nicht.«

Er legte seine Jacke ab. Die Muskulatur seines Rückens spannte sich an, als er das Kleidungsstück auf einen flachen Felsen legte und dann zu Miracle schaute. »Ich kann es Euch beibringen.«

Sie lächelte zu ihm hinunter. »Das ist zu gefährlich.«

Seine Augen schimmerten sehr dunkel, fast schwarz. »Ich würde aufpassen, dass Euch nichts passiert.«

»Nein, Mylord, denn ich denke, dass es für unsere Vereinbarung, wie wir unsere Beziehung gestalten wollen, nicht gut wäre, würden wir beide uns nackt wie Eva und Adam in diesem See tummeln. Es könnte ein wenig gefährlich sein, zumal Eure ritterliche Abstinenz allein Eure Idee war und nicht meine. Während Ihr Euer Bad nehmt, werde ich also ein wenig am Bach entlangschlendern. Das wird auch erfrischend sein und zudem viel sicherer.«

Miracle ging davon und ließ Ryder zurück, der ihr nachstarrte. Ein Labyrinth von schattigen Wegen wand sich durch die Felsen. Winzige Blumen auf schlanken Stängeln schienen aus jeder Spalte zu nicken. Moos und Farne hingen wuchernd über Felsvorsprüngen, und die Sonne ließ jeden Tautropfen funkeln.

Miracle blieb stehen und strich mit der Hand über den Stein. Ihr unregelmäßiger Pulsschlag und das verrückte Verlangen, das sie empfand, beunruhigten sie. Doch dann musste sie über sich selbst lachen. Sie hatte immer versucht, den Augenblick zu leben. Das Leben hatte ihr nie eine Vergangenheit geboten, an die sie sich gerne erinnerte, noch eine Zukunft, über die sie viel nachdenken wollte. Schuldgefühl und Furcht waren jetzt ihre täglichen Begleiter, doch hier würde Lord Hanley sie niemals finden. Und was könnte bezaubernder als dieser strahlende Morgen sein?

Sie lehnte sich gegen den Felsen aus Kalksandstein und schaute zum Himmel hoch. Sie sehnte sich danach, diese Schönheit greifen und sie in ihrem Herzen bewahren zu können. Wäre sie allein, dann wäre diese Grotte nur ein bezaubernder, magischer Ort, unerwartet entdeckt.

Stattdessen verlieh die Gegenwart dieses Sohnes eines Dukes diesem Ort eine verborgene Bedeutung, als würde Oberon seinen machtvollen Zauberbann über jedes lebende Wesen werfen, sie eingeschlossen: eine Kurtisane für die weniger respektablen Sprösslinge des Adels, eine gefallene Frau, die so weit jenseits aller Gnade stand, dass ihr kaum noch eine Wahl blieb, außer davonzulaufen.

Was sie dann ebenso gut mit aller Fröhlichkeit und Trotzigkeit tun konnte, die sie aufbringen konnte. Das endgültige Schicksal einer Hure mochte unausweichlich sein, aber das bedeutete nicht, dass sie sich ihm nicht mit Verwegenheit stellen könnte.

Der Weg vor ihr gabelte sich. Miracle folgte dem Pfad, der zu einer Treppe aus grob gehauenen Felsstufen hinaufführte. Sie erklomm die Stufen und fand sich auf einem kleinen Felsvorsprung wieder. Eine rustikale Bank, grün von Moos und umwuchert von importierten Espen und rotem Ahorn, von der aus man einen wunderbaren Blick auf den See hatte, lud zum Verweilen ein, der Blick von dort. Miracle setzte sich in dem Moment, als Ryder – in einem Aufblitzen von Weiß – nackt in das Wasser eintauchte.

Er schwamm mit energischen Armzügen, das Haar klebte an seinem Kopf, seine Schultern und sein Po schimmerten wie Marmor, als seine Arme die Oberfläche des Sees zerteilten. Sich gänzlich unbewusst, dass ihn jemand sehen konnte, schlug er einen Purzelbaum, tauchte wieder auf und ließ sich auf dem Rücken liegend treiben, die Arme weit ausgebreitet, seine Rippen gebogen, seine Genitalien über der Wasseroberfläche.

Miracle fühlte sich wie gebannt, wie von einem Pfeil durchbohrt – *oh, er war wunderschön!* –, dann barg sie das Gesicht in den Händen und versuchte vergeblich, das Bild zu verdrängen, das sich bereits in ihre Erinnerung eingebrannt hatte.

Er sah so seltsam unschuldig und rein aus – das kalte grüne Wasser floss über seine helle Haut, die glatten Muskeln und Sehnen schienen wie in überirdischer Vollkommenheit gemeißelt –, als wäre er ein Geschöpf von einer weit entfernten Seite des Mondes, oder vom Himmel. Als wäre er unerwartet auf die Erde gefallen.

Und sie konnte sich so gut an den Duft erinnern, an das Gefühl jener männlichen Schönheit in ihren Armen, in ihrem Körper. Und sie konnte sich ebenso gut erinnern, dass er beschämt gewesen war und – irgendwo tief in sich verborgen – wahrscheinlich auch wütend darüber, wie sie ihn benutzt hatte.

Miracle wandte sich ab, stieg die Stufen hinunter und folgte an der Weggabelung dem anderen Pfad, fort von diesem Mann, der sich wie ein Otter im Wasser tummelte, fort von dieser Grotte, fort von seinem Einssein mit dem Wasser.

Der Weg führte sie schon bald in einem Bogen zum Bach zurück. Sie hockte sich hin und benetzte ihr Gesicht mit Wasser, verdrängte alle Empfindungen außer der ihres heftig schlagenden Herzens.

Natürlich würde Ryder sich nicht sorgen, würde er von einem Gärtner oder einer Kinderfrau überrascht werden, und sicherlich fände er es auch nicht weiter schlimm, würde er vom Besitzer dieses Ortes entdeckt werden: vermutlich ein Peer, der vielleicht sogar irgendwie mit den St. Georges verwandt war. Die Mitglieder aller großen Familien heirateten untereinander. Was immer Ryder tat, er war unverletzbar. Niemand könnte ihn je für etwas belangen. Es war jammerschade, dass sich diese Immunität nicht auch auf jene weniger edlen Frauen erstreckte, die Seine Lordschaft sich zu seiner Gesellschaft wählen konnte, besonders, wenn diese Frauen ein Kapitalverbrechen begangen hatten.

Miracle schnitt eine Grimasse zum Himmel und lachte dann über sich selbst. Einige Dinge ließen sich vielleicht nicht verhindern, aber man konnte sich allem mit Optimismus stellen.

Sie schnürte ihre Stiefel auf und watete mit bloßen Füßen durch das kühle Nass, bevor sie aus ihren Kleidern schlüpfte und sich von Kopf bis Fuß wusch. Dann – wie angezogen vom Bild Ryders, dessen Arme kraftvoll das Wasser teilten und von dessen breiten Schultern silberne Tropfen perlten – kleidete sie sich wieder an und kehrte zum See zurück.

Ryder ließ sich mit geschlossenen Augen auf dem Wasser treiben. Seine Kleider bildeten einen ordentlichen Stapel auf einem Felsen, seine Stiefel standen gleich daneben. Ohne ein Geräusch zu machen, setzte Miracle sich hin. Gedankenverloren strich sie mit der Hand über seine Jacke und den Kragen seines Hemdes. Als sie wieder aufschaute, kam Ryder auf sie zugeschwommen.

Seine Schultern glänzten wie Silber, als er sich im Wasser aufrichtete, das ihm bis zur Taille reichte.

»Ihr beobachtet mich?« Er strich sich das nasse Haar aus der Stirn. Dunkle Rinnsale zogen ihre Spur auf seiner Brust. »Wo bleibt Eure mädchenhafte Scheu?«

Miracle lachte ihn an. »Ich habe Euch gesagt, dass ich keine Lady bin.«

Ryder grinste. »Offensichtlich nicht! Aber wie soll ich meine Sittsamkeit aufrechterhalten und meine Kleider holen, wenn Ihr darauf sitzt?«

»Ich sitze nicht auf ihnen. Ich sitze neben ihnen. Und welchen ritterlichen Unsinn auch immer Ihr gewählt habt zu glauben, so seid Ihr dennoch nicht völlig keusch.«

»Im Augenblick bin ich wie die Loreley auf diesem hohen Felsen und denke über die Forderungen der Schicklichkeit nach.«

»Ich glaube keinen Augenblick lang, dass Ihr so schüchtern seid, aber wenn Ihr wollt, verspreche ich Euch, nicht zu Euch hinzuschauen. Im Wasserfall hinter Euch tanzen Regenbogen im Sprühnebel. Die werde ich stattdessen betrachten.«

»Nicht schüchtern«, sagte er. »Ich frage mich einfach nur, ob ich vielleicht – in meinem jetzigen Zustand – auf wenigstens eine Spur von Korrektheit achten sollte.«

Miracle lachte, als sie nach seinem Hemd griff und es ihm hinhielt. »Die Natur behauptet also wieder einmal sich selbst, trotz all des kalten Wassers? Hier, Mylord, kommt und holt Euer Hemd, um Eure Scham zu bedecken.«

Er tauchte zurück in den See, um die wenigen Züge bis zum Ufer zu schwimmen. Sonnenlicht glitzerte auf seinen Schultern, als er aus dem Wasser stieg. Wasser, das das Gewirr seiner Köperbehaarung noch dunkler wirken ließ, das auf seinen Armen schimmerte, auf seinem Po und der stolzen Länge seiner Erektion.

Ohne Zögern ging er auf Miracle zu. Sie schaute in seine

Augen, als er sich hinunterbeugte, um sein Hemd zu nehmen.

Wie gebannt erstarrte Ryder, bewegte sich nicht, blinzelte nicht, als er ihrem Blick begegnete. Seine Augen verdunkelten sich, als er ihr Gesicht betrachtete. Ihr Herz begann wie wild zu pochen.

»Wir haben über Schulden und deren Einlösung gesprochen«, sagte sie. »Aber jetzt wird nichts mehr geschuldet.«

Wasser fiel in dicken Tropfen aus seinem Haar, um mit segensreicher Kühle auf ihrer heißen Haut zu verdunsten. Mit dem Daumen strich er das Wasser von ihrer Wange. »Nicht einmal für ein Hemd?«

»Nein«, sagte sie. »Zusammen mit allem anderen gehört dieses Hemd Euch bereits.«

Er hockte sich mit immer noch erigiertem Glied neben sie und ließ die Hand durch ihr Haar gleiten, ehe er ihren Kopf umfasste und ihn nach hinten zog. In den Tiefen seiner Augen brannte ein dunkles grünes Feuer.

»Ich denke, das ist eine sehr schlechte Idee«, sagte er. »Ich hätte im See bleiben sollen.«

Sein Hemd glitt ihr aus den Fingern. Miracle streckte die Hände aus und legte sie auf seine Schultern.

»Nein«, sagte sie und streichelte seine feste, kühle Haut, fühlte das Feuer, das unter ihr brannte. »Nicht, wenn es nur darum geht, ein herrliches Bad an einem magischen Ort zu feiern.«

Er atmete aus, als wäre ihm ein Schlag in den Magen versetzt worden, und schloss die Augen. »Dann bin ich wehrlos. Gott helfe mir!«

Sie ließ die Finger durch sein nasses Haar gleiten und erwiderte das Feuer seines Mundes mit ihrem Kuss. Er fasste sie um die Taille und zog sie in seine noch feuchten Arme, bis sie zwischen seinen gespreizten Beinen kniete. Ihre Brüste pressten sich an ihn. Der Kuss vertiefte sich. Ihr Mund suchte nach der honigsüßen Festigkeit seiner Lippen. Ihre Zunge fand heißen, rauen Samt. Ihre Hände glitten über seine Schultern, seinen festen Rücken. Seine Erektion drückte gegen ihren Leib.

Verrückte Gefühle sammelten sich in ihrem Schoß. Hätte er sie nicht gestützt, sie wäre gefallen, schwach vor Verlangen. Doch sie hörte nicht auf, ihn zu küssen, erlaubte es der Pracht und der Erregung und der verwirrenden Anziehungskraft seines nackten Körpers, sie zu entzücken.

Ryder zog sich schließlich zurück, um Luft zu schöpfen. Noch immer lagen seine Arme um ihre Taille. Seine Augen waren weit geöffnet und schimmerten wie dunkle Opale.

»Nein«, stieß er hervor und löste seinen Griff. »Das ist eine sehr schlechte Idee, besonders wenn wir nicht vorhaben, uns wieder zu lieben.«

Miracle nahm seine Hände, und Ryder ließ zu, dass sie sie hochhob und die Handflächen küsste. Miracle besann sich auf ihre Selbstkontrolle und verleugnete all ihr Begehren.

»Aber wenn sich die Gelegenheit ergibt, muss sich eine Frau von leichtfertiger Tugend nehmen, was immer sie bekommen kann. Zieht Euch jetzt an, Mylord, ehe ich auf der Stelle über Euch herfalle. Denn wenn Ihr mich noch einmal küsst, wird genau das passieren. Und würde er uns hier inflagranti erwischen, würde das Seine Abwesenheit, den wachsamen Lord mit dem mörderischen Eisenzaun sicherlich stören.«

Ryder lachte und hockte sich auf die Fersen, jede Faser seines Körpers noch immer herrlich angespannt, während Miracle aufstand.

Sie ging davon, trat ein in das Labyrinth kleiner Pfade, ihr Körper stand in Flammen, und ihr Verstand drehte sich. Sobald Ryder sie nicht mehr sehen konnte, blieb sie stehen, um durch einen Schleier von Tränen zum Himmel hinaufzustarren.

Er war mehr als wunderschön! Er verzauberte sie!

So lange sie lebte, würde sie die Erinnerung an diesen Mann wie einen Schatz hüten – glatt und nass und erregt, wie ein heidnischer Gott, der aus dem Wasser stieg und sich hinkniete –, der vor Verlangen nach ihr brannte und dennoch seine Hände von ihr löste, um sie gehen zu lassen.

Sie ritten auf dem Pfad zurück, der über den Hügelkamm verlief. Donner brummelte und grollte in der Ferne, kam aber stetig näher. Schwüle hing schwer in der Luft, obwohl von Westen her ein kühler Wind aufgekommen war. Dort, wo ihr Weg eine Biegung machte, ragte eine hohe Turmspitze über den Baumwipfeln auf der gegenüberliegenden Talseite empor.

»Seht Ihr die Kirche dort?«, fragte er. »Dank unseres Umweges zur Grotte wird dieser Sturm jetzt gleich über uns hereinbrechen, sodass wir dort Schutz suchen müssen. Die Pferde können dann ausruhen und wir ein wenig essen. Seid Ihr müde?«

»Eigentlich nicht«, sagte sie. »Nur fürchterlich beklommen.«

Er musterte sie aufmerksam. »Warum?«

»Weil wir während des Sturms an einem heiligen Ort zusammen gefangen sein werden.«

»Und Ihr denkt, heidnische Grottengötter würden besser zu unserer Situation passen?«

»Zumindest zu meiner. Anders als Ihr, mein wunderbarer Ritter, bin ich eine große Sünderin.«

»Gott, ich bin kein Heiliger«, erwiderte er.

»Dann wird es vielleicht in dieser Kirche sein, in der Ihr mir erzählen werdet, welche Erinnerung Euch eingeholt hat, als Ihr mich den Heuboden hinuntergetragen habt.«

Ein Schatten huschte über sein Gesicht. Einen Moment lang runzelte er die Stirn. »Ich werde es sagen, wenn Ihr es wollt. Es ist sicherlich nichts, was Euch zu irgendeiner Sorge veranlassen könnte.«

»Aber für Euch bedeutet es Kummer, nicht wahr?«

»Früher schon. Jetzt nicht mehr. Ich habe keinen Grund, es Euch nicht zu erzählen.«

»Doch vielleicht wird es eine Prüfung Eures Vertrauens in mich sein. Schließlich könnte ich mir Eure Enthüllungen anhören und mich noch immer weigern, Euch meine zu offenbaren.«

»Nein, Ihr werdet es nicht verweigern.«

»Ihr denkt, ich bin zu ehrlich, Euch zu betrügen? Oder einfach, dass ich klug genug bin, das nicht zu riskieren?«

Beauty tänzelte nervös, als der Wind auffrischte. Ryder brachte die Stute ohne offensichtliche Anstrengung unter Kontrolle. »So ungefähr.«

Blitze zuckten durch die Wolken. Donner grollte ganz in der Nähe. Das Vogelgezwitscher verstummte abrupt. Der Himmel wurde so schwarz, als wären sie von Dämonen umgeben. Kalte Regentropfen klatschten Miracle ins Gesicht.

»Kommt«, drängte Ryder und schaute kurz zum Himmel hinauf. »Wir haben nicht mehr viel Zeit. Reitet!«

Obwohl sie die Pferde in halsbrecherischem Tempo galoppieren ließen, gerieten sie in den Wolkenbruch.

Als sie die Kirche erreichten, waren sie bis auf die Haut durchnässt. Ryder sprang von Beauty herunter und führte sie in die Vorhalle. Zum Schutz gegen den strömenden Regen hielt das Tier den Kopf tief gesenkt. Miracle hielt Jim am Zügel und folgte ihnen, dann blieb sie stehen. Ryder hatte inzwischen die schwere Tür zum Kirchenschiff aufgestoßen und führte seine Stute hinein.

»Wir können die Pferde doch nicht in die Kirche bringen!«

»Warum nicht?« Der Steinboden hallte vom Klappern der Hufe wider, als Beauty ihrem Herrn folgte. »Wo könnte man besser Schutz finden als in einem Haus Gottes? Hat er nicht auch die Tiere erschaffen? Trägt er nicht wie ein Vater Sorge für ihr Wohlergehen?«

Die Säulen, die die Decke stützen, schimmerten hell auf, als der Blitz irgendwo in der Nähe einschlug.

»Wir werden es herausfinden«, sagte Miracle. »Wenn der Turm getroffen wird und durch die Decke stürzt, dann wäre das ein Zeichen göttlicher Missbilligung, meint Ihr nicht?«

Er grinste. »Nein, das würde einfach bedeuten, dass es keinen anständigen Blitzableiter auf dem Turm gibt. Kommt, Ihr seid total durchnässt, und wir können es nicht riskieren, dass die Pferde getroffen werden.«

Er nahm ihr Jims Zügel aus den Händen und band beide Pferde an die Handgriffe einer riesigen Truhe, die nahe der Tür stand. Miracle legte ihren tropfnassen Umhang ab und schaute sich um. Es gab weder Sitze noch Bänke, nur eine einzige Bank am Fuße einer Säule. Deshalb legte sie den nassen Umhang über das Taufbecken aus verwittertem Stein. Am anderen Ende des Kirchenschiffes zeugte eine kunstvoll gearbeitete hölzerne Kanzel von einer besseren Vergangenheit, der Altar dagegen war leer bis auf ein einziges großes Kreuz.

Die Stute und das Pony standen ruhig beieinander und hielten die Köpfe gesenkt, während Ryder sie absattelte. Der leere Raum hallte von hohlen Schlägen wider, als weiteres Donnergrollen ertönte. Ihre eigenen Stimmen schienen zu einem Flüstern zu werden.

»Hier muss es einmal ein Dorf gegeben haben«, sagte Miracle. »Ich könnte mir denken, dass in den Wäldern noch Überreste eingestürzter Häuser zu finden sind, seit langem schon von Dornensträuchern überwuchert.«

Er schaute sich um. »Vielleicht wurde es verlassen, nachdem der Schwarze Tod grassiert hatte, oder es ist nach und nach verschwunden, als immer weniger Männer gebraucht wurden, um den Wohlstand zu mehren, der mit der Wolle erzielt werden konnte.«

»Und deshalb sind die Häuser wieder zu Staub geworden.«

»Und die Kirche, aus solidem Stein erbaut, hat überdauert.« Ryder lehnte die Sättel gegen den Fuß einer Säule. »Sie wird vermutlich nicht mehr regelmäßig benutzt, aber vielleicht ist sie ja immer noch hin und wieder ein Ort für eine Trauerfeier oder eine Hochzeit. Jemand hat jedenfalls vor kurzem Blumen auf den Friedhof gebracht. Es ist noch geheiligter Boden.«

Miracle schlenderte davon und betrachtete die Spuren von Farbe, die die hohen Bögen noch zierte. »Als ich ein kleines Kind war, gingen wir jeden Sonntag zweimal in die Kirche. Der Gang dorthin war oft die einzige Zeit, zu der ich die Welt draußen gesehen habe.«

»Außer an Sonntagen seid Ihr nie ausgegangen? Warum nicht?«

»Das ist nicht wichtig. Wir haben vereinbart, wichtigere Geheimnisse als das auszutauschen, oder nicht? Seid Ihr bereit, mir Eure geheimen Erinnerungen zu erzählen?«

»Sie sind kein Geheimnis.« Ryder bot ihr etwas Brot und kaltes Fleisch an, das er aus seiner Satteltasche genommen hatte.

Miracle ging zu ihm, um das Essen zu entgegenzunehmen.

»Danke. Aber warum hat diese Erinnerung Euch dann so sehr beunruhigt?«

»Wegen dem, was ich glaubte, gesehen zu haben.« Er setzte sich auf die Bank. »Wegen dem, was es mich hat fühlen lassen.«

Sie nahm auf der anderen Seite der Bank Platz und brach ein Stück Brot ab. Die Atmosphäre schien sich verändert zu haben, als würde sie durch die Dunkelheit belastet, die mit dem Sturm gekommen war.

»Erzählt es mir nicht, wenn Ihr nicht wollt.«

»Es gibt keinen Grund, warum ich es nicht erzählen sollte – außer einem leichten Unbehagen, das Euch vermutlich lächerlich vorkommen wird. Fast jeder in Wyldshay, außer meinen Schwestern, hatte bald darauf erfahren, was geschehen war. Und ich denke, ich sollte es euch erzählen. Schließlich dränge ich Euch ja auch, mir Eure Geheimnisse anzuvertrauen. Warum sollte ich Euch dafür nicht eins von meinen offenbaren?«

»Nicht, wenn es etwas ist, was Euch Kummer bereitet –«

»Solch ein Feigling bin ich nicht«, entgegnete er. »Es hat sich auf Wyldshay zugetragen. Mein Cousin, Guy Devoran, war bei mir. Er und ich waren gerade durch einen der Gärten gegangen, die in einem der ehemals äußeren Burghöfe angelegt worden waren. Wir waren in ein Gespräch vertieft, als ich zufällig aufschaute.«

Miracle biss sich auf die Lippen als er den Namen seines Cousins erwähnte, aber es würde nicht helfen, diese Geschichte noch komplizierter zu machen, als sie es ohnehin schon war. »Und Ihr habt etwas gesehen, was Euch bis ins Innerste erschüttert und Euch empört hat?«

»Empört? Ja, vermutlich. Ganz sicher aber war ich wütend und entsetzt und bitter enttäuscht.« Er strich sich das nasse

Haar aus der Stirn. »Jack und Anne waren zusammen, auf dem Rand des großen Springbrunnens, den meine Großmutter hat bauen lassen. Es war, bevor sie verheiratet oder auch nur verlobt waren. Anne war die Tochter eines Predigers. Sie war eine Bürgerliche, also absolut unpassend für eine Vermählung mit einem St. George. Doch die beiden waren blind für unsere Anwesenheit, bis Anne aufschaute –«

»Ah! Sie haben sich geliebt?«

»Ja, es war Liebe – aber das war es nicht, was ich zu sehen glaubte.«

»Weil Ihr dachtet, Ihr habt etwas anderes in ihrem Gesicht gesehen?«

Ryder schien das Essen vergessen zu haben. »Was ich sah, waren Schuldbewusstsein und Scham und eine Art von blindem Entsetzen, zusammen mit einer unbeschreibbaren Ekstase. Ich stand wie erstarrt da, empfand eine wahnsinnige Qual, als sie ihr Gesicht an Jacks Schulter legte und zu weinen anfing.«

Miracle starrte auf das kalte Fleisch. Sie war hungrig gewesen, hatte ihren Appetit aber genau wie Ryder plötzlich verloren. »Weil sie eine Jungfrau war?«

»Sie ist es sicherlich noch gewesen, als sie sich wenige Tage zuvor begegnet waren. Es war offensichtlich schrecklich für sie, auf diese Weise überrascht zu werden. Dann begegnete ich Jacks Blick. Ich werde sein Gesicht nie vergessen. Er wusste sofort, wie entsetzt ich war, doch er schien von Trotz erfüllt und von etwas, das Spott gleichkam.«

»Eure Abscheu darüber ist überhaupt nicht lächerlich.« Miracle zerkrümelte ihr Brot, dann zwang sie sich, ein Stück hinunterzuschlucken. »Er ist Euer Bruder, und Ihr liebt ihn. Ihr dachtet, er hätte diese Liebe verraten, zusammen mit seiner Ehre und der von Anne.«

»*Meine* Liebe verraten?«

»Ja, natürlich!«

»Vielleicht, aber das war nicht wichtig. Wichtig war, was es mit meiner Mutter gemacht hat –«

Miracle legte den Rest des Brots beiseite und schlang die Arme um sich. »Ich habe niemanden auf der Welt außer Dillard, meinem Bruder. Die Liebe zu seinen Geschwistern ist doch sicherlich die wichtigste im Leben? Warum dachtet Ihr, dass Eure Liebe zu Eurem Bruder nicht zählte?«

»Weil das eigentliche Desaster erst begann, nachdem Guy mich von dort weggezerrt hatte und darauf beharrte, dass es uns nichts anginge. Und dann liefen wir direkt der Herzogin in die Arme. Sie hat sofort vermutet, was vorgefallen war –«

»Wie konnte sie das?«

»Weil das, was sie in meinem Gesicht gesehen hat, genau das bestätigte, was sie die ganze Zeit am meisten befürchtet hatte: dass Jack jede Moral verloren hatte, dass er sich ihr, seiner Mutter, bewusst widersetzte und damit allem, was sie je für ihn gewollt hatte. Mit Anne als seiner Schachfigur, geopfert für einen geschickten Spielzug. Meine Mutter und ich haben kein Wort gewechselt. Ich habe sie einfach zwischen ihren Rosen stehen lassen.«

Spannung strahlte von ihren fest angespannten Fingern aus. Ihre Schultern schmerzten. Miracle ließ den Kopf gegen die Säule sinken. »Weil Ihr wusstet, dass es das war, was die Duchess wollte?«

»Sie musste allein sein. Jack ist immer ihr Liebling gewesen. Sie hatte mir nichts zu sagen.«

»Es hat euch nicht gestört?«

»Was? Dass sie meinen Bruder mehr geliebt hat? Nein. Die Besessenheit meiner Mutter in Bezug auf Jack war mir immer wie eine grausame Last für meinen Bruder erschienen, eine von der ich froh war, sie nicht selbst tragen zu müssen.«

»Seid Ihr immer so einsam gewesen?«

Er schien aufrichtig verwirrt zu sein. »Was? Es geht hierbei nicht um mich!«

Miracle schaute zu Boden. Der einsame älteste Sohn in der Mitte einer großen Familie? Sogar noch einsamer, als sie es gewesen war? »Nein, natürlich nicht. Ihr hattet Eure eigene Bürde zu tragen.«

»Meine war einfach Teil dessen, wer ich bin, also nichts, was ich je in Frage gestellt oder angezweifelt hätte.«

»Doch Lord Jonathan hat die Last der Liebe Eurer Mutter als schwer empfunden?«

Ryder schien fast erleichtert zu sein, dass sich das Gespräch wieder seinem Bruder zuwandte.

»Ja, ich denke schon. Jack hat sich in Reisen geflüchtet und in die Arme zahlloser Frauen. Er suchte sich Geliebte in den entferntesten Gegenden Asiens, wo er sich allen möglichen erotischen Abenteuern hingab. Anne war völlig unerfahren in all diesen Dingen und – wie ich irrigerweise annahm – einfach nur das Opfer seiner herzlosen Verführung. Es schien, als hätte er keine Gewissensbisse, sie zu ruinieren. Mein eigener Bruder!«

Ein Blitz leuchtete durch das Kirchenschiff und warf groteske Schatten. Messing glänzte urplötzlich auf dem Steinboden auf: Ritter in Rüstungen, Ladys, deren Kleider in Fetzen hingen. Ryder sprang auf und ging einige Schritte, dann blieb er stehen und starrte zu dem Gemälde hoch, das an der Wand hing, eine Erinnerung an irgendeinen Baron aus dem 16. Jahrhundert.

Miracle schaute auf ihre nassen Stiefel. Ihr Puls schlug schwer. »Und so hat er Euch das Herz gebrochen?«

»Ich wollte ihn töten.«

Schweigen füllte die Kirche, geisterhaft im Kontrast zum

Trommeln des Sturms draußen. Kälte schien in ihre Knochen zu kriechen. Für Männer wie Lord Ryderbourne gab es nur zwei Arten von Frauen: unschuldige, wie Anne – die unberührbaren Jungfrauen, deren Ehre jeder Gentleman bis zum Tod verteidigen musste –, und die gefallenen, die nur existierten, um die niederen Bedürfnisse desselben Gentleman zu befriedigen. Frauen wie sie.

»Ich bin kein Priester, der behauptet, dass die Tugend im Glauben liegt«, sagte Miracle. »Warum erzählt ihr mir das alles?«

Er fuhr herum. »Weil Ihr darauf bestanden habt, es zu erfahren.«

»Nein, das habe ich nicht!« Sie sprang auf. »Versucht Ihr mir zu sagen, dass Ihr den Impuls zu töten versteht? Den Impuls, aber natürlich nicht die Tat!«

»Nein, aber in jenem Augenblick –.« Er holte tief Luft. »Ich war entschlossen, ihn zumindest zu bestrafen. Er hatte mir aus dem Orient ein wunderschönes Pferd aus Jade mitgebracht. Ein kleines Juwel, perfekt bis ins Detail. Ich habe es zertrümmert. Dann bin ich zurückgegangen, ihn zu suchen.«

Ihre Schritte hallten, als Miracle ans Taufbecken ging. Wasser strömte an den Kirchenfenstern herab, als wäre der Himmel das Bett eines Sees, das plötzlich zerbrochen war. »Weil Ihr wütend wart und verletzt und entsetzt. Doch welche Reaktion hat die Ehre Euch offen gelassen? Euren eigenen Bruder zum Duell herauszufordern?«

»Das ist mir nie in den Sinn gekommen. Ich fand Jack, er war allein. Er hatte mir den Rücken zugewandt und betrachtete die Rosen meiner Mutter. Ich habe versucht, ihm mit meiner Faust das Kinn zu brechen. Es war das Unehrenhafteste, was ich je in meinem Leben getan habe, einen anderen Mann ohne Vorwarnung zu schlagen – noch dazu meinen eigenen Bruder. Doch Jack hatte mehr als nur erotische Spiele in Asien gelernt. Noch ehe meine Faust sein Gesicht berührt hatte, fuhr er wie ein Dämon herum und trat nach mir. Er hat mich bewusstlos getreten.«

Miracle starrte auf die schwere Kirchentür, jeder Nagel hatte darauf seine Spur rostiger Flecken hinterlassen, dunkel wie Blut. Sie wollte nur noch fliehen. Warum fühlte sie sich so verzweifelt bei dieser Geschichte? Dachte er, dass die Erfahrungen einer Hure sie für alles abhärteten? Dass nichts sie schockieren würde? Vielleicht hatte er recht. Sie schluckte die Panik herunter und ging zu ihm zurück.

»Doch jetzt habt Ihr ihm vergeben?«

»Ich habe ihm fast sofort vergeben.« Ryder lächelte sie schief an. »Es war weitaus schwerer, mir selbst zu vergeben.«

»Warum?«

»Weil ich ihn so gründlich falsch beurteilt hatte. Dieser Irrtum war ein schreckliches Versagen des Glaubens und der Liebe.« Er lehnte sich gegen die Säule und richtete seinen Blick zur Decke hinauf. »Jack verehrt Anne, wie der Strom das Flussbett verehrt. Sie liebt ihn tief und für immer. Sie hat es immer getan, selbst als mein Cousin und ich sie am Brunnen überraschten, und Jack ging es ebenso – obwohl ich es damals nicht wusste. Mein Bruder hat nicht gezögert, uns allen zu trotzen und sie zu heiraten. Also war die einzige Sünde, die begangen wurde, die meine – die Sünde des Zweifelns.«

Miracle zitterte. Ihr Puls schlug, als würde der Sturm beständig seinen Rhythmus verzerren. »Ich weiß nicht, warum Ihr mir das erzählt. Es ist eine zu intime Geschichte, um sie einem Fremden zu erzählen.«

Er bewegte sich nicht, hielt sie allein mit seinem intensiven Blick fest. »Unsere Beziehung schien mir im Merry Monarch intim genug zu sein.«

Sie schaute zum Fenster, auf die kleinen, vom Regen verhangenen Scheiben. Sie hasste den Sturm, der sie beide hier gefangen hielt.

»Ihr seid solch eine Unschuld, was den Lauf der Welt angeht, Mylord, trotz all Eurer Macht und Eurer gesellschaftlichen Stellung. Kein Wunder, dass Euer Bruder Eurem Zorn mit Trotz begegnet ist! Er wusste, Ihr würdet ihn nie verstehen. Ihr tut es noch immer nicht, habe ich recht?«

Wut färbte seine Wangen rot. »Was meint Ihr?«

»Ihr habt gesagt, er hätte sich jedem möglichen erotischen Abenteuer hingegeben, während er durch Asien reiste. Euer Bruder weiß, dass Sex mit einer Hure nichts mit Intimität zu tun hat. Doch Ihr könnt diesen Unterschied nicht verstehen. Ihr seid einfach davon ausgegangen, er wäre zügellos.«

»Er hat nichts getan, um mich von diesem Eindruck abzubringen.«

»Warum sollte er? Anders als eine Frau, ist ein junger Mann, der eine solche Wahl trifft, keine Hure. Er ist ein Held. Doch ihr könnt ihn nur mit Galahads Augen sehen, und so blinzelt ihr beim Anblick zweier Liebender durch die Fensterläden Eurer respektablen englischen Anständigkeit. Und deshalb könnt Ihr das, was im Merry Monarch geschehen ist, nur durch die Linse eines Märchens sehen.«

Sein Mund war hart, so trotzig wie der eines unartigen Kindes. »Ich weiß, was ich erlebt habe.«

Miracle ging zu ihm. »Ihr habt guten Sex mit einer Hure gehabt, das ist alles. Und jetzt steht Ihr da in Eurer schimmernden Rüstung und betet Eure Ideale der Ritterlichkeit herunter und versucht, Intimität zu fordern?«

Er fuhr herum und ging davon, seine Schritte hallten auf dem Steinboden laut wider. »Ich bezweifle, dass Intimität etwas ist, was man einfordern kann, aber wenn Ihr leugnet, dass zwischen uns etwas Ähnliches existiert oder jemals existiert hat, was zum Teufel ist es dann?«

Ärger ließ ihr Herz schneller schlagen. »Ich weiß es nicht! Intimität ist nicht etwas, wonach ich strebe. Ich weiß nur, wie ich einen Mann dazu bekomme, Geld und Schmuck zu geben und für ein Dach über meinem Kopf und Essen auf meinem Tisch zu sorgen. Ich tue es, indem ich sein Verlangen befriedige, ihm seine Fantasien erfülle, indem ich seine schlechte Laune vertreibe und ihm das Gefühl gebe, stark und lebendig und so unendlich viel potenter als seine Freunde zu sein.«

Ryder ging das Kirchenschiff herunter und sprach über die Schulter zu ihr. »Ihr habt mich nach der Wahrheit gefragt, und Ihr habt sie bekommen.«

»Weil ich nicht gewusst habe, worum ich bitte.«

»Und wie es scheint«, sagte er und wandte sich zu ihr um, »fällt Ihr Eure Urteile ebenso vorschnell, wie ich es Eurer Ansicht nach tue.«

»Vielleicht ist das so! Ich schulde Euch mein Leben, aber ich schulde Euch nicht irgendeine besondere Genauigkeit, was mein Urteil angeht.«

»Genauigkeit? Nein, das erwarte ich nicht. Aber ich denke, ich könnte ein wenig mehr Großzügigkeit erwarten.«

Die Versuchung, ihn einfach zu ihrem Liebhaber zu machen, war fast überwältigend groß. Miracle ballte die Hände zu Fäusten und kämpfte gegen ihr Verlangen an. Hatte irgendein Heiliger je härter gekämpft, einen Schatz auszuschlagen, um eine Todsünde zu vermeiden?

»Ich bin großzügig. Ich vergesse nicht, was ich Euch schulde. Aber es ist keine Freundlichkeit vorzugeben, mehr geben zu können, als ich es kann. Doch warum hat sich die Erinnerung an diese Szene mit Eurem Bruder so machtvoll in

Eure Gedanken gedrängt, als Ihr mich vom Heuboden heruntergetragen habt? Was zum Teufel hatte das mit mir zu tun?«

Das große Kreuz rahmte ihn, der Altar stand kalt und hart in seinem Rücken. »Ich habe keine Ahnung.«

»Weil Ihr nichts von Euren eigenen fleischlichen Bedürfnissen versteht, oder? Ja, Ihr wart schockiert, als Ihr Euren Bruder und seine zukünftige Frau gesehen habt, während sie sich am Brunnen geliebt haben, aber es hat Euch auch erregt, nicht wahr?«

»Um Himmels willen!« Beauty warf den Kopf hoch, als die Stimme ihres Herrn in dem riesigen Raum widerhallte.

Miracle hockte sich gegen den Fuß des Taufbeckens und schlang beide Arme um ihre Knie. Sie starrte zu den aufstrebenden Deckenbögen hinauf, den klaren Linien einer Architektur, die Ergebenheit widerspiegelte: still und respekteinflößend und erfüllt von einem uralten Bewusstsein des Transzendenten.

»Warum es leugnen? Ich meine das nicht boshaft, Ryder, und ohne Zweifel wurden Eure Gefühle bitter von Eurem Empfinden überlagert, verraten worden zu sein, wegen Eurer galanten Sorge um Anne, angesichts Eurer Desillusionierung über Euren Bruder. Aber habt Ihr je in einem Garten den Rock einer Frau hochgeschoben? Habt Ihr jemals auf dem Rand eines Brunnens leidenschaftlich Liebe gemacht – einfach aus dem Drang eines überwältigenden Verlangens heraus –, während das Wasser unbeachtet über Euch hinwegströmt? Oder hat Galahad nur einmal in seinem Leben der impulsiven Lust nachgegeben: als eine Hure ihn zu einem Augenblick des Vergessens verführt hat und ihn hat denken lassen, er hätte sich verliebt?«

»Wollt Ihr, dass ich bedauere, es Euch erzählt zu haben?«

Seine Stiefel klirrten, als er durch das Kirchenschiff auf sie zuging.

»Nein, ich will, dass wir ehrlich sind.«

»Ich bin nicht Galahad. Aber wenn ich je gedacht hätte, und sei es nur für einen Moment gewesen, dass ich mich in Euch verliebt haben könnte, dann, zum Teufel, habt Ihr mich von diesem lächerlichen Irrglauben jetzt gründlich kuriert.«

»Dann versucht nicht zu behaupten, das, was wir geteilt haben, wäre wahre Intimität gewesen. Ich bin daran gewöhnt. Ich bezahlte mit meinem Körper für ein Pferd und einen Sattel. Das ist es, was ich tue. Es ist meine Art zu überleben. Und ich bin sehr erfahren darin.«

Beauty scheute, als ein weiterer Donnerschlag über das Kirchendach hinwegrollte.

Eisige Kälte schien bis in ihre Knochen eingedrungen zu sein, schien sie bis ins Mark erstarren zu lassen. Sie musste ihm seine romantischen und lebensfremden Ideale nehmen, und sie musste ihn – wenn sie dazu fähig wäre – so bald wie möglich fortschicken, zu seinem aber auch zu ihrem Besten. Doch jetzt blieb er vor ihr stehen, seine Stiefel vor Schmutz starrend, seine Schenkel kräftig und schlank. Seine Energie traf sie mit der Macht einer Flutwelle.

»Das mag die Wahrheit sein, doch vielleicht sagt mir mein Gefühl, dass Ihr wissen solltet, dass ich nicht über Euch urteilen werde, was immer Ihr getan habt – auch wenn ich meinen Bruder falsch beurteilt haben mag. Angesichts einer extremen Herausforderung bin ich zu impulsivem Handeln fähig, aber selbst dann versuche ich, das zu tun, was richtig ist. Als ich Euch aus dem Meer gezogen habe, konnte man deutlich erkennen, dass Ihr erst vor kurzem geschlagen worden wart. Diese Verletzungen zeichnen Euer Gesicht auch jetzt noch. Wann immer ich Euch ansehe, erfüllen sie mich aufs Neue mit Zorn auf Euren Angreifer. Ob wir nun intim miteinander waren oder nicht, die Ehre stellt ihre eigenen Forderungen auf.«

Miracle erschütterte all diese Arroganz und Macht. Auch wenn sie seinen Zorn beinahe körperlich spüren konnte, dachte sie doch, die Leidenschaft seiner Seele könnte ihre Hände wärmen, würde sie diese jetzt auf seine Brust legen.

»Und deshalb meintet Ihr, Ihr müsstet mir etwas erzählen, was Euch geschmerzt hat, bevor Ihr von mir fordern könnt zu erzählen, was in Dorset geschehen ist? Ihr seid großzügiger als ich, Ryder.«

»Bin ich das? Wenn in all dem eine Wahrheit liegt, dann vielleicht nur die, dass das Leben mit mir großzügiger umgegangen ist als mit Euch. Ich habe weniger zu riskieren. Doch es liegt keine Freundlichkeit darin, Euer Vertrauen als Gegenleistung für meines zu erzwingen. Wenn Ihr es wünscht, mir die Wahrheit zu sagen, dann tut es.«

»Mylord, ich wünschte, Ihr wäret nicht ein so guter Mensch. Erkennt Ihr das denn nicht? Wie könnte ich sonst davor zurückschrecken, Euch die Wahrheit zu berichten, jetzt, da ich sie Euch ganz sicher schulde. Aber warum wollt ihr sie wirklich wissen?«

»Vielleicht seid Ihr einfach nur ein Rätsel, auf das ich Antworten haben will.«

»Ein Rätsel? Was für ein Rätsel?«

Seine meergrünen Augen verrieten nur Schmerz, Eindringlichkeit und Leidenschaft. Sein Mund, gemacht für Küsse und Lachen, war zu einer festen Linie der Sorge zusammengepresst. »Um Himmels willen, Miracle! Ihr müsst keine Angst haben.«

Sie lachte in offenem Trotz gegen ihre Gefühle an, dann hob sie den Rest ihres Brotstücks auf, brach es in zwei Teile und ging, um sie den Pferden zu geben. »Warum sollte ich Angst haben? Ich bin gefangen zwischen zwei verrückten Lords und dem Henker!«

Jim nahm den einen Kanten von ihrer Handfläche. Beauty holte sich ihr Stück mit sanften samtigen Lippen, während sie ihren Herrn aus großen braunen Augen beobachtete.

Ryder trat zu Miracle und blieb hinter ihr stehen. Er legte den Umhang um ihre Schultern und hielt ihn unter ihrem Kinn zusammen.

»Hanley ist nicht verrückt. Er ist weit davon entfernt. Er kalkuliert alles, was er tut.«

Sie wandte sich zu ihm und sah ihn an. »Und Ihr? Der perfekte Ritter, der die in ihm tobende Leidenschaft unter der starren Hülle seiner schimmernden Rüstung verbirgt?«

»Es ist nicht wichtig, was ich bin.« Er sah auf sie hinunter, als schaute er in die Tiefen eines Brunnens. »Was zählt ist, was Hanley ist. Ja, er wird den Tod seines Freundes mit einem gnadenlosen Rachefeldzug sühnen. Doch obwohl er auch vor Gewalt nicht zurückschrecken würde, wenn er sie für nötig hielte, so ist der Earl im Grunde seines Herzens kalt wie ein Fisch.«

Miracle betrachtete sein Gesicht. »So gut kennt Ihr ihn?«

»Er und ich haben dieselbe Schule besucht.«

»Aber er ist doch sicherlich einige Jahre älter als Ihr?«

Das kühle Licht warf blaue Schatten auf sein Kinn und funkelte kalt über seinen Wangenknochen. »Drei, um genau zu sein. Und wir haben Grund, einander zu verabscheuen. Wann immer gesellschaftliche Anlässe uns zu einer Begegnung zwingen, geschieht dies auf die Weise, wie eine Katze auf die andere trifft.«

»Mit einer gewissen frostigen Geringschätzigkeit?«

Er wandte sich um und ging davon. »Es ist ein wenig stärker als das, eher eine intensive Feindseligkeit.«

Ein helles Funkeln von Wut und Furcht flatterte unter ihren Rippen und ließ Schmerz ausstrahlen. »Ihr und Lord Hanley seid *Feinde*?«

»In gewissem Sinne, ja, vermutlich.«

»Warum habt Ihr mir das nicht vor dieser Reise gesagt?« Sie griff haltsuchend in Jims Mähne. »Gott bewahre mich vor weißgekleideten Rittern!«

»Welchen Unterschied macht das?«

»Oh, nur einen kleinen! Natürlich war es zu vermuten, dass Ihr ihn kennt. Der Adel besteht schließlich aus einer nur begrenzten Zahl großer Familien. Doch gerade dieser eine Peer ist Euer persönlicher Feind, nur habt Ihr einfach vergessen, das bis jetzt zu erwähnen.«

»Ich dachte nicht, dass es wichtig wäre.«

»Nicht wichtig? Ihr habt Lord Hanley jetzt noch einen anderen Grund gegeben, mich zu verfolgen: nicht nur, um Rache an seiner Geliebten nehmen, die seinen besten Freund ermordet hat, sondern auch, um es mit einem alten Widersacher aufzunehmen – mit Euch!«

»Hanley weiß nicht, dass wir zusammen sind. Selbst wenn er es herausfindet, wird er nur entdecken, dass die Beute jetzt gefährlicher ist als der Jäger.«

»Warum? Weil Ihr einen höheren Rang habt?«

»Nein, weil er wohl oder übel zur Kenntnis nehmen muss, dass ich nicht so leicht einzuschüchtern bin.«

»Und das soll mich beruhigen?« Miracle wuchtete den Sattel auf Jims Rücken. »Gott, ich hielt Euch für so aufrecht und ehrlich. Jetzt erfahre ich, dass Ihr die ganze Zeit Geheimnisse vor mir habt.«

»Ich habe Euch nur etwas gesagt, was ich noch keiner anderen lebenden Seele gesagt habe.«

»Ja, ja, und es bricht mir das Herz, wie Euer Bruder das Eure gebrochen hat. Doch Ihr habt versäumt zu enthüllen, dass Ihr kein unbeteiligter Dritter in diesem ganzen Spiel seid. Es ist Euch einfach nicht in den Sinn gekommen, mich darüber aufzuklären, dass Ihr eine Fehde mit Lord Hanley habt. Was es für die Schachfiguren in diesem Spiel – ob es Euch gefällt oder nicht – zu einer verdammt gefährlichen Partie macht, auf dem Brett gefangen zu sein, während der Sohn eines Dukes seine schneeweißen Ritter gegen die roten Männer eines Earls zusammenzieht. Es scheint, dass jeder Mann, dem ich begegne, mich zum Narren halten will – auch Sir Galahad!«

»Das ist nicht wahr!«

Sie zog das Pony mit sich und öffnete die Tür. Der frische Duft nach nassem Gras und feuchter Erde strömte in die Kirche. Die Pflastersteine funkelten wie von Silber übergossen. Miracle stieg in den Sattel und wandte das Pony in Richtung Norden.

Beauty wieherte und schüttelte die rote Mähne. Ryder legte der Stute den Sattel auf und schloss den Gurt. Ihre Hufe klapperten, als er das Tier aus der Kirche führte.

»*Das ist nicht wahr!*«, wiederholte er.

»Was ist dann wahr, Mylord?«, fragte Miracle. »Dass Ihr euch kurz vor Mitternacht in ein Trugbild verliebt habt und versuchen werdet, unter den Küchenmädchen des Königreichs die eine Frau zu finden, der Euer imaginärer Glasschuh passt?«

Kapitel 8

Wyldshay Castle ragte wie eine gepanzerte Faust aus dem großen See auf. Der Earl of Hanley schaute zu den Türmen hoch, als seine Kutschpferde über die Steinbrücke und unter dem hochgezogenen Fallgitter hindurch in den Burghof trabten. Er stieg aus der Kutsche, und sofort wurden von zwei Lakaien, in Livree und mit Perücke, die Flügel einer hohen Tür aus Eichenholz geöffnet, die sich lautlos in ihren Angeln bewegte.

Wyldshay wurde peinlich genau instand gehalten.

»Ist Lord Ryderbourne zu Hause?«, fragte er, als ein älterer Diener auf ihn zukam. »Oder vielleicht die Herzogin?«

Der Diener führte Lord Hanley in die Eingangshalle und bat ihn, dort zu warten. Steinerne Drachen grinsten höhnisch von der Wand über dem Kamin zu ihm hinab. An einer anderen Wand saß der heilige Georg auf einem sich aufbäumenden weißen Pferd und stieß einer grünen Schlange seine Lanze ins Herz. Als Lord Hanley schließlich in einen der eleganten Salons geführt wurde, kam die Duchess of Blackdown auf ihn zu und streckte ihm zur Begrüßung beide Hände entgegen, ganz so, als wäre er ein langvermisster Sohn.

»Hanley? Wie außerordentlich reizend! Welcher glücklichen Fügung verdanken wir diesen unerwarteten Besuch?«

Der Earl beugte sich über ihre mit Ringen geschmückten Hände. »Das Glück ist ganz auf meiner Seite, Euer Gnaden.«

Ihre Röcke raschelten, als sie sich setzte und ihm mit einer Handbewegung bedeutete, auf einem der Stühle Platz zu nehmen. »Nun, gut aussehende junge Männer machen den Freundinnen ihrer Mutter nicht ohne guten Grund einen überraschenden Besuch, nicht wahr? Ohne Zweifel seid Ihr doch eigentlich gekommen, um Ryderbourne zu treffen. Leider ist er nicht zu Hause.«

Hanley verbarg das kurze Aufflackern eines Triumphgefühls. »Ach, wie schade, in der Tat! Als ich ihm unterwegs begegnete, sagte er ausdrücklich, er führe hierher. Vielleicht habe ich ihn missverstanden? Und er ist stattdessen nach London zurückgekehrt?«

Ihre Augen strahlten wie die einer heidnischen Gottheit. »Ihr wart auf Reisen und habt meinen Sohn unterwegs getroffen?«

»Wir haben im White Swan, an der Mautstation Bristol, ein gemeinsames Frühstück genossen.«

Ihr Lächeln wirkte ein klein wenig gelangweilt. »Dann muss er in der Tat auf dem Weg nach Wyldshay sein. Vielleicht ist er noch an die Küste gefahren, oder er macht seine Runde auf den Farmen. Ich habe keine Ahnung. Ich bin nicht auf dem Laufenden, was den Tagesablauf meines Sohnes angeht, Lord Hanley. Aber wenn Ihr möchtet, könnt Ihr Euch gern auf die Suche nach ihm machen.«

Er stand auf. »Leider rufen mich dringende Geschäfte, Euer Gnaden, und ich kann nicht bleiben. Ich wollte lediglich meinen Respekt erweisen, ehe ich weiterreise.«

Sie rief einen Diener herbei, der ihn hinausführte. Hanley ging zu seiner wartenden Kutsche, sein Diener klappte den Tritt hoch und schloss die Tür.

»Nun?«, fragte der Earl.

Der Mann tippte mit einem Finger an seinen Hut. »Die Duchess weiß bereits, dass Lord Ryderbourne nicht in London ist, Mylord. Sie hat einen Boten mit einer Nachricht zu ihm geschickt, aber der Mann ist heute Morgen unverrichteter Dinge zurückgekommen. Und der Stallbursche sagt, seine

Kutsche sei vor einigen Stunden hierher zurückgekehrt, allerdings ohne seine Lordschaft.« Der Mann grinste. »Man könnte sagen, er ist verschwunden.«

»Dann kehren wir zum White Swan zurück, so schnell wie diese verdammten Gäule uns hinbringen!«

Die Herzogin beobachtete von einem Fenster aus, wie die Kutsche über die Brücke rumpelte. Als sie nach Norden abbog, verzog sich ihr Mund.

»Ach, mein lieber Junge«, sagte sie leise. »Wo bist du nur? Aber wo immer es auch sein mag, ich hoffe sehr, dass du ein Abenteuer erlebst.«

Ryder erlaubte es Miracle, allein davonzureiten. Das weiße Pony galoppierte den regennassen Pfad entlang, der zu den Hügeln und der dort verlaufenden Straße führte. Beauty wollte eifrig folgen, doch er hielt die Stute zurück, während er gegen die Erinnerungen ankämpfte.

Wäre Lord Hanley in diesem Augenblick am Horizont aufgetaucht, wäre Ryder versucht gewesen, ihn ohne Gnade niederzuschießen. Nicht aus dem verwirrten Zorn heraus, der ihn dazu gebracht hatte, seinen Bruder ohne Vorwarnung schlagen zu wollen, sondern aus dem eiskalten Verlangen nach Gerechtigkeit.

Abgesehen von seiner Wut auf Hanley war es fast unmöglich, seine Gefühle für Miracle zu ordnen. Er wusste nur, dass er sie nicht ins Verderben davonreiten lassen konnte. Ob sie seine Hilfe wollte oder nicht, er würde ihr bis ans Ende der Welt folgen. Was er allerdings tun würde, wenn sie dieses Ende erreicht hätten, vermochte er nicht zu sagen.

Er machte sich keine Illusion darüber, eine gemeinsame Zukunft mit ihr teilen zu können. Wyldshay war nicht einfach nur seine Pflicht und Verantwortung. Es war seine Liebe und seine Leidenschaft, war es von dem Tag an gewesen, an dem er zum ersten Mal die Augen aufgeschlagen und das große Erbe gesehen hatte, in das er hineingeboren worden war. Er schaute auf seine Hände hinunter, sie waren zu Fäusten geballt und hielten die Zügel viel zu fest umklammert.

Miracle konnte mit ihrer sinnlichen Schönheit jeden Mann zu ihrem Sklaven machen, und sie wusste das. Denn vielleicht zum ersten Mal in ihrem Leben versuchte sie, dies nicht zu tun. Konnte man das – wenn auch auf recht doppeldeutige Art – als ein Kompliment betrachten, besonders, wenn sie so offensichtlich dabei versagte?

Ryder lockerte seine Finger und drängte die verrückt-heitere Frustration über seine eigene Ohnmacht in dieser Hinsicht zurück.

Selbst wenn er sicher war, dass er sie irgendwie vom Vorwurf des Mordes würde befreien können, was sonst könnte er ihr bieten? Sie in seinem Stadthaus in London als seine Mätresse wohnen lassen? Oder vielleicht sogar in genau denselben Zimmern, in denen sie vor kurzem noch seinen Feind willkommen geheißen hatte? Der Gedanke bereitete ihm Übelkeit, und sein brennendes Verlangen kam ihm jämmerlich und schmutzig vor.

Der Reichtum und die Macht der Blackdowns waren fast unbeschränkt Bis auf die Hand voll Dukes und Marquis übertraf Ryder vom Rang her jeden anderen Mann im Königreich. Dieses Wissen hatte ihn sein Leben lang sowohl verfolgt als auch entzückt. Wenn er die Hand ausstreckte, könnte er fast alles haben, was er sich wünschte. So lange er denken konnte, war es so gewesen.

Es war ein wenig verstörend zu erkennen, dass er dieses Mal keine Ahnung hatte, was er wollte.

Miracle war fast schon außer Sicht, als er Beauty endlich erlaubte, Jim zu folgen.

Sie ritt wie blind, Tränen liefen ihr über die Wangen. Sicherlich würde er ihr jetzt nicht mehr folgen, nicht nach dem, was sie zu ihm gesagt hatte. Sie würde bis nach Derbyshire reiten, bei ihrem Bruder ihre Habseligkeiten abholen, ein Schiff nach Amerika nehmen und niemals wieder an ihren weißen Ritter denken. Jedes Küchenmädchen im Königreich hätte ihr sagen können, wie irgendein realer Prinz sie behandeln würde, welche fantastischen Versprechungen auch immer er auf dem Ball gemacht hatte. Und vielleicht war es auch einfach eine nette Geste, den Prinzen daran zu erinnern, ehe er einen zu großen Narren aus sich machte.

Wenigstens hatte der Sturm sich gelegt. Aus Westen wehte eine leichte Brise und trocknete ihre durchnässten Kleider. Vermutlich würde es in der Nacht nicht mehr regnen. Doch es war zu riskant, zu nah am Weg zu kampieren, der durch die weite Hügellandschaft führte. Als die Nacht sich herabsenkte, ritt Miracle deshalb in ein kleines Tal hinunter. Es dauerte nicht lange, und sie fand einen geschützten Ort, an dem eine Quelle aus einem felsigen Steilabbruch sprudelte. Der Platz schien verborgen genug, um zu riskieren, ein kleines Feuer zu machen.

Miracle legte dem Pony die Fesseln an und sattelte es ab. Sie ließ es grasen, während sie unter den Bäumen nach trockenen Zweigen suchte. Nachdem sie sie zum Brennen gebracht hatte, streckte Miracle sich aus, lag eine lange Weile still da und starrte, eingewickelt in ihren Umhang, zum Himmel hinauf.

Dieselben kalten Sterne funkelten auf jeden Weiler, jedes Dorf und jede Stadt hinab, auf jedes große Landhaus und auf jedes Feld, auf jede Fabrik und jede Werkstatt in England. Ihr helles Licht glitzerte auf dem Wasser des Kanals und der Mündung des Severn Estuarys und der Irischen See. Dieselben Sterne schickten ihre blasse Fluoreszenz, um über die Segel der Schiffe Ihrer Majestät zu huschen und über jede Flottille kleiner Fischerboote, weit draußen auf dem Meer, bis diese irgendwann hinter der Krümmung des Horizonts verschwanden, um jenseits davon neue Ozeane zu finden, die unter dem Kreuz des Südens funkelten.

Viele, viele Jahre zuvor hatte dieses Wunder ein junges Mädchen in seinen Bann geschlagen, dem es erlaubt worden war, durch ein Teleskop hinauf zum Himmel zu schauen, nach so langen Jahren, in denen es in Dunkelheit geschlafen hatte. Wie hätte sie sich vorstellen können, dass dasselbe Sternenlicht auf einen einsamen jungen Lord herabgefallen war, der mit herzzerbrechender Intensität auf den Klang der Sphären gelauscht hatte?

Sie schloss die Augen und barg das Gesicht in ihren Armen.

Nun hatte er sie sogar auch noch um den Trost der Unendlichkeit beraubt.

Ryder fand einen Platz zwischen den Wurzeln eines großen Baumes, von wo aus er auf ihre kleine Lichtung sehen konnte, ohne von ihr entdeckt zu werden, und wo er Wache halten konnte, während sie schlief. Als ihr Feuer heruntergebrannt war, sammelte er Holz und ging dabei mit umsichtiger Sorgfalt vor, setzte seine Schritte behutsam und lautlos auf dem feuchten Boden. Er brannte vor enttäuschter Sehnsucht, als er Holz auf ihr Feuer legte. Als sie sich im Schlaf umdrehte, stopfte er den Umhang fest um ihren Körper, ohne sie dabei aufzuwecken, und schlich davon.

Die Nacht war voller Geräusche, es knisterte und raschelte – eine nagende Maus, ein jagendes Wiesel –, dann der lang gezogene Ruf einer Eule. Ryder wickelte sich in seinen Umhang und starrte zu den Sternen. Wie viele Jahre war es her, seit er sich erlaubt hatte, einfach dazusitzen und das zu tun?

Eine seltsame Mischung aus Hochstimmung und Unbehagen erfüllte ihn. Für die absehbare Dauer dieses Abenteuers trug er keine wirklich schwerwiegenden Verantwortlichkeiten, da waren nur die einfachen Anforderungen einer Reise ohne den Komfort, den er gewohnt war. Keine herzogliche Kutsche. Keine livrierten Diener. Nur er, eine schlafende Frau und die weite, raschelnde Welt.

Ryder fühlte sich, als wäre sein Leben vorübergehend auf eine unbekannte Essenz reduziert, die er nicht greifen konnte. Er lenkte sich ab, indem er Dinge erledigte, um die er sich noch nie zuvor in seinem Leben hatte kümmern müssen. Zuerst sammelte er Feuerholz und versorgte dann das Pony. Wenn er es sich erlaubte, den schweigsamen Lauf der Gestirne zu verstehen – wenn es ihm gelang, in das wahre Geheimnis dieser Frau einzudringen –, vielleicht würde er dann etwas so Vitales, Lebendiges erfahren, dass es ihn für immer verändern würde.

Als es zu dämmern begann, kehrte Ryder zu seinem eigenen Rastplatz zurück, wo Beauty, verborgen in einer Höhle, graste. Ehe doch noch irgendein des Weges daherkommender Farmarbeiter entdecken könnte, dass dieser unbeachtete Flecken solch ein Juwel hatte hervorsprießen lassen – wie eine Perle in einer Auster –, sattelte Ryder die Stute und führte sie zu Miracles Lager. Er legte eine Hand auf die Trense, die andere hielt er bereit, sie Beauty über die Nüstern zu legen, sollte sie wiehern. Wie verloren verharrten Mann und Pferd unter den Bäumen.

Schließlich kam Jim in Bewegung. Ehe das Pony und seine Reiterin zu weit außer Sicht gerieten, schwang Ryder sich in den Sattel.

Er folgte Miracle am nächsten Tag auf dieselbe Weise, bis die Hügel sich einem weiten Flusstal öffneten und die steinernen Abbrüche der Cotswolds abrupt in eine grünere, lieblichere Landschaft übergingen. Der Pfad der Viehtreiber beschrieb hier eine Biegung nach Westen, nach Wales. Miracle wählte den Weg, der in leichtem Bogen nach Nordosten führte, mitten hinein in das Herz Englands.

Ryder folgte ihr beständig, hundemüde aufgrund seines immensen Schlafmangels.

Sie kamen jetzt durch die üppigen Weiden und Wälder Warwickshires, wo jeder Weg durch ein Dorf führte und jede Straße geradewegs in eine Stadt. Ryder musste Umwege machen, um für Vorräte zu sorgen, danach folgte er wieder Jims Hufabdrücken, wenn es sein musste im Galopp, um nicht zu weit zurückzufallen. Wenn er Miracle nicht auf einem dieser zahllosen kleinen Wege verlieren wollte, dann musste er dem Pony dicht auf den Fersen bleiben.

Am dritten Abend folgte Miracle einem schmalen Pfad, der durch dichten Wald führte. Er endete an einem verfallenen Bauernhaus. Die Überreste des Viehstalls lagen offen unter dem Himmel. Junge Bäume hatten sich wie eine Invasionsarmee zwischen den Ruinen der Schweineställe ausgebreitet. Einheimische hatten die Gebäude aus behauenem Stein offensichtlich ausgeplündert. Der Boden unter den zerfallenen Mauern war mit Moos bedeckt.

Während der Nacht hielt Ryder im Nieselregen seine Wache, den Rücken gegen die Mauer eines windschiefen Kornspeichers gelehnt. Die Heuschober zeigten an den Stellen klaffende Löcher, wo Steine abtransportiert worden waren.

Ein Fuchs trottete auf leisen Pfoten vorbei, mit seiner spitzen Schnauze schnüffelte er in die Luft. Ryder begegnete dem fragenden Blick des Tiers für einen Moment, ehe der Fuchs in das Dickicht sprang.

Die Dämmerung hatte begonnen, die Schatten kleiner werden zu lassen, als die Geräusche von schwerem Atmen die Stille störten. Ein Schauder der Wachsamkeit lief Ryder den Rücken hinunter. Gefangen am Rande des Träumens war er fast in den Schlaf gesunken.

Zwei Männer kamen den Pfad entlang. Es handelte sich weder um Steinmetze noch um Holzfäller.

Der blasse Schein von Miracles Lagerfeuer ließ die zerrissenen Kleider und die hageren Gesichter der Fremden erkennen. Einer der Männer pfiff leise durch die Zähne und stieß seinen Gefährten dann mit dem Ellbogen an.

»Na sieh mal an, und ein Pony ist auch da«, zischte der andere Mann.

Sein Gefährte zog ein langes, gebogenes Messer hervor und machte einen Schritt.

Es war keine Zeit, abzuwarten. Ryder beugte sich im Sitzen vor, beide Unterarme auf die Knie gestützt, und sprach leise, um Miracle nicht zu wecken. »Nicht so hastig, ihr Burschen!«

Die Männer fuhren zu ihm herum, zwei Augenpaare versuchten, das Dämmerlicht zu durchdringen.

»Nun, wenn das kein Spatz ist, der da auf einem Stein hockt«, sagte der eine schließlich.

»Ein Spatz mit einer Pistole«, erwiderte Ryder. »Sprecht bitte, wenn es euch nichts ausmacht.«

»Ich sehe nur zwei leere Hände.« Der zweite Mann starrte Ryder in unverhüllter Feindseligkeit an, dennoch senkte er seine Stimme zu kaum mehr als einem Flüstern. »Sicherlich habt Ihr ein Gewehr, Mister?«

Der Sohn des Dukes zog die Augenbraue hoch. »Ihr zweifelt an meinen Worten?«

Die Männer sahen sich an, dann traten sie nervös von einem Fuß auf den anderen. »Nichts für ungut, Mylord.«

»Ich glaube, die Gentlemen haben die falsche Wegbiegung genommen. Euer Weg verläuft weiter südöstlich. Ich würde es vorziehen, die Lady nicht durch ein unerwartetes Geräusch aufzuwecken, aber wenn es sein muss –«

»Natürlich, Mylord. Natürlich.« Einer der Männer zog seine Lederkappe. Das Messer war verschwunden. »Nichts für ungut, Eure Lordschaft. Jeb und ich wollten nichts Böses. Wir wollten nicht das Land Eurer Lordschaft betreten. Wir haben uns verirrt.«

»Wir sind anständige, hungrige Leute auf der Suche nach ehrlicher Arbeit«, warf der andere ein. »Wenn Eure Lordschaft zufällig Bedarf haben - ?«

»Nein.« Ryder griff in die Tasche und zog zwei Münzen heraus. »Aber hier ist etwas für Eure Mühe.«

Die Burschen fingen das Geld aus der Luft, dann wandten sie sich um und eilten den Pfad zurück.

Die unschuldigen Geräusche des Waldes sickerten zurück in die plötzliche Stille. Miracle drehte sich im Schlaf. Eine tiefe Befriedigung erfüllte Ryder.

Er ließ Beauty einen ausgetretenen Pfad entlangtraben, der in Windungen einem Flusslauf folgte, und konzentrierte sich darauf, den seltsam geformten Hufabdruck des Ponys zu erkennen. Ein Fasan flatterte direkt vor Beauty aus dem Unterholz auf. Ryder balancierte instinktiv sein Gleichgewicht aus, während die Stute sich duckte und sich wegdrehte. Er verhielt die Zügel und ärgerte sich, dass er dem Pferd überhaupt so viel

Spielraum gegeben hatte, das dies passieren konnte. Er musste müder sein, als er geahnt hatte.

»Ah«, sagte Miracle. »Deshalb reitet Ihr wie der Gott der Pferde, selbst im Schlaf! Natürlich hat jeder Sohn eines Dukes of Blackdown sein halbes Leben auf einem Pferderücken verbracht.«

Jim und seine Reiterin blockierten den vor Ryder liegenden Weg.

Beauty warf den Kopf hoch und wieherte. Ryder erlaubte es sich, seine ganze Konzentration auf Miracle zu richten. Sein Puls hämmerte. Gesprenkeltes Sonnenlicht warf bezaubernde Schatten über ihr Gesicht, als sie ihn ansah.

»Ich habe immer Pferde gehabt«, erwiderte er.

Miracle tätschelte den weißen Nacken des Ponys. »Und doch sitzt Ihr auf Eurer hübschen Stute wie ein Geist des Todes. Wann habt Ihr das letzte Mal eine Nacht durchgeschlafen?«

Er starrte sie schweigend an, während die Frage in seinem Kopf widerhallte, dann grinste er. »Nicht, seit ich Euch begegnet bin.«

Sie biss sich auf die Lippen. »Verdammt! Dann ist es meine Schuld, wenn Ihr aus dem Sattel fallt und Euren Geist aushaucht. Wo immer ich mein Lager aufschlage, ich wache am Morgen auf und finde ein brennendes Feuer vor. Jeden Tag sattle ich ein Pferd, das in der Nacht auf geheimnisvolle Weise von Kobolden versorgt worden ist. Meine Essensvorräte haben sich auf wundersame Weise aufgefüllt, ebenso wie meine Trinkflasche. Das kleine Volk ist, wie es scheint, sehr fleißig gewesen, für mich zu sorgen.«

Ryder ließ Beauty einige Schritte nach vorne gehen. »Stört es Euch?«

Miracle wendete ihr Pony, und Jim ritt nun im Schritt

neben der Stute her. »Nein, es amüsiert mich. Oder vielleicht ist die Wahrheit die, dass es mein Herz berührt.«

Das gleißende Sonnenlicht ließ Ryder blinzeln. Seine Augen brannten, als wären sie mit Asche ausgerieben worden.

»Ich weiß nicht, ob Ihr richtig einschätzt, wie verdammt gefährlich diese Reise ist«, sagte er. »England ist voll von verzweifelten Männern, die sich auf alles stürzen, um diese harten Zeiten zu überleben. Ihr seid schon einmal überfallen worden. Keine Frau ist sicher, wenn sie allein reist.«

»Und deshalb haben wir noch Sir Galahad, der Nachtwache hält?«

»Ich wünschte, Ihr würdet mich nicht so nennen.«

»Nein, weil es Lord Ryderbourne war, der sich diesen Kerlen heute Morgen in den Weg gestellt hat, so gelassen, als würde er zwei Stallknechte entlassen, die den Hafer falsch abgemessen haben. Oder Tee auf die Stiefel seiner Lordschaft vergossen haben.« Sie schaute unter ihren dichten Wimpern zu ihm hoch. »Es war wirklich recht beeindruckend.«

»Ihr habt es gesehen?«

»Ja. Auch wenn es mir klüger schien, so zu tun, als würde ich weiterschlafen. Zumindest bis ich wusste, ob Ihr meine Hilfe brauchen würdet. Ihr habt sie natürlich nicht gebraucht. Ihr habt den für einen Lord typischen Hochmut mit so absoluter Überzeugung gezeigt, dass sie vermutlich dachten, Euch würden all diese Wälder und wahrscheinlich sämtliche Ländereien drumherum gehören.«

»Ich hoffte, sie würden etwas in der Art glauben, und befürchten, ich hätte bewaffnete Diener in Hörweite.«

»Genau. Aber Ihr hattet niemanden in Hörweite außer mir, deshalb war es ein verdammtes Risiko, sich ihnen auf diese Weise in den Weg zu stellen. Obwohl ich mir vorstelle, Sir Galahad würde einer jungen Dame sogar in den Hades folgen, würde er glauben, die Verantwortung für sie zu tragen.«

»Der Hades ist nicht nötig. Wenn Ihr Euch nur so weit erweichen lassen würdet, mir zu gestatten, Euch offen zu helfen, dann kann ich eine Kutsche mieten, die uns beide direkt nach Derbyshire bringen wird.«

»Ihr seid das Reiten leid?«

Er lachte, obwohl das seine Kopfschmerzen noch schlimmer machte. »Nein, aber ich bin hundemüde.«

»Dann können wir uns zwischen zwei Möglichkeiten entscheiden«, sagte sie. »Entweder Ihr kehrt jetzt um und reitet nach Hause –«

»– oder wir beenden dieses ganze verrückte Abenteuer und reiten auf geradem Wege in die nächste Stadt, wo wir uns eine Kutsche und ein Gespann mieten werden.«

»Auf die Gefahr hin, an der ersten Mautstelle entdeckt zu werden. Ich dachte, Ihr würdet Euren einsamen Ritt durch die Landschaft genießen?«

Er strich mit der Handfläche über Beautys Mähne. »Ja, auf eine merkwürdige Art tue ich das auch. Es liegt eine faszinierende Freiheit darin, Tag um Tag unterwegs zu sein, ohne jemals umzukehren. In meinem Leben als Erwachsener habe ich zum ersten Mal keine andere Verantwortung als die, mich im Sattel zu halten.«

»Was Euch offensichtlich gelingt, auch wenn Ihr schlaft. Ihr werdet also Euren geheimnisvollen Kreuzzug fortsetzen, bis Ihr dessen unbekanntes Ziel erreicht habt?«

»Sir Galahad kann nicht anders«, sagte er.

Sie lachte. »Das habe ich befürchtet. Aber bis zum Ende des Kreuzzugs braucht auch Ihr etwas zu essen und ein wenig Ruhe. Ihr seht aus wie ein Gespenst. Wenn das so weitergeht, wird mich Euer Geist für den Rest meiner Tage verfolgen.«

»Ich bin zwar müde, aber ich habe nicht vor, mein Leben auszuhauchen.«

»Ich auch nicht. Obwohl für mich, sollte ich am Galgen enden, nicht mehr viele Tage übrig bleiben werden, um mich über Euren Geist zu ärgern.« Sie ließ das Pony wenden, um den Bach zu durchqueren. »Ein erschöpfter fahrender Ritter ist eher eine Gefahr als eine Hilfe in diesen nervenaufreibenden Zeiten«, sagte sie über die Schulter. »Dann lasst uns also den Rehbock ins Dickicht jagen!«

Amüsiert folgte Ryder ihr.

Die Pferde erklommen das gegenüberliegende Bachufer und jagten dann durch ein Wäldchen aus Weiden, das sich zu einer kleinen Lichtung öffnete. Auf einer Seite wurde sie vom Bach begrenzt, dort, wo der nicht mehr der Straße folgte. Auf der anderen erstreckte sich vom Rand des Wassers bis zum Fuß einer mit Grün bewachsenen Böschung eine Wiese, dicht bewachsen von Wicken und Ehrenpreis.

Miracle glitt von Jims Rücken und band das Pony an einen Baum, bevor sie ein Päckchen und eine Flasche aus ihren Satteltaschen zog.

»Ich habe diesen Flecken Erde nur durch Zufall entdeckt«, sagte sie. »Ein Tier lief vor mir über die Straße, und ich bin ihm gefolgt.«

»So hat also der heilige Hirschbock den Wanderer auf die verwunschene Lichtung geführt?«

Miracle setzte sich ins Gras und begann, eine Fleischpastete auszuwickeln. »Der Hirschbock muss für bessere Geschichten herhalten. Ich glaube, es war eher nur ein Fuchs.«

Ryder stieg aus dem Sattel, band Beauty fest und lockerte ihren Sattelgurt ein bisschen, dann ging er zu Miracle.

Mücken schwebten über das Wasser, nur hin und wieder gestört vom juwelengleich funkelnden Flügelschlag einer

Libelle. Die Lichtung wurde durch den Bachlauf von der Straße abgeschnitten und war durch das Dickicht und die Bäume gänzlich von Blicken Vorübergehender abgeschirmt.

»Setzt Euch«, forderte sie ihn auf. »Trinkt etwas Wein. Das Feenvolk hat mir letzte Nacht auch eine Pastete gebracht. Sie müssen in irgendeinem Dorf eine Bäckerei geplündert haben, wobei ich meine, dass der Wein von Titania höchstpersönlich abgefüllt worden ist, unterstützt von Spinnweb und Erbsenblüte.«

Ryder zog seine Jacke aus, ließ sich neben Miracle ins Gras fallen und streckte sich auf dem Rücken aus, seinen Hut über die Augen gezogen und die Jacke als Kissen unter dem Kopf. Etwas plumpste ins Wasser, vielleicht eine Wühlmaus oder ein Frosch. Tauben gurrten irgendwo im Wald. Der scharfe Geruch nach Wasserminze erfüllte die Luft. Der Sinn von Frieden war fast greifbar.

»Esst nur«, sagte er. »Ich bin nicht hungrig.«

Miracle schwieg.

Ryder hob den Hut ein wenig hoch und schaute sie aus zusammengekniffenen Augen an. Ihr Haar war zu schimmernden Zöpfen geflochten, die die meisten der Wunden auf ihren Wangen verbargen. Wie aus Stein gemeißelt saß sie reglos da und schaute auf die Pastete in ihren Händen.

»Ihr esst nicht?«, fragte er.

Sie wandte den Blick ab. »Es ist nicht sehr höflich, allein zu essen.«

Er richtete sich auf und nahm sie an den Schultern, damit sie ihm das Gesicht zuwandte. »Miracle –«

Tränen rannen unter ihren dunklen Wimpern hervor, über die verblassenden Narben auf ihrer zarten Haut, vorbei an ihren Mundwinkeln.

Verlangen versengte sein Herz. Verlangen und Zärtlichkeit

und Herzbrechen. Er warf den Hut zur Seite, nahm sie in seine Arme, zog sie zu sich hinunter und legte ihren Kopf an seine Schulter. Er strich ihr die Tränen von den Wangen.

»Es ist alles in Ordnung«, sagte er. »Sie werden Euch nicht hängen. Hanley kommt niemals an mir vorbei, um Euch zu schaden. Ich werde alles tun, was erforderlich ist. Niemand wird Euch vor irgendein Gericht dieses Landes zerren, um Euch des Mordes anzuklagen.«

Miracle zog sich gerade so weit zurück, dass sie ihn ansehen konnte, und legte eine Hand auf seine Wange. Ihre Fingerspitzen strichen zart durch sein Haar. Ihre Lippen verzogen sich in bitterem Mut.

»Nein, denn das Elfenvolk hat mir zu meiner Rettung auch einen Ritter in schimmernder Rüstung geschickt.«

»Würdet Ihr mich besser kennen, würdet Ihr solche Dinge nicht sagen.«

Sie wandte den Kopf ab und schaute zu den Bäumen. »Warum? Weil Ihr am Ende dieser Reise in Euer wirkliches Leben zurückkehren werdet, das vielleicht durch diese vorübergehende Eskapade ein wenig bunter geworden zu sein scheint, sich aber im Prinzip nicht tief greifend verändert? Ihr müsst Euch deswegen nicht schuldig fühlen.«

»Vielleicht gibt es ja doch einige Dinge, die ich gern ändern würde –«

»Nur Kleinigkeiten. Sicherlich nichts, was Euch daran hindern würde, auf den von Euch so hochgeschätzten Pfad der Pflichterfüllung zurückzukehren. Denn Ihr liebt sie, nicht wahr? Die Last, die Euch durch Euer Erbe aufgebürdet wird, ist in Wahrheit die größte Freude Eures Lebens.«

»Wyldshay ist Teil von mir. Vielleicht ist mir das umso bewusster geworden, da ich es für eine Weile hinter mir gelassen habe.« Er streckte sich wieder aus und schaute zu den Blättern hoch. »Manchmal ist es, als hätte der Fluss Wyld mich ein Lied gelehrt, das in meinen Adern summt. Ich wünschte, ich könnte Euch das Schloss zeigen und das Land –«

»Söhne von Dukes nehmen Frauen wie mich nicht mit nach Hause, um sie ihren Müttern vorzustellen«, sagte sie.

»Nein, vermutlich nicht. Aber sind wir denn wirklich so verschieden?«

»Ha! Ich wurde selbst ohne einen Holzlöffel im Mund geboren. Mein Vater war Arbeiter. Mein Bruder macht Schuhe. Als ich sechs Jahre alt war, wurde ich zur Lehre in die Baumwollspinnerei am Ort geschickt.«

»In die Baumwollspinnerei?«

»Ah, mein Jungchen! Kann's sein, dass du nix darüber weißt, wie das Volk in 'ner Spinnerei so quasselt?«

Er schluckte seinen Schrecken herunter. »Wie bitte?«

»Obwohl Ihr Eure Besitzungen in Derbyshire habt, versteht Ihr Eure eigenen Leute nicht? Was einmal mehr beweist, dass zwischen Euch und mir, Mylord, ein Abgrund liegt, der breiter als die Milchstraße ist.«

»Weil Ihr den örtlichen Dialekt kennt?«

»Die Sprache formt uns. Die Aristokratie spricht sowohl Englisch als auch fließend Französisch, während die arbeitenden Klassen zwischen der Sprache wechseln, die im Rang über ihnen Stehende verstehen, und derjenigen der Gegend, in der sie geboren wurden.«

»Was aber auch Englisch ist.«

»Ist es das? Die Sprache meiner Kindheit war so gedehnt, dass es ebenso gut eine andere Sprache hätte sein können. Aber selbst wenn ich in einem Schloss geboren worden wäre, so bin ich noch immer eine Lady der Nacht, Ryder. Niemand, den Ihr Eurer Familie präsentieren könnt.«

»Ich weiß nicht, was ich gedacht habe«, sagte er, und der

Schock hallte noch in ihm wider, »aber niemals, dass Ihr in einer Baumwollspinnerei gearbeitet habt.«

Sie fuhr mit den Fingerspitzen über seine Augenlider, schloss sie sanft. »Schlaft jetzt.« Sie hauchte die Worte in sein Ohr. »Wenn Ihr Euch nicht ausruht, werdet Ihr mir nicht von Nutzen sein.«

Ihre Handflächen glitten über seine Schläfen, strichen das Haar hinter seine Ohren. Die Sonne schien auf seine geschlossenen Lider, drang mit rotem Licht bis in sein Innerstes durch. Er versuchte sich zu entspannen, sich am Rande des Schlafes treiben zu lassen.

Eine Baumwollspinnerei? Wie war sie einem solchen Leben entflohen? Würde sie es ihm sagen, wenn er sie fragte? Oder würde sie denken, es ginge ihn nichts an?

Wäre er nicht hier, an diesem Bach mit einer Kurtisane namens Miracle Heather, könnte er ebenso gut auf Reversham sein, auf Tilling Hall oder Templeford, wo er in gepflegten Gärten spazieren ging, in Begleitung eines Schwarms naiver Mädchen. Er war den meisten von ihnen während der Saison bei Almacks begegnet. Fast jede von ihnen würde eine passende Braut abgeben, war attraktiv und perfekt. Einige sprühten sogar vor Witz und Verstand. Doch er hatte keine von ihnen gewollt.

War er, als der Sommer über Dorset seine Blüten zu entfalten begann, nach Monksford Leigh geritten, um Lady Belinda einen Heiratsantrag zu machen, einfach weil ihr Haus Wyldshay am nächsten lag?

»Ihr denkt an Dinge, die Euch belasten«, flüsterte Miracle. »Denkt nicht! Seid einfach.«

Ihre Hände massierten die angespannten Muskeln seiner Arme.

Doch seine Gedanken explodierten in unzusammenhängenden kleinen Schnipseln aus Schmerz. Die Tochter eines

Arbeiters ... eine Baumwollspinnerei. Er hatte keine Ahnung ... keine Ahnung ...

»Ihr werdet nie schlafen, es sei denn, Ihr lasst alles los«, murmelte sie. »Und Ihr müsst schlafen, Ryder, oder Ihr werdet sterben. Dann wäre ich in der Tat beraubt.«

Schließlich vertrieb pure Erschöpfung die Gedanken aus seinem Kopf. Der Bach murmelte. Die Tauben gurrten leise. Ihre Kleider raschelten, wenn sie sich bewegte. Miracle öffnete seine Knöpfe, lockerte die festen Knoten seiner Krawatte, löste die Bänder seines Hemdes, zog ihm die Stiefel aus. Er ließ es zu, dankbar, sich unter der heißen Sonne ausruhen zu dürfen.

Obwohl die Berührung ihrer Finger kleine Explosionen des Verlangens in ihm auslöste, hielt er sie unter Kontrolle und ließ seine Gedanken schweifen.

Ein Abgrund breiter als die Milchstraße ...

Er war schon beinahe weggedämmert, war nicht mehr sicher, wo er war, als ihr Mund sich sanft auf seinen legte. Sofort teilten seine Lippen sich, als hätte die Müdigkeit ihn von allem bis auf die Zärtlichkeit geläutert.

Ihre Zunge berührte seine in fließenden kleinen Stößen, so sanft wie die Libellen, die auf den langen Gräsern am Bach landeten.

Ryders Widerstand löste sich auf. Verstand und Bewusstsein schienen sich aufgelöst zu haben, befanden sich jedenfalls nicht länger unter seiner Kontrolle.

Warmer Honig floss durch seine Adern. Müßig, völlig entspannt, erwiderte er den Kuss und genoss den anwachsenden Sog der Erregung. Entzücken glühte tief in ihm auf, die Flammen leckten über seine heiße Haut. Ihre Lippen lagen federleicht auf seinen, ihre Zunge vollführte verruchte kleine Tänze, dann begann sie, ihn leidenschaftlicher zu küssen.

Ohne den Kuss zu unterbrechen, ließ sie die Hand unter das gelockerte Taillenband seiner Hose gleiten. Die schwindelig machende Ekstase des Begehrens begann ihre gebieterischen Forderungen zu stellen. Ryder stöhnte an ihrem Mund, als Verlangen in seinen Lenden tobte.

Ihre Finger glitten um ihn, stimulierten seine Erektion, wahnsinnig und köstlich. Ihre Hand lag glatt und kühl auf seiner heißen glühenden Männlichkeit. Ein Stöhnen entrang sich seiner Kehle, als er ihre Küsse tief in sich aufnahm, erobert von der Sehnsucht nach Erfüllung.

Als sie sich mit gespreizten Beinen über ihn kniete, schlossen seine Hände sich instinktiv um ihre Taille. Sein Mund wusste, dass sie noch immer mit seiner Zunge spielte. Sein Verstand nahm nichts mehr wahr, es gab nur noch ihre Sinnlichkeit, ihre Geschmeidigkeit, es gab nur noch sie.

Seine Finger glitten zu ihren Brüsten, die mit ihrem sanften Gewicht seine Hände füllten. Durch den Stoff ihres Kleides pressten sich ihre Brustwarzen in seine Handflächen. Er zog die Knie an und rieb eine Brustwarze sanft mit dem Daumenballen. Die Spitze verfestigte sich zu einer harten Knospe, und Miracle stöhnte nun ihrerseits an seinem Mund. Unbezähmbare Lust pulsierte direkt in seine Erektion.

Miracle entledigte sich ihrer Kleider. Ihre Nacktheit, feucht und heiß, drückte sich an seine. Nur noch diesem süßen drängenden Verlangen folgend, hob er die Hüften. Sie musste ihn nicht führen. Die Leidenschaft kannte ihr eigenes Verlangen und fand ihren Weg. Und Miracle war feucht und heiß und wie seidiger Samt, sie war bereit für ihn.

Mr. Lorrimer kaute nachdenklich auf seiner Pfeife, als er in der Tür zur Bäckerei stand und die Dorfstraße entlangschaute.

»War es das, was Ihr zu erfahren gehofft habt, Sir?«, fragte das Ladenmädchen und wischte sich die Hände an der Schürze ab. »Der Mann war einfach gekleidet, aber er hat sich benommen wie ein Duke, das habe ich gedacht. Doch er ist wohl einer von diesen herumreisenden Schauspielern und war auf dem Weg zu einer Vorstellung, weil echte Dukes nicht oft in diese Gegend kommen.«

Er begegnete ihrem eifrigen, euphorischen Blick. »Was für herumreisende Schauspieler?«

»Ihr wisst schon! ›Als meine Augen Olivia zum ersten Mal erblickten …‹ Hmmm – oh, ich weiß wieder! – ›in dem Augenblick wurd' ich zu einem Hirsch, und ständig verfolgen mich seitdem meine Begierden wie grausame … fürchterlich wilde Hunde. Wie auch jetzt! Was gibt's also Neues von ihr?‹ Das ist aus *Was Ihr Wollt*. Vor einigen Wochen gab's eine Aufführung in Millers Scheune, die hab ich gesehen. Der Herzog hieß Orsino.«

»Dieser Mann war allein, sagt Ihr, und zu Pferde?«

»Ja, und ich fand das seltsam. So ein schönes kastanienbraunes Pferd hat man hier noch nie gesehen, Sir. Es war wie Feuer und Blitz. Wunderschön! Und wegen dieser Stute habe ich dann gedacht, dass er vielleicht doch ein richtiger Lord ist.«

»Aber es war niemand bei ihm? Eine Frau? Oder vielleicht ein Junge?«

»Nein, Sir, aber er hat reichlich zu essen gekauft, und er hat sich Zeit gelassen, es auszusuchen, als ob es außer ihm selbst noch jemanden gäbe, dem es das gleiche Vergnügen bereiten sollte.«

»Ah ja!«, sagte Mr. Lorrimer. »Tat er das? Nun, außer mir gibt es auch noch jemanden, der seine gleichermaßen adligen Hacken keine zehn Meilen von hier kühlt und der in der Tat sehr angetan sein wird, das zu hören.«

»Dann werdet Ihr das Brot und die Hammelpasteten nehmen, Sir?«

»Ich werde einen Kuss nehmen, wenn Ihr nichts dagegen habt.«

Sie zappelte und versuchte, ihn gegen die Schienbeine zu treten, als er sie küsste. Er biss ihr in die Lippe und lachte ihr in das wütende Gesicht, ehe er sich in den Sattel schwang. Die Bäckerstochter wischte sich die Tränen weg und rief ihm einen Fluch nach, während er davonritt.

Mr. Lorrimer lachte wieder. Die Beute war fast aufgespürt. Die Belohnung fast sicher. Und dann war da noch diese Kleinigkeit mit dem Hängen.

Die Arme weit von sich gestreckt, lag Ryder im Gras und schlief wie ein Toter, auch wenn er wie ein Engel lächelte, der seinen Segen spendete. Er rührte sich kaum, als Miracle seine Kleider ordnete. Er grummelte nur ein wenig im Schlaf, als sie ihn ein letztes Mal auf den Mund küsste, dann drehte er sich auf die Seite, um sein Gesicht in seiner Jacke zu betten, die ihm als Kopfkissen diente. Ihr verrückter fahrender Ritter hatte sich endlich entspannt, hatte sich ganz und gar im tiefen Schlummer verloren.

Nachdem Miracle sich im Bach gewaschen hatte, band sie das Pony los und führte es durch den Weidenhain zurück zum Weg. Beauty warf den Kopf hin und her, als Jim davonging, doch glücklicherweise wieherte die müde Stute nicht.

Miracles Herz fühlte sich so schwer an, als wollte es brechen, aber sie empfand auch einen leichten Zorn. Auf Ryder, weil alle Männer letztlich so leicht zu manipulieren waren – aber sogar ihr fahrender Ritter? Oder war es Zorn auf sich selbst, weil es für sie nur einen Weg zu leben gab – und das bedeutete, einem guten Mann die Tugend zu stehlen oder die Untugend eines schlechten zu überlisten?

An welche romantischen Fantasien Ryder auch immer geglaubt hatte, so hatte sie diese jetzt zerstört. Sie hatte ihm die Wahrheit über ihre Herkunft gesagt. Sie hatte ihm die Wahrheit bewusst gemacht, die Wahrheit über die einzig mögliche Beziehung zwischen ihnen.

Ohne sich noch einmal umzuschauen, ritt sie rasch zur Straße zurück, die sie vor über einer Stunde verlassen hatte, und folgte dann einem Pfad, der von ihr abzweigte. Wenn sie ihn abhängen wollte – wenn sie Jims Hufabdrücke zwischen einer Vielzahl anderer verbergen wollte –, dann müsste sie entweder eine große Viehherde finden oder aber riskieren, die Mautstation zu passieren.

Kaum zehn Minuten später stieß Miracle auf eine größere Straße. Da keine Kutschen zu sehen waren, handelte es sich vermutlich nicht um die Mautstraße, doch dennoch war sie offensichtlich recht gut befahren. Sie wandte ihr Pony nach Norden, und Jim trottete weiter. Eine Hand voll Fußgänger und der Fahrer eines Karrens musterten sie neugierig, einige grüßten freundlich, als sie vorüberritt, aber niemand belästigte sie. Die Leute, die auf der Straße unterwegs waren, nahmen einfach an, dass eine Frau, die zu Pferde und ohne Begleitung unterwegs war, eine Einheimische sein musste.

Das Pony hatte sich in den letzten Tagen zwar als erstaunlich ausdauernd erwiesen, kam aber zwangsläufig auch irgendwann an seine Grenzen. Nach einigen Stunden sah Miracle sich gezwungen, in einem Dorf Halt zu machen und Jim zu tränken. Einige der Arbeiter und Händler, die am Ende des Tages nach Hause zurückkehrten, schauten neugierig zu ihr hin. Doch Miracle starrte in die Ferne und versuchte so auszusehen, als gehörte sie hierher.

Als sie weiterritt, senkte sich bereits die lange Sommerabenddämmerung herab. Die Schatten auf der durchweichten Straße wurden länger. Der Verkehr wurde weniger und brach ganz ab, als die Nacht sich zwischen den Heckenreihen niederließ. An einer Kreuzung ritt Miracle an einem Galgen vorbei. Der Inhalt des Eisenkäfigs, der in der leichten Brise quietschend hin- und herschaukelte, war unbeschreibbar. Sie duckte sich instinktiv unter diesem Anblick und beeilte sich, weiterzukommen. Sie hatte keine Ahnung, wo sie war, und so folgte sie einer schmalen Straße, die in die Nacht hinausführte.

Sie musste sich einen Unterschlupf für die Nacht suchen, aber dieses Mal würde es keinen treuen Verfolger geben, der dafür sorgte, dass niemand sie belästigte. Obwohl es ihre eigene Wahl gewesen war, obwohl sie ihn absichtlich schlafend auf der Lichtung zurückgelassen hatte, schmerzte dieser Verlust wie eine Brandwunde.

Wenigstens versprach die Nacht, warm zu werden. Sie würde es nicht riskieren, ein Feuer anzuzünden. Sie hätte das natürlich auch an den Abenden zuvor nicht getan, hätte sie nicht gewusst, dass Ryder dort sein würde, um Wache zu halten und sich darum zu kümmern, sie zuzudecken, wenn er glaubte, sie würde frieren.

Der Gedanke war schrecklich für sie: dass sie einen grundguten Mann in das zerstörerische Netz ihres Unglücks verstrickt hatte. Sie hatte versucht, es auf die einzige Weise gutzumachen, die sie kannte, und hatte dadurch das Netz nur noch fester geknüpft. Und jetzt hatte sie alles noch schlimmer gemacht. In einem letzten verzweifelten Bemühen freizukommen, hatte sie bewusst seine Müdigkeit und sein Verlangen ausgenutzt, um seine Ehre mit Füßen zu treten.

Doch es war notwendig gewesen. Er würde jetzt stundenlang schlafen, wahrscheinlich bis weit nach Einbruch der Dunkelheit. Er würde aufwachen und merken, dass sie fort war. Er würde sich an das erinnern, was sie eingestanden hatte, etwas was sie noch nie einem ihrer früheren Liebhaber enthüllt hatte: *Als ich sechs Jahre alt war, wurde ich zur Lehre in die Baumwollspinnerei am Ort geschickt*.

Er würde aufwachen und darüber nachdenken, und er würde enttäuscht sein. Jegliche Fantasien über sie, die er sich zurechtgelegt hatte, mussten unter dem Gewicht der Realität zusammenbrechen: Sie war das Kind eines ungebildeten Arbeiters. Ihr Bruder war Schuhmacher. Das Bild der strahlenden Gesellschaftskurtisane war nur Fassade.

Und sie kannte die Männer. So schnell wie sie ihre Obsessionen entwickelten, so schnell waren sie dies auch wieder leid. Es gab immer eine neue Frau: jünger, hübscher, weniger kompliziert. Wenn sie Glück hatte, könnte Ryder inzwischen zu dieser Schlussfolgerung gekommen sein.

Natürlich wäre es eine seltsame Art von Glück, eines, das ihr Herz starr vor Kummer über den Verlust machte.

Jim legte ein Ohr nach hinten. Miracle hielt an und schaute über die Schulter zurück, um zu lauschen. Eine Kutsche fuhr hinter ihr. Der Weg bot keine Möglichkeit, auszuweichen. Zu beiden Seiten erhob sich eine von Hecken bewachsene Böschung. Glücklicherweise gab es in einer der Hecken direkt vor ihr eine Lücke, in der sich ein Tor mit fünf Streben befand. Das Tor stand ein Stück weit offen. Wenn sie es rechtzeitig erreichte, würde sie einfach auf das Feld reiten, das sich hinter dem Tor erstreckte.

Sie drängte Jim vorwärts. Das Pony bockte.

Die näher kommenden Pferde waren offensichtlich ausgeruht, denn sie liefen im Galopp und waren viel zu schnell, um auf Sicherheit zu achten. Irgendein Gentleman vermutlich, der nach einem Tag, an dem er sich mit seinen Freunden amüsiert hatte, bestrebt war, möglichst rasch nach Hause zu kommen, oder der sich zu einer Verabredung zum Abendessen verspätete.

Ihr Herz begann hart zu schlagen, und sie drückte Jim gegen die Böschung, als die Kutsche, gezogen von vier Pferden, vorbeifuhr und Miracle – in einem Blitz von Rot und Gold – das Wappen auf dem Schlag sah.

Der krankmachende Stich von Panik lähmte Miracle fast. Verzweifelt versuchte sie, das Pony zu wenden. Jim drückte sein Hinterteil in die Hecke. Die Kutsche fuhr vorbei, blockierte dann aber die Straße. Dann wendete sie und nutzte dabei die Lücke, die das Tor bot.

Miracle trieb Jim mit der brutalen Rücksichtslosigkeit an, die aus Entsetzen geboren wird, doch das Pony verharrte dickköpfig und knabberte an irgendeinem Kraut. Als würde sie in sich in einem wahr gewordenen Albtraum befinden, versuchte sie, das Pony zum Galopp anzutreiben. Doch sie wusste, dass Jim das Gespann niemals überholen konnte, sie wusste, dass sie in der Falle saß, auch wenn das müde Pony jetzt endlich weiterlief.

Die Kutsche kam in einem müßigen, fast verspottend langsamen Tempo zurückgerollt. Als der Vorreiter auf gleicher Höhe mit Miracle war, beugte er sich einfach vom Pferd hinunter und griff nach Jims Zügeln. Aufsässig jetzt schreckte Jim erst zurück und bäumte sich dann auf. Miracle rutschte aus dem Sattel. Die Kutschentür wurde aufgestoßen und schnitt ihr damit auch die letzte Hoffnung auf Flucht ab.

Der Kutscher grinste von seinem Bock herunter. Ein livrierter Diener, der hinten auf der Kutsche gestanden hatte, rannte zu den Pferden. Der Vorreiter blinzelte seinem Kameraden zu.

Lord Hanley beugte sich aus der Kutsche und starrte auf Miracle herunter. Sein Haar glänzte wie Silber.

»Ich habe also nach einer Straßendirne gesucht! Was für ein Abstieg für Londons strahlenden Stern! Die Ratten scheinen sich in Eurem Haar eingenistet zu haben, Ma'am! Wie abscheulich!«

Miracle befreite ihre Röcke von den Dornen und stand so aufrecht da, wie es der enge Raum zwischen Böschung, Kutschentür und Pony zuließ.

»Wenn meine Erscheinung Euch solches Unbehagen bereitet, dann solltet Ihr schleunigst weiterfahren, Lord Hanley.«

»Weiterfahren?« Er lächelte. »Oh nein, das denke ich nicht. Ihr hättet Philip Willcott wirklich nicht erstechen sollen. Ihr habt mir einige beträchtliche Unannehmlichkeiten beschert.«

»Nicht mehr als Ihr mir.«

Der Earl nahm eine Prise Schnupftabak und betupfte dann seine Nasenlöcher mit einem gestärkten weißen Taschentuch. »Doch nun seid Ihr hier, hübsch zappelnd wie ein Fisch auf dem Trockenen. Wenn auch nicht ganz so erbärmlich ausgeliefert wie jene Leiche, die an dem Galgen verfault, an dem wir gerade vorbeigekommen sind. Eine vernichtende Warnung für Bösewichte.«

»Dann solltet Ihr Euch diese Lektion vielleicht zu Herzen nehmen, Mylord?«

Er lehnte sich zurück und lachte. »Bitte steigt ein, Ma'am. Eure unüberlegte Flucht hat soeben ihr Ende gefunden.«

Miracle knickste. Die Intensität ihrer Angst hämmerte hart unter ihren Rippen. Der unterdrückte Drang aus Verzweiflung geborener Energie drohte ihr den Atem zu rauben. »Eure Lordschaft ist zu freundlich. Ich ziehe es jedoch vor, auf der Straße zu bleiben.«

Eis funkelte in Lord Hanleys Blick: das kalte blaue Starren eines geblendeten Reptils.

Es war fast unmöglich zu glauben, dass sie je seine Geliebte gewesen war. Ja, er war immer distanziert gewesen, seine Zärtlichkeiten oberflächlich, seine Vorlieben waren nicht aus dem Rahmen gefallen – was es natürlich leichter gemacht hatte. Ihr Ziel war immer gewesen, die Bedürfnisse eines Mannes zu befriedigen, ihr Herz dabei aber aus dem Spiel zu lassen.

»Sattelt das verdammte Pony ab«, befahl der Earl. »Und legt den Sattel und das Zaumzeug über die Hecke.«

»Wie gemein von Euch!«

»Nicht annähernd so gemein, wie ich es schon sehr bald sein werde. Ihr werdet jetzt freundlicherweise in die Kutsche steigen. Oder soll ich meine Männer anweisen, Euch hineinzuheben, tretend und kreischend?«

»So lange ich noch freien Gebrauch von meinen Gliedern machen kann?« Miracle stieg in die Kutsche und setzte sich dem Earl gegenüber. »Ganz sicher nicht. Ich werde mir das Treten und Schreien für den Galgen aufbewahren.«

Er grinste und ließ den Deckel seiner Schnupftabaksdose zuschnappen. »Vielleicht können wir zuerst gemeinsam ein wenig treten und schreien? Auch wenn mich das Bewusstsein schmerzt, dass Ihr danach noch immer dazu bestimmt seid, an Eurem hübschen Hals aufgehängt zu werden.«

Sie hörte ein Klatschen – ohne Zweifel die Hand eines Mannes, die auf das Hinterteil ihres Ponys schlug – und Hufschläge, als Jim davontrottete. Die Kutsche fuhr an.

»Nichts würde mich dazu bringen können, jemals wieder irgendetwas mit Euch zu teilen«, sagte sie trotz der Angst, die wie ein nicht enden wollender eisiger Strom durch ihre Adern rauschte. »Besser ein schnelles Ende am Galgen als die langsame Tortur in Eurem Bett.«

Sein Kinn fuhr hoch, sein Blick war noch verschleiert. »Du wirst mich nicht wütend mit diesen lächerlichen Beleidigungen machen, Miracle. Ich will nur Gerechtigkeit. Aber du schuldest mir etwas für den Ärger, den du mir bereitet hast.«

»Wirklich? Ich dachte, dass derjenige in unserer Beziehung, der noch eine Schuld zu begleichen hat, Ihr seid. Wir hatten eine Abmachung. Ihr habt sie gebrochen.«

Ein Muskel zuckte an seinem Kinn, als er aus dem Fenster starrte. »Was zum Teufel glaubt Ihr, dass ich Euch schulde? Das Gepäck, das Ihr auf meiner Jacht zurückgelassen habt?«

»Guter Gott! Ich kann mir nicht denken, dass Ihr es noch immer habt.«

»Allerdings nicht.« Etwas Lauerndes flackerte in seinen Augen auf, als er sie wieder ansah. »Ich habe Euren ganzen Unrat ins Meer geworfen. Schließlich waren Eure Kostbarkeiten nicht mehr darunter.«

»Ihr habt mein Gepäck durchsucht? Warum? War das Eurer nicht zu unwürdig?«

Er packte sie am Arm, leidenschaftliche Gespanntheit brannte in seinem Blick. »*Was habt Ihr damit gemacht?*«

»Mit was gemacht?«

Er ließ Miracle los und starrte wieder aus dem Fenster, seine Miene war plötzlich ausdruckslos. »Sicherlich hattet Ihr Schmuck dabei? Und ein wenig Geld?«

»Ich vermag nicht zu sehen, wieso Euch das hätte etwas angehen sollen, Mylord. Ich habe nichts von Euch genommen.«

Der Earl lehnte sich in die Polster zurück und trommelte mit den Fingern gegen den Fensterrahmen, wobei er wieder in die vorbeigleitende Nacht starrte.

»Ihr werdet es mir sagen«, sagte er schließlich. »Im Moment habe ich jedoch andere Bedürfnisse.«

Er sah sie an und lächelte, während er seine Jacke und seine

Weste aufknöpfte. Danach begann er, die Knöpfe an seinem Hosenbund zu öffnen. »Nein? Ich bin noch nie zuvor von einer dem Tod geweihten Frau oral befriedigt worden, aber dieser Gedanke birgt einen gewissen Reiz in sich. Der drohende Tod, so sagt man, intensiviert die sexuelle Lust.«

Für den Bruchteil einer Sekunde überdeckte die Absurdität ihrer misslichen Lage Miracles Angst. »Was in unserer Situation nicht von Bedeutung ist, denn es ist mein Tod, nicht der Eure, der zur Debatte steht.«

»Ihr verweigert Euch mir?« Bereits erregt, zog er seine Hose herunter, um sich zu entblößen.

Miracle lachte. »Oh, ich denke ja, obwohl es mich durchaus reizen könnte –«

Seine Zähne blitzten weiß. Er packte Miracle an den Handgelenken und riss sie vom Sitz herunter und zwang sie auf die Knie. »Du verdammte Hure! Ich reize dich also?«

»– zuzubeißen, wenn Ihr mich dazu zwingt.« Sie lächelte zu ihm hoch, trotz seines harten Griffs, der ihr wehtat, und trotz der Wut, die machtvoll durch ihre Adern flutete. »Ich habe schließlich nichts zu verlieren, und Ihr habt so verdammt wenig zu bieten.«

Der Earl ließ sie los, um mit der Hand auszuholen. Miracle war entschlossen, sich ihm zu widersetzen, doch es war, als würde ihr Körper sich weigern, die Schläge zu vergessen, die Willcott ihr zugefügt hatte – sie schloss die Augen.

Der Schlag kam nicht. Lord Hanley wurde nach hinten geschleudert, als die Kutsche abrupt stehen blieb.

Miracle riss sich von ihm los und kroch zur Seite. Ein Schuss hallte durch die Nacht, dann folgte ein zweiter, ganz nah am Fenster. Fluchend machte sich der Earl an seiner Hose zu schaffen, um die Knöpfe zu schließen. Diesen Augenblick nutzte Miracle, sich nach der Tasche zu bücken und die Pistole zu greifen, von der sie wusste, dass sie sich stets in der Kutsche befand.

Die kalte Stimme eines Straßenräubers schnitt wie eine Messerklinge durch die Nachtluft.

»Keine Bewegung! Ergebt Euch!«

Kapitel 9

Die Kutsche schwankte. Etwas fiel auf die Straße. Ohne Zögern drückte Miracle Lord Hanley den Pistolenlauf ans Kinn.

Die Finger des Earls verharrten dort, wo sie waren, das Hemd hing ihm über den Hosenbund. »Um Gottes willen! Du würdest mich doch nicht erschießen?«

Ein verrückter Mut brannte in ihrem Herzen. »Oh, das könnte ich schon. Was bedeutet schließlich ein Mord mehr, wenn man bereits dazu verdammt ist, für den ersten zu hängen? Lasst die Finger von Eurem Hemd! Haltet Eure Hände dort, wo ich sie sehen kann!«

Er hob die Hände über den Kopf und starrte Miracle an. »Ich würde Euch nie etwas antun.«

»Das habt Ihr bereits.«

Die Federung knarrte, als der Kutscher und seine Begleiter vom Bock sprangen.

»Ihr sprecht von dieser Sache auf der Jacht? Gott! Ich hatte vor –«

»Ach seid still, Mylord! Ihr würdet doch nur versuchen, mir weiszumachen, dass Ihr gerade, als Ihr mich mit Eurer Faust bedroht habt, wieder nur eins Eurer Spiele gespielt habt. Leider glaube ich nicht, dass der Gentleman, der im Begriff ist uns ausrauben, zum Spielen aufgelegt sein wird – und ich bin es auch nicht.«

»Um Himmels willen, gebt mir die Pistole! Oder wollt Ihr hinter einer Hecke von einem Banditen vergewaltigt werden?«

»Da ich gerade in einer Kutsche von einem Earl vergewaltigt werden sollte, vermag mich die Vorstellung nicht so richtig zu entsetzen. Denn wo liegt der Unterschied? Deshalb denke ich, ich werde mein Glück bei diesem Wegelagerer versuchen.«

Sie stieß die Kutschentür auf und sprang auf die Straße hinunter, dabei hielt sie die Pistole unverwandt auf die Brust des Earls gerichtet. Die drei Diener standen zu einem Grüppchen zusammengedrängt und mit erhobenen Händen neben der Hecke. Das Gewehr des Kutschers lag auf der Straße, ebenso wie die Feuerwaffen, die vermutlich die beiden anderen Männer getragen hatten.

Es war nur ein Reiter, der sie mit zwei Pistolen in Schach hielt. Ein schwarzes Tuch bedeckte seine Nase und sein Kinn. Im Schatten der Hutkrempe schien sein Blick sie wie eine Messerspitze zu durchbohren.

Sein Pferd tänzelte vorwärts und blieb neben Miracle stehen. Der Reiter beugte sich hinunter und sah Miracle an. »Ihr scheint sehr darum besorgt zu sein, den Gentleman in der Kutsche im Auge zu behalten, Ma'am. Seid Ihr sicher, dass Ihr nicht vorhabt, Eure Meinung zu ändern und stattdessen mich zu erschießen?«

»Das hängt davon ab«, erwiderte sie, »was Eure Absichten sind.«

»Meine Absichten sind natürlich ehrenhaft: ein kleiner Diebstahl, ein wenig Amüsement.« Er spähte in die Kutsche. »Ihr werdet aussteigen, Mylord, und dabei die Hände über den Kopf halten. Bitte, zögert lieber nicht! Meine Finger sind furchtbar zittrig. Nur zu leicht könnten sie versehentlich den Abzug drücken.«

Mit finsterer Miene kletterte Lord Hanley aus seiner Kutsche.

»Eure Uhr und Eure Börse, Mylord. Und die hübsche Krawattennadel? Eure Ringe? Nein, bitte greift nicht danach.«

Der Straßenräuber nickte Miracle zu. »Die Lady wird mir ohne Zweifel den Gefallen tun. Wenn sie nicht gewillt ist, könnte ich sie ebenfalls erschießen.«

Miracles Herz klopfte vor schwindelerregendem Übermut, als sie Lord Hanley seine Wertsachen abnahm und sie dem Reiter aushändigte. Dieser nickte kurz. Daraufhin hob sie die Büchse und die Pistolen auf und warf sie über die Hecke.

»Vielen Dank, Ma'am. Eine sehr schöne Uhr, Mylord, mit einer nicht weniger schönen Goldkette! Und ein angenehm schwerer Beutel mit Münzen!« Der Bandit steckte beides in seine Tasche, dann betrachtete er die Krawattennadel des Earls. »Ich glaube, das ist ein echter Diamant! Was mich fragen lässt: Warum sind die Hosen Eurer Lordschaft nicht korrekt zugeknöpft? Ist sein Kammerdiener derart inkompetent? Oder hat er etwas Wertvolles in seiner Unterkleidung versteckt?«

»Ihr habt bereits meine Uhr und meine Börse und meinen Schmuck«, sagte der Earl. »Ich habe nichts mehr.«

»Außer Euren schlechten Absichten gegenüber dieser Lady vielleicht? Ihr werdet so gütig sein, Eure Schuhe auszuziehen, Mylord.«

Hanleys Gesicht färbte sich dunkelrot. »Das ist eine Ungeheuerlichkeit!«

»Ja, das ist es in der Tat!« Die Stute ging einen Schritt zurück, während der Straßenräuber mit der Pistole ein Zeichen gab. »Ihr werdet es tun.«

Der Earl lächelte höhnisch zum Reiter hoch. »Zwingt mich doch, Sir!«

Mit den wohlgesetzten Bewegungen eines Tänzers drängte die Stute zur Seite, um den Earl gegen die Tür der Kutsche zu drücken. Der Reiter presste den Pistolenlauf gegen Lord Hanleys Schläfe.

»Ihr wisst nicht, wie nah Ihr davor seid, Euer Hirn zu verlieren, Mylord. Sobald diese Stute einen Schritt zurück macht, werdet Ihr tun, was ich sage.«

Die Stute wich zurück. Bebend vor Wut streifte der Earl seine Schuhe ab. Schlamm quoll unter seinen bestrumpften Füßen hervor.

Das Ziel des Straßenräubers verharrte reglos. »Ein guter Anfang, Mylord! Aber bitte versucht gar nicht erst, etwas Unüberlegtes zu tun! Ich kann selbst kaum glauben, wie tollkühn ich doch bin, und das macht meine Hand natürlich noch zittriger. Nur eine widrige Bewegung, und ich fürchte, diese Pistole wird losgehen. Eure Hosen, wenn es Euch recht ist.«

Den Blick fest auf seinen Peiniger geheftet, öffnete Lord Hanley die Knöpfe. Auf eine Geste des Straßenräubers hin hob er die Hände wieder über den Kopf, und Miracle zog ihm seine Hosen bis zu den Füßen herunter.

»Vielleicht erweist Ihr mir den Gefallen, die Taschen zu durchsuchen, Ma'am? Danach mögt Ihr von mir aus die Schuhe seiner Lordschaft zusammen mit seinen Unaussprechlichen über die Hecke werfen.«

Miracle schluckte ihr Lachen hinunter und tat, was er verlangte. »Da ist nichts.«

»Was denn, kein Gold? Keine Taschenpistole?«

»Nichts.«

Der Straßenräuber neigte den Kopf. Lord Hanleys Strümpfe waren inzwischen durchnässt. »Vielleicht habt Ihr Euren Schatz in diesen feinen Leinenhosen versteckt, Mylord?«

»Zum Teufel, Sir! Habt Ihr keinen Anstand?«

Der Straßenräuber lachte. »Nicht viel! Aber da wir festgestellt haben, dass Ihr keine verborgenen Waffen tragt, mögt Ihr Eure Leibwäsche anbehalten. Aber nur um des großen Schamgefühls dieser Lady willen.«

Einer der Diener kicherte, biss sich aber rasch auf die Lippen und starrte vor sich hin.

»Ihr, Sir!« Der Straßenräuber wies mit der Pistole auf den Diener. Der Mann nahm Haltung an. »Ihr werdet die Pferde losmachen und sie wegtreiben.«

Einige Minuten später galoppierte das Gespann samt Geschirr auf der Straße davon und ließ die Kutsche zurück.

Der Räuber verneigte sich im Sattel. »Es tut mir sehr leid, Euch aus der Fassung gebracht zu haben, Mylord.« Er fasste die Zügel fester, als wollte er losreiten. »Darf ich Euch und der Lady eine sichere Weiterreise wünschen?«

Miracle starrte ihn mit offenem Mund an. Er wollte sie hier zurücklassen?

Die Stute drehte sich. Lord Hanley sprang in Richtung Kutsche und griff hinein. Mit einer Pistole in der Hand fuhr er herum. Pulver blitzte auf. Die Stute bäumte sich auf. Schüsse hallten den Weg entlang. Als Miracles Aufmerksamkeit sich auf den Räuber richtete – sein steigendes Pferd, die rauchenden Pistolen in seinen Händen –, wirbelte der Earl herum und schlug zu. Der Lauf der Pistole traf Miracle hart am Handgelenk. Sie ließ die Pistole fallen.

Sie bückte sich danach, doch der Earl stieß sie zur Seite und packte die einzige Waffe, die noch geladen war. Seine Finger schlossen sich um den Griff.

Das Pferd des Straßenräubers hob sich auf die Hinterläufe, machte eine Drehung und stieß den Earl zur Seite. Dieser machte daraufhin einen Sprung vor die Kutsche, als auch schon ein harter Huf durch die Luft fuhr und die Waffe in den Matsch beförderte. Auf der Stelle tanzend zertrampelte die Stute sie, bis sie unbrauchbar war.

»Kommt, Ma'am!« Der Reiter stieß seine nun munitionslosen Pistolen in die Satteltaschen und streckte Miracle eine

Hand hin. »Ihr scheint uneins mit Eurem Beschützer zu sein. Warum versucht Ihr Euer Glück nicht mit mir?«

Ihr Herz hämmerte wild, als Miracle seine Hand ergriff. Der Wegelagerer zog sie vor sich in den Sattel. Die Stute sprang vorwärts und ließ dabei den Matsch aufspritzen, während die Diener des Earls liefen, um ihrem Herrn zu helfen.

Der Straßenräuber ließ sein Pferd den Weg hinaufgaloppieren, ehe er es seitwärts wandte, um im dichten Wald zu verschwinden. Hufschläge donnerten, als die Stute schnell zwischen den Bäumen hindurchrannte. Dunkelheit hüllte alles ein. Äste peitschten vorbei. Eingehüllt in die sichere Umarmung des Straßenräubers rang Miracle nach Atem, dann lachte sie.

Sie ließen den Wald hinter sich und gelangten auf eine andere Straße, dann galoppierten sie über ein Feld, um schließlich einem schmalen Pfad zu folgen, der sie zu einem Treidelpfad führte. Es war fast stockdunkel. Die Wasseroberfläche des Kanals reflektierte das Licht der Sterne wie Tinte. Miracle klammerte sich an den Sattel, als sie weiter durch die Nacht ritten, eine Böschung erklommen und erneut auf eine Straße stießen. Schließlich fiel das Pferd in Schritttempo.

Eingerahmt von den Rändern der Heckenreihen schimmerte der Polarstern wie ein bleicher weißer Diamant zu ihnen herab, um den sich in feierlichem Tanz der Große Bär, Cassiopeia, Cepheus und der Drache am nördlichen Sommerhimmel ordneten. Miracle lehnte den Kopf an die warme breite Schulter. Mit ihrem noch helleren Leuchten schienen der gelb schimmernde Arkturus und die strahlende Vega dem Sommerhimmel hoch ihren Segen zu geben.

Die Nachtluft strich Miracle über das Gesicht und drang tief in ihre Lungen ein, in sich trug sie brennendes, bittersüßes Wissen. Sie war gerettet und im selben Moment doch wieder gefangen. Aber musste ihr Retter jetzt nicht langsam die Realität ihrer Beziehung erkennen?

Die Stute bog den Nacken und tänzelte, als würde sie spielen.

»Ich hatte Euch gesagt, dass ich ein anständiges Pferd brauchen könnte«, sagte Ryder. »Seid Ihr wohlauf?«

»Es geht mir dank Eurer Rettung jetzt sehr viel besser. Danke.«

Sein Arm schloss sich fester um ihre Taille. »Hat Hanley Euch etwas angetan?«

»Nein, aber er hatte es vor. Habt Ihr es nicht bemerkt? Ich hatte die Pistole.«

»Doch, ich habe es bemerkt, und ich bin sehr froh.«

Miracle entspannte sich umfangen von der Wärme, die von ihm ausging, und versuchte, das Erlebte zu verdrängen. »Es ist eine recht brenzlige Angelegenheit gewesen –«

Er schien fast ausgelassen zu sein, protzend vor männlicher Kraft. »Wüsste ich, dass er gegen Euren Willen Hand an Euch gelegt hätte, würde ich auf der Stelle zurückreiten und ihn totschlagen.«

»Ihn totschlagen?« Bevor sie völlig die Fassung verlor, schlug sie einen unbeschwerten Ton an. »Könntet Ihr ihn nicht einfach erschießen?«

»Ich habe bereits beide Pistolen leer geschossen.«

»Ah, die Löcher in seiner Kutsche!«

Sein plötzliches Lachen machte ihr das Herz leicht. »Als er die Schüsse auf mich abfeuerte, war ich in großer Versuchung, ihm seine Selbstgefälligkeit ganz und gar auszutreiben, das gebe ich zu. Aber weil sein Schuss so weit am Ziel vorbeiging, ließ ich meinen stattdessen die Tür seiner Kutsche treffen. Es ist sehr kostspielig, diese großen Wappen zu ersetzen.«

»Was Lord Hanley ohne Ende ärgern wird.«

»Das war – teilweise – der Gedanke dabei.«

Miracle lächelte zu ihm auf. Sie wollte ihn für seine unbeschreibliche Großzügigkeit belohnen, wollte etwas von seiner Heiterkeit und seiner idealistischen Galanterie aufspüren, was immer es ihr Herz auch kosten mochte.

»Keine Bewegung und ergebt Euch?«

Seine dunklen Augen begegneten ihren. »Zum Teufel auch, ich wollte das sagen, seit ich ein kleiner Junge war.«

»Aber den Earl zu zwingen, seine Hose und seine Schuhe abzulegen, damit er im Hemd dasteht! Wie konntet Ihr nur?«

Er lachte wieder. »Eigentlich war ich wütend genug, noch viel weiter zu gehen als nur bis dahin. Doch mein vordringlichster Grund war einfach der, eine weitere Verfolgung durch ihn zu verzögern. Auch wenn sein Gespann wahrscheinlich nicht weiter als eine Viertelmeile die Straße hinaufgelaufen ist, wird es Hanley Zeit kosten, all das zusammenzusuchen, was Ihr über die Hecke geworfen habt.«

Ihre persönlichen Zweifel verblassten im Vergleich zu einer anderen Sorge. Miracle zwang sich, sie auszusprechen. »Doch er wird wegen Beauty einen ziemlichen Aufstand machen, denn sie ist sehr leicht wiederzuerkennen.«

»Ohne Frage. Trotz meiner Verkleidung muss er gewusst haben, dass ich es bin.«

»Und seine Diener haben alles, was geschehen ist, mit angesehen. Ich weiß, dass niemand den Sohn eines Dukes belangen kann, nicht einmal für Wegelagerei, aber sicherlich könnte sich das trotzdem als schwierig erweisen, oder?«

»Wenn Hanley irgendetwas anderes tut, außer Satisfaktion wegen dieser Eskapade zu verlangen, würde er zur Zielscheibe des Spottes werden. Doch natürlich ist es ein Problem, weil Euch ein Kapitalverbrechen vorgeworfen werden kann – auch wenn ich mein verdammt Bestes getan habe, es so aussehen zu lassen, als wäret Ihr der Komplizenschaft nicht schuldig.«

»Ja, und für frühere Verbrechen ebenso wie für die Tatsache, einem Wegelagerer geholfen und ihn unterstützt zu haben.« Sie schauderte, als sie sich an den Ausdruck in den Augen des Earls erinnerte. »Für den Augenblick habt Ihr mich gerettet, Ryder, aber wir sollten uns wirklich trennen, bevor Lord Hanley –«

»Unsinn!«, unterbrach er sie. »Ich gebe verdammt nichts auf Hanley, und zuerst müsste er uns kriegen.«

»Dann füge ich mich Eurer hervorragenden Einschätzung.«

Miracle sagte es leichthin, aber vielleicht meinte sie es wirklich. Sie war des Kämpfens so müde: ums Überleben, zu versuchen, sich einen Kern von Mitgefühl zu bewahren, das zu oft vergeblich angeboten worden war. Ihr ganzes Erwachsenenleben lang hatte sie gekämpft, die verletzlichen Gefühle einiger Männer zu schützen, während sie selbst die gemeine Missachtung anderer erlitten hatte: etwas, das Lord Ryderbourne, mit seiner Auffassung von Ehre und Galanterie, niemals würde verstehen können.

»Ausgezeichnet«, sagte er. »Dann lautet meine Einschätzung, dass wir von jetzt an zusammen reisen und dass die Hunde den Letzten beißen.«

Sie holte tief Luft. »Wo sind wir? Wir scheinen nach Norden zu reiten.«

»Physisch befinden wir uns irgendwo in Shropshire, glaube ich, wo wir beide stehen, weiß ich nicht.«

»Ah!« Sie schaute zu ihm hoch. »Darum geht es jetzt also!«

Sein Blick heftete sich auf ihr Gesicht, als suchte er darin nach Antworten auf ein Problem, das er kaum in Worte fassen konnte. »Ich sollte mich daran erinnern, dass Ihr niemals Liebe macht, außer wenn Ihr etwas wollt. Und dann bin ich neben einem nervösen Pferd aufgewacht mit nichts als meiner Erinnerung. Sollte ich verärgert über Eure launischen Gewohnheiten sein, oder geschmeichelt, doch wieder der Empfänger Eurer professionellen Aufmerksamkeiten gewesen zu sein?«

Ihr Herz begann hart zu schlagen, wie erfüllt von dem Bewusstsein, dass keine der Antworten, die sie ihm je geben könnte, genügen würde. »Wenn es Eure Wahl ist, mir zu folgen, kann es dann nicht meine sein, die Flucht zu ergreifen?«

»Nicht, wenn Ihr dabei geradewegs in die Hände Eures Verfolgers fallt.«

Sie starrte blicklos zum Himmel und versuchte, jede Emotion aus ihrer Stimme zu verbannen. »Ihr versucht, eine Hure zu beschützen, die einen Gentleman ermordet hat. Das ist ein Bestreben, das zum Scheitern verurteilt ist. Vielleicht wünschte ich, Eure weitere Verstrickung in diese unvermeidliche letzte Abrechnung zu verhindern.«

»Was, wenn ich entschieden habe, dass diese Verstrickung es wert ist?«

»Ist es nicht.«

»Das ist meine Entscheidung.« Seine Stimme war kühl geworden, offensichtlich hatte die Selbstbeherrschung ihn einige Anstrengung gekostet. »Auch wenn Ihr Eure Verführungskünste nur benutzt habt, um vor mir zu fliehen, kann ich kaum behaupten, sie nicht genossen zu haben.«

»Dann habe ich die falsche Strategie verfolgt, denn jetzt sind meine Schulden gegenüber meinem fahrenden Ritter so hoch, dass sie niemals wieder zurückgezahlt werden können.«

»Es gibt keine Schulden.« Sein Arm spannte sich an. Die Hitze seines tief in ihm brodelnden Zorns brannte über ihren Körper. »Schließlich habt Ihr bezahlt, bevor Ihr gegangen seid.«

Die Stute fiel in Trab, lief hügelan auf die Sterne zu, dann wieder herunter in eine Senke, in der eine Furt wie schwarze Tinte über die Straße floss.

Miracle biss sich auf die Lippen. Warum fühlte sie sich, als würde ihr das Herz brechen? Frauen wie sie verliebten sich nicht. Sie konnten es sich nicht leisten. Und jetzt versuchte dieser Erbe eines Herzogtums, ihr seine Freundschaft und seinen Schutz anzubieten. Natürlich würde er es vergeblich tun. Aber es war in der Tat eine Wahl, die er traf.

»Ihr würdet es vorziehen, wir würden wieder als Kameraden reisen?«, fragte sie.

»Gott! Mein Körper allein verhöhnt diese Idee schon, aber ich habe mich nicht einfach nur aus körperlicher Lust auf dieses Abenteuer eingelassen.«

»Verletzt Eure Lust Euch so sehr?«

»Nicht wirklich, aber ich will verdammt sein, wenn ich Eure Gunst als Bezahlung will. Wir haben einen gemeinsamen Feind. Das allein reicht, mein Hiersein zu rechtfertigen.«

»Dann denkt Ihr, ich sei durch und durch gewinnsüchtig?«

»Wenn Ihr es seid, vielleicht kann ich dann einfach Eure Zeit anstatt Eures Körpers kaufen, zu zahlen in bar, wenn unser Abenteuer vorbei ist.«

Sie versteifte sich. »Ich habe nicht um Eure Geschenke oder Eure gönnerhafte Art gebeten. Darf ich nicht Stolz über meine Unabhängigkeit empfinden? Mein Bruder Dillard investiert seit Jahren meine Ersparnisse für mich. Wenn ich ihn erreiche, werde ich genug Geld haben. Reist weiter mit mir, wenn Ihr wollt, aber schuldet mir nichts. Ich werde Eure Gesellschaft unter dieser Bedingung und keiner anderen akzeptieren, zumindest bis ans Ende dieser Reise.«

»Was, wenn ich beschließe, dass unsere Reise niemals endet?«

»Das werdet ihr nicht. Wie ein Magnet eine Schwertklinge anzieht, so wird Wyldshay Euch nach Hause ziehen, und es wird kein Entkommen geben, wer ich auch bin und was ich auch getan habe. Deshalb werde ich mich auf Gedeih und Verderb mit Euch zusammentun, bis wir das Haus meines Bruders erreichen, aber nicht länger.«

»Sind alle Eure Beziehungen zu Männern so sorgsam Klausel um Klausel ausgehandelt wie Verträge?«

»Natürlich. Wie sonst sollten sie sein?«

Er schwieg für einen Moment, doch Miracle spürte die Hitze seines unterdrückten Zorns.

»Dann habt Ihr mein Wort darauf«, sagte er schließlich. »Wir sind Kameraden. Und da ich kein Verlangen danach habe, gerade jetzt von Hanley eingeholt zu werden, sollten wir vielleicht einige Gedanken an unsere derzeitige missliche Lage verschwenden.« Er ließ Beauty wieder im Schritt gehen, als sie sich dem schwarzen Wasserlauf näherten. »Wir müssen verschwinden.«

»Dem stimme ich zu. Lord Hanley hat sich große Mühe gegeben, mich daran zu erinnern, dass er sich im Moment wie ein Racheengel fühlt. Und da war noch etwas anderes –«

»Etwas anderes?«

»Er wollte wissen, was ich mit meinem Schmuck gemacht habe. Er schien übertrieben besorgt, als ob er dächte, ich hätte ihm etwas gestohlen.«

»Und habt Ihr?«

»Nein, ich –«

Beauty wieherte, machte einen Sprung und blieb dann schnaubend stehen. Ryder versteifte sich wie zu Eis erstarrt, sein Rücken war kerzengerade. Miracle klammerte sich an eine Hand voll Mähne.

Aus der Dunkelheit war ein Mann aufgetaucht und hatte

nahe der Trense die Zügel der Stute ergriffen. Die Pistole in seiner anderen Hand wies auf Miracles Herz.

Ein zweiter Wegelagerer blockierte die Furt, die Läufe zweier Gewehre, in jeder Hand eins, schimmerten schwach.

Ein dritter Mann hatte sich hinter Beauty gestellt, Miracle konnte ihn nicht richtig sehen.

»Sitzt still«, murmelte Ryder Miracle zu. »Einer unserer Freunde drückt mir die Spitze eines Messers in den Rücken. Wir sind umzingelt. Leider.«

»Hände hoch«, sagte der Mann, der an der Furt stand. »Keine Mätzchen.«

Ryder ließ die Zügel durch seine Finger gleiten, gab die Kontrolle über die Stute auf und hielt beide Hände über den Kopf. »Guten Abend, Sir«, sagte er ruhig. »Ihr scheint uns in der Hand zu haben. Dennoch werdet Ihr uns den Weg freigeben.«

Ryders kalter, energischer Befehlston ließ Zweifel durch die Nachtluft schwirren. Der Wegelagerer, der die Stute an der Mähne hielt, schien in sich zusammenzusinken, fast als könnte er einfach seine Waffen sinken lassen und davongehen.

Doch der Mann an der Furt lachte. »Na, wenn das mal nicht *Seine Falsche Lordschaft* ist! Sie haben Euch nie gehört, die Wälder und die ruinierten Schweineställe, stimmt's? Da waren überhaupt keine Diener in Hörweite, die Euch zu Hilfe hätten eilen können! Ihr seid genauso ein Galgenvogel wie wir. Auch wenn Ihr Jeb und mich für einen Moment zum Narren gehalten habt, wie ich zugeben muss. Was seid Ihr, ein Schauspieler?«

»Etwas in der Art. Aber selbst da Ihr bis zu den Zähnen bewaffnet seid, als wärt ihr geradewegs einer Armee entsprungen, werdet Ihr uns gestatten weiterzuziehen.«

»Hört ihn euch an, Männer!« Der Mann trat mit kriegerischem Mut vor. »Ich heiße Bruiser. »Wollt Ihr mir für den Gefallen nicht eine Gegenleistung anbieten, *Mister Memme*?«

»Wenn Ihr mögt. Allerdings empfehle ich Euch, dass Ihr tut, was ich vorschlage, Mr. Bruiser.«

Das Lachen des Schurken verriet einen gefährlich nervösen Ton, als fürchtete er insgeheim, dass Ryder eine verborgene Waffe auf ihn gerichtet haben könnte, um schreckliche Vergeltung zu üben.

Bruiser reckte das Kinn und fuchtelte mit der Pistole herum. »Runter mit euch! Ich sag das kein zweites Mal. Und schön langsam. Und haltet Eure Hände so, dass ich sie sehen kann.«

»Und wenn ich das nicht tue?«

Der Mann spuckte aus. »Ein Blick auf einen hübschen Kerl wie Euch, und schon könnte ich losschießen.«

»In dem Fall«, sagte Ryder, »ergeben wir uns.«

Miracle schaute ihn kurz an, ehe sie sich aus dem Sattel gleiten ließ. Purer Zorn brannte in Ryders Augen. Doch er lächelte sie an, hob die Hände hoch, schwang ein Bein über den Widerrist der Stute und ließ sich auf die Straße fallen. Beauty bockte, doch Jeb riss die Zügel nach vorne über ihren Kopf und zwang sie stillzustehen.

»Nimm die Wertsachen, Tom«, sagte Bruiser zu dem Mann mit dem Messer. »Jeb und ich geben dir Deckung, damit dieser hübsche Bursche nicht versucht, irgendwas Dummes zu tun.«

»Mein lieber Sir«, sagte Ryder, »ich mag in meinem Leben Fehler begangen haben, aber ich habe nie etwas derart Närrisches gemacht. Ihr werdet meine Uhr in meiner Tasche finden, zusammen mit einer anderen, die nicht ganz so ansehnlich, aber weitaus wertvoller ist, als Ihr es verdient.«

Er starrte gleichmütig in die Luft, als Tom ihm seine Uhr und einen kleinen Beutel mit Münzen und dann Lord Hanleys Uhr und Geldbörse abnahm. Der Dieb pfiff, als er die diamantene Krawattennadel entdeckte, die er blitzschnell in seiner Tasche verschwinden ließ.

Inzwischen hatte sich Jeb Beautys Zügel um den Arm geschlungen und durchsuchte die Satteltaschen. Die Stute stand still, während sie die plumpe Art und Weise erduldete, auf die man mit ihr umging, und nur das Weiß in ihren Augen zeigte, wie nervös sie war. Ryder versuchte, seinem Pferd eine stumme Entschuldigung zu übermitteln. Die Stute war ein wunderbares Reitpferd, athletisch und gesund und ehrlich. Sie kannte wie er keine weiteren fantastischen Tricks, mit denen sie sich gegen diese Straßenräuber hätte zur Wehr setzen können.

Tom beendete die Durchsuchung von Ryders Kleidern, klopfte seine Beine ab und prüfte seine Stiefel. Mit gezücktem Messer sah er Miracle lüstern an. »Und was ist mit Euch, Miss? Irgendwelche hübschen Spielsachen unter den Röcken versteckt?«

»Zeitverschwendung«, erklärte Ryder. »Es gibt bei uns nichts weiter zu finden, außer Nägel für Eure Särge.«

Der Schurke stieß die Messerspitze an Ryders Kinn. »Wollt Ihr, dass ich Euch das Herz herausschneide, *Mister Memme*?«

Miracle seufzte dramatisch. »Dann werdet Ihr mich doch nicht durchsuchen? O Sir! Das ist sehr galant!«

Tom ließ die Klinge sinken und grinste sie an. »Hört euch das an, Jungs! Die Lady weiß noch nicht, dass Tom sich das Beste immer bis zum Schluss aufbewahrt.«

»Steht still«, zischte Miracle Ryder zu. »Tut nichts! Sie wollen nur unser Geld.«

Ryder war sich kaum bewusst, dass er sich bewegt hatte. Intuitiv hatte er sich zwischen Miracle und Tom stellen wollen, aber nur, um in die Läufe der Pistolen zu blicken. Noch ein Schritt mehr, und er würde entweder niedergestochen oder erschossen werden.

Er lächelte gleichmütig und trat zurück, obwohl seine Hände sich zu Fäusten ballten, als Tom mit einer unnötig gründlichen Durchsuchung von Miracles Kleidern begann. Wie Feuer brannte die Wut in seinen Adern. Weil Ryder befürchtete, sein Gesicht müsste von den finsteren Falten ohnmächtigen Zorns gezeichnet sein, zwang er sich, den Blick abzuwenden und in die Dunkelheit zu starren.

So viel zu seinem prahlerischen Angebot, Miracle zu beschützen! Er war wohl doch nur ein verdammt nutzloser Adliger, dessen Erfahrung in kämpferischen Auseinandersetzungen sich auf einen gelegentlichen Boxkampf bei Gentleman Jackson und ein paar Schießübungen auf dem Schießstand beschränkte. Doch Miracle ertrug die groben Finger mit einem Ausdruck höchsten Gleichmuts, womit sie Toms anzügliches Vergnügen irgendwie dämpfte. Schließlich zuckte der Dieb mit den Schultern und wandte sich ab.

»Bei der ist nichts zu holen«, rief er Bruiser zu. »Aber bei dem Kerl hat sich's gelohnt.«

»Besonders die Diamantnadel?«, fragte Ryder laut. »Die, die Ihr in Eure Tasche gesteckt habt?«

Tom fuhr herum, das Messer gezückt.

»Hört auf!«, zischte Miracle mit angehaltenem Atem. »Euch wird es nicht gelingen, sie gegeneinander aufzubringen. Das funktioniert nicht.«

»Wenn dieser Flegel Euch noch einmal anfasst –«

»Er hat mir nichts getan. Außerdem seid Ihr wie ein Pulverfass, es ist fast zu gefährlich, in Eurer Nähe zu sein.«

»Ihr habt keine Ahnung, wie verdammt gefährlich ich mich fühle.«

»Dann atmet tief durch«, wisperte sie zurück, »und denkt an Butterblumen.«

»Haltet die Klappe!«, rief Bruiser.

Ryder lachte fast, obwohl die Anspannung seine Schädeldecke zu sprengen drohte. Was immer Miracle auch glaubte, es gab nichts, was diese Bande davon abhalten könnte, auf ihre Opfer zu schießen und sie dem Tod zu überlassen. Es gab nichts, was sie abhalten konnte, Miracle vorher noch zu vergewaltigen. Die Räuber hatten sich nicht die Mühe gemacht, ihre Gesichter zu verbergen. Warum sollten sie Zeugen zurücklassen, die sie wiedererkennen könnten?

Ryders Verstand arbeitete auf Hochtouren. Seine einzig wahrhaft verlässliche Stärke. Er holte tief Luft, dachte dabei allerdings nicht an Butterblumen. Er konzentrierte sich auf seine Stute, ihre feinen Nüstern, ihre ausgezeichneten Ohren.

Beauty hatte den Kopf gehoben und schaute die Straße hinauf. Als Ryder all seine Sinne konzentrierte, begann er, sich fast übernatürlich lebendig zu fühlen, als könnte er im Dunkeln sehen oder das unhörbare Summen der Planeten vernehmen, die über ihm kreisten. Sein Zorn begann sich zu zerstreuen, während er nach der einzigen Chance griff, die ihr Überleben gewährleisten konnte.

Die Stute wich zurück, als Jeb die Durchsuchung der Satteltaschen beendet hatte und sich umwandte. »Seht euch das an! Der Bursche hat Pistolen.« Er deutete auf Ryder und lachte. »Ihr seid ein ziemlich seltsamer Vogel, richtig? Nachts durch die Gegend zu reiten, ohne sich drum zu kümmern, sie wieder aufzuladen? Einen Einfaltspinsel wie Euch zu berauben ist ja, wie einem Baby die Flasche wegzunehmen.«

»Was sonst würde man von einem armen Schauspieler erwarten?«, fragte Ryder. »Wie ein gewisser Gentleman aus Verona so treffend bemerkte – ›Denn nur der Geist macht unsern Körper reich.‹ Worte, nicht Taten sind unsere Gabe.«

»Dann werdet Ihr für Euer nächstes Abendessen singen müssen.« Jeb lachte schallend über seinen Witz.

Ryder zog die Augenbrauen in der übertriebenen Grimasse eines Dummkopfs hoch. »Auch wenn ich meiner armseligen Ersparnisse beraubt wurde, so bin ich leider viel zu vornehm, um an das Mitleid meiner Mitmenschen zu appellieren. Äußerlichkeiten sind alles.« Er presste eine Hand auf seine Brust. »›Was? Ist der Häher edler als die Lerche, nur weil sein Gefieder bunter fällt ins Auge?‹«

»Hört euch den an!«, sagte Jeb.

Tom drehte das Messer in seiner Hand. »Das ist eine verdammt schöne Jacke, oder? Schöner als meine.«

»Dann würde ich mich glücklich schätzen, sie Euch zu geben, Sir.«

»Ihr werdet mir nichts geben. Wir werden sie uns nehmen. Zieht sie aus!«

Diese Aufforderung verschaffte Ryder ein wenig Spielraum. Es erlaubte ihm, die Sache noch ein wenig länger hinauszuzögern. Die Musik der Planeten hatte blechern zu klingen begonnen, so, als würden weit entfernt Messingpfannen gegen eiserne Töpfe geschlagen. Das Geräusch wurde von einem tiefen Trommelschlag in einem merkwürdig versetzten Rhythmus begleitet. Beauty zitterte vor Beunruhigung.

»Ihr würdet Euch meine Jacke *nehmen*, Sir?«, fragte Ryder. »Aber was ist der Sinn eines Geschenks, das erzwungen worden ist?«

»Wir reden hier nicht über Sinn, *Mister Memme*! Wir reden über Diebstahl.«

Miracle furchte die Stirn und sah Ryder an. Als die Männer wieder lachten, beugte er den Kopf zu ihr und hörte ihr drängendes Flüstern: »Ich weiß, dass Ihr fechten und boxen könnt, aber versucht um Gottes willen keinen Kampf gegen drei geladene Pistolen zu führen.«

Er streifte ihr Ohr mit seinen Lippen. Ein neues Bewusstsein, das ihn erfüllte, sang in seinem Blut, als würde der ferne Orion eine Trompetenfanfare blasen. »Dann wäret Ihr traurig, würde ich erschossen werden?«

Ihre Augen weiteten sich, aber nur, um einen kalten harten Kern von Entschlossenheit zu zeigen. »Sehr. Ihr werdet Euch nicht einmischen, selbst wenn sie mich vergewaltigen. Ich will, dass Ihr das versprecht!«

»Ich werde so etwas nicht versprechen, außerdem wird es nicht dazu kommen.«

»Hört auf zu tuscheln!«, verlangte Bruiser. »Und zieht die verdammte Jacke aus!«

Ryder schlüpfte aus der Jacke. »Hier habt Ihr sie, Sir, obwohl ich Euch warnen muss, dass dieses bescheidene Kleidungsstück so gut wie sicher den Tod seines Trägers bewirken wird.«

»Ist wohl in Gift getränkt, was?« Der Wegelagerer lachte wieder, dann warf er seine zerlumpte Jacke in die Hecke und zog die von Ryder an. »Nun, wenn die nicht wie angegossen sitzt! Sieht an mir nicht halb so bescheiden aus!«

»Was heißt das?«, zischte Miracle. »Kennt Ihr noch andere Kampftechniken – wie Euer Bruder sie erworben hat?«

»Nein! Aber hört genau hin! Ich glaube nicht, dass ich Eure Ehre mit meinem Leben werde verteidigen müssen.«

Das blechern klingende Geräusch war näher gekommen, begleitet wurde es von einem leisen Rumpeln und einem unrhythmischen Stampfen. Es könnte Hilfe bedeuten oder noch größeren Ärger, doch zumindest konnte damit für einige weitere Minuten die Pattsituation aufrechterhalten werden.

Beauty wieherte. Jeb wandte den Kopf, dann drehte er sich um und starrte die Straße hinunter. »Da kommt jemand!«

Bruiser, der Miracle und Ryder noch immer mit beiden Pistolen bedrohte, zog sich in Richtung einer Lücke in der Hecke zurück. »Kommt, Jungs! Das reicht. Nehmt das Pferd! Es ist mehr wert als alles andere zusammengenommen.«

»Wenn Ihr meine Stute nehmt«, sagte Ryder, »wird sie Euch umbringen.«

Die Wegelagerer sahen sich an, als würden Schatten wie Fingerzeige des Todes vom Himmel fallen.

»Wir haben nicht vor, auf ihr zu reiten, Eure Hübsche Lordschaft«, verkündete Jeb. »Wir werden sie verkaufen.«

»Ich kann es Euch nicht deutlich genug sagen«, wiederholte Ryder, sein Verstand war klar wie Kristall. »Wenn Ihr diese Stute nehmt, werdet Ihr dafür hängen.«

»Oh, *Mister Memme* liebt sein hübsches Pferdchen«, sagte Tom in einem merkwürdigen Singsang. »Aber ich wette, dass er seine hübsche Hure noch mehr liebt. Was haltet ihr davon, Jungs, wenn wir uns noch ein bisschen Spaß gönnen, bevor wir verschwinden?«

Wie die glühenden Augen eines Drachens tauchte das Licht von zwei Laternen auf dem Kamm des Hügels auf. Das Rumpeln ließ sich jetzt in das Geräusch von Rädern und Pferden, die schnell trabten, unterscheiden. Das metallene Klirren wurde lauter, es klang wie das Waffengeklirr in einer mittelalterlichen Schlacht.

»Wenn du die Nutte willst, dann nimm sie mit!«, rief Bruiser.

Tom versuchte, Miracle am Handgelenk zu packen. Schneller, als er es selbst jemals für möglich gehalten hätte, griff Ryder sich eine Hand voll Steine vom Rand der Furt und schleuderte sie Tom entgegen. Der Dieb taumelte zurück und fluchte. Jeb fuhr herum und hob die Pistole.

Ryder packte Miracle um die Taille und sprang mit ihr zur Seite. Die Kugel zischte an ihnen vorbei, ohne Schaden anzurichten. Sie traf ins Wasser, das lediglich weiß aufspritzte.

»Lass das Weib!« Bruiser kletterte die Böschung hinauf. »Lasst uns von hier verschwinden!«

Immer noch fluchend, folgte Tom ihm. Jeb zog die Stute an den Zügeln hinter sich her und folgte den beiden durch die dunkle Lücke in der Hecke, um sich von der Nacht verschlucken zu lassen.

Ryders Puls raste, als er aufstand und Miracle die Hand reichte. »Viel von einem fahrenden Ritter hatte das nicht, fürchte ich. Ihr seid wohlauf?«

»Ja! Ja, natürlich.« Sie kämpfte sich auf die Füße, wandte sich aber sofort ab, um tief die klare Luft einzuatmen. »Es tut mir leid um Beauty.«

Ryder starrte auf ihre Silhouette, die sich so klar abhob wie eine Messerklinge, und holte dann die Jacke des Diebes aus der Hecke und zog sie sich über. »Sie werden sie nicht verletzen. Dazu ist sie zu wertvoll. Und außerdem – sollte Lord Hanley dank Beauty die Kerle statt uns finden, sind unsere Wegelagerer sowieso tote Männer.«

»Aber die Stute war Eure letzte Verbindung nach Hause, nicht wahr? Jetzt habt Ihr weder Geld noch Waffen und auch sonst nichts mehr, das Euch ausweist, etwas anderes als ein herumziehender Vagabund zu sein – und das ist meine Schuld.«

Bis auf die Sache mit der Schuld war ihre Feststellung, wie immer, überraschend genau. Zum ersten Mal in seinem Leben war Ryder gänzlich der Gnade des Schicksals ausgeliefert. Es war ein verdammt unbehagliches Gefühl.

»Es macht mir nichts«, sagte er.

»Sie hätten Euch fast erschossen. Es war Wahnsinn, das zu riskieren.«

»Ihr denkt wirklich, ich hätte nichts unternehmen sollen, um zu verhindern, dass Ihr vergewaltigt werdet?«

Sie fuhr herum und fuhr mit den Händen wütend durch die

Luft. »Vergewaltigt zu werden ist nicht das Ende der Welt, aber denkt Ihr wirklich, dass es für mich leichter zu ertragen gewesen wäre, Euch tot auf der Straße liegen zu sehen?«

Das Licht der näher kommenden Laternen strich über ihr Gesicht. Ryders Herz zog sich zusammen, als wäre er geschlagen worden. Tränen liefen ihr über die Wangen. Mit einer wütenden Geste wischte sie sie fort, dann lachte sie ihn an.

»Ja, ich weine um Euch, Ihr tapferer Narr!«

Für einen Moment lähmte es ihn. Er hatte keine Ahnung, was er dagegen tun sollte, denn sie lächelte jetzt, als wäre sie nicht einen einzigen Moment besorgt gewesen.

Mit lautem Gepolter kam ein Pferdewagen herangefahren und hielt bei ihnen an. Dicht hinter ihm folgte ein zweiter.

Miracle knickste und raffte dabei ihre Röcke, als trüge sie ein Ballkleid aus Seide.

»Ho!« Der Fahrer des ersten Wagens pfiff durch die Zähne. »Was haben wir denn da, Jungs? Ich dachte, ich hätte einen Schuss gehört.«

Die Mündung des Gewehrs, das der Mann neben dem Fahrer in seinen Händen hielt, gähnte ihnen entgegen. Die Gesichter beider Männer wurden vor dem Lampenschein durch eine über ihren Köpfen gespannte Plane aus Segeltuch beschattet.

»Ich würde sagen, diese Furt ist ein schlechter Ort für Wegelagerer, Mr. Faber.«

»Und ich würde sagen, dass Ihr recht habt, Mr. Faber.«

Ryder musste ein Grinsen unterdrücken, als er den Wagen in Augenschein nahm. Burgmauern ragten vor einem fantastischen Wald auf. Ein Durcheinander aus hölzernen Schwertern und Lanzen und einem Fass voller Spieße ragte dem Himmel entgegen. Als die Pferde sich bewegten, wogten die gemalten Bäume und Steine wie Bilder in einem Traum, und eine Reihe silberner Schilde und Helme stieß klirrend gegen ein Dutzend schwingender Zinnteller und einige Kochtöpfe.

Die Fremden waren gut bewaffnet, und zwischen den Stapeln aus Truhen und Kisten waren jetzt noch weitere Köpfe aufgetaucht. Und die dazu gehörenden Hände präsentierten eine beeindruckende Auswahl von Waffen. Mit einer Folge von Klickgeräuschen wurden die Gewehre entsichert.

Zum zweiten Mal in dieser Nacht hob Ryder die Hände über den Kopf.

»Unser Spiel hat gerade eine neue, ziemlich unerwartete Wendung genommen«, flüsterte er Miracle zu.

»Ja, das hat es!« Auch sie hob die Hände. »Also lasst uns mitspielen und nach der Musik tanzen! Wenn sie uns mitnehmen, können wir uns gut für eine Weile bei ihnen verstecken.«

»Ihr denkt nicht, dass Hanley bei einer Truppe Wanderschauspieler nach uns suchen würde?«

»Niemals!«

»Was denkt Ihr, wie das Spiel heißt?«

»Es ist offensichtlich ein Stück, in dem es um kriegerische Großspurigkeit geht.«

Der Wagenlenker beugte sich ins Licht vor. Drei Truthahnfedern schmückten seinen Hut. Weißes Haar stand unter dessen zerschlissenem Rand hervor wie die Blütenblätter eines Gänseblümchens.

»Nun, antwortet uns, Sir: Seid Ihr Vagabunden oder Meuchelmörder?«

»Keine Meuchelmörder – Mr. Faber, nicht wahr? –, sondern Opfer.« Ryder ließ die Hände sinken und verneigte sich. »Ihr habt ganz recht in Bezug auf die Wegelagerer, Sir. Man hat uns gerade all unserer Besitztümer beraubt. Sogar die Uhr meines Großvaters haben sie an sich genommen. Ein Verlust, der mir das Herz verbrennt, auch wenn das verflixte Ding niemals sehr zuverlässig die Zeit angezeigt hat.«

Mr. Fabers Jacke schien aus den Stücken einer Bettdecke zusammengenäht worden zu sein. »Haben Euch nichts gelassen, eh?«

»Nur unseren Verstand und unser Leben, Sir, für was wir aufrichtig dankbar sind.«

Der Fahrer kniff die Augen unter seinen buschigen weißen Augenbrauen zusammen, der Blick aus den dunklen Augen schien Ryder durchbohren zu wollen. »Ihr sprecht wie ein Gentleman, auch wenn ich meinen würde, diese Jacke hätte schon bessere Tage gesehen.«

»Vielleicht nicht so interessant wie die Tage, die Ihr gesehen habt, Sir?«

Eine Frau lachte. »Ihr mögt kein Dieb sein, Bürschchen, aber dafür seid Ihr ein verdammter Schwerenöter.«

Ryder grinste sie an. »Ein Schwerenöter, der dankbar wäre, mit Eurer fröhlichen Truppe weiterfahren zu dürfen, Ma'am. Und genauso dankbar, vielleicht einen Happen zu essen zu bekommen – wenn das im Bereich des Möglichen wäre?«

Der Fahrer verzog seinen Mund zu einem kummervollen Halbmond. »Es fällt uns schwer genug, unsere eigenen Mäuler für die nächsten Tage zu stopfen. Wir haben heute Abend die Abendvorstellung von *Hamlet* nicht spielen können, und die Aufführung morgen werden wir absagen.«

»Und das, nachdem wir schon die teuren Plakate erstanden haben«, sagte die Frau.

»– was uns ohne jeden Penny dastehen lässt«, bemerkte ein jüngerer Mann, der weiter hinten im Wagen saß. »Schlimmer noch, es wird uns in verdammte Schulden stürzen, und wir werden höchstwahrscheinlich unsere Pferde verkaufen müssen. Wir bleiben immer nur einen Abend an einem Ort. Für den größten Teil unseres Publikums ist es die einzige Möglichkeit im Jahr, sich ein Theaterstück anzusehen.«

Ryder ging auf das Gespann zu – zwei schwere Zugpferde mit weißen Stirnen wie Blöcke aus Kalkstein – und rieb einem der Pferde den struppigen grauen Nacken. »Aber ihr scheint doch halb Dänemark im Wagen zu haben. Was ist das Problem?«

»Uns sind drei unserer besten Schauspieler ausgefallen«, entgegnete die Frau. »Ich bin die Königin, aber wir haben keine Ophelia.«

»Horatio schmachtet im Keller eines Gasthofs, wo der Wirt ihn eingesperrt hat.«

»Und Fortinbras, der auch in verschiedene andere Rollen schlüpft, hat sich den Arm gebrochen. Er und Horatio haben miteinander gekämpft.«

»Und Ophelia?«

»Bekommt gerade ihr siebtes Kind«, erwiderte der junge Mann.

Ryder unterdrückte eine angesichts der Umstände vollkommen unpassende Reaktion. »Eine Lady in ihrem neunten Monat spielt die Ophelia?«

»Peggy gibt eine großartige Ophelia, wenn sie nicht betrunken ist, egal, wie viele Gören sie hat. Das Kostüm ist weit und hat genug Falten. Aber jetzt können wir nicht mehr genügend Rollen besetzen. Sam dort«, der Fahrer nickte in Richtung des jungen Mannes, »ist der einzige von den Burschen, der zur Not auch die Rolle eines Mädchens spielen kann, aber er ist unser Hamlet. Also gibt es keine Vorstellung und kein Geld, aber dafür eine weitere lange Strecke bis zur nächsten ordentlichen Mahlzeit.«

Miracle ging um die Pferde herum, und blieb direkt unter einer der Laternen stehen. Sie lächelte zu dem Fahrer hoch, ein leuchtendes Strahlen auf dem Gesicht, dessen Züge so rein und klar wirkten, als wäre sie sehr jung.

»›Ach, guter Bruder, tut doch nicht, wie heilvergessne Pred'ger tun, zeigt mir den steilen, dornigen Weg zum Himmel –‹«

»Guter Gott!«, sagte der Mann mit der Donnerbüchse.

Miracles Mimik brachte den vorgeblichen Herzschmerz so überzeugend zum Ausdruck, dass Ryder die kalte Berührung einer Drohung empfand. Sie zog einige Blätter und Grashalme aus ihrem Haar – Andenken an ihr noch nicht lange zurückliegendes Zusammentreffen mit Hecken und Böschungen – und begann dann, aus einem anderen Monolog zu deklamieren.

»›Sie sagen, die Eule war eines Bäckers Tochter. Ach Herr, wir wissen wohl, was wir sind, aber nicht, was wir sein könnten.‹« Sie knickste wieder, wissend, dass aller Augen auf sie gerichtet waren. »Wenn Ihr uns helfen wollt, Mr. Faber, dann kann ich die Ophelia spielen.«

»Nun, das will ich –!«, sagte der Wagenlenker in die plötzliche Stille hinein. »Es ist besser als auf jeder Bühne in London.«

»Wo ich gelernt habe«, erwiderte Miracle.

»Und Euer Ehemann?«

»Wir sind nicht verheiratet«, sagte sie. »Das ist mein Cousin, Mr. Devon. Er könnte bei den Requisiten helfen und –«

»– und den Fortinbras spielen«, sagte Ryder. »Und möglicherweise verschiedene andere Gentlemen, denn der Horatio dürfte mich in Anbetracht der so kurzen Vorbereitungszeit doch etwas überfordern.«

Einige Mitglieder der Truppe klatschten voller Freude in die Hände.

Ryder gelang es, seine Reaktion auf die Absurdität der Situation zu verbergen, und rief sich die Worte in Erinnerung, die Fortinbras am Ende des Stückes sagte.

»›Was mich betrifft, so umarme ich mein Glück mit Sorge –‹«

Der Fahrer pfiff wieder durch die Zähne. »Ihr werdet einen verdammt feinen Prinzen von Norwegen abgeben, Sir. Jeder würde denken, Ihr wärt für diese Rolle geboren.«

Miracle schaute in Ryders Gesicht auf, ein seltsames Lächeln lag um ihren Mund.

Er beugte sich zu ihr, um ihre unausgesprochene Frage zu beantworten. »Jack und ich haben die Stücke aus Spaß gespielt, als wir Jungen waren. Wenn ich mich anstrenge, kann ich mir wohl die meisten Zeilen wieder ins Gedächtnis rufen.«

Hamlet kletterte vom Karren herunter und streckte seine Hand aus. Der Junge sah mit seinen strahlend blauen Augen und dem wissenden Lächeln sehr gut aus. »Dann ist es unser Glückstag, Sir! Der Wirt wird Horatio nicht länger als bis heute Abend festhalten, er müsste also rechtzeitig für die Abendvorstellung morgen zurück sein.«

»Dann werdet ihr uns mitnehmen?«, fragte Miracle.

Der junge Mann grinste sie an, dann wandte er sich wieder an Ryder. »Aber wird es mir gestattet sein, Eure hübsche Cousine zu küssen, Mr. Devon?«

Ryder starrte den jüngeren Mann in echter Überraschung an. »Ich erinnere mich nicht, dass Hamlet Ophelia irgendwann im Stück küsst. Oder doch?«

»Er tut es in dem Stück, so wie wir es spielen. Dem Publikum gefällt das.«

»Wir spielen unsere Stücke nicht für die Hochwohlgeborenen«, erklärte die Frau. »Unsere Vorstellungen sind für das Landvolk, und wir spielen in Scheunen und Gasthöfen und auf

Dorfwiesen. Die Leute wollen etwas, was sie alles um sich herum vergessen lässt.«

»Warum dann *Hamlet*?«, fragte Ryder. »Warum nicht eine von den Komödien?«

»Weil Hamlet alles bietet«, warf Miracle ein. »Leidenschaft, Tragödie, Possenreißen, Liebe, Scharfblick und einen Geist – und am Ende sind fast alle tot. Deshalb werde ich mich glücklich schätzen, Hamlet zu küssen. Für ein Bett und ein Essen und eine Reise nach Norden würde ich den Geist höchstpersönlich küssen.«

Der junge Mann lachte, griff sie um die Taille, beugte sie in seinem Arm zurück und küsste sie. Miracle schlang ihre Arme um seinen Nacken und erwiderte den Kuss.

Ryders Magen zog sich zusammen, als hätte man ihm einen Schlag versetzt. Er zwang sich, seine Hände entspannt zu halten und den Blick abzuwenden, aber kalte Wut kochte in ihm hoch.

»Kommt herauf, und gesellt Euch zu uns, Mr. Devon«, forderte der Fahrer ihn auf. Seine klugen Augen waren auf Ryder gerichtet. »Ihr habt ein ehrliches Gesicht, Sir, und Eure Cousine wird das Publikum dazu bringen, auf den Straßen Schlange zu stehen.«

Es wäre nicht gut, Hamlet zu Brei zu schlagen. Ryder brachte so viel herzogliche Arroganz auf, wie er zusammensammeln konnte, wandte der treulosen Ophelia den Rücken zu und ging auf den Wagen zu.

Der Fahrer streckte ihm die Hand hin. »Robert B. Faber, Sir, angenehm, Eure Bekanntschaft zu machen. Dieser Bursche mit der Büchse ist mein Bruder, William B. Faber. Bill spielt den Polonius zu meinem Claudius.« Die dunklen Augen funkelten. »Ich spiele gern den Schurken, Ihr versteht. Hamlet dort ist mein Sohn Sam – Samuel B. Faber.« Er wies mit dem

Daumen über die Schulter. »Und das dort hinten ist meine Gattin, Mrs. Faber, aber alle Jungs nennen sie Gertrude.«

»Ihr seid sehr freundlich, Mr. Faber.« Ryder schüttelte die ihm entgegengestreckte Hand und kletterte auf den Wagen. »Larry Devon, zu Euren Diensten.«

Der Fahrer schaute auf seinen Sohn und Miracle.

»Komm jetzt, Sam!«, rief er. »Lass das Mädchen in Ruhe!«

Mit der Übung eines ganzen Lebens täuschte Ryder völlige Gleichgültigkeit vor. Dennoch packte der Zorn ihn an der Kehle, als Sam Miracle an der Hand nahm und sie zum zweiten Wagen führte, in dem sie verschwanden.

Kapitel 10

Mr. Fabers Schauspielertruppe kampierte auf einem offenen Feld am Rande eines Dorfes, ungefähr fünf Meilen weiter die Straße hinauf. Mit geübter Effizienz errichteten die Schauspieler Zelte und Planen. Ryder wurde ein Platz unter einer der Planen zum Schlafen angeboten. Einer der Schauspieler lag neben ihm und schnarchte. Obwohl die Truppe bereits gegessen hatte, war Mrs. Faber – besser bekannt als Gertrude, Hamlets Mutter – ein wenig früher so gut gewesen, noch etwas Brot und Käse aufzutreiben und es ihm mit einem Krug Bier zu reichen. Ryder erduldete die großzügige Gastfreundschaft in einer Art von verletztem Zorn.

Um Himmels willen! War er *eifersüchtig*? Auf was? Dass es Miracle freistand, ihre Gunst zu schenken, wem immer sie wollte? Sie stammte nun einmal aus einer ganz anderen Welt. Sie hatte nie etwas anderes vorgegeben. Sie war Hanleys Mätresse gewesen und vielleicht Dartfords und ... Gott! Die Liste war vermutlich endlos. Asterley? Lindsay Smith?

Ein Messer schien sich in seinen Bauch zu bohren, und ein dumpfer Schmerz breitete sich in seinen Eingeweiden aus.

Es war verrückt, doch er wollte verdammt sein, wenn er jetzt schlafen könnte – wusste er doch, dass sie mit Sam zusammen war. Sam, mit den strahlend blauen Augen.

Während sich Stille über das Lager senkte, stieg Ryder unbemerkt vom Wagen und ging davon. Dunkle Bäume ragten vor ihm auf und beschützten das tintenschwarze Auge eines kleinen Sees. Eine ähnliche Dunkelheit in seinem Herzen spürend, ging er am schlammigen Ufer entlang.

Er hielt geradewegs auf einen hölzernen Zauntritt zu, der

einen Durchlass in einer Hecke blockierte. Den Mund voller Galle und die Messerklinge noch immer in sich spürend, ballte Ryder die Hände zu Fäusten, als er sich auf die oberste Strebe gesetzt hatte. Er starrte in den Nachthimmel hinauf. Wolken verschleierten den Horizont, aber genau über ihm glitzerten einige Sterne hell genug, um den Dunst zu durchdringen. Der strahlendste musste Vega sein, das Herz der Lyra.

Einige Momente lang schaute Ryder wie blind auf deren fernes Leuchten, dann schloss er die Augen. War er einfach Wachs in den Händen einer skrupellosen Verführerin? Welche lobenswerten Gründe er sich für dieses rebellengleiche Vagabundieren durch England auch zurechtlegte, im Grunde zählte nur einer: seine Faszination für eine Frau.

»Ich denke, ich kann den Altair gerade noch erkennen«, sagte Miracle leise. »Er bildet das Auge des Aquila, der auf ewig entlang der Milchstraße nach Hause fliegt. Und seht, dort in dem Flügel, da ist ein Stern, der jede Woche heller und dunkler wird, als würde er abwechselnd lächeln und die Stirn runzeln. Ich weiß nicht, ob er einen eigenen Namen hat.«

Ryder fuhr herum, er keuchte. Sie stand im Schatten der Hecke, ihr Gesicht nur ein blasser Schimmer, umgeben von einer Wolke von schwarzem Haar, so liebreizend, so treulos wie eine der mythischen Nymphen.

»Der Teufel soll Euch holen!«, sagte er. »Der Teufel soll Euch holen!«

»Ah«, erwiderte sie. »Werde ich ungehört verurteilt, wie Desdemona?«

»Das ist das falsche Stück. Wir spielen eine Farce, keine Tragödie. Aber wenn ich dazu auserkoren bin, die Rolle des Narren zu spielen, darf ich mich dann nicht auch ein wenig so verhalten?«

»Nur auf das Wagnis hin, Euch zu verbrennen.«

Wut flammte schmerzhaft in seinem Schädel auf. »Ihr seid es, die Öl auf die Flammen gießt.«

»Tue ich das? Dann lasst es auf jeden Fall brennen!«

Sie lachte in offenem Trotz, als sie zu ihm ging und sich an ihn schmiegte, so weich und auf willkommen heißende Art weiblich. Ihr Rücken bog sich geschmeidig unter seinen Händen. Ihr Nacken und ihr Kinn glitten perfekt in seine offenen Hände. Verrückt vor Schmerz beugte Ryder ihren Kopf zurück und presste seinen Mund auf ihren, als ob das Verlangen den Abgrund seines Grolls schließen könnte.

Ihre Zunge begegnete seiner in einer samtenen Umarmung, heiß und großzügig. Er stöhnte an ihrem Mund, als er sie hochhob und gegen den Zaun presste. Ihre Arme schlangen sich um seinen Nacken. Er drängte seine Lenden gegen ihren Schoß, seine Erektion verspottete alle seine Vorsätze. Ihre Finger strichen durch sein Haar. Ihr Duft quälte ihn. Als Ryder den Kuss in einem Anfall von Selbstqual beendete, seufzte sie, als würde ihr Herz brechen. *Ah, Miracle!*

»Es ist in Ordnung«, sagte sie leise. »Es ist in Ordnung, vom Feuer verschlungen zu werden. Ich weiß, dass Ihr glaubt, in mich verliebt zu sein.«

»Wisst Ihr das?« Verzweifelt suchte er ihren Blick. »Aber was, wenn es wahr ist, Miracle?«

Ihr Blick war weich und offen und aufrichtig. »Ich weiß. Männer denken oft so. Aber dieses Mal denke ich vielleicht, dass auch ich in Euch verliebt bin, mein lieber Narr. Es ist in Ordnung. Wir werden es überstehen. Aber jetzt sind wir hier, und wir sind hungrig, und wir wollen einander. Es besteht keine Notwendigkeit, uns zu verleugnen.«

Er fühlte sich nicht mehr in der Lage, weiterzureden, gelang es ihm doch kaum, alles zu verstehen, was sie gerade gesagt hatte. Miracle lehnte sich zurück und stützte sich gegen den Zauntritt. Ihre Füße fanden Halt auf dessen Stufen, als sie Ryder zwischen ihre Beine zog.

Er ließ den Kopf sinken und schmiegte sich in ihre Wärme, die er durch den dünnen Stoff ihres Kleides spürte. Knöpfe öffneten sich unter seinen suchenden Fingern. Baumwolle und Leinen glitten zur Seite. Ihre nackte Brust, warm und rund und glatt, füllte seine Hand. Ihre Brustwarze wurde hart, reagierte auf seine fordernde Zunge.

Fast verzweifelt zerrte er ihre Röcke hoch. Ihre Oberschenkel waren satingleich, weiblich und weich unter seiner Hand. Sein Daumen strich über die Locken und die Feuchtigkeit. Die Intensität seiner Erregung überwältigte ihn fast: dieses pulsierende Drängen des Verlangens und der Lust und der brennenden Erwartung.

Er hob den Kopf, um Miracle erneut zu küssen, kleine Küsse auf ihre Schulter, auf ihren Hals bis an ihr Ohr, über das liebliche Kinn bis zu dem bezaubernden Versprechen ihrer Lippen. Sie erwiderte die Küsse, drängte sich an ihn und öffnete seine Hose. Ihre Finger umschlossen sein nacktes Fleisch mit segensreicher Ehrlichkeit, eindeutig und erfahren. Ihre Zunge eroberte seine. Ihre Arme schlangen sich um seinen Nacken. Er hob sie ein Stück an, ihre Oberschenkel umschlangen seine Taille. Sie presste ihren Unterleib an ihn, und heiße unerträgliche Glut umhüllte seine Erektion.

Er stöhnte an ihrem Mund. Sie ließ den Kopf zurücksinken und glitt hinunter. Er stieß hart zu, ließ den Kopf an ihre Schulter sinken, als sein Arm sie stützte. Er brannte von der berauschenden Großzügigkeit, mit der sie seiner Lust schamlos begegnete: die männliche Ekstase, machtvoll und hart.

Miracle fühlte sich so richtig an! So verdammt, verdammt *richtig*! Er schwelgte in ihrer Sinnlichkeit und Großzügigkeit, jede Faser seines Körpers war dazu geschaffen, diese eine

Frau zu lieben, mit all der Verwirrung und Zärtlichkeit, die ihn zerriss.

Er schrie auf, als sein Orgasmus seine Wahrnehmung verschleierte. Ein unbezähmbares Zittern drängte wie ein Nachbeben durch sein Blut. Nach Atem ringend lachte er aus purer Freude.

Ryder öffnete die Augen und sah, wie ein ebensolches Entzücken über Miracles Gesicht glitt. Es verwandelte sie für diesen Moment in die Verkörperung all dessen, wonach er sich sehnte. Er hob sie hoch und trug sie auf die Wiese. Er hielt sie fest in seinen Armen, als er auf die Knie sank und sich ins Gras legte. Warm und weich und mit gespreizten Beinen lag sie auf ihm, atmete sanft in sein Ohr.

Ihre Lippen drückten winzige Küsse auf sein Kinn. Fast, als würde sie ihn lieben. Fast, als wäre sie wie er bis in die Seele berührt.

Eine schmerzende Zärtlichkeit brannte in seinem Blut, und es schien, als könnte diese intensive Zufriedenheit alle seine Zweifel auslöschen. Er strich ihr das Haar hinter das Ohr und ließ dann die Hand ihren schmalen Rücken hinuntergleiten.

Langsam, sehr langsam rückte die Welt ins Bewusstsein zurück. Der Nachtdunst war lichter geworden. Die Milchstraße warf ihr langes silbernes Netz über das Firmament, fing die Sterne damit ein, als seien sie Fische.

»Habt Ihr mit ihm auch Liebe gemacht?«, fragte er schließlich.

Sie stützte sich auf einen Ellbogen hoch. »Mit dem hübschen Hamlet?«

Ryder nickte nur, er war nicht fähig, mehr zu sagen. Miracle rollte sich auf die Seite, um ihre Röcke zu ordnen. Er schluckte das quälende Gefühl des Verlusts hinunter und setzte sich auf, um ebenfalls seine Kleider zu richten.

»Würde es einen Unterschied machen, wenn ich sagen würde, ob ich es getan habe oder nicht?« Sie stand auf und schaute auf Ryder herunter. »Würdet Ihr mir denn glauben?«

Eine plötzliche Bitterkeit drohte alle Erinnerung an Freude wegzuwischen. »Natürlich hätte Sam niemals Euren Preis bezahlen können, nicht wahr? Deshalb vermute ich, dass Ihr es nicht getan habt.«

Miracle sehnte sich danach, ihm das dichte Haar aus der Stirn zu streichen. Sie wollte diese breiten Schultern berühren, die er jetzt voller Zweifel hochzog. Doch sie wandte den Blick ab, ehe sie in Versuchung kommen konnte, ihn mit ebenso überwältigender Zärtlichkeit wie Leidenschaft zu streicheln.

Niemals zuvor in ihrem Leben hatte sie auf diese Weise Liebe gemacht. Es war körperlich gewesen, ja, natürlich. Aber zu fühlen, dass ein Mann ihren Leib mit Sternenlicht erfüllte? Dass ein Liebhaber sich so sehr um ihre Lust kümmerte? Dass er wirklich glauben könnte, dass er sie liebte?

Mochte Gott ihr helfen, denn sie erwiderte seine Liebe so verzweifelt, so schmerzlich. Selbst wenn er wütend war, selbst wenn er verletzt war, war Ryder leidenschaftlich und fürsorgend – und herrlicher, als er wusste. Miracle fühlte sich schrecklich verletzlich, als müsste das Schicksal unvermeidlich die Vergeltung für ihre Dummheit fordern. Sie wusste nicht mehr, wie sie ihn oder sich schützen sollte. Sie wusste keinen Weg mehr, sie beide vor einem Desaster zu bewahren. Und sie würde ihm keinen Gefallen erweisen, würde sie vorgeben, schlechter zu sein, als sie war.

»Ich werde nicht immer bezahlt«, erwiderte sie ruhig, auch wenn es ihn verletzte. »Wenn ich es will, habe ich manchmal auch einfach aus einer Laune heraus Sex mit einem Mann.«

Ryder erstarrte für einen Moment, doch schließlich stand er in arroganter Sorglosigkeit auf und reckte sich. »Warum habt Ihr dann die ganze Zeit darauf bestanden, dass ich Euch bezahle?«

Sie zitterte, obwohl es nicht kalt war. Dies war vielleicht mehr, als sie ertragen konnte. »Vielleicht weil Ihr es Euch leisten könnt.«

Zu ihrer großen Überraschung lachte er. »Nicht mehr, Miracle. Die Wegelagerer haben alles genommen, erinnert Ihr Euch? Man erkannte mich als einen wahren *Mister Memme*.«

»Das war eine Beleidigung, mehr nicht.«

»Aber eine von der besonderen Art.« Seine Stimme klang trocken, fast amüsiert und ohne Selbstmitleid, wenn auch ein gewisser Selbsttadel in ihr mitschwang.

»Das war nur so dahergesagt, sie meinten damit nichts weiter«, entgegnete sie.

Ryder setzte sich auf die Stufe des Zauntritts, die Dunkelheit verbarg sein Gesicht. »Sie meinten sehr wohl etwas damit, und das wisst Ihr auch ganz genau.«

Sie fuhr herum. »Ist es das, was Ihr gerade eben zu widerlegen versucht habt? Den Vorwurf, unmännlich zu sein, es gar mit Tieren zu treiben? Das ist doch ganz offensichtlich Unsinn!«

Er neigte den Kopf zurück, sein Profil wirkte gemeißelt wie ein vollkommenes Relief. »Ich stelle nur die Tatsachen fest, so wie ich sie sehe, und ziehe die logischen Schlüsse. Das war nicht die Lektion, die ich durch diese Reise zu lernen hoffte, aber es ist wohl kaum zu vermeiden. Der Macht meiner Stellung beraubt und so beurteilt, wie Männer sich im Allgemeinen untereinander beurteilen, habe ich wenig zu bieten. Ich leugne es nicht, Jack hätte diese Wegelagerer mit seinen bloßen Händen bezwingen können, und er hätte dabei noch gelacht.«

Sie war nicht sicher, wo sie beginnen sollte. »Die Kerle hatten Pistolen und Messer und den Vorteil ihrer naturgegebenen Brutalität«, sagte sie. »Mir ist es lieber, Ihr seid ein lebendiger Mann statt eines toten Helden, Ryder. Ich reise mit Euch, nicht mit Eurem Bruder.«

»Nicht freiwillig!«

»Warum denkt Ihr, die Tapferkeit Eures Bruders – oder deren Fehlen – zählt auch nur einen Pfifferling für mich? Als Ihr Tom dazu provoziert habt, Eure Jacke zu nehmen, habe ich durchaus bemerkt, dass Ihr das Ganze absichtlich in die Länge gezogen habt? Glaubt Ihr, dass ich nicht die Pferde habe kommen hören und sofort wusste, was Ihr getan hattet? Ihr habt unser Leben gerettet!«

»Aber Jack hätte bei der ersten Gelegenheit seine Pistolen wieder geladen und dadurch alles Übrige vermieden. Bei ihm wäre es überhaupt nicht erst so weit gekommen.«

»Ihr konntet die Waffen nicht sofort wieder laden. Es war lebensnotwendig, so schnell wie möglich vor Hanley zu fliehen.«

»Ich war nachlässig. Was eine weitere Wahrheit ans Licht bringt, der ich mich nur sehr ungern stelle. Wie Ihr von Anfang an vermutet habt, bin ich niemals ohne die Begleitung bewaffneter Diener gereist. Kein Wegelagerer oder Straßenräuber würde es jemals versuchen, die Kutsche eines St. George anzuhalten. Wenn ich mich – trotz meiner Warnungen an Euch – unverletzbar gefühlt habe, so zeigt das eine unerträgliche Arroganz, nicht wahr?«

»Möglich. Aber vielleicht ist es auch einfach Eure Gewohnheit, viel zu kritisch zu sein.«

Er griff nach ihrer Hand, zog Miracle an sich, auf seine Oberschenkel – wie eine Geliebte. »Nein, versucht nicht, die Bedeutung des Vorfalls zu mindern, Miracle. Ich habe dem Tod ins Auge gesehen. Nicht nur meinem, auch Eurem. Ich hatte nicht erkannt, wie sehr dieses Abenteuer wie eine Art Spiel für mich begonnen hat. Als Tom Euch bedroht hat, wurde es dann allerdings nur allzu real. Und dafür schulde ich Euch eine Entschuldigung.«

»Aber zum Schluss habt Ihr sie überlistet, und Ihr habt mich vor Lord Hanley gerettet.« Sie legte den Kopf an seine Schulter und schmiegte sich in seine Arme. »In dem Augenblick wusste ich, dass Ihr drei Sterne an Eurem Gürtel tragt. Ich wusste, dass Sirius, der Jagende Hund, vom Himmel hinabgelaufen kommen würde, um Euch für immer auf dem Fuße zu folgen. Es kümmert mich nicht, ob Euer Bruder zwei Köpfe und fünf Arme hat und die Kraft von Herkules höchstpersönlich. Ihr seid mein Sir Galahad.«

Seine Lippen pressten sich sanft auf ihre Stirn. »Wenn ich das bin, dann hat mich das, dessen Zeuge dieser Zauntritt gerade geworden ist, sicherlich den Gral gekostet. Kein sehr gutes Beispiel für göttliche Reinheit! Doch es war die einzige Chance, gegenüber diesen Wegelagerern nicht gänzlich hilflos dazustehen. Und als Liebhaber bin ich zweifellos weniger erfahren als jeder Mann, den Ihr in der Vergangenheit kennengelernt habt –«

»Nein«, unterbrach sie ihn. »Sagt das nicht! Das ist es nicht, worum es geht.«

»Doch, das ist es.«

Sie streckte die Hand nach ihm aus und küsste ihn rasch. »Ich habe nicht mit Sam geschlafen, Ryder. Nicht, weil er mich nicht bezahlen kann. Und auch nicht deshalb nicht, weil er in Wahrheit sein Bett mit Rosencrantz teilt. Sondern weil ich mich nur mit Euch verbunden fühle, seit diese Reise begonnen hat, auch wenn mein Herz darüber bricht.«

Er saß schweigend da, rieb seine Wange an ihrem Haar. Das leise Wispern der Nacht strich über das Feld.

»Und meins«, sagte er schließlich. »Eifersucht scheint ein weiteres überraschendes Geschenk dieser Reise zu sein. Sie hat mich fast verrückt gemacht – eine weitere Sünde, verursacht durch den Mangel an Vertrauen.«

»Unter diesen Umständen war das natürlich.«

Er zog sie enger an sich, hielt sie warm und geborgen in seiner Umarmung. »Ihr denkt, ich hatte jedes Recht auf solch ein hässliches Gefühl?«

»Niemand hat ein *Recht* auf Eifersucht, obwohl alle von uns sie gelegentlich empfinden können. Menschen gehören einander nicht. So wie Söhne von Dukes sich nicht in Ladys der Nacht verlieben, Frauen, die weder ein Herz noch eine Seele haben.«

Er barg das Gesicht an ihrem Nacken. Seine Lippen berührten die zarte Haut gerade unterhalb ihres Ohres. »Das sind verdammt harte Worte, Miracle. Ich habe keine Ahnung, was ich dagegen tun kann, aber ich liebe Euch. Es ist weder unbedeutend noch alltäglich für mich, das zu sagen.«

Sie zog sich von ihm zurück und stand auf. Wenn eine Frau auf den Rand einer Klippe zurannte, wie konnte sie sich dann über das Risiko beklagen, womöglich in den Abgrund zu stürzen? Jede käufliche Frau wusste genau, was die Bekundungen ihres Beschützers, sie zu lieben, wirklich bedeuteten. Schließlich hatte sie diese schon mehr als ein Mal gehört.

»Auch wenn es wahr ist, so könnt Ihr nur in eine Fantasie verliebt sein. Ihr kennt mich nicht wirklich.«

»Das kann man ändern.«

»Was wollt Ihr wissen?«

Ryder sprang auf die Füße und entfernte sich einige Schritte. »Wie könnt Ihr behaupten, Ihr hättet kein Herz, wenn das offensichtlich nicht die Wahrheit ist?«

Sie schaute auf, bemerkte einmal mehr seine sorglose

männliche Schönheit, gerahmt von Sternenlicht. »Es ist wahr, weil es so sein muss. Wir Ladys der Nacht geben uns mit einer Farce zufrieden, einem Spiel mit der Liebe, einem Tauschhandel mit klaren Grenzen – die natürliche Hingabe des Körpers im Austausch für Essen und ein Dach über dem Kopf, ein paar Geschenke und vielleicht der Genuss, sich für eine kleine Weile in besserer Gesellschaft zu befinden.«

»Was für ein kaltherziges Arrangement für etwas so Warmes und Menschliches! Ich will Euch so viel mehr als das geben.«

»Ja, ich glaube, dass Ihr jetzt denkt, Ihr liebt mich, Ryder. Doch letztendlich wird jeder Beschützer seiner Geliebten irgendwann müde und wendet sich ab. ›Ich werde ihr ein hübsches Spielzeug schenken‹, sagt er dann zu seinen Freunden, und meist ist es dann ein verdammtes Diamanthalsband.«

»Ich bin mir natürlich der gesellschaftlichen Erwartung in solchen Situationen bewusst.« Sein Ton war zurückhaltend.

Miracle wandte sich ab, sie war entschlossen, die Wahrheit auszusprechen. »Und natürlich nimmt sie es, was ihm erlaubt, sein Gewissen – wenn er denn eines hat – mit dem Gedanken zu beruhigen, dass sie die ganze Zeit ohnehin nur hinter seinem Geld her gewesen ist. Denn schließlich ist sie eine gefallene Frau, ein Flittchen – was für ein abscheulicher Ausdruck! –, also offensichtlich ist sie käuflich und herzlos bis ins Mark, ohne Moral oder Werte oder auch nur ein wirkliches Verlangen außer dem nach Geld. Das ist es, was Eure Freunde sagen und was auch Ihr glaubt, Ryder, im tiefsten Herzen.«

»Ich habe nie eine Geliebte unterhalten. Ich weiß es nicht.«

Die Kraft seiner männlichen Macht attackierte ihre Verteidigung, als befände sie sich schutzlos mitten im Auge eines Sturms. »Doch Ihr dachtet, Ihr würdet einfach Eifersucht fühlen? Leugnet es, wenn Ihr wollt, aber der Gedanke an meine

Vergangenheit stößt Euch ab, wie sehr Ihr auch versucht, das zu ignorieren. Im Grunde schätzt Ihr nur die Reinheit und die Unschuld. Deshalb leidet Ihr wegen Eures Verlangens und tragt in gleichem Maße Schuldgefühle und moralische Überlegenheit in jedes erotische Zusammensein hinein.«

»Vielleicht.« Er verschränkte die Arme und lehnte sich in lässiger Arroganz gegen den Stamm einer hohen Ulme. »Allerdings war ich darauf vorbereitet, etwas Neues zu lernen, als ich diese Reise antrat. Ihr auch?«

Sie wandte ihm den Rücken zu und richtete den Blick in die dunkle, schlafende Welt. Für einen Gentleman, selbst für einen so durch und durch ehrenhaften wie Ryder, war es einfach sich einzubilden, in die gerade in sein Leben getretene Lady verliebt zu sein. Aber für eine Hure war es ein absolutes Desaster, wenn sie es sich erlaubte, sich zu verlieben.

»Warum sollte ich mich ändern? Ich habe in vielen bitteren Jahren die Wahrheit über die Männer erfahren.«

»Ihr würdet alle Männer der Gesellschaft verdammen? Und damit die Hälfte der Menschheit?«

»Ja, absolut – einfach für deren Heuchelei.«

Ryder ging zu ihr und schloss die Hände um ihre Taille. Sie gestattete es ihm und genoss seine Wärme und seine Kraft, um sich vor der Kälte zu schützen, die aus dem Gras aufstieg, auch wenn er sie nicht vor sich selbst beschützen könnte.

»Wenn eine Frau ihren Körper für Geld verkauft«, sagte er direkt in ihr Ohr, »dann kann sie sich nicht darüber beklagen, dass die Welt sie für käuflich hält.«

Miracle ließ den Kopf auf die Brust sinken und schloss die Augen. »Nein, das kann sie nicht. Deshalb sollte sie sich besser jedes Spielzeug sichern, das sie bekommen kann, denn eines Tages wird sie nicht mehr hübsch genug sein, um das Interesse eines anderen Beschützers zu wecken. Und wenn sie dann zu wählerisch ist, wird sie irgendwann eine alte Frau sein, die am Straßenrand bettelt. Sie kann dann sehen, wie der Mann, den sie einst geliebt hat, in der Kutsche vorbeifährt, wie er seine respektable Ehefrau in die Oper ausführt, in der er einst ein Ballettmädchen bemerkt und es in sein Bett geholt hat.«

Ryder stockte der Atem, als hätte sein Herz einen Moment lang aufgehört zu schlagen. »Habt Ihr einen von diesen Männern geliebt, Miracle?«

Ihre Finger schlossen sich um das feuchte Holzgeländer. »Einen oder zwei, als ich jünger war. Aber glaubt es oder glaubt es nicht, es gab nicht so viele. Selbst eine Frau meines Gewerbes hat manchmal eine Wahl. Ich habe Glück gehabt.«

Er legte die Hand um ihr Gesicht und hob es an, damit sie ihn ansah. »Ich denke, ich verstehe – das meiste jedenfalls. Doch wenn Ihr die Wahl hattet, warum habt Ihr Euch dann für Hanley entschieden?«

Miracle wandte den Kopf ab, ließ seine Finger über ihren Hals gleiten. Sie wusste, dass dieser Sohn eines Dukes sie am Ende verurteilen würde, sie wusste, dass er sie dann ebenso verlassen würde wie all die anderen zuvor.

»Weil ich genau wusste, dass ich mich niemals in ihn verlieben würde. Und natürlich auch, weil er versprochen hatte, großzügig zu sein.«

»Ihr werdet Euch nie wieder der Armut ausgesetzt sehen«, sagte Ryder. »Ich verspreche es!«

Sie löste sich von ihm und lachte. Die Sommernacht war zu verführerisch. Weil sie ihn liebte, hatte sie ihm die Wahrheit gesagt. Es war nicht gerecht, für keinen von ihnen. Es war Zeit, sich zurückzuziehen, eine sicherere Grundlage für ihre Beziehung zu finden.

»Und vielleicht werde ich auch gar nicht so alt werden, wenn Lord Hanley mich erwischt.«

»Das wird er nicht. Aber es gibt noch etwas, das mich beschäftigt. Bevor unsere Reise so unerwartet von Bruiser und seinen Freunden unterbrochen wurde, habt Ihr mir doch gesagt, dass Hanley Euch beschuldigt hatte, ihn bestohlen zu haben, oder?«

»Nun, nicht direkt. Aber nachdem ich die Jacht verlassen hatte, hat er mein Gepäck durchsucht, und ich kann mir nicht erklären, warum.«

»Ich auch nicht. Er hat auch Eure Zimmer in Blackdown Square durchsucht.«

Sie sah ihn überrascht an. »Er hat meine Zimmer durchsucht? Wann?«

Unter zusammengezogenen Augenbrauen schaute er auf sie hinunter, ein wütender Zug lag um seinen Mund. »Nachdem Ihr ihn in Dorset verlassen habt. Nach was zum Teufel hat er gesucht, Miracle?«

»Ich habe keine Ahnung! Seid Ihr Euch sicher?«

»Hanley hat Eure Matratze zerschnitten, Eure Kleider zerfetzt, Vasen zerbrochen, die Bücher aus den Regalen gerissen. Euer Mädchen hat versucht, alles wieder in Ordnung zu bringen – ja, ich bin sicher.«

Ein heftiges Zittern begann Miracle zu schütteln. »Er war sehr wütend auf mich, auch schon, bevor ich gegangen bin. An jenem Morgen in Exeter schien er rasend vor Eifersucht zu sein –«

»Danach hat es auch auf den ersten Blick ausgesehen, oder zumindest war es beabsichtigt, es so aussehen zu lassen. Doch es war nicht einfach das Werk eines Mannes, der über den Verlust seiner Mätresse wütend und gekränkt ist. Hanley hat nach etwas gesucht, und er hat angenommen, dass Ihr es habt. Oder vielleicht hattet.«

»Aber ich habe nichts von ihm, außer den Juwelen, die er

mir geschenkt hat. Sicherlich wird er sie nicht zurückhaben wollen, oder?«

»Ich weiß es nicht. Himmel, es ist schon spät! Wir brauchen beide unseren Schlaf. Doch wenn es Euch nicht allzu schwer fällt, dann solltet Ihr mir möglichst genau erzählen, was in Dorset passiert ist, bevor Ihr in dem Boot ausgesetzt worden seid. Morgen?«

»Morgen«, stimmte Miracle zu, dankbar für seine Rücksichtnahme, die ihr um eine Nacht Aufschub gewährte. Das Bild Lord Hanleys, der ihr Bett mit einem Messer zerfetzte, würde sie in ihren Träumen verfolgen. »Und ich werde es schon irgendwie aushalten können, es Euch zu erzählen – auch wenn ich bezweifle, dass ich heute Nacht viel schlafen werde, nach dem, was Ihr mir gerade gesagt habt.«

»Ich auch nicht«, erwiderte er. »Wenn auch vermutlich aus anderen Gründen.«

Miracle verdrängte ihre Besorgnis und lächelte, während sie auf das Lager wies. »Inzwischen schlafen alle von Mr. Fabers Truppe wie die Babys, trotz des Desasters, dass die Abendvorstellung heute ausgefallen ist.«

»Dank Ophelias Fruchtbarkeit! Aber sie hatten ohnehin geplant, die Nacht hier zu verbringen. Am Morgen fährt die Truppe nach Norden, Richtung Buxton, und übermorgen Abend wird das Stück in einer Scheune in der Nähe eines Dorfes namens Hulme Down aufgeführt. Wollt Ihr die Ophelia noch immer spielen?«

»Warum nicht? Wir können ebenso gut mit den Fabers nach Norden reisen, zumindest so lange es möglich ist. Und wenn sie uns Essen und ihren Schutz geben, dann müssen wir unser Bestes tun, um als Ausgleich ihre Vorstellung zu retten.«

Sein Blick war verwirrend eindringlich, doch er lachte. »Ihr denkt, das Stück kann gerettet werden? Ich habe gewisse Vorbehalte dagegen, dass *Hamlet* als Komödie aufgeführt wird.«

Miracle nahm eine dramatische Pose ein. »›Oh welch edler Geist wird hier zerstört!‹«

»Ich könnte auf der Farm dort unten ein Pferd ausleihen, in die nächste Stadt reiten und alle Rechte und Privilegien meines Standes einfordern.«

Angesichts ihrer erneut aufsteigenden Angst klang es wie eine Versuchung: ihn Kutsche und Pferde holen zu lassen, die sie schnell zu Dillards Haus bringen konnten – und geradenwegs zu einem weiteren Aufeinandertreffen mit Lord Hanley?

»Wir können die Fabers nicht im Stich lassen.«

Ryder zog eine Augenbraue hoch. »Ihr würdet Eure Entdeckung für das Zustandekommen einer weiteren schlechten *Hamlet*-Aufführung riskieren?«

»Wir haben unser Wort gegeben, Ryder.«

»Ja, dessen bin ich mir bewusst.«

Sie fühlte sich gedrängt, ihn zu überzeugen, und sie wusste, dass sie nur versuchte, rationale Erklärungen für sich selbst zu finden. Sie hatte immer versucht, nach einem gewissen Ehrenkodex zu leben – doch dieses Mal könnte es wirklich auf Kosten des Risikos ihres Lebens gehen.

»Es würde Euch ohnehin einige Zeit kosten, eine andere Reisemöglichkeit zu arrangieren, und bis dahin wird es Lord Hanley niemals einfallen, uns bei reisenden Schauspielern zu suchen. Und außer Einheimischen wird morgen niemand die Vorstellung besuchen, und wir werden kostümiert sein. Außerdem werden wir alles vermeiden, was Aufmerksamkeit auf uns ziehen könnte.«

»Was der einzige Grund ist, warum ich diesem Wahnsinn zustimme.«

»Nach der Vorstellung werde ich mich Euch ganz und gar fügen, was die Fortsetzung der Reise betrifft. Auf jede Weise, die Ihr wünscht. Ich verspreche es.«

Er nahm ihre Hand und drehte sie herum. Mit der Fingerspitze zeichnete er deren Linien und Wölbungen nach, als könnte er das Geheimnis des gordischen Knotens in ihrer Handfläche geschrieben finden. Hitze strahlte von seiner Berührung aus, als würden ihre Adern Sonnenlicht aufsaugen.

»Und inzwischen wird unser Spiel weitergehen?«, fragte er leichthin.

»Ich denke nicht, dass wir ihm entfliehen können«, sagte sie. »Ihr habt in meinem Leben inzwischen so viele dramatische Auftritte und Abgänge gehabt.«

Sein Puls pochte an ihrem, als er seine Finger schloss. »Es ist nicht nur dieses Spiel, dem ich nicht entfliehen kann, es ist auch die Leidenschaft. Was immer die Konsequenzen sind, ich kann nicht länger dagegen ankämpfen, Miracle.«

Sie suchte seinen Blick und war wie gelähmt von ihrem übermächtigen Verlangen, ehrlich zu sein – weil er zu gut war, um belogen zu werden?

»Nein, denn im Moment eint uns ein dunkles Band des Verlangens. Doch Ihr dürft nicht vergessen – und ich verspreche, dass dies am Ende das Einzige sein wird, das zählt –, dass ich eine Lady der Nacht bin. Ich bin gut darin. Das ist es, was ich bin.«

»Nein«, widersprach Ryder mit absoluter Überzeugung. »Das ist es, was Ihr getan habt. Es ist nicht das, was Ihr seid.«

Sie entzog ihm die Hand und entfernte sich einige Schritte weit von ihm. »Wohingegen Ihr exakt das seid, zu dem die Geburt Euch gemacht hat. Ihr habt Euch geirrt, als Ihr sagtet, Ihr wäret nichts, wenn Ihr der Macht Eurer Stellung beraubt wäret. Jene Macht ist, was und wer Ihr seid. Ihr könnt sie ebenso wenig abstreifen wie Eure Haut.«

»Ich werde Herzog sein, ob es mir gefällt oder nicht.«

»Und es gefällt Euch.«

»Das sollte es«, sagte er. »Denn ein Titel ist nicht etwas, das man aufgeben kann. Außer für mich selbst trage ich die Verantwortung für Tausende von Menschen. Natürlich gehen auch materielle Vorzüge mit der Position einher, aber nur, wenn ich klug mit ihnen umgehe.«

»Wohingegen es meine Bestimmung war, von meiner Geburt an um jeden Penny zu kämpfen. Wären wir uns unter anderen Umständen begegnet, hättet Ihr nicht gezögert, mich als Eure Mätresse zu nehmen. Ihr hättet es in der Erwartung getan, meiner irgendwann müde zu werden. Und da ihr ein extrem reicher Mann seid, hätte ich den Vertrag so raffiniert ausgehandelt, wie es mir möglich gewesen wäre.«

»Und was ist stattdessen geschehen?«

Ein Fuchs lief über das Feld. Er wandte Miracle den Kopf zu, und für eine Sekunde war ihr, als würde das Tier ihr direkt ins Herz sehen.

»Nichts, dem es erlaubt sein kann, zu zählen«, sagte sie.

Er griff wieder nach ihrer Hand und zog Miracle zu sich herum, damit sie ihn ansah. »Wir werden das heute Nacht nicht lösen. Kommt, lasst mich Euch zu Hamlets Wagen zurück begleiten!«

»Leider schätzen er und Rosencrantz ihre Privatsphäre. Deshalb teile ich mir das Zelt mit den Fabers, die aus dem Alter für solchen Unsinn heraus sind.«

Ryder führte ihre Hand an seinen Mund und küsste sie. »Wirklich? Ich glaube nicht, dass es auch nur einen Mann gibt, der dieser Bemerkung zustimmen würde.«

Sie lachte und drückte einen Kuss auf seine Finger. Hand in Hand gingen sie über das dunkle Feld zum Lager zurück. Miracle stellte sich auf die Zehenspitzen und küsste Ryder noch einmal auf den Mund. Es kostete sie ihre gesamte Selbstbeherrschung, den Kuss unbeschwert und freundlich scheinen zu lassen, denn die Berührung fachte die Flammen in ihr nur noch stärker an. Ehe Ryder Zeit hatte, seinen Vorschlag zu bedauern, schlüpfte sie in das größte der Zelte.

Ryder blieb noch eine lange Zeit davor stehen und schaute zur Milchstraße hinauf, dann schlenderte er zu seinem Wagen und kroch in sein leeres Bett.

Seine heiße Sehnsucht nach den Geschenken ihres Körpers würde ihn für den Rest seiner Tage verbrennen. Diese knisternden erotischen Funken, die sich mit jedem Atemzug aufluden, die jeden Augenblick jedes Tages erfüllten, hatte er nie zuvor gespürt. Doch Miracle besaß auch eine außergewöhnliche Art zu denken, eine wache Intelligenz und Kühnheit, die es ihr möglich gemacht hatten zu überleben, ja, sogar zu gedeihen, in dieser, wie er wusste, grausamen Welt.

Sie wusste, dass sie ein Risiko einging, wenn sie bei der Vorstellung der Fabers mitwirkte, und doch würde sie es tun, weil sie ihr Wort gegeben hatte. Und Gott! Es musste sie all ihren Mut gekostet haben, so offen zu ihm zu sein.

Die offensichtliche Lösung – wenn er sie nur irgendwie vor der Anklage des Mordes bewahren konnte – war natürlich die, sie zu seiner Geliebten zu machen.

Doch etwas in ihm rebellierte noch gegen diesen Gedanken. Dass es sie unvermeidlich erniedrigen würde, würde er sie auf diese Weise benutzen? Würde er damit nicht bestätigen, dass sie mit ihrem Urteil über die Männer richtig lag? Würde er damit nicht beweisen, dass er letztlich nicht anders war als die anderen? Oder dass sie am Ende demonstrieren würde, mehr Ehre zu besitzen als er?

Doch bis dahin – welches Risiko würde er denn schon eingehen? Er, der privilegierte älteste Sohn des Dukes of Blackdown mit all dem Reichtum und der Macht der St. Georges in seinen Händen?

So sehr er auch wünschte, es wäre anders: Miracle hatte recht, wenn sie sagte, dass er ihr nichts garantieren könnte, nicht einmal sich selbst.

Der folgende Morgen erlaubte ihnen keine Privatsphäre. Miracle lachte und scherzte mit den anderen Schauspielern im zweiten Wagen, während Ryder mit Mr. Faber im ersten reiste. Es war einige Zeit her, dass er *Hamlet* gelesen hatte. Wenn er den Fortinbras und diverse andere Gentlemen spielen sollte, dann musste er seinen Text lernen. Doch immer wieder schaute er von dem Buch auf, das er in Händen hielt, während die Worte einer anderen Figur in seinem Bewusstsein brannten.

Zweifle an der Sonne Klarheit, zweifle an der Sterne Licht, zweifl', ob lügen kann die Wahrheit, nur an meiner Liebe zweifle nicht.

Als sie Derbyshire erreichten, begann die Landschaft vertraut auszusehen. Würde er jetzt zu irgendeiner Bank in irgendeiner der Städte der Umgebung reiten, könnte Lord Ryderbourne seine leeren Taschen auffüllen. Würde Seine Lordschaft eine Nachricht nach Wrendale schicken, hätte er sofort eine Kutsche und Diener zu seiner Verfügung, um Miracle auf direktem Wege in das Haus ihres Bruders zu bringen.

Doch er tat es nicht. Er stimmte mit Miracle überein, dass sie vorübergehend vor Hanleys Verfolgung sicher waren. Sicherlich schuldeten sie den Fabers die Abendvorstellung. Und dies könnten die letzten Tage und Nächte mit der Frau sein, die seine Welt auf den Kopf gestellt hatte.

Es war, als hätte sie eine langsam brennende Lunte in seinem Herzen angezündet. Wann immer er sie ansah, beschleunigte sich sein Puls. Wenn er sich die Erinnerung an ihre Ekstase erlaubte, würden ihn die explosiven Flammen der Leidenschaft verschlingen. Doch wenn er ihr Gesicht vor sich sah, wenn er ihr quecksilbergleiches Lachen hörte, so rührte ihn dies zutiefst und schickte ein heißes Feuer in seine Seele, um sie in Brand zu setzen.

Er versuchte, sich zu zwingen, die Realität zu sehen.

Miracle hatte in jener ersten Nacht in Brockton nicht nur ein Pferd und einen Sattel mit ihrem Körper bezahlt. Sie hatte damit auch sein Schweigen und seine Unterstützung gekauft. Warum sonst hätte sie ihn mit ihrer verwirrenden Erfahrung verführt? Seit er das Bett mit ihr geteilt hatte, hatte sie gewusst, dass er es sich niemals gestatten würde, Helfer bei ihrer Vernichtung zu sein.

Gebt mir den Mann, den seine Leidenschaft nicht macht zum Sklaven, und ich will ihn in meinem Herzen tragen –

Wie sehr, auch in diesem Augenblick, hielt er sich selbst zum Narren? Denn sie würde ihn verlassen, sobald sie ihn nicht länger brauchte.

»Cousins«, sagte Mr. Robert Faber und blinzelte Ryder zu. »Es geht mich ja nichts an, Mr. Devon. Aber Cousins?«

Ryder schaute auf. *Prinz Hamlet ist ein Fürst; zu hoch für dich. Das darf nicht sein.*

»Hhmm!« Mr. Faber kratzte sich am Kinn. »Ich habe in meinem Leben viel von der Welt gesehen, Sir, und ich weiß, wann ein Mann eine Frau liebt. Doch normalerweise gibt er nicht vor, ihr Cousin zu sein.«

Ryder schloss die Ausgabe von *Hamlet*. »Ihr wünscht noch weitere Beobachtungen kundzutun, Mr. Faber?«

»Ha! Ihr werdet mich mit diesem hochmütigen Benehmen

nicht einschüchtern, Sir! Ihr seid ebenso wenig Mr. Devon, wie ich der König von England bin. Genau genommen würde ich sogar sagen, Ihr seid die Art von Mann, der normalerweise die Welt wie eine Nuss knackt, um sich zu nehmen, was immer er will. Und deshalb frage ich mich: Warum nicht dieses Mal – bei dieser Frau, die so schön ist wie Aphrodite? Aber vermutlich – wenn sie heute Abend das Publikum so in ihren Bann schlagen kann, wie sie es mit Euch getan hat – ist es nicht meine Angelegenheit.«

»Ganz genau«, erwiderte Ryder. »Obwohl ich angesichts Eures Scharfsinns in meinen Stiefeln schlottere, Sir.«

Mr. Faber blinzelte und gab seinem Gespann die Peitsche. »Ihr schlottert niemals wegen irgendetwas in Euren Stiefeln, wenn ich Euch richtig einschätze, Mr. Devon. Aber was immer Eure Geheimnisse sein mögen, sie sind in dieser Truppe sicher.«

Die Pferde fielen in einen schwerfälligen Trab. Ryder lachte und wandte sich wieder dem Studium des Stückes zu.

Am späten Nachmittag begannen die Wagen den Weg zu erklimmen, der auf das Herz von Derbyshire zuführte. Über die Hügel fiel ein leichter Nieselregen, und eine wässrige Sonne sprenkelte goldene Lichter in das Durcheinander von Schilden, Lanzen und Helmen. Als die Pferde sich stark in ihre Geschirre legen mussten, sprangen die meisten der jüngeren Schauspieler von den Wagen herunter, um zu Fuß zu gehen.

Ryder ging auf Miracle zu. Sie unterhielt sich mit Sam und schaute auf, als er näher kam. Sie sprachen über das Stück. Der Schauspieler begrüßte Ryder lächelnd, als dieser sich zu ihnen gesellte.

»Dort drüben ist eine Abkürzung«, erklärte Sam. »Der Pfad

über den Hügel erspart uns ein paar Meilen. Auf der anderen Seite werden wir wieder auf die Wagen treffen, an einem Gasthaus namens Jolly Farmer. Wir sehen uns dort!«

Sam lief Rosencrantz hinterher, der sich bereits auf den Pfad gemacht hatte. Miracle und Ryder blieben hinter dem Rest der Truppe zurück, um ungestört zu sein.

»Ihr wolltet alles über Dorset wissen«, ergriff Miracle nach einer Weile das Wort.

»Nach dem, worüber wir letzte Nacht gesprochen haben, denke ich, dass ich in der Tat darüber Bescheid wissen sollte.« Ryder holte tief Luft und wandte den Blick von Miracle ab, bevor er der Versuchung erliegen konnte, sie zu berühren.

Feuchtigkeit hatte sich auf ihr Haar gelegt, das sie mit einem Band locker zurückgebunden hatte. Feine Locken tanzten um ihr Gesicht. Das matte Sonnenlicht schimmerte über ihre Wange, auf der die Narben zu einem sanften Schatten von Ocker verblasst waren. Ihr sinnlicher Liebreiz entflammte seine höchst primitiven Sehnsüchte, doch in den Tiefen ihrer Augen strahlte eine außergewöhnliche menschliche Wärme und Gelassenheit. War das die Quelle seines tiefsten Sehnens? Dass sie genau zu wissen schien, wer sie war, und es akzeptierte?

»Warum habt Ihr Euch geweigert, es mir schon eher zu sagen?«, wollte er wissen.

»Weil das, was ich Euch jetzt sagen werde, alles, was Ihr auch immer glaubt von mir zu wissen, nur noch stärker durcheinanderbringen wird.«

»Nein, das wird es nicht«, widersprach er. »Versucht es. Beginnt einfach mit dem Anfang und hört nicht auf, bis Ihr ans Ende gekommen seid.«

Sie blieb für einen Moment stehen und schaute auf den Weg, der vor ihnen lag. Ein dunkler Schatten von Schmerz verschleierte ihre Augen und legte sich in ihre Mundwinkel. Ein Schmerz, den Küsse nicht lindern würden.

»Lord Hanley war seit einigen Monaten mein Gönner, als ich zustimmte, ihn nach Exeter zu begleiten. Er hatte dort eine neue Jacht gekauft. Nicht einfach nur ein kleines Segelboot, sondern ein seetüchtiges Schiff, das so ausgestattet war, dass es dem des Königs Konkurrenz machen konnte. Wir wollten zusammen zur Isle of Wight segeln, zu dem Haus, das er mir für den Sommer versprochen hatte. Doch als wir Exeter erreichten, stieß Philip Willcott zu uns.«

Ryder versuchte, seine Stimme leidenschaftslos zu halten. »Ihr wart Willcott schon vorher begegnet?«

Miracle raffte ihre Röcke und begann, den Pfad hinaufzusteigen. »Gelegentlich. Lord Hanley brachte ihn manchmal mit in meine Wohnung in London, obwohl ich nie ein Geheimnis aus meiner Abneigung gegen diesen Mann gemacht hatte. Irgendetwas an ihm ließ mir das Blut in den Adern gefrieren.«

Ryder folgte Miracle, blieb dabei aber einen Schritt hinter ihr. Ihr Nacken wirkte unter der üppigen Masse ihrer Haare sehr zerbrechlich.

»Ich habe noch nie von ihm gehört. Was für eine Art Mensch ist er?«

»Gewiss nicht die Art, von der man erwarten würde, der Busenfreund eines Earls zu sein.« Sie wich einer kleinen Pfütze aus. »Ein Brocken Kohle, der versucht, für einen Diamanten gehalten zu werden. Und der voller Groll darüber war, dass es sein Schicksal zu sein schien, immer nur der Zündstoff für das Feuer von jemand anderem zu sein, wenn er sich doch danach sehnte, stattdessen Diademe zu schmücken. Vielleicht hoffte er, dass die enge Freundschaft mit Lord Hanley ihm genügend äußeren Glanz verleihen würde, um zu beeindrucken, auch wenn er im Innern immer schwarz bleiben würde.«

»Ich kenne diesen Typ. Warum ist er nach Exeter gekommen?«

»Ich weiß es nicht. Ich war lediglich höflich zu ihm. Ich ging hoch, zu Bett. Er und der Earl saßen noch spät in einem privaten Salon des Gasthauses und tranken etwas zusammen.«

»Ihr habt keine Idee, worüber sie gesprochen haben?«

In einer Art spöttischer Belustigung sah sie ihn einen Moment lang über die Schulter an. »Ich weiß nur, dass Lord Hanley Willcott im Verlauf einer weinseligen Unterhaltung versprochen hat, dass sie sich später in der Nacht meine Gunst teilen wollten. Der Earl schickte mir eine entsprechende Nachricht, damit ich mich bereit machen konnte.«

»Eure Gunst *zu teilen*?« Er verhielt den Schritt. »Um Gottes willen!«

Ihre Lippen verzogen sich in schmerzlich-ironischer Heiterkeit. »Habt Ihr nie der Fantasie nachgehangen, mit einem Freund das Bett einer Lady zu teilen?«

»Nein!«

Sie wandte den Kopf ab, als müsste sie ein Lachen hinunterschlucken. »Ah, Sir Galahad! Die Unschuld spricht! Vielleicht zieht Ihr stattdessen den Gedanken an zwei Ladys vor, die das Bett mit Euch teilen?«

Hitze flutete seinen Körper, sowohl aus Unbehagen als auch Empörung. »Ist es das, was es bedeutet – ?«

»Die Kurtisane der englischen Aristokraten zu sein?« Sie ging weiter vor ihm her, die Röcke mit beiden Händen angehoben. »Es bedeutet oftmals Dinge, die Ihr Euch offensichtlich kaum vorstellen könnt.«

»So naiv bin ich nun auch wieder nicht«, sagte er. »Zu meinem Bedauern arbeitet meine Vorstellungskraft perfekt.«

Sie beschattete die Augen mit einer Hand, als sie sich umwandte und ihn ansah. Er konnte ihren Gesichtsausdruck nicht deuten, doch ihre Haltung wirkte trotzig.

»Dann stellt Euch nicht zu viel vor. Innerhalb gewisser offensichtlicher Grenzen habe ich immer meine eigenen Bedingungen diktiert. Ich hatte Lord Hanley bereits klargemacht, dass Willcott niemals Teil unserer Absprache sein würde. Als ich die Nachricht des Earls erhielt, habe ich mich angekleidet, bin hinuntergegangen und habe ihm das gesagt.«

Erleichterung war ein zu mildes Wort. Etwas, das sehr nahe an Stolz herankam, pulsierte durch Ryders Blut. Mit drei Schritten war er neben ihr, und sie gingen nebeneinander den Hügel hinauf.

»Ich kann mir vorstellen, dass Hanley ... verärgert war?«

»Ich war auch verärgert.«

»Genau genommen wart Ihr wütend?«

Miracle nickte. »Ein wenig rechtschaffener Zorn hilft einem immer, mutig zu sein. Doch Lord Hanley zuckte nur mit den Schultern und sagte seinem Freund, dass er gehen solle. Willcott verbeugte sich und rief nach seinem Pferd. Der Earl und ich gingen hinauf zu Bett. Das sollte eigentlich das Ende der Geschichte gewesen sein. Doch ich hatte – ich weiß nicht warum – diese seltsame Eindringlichkeit in dem Gespräch der beiden gespürt. Ich war beunruhigt. Dann kamen wir in unser Zimmer, und ich dachte, der Earl würde –«

Er hielt seinen Ton so sanft, wie er konnte. »Ihr hattet Angst vor ihm?«

Sie erschauderte und schlang die Arme um sich. »In dem Moment hatte ich Angst. Obwohl Lord Hanley so getan hat, als hätte es nichts ausgemacht, dass ich Willcott zurückgewiesen habe, war er doch sehr wütend darüber. Ich hatte Angst vor dem, zu was ihn dieser Zorn verleiten könnte, deshalb tat ich in dieser Nacht so, als wäre alles in Ordnung.«

Ryder ballte unbewusst die Hände zu Fäusten. Er empfand die Qual eines jeden Mannes, der sich einem Martyrium gegenübersieht. »Ihr habt mit ihm geschlafen?«

»Was wir im Bett getan haben, ist nicht wichtig.«

»Aber Hanley war noch Euer Beschützer.«

»Ja, natürlich. Ich spreche aber nie mit anderen Gentlemen über das, was im Schlafzimmer geschieht.«

Er fühlte sich, als wäre ihm in den Magen getreten worden: erbärmlich, weil er es wissen wollte, erbärmlich, dass er Schuft genug war, das gefragt zu haben, erbärmlich, weil sie dies nun dank seines Drängens noch einmal durchleben musste.

Der Weg führte an einer Ruine vorbei, es waren die Überreste einer kleinen, seit Hunderten von Jahren verlassenen Burg. Die Steinmauern erhoben sich aus dem felsigen Boden. Ein kleiner Wasserfall ergoss sich von einer Anhöhe der Peaks direkt vor ihnen und stürzte einen tiefen Schlund hinab. Miracle verließ den Pfad, trat unter dem Mauerbogen durch und betrat den grasbewachsenen Burghof. Eine Wendeltreppe führte von dort zum Turm der Ruine hinauf. Sie erklomm ihn und trat an die zerbröckelnden Zinnen.

Ryder starrte einen Moment lang zu ihr hinauf, zu der schlanken Gestalt, die sich vor dem blauen Himmel und den dahinziehenden Wolken abhob. Sie schwankte, als würde sie von einem starken Wind geschüttelt werden. Er nahm zwei Stufen auf einmal.

»Ich hätte nicht fragen sollen«, sagte er. »Es tut mir leid.«

Miracle schüttelte den Kopf und setzte sich auf einen Steinklotz, dann schlang sie die Arme um die Knie. Ihr Profil war reiner Stahl, als sie über das Land schaute. Erfüllt von Schmerz über seine Hilflosigkeit, die Vergangenheit zu ändern oder Miracle davor zu bewahren, sich daran erinnern zu müssen, lehnte Ryder sich gegen eine der zerbrochenen Mauerzacken.

»Am nächsten Morgen ließ der Earl mich kaum aus den Augen«, sagte sie. »Seine Stimmung war düster. Ich hatte ihn noch nie zuvor so erlebt und wagte es nicht, ihm offen zu trotzen. Er war ein Mann voller Zorn, der sich an seinen Lieblingsbesitz klammerte, und er hielt meinen Arm mit einem unbarmherzigen Griff fest. Hätte ich versucht, ihn in diesem Moment zu verlassen, hätte das bedeutet, in diesem Gasthaus in Exeter in aller Öffentlichkeit eine Szene zu machen. Ich wusste, dass er mir das nie verzeihen würde.«

»Deshalb seid Ihr mit ihm an Bord der Jacht gegangen?«

»Ja. Bevor wir zum Solent segeln wollten, hatten wir vor, einen Abstecher nach Lyme Regis zu machen, um dort ein paar Tage zu verbringen. Ich dachte, dort würde es einfacher sein, ihn zu verlassen.«

»Nachdem Ihr seinen Argwohn besänftigt hättet?«

»Wenn Ihr so wollt. Doch bevor wir Lyme erreichten, kam Willcott in der Nacht heimlich an Bord. Ich war an Deck gegangen, um die Sterne zu betrachten, und entdeckte ihn dort mit Lord Hanley, sie tranken zusammen. In dem Moment wusste ich, dass ich schon in Exeter hätte gehen sollen, was immer es gekostet hätte. Aber es war zu spät.«

Ryder ließ sich neben ihr nieder. Fast wie blind streckte sie die Hand nach seiner aus und hielt sie fest. Ihr Puls schlug im gleichen schnellen Rhythmus wie seiner, als durchlebten sie zusammen einen Sturm.

»Hanley war betrunken?«

»Ich glaube nicht. Philip Willcott aber war es gewiss. Sie hatten bereits beschlossen, ihr früheres Vorhaben in die Tat umzusetzen, ob ich dazu bereit wäre oder nicht.«

Furcht und Schmerz um sie peinigten ihn. »Ich wünschte, ich müsste nicht darauf bestehen, Miracle, aber ich muss wissen, was dann geschehen ist.«

»Ach, keine Sorge! Es ist nicht so schlimm.« Sie drückte seine Hand und wandte sich ihm lächelnd zu. Ihre dunklen Augen waren voller Mut und Trotz gegenüber der Welt. »Wahrscheinlich nicht annähernd so schlimm, wie Ihr es befürchtet. Willcott versuchte, mich zu vergewaltigen, aber er hatte keinen Erfolg.«

»Ihr habt gegen ihn gekämpft?«

Sie ließ seine Hand los und stand auf, um an den Zinnen entlangzugehen. »Wie ein Dämon! Er zerrte mich unter Deck, in seine Kabine, aber ich war voller kalter Wut und wild entschlossen, ihn zu überlisten oder mich zu wehren, so gut ich es konnte.«

»Und Hanley?«

»Stand in der Tür und hat zugesehen. Seine Augen waren so scharf wie Nadeln, als Willcott mir das Kleid herunterriss, aber gleichzeitig schien er auch wie zu Stein erstarrt. Ich glaube nicht, dass es ihn besonders erregt hat.«

»Ihn *erregt* hat? Um Himmels willen?«

Miracle fuhr herum und sah Ryder an. Sein Gesicht war vor Abscheu verzerrt. Er war so grundanständig und ehrenhaft. Hatte er, der in jenem Turm seiner Vorfahren und so nah an den Sternen lebte, denn nie erfahren, wie hässlich die Welt sein konnte? Doch jetzt hatte sie damit begonnen, alles zu sagen. Sie konnte es ihm nicht länger ersparen – und sich auch nicht.

»Der Earl muss einen Grund gehabt haben, weshalb er Willcott belohnen wollte«, sagte sie. »Wenn es für Euch auch eine merkwürdige Vorstellung sein mag, so gibt es doch viele Männer, die den Gedanken erregend finden, Zuschauer einer Vergewaltigung zu sein. Auch wenn sie dies weit von sich weisen würden.«

Mit offensichtlicher Anstrengung hatte Ryder seine eisige

Kontrolle zurückgewonnen. »Ihr denkt, Hanley ist einer dieser Männer?«

Erinnerungen schlichen sich ein. Miracle schluckte ihre Angst hinunter und schloss die Augen, damit sie genau beschreiben konnte, an was sie sich erinnerte.

»Nein, das wohl nicht. Aber der Ausdruck auf seinem Gesicht war ... Es war, als hätte er eine eiserne Maske getragen – er schien vollkommen gleichgültig. Ich verabscheute ihn in diesem Augenblick mehr, als ich Willcott hasste. Ich schaffte es, mich loszureißen – ich habe dabei meine Schuhe verloren, und mein Haar hatte sich gelöst –, doch ich hob einen Schuh vom Boden auf und schlug Lord Hanley damit in den Schritt. Er krümmte sich, würgte. In dem Augenblick begann Willcott, mich ins Gesicht zu schlagen. Der Earl hat sich einfach umgedreht und ist gegangen.«

Niemand wird dich je wieder wollen. Hure! Hure! Du lässt dich von Hanley bumsen, aber über Philip Willcott rümpfst du die Nase?

»Miracle!«

Die Stimme schien von ganz weit her zu kommen. In ihr lag der schwache Eindruck einer Besorgnis, die sie sich früher vielleicht gewünscht, aber niemals erfahren hatte. Viel heftigere Emotionen bedrängten sie, drohten, sie in die Dunkelheit zu stürzen. Sie presste beide Hände auf ihre geschlossenen Augen und ließ die Worte heraus.

»Willcott drückte mich rücklings auf den Tisch. Er beugte sich über mich und biss mir in den Hals, aber er brauchte eine Hand, um seine Hose zu öffnen.« Die Furcht und die Übelkeit gewannen langsam die Oberhand, brannten hinter ihren geschlossenen Lidern. »Ich schlug um mich, und meine Finger schlossen sich um einen Messergriff. Willcott fiel zu Boden. Da war Blut. So viel Blut!«

»*Miracle!*«

Feste Hände hielten sie an den Schultern. Sie öffnete die Augen, und der Albtraum verschwand. Seine Wimpern hoben sich dunkel gegen seine blasse Haut ab. Ryder sah auf sie hinunter, in seinen Augen lag Verzweiflung.

»Ihr seid beinahe ohnmächtig geworden«, sagte er. »Es tut mir leid. Ich hatte kein Recht Euch zu zwingen, es mir zu sagen.«

»Mir geht's gut.« Sie lachte unsicher und griff nach der Stärke, die man durch Trotz gewinnen kann. »Warum hättet Ihr es nicht erfahren sollen? Mein verrückter fahrender Ritter, der nach meiner Rettung strebt? Oder habe ich Euch jetzt genügend Informationen gegeben, dass Ihr mich nun doch wegen Mordes hängen sehen werdet?«

Kapitel 11

Die Worte standen zwischen ihnen. Miracle hätte fast alles darum geben, sie nicht gesagt zu haben. Doch Ryder wich nicht in Abscheu zurück. Er sah sie nur unverwandt an und half ihr, sich zu setzen.

»Nichts, was Ihr mir sagt, wird je verwendet werden, Euch Schaden zuzufügen«, sagte er sanft. »Das sollt Ihr wissen.«

Miracle lächelte zu ihm auf, in seine tiefgrünen Augen. »Ah, natürlich! Nicht einmal Folter würde Sir Galahad dazu bringen, eines anderen Vertrauen zu enttäuschen.«

Er schwieg und entfernte sich einige Schritte.

Sie lehnte sich gegen die Steinmauer, die stehen geblieben war, wo einst ein höherer Turm gestanden haben musste, der jetzt eingestürzt war. Es schien ihr wie eine passende Metapher für den Zustand ihrer Verteidigung. Schweigend und in gerade Haltung stand Ryder da und schaute zu den Hügeln in der Ferne. Die Schatten vorüberziehender Wolken huschten wie riesige Fischschwärme über die karge Grasnarbe.

»Ich habe keine Ahnung, wie das Messer dorthingekommen ist«, sagte sie, »aber an meiner Hand war Blut. Eine dunkle Lache breitete sich unter Willcotts Körper aus. Es floss aus einer Wunde an seiner Schulter. Ich zog meine Ringe ab und taumelte an Deck. Ich konnte nicht ... klar denken. Lord Hanley lag ausgestreckt im Bug. Er hatte sich bis zur Bewusstlosigkeit betrunken. Es hat mich niemand gesehen, als ich zum Heck gelaufen und ins Beiboot gestiegen bin und das Tau durchschnitten habe. Ich habe das Messer ins Meer geworfen und bin geflohen.«

»In einem Boot ohne Ruder?«

»Das habe ich erst gemerkt, als ich schon aufs Meer hinausgetrieben worden war«, sagte sie. »Und ja, ich denke, dass ich in dem Augenblick sterben wollte.«

Ein tiefes Schweigen lastete über der Burgruine. Ryder wandte sich um und zog eine kleine Flasche aus seiner Tasche. Seine Augen schienen so grau wie die felsigen Erhebungen in der Ferne.

»Hier«, sagte er mit einem ernsten Lächeln. »Eine Leihgabe von Mr. Faber. Brandy. Würde Euch das helfen?«

Die Flüssigkeit brannte in ihrer Kehle. Sie hustete und schnitt Ryder eine Grimasse. »Danke. Und danke dafür, dass Ihr mir nicht eine Litanei abgedroschener Bekundungen über mein empörendes Schamgefühl vorgebetet habt. Meine erste Empfindung war Zorn.«

»Ich bin mehr als erleichtert, dass es nicht noch schlimmer war. Ich hatte gefürchtet –«

»Dass ich vergewaltigt worden bin?«

Er nahm die Brandyflasche wieder an sich und nahm auch einen Schluck daraus. Als er den Kopf in den Nacken legte, enthüllte sich sein kräftiger Hals.

»Ja. Auch wenn ich jetzt weiß, was wirklich geschehen ist, so wird es doch ein wenig Zeit brauchen, die Folgerungen zu überlegen.«

»Welche Folgerungen? Es ist eine ziemlich schmutzige Geschichte, aber auch eine ganz einfache: Willcott hat versucht, mich zu zwingen, ihm zu Willen zu sein, und ich habe ihn deshalb getötet.«

Ryder setzte sich neben sie. Er senkte den Kopf und betrachtete die Steinplatten unter seinen Füßen, die Hände verschränkt zwischen seinen gespreizten Knien. »Gott! Ihr hattet doch jedes Recht dazu!«

»Nichtsdestotrotz habe ich etwas Schreckliches getan, Ryder, und es gibt kein Gericht in diesem Land, das die Meinung vertreten würde, dass eine Hure überhaupt vergewaltigt werden *kann*. Welches Recht sollte sie also haben, sich selbst zu verteidigen?«

Für einen Moment ließ er die Stirn auf seine Fäuste sinken. Miracle schaute sehnsüchtig auf die feste Linie seines Rückens, auf sein mahagonifarben schimmerndes dunkles Haar. Es hatte überhaupt keinen Sinn, sich zu wünschen, alles wäre anders, aber dennoch –

Ryder sprang auf und ging einige Schritte. Am Ende der Brustwehr, dort, wo die Mauer in sich zusammengefallen war, blieb er stehen und schaute in den Abgrund hinunter. »Ich bin froh, dass ich nicht vorher alle Details kannte, sonst wäre Hanley jetzt vermutlich nicht mehr am Leben. Aber davon abgesehen, macht nichts irgendwie Sinn.«

Er wandte sich um, seine Schritte waren rasch und entschlossen. »Warum zum Teufel würde Hanley eine solche Absprache treffen? Warum würde ein Earl, nachdem er sein ausgeprägtes Besitzdenken unter Beweis gestellt hat, es für einen anderen Mann arrangieren, seine Geliebte zu missbrauchen, und sich dann bis zur Bewusstlosigkeit betrinken? Warum lag da ein Messer bereit? Und warum zur Hölle hatte das Boot keine Ruder?«

Eine lähmende Erschöpfung war in ihre Knochen gekrochen. Miracle stand auf und ging zur Wendeltreppe.

»Ich weiß es nicht. Ich kann nicht darüber nachdenken. Wir müssen gehen, wenn wir rechtzeitig beim Jolly Farmer sein wollen, um die anderen nicht zu verpassen.«

Ryder war mit drei Schritten bei ihr. »Dass Hanley Euch verfolgt, ist weitaus gefährlicher zu bewerten, als ich es eingeschätzt hatte, Miracle. Die Ophelia zu spielen ist ein zu großes Risiko.«

»Aber ich kann mein Versprechen, das ich den Fabers gegeben habe, nicht brechen.«

»Welche Summe auch immer sie verlieren würden, wenn sie noch eine Vorstellung ausfallen lassen, ich werde sie ihnen doppelt zurückzahlen.«

All die aufwühlenden, schmerzvollen Emotionen der letzten Stunde drängten wie eine rot gefärbte Flutwelle in Miracle hoch, überschwemmten sie. »Nicht alles kann mit Geld gelöst werden! Es ist auch eine Frage der Ehre. Ich habe ihnen mein *Wort* gegeben.«

»Das verstehe ich«, entgegnete er ruhig. »Aber das kann nicht bedeuten, dass Ihr auch Euer Leben für sie geben müsst.«

Miracle lief die Stufen hinunter und folgte dem Weg. Ryder holte sie ein und ging an ihrer Seite.

»Selbst wenn Hanley im Publikum wäre – und er wird es nicht sein –, würde er niemals annehmen, dass ich es bin«, sagte sie. »Es geht um eine Menge hart arbeitender Menschen, die ein ganzes Jahr darauf gewartet haben. Und es geht um eine Truppe von Schauspielern, die darauf brennen, ihre Vorstellung zu geben und ihr Talent unter Beweis zu stellen. Es geht um Fabers berufliches Ansehen, wenn sie auch in Zukunft ihr Geschäft aufrechterhalten wollen. Da gibt es einen Farmer, der seinen ganzen Zeitplan danach ausgerichtet hat, einmal im Jahr dieses Ereignis auszurichten. Wie könnte man es mit Geld ausgleichen, würde das alles nicht stattfinden?«

»Vermutlich kann man es nicht.«

»Ich werde mich nicht zurückziehen, allein schon deshalb nicht, weil ich bezweifle, dass es wirklich so riskant ist, mein Versprechen zu erfüllen.«

»Also gut«, willigte Ryder ein. »Wir werden uns in Hulme Down so unauffällig wie Kirchenmäuse verhalten. Niemand, der wichtig ist, wird uns zu Gesicht bekommen. Aber danach bestehe ich darauf –«

»Danach könnt Ihr tun, was immer Ihr wollt.« Sie blieb stehen, sah ihn an und wünschte sich verzweifelt, es ihm begreiflich machen zu können. »Ich kann jetzt nicht noch mehr Probleme gebrauchen, Ryder. Wenn ich meine Ersparnisse von meinem Bruder geholt und mich nach Amerika eingeschifft habe, wird nichts von alldem noch zählen, nicht wahr?«

Der Weg hatte sie bis auf den schmalen Kamm des Hügels geführt. Von hier lief er bis zu einer Ansammlung von Gebäuden hinunter, die entlang einem baumgesäumten Fluss standen. Die Fußgänger der Truppe hatten sich bereits vor dem Jolly Farmer versammelt und warteten auf die Wagen.

Ryder schaute auf die Bäume und das im Sonnenschein funkelnde Wasser hinunter. Als er sich wieder umwandte, lächelte er.

»Dann lasst uns den Fabers helfen, die beste *Hamlet*-Aufführung ihres Lebens zu bieten«, sagte er.

Hulme Down wurde von einer kleinen Mühle dominiert. Kleine Hütten standen entlang des Flusses bis hin zur Kirche, dann zerstreuten sie sich an einer schlammigen Straße, die nach Westen und zu der Farm führte, deren Besitzer Gastgeber für Fabers Theatervorstellung war. Beinahe den ganzen Tag über strömte das Publikum in den verschiedensten Transportmitteln in das Dorf: mit Wagen und Karren, in Einspännern und zu Fuß.

Die Scheune, in der die Vorstellung stattfinden sollte, thronte neben dem großen Farmhof und war der Stelle nicht unähnlich, von der Ryder Jeb und Bruiser bei ihrem ersten Zusammentreffen verscheucht hatte. Nur dass hier jeder Stall von Schweinen, Schafen und Vieh fast barst. Die Scheune war im Moment leer und wartete auf die Ernte. Der Boden würde als Zuschauerraum, eine erhöhte Plattform an einem Ende als Bühne dienen.

Miracle stieg von ihrem Wagen herunter und half bei den Kostümen, während die Faber-Brüder begannen, alles für die Vorstellung vorzubereiten. Ryder errichtete Burgmauern, stapelte Waffen aus Holz auf, schleppte Truhen, kümmerte sich um die Pferde und tat das alles mit überlegter Effizienz, als wüsste er auf den ersten Blick, was wie getan werden musste.

Miracle war sich jeder seiner Bewegungen bewusst. Die weit ausholenden Schritte. Die spielerische Kraft, seine Intelligenz. Sie war so verliebt, dass es schmerzte. Es war ein Gefühl, das sie weder wollte noch verstand, doch dieses schrecklich starke Bewusstsein – diese pochende, schwindlig machende Erregung – begleitete sie wie unablässiger Trommelschlag.

Ryder hatte nichts mehr zu Lord Hanley oder dem Vorkommnis auf der Jacht gesagt. Doch er hatte ihr den Anstoß gegeben, über vieles nachzudenken, und ihre stillen Überlegungen hatten sie zu dem Schluss gebracht, den Ryder sofort erkannt hatte: *Es machte keinen Sinn*.

In ihrem blinden Bestreben, alles hinter sich zu lassen, in ihrer blinden Angst vor den Konsequenzen dessen, was sie getan hatte, hatte sie sich nicht gestattet, gründlich über das Geschehene nachzudenken. Bis jetzt.

Ryder hatte recht: Warum waren keine Ruder im Boot gewesen? Und wonach hatte Lord Hanley gesucht?

Doch was sollte sie tun, ein Paradiesvogel, der in den Sohn eines Dukes verliebt war, wenn ihr Leben verwirkt war, und jeder Hinweis darauf, dass er ihre Gefühle erwiderte, nur bedeutete, dass sie ihm am Ende das Herz brechen würde?

»Glaubt nicht, dass wir jemals so schnell aufgebaut haben

wie heute, meine Süße«, sagte Mr. William Faber und ließ sich mit einem vernehmlichen Plumpsen auf einem umgedrehten Fass nieder. »Euer Cousin ist ein kluger Bursche. Vielleicht sogar ein wenig zu klug für Leute wie uns?«

Miracle hörte auf, in der Truhe mit den Kostümen zu kramen, und lenkte ihre Gedanken auf die nahe liegenden Probleme. »Warum sagt Ihr das, Mr. Faber?«

Der Schauspieler warf ihr einen pfiffigen Blick zu. »Er spielt sich kein bisschen auf, nicht wahr? Er mischt sich nicht ein, und er stellt keine dummen Fragen. Doch ich denke mir, dass dieser junge Mann die ganze Truppe mit einem Fingerschnippen übernehmen könnte und wir nicht einmal wüssten, wie uns geschehen ist.«

»Dann wird er einen sehr guten Fortinbras abgeben«, erwiderte Miracle mit einem Lächeln. »Der Prinz, der Dänemark am Ende die Erlösung bringt.«

Dunkelheit senkte sich über Hulme Down, sammelte sich in den feuchten Schatten der Bäume und Häuser. Der Hof und die Felder rings um die Scheune standen voll von Karren und Wagen und Pferden. Ein geschäftstüchtiges Paar verkaufte heiße Pasteten. Jemand anders stach ein Fass Bier an.

Eine größere Menge von Fußgängern traf ein, ausgelassen und fröhlich, und ließ die Flut der Zuschauer noch weiter anschwellen. Ryder ging überall herum und machte seine Vorschläge, die – wie durch Zauber – in die Tat umgesetzt wurden und halfen, das Chaos zu reduzieren. Er verhielt sich absichtlich so unauffällig wie möglich und glitt wie ein Schatten durch die Menge. Doch Wagen und Karren reihten sich geordnet ein und ließen so eine breite Gasse, die die Straße mit dem Hof und dem Fluss verband.

Miracle beobachtete ihn. Ryder wirkte so unerschütterlich wie ein Fels in der Brandung, und eine Welle der Sehnsucht durchströmte sie.

Schließlich war das Publikum in der staubigen, widerhallenden Scheune untergebracht und starrte mit offenem Mund auf die Fassade von Schloss Helsingör, die hinter einer Reihe von Lampen leicht wankte.

Horatio war gerade noch rechtzeitig aufgetaucht, mit einem von Blutergüssen verschwollenen und grünblau verfärbten Gesicht, was einen allgemeinen Ausbruch von Heiterkeit auslöste und zu einigen unhöflichen Bemerkungen provozierte. Der eigentliche Fortinbras begleitete Peggy und ihr neugeborenes Baby zurück zur Truppe, ihre Ankunft wurde für den nächsten Tag erwartet. Alle stimmten überein, dass der verletzte Mann schon am nächsten Tag wieder den Prinz von Norwegen spielen könnte, auch mit einem Arm in der Schlinge, solange er nicht meinte, wieder gegen Hamlets Freund kämpfen zu müssen.

Ryder und Miracle würden nur für diesen einen Abend gebraucht, dann könnten sie ihrer Wege ziehen.

Es ist fast Zeit, dachte sie, und der Gedanke versetzte ihr einen schmerzhaften Stich. *Es ist fast Zeit – und dann werde ich ihn nie wiedersehen*.

In seinem aufwändigen Kostüm mit silberfarbenem Brustharnisch und Helm fand Ryder eine Ecke, in der er seinen ersten Auftritt abwarten konnte. Er hatte getan, was er hatte tun können, um Ordnung in das Chaos zu bringen. Die Fabers waren zu beschäftigt gewesen, die Vorstellung vorzubereiten, um der Umgebung Aufmerksamkeit zollen zu können. Mr. Hodgkin, der Farmer, war ohne Zweifel bereits damit beschäftigt, seinen Anteil am Erlös des Abends auszurechnen, und tat dies vermutlich bei einer Flasche Brandy.

Ryder hatte den Mann am Kragenaufschlag gepackt und offen seine Befürchtungen ausgesprochen, doch Mr. Hodgkin war für seine Warnung vor einer möglichen Gefahr nicht empfänglich gewesen.

Doch die Gefahr war real. Nicht alle Besucher waren in der Scheune, um sich das Stück anzusehen. Verliebte Pärchen nutzten die Gelegenheit, ihren Eltern zu entwischen. Eine Gruppe Jungen rannte zwischen den Farmgebäuden umher. Überall hingen Laternen. Pfeifen waren in der Dunkelheit aufgeglüht wie Feuerfunken im Ruß an der Rückwand eines Kamins.

Doch Ryder konnte nicht viel tun, es sei denn, er würde seine Rolle als Fortinbras nicht spielen. Er musste also auf das Glück vertrauen und hoffen, dass sein ein paar Stunden zurückliegender Rundgang über die Farm Früchte tragen würde, sollte das Schlimmste geschehen.

Ein ominöses Donnergrollen erklang hinter einem Wandschirm am hinteren Ende der provisorischen Bühne. Die Menge verfiel in erwartungsvolles Schweigen. Zwei Soldaten traten in den Schein der Lichter. Der eine von ihnen nahm seinen Posten an der gemalten Burgmauer ein. Der andere stampfte mit seiner hölzernen Hellebarde auf die Bretter der Bühne.

»*Wer da?*«

Das Stück begann.

Das Publikum seufzte und lachte, klatschte und fluchte, pure Emotion auf jedem Gesicht. Sowohl Männer als auch Frauen stöhnten angesichts des Geistes, wenn Verrat aufgedeckt wurde. Als könnten sie den Lauf des Dramas ändern, riefen sie den Schauspielern Bemerkungen zu. Ryder hatte niemals etwas Ähnliches erlebt.

Shakespeares Worte klangen hier seltsam zotig und direkt,

als würde die Naivität der Darstellung deren essenzielle Kraft enthüllen.

Mit Miracles Erscheinen als Ophelia auf der Bühne senkte sich Schweigen über die Scheune, als wäre eine riesige Decke über das Publikum geworfen worden. Ihr Haar fiel offen auf ihre Schultern. Ein angedeutetes griechisches Gewand – aus weißem Musselin mit einem goldenen Band unter ihren Brüsten – drapierte sich lieblich um die Rundungen ihres Körpers.

Die Männer seufzten. Die Frauen begannen, leise in ihre Taschentücher zu weinen. Sam schien in ihrer Gegenwart aufzublühen und wirkte als Hamlet verwirrend real. Als er Ophelia verfluchte, sprangen einige Zuschauer auf, drohten ihm laut und schüttelten die Fäuste gegen ihn, als hätte der Prinz von Dänemark eine ihrer eigenen Schwestern verstoßen.

Als Miracle an späterer Stelle im Stück wieder auftrat, verschwand das weiße Gewand unter einer Fantasie aus wehenden Schleiern. Blumenketten umrankten ihren Körper bis in das Haar, das sie jetzt hochaufgetürmt wie das Nest einer Elster trug. Sie war so schön, als schimmerte Licht aus ihrer reinen Seele, um den zerfetzten Musselin zum Strahlen zu bringen.

Ryder schaute zu Boden, weil er fürchtete, was sein Gesicht den anderen Mitgliedern der Truppe verraten könnte. Das Blut rauschte heiß durch seine Adern. Sein Körper schmerzte vor Verlangen. Die Erinnerung daran, wie er sie geliebt hatte – ihre weichen Brüste, die geschmeidigen süßen Kurven ihres Körpers – verfolgte ihn weit stärker, als jeder Geist jemals einen Prinzen von Dänemark hatte verfolgen können.

Er durfte ihr niemals erlauben, ihn zu verlassen. Er musste sie irgendwie Hanleys Fängen entziehen und in London eine Wohnung für sie einrichten. Lange Abende in ihrer Gesellschaft. Lange Nächte in ihrem Bett.

Ihre Stimme verzauberte: »›*Da ist Vergissmeinnicht, das ist zum Andenken: Ich bitte Euch, liebes Herz, gedenkt meiner!*‹«

Er lauschte ihr so verzaubert, dass er das erste Anzeichen des Unheils fast nicht bemerkte: ein feiner Geruch, schärfer als der Pfeifenrauch, der aus dem Publikum aufstieg.

»›*Und da ist ein Stiefmütterchen, das ist für die Treue.*‹«

Das Publikum seufzte hingerissen. Von draußen klang ein leises Blöken in die Scheune, gefolgt vom tiefen Brüllen eines Bullen und nervösem Pferdewiehern. Ryder zwang seine Gedanken zurück in die Wirklichkeit. Er warf seinen Helm beiseite und schwang sich, Hand über Hand setzend, zum hohen Heuboden der Scheune hinauf, um von dort einen besseren Blick zu haben. Es war schon zu spät.

»Feuer!«, schrie draußen jemand. »Der Heuschober brennt!«

Als die Leute laut schreiend von der Bühne wegdrängten und zu schieben und drängeln begannen, um zu den Türen zu gelangen, brach ein fürchterliches Chaos aus. Frauen kreischten und versuchten, ihre Kinder zu packen.

Miracle ließ die trockenen Stängel fallen, die ihr als Ophelias Kräuter und Blumen gedient hatten. Für die Schauspieler gab es keinen Weg hinaus, nur den durch die Zuschauermenge. Einige hundert Menschen waren dabei, sich vor einer Tür zu stauen, die verschlossen war. In ihrer Panik rempelten sie einander nieder. Zwei Sekunden noch, und die Situation würde außer Kontrolle geraten.

Sie sah, wie Ryder vom Heuboden auf die Bühne hinuntersprang.

»Halt!«

Seine klare Stimme hatte einen Befehlston angenommen. Alle erstarrten an ihrem Platz. Köpfe wandten sich ihm zu, als er in das Licht trat.

»Jeder bleibt genau da stehen, wo er gerade ist.« Die Sicherheit und die beruhigende Wirkung, die von seiner natürlichen Autorität ausgingen, breiteten sich in der plötzlichen Stille aus. »Diese Scheune ist nicht in Gefahr. Die Heumieten sind weit genug entfernt, und der Boden ist feucht. Und jetzt wird jeder Mann der Frau helfen, die neben ihm steht, um deren Kinder in Sicherheit zu bringen. Die vier Männer, die am dichtesten an den Türen stehen, werden diese öffnen. Wenn das geschehen ist, werden die Männer, die körperlich in guter Verfassung sind, sich nach draußen begeben und sich mit mir vor der Scheune treffen. Dann werden wir anfangen, das Feuer zu löschen.«

Er sprang von der Bühne mitten in das Publikum und ging durch die Menge, als wäre er – ah! Miracle schluckte hart. Das genau war es, was er wirklich war: Lord Ryderbourne.

Die Menschen machten ihm Platz. Ryder suchte die kräftigsten Männer aus und winkte ihnen, ihm zu folgen. Die Tür öffnete sich jetzt knarrend.

»Ihr, Sir! Ihr werdet dafür sorgen, dass eine Menschenkette zum Fluss gebildet wird, um Wasser herbeizuschaffen. Eimer hängen an der Westseite dieser Scheune und im Milchschuppen auf der Südseite des Hofs. Und Ihr, Sir, nehmt fünf Männer mit, um Forken aus dem Stall am Nordende des Hofs zu holen. Damit werdet Ihr jedes Feuernest herunterziehen, durch das die Flammen um sich greifen könnten. Ihr, Ihr und Ihr übernehmt die Verantwortung für die Leute in der Scheune, delegiert Aufgaben, falls notwendig, um sicher zu sein, dass jeder, der gehen will, dies auf ordentliche Weise tut. Ihr, Sir, werdet dafür sorgen, dass keine Zuschauer denen in die Quere kommen, die das Feuer löschen.«

Die Menge ordnete sich wie von selbst in das von Ryder vorgegebene Muster. Jüngere Männer liefen schnell, aber ruhig zum Heuschober. Einige der Frauen folgten. Andere setzten sich, um mit ihren sich an ihre Röcke klammernden Kindern abzuwarten. Mrs. Faber, mit blonder Perücke und einer Papierkrone auf dem Kopf, kletterte auf die Bühne und winkte mit hoch erhobenen Armen.

»Kommt«, rief sie. »Wir wollen den Kleinen eine schöne Geschichte erzählen.«

Während die Frauen und Kinder sich um sie versammelten, um eine Geschichte zu hören, schlüpfte Miracle ins Freie. Auf der obersten Stufe der Treppe, die zum Apfellager führte, fand sie einen günstigen Punkt, von dem aus sie das Geschehen überblicken konnte. Ryder war leicht auszumachen. Er war einen Kopf größer als dic meisten anderen Männer, und der Schein der Flammen spiegelte sich auf seinem falschen Harnisch. Sie biss sich auf die Lippen und lachte über ihre jämmerliche neue Verletzlichkeit, aber sie konnte es auch nicht ertragen, ihn nicht anzusehen.

In demselben gelassenen Tonfall, den er zuvor in der Scheune an den Tag gelegt hatte, gab er Anweisungen, die eigentlich mehr Befehle waren: Einige der Wagen sollten weggefahren werden; es sollte dafür gesorgt werden, dass mit einer zweiten Eimerkette auch Wasser zu den Heuschobern gebracht wurde, die noch nicht brannten, damit das Feuer sich nicht ausbreitete. Trotz des Brüllens des Viehs und der Angst, die jedes Feuer hervorrief, beherrschte effiziente Tatkraft das Geschehen. Menschen liefen umher, doch sie taten es ohne Panik, fast so, als wären sie Teil einer disziplinierten Armee.

Die Flammen begannen zu erlöschen und erstarben schließlich zu Rauch. Rinnsale von Wasser hinterließen ihre Spuren zwischen geschwärzten Heubündeln, hier und dort auf den Boden geworfen und gründlich gewässert. Das hohe

Tempo, mit dem die Eimer weitergereicht wurden, wurde langsamer, hielt dann ganz inne. Das Feuer war aus.

»Die Arbeit ist getan, Gentlemen.« Ryder lächelte die beiden Männer an, die die Eimerbrigade geleitet hatten. »Wenn Ihr, Sir, und Ihr noch hier bleibt, um die Glutasche zu beobachten, kann die Vorstellung weitergehen. Und vielleicht wird Mr. Hodgkin jedem Mann, der einen Eimer geschwungen hat, ein Freibier für seine Anstrengung spendieren?«

Ein Hochruf brandete auf, als der Farmer vortrat. Er starrte auf die rauchenden Ruinen seiner Heuschober, dann trat er vor und legte die Hand auf einen unbeschädigten Heuballen, es war einer von drei, die übrig geblieben waren. Tränen liefen ihm über das Gesicht. Miracle konnte nicht hören, was er sagte, doch ein weiterer Hochruf hallte über den Hof. Bier floss durch durstige Kehlen, und die Masse schickte sich an, zurück in die Scheune zu strömen.

Miracle riss sich in der Verwirrung ihrer Gefühle zusammen und lief die Treppe hinunter, um die Vorstellung fortzusetzen.

Ryder ließ den emotionalen, überschwänglichen Dank des Farmers mit so viel Geduld über sich ergehen, wie er aufbringen konnte.

»Ich weiß, dass Ihr mich gewarnt habt, Sir, dass zu viele Leute mit Pfeifen und so herumlaufen«, sagte Mr. Hodgkin, »und dass Ihr mir gesagt habt, ich sollte Posten aufstellen, um sie von meinen Heuschobern fernzuhalten. Es war ein Glück, dass es diese breite Gasse zwischen den Wagen von der Straße bis zum Fluss gab. Vermutlich erwartet Ihr eine Belohnung, Sir?«

»Nein.« Ryder sah an dem Mann vorbei zu den Steinstufen, die zum Lagerboden hinaufführten. »Keine Belohnung.«

»Nein? Na gut, dann will ich mich nicht lumpen lassen wegen –«

In ihrem wehenden Kostüm aus Blüten und Ranken kam Miracle die Treppe hinuntergelaufen. Sie schien so frei zu sein von allen Beschränkungen, frei, jeden Moment eines jeden Tages hinzunehmen und ihn zu etwas Schönem zu machen. Ryder wusste, dass er sich nach dieser Freiheit und Anmut ebenso sehnte wie nach dem Vergessen, das er in ihrem Körper finden konnte.

Mit einem raschen Gruß verabschiedete er sich von Mr. Hodgkin und ging über den Hof, um Miracle abzufangen.

Sie blieb stehen und wandte sich zu ihm um, als Ryder noch einige Schritte weit entfernt war, und es schien, als würde sie es intuitiv spüren, wenn er in ihre Nähe kam.

»Eure Voraussicht hat sich bezahlt gemacht«, sagte sie ernst, ihre Augen wirkten in der Dunkelheit riesig. »Ihr habt die Menschen in der Scheune gerettet, ebenso wie die Heuschober dieses Trunkenbolds. Wäre beim Ansturm auf die Türen Panik ausgebrochen, hätte man vielleicht sogar Tote zu beklagen gehabt. Ihr habt dafür gesorgt, dass ein Weg zum Fluss freigelassen wurde, und Ihr wusstet, wo die Eimer zu finden sind.«

»Die Gefahr war offensichtlich. Ich habe nicht mehr getan, als jeder andere Mann auch getan hätte, als ich bemerkte, dass sich Mr. Hodgkin blind für dieses Risiko zeigte.«

Ihre Finger spielten mit dem zarten Stoff ihres Rocks. »Aber Ihr seid nicht jeder andere Mann. Offensichtlich ist es niemandem in den Sinn gekommen, Euren Anweisungen nicht Folge zu leisten.«

»So ist es.« Seine Zufriedenheit darüber, das Feuer erfolgreich bekämpft und die vielen Menschen vor einem Unglück bewahrt zu haben, begann zu schwinden. »Ist das wichtig?«

Ein kleines Lächeln spielte um ihre Mundwinkel. »Natürlich ist das wichtig. Ich denke, Ihr vermisst Wyldshay mehr als Euch bewusst ist. Ich denke, Ihr sehnt Euch nach Eurem eigentlichen Lebens und erkennt, dass Ihr nicht alle Eure Wünsche damit in Einklang bringen könnt und es niemals können werdet. Obwohl Ihr diesem Dilemma bislang wenig Beachtung geschenkt habt, beginnt es doch, an Euch zu zehren. Aber es gibt keine wirkliche Wahl, Lord Ryderbourne, und es hat sie nie gegeben. Vielleicht solltet Ihr das akzeptieren und nach Hause gehen.«

Der junge Mann, der den Laertes spielte, trat zu ihnen, um Miracle zu holen, damit sie ihren Auftritt fortsetzte. Sie ergriff die Hand, die der junge Mann ihr reichte, und schenkte ihm ein Lächeln strahlender Fröhlichkeit, ehe sie gemeinsam zur Scheune liefen.

Schmerz zerschnitt Ryders Herz. Wyldshay war der Mittelpunkt seines Lebens, seiner Seele. Er könnte es niemals aufgeben, nicht einmal für die Liebe. Miracle hatte recht: Wenn er närrisch genug war zu denken, sich in einen Paradiesvogel verliebt zu haben – in eine Frau, die sich an jeden Mann verkaufte, der ihr Juwelen und Sicherheit versprach –, würde er dem größten Irrtum seines Lebens erliegen.

Doch die Sehnsucht nach ihr brannte in ihm so tief und unmittelbar wie die Leidenschaft für seine Pflicht und sein Erbe.

Sorge und Kummer und Leid, ja selbst die Hölle, sie verwandelte es in Freude und Schönheit.

Ryder schlug den Weg zur Scheune ein. Als er die Tür erreichte, ließ eine Vorahnung ihn über die Schulter schauen.

Eine Kutsche war in den Hof gefahren, die Kutsche eines Gentleman, die von zwei Pferden gezogen wurde. Sie hielt vor dem Farmhaus. Ein hochgewachsener, dunkelhaariger Mann stieg aus und schaute auf die vielen Wagen und Karren. Er sagte etwas zu seinem Kutscher, bevor er sich umwandte und auf die Scheune zuging.

Ryder ging zur Bühne. Miracles Auftritt war zu Ende, aber Fortinbras war in der letzten Szene wichtig. Der Prinz von Norwegen war einer der wenigen, die das Gemetzel am Ende des Spiels überlebten. Das letzte Wort gehörte ihm.

Das Spiel musste weitergehen, auch wenn Ryder gerade von der unausweichlichen Realität eingeholt worden war.

Das Ensemble nahm seinen Applaus entgegen und verbeugte sich mehrmals. Dann begann das Publikum auseinanderzuströmen. Dank der Ordnung, für die Ryder beim Abstellen der Wagen gesorgt hatte, ging der allgemeine Aufbruch ohne Zwischenfall vonstatten. Miracle hatte sich zurückgezogen, um ihr Kostüm abzulegen. Ryder streifte sich seine falsche Rüstung binnen Sekunden ab, doch das Ensemble umringte ihn, wollte ihm die Hand schütteln und ihm zu seiner Vorstellung gratulieren, sowohl vor als auch hinter den Kulissen.

Schließlich schob Mr. Faber alle zur Seite, um auch seine Dankbarkeit in einer Rede auszudrücken, die eines großen Schauspielers würdig war. Ryder hörte so lange wie nötig zu, doch irgendwann schnitt er dem Schauspieler mitten im Satz das Wort ab.

»Ihr seid höchst freundlich, Sir. Das Vergnügen war ganz auf meiner Seite. Doch jetzt müssen meine Cousine und ich Euch verlassen.«

»Jetzt, Sir? Mitten in der Nacht?«

Ryder wies über die Schulter. »Ein Freund ist gekommen, uns abzuholen.«

Er lächelte und scherzte noch für einen Moment mit Mr. Faber, doch irgendwo tief in seinem Innern hatte der Schmerz zu brennen begonnen. Während das Ensemble ihn auf der Bühne noch in Beschlag nahm, war Miracle zurückgekommen und hatte den Neuankömmling begrüßt, der jetzt lässig gegen die Tür zur Scheune gelehnt dastand.

Guy Devoran, Ryders Cousin, hatte ihr beide Hände entgegengestreckt, und Miracle war in seine Umarmung geglitten. Sie hatte sich auf die Zehenspitzen gestellt, um ihn auf den Mund zu küssen. Aus der Intimität dieser Begrüßung war es für jeden Beobachter klar, dass dieser Mann und Miracle einmal Liebende gewesen sein mussten – und es vielleicht noch waren.

Ryder erkannte mit schmerzhafter und absoluter Klarheit, warum man die Eifersucht als Monster bezeichnete.

Guy schaute auf, als Ryder näher kam. Miracle trat von ihm zurück, ihre Miene wirkte zurückhaltend. Sie setzte sich auf einen Mauervorsprung neben der Tür und starrte in die Ferne.

»Guter Gott!«, sagte Guy in gespieltem Entsetzen, während er Ryder die Hand darbot. »Schwert oder Pistole? Oder hast du lediglich den Wunsch, mir einen Kinnhaken zu verpassen?«

Ryder gab ihm die Hand, weil jede andere Reaktion engstirnig gewesen wäre, doch es gelang ihm nicht, seine Stimme freundlich klingen zu lassen. »Gibt es einen triftigen Grund, warum meine Faust auf so unangenehme Weise mit deinem Gesicht zusammentreffen sollte, Guy?«

Ohne die Antwort abzuwarten, verließ Ryder die Scheune. Er musste sich bewegen, damit seine Worte nicht zur tödlichen Realität werden konnten. Ohne eine weitere Bemerkung von sich zu geben, folgte sein Cousin ihm. Die beiden Männer überquerten den Hof und schwiegen, bis sie die Pferche erreichten und dort stehen blieben.

Guy lehnte sich seitlich gegen die Mauer eines Schweinestalls. Seine Miene war ausdruckslos, als er Ryders Blick erwiderte.

»Offensichtlich ist dieses Zusammentreffen kein Zufall«,

begann Ryder. »Also was zur Hölle treibt dich nach Hulme Down?«

»Sorge in Wyldshay.«

»Um Gottes willen!« Trotz seiner Verärgerung lachte Ryder. »Mutter?«

»Lord Hanley hat der Duchess einen Besuch abgestattet, und jetzt spukt herzogliches Unbehagen in den Türmen und streicht wispernd durch die Große Halle. Hanleys Benehmen war zwar tadellos, aber Ihre Gnaden glaubt, dass er dir nichts Gutes will. Deshalb wandte sie sich mit der Bitte an mich, dich aufzuspüren und dir dies zu sagen.«

»Dann muss ich mich dafür entschuldigen, dass es meiner Mutter offenbar gleichgültig ist, dass du dein eigenes Leben hast.«

Eine Sau hob auf der anderen Seite der Mauer schnüffelnd den Kopf. Guy beugte sich herunter und kratzte sie hinter den Ohren. »Glücklicherweise hatte ich bereits geplant, in den Norden zu kommen, deshalb war es nicht wirklich eine Unbequemlichkeit. Und natürlich ahnte ich den verführerischen Duft eines Geheimnisses – und dem ist immer schwer zu widerstehen.«

»Lässt die Duchess noch anderes mitteilen?«

»Nur, dass der Besuch des Earls einen ziemlichen Gestank in der Nase Ihrer Gnaden zurückgelassen hat – etwa so wie dieser Schweinestall, könnte ich mir vorstellen. Aber es ist reiner Zufall, dass ich dich gefunden habe. Ich sah den Feuerschein und den Rauch. Das Feuer war bereits gelöscht, als ich hier eintraf, aber ich habe noch beobachten können, wie beeindruckend gut organisiert alles ablief.«

»Wann bist du in die Scheune gekommen? Bist du nicht vor Staunen fast tot umgefallen, als du mich voller Stolz und in falscher Rüstung auf der Bühne gesehen hast?«

Guy hob den Kopf und grinste. »Nachdem ich meinen älteren Cousin mein ganzes Leben lang als ein Vorbild an herzoglicher Korrektheit erlebt habe – ja.«

Ryder stützte die Unterarme auf die Mauerkante. Obwohl er und Guy sich nie sehr nahegestanden hatten, kannte Ryder seinen Cousin als ehrenhaft bis ins Mark. Guy war im selben Alter wie Jack. Die beiden waren immer wie Brüder gewesen – einander vielleicht enger verbunden, als Ryder und Jack es je gewesen waren. Es war eine Freundschaft, die nur noch fester geworden war, als Guy und Jack sich vor einigen Jahren gemeinsam ihren Pfad der Zügellosigkeit durch die Londoner Gesellschaft geschlagen hatten.

»Ich mache Urlaub von mir selbst«, sagte er schließlich.

Die Sau zog sich schnaufend in ihren Koben zurück. Ferkel begannen zu quieken. Guy stieß sich von der Mauer ab und begann, hin und her zu gehen.

Ryder verschränkte die Arme und beobachtete den jüngeren Mann: den vitalen, charismatischen einzigen Sohn der Schwester seiner Mutter, die vor langer Zeit gestorben war, als Guy noch klein gewesen war. »Und du darfst in der Tat annehmen«, fügte er hinzu, »dass ich wegen Miracle so finster dreingeschaut habe, als wir uns die Hand geschüttelt haben.«

Sein Cousin blieb abrupt stehen. »Wenn das so ist, musst du wirklich über eine bewundernswerte Selbstbeherrschung verfügen.«

»Möglich, aber du hast keine Ahnung, wie mordlustig ich mich fühle!«

Guy lachte. »Ich war nicht sicher, wie ich das Thema anschneiden sollte, aber ich vertraue darauf, dass du mir erlaubst, ebenso direkt zu sein? Du hast gesehen, dass sie mich geküsst hat, und es hat dir nicht gefallen?«

»Dein Leben hing an einem seidenen Faden. Ihr seid ein Liebespaar?«

»*Waren*, nicht sind. Für eine kurze Weile. Vor sehr langer Zeit.«

Es war eine Erleichterung, wenn auch nur eine kleine. »Und Jack ebenso, nehme ich an?«

»Ich habe keine Ahnung! Sie hat mit mir nie über ihre Beziehungen zu anderen Männern geredet.«

Er wollte es nicht aussprechen müssen, doch der Gedanke brannte in ihm. »Aber es ist nicht unwahrscheinlich, nicht wahr? Du und mein Bruder seid oft genug zusammen losgezogen. Jack muss ihr begegnet sein, in welchem Fall ich das Offensichtliche nur vermuten kann.«

»Es ist natürlich möglich«, räumte Guy ein. »Obwohl Jack mir solche Dinge niemals anvertraut hat. Ist es wichtig?«

»Nein, natürlich nicht.« Ryder verdrängte seine widerstreitenden Gefühle. »Sie hat nie versucht zu verbergen, was sie ist.«

»Und Hanley weiß, dass du jetzt mit ihr zusammen bist, nehme ich an? Es scheint doch sehr seltsam, dass ihn das kümmert.«

Ryder schaute zur Scheune hinüber. Miracle stand in der offenen Tür, ihr dunkles Haar floss in Wellen um ihr Gesicht. Sein Herz zog sich in einem verzweifelten Sehnen zusammen: dass die Welt anders wäre, dass sie für sie anders wäre, ihretwegen.

»Ich glaube nicht, dass der Earl sich auch nur einen Pfifferling um Miracle schert«, sagte er. »Ich glaube, dass irgendetwas anderes im Gange ist. Wenn du uns nach Wrendale bringst – vorausgesetzt Miracle hat keine Einwände, dich einzuweihen –, werde ich dir auf dem Weg dorthin alles erzählen.«

Guy und Ryder gingen auf die Kutsche zu – wie zwei rivalisierende Tiger, die gezwungen waren, durch die Dunkelheit derselben Spur zu folgen, und nur darauf bedacht waren, wieder getrennte Wege zu gehen, sobald die Dämmerung anbrach.

Miracle schluckte ihre schmerzhafte Bestürzung herunter.

Wann würde sie lernen, weniger freigiebig mit ihren Versprechen zu sein? Hätte sie Ryder nicht ihr Wort gegeben, hätte sie, um in den Norden zu kommen, die Fabers noch einen weiteren Tag begleiten und dann geradewegs ihren Bruder aufsuchen können.

Obwohl Ryder sich sofort unter Kontrolle gehabt hatte, als er sah, wie sie Guy küsste, wusste Miracle genau, wie es sich anfühlte, von einem Geliebten verletzt zu werden. Sie hatte sich immer größte Mühe gegeben, keine derartigen Wunden zu schlagen, aber dieses Mal hatte sie versagt. Sie erwartete nicht von ihm zu verstehen, warum sie es getan hatte. Und wenn Guy nicht entschied, es zu erklären, konnte sie selbst es auch nicht tun, nur um ihre Ehre zu retten.

Vielleicht war es nicht wichtig. Sie nahm sich seit vielen Jahren Liebhaber. Jeder Mann, der ihre Gesellschaft wollte, musste das tolerieren.

Die beiden Männer trennten sich. Guy ging zu seinem Kutscher, um Anweisungen zu geben. Ryder kehrte zur Scheune zurück, er ging sehr aufrecht und mit weit ausholenden Schritten. Wenn er noch wütend war, so verbarg er dies sorgsam durch eiserne Selbstbeherrschung.

»Guy wird uns nach Wrendale bringen«, sagte er. »Ihr werdet dort in Sicherheit sein.«

»Vor Hanley oder vor Euch und Mr. Devoran?«

Er warf ihr einen prüfenden Blick zu. »Braucht Ihr Schutz vor einem von uns?«

»Guy ist ein wichtiger Teil meiner Vergangenheit«, sagte

sie. »Ich schulde ihm große Dankbarkeit, aber jetzt ist nichts mehr zwischen uns. Ich werde Euch nicht mehr als das sagen, aber Ihr müsst Euch jedenfalls nicht bedroht fühlen.«

»Jeder Mann, dem ich begegne, kann irgendwann einmal Euer Liebhaber gewesen sein, sogar mein eigener Cousin. Es zählt nicht.«

Doch das tat es. Sie wusste, dass es das tat, dass dieses Wissen tief in seiner Seele brannte und gärte. Lord Ryderbourne mochte glauben, dass er liebte, aber er würde sein Herz niemals wirklich einer gefallenen Frau schenken.

»Ich vertraue Guy, wie ich einem alten Freund vertrauen würde«, sagte sie. »Das ist alles.«

»Und ich traue seiner Integrität, wie ich meiner eigenen traue. Deshalb denke ich, wir sollten ihn in unsere kleine Fehde mit Hanley einweihen. Seid Ihr einverstanden?«

»Ihr wollt Eurem Cousin sagen, was passiert ist? Warum?«

»Lasst uns sagen, es könnte klug sein, eine Rückversicherung zu haben. Jack ist in Indien. Wenn mir etwas zustößt, wäre es an Guy, im Namen der St. Georges Rache an Hanley zu üben.«

Guy gesellte sich zu ihnen. Dunkler und von nicht so stattlicher Statur wie Ryder tauchte er wie ein Geist aus der Dunkelheit auf. »Du denkst, der Earl würde wirklich versuchen, dir etwas anzutun?«

»Ich glaube, dass er verzweifelt ist. Du wirst es verstehen, wenn wir dir alles erzählt haben.«

Guy öffnete den Kutschenschlag, half Miracle einzusteigen und bestieg nach ihr die Kutsche. »Mein Schwertarm steht zu Eurer Verfügung, Ma'am, Mylord.«

»Dann bin ich einverstanden«, sagte Miracle. »Eine Dreier-Verschwörung!«

»Ich fange an, Mitleid zu empfinden«, sagte Ryder trocken, als er nach ihnen in der Kutsche Platz nahm, »für Hanley.«

Das Gefährt rumpelte in die Nacht hinein. Miracle saß neben Ryder und lauschte dessen leidenschaftsloser Berichterstattung. Blind durch ihre Wut auf Willcott hatte sie es zuvor versäumt, gründlich über alles nachzudenken, doch jetzt bekam sie eine Gänsehaut.

»Also was wissen wir bis jetzt?«, fragte Guy schließlich. »Lassen wir Willcotts Tod für einen Moment außer Betracht, so scheint der springende Punkt zu sein, dass der Earl nach etwas sucht.«

»Genau. Lass es uns Punkt für Punkt durchgehen. Hanley ist nicht der Typ, der sich daran gütlich tut, mutwillig das Eigentum eines anderen Mannes zu zerstören, und doch hat er – obwohl die Wohnung den Blackdowns gehört – Miracles Zimmer in London verwüstet. Nach allem, was auf der Jacht geschehen ist, macht es keinen Sinn anzunehmen, dass er einfach nur eifersüchtig gewesen ist. Also hat er in der Tat nach etwas gesucht. Er hat Miracle, als sie allein in seiner Kutsche waren, bezichtigt, ihn bestohlen zu haben. Ganz offensichtlich vermutet er, dass Miracle etwas in ihrem Besitz hat, das ihm gehört, und dieser fehlende Gegenstand ist sehr viel wichtiger für ihn als Willcotts ungelegen gekommenes Ableben.«

»Aber was zur Hölle war Willcotts Rolle? Die ganze Sache stinkt zum Himmel.«

»Die Worte, die einem dabei einfallen, sind Erpressung, Bedrohung, Angst«, sagte Ryder. »Hanley hat vor irgendetwas Angst.«

»Vor etwas, was Willcott entweder wusste oder in Besitz hatte«, fügte Guy an.

»Doch jetzt, da Willcott tot ist, hat der Earl statt weniger noch mehr Angst.«

Guy wandte sich an Miracle. »Hat Hanley jemals angedeutet, dass er vor etwas Angst hätte?«

»Nein«, sagte sie. »Er wirkte auf mich nie sehr emotional.«

»Bis sich in Exeter alles geändert hat.« Ryder streckte die Beine aus und starrte auf seine Stiefel. Sein Profil glänzte matt in der dunklen Kutsche, doch sein ganzes Sein war umgeben von einer Aura von Macht. »Was ist mit Euren Sachen passiert, Miracle? Eurem Schmuck und Euren Kleidern. Die Dinge, die Ihr mit nach Exeter genommen habt. Sind sie alle auf der Jacht zurückgeblieben?«

Ihr Herz begann zu klopfen, als sie seinen Gedanken folgte. »Nein, nicht alles.«

Guy lächelte ihr aufmunternd zu, seine Zähne blitzten in der dunklen Kutsche weiß auf. Er war – war es immer gewesen – ein großartiger Mann. »Ah! Also ist etwas in Exeter zurückgeblieben?«

»Das nicht, nein«, sagte sie. »Ich hatte es bis jetzt völlig vergessen. Ich wollte das alles aus meinem Kopf verbannen. Nachdem ich mich entschlossen hatte, Lord Hanley zu verlassen, ist es mir gelungen, einige Dinge an Dillard zu schicken.«

Ryders Augen schienen das Sternenlicht zu reflektieren. »Wusste der Earl das?«

»Nein, ich bin sicher, dass er es nicht gewusst hat. Es war an jenem letzten Morgen. Alles war ziemlich durcheinander. Lord Hanley ließ mich nicht aus den Augen. Aber ich konnte es mir nicht leisten, meinen Schmuck zu verlieren, und da waren auch noch einige andere Dinge, die ich schätzte. Ich bezweifelte, dass es mir gelingen würde, alles von der Jacht herunterzuschmuggeln, hätten wir Lyme Regis erreicht. Also packte ich wahllos einige Dinge in einen kleinen Beutel und versteckte ihn unter meinem Umhang. Ich dachte, ich hätte Gelegenheit, ihn dem Wirt zu geben, damit er ihn für mich mit der Post verschickt.«

»Und habt Ihr das getan?«

»Nein, es war unmöglich. Lord Hanley hat mich die ganze Zeit am Ellbogen festgehalten, und ich hatte – wie ich schon gesagt habe – Angst, eine Szene zu machen.«

»Also wie habt Ihr es dann fertig gebracht?«

»Bei unserer Ankunft in Exeter bin ich rein zufällig mit einem Mann ins Gespräch gekommen, der sich auch in dem Gasthaus aufhielt. Diesen Mann habe ich in der Eingangshalle wiedergesehen, als wir gingen.«

Guy saß aufrecht da, so wachsam wie ein Jagdhund. »Wer war das?«

»Sein Name war Melman, George Melman. In den wenigen Sekunden, in denen Lord Hanleys Aufmerksamkeit durch die Ankunft unserer Kutsche abgelenkt war, ist es mir gelungen, Mr. Melman das Säckchen zu geben. Ich wollte verflucht sein, wenn ich es hätte zurücklassen oder mit auf die Jacht nehmen müssen, deshalb ergriff ich diese günstige Gelegenheit, Lord Hanley zu überlisten, sofort.«

»Ihr habt Eure Wertsachen einem völlig Fremden gegeben?«

»Er kam aus Derbyshire.«

Guy lehnte sich zurück und lachte. »Und Männer aus Derbyshire sind immer ehrlich?«

»Es schien das Risiko wert zu sein. Er war übrigens Priester. Ich hatte die Adresse meines Bruders für den Wirt bereits auf ein Stück Papier geschrieben, also übergab ich ihn stattdessen Mr. Melman, zusammen mit dem Beutel. Ich konnte nicht mit ihm reden, aber ich habe versucht, ihm mit Blicken zu signalisieren, was ich wollte. Er hat es sofort verstanden und genickt, als wollte er mir versprechen, es für mich abzuschicken.«

»Bei diesem Austausch wurde kein einziges Wort gewechselt?«

»Nein, aber ich habe gewusst, dass ich ihm vertrauen kann.«

Ryder lächelte, nicht in Erheiterung, sondern mit einer Art bitterer Erkenntnis. »Was genau befand sich in dem Beutel?«

»Ich weiß es nicht genau. Das meiste von meinem Schmuck, ein wenig Geld. Zwei Bücher, die mir kostbar sind. Einer meiner Fächer, glaube ich. Ich erinnere mich nicht genau. Es ist alles in großer Hast abgelaufen. Ich hatte nur ein paar Sekunden, während Lord Hanley den Nachttopf benutzt hat.«

»Doch Ihr habt etwas an Euren Bruder geschickt, das Hanley haben will.« Ryder schaute aus dem Fenster. »Wenn es so ist, dann würde ich sagen, dass er sich verdammt wenig aus Willcotts Tod macht. Genau genommen, bin ich bereit zu wetten, dass er entzückt gewesen ist, den Mann tot vorzufinden.«

»Was erklärt, warum er kein lautstarkes Geschrei wegen Miracle erhoben hat«, fügte Guy hinzu. »Und warum er so verzweifelt darauf aus ist, sie zu finden.«

Miracle zitterte. Warum sollte Lord Hanley denken, sie hätte etwas von ihm gestohlen? Das war absurd. Sie hatte nur eine Hand voll persönlicher Dinge in ihren kleinen Beutel gelegt. Hanley hatte nicht einmal gewusst, dass sie das getan hatte. Doch der Gedanke an den Earl, der in London ihre Wohnung verwüstet hatte – selbst ihre Kleider und Bücher, sogar das Bett, das sie geteilt hatten –, jagte ihr kalte Schauder über den Rücken.

Mit Erschrecken erinnerte sie sich an sein Gesicht in der Kutsche. *Ich habe Euren ganzen Unrat ins Meer geworfen. Schließlich waren Eure Kostbarkeiten nicht mehr darunter.*

»Weiß Hanley, dass Ihr einen Bruder habt?«, fragte Ryder.

Miracle schaute ihn an, doch sein Gesicht war in der Dunkelheit kaum zu erkennen. »Nein. Niemand weiß das. Niemand außer Euch und Guy.«

»Dann bleibt uns noch etwas Zeit«, sagte Ryder, »ehe die Axt niedersaust.«

Kapitel 12

Obwohl es Sommer und schon fast Morgen war, gab Ryder Befehl, Feuer anzuzünden. Nach ihrer Reise in der ungeheizten Kutsche quer durch die Peaks war er bis auf die Knochen durchgefroren. Er trank einen heißen Kaffee, der mit Brandy versetzt war, lehnte sich auf seinem Stuhl zurück und starrte durch das Kamingitter auf die glühenden Kohlen.

Wrendale, mit seinen eleganten Zimmern und gepflegten Parkanlagen gehörte zum Herzogtum. Ryder war Lord und Herr von allem, was um ihn herum war. Es war ein überraschend leeres Gefühl.

Ein Zimmermädchen hatte Miracle, deren Gesicht bleich vor Müdigkeit gewesen war, in eins der Schlafzimmer hinaufgeführt. Obwohl er sich mit jeder Faser seines Körpers nach ihr sehnte, obwohl die Erinnerung an ihrer beider Leidenschaft ihn beherrschte, empfand er ein sehr reales Unbehagen darüber, das Bett mit ihr zu teilen, wenn Guy im Hause war.

Sein Cousin stand am Kamin. Er stellte seine leere Kaffeetasse neben die Kanne auf dem Silbertablett.

»Was willst du, das ich tue?«, fragte Guy. »Hanley abfangen und ihm ein paar Geschichten darüber erzählen, was alles in dieser Gegend passieren kann, während du und Miracle unbemerkt auf die andere Seite der Erde entkommt?«

»Anders als du und Jack kann ich mich niemals unbemerkt irgendwohin flüchten«, erwiderte Ryder. »Es ist eine der Vergünstigungen meiner Stellung.«

»In diesem Licht habe ich es niemals zuvor gesehen«, meinte Guy mit einem schiefen Lächeln. »Vermutlich ist einer der

Vorteile, selbst keine so herausgehobene Stellung zu haben, dass ich meine Zeit so verbringen kann, wie es mir am besten gefällt.«

Ryder schenkte sich eine zweite Tasse Kaffee ein. »Und um Miracles willen bietest du mir diese Freiheit jetzt zu meiner Verfügung an?«

»Wenn du denkst, dass ich helfen kann. Ich nehme an, du hast einen Plan?«

Es war jetzt nicht die Zeit, über Miracle nachzudenken, die oben im Haus sanft schlummernd im Bett lag. Das anstehende Problem erforderte kaltes, entschlossenes, durchdachtes Herangehen, nicht das überstürzte Handeln eines Mannes, der blind vor Lust war.

»Zumindest teilweise. Was immer wir tun werden, zuerst sollten wir Miracles abhandengekommenen Beutel wiederfinden, und dazu haben wir nicht viel Zeit. Hanley wird das mit Miracles Bruder bestimmt herausfinden. Dillard Heather, der Mann ist Schuhmacher. Er wird einem Earl nicht gewachsen sein.«

Guy wandte sich zum Kamin und wärmte seine Hände. »Du vermutest nach wie vor, dass es bei dieser Sache im Kern um eine Art Erpressung geht?«

»Warum sonst würde Hanley Willcott Miracles Gunst versprechen? Es ging ihm offensichtlich nicht darum, irgendwelche perversen Bedürfnisse zu befriedigen.«

»Gott, das ist übel! Ich weiß nicht, wie du dich beherrschen konntest und Hanley nicht eigenhändig umgebracht hast.«

Ryder trank einen Schluck aus seiner Tasse. »Ich kannte nicht genügend Details, um mir ein Urteil über die Geschichte zu bilden, als wir uns das letzte Mal begegnet sind, sonst hätte es gut passieren können.«

Guy ging zum Fenster und schaute in die Dämmerung, die

den Himmel grau zu färben begann. »Aber womit zum Teufel hätte Willcott ihn erpressen können?«

»Ich habe keine Ahnung. Aber wenn wir richtig liegen, dann wird er aufs Ganze gehen, um zu verhindern, dass wir es herauszufinden.«

»Aber Hanley weiß, dass du Miracle unter deine Fittiche genommen hast. Macht nicht das Wrendale zu einem offensichtlichen Ziel?«

»Für was?« Ryder nahm den Schürhaken auf und stocherte in den Kohlen herum. »Wenn er persönlich herkommt, wäre es mir das größte Vergnügen, ihn wie einen Hund zu erschießen – natürlich erst, nachdem wir die erforderlichen Höflichkeiten ausgetauscht hätten.«

»Und ich stelle mir vor, dass ihm das klar ist. Sollte es zu einem Duell kommen, würde ich mich glücklich schätzen, als dein Sekundant zu fungieren.«

Funken sprühten auf, verteilten sich und verglühten wie Sternschnuppen. »Danke. Auf jeden Fall habe ich genug davon, wie ein Landstreicher durch die Gegend zu ziehen.«

»Doch er wird vermuten, dass Miracle dir sagen wird, was auf der Jacht vorgefallen ist.«

»Was ihn zweifellos gefährlich macht. Er ist verzweifelt, das wiederzufinden, von dem er glaubt, dass Miracle es ihm gestohlen hat. Vermutlich ebenso verzweifelt will er sie zum Schweigen bringen.«

»Und dich gleich dazu?«

Ryder legte den Schürhaken aus der Hand und lehnte sich in die harte Umarmung des Stuhles zurück. »Das hängt davon ab, was er glaubt, wie meine Gefühle für sie sind. Wäre die Situation anders herum, dann würde Hanley sich mit mir gegen eine Kurtisane stellen – allein schon aus Solidarität unter Gentlemen –, selbst wenn er mich bis aufs Blut hasst. Wenn er also annimmt, dass mein Interesse für sie nur vorübergehend ist, wird er darauf vertrauen, dass ich sie eher ohne Zögern verlassen werde als mich in einen Skandal verwickelt zu sehen.«

»Und wie sind deine Gefühle für sie?«, fragte Guy.

»Das geht dich verdammt nichts an.«

»Nein, vermutlich nicht. Weil du gesellschaftlich über mir stehst und fünf Jahre älter bist als ich.« Guys Schritte wurden vom Teppich gedämpft, als er durch das Zimmer ging. »Wir haben uns nie wirklich nahegestanden, nicht wahr? Und doch habe ich meine Kindheit damit verbracht, jede Geste von dir zu bewundern und mich zu bemühen, so wie du zu sein.«

»Guter Gott! Das hast du getan?« Ryder lachte. »Offensichtlich hast du keine Ahnung, wie sehr ich dich und Jack beneidet habe. Vom Tag eurer Geburt an hattet ihr beide so viel mehr Freiheit als ich.«

»Vermutlich hatten wir die«, sagte Guy. »Aber wir haben dich weitaus stärker um deine Macht beneidet.«

»Das Gras ist anderswo immer grüner.«

Guy starrte in das Feuer, als müsste er zu einem Entschluss kommen.

Ryder studierte Guys Erscheinung, jede Nuance von Gestalt und Auftreten, mit distanzierter Objektivität. Guy Devoran hatte das gute Aussehen der Familie der Herzogin geerbt: Er war groß und schlank, hatte die peitschengleiche Kraft eines Windhundes verbunden mit den anmutigen Bewegungen des geborenen Reiters oder Schwertkämpfers. Die Frauen lagen ihm ohne Zweifel zu Füßen, wenn er nur mit dem Finger schnippte.

Hatte Miracle ihn jemals geliebt? Tat sie es noch?

»Aber vielleicht ist es in dieser Situation nötig, dass wir das, was trennt, niederreißen«, sagte Guy schließlich. »Zufällig mache ich mir sehr viel aus Miracle. Der Zustand deines Herzens mag mich nichts angehen, aber – wie du selbst gerade gesagt hast – deine Absichten ihr gegenüber sind ein wichtiger Teil des Bildes, was Hanley angeht.«

Ryder schenkte sich noch mehr Kaffee ein, dieses Mal ohne Brandy. »Du magst ihn auch nicht, oder?«

»Wir haben keine persönliche Fehde, aber er erinnert mich irgendwie immer an eine Schlange. Ich habe Miracle gesagt –«

»Weiter«, sagte Ryder mit eisiger Geduld. »Was hast du Miracle gesagt?«

Guy ließ sich in einen Stuhl fallen, dann schaute er auf. Offensichtlich war er sich der Auswirkungen seiner folgenden Worte bewusst. »Ich habe sie gewarnt, sein Angebot anzunehmen, nachdem er es ihr vor einigen Monaten gemacht hatte.«

Nicht nur Gras war grün. Ryder schluckte den unehrenhaften Impuls herunter, seinen viel zu gut aussehenden Cousin zu erwürgen. »Also wart Ihr noch vor kurzem so intim miteinander verbunden?«

»Nein, nicht auf die Art, wie du denkst. Wir sind Freunde, das ist alles.«

Ryder stellte seine Tasse ab und bezwang die Versuchung, sie mit Brandy zu füllen. Diese Sache war viel zu wichtig, um zu riskieren, seinen müden Verstand mit noch mehr Brandy zu betäuben.

»Vielleicht sind wir beide uns wirklich niemals nahe genug gewesen«, sagte er. »Doch du bist mein Cousin und Jacks bester Freund. Ich vertraue deiner Integrität absolut. Ich denke, wir müssen, wie du es gerade so scharfsinnig bemerkt hast, hinsichtlich Miracle absolut offen zueinander sein.«

Guy wandte den Kopf ab und ließ seinen Blick durch das Zimmer schweifen. Sein Profil hatte dieselbe verdammte engelhafte Reinheit wie Jacks.

»Ich kann dir etwas über die Umstände sagen, unter denen

ich ihr begegnet bin. Was den Rest angeht, nun, ich weiß nicht. Die Hälfte der Geschichte ist die ihre. Sie könnte nicht wollen, dass sie erzählt wird.«

»Es ist auch nicht einfach, wenn es umgekehrt ist, nicht wahr?«, fragte Ryder. »Denn dieselben Vorbehalte treffen natürlich auf ihre Beziehung zu mir zu. Aber ihr Leben steht auf dem Spiel. Hanley kann sich jederzeit entscheiden, Mordanklage gegen sie zu erheben. Unter diesen Umständen sollten wir besser unser persönliches Unbehagen zurückstellen und um ihretwillen die Informationen austauschen, die wir haben. Und selbstverständlich wird nichts, was hier gesagt wird, diesen Raum verlassen.«

»Also gut«, willigte Guy ein. »Vermutlich sollte ich anfangen. Ich nehme an, du weißt, dass sie von Geburt her keine Lady ist?«

Ryder nickte. Unbehagen, Neugier und Furcht vereinten sich in seinem Magen zu einer unheiligen Mischung. Er hatte es vermieden, Miracle nach der Wahrheit über ihre Vergangenheit zu bedrängen. Weil er nichts darüber hatte wissen wollen? Weil es offenbart hätte, dass jede gemeinsame Zukunft unmöglich sein würde?

Sein Cousin beugte sich vor, die Hände zwischen den gespreizten Knien ineinander verschränkt, den Kopf gesenkt, als würde er einen Fleck auf dem Teppich betrachten. »Was hat sie dir über ihre Kindheit erzählt?«

»Nicht viel. Sie hat gesagt, dass sie zur Lehre in eine Baumwollspinnerei geschickt wurde, als sie sechs Jahre alt war.«

Guy schaute auf und sah Ryder an. Seine Augen waren verhangen. »Hast du einen solchen Ort je von innen gesehen? Die Spinnereien sind der Stolz und die Freude unserer aufblühenden Industrielandschaft hier oben in Derbyshire. Die Lehrlinge werden anständig gefüttert und gekleidet, und alle gehen jeden Sonntag zur Kirche. Doch die Kinder arbeiten unvorstellbar viele Stunden in unbeschreiblichem Lärm und Staub. Die Maschinen stehen nie still, nicht einmal, wenn ein Kind während der Arbeit einschläft – auf Kosten eines Auges oder einer Hand oder seines Lebens.«

»Ich dachte, viele der neuen Spinnereien sollten Vorbilder in Sachen sozialer Fürsorge sein?«

»Sind sie auch. Aber dennoch ist es ein hartes Leben für ein Kind, ohne irgendeinen Trost, mag er auch noch so mager sein, ohne Zuhause, ohne liebevolle Mutter. Auf diese Weise hat Miracle fünf Jahre ihrer Kindheit verbracht, sie hat auf einer Strohmatte geschlafen, in einem Waisenhaus, und sie hat viele Stunden in der Spinnerei gearbeitet, die Zeit, die ihr blieb, musste sie mit Näh- und Ausbesserarbeiten verbringen.«

»Aber sie war keine Waise«, sagte Ryder.

»Nein, aber ihr Vater hat sie trotzdem in die Spinnerei gegeben.«

»Er hat sie verkauft?«

»Wenn man so will. Sie hat ihn nie wiedergesehen. Die einzige Ablenkung neben der Arbeit und dem Kirchgang waren einmal die Woche ein paar Stunden Schulunterricht. Den Lehrlingen wurde das Alphabet beigebracht, damit sie bessere Christen und nützlichere Arbeiter sein konnten.«

»Was mehr ist, als man vom Armenhaus oder vom Kind eines durchschnittlichen Farmers sagen kann.«

Kohlen fielen auf den Rost, als das Feuer niederbrannte. Beide Männer ignorierten das leise Geräusch, als wären sie zusammen in demselben Netz aus Betroffenheit gefangen.

»Das Leben auf einem Bauernhof kann natürlich auch körperlich brutal sein«, sagte Guy. »Doch die Dörfer in England brüsten sich mit dem hohen Anteil älterer Bauern: Männer, die ihr ganzes Leben auf den Feldern verbracht haben und trotz allem gesund sind.«

»Himmel! Wyldshay ist voll von ihnen. Wir sind so abhängig von ihnen wie sie von uns. Es wäre verdammt unmenschlich, einen Mann zu entlassen und verhungern zu lassen, nachdem er sein Leben lang für das Herzogtum gearbeitet hat.«

»Du hast immer private Schulen eingerichtet, damit jedem Kind des Herzogtums eine reelle Chance im Leben garantiert ist. Doch irgendwie denke ich, wir werden diese Kinder aus den Spinnnereien nicht alt werden sehen. Ihre Lungen sind voll von Baumwollstaub. Ihre Seelen verkümmern angesichts dieser erbarmungslosen Maschinen. Die Mädchen sehen den Himmel quasi nie, außer wenn sie mal kurz einen Blick darauf erhaschen. Selbst der gemeinste Kuhhirte auf den Feldern weiß, was es heißt, Schmetterlinge zu jagen oder verträumt in die Wolken zu starren.«

Oder in die Sterne –

»Was ist passiert, als Miracle elf war?«

Guy fuhr sich mit der Hand über den Mund, als wollte er einen schlechten Geschmack wegwischen. »Sie fiel jemandem auf, als sie mit den anderen Kindern eines Sonntags in der Kirche war. Einem Gentleman namens Sir Benjamin Trotter. Ich kann mir vorstellen, dass ihre Schönheit bereits damals schon außergewöhnlich und ihre Klugheit für jeden, der sich zwei Minuten mit ihr unterhalten hat, offensichtlich war. Sir Benjamin holte sie aus dem Lehrvertrag heraus und nahm sie in sein Haus.«

Seine Befürchtung kroch ihm in die Eingeweide. »In welcher Stellung?«

Unter dem rötlichen Widerschein des Feuers war Guys Gesicht verzerrt. »Was denkst du denn?«

»Um Gottes willen!« Ryders Kopf fuhr hoch, als Abscheu

und Wut nach seinem Herzen griffen. »Hat er sofort damit begonnen, sie zu missbrauchen?«

»Das musst du Miracle fragen. Sie hat mir nur erzählt, dass Sir Benjamin ihr gestattet hat, in seiner Bibliothek ein- und auszugehen. Ich glaube, sie ist ihm dankbar.«

»Obwohl er sie vergewaltigt hat, als sie noch ein Kind gewesen ist?«

»Ich weiß nur, dass sie sechzehn war, als er starb. Zu der Zeit hatte sie schon seit einiger Zeit das Bett mit ihm geteilt.«

Es schauderte Ryder am ganzen Körper. »Er hat sie in seinem Testament nicht bedacht?«

Guy schüttelte den Kopf.

»Was war mit ihrem Bruder?«

»Dillard war noch unverheiratet und wohnte über dem Laden eines Schuhmachers. Er konnte sie nicht unterstützen. Doch was immer auch seine anderen Fehler gewesen sind, Sir Benjamin hat Miracle das Benehmen einer Lady gelehrt und ihr eine Erziehung angedeihen lassen. Sie war kultiviert und äußerst belesen. Seine Familie erlaubte ihr, ihre Kleider und einige wertlose Schmuckstücke zu behalten. Von einem Cousin bekam sie ein paar Goldmünzen, und so reiste sie nach London, um Schauspielerin zu werden. Sie hatte keine Alternative, außer einem Leben in quälender Armut als Farmarbeiterin.«

»Weil sie sich geweigert hat, zurück in die Spinnerei zu gehen?«

»Kannst du ihr das vorwerfen? Und da ihr Ruf öffentlich ruiniert war, konnte sie weder Gouvernante noch die Gesellschafterin einer Lady werden. Sie hätte noch nicht mal eine Stelle in einem Kurzwarenladen bekommen.«

Ryder sprang auf und ging mit großen Schritten durch das Zimmer, bis zur gegenüberliegenden Wand, wo er wie blind auf die ledergebundenen Rücken in den Bücherborden starrte.

»Wir sind immer sehr schnell mit Worten über Tugend und Keuschheit zur Hand, nicht wahr? Ich habe versucht zu verstehen, mir die Verzweiflung vorzustellen, die eine Frau wie Miracle auf einen solchen Weg hatte treiben können. Hätte man von ihr erwarten sollen, dass sie lieber verhungert wäre?«

»Man kann sagen, dass sie stattdessen triumphiert hat«, sagte Guy.

Ryder stieß seine Faust gegen die Holzschnitzerei des Regals. Blinder Zorn wallte auf, jenseits von Vernunft, am äußersten Rand seiner Beherrschung. »Wie bist du ihr begegnet?«

»Wie begegnet ein junger Spund einer Balletteuse? Ich bin nach einer Vorstellung hinter die Bühne gegangen und habe sie gebeten, mich mit ihrer Gunst zu beehren.«

»Und hat sie es getan?«

»Nein. Sie war erst vor kurzem nach London gekommen. Sie glaubte noch, von dem, was sie auf der Bühne verdiente, ausreichend und anständig leben zu können. Natürlich war das unmöglich.«

Wie durch einen schwarzen Nebel aus Groll sah Ryder zu seinem Cousin. »Also folgte sie dem Beispiel der anderen Mädchen und nahm sich einen Liebhaber?«

»Wollen wir ein wenig in der Galerie auf und ab gehen? Wenn du nicht bald ein wenig von deiner Energie loswirst, wirst du mich womöglich doch noch erwürgen.« Ein Lächeln begleitete seine Worte, doch in Guys Augen spiegelten sich die gequälten, düsteren Emotionen wider, die jeden von Ryders Atemzügen vergifteten.

Die Männer gingen schweigend durch das Haus, ihre Schritte hallten von den Böden aus Eichenholz wider. Ryder sog die Luft der Dämmerung tief in seine Lungen, während sie nebeneinander hergingen. Die Galerie erstreckte sich über die gesamte

Länge des Hauses und wurde auf der Nordseite von hohen Fenstern gesäumt. Familienporträts hingen ihnen gegenüber: eine endlose Reihe von Ladys und Gentlemen – Ryders Vorfahren –, die niemals etwas anderes als Überfluss gekannt hatten. Das harte Echo ihrer Schritte erklang in dem lang gestreckten Raum, als die beiden schweigend von einem Ende zum anderen gingen.

»Also hat sie ihre Meinung geändert?«, sagte Ryder schließlich. »Und sie hat dein Angebot angenommen?«

»Ja.«

»Wie alt warst du?«

»Achtzehn. Nur zwei Jahre älter als sie. Ich hatte damals nicht viel Geld zum Ausgeben, aber ich teilte meine Gewinne am Spieltisch oder auf dem Rennplatz mit ihr, wann immer ich konnte.«

»Und auf diese Weise hast du sie schließlich zu einer professionellen Kurtisane gemacht.«

»Ja, wenn du so willst.«

Eine Frage stand unausgesprochen zwischen ihnen: Guy hatte Miracle offensichtlich nicht die Jungfräulichkeit genommen. Aber hatte sie ihm seine genommen? Ryders quälender Zorn begann sich dank seines tief in ihm verwurzelten Sinnes für Aufrichtigkeit und Gerechtigkeit zu zerstreuen. An Miracles unvermeidbarem Schicksal trug nicht Guy die Schuld. Doch er empfand einen stechenden, sehnsüchtigen Neid auf diese Liebesbeziehung, im ersten Rausch der Jugend erlebt, bevor Miracle mit der verletzenden Gleichgültigkeit ihrer wohlhabenderen Liebhaber konfrontiert worden war.

»Was ist dann passiert?«

»Wir waren Kinder. Wir liebten uns. Wir stritten uns. Keiner von uns wusste, wie wir dem Weg vertrauen konnten, den wir gemeinsam eingeschlagen hatten. Selbst mit meiner Hilfe konnte sie kaum ihre Miete bezahlen. Mein Lebensstil war zu sprunghaft. Nach einigen Monaten ging es einfach auseinander. Ich war eines Tages im Zorn gegangen, als ich zurückkam, war es zu spät. Sie stand schon unter dem Schutz eines viel reicheren Mannes.«

»Wenn es überhaupt etwas zählt«, sagte Ryder, als sie am Ende der Galerie kehrtmachten und den Rückweg antraten, »dann bin ich froh, dass du in diesen ersten Monaten an ihrer Seite warst.«

Guy blieb abrupt stehen. »Gott! Das ist das Großzügigste, was je ein Mann zu mir gesagt hat.«

»Ich meine es aufrichtig. Um ihretwillen. Wollen wir uns die Hand darauf geben?«

Guy ergriff die Hand seines Cousins und grinste. »Ich denke, sie wird es mir nicht verzeihen, dass ich dir das alles erzählt habe.«

»Ich nehme an, dass sie keinem von uns vergeben wird.«

Sie wandten sich um und setzten ihren Weg in einem neuen Gefühl der Kameradschaft fort.

»Sie beharrte darauf, dass sie ohnehin nicht gut für mich wäre«, sagte Guy. »Natürlich war sie viel klüger, als ich es war. Ich würde gern eines Tages fähig sein, einer Ehefrau ein ganzes Herz anzubieten.«

Die Worte hallten wie eine Totenglocke in Ryders Herz wider. Miracle war die Art von Frau, deren Gesellschaft Gentlemen genossen, die sie aber niemals heirateten. Jeder Liebhaber hatte sie einen weiteren unumkehrbaren Schritt von der Möglichkeit weggeführt, irgendwann ein Heim und Kinder zu haben.

»Doch du siehst sie noch?«

»Sie ist eine außergewöhnliche Frau. Gelegentlich begegnen wir uns, und dann reden wir miteinander. Die einzige

Grenze, die sie unserer Freundschaft je gesetzt hat, ist, dass sie keinen Penny von mir annehmen wird, nicht einmal als Weihnachtsgeschenk.«

»Sie hat auch den Rat nicht angenommen, den du ihr, wie du sagst, gegeben hast.«

»Warum sollte sie? Sie hat eine brillante Karriere gemacht. In einer Welt, in der in jeder Saison die Geliebte wie die neuste Mode gewechselt wird, hat sie sich rar gemacht und sehr klug ausgewählt. Nicht jede Beziehung, auf die sie sich eingelassen hat, war herzlos –«

Ryder schlug mit der Faust in seine Handfläche. »Warum zur Hölle hat sie sich dann Hanley zugewandt?«

»Er hat versprochen, ihr genug zu geben, um sich aus diesem Gewerbe zurückziehen zu können. Sie ist erst fünfundzwanzig, aber was zum Teufel kann ihr die Zukunft bieten? Steht einem von uns zu, darüber zu urteilen, dass sie diese Chance ergriffen hat, als sie sich ihr bot?«

Der goldverzierte Stuck schimmerte. Roter seidig glänzender Samt war um die Fenster drapiert. Auf dem Porträt über dem großen Kamin trug seine Großmutter Smaragde und Perlen, die nur ein kleiner Teil des Reichtums der St. Georges waren.

»Nein«, sagte Ryder. »Ich will darüber auch gar nicht urteilen, ich fühle lediglich Kummer, dass sie es für notwendig hielt. Erzähl mir von ihrem Bruder, Dillard Heather. Hat sie viel von ihm gesprochen?«

»Er ist ihr einziger fester Anker im Leben, denke ich. Zumindest ist das der Eindruck, den sie mir vermittelt hat. Ein Jahr, nachdem sie nach London gekommen war, hat Dillard geheiratet und sein eigenes Geschäft eröffnet.«

»Besucht sie ihn?«

»Ich glaube nicht. Dillard und seine Frau haben gerade

eine Familie gegründet. Es ist lebensnotwendig für ihren Erfolg im Geschäftsleben, dass er seine absolute Respektabilität wahrt. Miracle glaubt, dass der Besuch einer Londoner Kurtisane ihm mehr schaden als nutzen würde. Doch sie haben sich geschrieben und Geschenke ausgetauscht.«

»Geschenke?«

Guy fuhr mit den Fingern über die Lehnen einer Gruppe von nebeneinander aufgereiht stehenden Stühlen, während sie weitergingen. »Dillard hat ihr kleine Töpfe mit Honig geschickt, einmal auch einen kleinen Beutel, den er aus Lederstücken gemacht hat. Sie hat diesen Beutel wie einen Schatz gehütet, auch noch, nachdem ihr damaliger Gönner ihr ein Ridikül aus schwarzem Samt geschenkt hat, das mit Perlen und Goldfäden bestickt war.«

»Ich kann mir denken, dass Miracle ihrem Bruder gegenüber sogar noch großzügiger war?«

»Ja, natürlich. Schließlich hatte er eine größer werdende Familie zu ernähren. Ich glaube nicht, dass sie jemals ein Geschenk von einem Bewunderer erhielt, ohne sofort danach etwas nach Derbyshire zu schicken.«

»Dillard hat auch ihre Ersparnisse für sie angelegt.«

Guy blieb stehen und zog eine Augenbraue hoch. »Hat er das? Das wusste ich nicht. Was weiß ich sonst noch alles nicht?«

Ryder begegnete dem dunklen Blick seines Cousins und lächelte. »Du deutest wohl an, dass ich jetzt an der Reihe bin, mein Wissen offenzulegen?«

»Nur die wichtigsten Informationen«, sagte Guy. »Was im Zusammenhang mit dem Problem von Bedeutung ist, das wir mit Hanley haben.«

»Das«, erwiderte Ryder trocken, »ist ohnehin alles, was du von mir erfahren wirst, wie dankbar auch immer ich dir für das bin, was du mir gerade anvertraut hast.«

Die Männer gingen weiter die Galerie hinunter. Ryder wählte seine Worte sorgsam, als er Guy einen umfassenden Überblick über die Vorkommnisse gab, die sich ereignet hatten, seit er Miracle aus dem Boot gerettet hatte. Den ganzen Rest – den herrlichen, schmerzlichen Aufruhr von Gefühlen, der in seinem Herzen tobte, als er sich an jeden einzelnen Moment ihrer gemeinsamen Zeit erinnerte – behielt er für sich.

Guy hörte schweigend zu, dann trat er in eine der Nischen, die die hohen Fenster in der Mitte der Nordwand bildeten. Die Landschaft wurde mit Farbe überflutet, als die Sonne hinter den fernen Hügeln aufstieg.

»Aber einmal vom Zauber ihres offensichtlichen Charmes abgesehen«, fragte Guy, »was zum Teufel hat dich veranlasst, sie auf dieser Reise zu begleiten?«

Ryder verschränkte die Arme vor der Brust und lehnte sich mit der Schulter gegen eine lebensgroße Marmorskulptur, die Hercules und Hydra darstellte. »Ich denke, ich wollte das Abenteuer einer Reise in das Ungewisse, eine Reise ohne einen Zweck oder ein Ziel.«

»Warum?«

»Vielleicht, weil ich mich niemals wirklich beweisen musste. Nicht so, wie Jack es musste. Nicht unter Umständen, unter denen das Leben jeden Tag verwirkt sein könnte.«

Guy setzte sich auf eine der Fensterbänke und streckte die langen Beine von sich. Licht ergoss sich durch die Scheibe und rahmte sein dunkles Haar. »Du beneidest Jack darum?«

Der Kopf der steinernen Hydra, der neben seinem Knie lag, grinste Ryder mit grässlich gefletschten Zähnen an. Er lachte.

»Großer Gott! Es scheint, dass jeder von mir wissen will, ob ich auf meinen eigenen Bruder eifersüchtig bin. Die Antwort lautet nein. Man kann es sich wünschen, die Erfahrungen zu begreifen, die ein geliebter Mensch gemacht hat, ohne darauf neidisch zu sein. Ich habe kein Verlangen danach, in den Wüsten Chinas zu leiden oder mich einem langsamen Tod im Schnee des Himalaja gegenüber zu sehen. Aber vielleicht wollte ich etwas von jener Freiheit schmecken, die Jack auf seinen Reisen gefunden hat.«

»Um herauszufinden, was diesen reinen Stahl im Innersten seines Wesens geschmiedet hat? Und hast du es herausgefunden?«

»Nein, natürlich nicht! Es gibt nie einen wirklichen Weg in die Seele eines anderen Menschen, nicht einmal, wenn diese Seele die des eigenen Bruders ist. Aber wie dem auch sei, mein Abenteuer war nicht mehr als ein Sonntagsausflug. Die Straßen Englands sind nicht die Bergpässe des Karakorum, und der älteste Sohn des Dukes of Blackdown verfügt immer über ein Sicherheitsnetz, ob es ihm gefällt oder nicht.«

»Außer wenn Seine Lordschaft nachts unbewaffnet auf einer einsamen Straße drei Wegelagerern gegenübersteht, die ihn ausrauben, wenn nicht gar töten wollen.« Guy fuhr sich mit einer Hand durchs Haar. »Das war eine so reale Bedrohung, wie ich mich keiner jemals ausgeliefert sehen möchte.«

Ryder zuckte die Schultern und ging zurück bis zur Mitte der langen Galerie. »Ich war verdammt hilflos. Es war einfach Glück, dass wir mit dem Leben davongekommen sind.«

»Auch das Glück zieht einen kühlen Kopf vor, und Pech verlangt ihn geradezu. Unterschätze dich nicht, Ryder. Jack und ich bewundern dich für sehr viel mehr als für die Vorteile deiner gesellschaftlichen Stellung. Jener Stahl, den du im Herzen deines Bruders bewunderst, strahlt ebenso in deinem.«

»Danke«, sagte Ryder. »Ich wünschte, ich könnte dessen so sicher sein, wie du es zu sein scheinst.«

»Mein Gott, dass in euch beiden herausragende Qualitäten

stecken, ist seit Jahren unübersehbar. Wenn ich auch denke, dass dafür eher doch meine Tante verantwortlich ist als irgendwelche Abenteuer auf der Straße.«

Ryder unterdrückte einen Heiterkeitsausbruch. »Mutter ist sicherlich davon überzeugt, ihren Söhnen regelmäßig die Leviten lesen zu müssen. Die Lektionen, die ich bis jetzt gelernt habe, waren aber meist welche über Menschlichkeit und christliche Buße. Miracle nennt mich ihren Sir Galahad, obwohl ich bei jeder Prüfung, als perfekter weißer Ritter zu überzeugen, kläglich versagt habe.«

»Du liebst sie, nicht wahr?«

Sie hat mir das Wesen meiner Seele gestohlen.

Ryder zuckte die Schultern, er war nicht bereit, es auszusprechen: den schmerzhaften, unglaublichen Zustand seines Herzens. »Lass uns einfach sagen, dass sie nie wieder Armut zu fürchten braucht, wenn wir diese Sache mit Hanley überstanden haben.«

Guy stand auf und ging zu seinem Cousin. »Wird das genügen?«

»Ich weiß es nicht! Gott, warum fragst du mich das?«

»Weil es die offensichtliche Frage zu sein scheint.«

Ryder machte auf dem Absatz kehrt und ging zurück in Richtung der Westtür. Guy holte ihn ein und ging an seiner Seite. Die Porträts huschten vorbei wie ein Schleier, der Tanz des Tageslichts hob die Farben wie Juwelen heraus – smaragdgrün, rubinrot, saphirblau.

»Meine größte Sorge ist, dass es nicht genügen wird, dass sie nichts annehmen wird, das weniger als völlige Unabhängigkeit bedeutet. Auch wenn Hanley sein Wort gebrochen hat, so verfügt sie noch über ihre Ersparnisse, und sie hat zum Teufel genug dafür geopfert, sie sich zu verdienen. Sie braucht meinen Reichtum nicht, und ganz sicherlich braucht sie mich nicht. Warum zur Hölle sollte sie sich in London als meine Geliebte etablieren wollen, nachdem sie von der Gnade so vieler anderer ehrloser Lords gelebt hat?«

»Gerade jetzt braucht sie dich, um ihr Leben zu retten«, wandte Guy ein.

»Meinst du nicht, das hätte sich nicht bereits in mein Hirn eingebrannt?«

»Doch Hanley hat Willcotts Tod offenbar nicht publik gemacht. Stattdessen verfolgt er Miracle höchstpersönlich. Was zum Teufel hat er vor?«

»Ich wünschte, ich wüsste es.«

»Wird er seine Spione einsetzen, um Wrendale beobachten zu lassen?«

»Ich denke, dass er das bereits veranlasst hat. Doch wir sind im Dunkeln hier angekommen, und zudem hat es aus einem gesegnet schwarzen Himmel geregnet. Hanley wird einen Bericht bekommen, dass während der Nacht eine Kutsche eingetroffen ist, aber er kann nicht wissen, dass Miracle und ich darin saßen. Schließlich war es deine Kutsche.«

»Ah«, sagte Guy und trat wieder an eins der hohen Fenster, um hinauszusehen. »Ich fange an, deine gewundenen Gedankengänge zu begreifen. Du möchtest, dass ich mich allen hier in meiner ganzen Einsamkeit präsentiere, während du insgeheim Dillard aufsuchst, um das zu holen, was immer Miracle ihm auch geschickt hat?«

Ryder blieb im Schatten, seine Hand lag auf dem Türriegel. Jenseits der Fenster flammte das Morgenlicht über die Baumwipfel. Weiße Schafe zogen über die im Norden gelegenen Weiden. Mit schmerzlicher Deutlichkeit wurde Ryder bewusst, dass er zum Umfallen müde war.

»Vorausgesetzt, der ehrenwerte Mr. Melman hat sich damit nicht aus dem Staub gemacht«, sagte er.

»Niemals!« Guy unterdrückte ein Gähnen. »Er ist ein Mann aus Derbyshire.«

Wrendale war strahlend schön. Vor Pracht. Gemälde, Vasen, Skulpturen. Erlesene Möbel, Porzellan, Teppiche. Die atemberaubende Landschaft krönte den Blick aus jedem Fenster.

Miracle durchwanderte langsam Zimmer um Zimmer. Wrendale war nur eins der herzoglichen Häuser, und normalerweise wurde es nur für wenige Wochen im Jahr bewohnt, im Spätsommer, wenn Ihre Gnaden, die Duchess of Blackdown, diese kühlere nördlichere Gegend bevorzugte. Wyldshay Castle konnte dann währenddessen gründlich vom Dach bis zum Keller gereinigt werden.

Das klang nach einem angenehmen Arrangement, das das Bild einer mittelalterlichen Burg heraufbeschwor. Das Bild von mit Kräutern durchsetztem Stroh auf den Böden, von Hunden, die nach den Knochen schnappten, die ihnen von der Tafel zugeworfen wurden. Doch es war einfach Zeit, Decken zu schrubben, Farbe aufzufrischen, Betten auseinanderzunehmen und Teppiche auszuklopfen, ohne der Familie damit Unannehmlichkeiten zu bereiten.

Miracle erfuhr all das vom Zimmermädchen, das gekommen war, um ihr das Frühstück zu bringen, auch wenn es schon früher Nachmittag war. Sie hatte zwölf Stunden geschlafen. Die Gentlemen, berichtete das Mädchen, schliefen noch. Sie hätten zusammen eine Flasche Brandy geleert und wären dann in ihre Betten getaumelt. Sie hatten angeordnet, nicht gestört zu werden.

Doch ehe Seine Lordschaft in berauschter Benommenheit dem Schlaf anheimgefallen war, hatte er noch eine sehr strikte Anweisung erteilt: Miss Heather sei es nicht zu gestatten, von irgendjemandem außerhalb des Hauses gesehen zu werden. Sie müsse die Fenster meiden und dürfe keinen der Höfe oder keine der Terrassen betreten – nicht einmal für einen Moment. Das Personal war angewiesen worden vorzugeben, dass sie und Lord Ryderbourne niemals eingetroffen wären.

Die Botschaft des Zimmermädchens schickte einen kleinen Schauder Miracles Rücken hinunter, und das nicht nur bei dem Gedanken, dass Ryder und Guy miteinander geredet hatten. Lord Hanley wusste, dass sie bei Ryder war.

Sie ging weiter durch die Zimmer und Korridore, in denen ihre Schritte widerhallten, und erklomm Treppe um Treppe. Das Haus umschloss einen Innenhof mit einem gewölbten Oberlicht. Sonnenlicht funkelte auf Marmor und Rosenholz und Gold und einer endlosen Reihe von Gemälden. Miracle hatte in ihrer Wohnung in London immer einen gewissen Stil gepflegt. Eleganz war von grundlegender Wichtigkeit, wenn man mit Viscounts und Earls verkehrte. Doch noch nie hatte sie sich in einem Haus wie diesem aufgehalten. Im Vergleich dazu war Sir Benjamins Domizil bescheiden gewesen.

Ein langer Korridor führte Miracle schließlich zu einer Reihe geschlossener Türen. Neugierig öffnete sie eine davon. Ein braunes Glasauge unter einem langen Strang aus Pferdehaar starrte sie an. Gemalte rote Nüstern blähten sich, als würde das hölzerne Pferd Feuer atmen. Sie ging näher und berührte den schimmernden grau-weiß gescheckten Nacken. Das Pferd begann sanft zu schaukeln und brachte die eisernen Steigbügel ins Schwingen, die von einem Sattel aus echtem Leder herabhingen.

Ein Kinderzimmer.

Miracle zog den weißen Überwurf beiseite, der den Ohrensessel vor dem Kamin bedeckte, und setzte sich. Hatte Ryder hier als Kind gespielt? Hatte er dieses Pferd geritten und vor

Freude gelacht, während er damit über Fantasiezäune oder über die Milchstraße zum Mond gesprungen war?

Ein neues Leben allein in Amerika schien ihr jetzt fast so grausam wie der Galgen. Sie schloss die Augen und versuchte, über die Sterne nachzudenken.

Sie hatte einmal einen berühmten Kometen gesehen, nicht lange, nachdem sie in der Spinnerei zu arbeiten angefangen hatte. Sie hatte damals nicht gewusst, was es gewesen war. Viele Jahre später hatte Sir Benjamin ihr eine Zeichnung des Kometen gezeigt, dessen Schweif sich zwischen dem dreiundzwanzigsten und vierundzwanzigsten Stern des Sternbildes Ursa Majoris hindurchzog. Sir Benjamin hatte geglaubt, der Schweif müsste zwanzig oder dreißig Millionen Meilen lang gewesen sein.

»Ah«, sagte eine Stimme leise an ihrem Ohr. »Ich habe nach Euch gesucht.«

Miracle öffnete die Augen, um in meergrüne Tiefen zu schauen. Ihr Herz begann zu hämmern, doch sie versuchte, so unbeschwert zu lächeln, als wäre alles in Ordnung.

»Mylord«, sagte sie mit einem scheuen Niederschlagen der Augen. »Ihr habt mich überrascht.«

Ryder grinste und trat zurück. Er lehnte sich gegen eine Kommode und verschränkte die Arme vor der Brust. Er sah wunderbar aus: entspannt und unbeschwert in ihrer Gesellschaft und das Feuer des Verlangens sorgsam unter dem dunklen Blick verborgen.

»Es tut mir leid, Euch zu wecken. Ihr seht bezaubernd aus, wenn Ihr schlaft.«

»Ich habe nicht geschlafen. Ich habe an einen Kometen gedacht, den ich einmal gesehen habe.«

»Den großen Kometen von 1811? Ich habe ihn den ganzen Herbst über mit einem Opernglas beobachtet, vom Dach des

Fortune Tower aus. Aber Ihr könnt zu der Zeit nicht älter als sieben gewesen sein. Wie habt Ihr ihn gesehen, wenn Ihr zu der Zeit doch schon in der Spinnerei gearbeitet habt?«

»Ich hatte versucht wegzulaufen. Ich dachte, wenn ich nur nach Hause könnte, würde mein Vater mich zurückhaben wollen. Ich hatte nicht mehr als tausend Meter geschafft, als ich wieder eingefangen wurde. Zur Strafe wurde ich allein in eine kleine Kammer auf dem Boden des Waisenhauses gesperrt, jede Nacht, eine ganze Woche lang. Über das Fenster waren Bretter genagelt, aber ich konnte durch einen Spalt in den Nachthimmel sehen. Ein blasser neuer Stern war im Charles's Wain.«

»Ihr habt gewusst, dass es ein Komet war?«

In Gedanken verloren sprach sie weiter, ohne zu denken. »Ich habe gedacht, es wäre meine Mutter, die vom Himmel auf mich hinabschaut.«

Er sah auf seine Stiefel. »Ich hoffe, dass es wenigstens ein Trost war?«

»Als sie starb, wurde mir gesagt, sie wäre ein Engel geworden.« Sie zügelte die Erinnerungen und zwang sich, gleichmütig zu klingen. »Später habe ich erfahren, dass ich stattdessen einen berühmten Kometen gesehen hatte. Ich lernte auch, dass der korrekte Name für Wain Ursa majoris, die Große Bärin, lautet. Die Wahrheit ist weitaus tröstlicher als die Fiktion.«

Als würde er verstehen, dass Miracle weder Mitleid noch Plattitüden wollte, fuhr er fort, müßig den Boden zu betrachten. »Wieso das?«

»Der Geist meiner Mutter ist überall, er ist immer da, wenn mein Herz ihn braucht, und er ist nicht zwischen den Sternen festgenagelt wie eine tote Butterblume, und ganz gewiss nicht in einem Himmelskörper, der uns nur einmal im Leben erscheint.« Sie reckte sich, dann warf sie den Überwurf zur Seite. »Ich habe den halben Tag geschlafen. Ich dachte, Ihr würdet auch noch schlafen?«

Ryder schaute auf. »Ein paar Stunden.«

Miracle beugte sich vor und lächelte neckend, als sie ihn ansah. »Aber die Spiele, die im Gange sind, sind viel zu interessant, um es zu rechtfertigen, sich im Bett herumzuwälzen?«

»Zumindest, um es zu rechtfertigen, sich dort allein zu wälzen.«

Sie unterdrückte ein Lachen, zusammen mit der schwindlig machenden schmerzvollen Erkenntnis seiner Rücksichtnahme – dass er ihre Flucht in den Flirt akzeptiert hatte, dass er sie weder mit Fragen nach ihrer Mutter noch nach ihrer Kindheit bedrängt hatte.

»Das Zimmermädchen hat mir auch verraten, dass Ihr sturzbetrunken zu Bett gegangen seid. Deshalb bezweifle ich, dass Ihr von viel Nutzen gewesen wäret.«

Sein Grinsen zeugte von wirklicher Erheiterung. »Welches Zimmermädchen war das? Ich werde sie hinauswerfen.«

»Nein, sie hat Eure Instruktionen sehr ergeben ausgeführt und ist offensichtlich voller Respekt vor Eurer Tapferkeit.«

»Dann kann sie selbstverständlich bleiben. Aber wie dem auch sei, ich vermute, es handelt sich um die Tochter eines meiner Kindermädchen. Deshalb ist ihre Stellung hier sicher, selbst wenn sie sich ihr Leben lang impertinent zeigen sollte.«

Miracle schaute sich um. »War das Euer Kinderzimmer?«

»Ja, zumindest für eine Weile. Ich wurde in diesem Haus geboren. Unglücklicherweise mangelte es mir an der Rücksicht zu warten, bis meine Mutter in das geziemend große herzogliche Bett in Wyldshay zurückkehren konnte.«

»War sie enttäuscht?«

Er stand auf. »Einen Sohn zu haben? Und ihr erstes Kind hier auf Wrendale entbunden zu haben? Nein, es war genau das, was sie geplant hatte.«

»Geplant?«

»Die Herzogin plant alles. Keins ihrer Kinder hätte sich getraut, das falsche Geschlecht zu haben oder zur unpassenden Zeit auf die Welt zu kommen.«

»Warum wollte sie, dass Ihr hier geboren werdet und nicht in Wyldshay?«

Er schlenderte zu einer der Türen, öffnete sie und schaute in das dahinterliegende Zimmer. »Ich glaube, sie dachte, die klare Luft der Peaks würde mir helfen, zu einem kräftigen Burschen heranzuwachsen.«

»Was auch geschehen ist.« Miracle ging zu ihm. Sie schaute in ein Kinderschlafzimmer mit einer Wiege und drei Betten.

»Eins war für die Amme«, erklärte Ryder, »die anderen für ihre Helferinnen. Drei Frauen, die sich um einen einzigen winzigen Säugling kümmern.«

»Ihr habt in dieser Wiege geschlafen?«

Er lachte. »Ich weiß nicht, ob ich viel geschlafen habe. Sie sagen, dass ich in den ersten Wochen nach meiner Geburt gebrüllt habe und nichts mich hat beruhigen können. Vermutlich ist mir die Milch der Amme nicht bekommen. Es stellte sich heraus, dass sie eine Vorliebe für Gin hatte.«

Miracle ging ihm voran in den kleinen Raum und schaute auf die Wiege hinunter. Die Decke aus Satin war mit dem Wappen der St. Georges bestickt.

»Ich habe nie verstanden, warum eine Mutter eine andere Frau dazu einstellt, ihr eigenes Kind zu füttern«, sagte sie. »War die Duchess so eitel?«

»Nein, ich denke nicht. Nicht auf diese Weise. Aber es war die Pflicht Ihrer Gnaden, so schnell wie möglich ein weiteres

Kind zu gebären, und man sagt, das Stillen verzögert eine zweite Empfängnis.«

»Arbeitende Mütter füttern ihre Babys die ganze Zeit und schaffen es trotzdem, viele Kinder zu haben.«

»So ist es wohl. Wolltet Ihr je Kinder haben, Miracle?«

Ihr Herz zog sich in Schmerz zusammen, fast so, als hätte er sie geschlagen. Da sie ihm den Rücken zuwandte, konnte er nicht sehen, dass sie einen Strom heißer Tränen zurückdrängen musste.

»Nein, natürlich nicht! Außerdem bin ich unfruchtbar.«

»Unfruchtbar? Seid Ihr sicher?«

Sie entfernte sich einige Schritte von ihm. Als sie antwortete, lag ein absichtlich geringschätziger Unterton in ihrer Stimme. »Ich hatte eine Fehlgeburt, als ich fünfzehn war. Der Doktor sagte damals, dass ich nie wieder empfangen könnte. Denkt Ihr nicht, dass neun Jahre ohne die Peinlichkeit einer Schwangerschaft bewiesen haben, dass er Recht hatte?«

»Das tut mir sehr leid, Miracle.«

»Nicht doch! Es ist ein sehr nützlicher Umstand in meinem Beruf.« Etwas stieß gegen ihren Oberschenkel. Miracle schaute hinunter. »Großer Gott! Was ist denn das?«

»Meine Kinderkutsche.«

Sie setzte sich mit einem Plumps auf eins der Betten und starrte die Kutsche an. »Wer zum Teufel würde einen Säugling in ein solches Ungetüm legen?«

»Meine Familie. Es ist ein kostbares Erbstück.«

Miracle strich mit der Hand über die Deichsel, an der eine Ziege oder ein großer Hund angeschirrt werden konnte, um das Gefährt zu ziehen. Weich gepolsterter roter Samt säumte den Sitz, aber über die Haube bäumten sich drohend zwei Drachen in Grün und Gold auf, die die Zähne bleckten. Ihre peitschenden Schwänze rollten sich um die Seiten der Kutsche. Bizarr realistisch wirkende Flammen schlugen aus den Drachenmäulern und wanden sich ineinander.

Jedes Kind, das man in diese Kutsche setzte, sah nur grüne Glasaugen, kalt schimmernde Metallschuppen und eine Illusion von Feuer.

»Kein Wunder, dass Ihr geschrien habt! Ob die Milch Eurer Amme nun mit Gin versetzt war oder nicht, das hier reicht aus, um den Schlaf eines jeden Babys zu zerstören.«

»Unsinn! Der erstgeborene Sohn und Erbe wird immer in der Drachenkinderkutsche herumgefahren. Das bildet den Charakter.«

Miracle schaute zu ihm auf, unschlüssig, ob er sie neckte oder nicht. »Ihr würdet sie für Eure eigenen Söhne nutzen?«

Ryder betrachtete die Drachen finster. »Wahrscheinlich nicht.«

»Ihr werdet einen Sohn haben müssen, der eines Tages das Herzogtum erben wird.«

»Ich kann das nicht garantieren, auch auf die Gefahr hin, dass Jack nie wieder mit mir sprechen wird, wenn ich ihm den Titel aufsattle. Er hat viel zu viel Spaß dabei, mit Anne durch die Welt zu ziehen.«

Er öffnete eine weitere Tür und winkte Miracle, ihm zu folgen. Eine Wespe flog laut summend gegen eins der Fenster im Korridor. Miracle zog ihren Schuh aus und schlug sie rasch tot. Ryder wandte sich zu ihr um und zog eine Augenbraue hoch.

Sie erwiderte seinen nachdenklichen Blick und lachte ihn an. »Ihr hättet stattdessen das Fenster geöffnet, um sie hinauszulassen?«

»Ganz und gar nicht! Ich hätte ihr Schicksal den Hausmädchen überlassen.«

»Die sie totgeschlagen hätten, bevor sie sich in einem Staubwedel verbergen und jemanden stechen könnte. Wespen können wieder und wieder stechen. Anders als Honigbienen – oder halb geschändete Kurtisanen – sterben sie nicht, wenn sie sich verteidigen.«

»Ihr werdet nicht sterben«, sagte er.

»Selbst ein Lord Ryderbourne steht nicht über dem Gesetz. Sobald ich mein Geld von Dillard geholt habe, kann mich nur ein Schiff vor dem Galgen retten.«

»Falls es dazu kommt, werde ich Euch persönlich zum Hafen bringen.«

»Dann stimmt Ihr mit mir überein, dass ich sofort zu meinem Bruder muss, sobald es dunkel wird?«

»Ein Zweispänner wird für Euch bereitstehen. Bis dahin darf ich Euch bitten, meinen Cousin und mich mit Eurer Anwesenheit beim Abendessen zu beehren?«

»Ein formelles Abendessen im großen Esszimmer?« Sie lachte zu ihm auf. »Vergebt mir, wenn ich in Klischees spreche, aber ich habe absolut nichts anzuziehen.«

»Dann bittet dieses vorlaute Zimmermädchen, Euch behilflich zu sein. Ich gebe euch beiden die Erlaubnis, das Haus zu plündern. Ich bin sicher, in einem der Kleiderschränke wird sich etwas Passendes finden.«

»Eure Mutter und Eure Schwestern lassen einige ihrer Kleider hier? Es gibt in Eurer Familie nicht eine Frau, die es Euch je vergeben wird, wenn Ihr es jemandem wie mir erlaubt, eins ihrer Abendkleider zu tragen.«

»Aber ich werde Euch nicht vergeben, wenn Ihr es nicht tut«, sagte er. »Wie also entscheidet Ihr Euch?«

Kapitel 13

Sie war hinreißend. Sogar noch hinreißender, als sie es mit sechzehn gewesen war. Guy betrachtete den Schwung ihrer Wimpern, als sie zu seinem Cousin hochschaute. Die bezaubernde Linie ihres Nackens. Die sanfte Schwellung von weißem Fleisch über dem tiefen Ausschnitt aus blauer Seide. Ihre Lippen versprachen sinnliches Entzücken. Selbst die Weise, auf der ihre Finger den Stiel ihres Weinglases hielten, war faszinierend.

Und Ryder war – bei all der kühlen Beherrschtheit seines Benehmens – offensichtlich hingerissen.

Guy nippte an seinem Wein und hörte der Unterhaltung der beiden nur mit halbem Ohr zu. Zum ersten Mal seit Jahren quälten ihn die Erinnerungen: an jene lang zurückliegenden Tage in London, als er und Miracle die letzte Unschuld der Jugend in einem Feuer der Leidenschaft verbrannt hatten. An die gelegentlichen Zusammentreffen danach, ehe Miracle verkündet hatte, dass sie ihrem neuen Gönner die Treue halten würde und dass sie und Guy nur noch Freunde sein könnten.

Intensives, instinktives, aufregendes Flirten war etwas Natürliches für sie. Sogar jetzt, als sie und Ryder nur nüchterne Fakten austauschten, prägte Sinnlichkeit jede ihrer Gesten, jeden ihrer Blicke. Ryder brannte, als hätte sie in den Tiefen seines Herzens ein Feuer entzündet.

War den beiden nicht bewusst, dass sie kopfüber in etwas hineintaumelten, was nur mit gebrochenen Herzen enden konnte?

Guy stellte sein Glas auf den Tisch. Er wollte um keinen

Preis Zeuge dieses Dramas werden. Doch er würde alles in seiner Macht Stehende tun, ihr zu helfen oder sie zu beschützen, denn etwas in ihren Augen ließ Schmerz und Bedauern und Sehnsucht erkennen – ein viel tieferes Gefühl als das feinfühlige Bedauern, das sie einst ihm gegenüber gezeigt hatte.

»Nein, Dillard ist sehr erfolgreich«, erwiderte Miracle auf eine Frage Ryders. »Vor einiger Zeit ist er mit der Familie aus den Räumen über seinem Geschäft ausgezogen. Sie wohnen jetzt in einem großen neuen Haus in einer der besten Straßen Manchesters. Er hat alle Details in seinen Briefen beschrieben.«

»Wenn wir aufbrechen, sobald es dunkel geworden ist, werden wir kurz nach Anbruch der Dämmerung bei Eurem Bruder ankommen.«

»Und Lord Hanley wird uns auf den Fersen sein?«

»Ohne jeden Zweifel«, sagte Ryder trocken. »Aber wir werden vor ihm dort sein.«

Es war eine ganz normale Unterhaltung, und doch knisterte die Luft zwischen ihnen. Warum riss Ryder sie nicht einfach in seine Arme und trug sie hinauf ins Bett?

Miracle stand auf. Ihr Lächeln schloss beide Männer ein, aber die wirkliche Leidenschaft galt Ryder. »Dann werde ich die Gentlemen jetzt ihrem Brandy überlassen, während ich mich auf eine weitere Reise vorbereite.«

In einem leisen Rascheln von Seide verließ sie das Zimmer.

Guy ließ den Kopf in beide Hände sinken. Ryder ging mit großen Schritten zum Kamin.

»Liebst du sie noch immer?«, fragte er.

»Gott!« Guys Kopf fuhr hoch. »Ist das so offensichtlich?«

»Nicht mehr als bei mir, würde ich sagen. Miracle neigt dazu, Männern den Kopf zu verdrehen.«

»Dann ja und nein.« Guy füllte sein Glas nach. »Ich habe

nicht das geringste Verlangen, noch einmal so viel Schmerz zu empfinden. Es gibt kein Zurück, trotz all der jugendlichen Schwüre von unsterblicher Liebe. Ich kann ihr jetzt nichts außer Freundschaft bieten, und sie will nichts anderes.«

»Doch kein Mann kann sie ansehen, ohne sie zu begehren – was wir beide tun«, sagte Ryder. »Es ist ein verdammtes Durcheinander.«

»Warum?«

Ryder betrachtete das Gemälde über dem Kamin, das den dritten Earl in strenger puritanischer Gewandung zeigte. »Weil nichts die Fakten ändern kann: Jede mögliche Zukunft für eine Kurtisane und den ältesten Sohn eines Dukes trägt unvermeidlich die Zerstörung der Liebe in sich.«

»Du willst Liebe?«

Mit der geschmeidigen Kraft eines Athleten fuhr Ryder zu Guy herum und sah ihn an. »Ich hoffe, ich weiß es besser, als mein Leben damit zu vergeuden, etwas zu wollen, das ich nicht haben kann. Aber lass sie uns zumindest vor Hanley retten.«

»Ich werde auf jede Weise helfen, die mir möglich ist.«

»Danke.«

»Um ihretwillen«, sagte Guy mit einem schiefen Lächeln. »Im Augenblick fühle ich mich eher danach, dich zu erwürgen. Aber was willst du, dass ich tue?«

»Verbring den Tag hier auf Wrendale, um Hanleys Spione mit unnützen Mutmaßungen zu beschäftigen, und fahr dann nach London zurück, um dein gewohntes Leben wieder aufzunehmen – zumindest nach außen hin.«

»Während du das zurückholst, was Miracle ihrem Bruder geschickt hat?«

Ryder nickte. »Könntest du versuchen, alles über diesen Philip Willcott herauszufinden, während wir unterwegs sind?«

Guy stand auf und bot Ryder die Hand. Sein Cousin schüttelte sie.

»Hanley hat keine verdammte Chance«, sagte Guy. »Man könnte fast Mitleid mit dem Mann haben.«

»Nein«, sagte Ryder, »niemals.«

Sie schlüpften aus dem Haus und in eine schwarze Welt hinein. Es regnete noch nicht, doch über den Hügeln hingen finstere Wolkenbänke unter den Sternen. Ryder führte Miracle in völligem Schweigen von Wrendale fort. Als sie den Wald betraten, war es wie das Eintauchen in ein Tintenfass. Meile um Meile gingen sie durch die feuchte Dunkelheit, seine Hand war ihr einziger Halt. Hin und wieder zog er sie eng an seine Seite, um einer Pfütze oder herunterhängenden Ästen, deren nasse Blätter in ihre Gesichter peistschten, auszuweichen.

Die Kutsche wartete auf einem kleinen Weg. Miracle erkannte kaum deren dunkle Umrisse, doch das Geschirr klirrte leise und ein Huf scharrte, als eins der Pferde sich bewegte. Ryder half Miracle beim Einsteigen, dann wechselte er einige geflüsterte Worte mit dem Pferdeknecht. Die Kutsche neigte sich unter seinem Gewicht, als Ryder auf dem Fahrersitz Platz nahm. Der Hufschlag und das Geräusch der Räder wurden von der schlammigen Straße gedämpft, und sie fuhren in einer so gespenstischen Stille los, als trüge eine Traumkutsche sie geradenwegs in das Herz der Nacht.

Die Dämmerung zog herauf, als sie von den Hügeln in das liebliche Tal des Flusses Dean hinunterfuhren. Von hier war es nicht weit bis zu der Baumwollspinnerei und dem Waisenhaus, in denen Miracle ihre halbe Kindheit zugebracht hatte. Irgendwo jenseits dieser Bäume ratterten und hämmerten unablässig Maschinen, während die kleinen Kinder, die sie bedienten, langsam taub wurden. Was immer jetzt geschah, sie würde niemals, *niemals* wieder eine solche Arbeit verrichten!

Manchester lag unter einem wässrig blauen Himmel noch halb im Schlaf. Der Duft von Backwaren vermischte sich mit dem Geruch nach Kohlenrauch und Pferden. Einige Händler waren bereits auf den Beinen und trugen Waren aus oder öffneten ihre Läden.

»Die respektable Oberschicht schlummert noch in ihren Betten«, sagte Ryder. »Da Euer Bruder sich ja zu dieser zählt, werden wir es zuerst bei ihm zu Hause versuchen.«

Sie bogen in eine Straße mit schönen neuen Häusern ein, und die Pferde fielen ins Schritttempo. Ryder fasste nach Miracles Hand und drückte sie aufmunternd. Miracle stockte der Atem.

»Es ist so lange her«, sagte sie. »Ich habe Dillard seit Jahren nicht gesehen. Ich bin seiner Frau nie begegnet und kenne auch keins seiner Kinder.«

»Er ist Euer Bruder. Er wird entzückt sein, Euch zu sehen.«

»Ja, natürlich!« Sie schluckte die wachsende Anspannung und Aufregung herunter. »Oh! Da ist es!«

Der grün-weiß gestrichene Zaun war ihr so vertraut, als hätte sie ihn ihr ganzes Leben lang gekannt. Die symmetrische Anordnung der hohen Fenster. Das fächerförmige Türfenster. Der Türklopfer aus Messing, der die Form eines Stiefels hatte. Ihr Herz klopfte, als wäre sie gerannt. Ihr einziger Bruder! Alles, was ihr von ihrer Familie geblieben war. Der einzige Mensch auf der Welt, der sie immer lieben würde, egal, was war.

Ryder ließ die Pferde anhalten und sprang aus dem Zweispänner. Bis auf einen Jungen mit einem Besen war die Straße leer. Seine Mistkarre stand nahe dem Zaun. Ohne aufgefordert worden zu sein, kam der Junge herbeigelaufen, um die Pferde zu halten.

Miracle wartete nervös und aufgeregt in der Kutsche, während Ryder an der Tür klopfte.

Niemand antwortete. Er trat einen Schritt zurück und schaute an der Fassade hinauf. »Seid Ihr sicher, dass es das richtige Haus ist?«

Miracle nickte und musste zuerst ihre Unruhe herunterschlucken, bevor sie sprechen konnte. »Vielleicht ist Dillard schon ins Geschäft gegangen?«

»Und hat sein Personal und seine Familie mitgenommen?«

Ryder klopfte mit mehr Vehemenz. Ein Baby begann zu weinen.

»Geht weg!«, rief eine Männerstimme von innen. »Geht weg!«

»Es ist jemand zu Hause. Ihr sagtet doch, dass Dillard seine eigene Kutsche hat. Gibt es auf der Rückseite des Hauses einen Stall?«

Miracle nickte. Fäuste aus blinder Furcht umklammerten ihren Magen. Sie kämpfte darum, ruhig zu bleiben, sie starrte auf Ryders dunkles Haar, als könnte allein sein Anblick sie davor bewahren auseinanderzubrechen.

Der Junge kratzte sich, vermutlich nach einem Flohbiss. *»Die tun Eusch nix gebbe, auch wenn Ihr vielleicht 'nen Lord sein tut.«*

Ryder zog eine Augenbraue hoch.

Miracle schluckte hart. »Er sagt, dass wir nichts bekommen werden, um wie viel wir auch bitten, selbst wenn Ihr ein Lord wäret.«

»Scharfsichtiger Bursche!« Ryder griff in eine seiner Taschen. »Hier ist ein Penny für dich, Sir. Du musst aber schwören, niemandem zu sagen, dass wir hier waren, oder ich werde zurückkommen, um dir das Fell über die Ohren zu ziehen.«

Eine schmutzige Faust schnappte die Münze aus der Luft. Der Junge bekreuzigte sich in schweigendem Versprechen. Dann nahm er seinen Besen und rannte zurück zu seinem Mistkarren. Er hob ihn mit einiger Mühe an den Griffen an und schob ihn die Straße hinunter.

Ryder stieg wieder in die Kutsche und gab den Pferden die Peitsche.

»Es ist alles in Ordnung«, sagte er mit ruhiger Entschlossenheit. »Wir werden dieser Sache schon bald genug auf den Grund kommen.«

Er lenkte die Kutsche um das Ende der Häuserreihe in die Hintergasse. Die Ställe hinter Dillards Haus standen leer. Ryder band die Pferde an und half Miracle aus der Kutsche. Er führte sie zur Hintertür und klopfte mit dem Knauf der Peitsche an.

Aus dem Inneren des Hauses kam keine Reaktion. Er versuchte, den Riegel zu öffnen. Die Tür war verschlossen, doch hinter ihr waren jetzt leise Schritte zu hören.

Ryder klopfte noch einmal, leiser dieses Mal. »Ist jemand da?«

»Ich werde die Tür nicht aufmachen«, erwiderte die Stimme eines Kindes. »Pa sagt, niemand darf herein, außer er erlaubt es. Nicht mal der Bäcker, obwohl der uns schon viele Tage lang kein Brot mehr gebracht hat.«

Miracle wechselte einen Blick mit Ryder, bevor sie sich zum Schlüsselloch hinunterbeugte. Sie bemühte sich um eine ruhige Stimme, obwohl große Angst sie am ganzen Körper erstarren ließ.

»Bist du Amanda? Wir sind uns nie begegnet, aber ich bin deine Tante Miracle. Du hast vier kleine Brüder und Schwestern. Letzte Weihnachten habe ich dir einen kleinen Muff geschickt. Erinnerst du dich?«

Schweigen.

»Der Muff war aus weißem Fell. Er hat eine kleine Borte aus Silberband und ein Täschchen für ein Taschentuch. Ich habe ihn dir geschickt, den ganzen Weg von London bis hierher. Jetzt bin ich selbst gekommen, um dich zu besuchen. Willst du mich nicht hereinlassen?«

»Ich darf nicht«, flüsterte das Kind. »Papa hat das gesagt.«

Ryder nahm eine Münze aus der Tasche. Das Sonnenlicht glänzte auf dem Kupfer.

»Möchtest du gern einen Penny haben«, fragte Miracle. »Ich habe hier einen. Einen funkelnagelneuen Penny.«

»Kann ich ein Brötchen damit kaufen?«

»Du kannst so viele Brötchen kaufen, wie du möchtest.«

Eine Kette klirrte. Riegel knarrten. Die Tür schwang auf. Ein kleines Mädchen wurde sichtbar. Aus tränenverschmiertem Gesicht schaute es zu den Besuchern auf.

Miracle ging in die Hocke und zwang sich, so beruhigend wie möglich zu lächeln. »Danke, Amanda. Du bist meine älteste Nichte, und es ist mir eine große Freude, deine Bekanntschaft zu machen. Hier ist dein Penny! Du bist sechs Jahre alt, nicht wahr?«

Das Mädchen schnappte nach der Münze, dann steckte es sich den Zeigefinger in den Mund. Sie starrte Ryder mit aufgerissenen Augen an.

»Das ist mein Freund«, sagte Miracle. »Wo ist deine Mutter? Wir dachten, wir hätten ein Baby schreien hören.«

»Mama ist oben«, sagte das Kind. »Sie weint auch.«

»Ist ein Dienstmädchen bei ihr?«

»Nur Simon und Freddy und George und das Baby. Perky ist weg.«

»Eure Gouvernante, Miss Perkins? Sie ist fort? Ist deine Mama krank?«

Amanda schüttelte den Kopf.

»Ist ein Diener da oder ein Küchenmädchen? Wo ist eure Köchin?«

»Alle sind weg. Und Papa hat sich in seinem Arbeitszimmer eingeschlossen. Er wird nicht rauskommen.«

»Dein Papa ist mein Bruder, so wie Simon und Freddy und George deine Brüder sind. Dürfen wir hereinkommen?«

Das Kind nickte und lief voran in einen langen Korridor.

Ryder schloss die Tür hinter ihnen. »Diese Küche ist ein Schlachtfeld«, wisperte er Miracle ins Ohr. »Ich denke, sie hat sich selbst um alles gekümmert.«

Sie erreichten den Fuß der Treppe. Amanda begann hinaufzusteigen.

Eine Tür zum Flur wurde aufgestoßen. »Wer zum Teufel ist da?«, rief ein dunkelhaariger Mann. »Was zur Hölle soll das, in meinem Haus herumzuschleichen? Und es *ist* mein Haus, sage ich! Noch ist es mein Haus!«

Als Ryder sich umwandte, stand er vor Miracles männlichem Gegenstück. Das Haar des Mannes war von demselben schimmernden Schwarz, auch wenn es ihm jetzt wirr vom Kopf abstand. Seine Augen waren rotgerändert und blutunterlaufen, als wäre er die ganze Nacht wach gewesen.

»Mr. Dillard Heather?« Ryder verbeugte sich, als seine angebotene Hand ignoriert wurde. »Ryderbourne. Zu Euren Diensten, Sir. Dies ist Eure Schwester, Miracle. Ich denke, Ihr werdet Euer eigen Fleisch und Blut willkommen heißen?«

Dillard schwieg verblüfft. Sein Atem roch nach Brandy. »Miracle?«

Sie hielt sich am Geländer fest und versuchte zu lächeln. »Ich bin es wirklich, Dillard!«

Ihr Bruder schien zwischen Hoffnung und Panik hin- und hergerissen, wie ein Hund, der sich nach einem ihm dargebotenen Knochen sehnt, aber fürchtet, geschlagen zu werden, wenn er zuschnappt. »Du hast die Neuigkeiten gehört, eh? Bist gekommen, den Krähen zu helfen, sich an meinem Aas gütlich zu tun?«

»Was ist los, Dillard? Wo sind deine Dienstboten? Warum verstecken Mary und die Kinder sich oben?«

Sein Gesicht verzerrte sich. Dillard schlug die Hände vors Gesicht und begann zu schluchzen. Schreckliche, abgerissene Schluchzer.

Ryder wandte den Blick ab. Schmerz hämmerte in seinem Blut, der Schmerz darüber, dass dies Miracles Heimkehr war. Nichtsdestotrotz trat er zurück und ließ sie zu ihrem Bruder gehen. Sie legte die Arme um dessen Schultern.

»Es ist alles in Ordnung, Dill«, sagte sie. »Was ist denn passiert?«

Dillard schlang die Arme um sie, dann schob er sie von sich, um ihr Gesicht so eingehend zu betrachten, als dächte er, sie könnte jeden Moment wieder verschwinden. »Du bist ein Engel, Mirry, wirklich, ein Engel. Ich hab getrunken, das ist alles. Schön, dass du kommen konntest. Du bist so hübsch geworden wie ein Bild.«

Er wandte sich ab und wankte in sein Arbeitszimmer. Tränen liefen Amanda über die Wangen, als sie ihrem Vater nachsah, wie er davonging. Miracle holte tief Luft, dann wandte sie sich an das kleine Mädchen und lächelte mit erstaunlichem Gleichmut.

»Lass mich dich nach oben bringen, Amanda. Deinem Papa geht es nicht so gut, aber ich möchte gern deine Mama und den Rest meiner Neffen und Nichten kennenlernen. Dann wollen wir sehen, wie wir Brötchen bekommen, sollen wir das so machen?«

Das Kind nickte und nahm Miracles Hand.

»Ich werde mich um Euren Bruder kümmern«, raunte Ryder ihr zu, als sie an ihm vorbeiging. »Aber es wird gefährlich sein, zu lange hier zu bleiben. Hanley mag bereits dabei sein, Manchester nach einer Familie namens Heather abzusuchen.«

Sie lächelte ihn tapfer an, obwohl er annahm, dass ihr Herz gerade entzweigebrochen sein musste. »Ich bin mir dessen bewusst. Es ist ein Risiko, das wir eingehen müssen.«

»Es geht Euch gut?«

»Ich bin nur besorgt, dass auch die anderen Kinder hungrig sind. Im Vergleich dazu zählt nichts anderes viel, oder?«

Mit Amanda, die ihre Hand vertrauensvoll in ihre geschoben hatte, ging Miracle die Treppe hinauf.

Ryder sah ihr einen Moment lang nach. Jede andere junge Lady seines Bekanntenkreises hätte sich vermutlich in hysterische Tränen aufgelöst und von ihm gefordert, sich um nichts als um ihr persönliches Elend zu kümmern. Miracle stattdessen hatte sofort erkannt, dass der Kummer des Kindes wichtiger war als ihr eigener.

Doch die Uhr tickte. Hanley wusste, dass Miracle nach Norden floh. Solange sie den Beutel nicht hatten und herausfanden, warum der Earl ihn haben wollte, war ihr Leben in Gefahr.

Dillard hatte sich noch einen weiteren Brandy eingeschenkt. Bis auf das Tablett, auf dem die Flasche und die Gläser standen, war jede Fläche im Arbeitszimmer – Tisch, Regale, fast der ganze Teppich – von einem Durcheinander einer Menge Papiere übersät.

Er schaute auf, als Ryder eintrat. »Ein Freund von Mirry, eh? Nehmt einen Drink, Sir!«

Ryder nahm dem Mann das Glas aus der Hand und stellte es zurück auf das Tablett. »Ihr habt genug getrunken, Mr. Heather.«

Dillard fiel schwer in einen Stuhl, zerdrückte dabei Briefe und Rechnungen.

»Um was geht es?«, fragte Ryder. »Bankrott?«

»Wie zum Teufel wisst Ihr das?« Dillard starrte ihn an, als sähe er einen Geist. »Haben die Büttel Euch geschickt?«

»Niemand hat mich geschickt. Ich habe lediglich Eure Schwester hierher begleitet.«

»Dann, um Gottes willen, bringt sie wieder fort, Mr. Ryderbourne.«

»Lord Ryderbourne.« Ryder schob einen Stapel von Rechnungsbüchern zur Seite und setzte sich auf die Schreibtischkante.

Dillard presste die Lippen aufeinander, als empfände er Abscheu. »Mirrys neuster Beschützer, eh? Kein Grund für Ausflüchte, Mylord. Ich weiß, womit meine Schwester ihren Lebensunterhalt verdient. Es ist meine Schande ebenso wie ihre.«

Ryder musste sich zurückhalten, dem Mann nicht einen Kinnhaken zu verpassen. »Steht auf, Sir!«

Dillard taumelte auf die Füße. »Wenn ich den Mut gehabt hätte, ich hätte mir eine Kugel in den Kopf geschossen, also zum Teufel mit Euch und Eurem verdammten selbstgefälligen Gehabe, Eure Lordschaft!«

»Ihr habt eine Frau und fünf Kinder, Sir. Und noch seid Ihr nicht im Gefängnis.«

Miracles Bruder klammerte sich an den Schreibtisch. »Gläubiger werden uns davonjagen, mit Sack und Pack, und alles zum Verkauf anbieten. Meine Kinder werden hinausgejagt werden und hungern, und ich werde in einer Zelle im Schuldturm sitzen, was immer Ihr auch sagt.«

»Es ist nicht meine Gewohnheit, Dinge zu sagen, die ich nicht meine, Mr. Heather. Legt Euren Arm um meine Schultern, und kommt mit!«

Als würde er ferngesteuert, tat Miracles Bruder genau das, was ihm gesagt worden war. Ryder stützte ihn und bugsierte ihn in die Küche, wo er den Kopf des Mannes über das Spülbecken drückte. Dillard stand hilflos da und starrte auf das Chaos aus schmutzigem Geschirr, während Ryder die Pumpe betätigte. Selbst als der plötzliche Wasserschwall sich über seinen Kopf ergoss, stand Dillard teilnahmslos still, wandte aber langsam das Gesicht von einer Seite zur anderen, um zu sich zu kommen.

»Wieder nüchtern?«, fragte Ryder.

Dillard schnappte nach Luft. »Nein. Vermutlich braucht es mehr als das.«

Ryder betätigte erneut den Pumpenschwengel. Mehr Wasser strömte. »Reicht es jetzt?«

Dillard schüttelte den Kopf und schleuderte die Wassertropfen von sich wie ein Hund, der aus einem Teich kam, dann schauderte er heftig.

»Scheint so!«

Ryder griff sich ein Handtuch von einem Haken neben dem Herd. »Setzt Euch auf den Stuhl dort, und trocknet Euer Haar. Ich werde ein Feuer anzünden.«

Dillard setzte sich. Wasser tropfte in seinen Kragen und auf seine Krawatte. »Euer Lordschaft müssen das Feuer nicht machen. Ich werde es tun.«

»Ihr bleibt dort sitzen.«

Der Mann zitterte und schloss die Augen, ehe er sich mit sichtlicher Anstrengung zusammenriss. »Ich bin kein richtiger Mann, nicht wahr?«

Ryder entfachte ein Feuer, füllte den Kessel mit Wasser und hängte ihn über die Flammen. »Das liegt ganz bei Euch. Brandy erweist sich selten als geeignetes Mittel gegen Probleme.«

»Es war nicht unbedingt eine bewusste Entscheidung«, sagte Dillard mit einem kleinen Anflug von schiefem Humor. »Man könnte sagen, dass eines sozusagen zum anderen geführt hat.«

Ryder verschränkte die Arme und sah ihn an. »Ihr hattet einigen Erfolg in Eurem Geschäft. Ihr habt Euch Geld geliehen. Expansion brachte mehr Profit. Ihr habt Euch mehr geliehen. Während Euer Geschäft wuchs, habt Ihr investiert. Einige der Unternehmungen schienen ein wenig risikoreich, doch Ihr hattet Eure Freude an diesen Kapiteleinkünften. Schließlich hattet Ihr so verdammt hart für alles andere gearbeitet, und es war der einzige Weg, Euer Kapital schnell genug anwachsen zu lassen.«

Dillard legte sich das Tuch um den Nacken. »Ihr seid sehr scharfsinnig, richtig? Es lief eine Weile gut.«

»Und es hätte weiterhin laufen können, nur dass Euer Lebensstil immer aufwändiger wurde. Ihr habt dieses Haus gekauft und Euch eine Kutsche gehalten, lange bevor Ihr es Euch hättet leisten können. Ihr habt Dienstboten angestellt und eine Gouvernante für die Kinder. Ihr habt sogar Unterricht darin genommen, wie ein Gentleman zu reden – wahrscheinlich habt Ihr eigens dazu einen Butler engagiert. Und währenddessen habt Ihr Eure Familie in Luxus leben lassen.«

»Ich musste das richtige Auftreten gewährleisten. Jedes erfolgreiche Geschäft ist auf einen Bluff gebaut, Lord Ryderbourne.«

Ryder schaute sich in der schmutzigen Küche um. Er hatte sich entschlossen, dass Miracle niemals erfahren sollte, wie schlimm es stand.

»Ohne Zweifel. Doch zu viele Investitionen stellten sich als falsch heraus. Das Kapital begann auszubluten. Als Ihr Eure Dienstboten nicht mehr bezahlen konntet, sind sie gegangen.

Am Ende fiel alles wie ein Kartenhaus in sich zusammen. Jetzt bedrängen Euch Eure Gläubiger und drohen damit, Euch die Kredite zu kündigen. Deshalb habt Ihr rasch einen Drink genommen, um Eure Nerven zu beruhigen – und dann noch einen. Ist es so?«

Dillards Mund arbeitete. »Ich bin nicht der erste Mann, der ein paar Fehlentscheidungen getroffen hat.«

»Und Ihr werdet auch nicht der letzte sein. Es gibt nur einen Teil an dieser Geschichte, der wirklich zum Himmel stinkt, und für den ich nicht übel Lust hätte, Euch zu Brei zu schlagen.«

Dillard hob abrupt den Kopf. Seine Augen waren scharlachrot gerändert, doch er war wieder halbwegs nüchtern. »Was zur Hölle meint Ihr?«

Ryder beugte sich vor. »Die Ersparnisse Eurer Schwester. Ihr habt sie veruntreut oder etwa nicht? Ihr habt Miracles Geld verloren, so wie Eures.«

Das Handtuch zerdrückte in seinen Fäusten. »Wie zum Teufel seid Ihr darauf gekommen?«

»Weil ich wahrscheinlich auch nach jedem Strohhalm gegriffen hätte, wie unehrenhaft so etwas auch sein kann, bevor ich hätte mitansehen müssen, wie meine Kinder hungern.«

Miracles Bruder starrte Ryder einige Momente stumm an, er atmete mühsam. »Ich habe es mir nur geliehen, nach und nach«, sagte er schließlich. »Ich habe mir selbst versprochen, dass ich es ihr mit Zinsen zurückzahlen werde, wenn die Dinge wieder ins Lot gekommen sind. Ich hatte nie vor –«

»Doch es ist weg.« Ryder richtete sich auf, ging in der Küche herum, öffnete Gläser und Schachteln.

Dillard stand auf und warf das Handtuch zu Boden. »Ihr werdet keinen Tee oder Kaffee finden, Mylord. Die Köchin hat alles mitgenommen, als Ausgleich für den Lohn, den ich ihr noch schuldete.«

Ryder sah ihn an. »Ihr hättet das erwähnen können, bevor ich den Kessel gefüllt habe. Was soll's! Ich muss alles über einen Beutel wissen, den Miracle zur Aufbewahrung hierher geschickt hat. Ein Mr. George Melman hat ihn überbracht.«

Dillard errötete und biss sich auf die Lippen. »Ich habe ihn nicht.«

Mit einem Schritt war Ryder bei Miracles Bruder und packte ihn an der Kehle. »Habt Ihr auch das Eurer Schwester gestohlen?«

»Ich stehe vor dem Ruin! Ja! Deshalb habe ich rasch hineingeschaut, aber obwohl ich in Versuchung war, den Schmuck zu verkaufen, habe ich es nicht getan!«

»Warum habt Ihr ihn dann nicht mehr? Was ist geschehen?«

»Patrick O'Neill platzte herein, gerade als Mr. Melman hier ankam. Wahrscheinlich hat er das Haus beobachtet. Er hat sich den Beutel genommen und den Inhalt auf den Tisch in der Halle geleert.«

»Dieser O'Neill ist einer Eurer Gläubiger?«

Dillard nickte. »Er hat den Schmuck genommen und gesagt, das wäre noch nicht genug, um meine Schulden zu tilgen.«

»Und die anderen Gegenstände?«

»Ich dachte, die Gerichtsvollzieher würden alles von Mirrys Sachen nehmen, zusammen mit meinen. Deshalb habe ich Mr. Melman gebeten, den Rest zu verwahren, bis ich danach schicken werde.«

»Dann habt Ihr Euch also einen kleinen Funken von Ehre bewahrt. Hat Melman eine Adresse hinterlassen?«

»Er ist Wanderprediger. Er wollte nach Norden, in Richtung Lancashire, und er hat gesagt, er würde später mit mir Verbindung aufnehmen.«

Ryder musste unwillkürlich lachen. »Dann bitte ich Euch jetzt nur um eins, Mr. Heather: Eure Schwester wird nichts davon erfahren.«

»Aber wenn sie mich nach dem Schmuck fragt ... ich wüsste nicht, wie ich es vor Ihr verbergen könnte.«

»Sagt ihr die Wahrheit darüber, dass Melman den Beutel gebracht hat, aber Ihr werdet Euren verdammten Mund halten, was den Verlust des Rests ihrer Ersparnisse betrifft. Lasst sie denken, dass Ihr eine Pechsträhne hattet, doch dass Eure Investitionen sich jetzt ausgezahlt hätten.«

»Aber ich kann es ihr niemals zurückzahlen!«

»Doch, Ihr könnt. Ich werde Euch ein Darlehen geben.«

Dillards Gesicht bekam plötzlich wieder Farbe. Dann sank er in sich zusammen. »Ein Darlehen, Mylord?«

»Ihr habt gehört, was ich gesagt habe.«

Miracles Bruder legte den Kopf auf den Küchentisch und begann zu schluchzen.

Ryder rieb seine Pferde trocken und ließ sie in Dillards Stall zurück, dann machte er sich wie ein kriegerischer Racheengel auf seinen Weg durch Manchester. Er benötigte fast den ganzen Vormittag.

Das Erste, was er erledigte, war, einen Bäckerjungen mit Brot, Brötchen und Fleischpasteten zu Dillards Haus zu schicken. Ein Milchmädchen ließ er frische Milch, Butter und Käse, den Lebensmittelhändler Äpfel, Kohl, Kartoffeln, Tee, Kaffee und Schokolade liefern. Den Schlachter beauftragte er, Rindfleisch und Würstchen bringen zu lassen.

Die Kinder sollten ein Fest haben, ausgerichtet von ihrer Tante Miracle.

Ein wenig länger dauerte es, die Bankiers und Geschäftsleute aufzusuchen, doch jedem von Dillards Gläubigern wurde geschmeichelt oder zugeredet oder gedroht, bis er einer neuen Finanzierung zustimmte. Die Hypothek auf das Haus wurde auf Lord Ryderbournes Namen eingetragen und danach getilgt. Händler, Lederlieferanten, Dienstboten, der Schmied – jeder, der eine Forderung gegen Mr. Dillard Heather oder seine Familie hatte – sahen ihre Rechnungen in bar bezahlt. Nur O'Neill war nicht zu finden. Er war nach Irland zurückgegangen.

Ohne Zweifel legten einige Transaktionen die Vermutung einer Übervorteilung nahe. Ohne Zweifel hätten günstigere Vereinbarungen getroffen werden können, wenn Ryder sich mehr Zeit genommen hätte. Doch die Kosten kümmerten ihn nicht. Er wollte nur dafür sorgen, dass Miracle niemals herausfinden würde, dass ihr Bruder sie betrogen hatte.

Er fand die Gouvernante durch eine Vermittlungsagentur für Ladys. Nein, Miss Perkins hatte noch keine neue Stellung gefunden. Ja, ihre Referenzen seien immer ausgezeichnet gewesen, doch die meisten Familien bevorzugten heutzutage eine jüngere Gouvernante. Es half nicht, leider, dass sie die letzte Stellung in solcher Eile verlassen hatte.

Miss Perkins öffnete ihm die Tür und enthüllte den Blick auf ein schäbiges Zimmer, das hier und da das Bemühen zeigte, ihm einen mutigen Anstrich von Vornehmheit zu verleihen. Mit ruhiger Stimme, ihre Augen sanft und dunkel, erklärte sie, entzückt zu sein, zur Familie Heather zurückkehren zu können. Seine Lordschaft sei zu freundlich. Sie vermisse die Kinder mehr, als sie sagen könne. Obwohl kein Wort des Kummers über ihre Lippen kam, war es offensichtlich, dass Perky selbst am Rande bitteren Elends stand.

Ryder kehrte in die Straßen zurück, in denen die Bessersituierten wohnten, und blieb kurz gegenüber von Dillards

Geschäft stehen. Das Schild über dem Fenster prangte in goldenen Buchstaben auf schwarzem Grund: DILLARD HEATHER, STIEFEL- UND SCHUHMACHER.

Sobald Hanley hierherkäme, würde er Miracle sofort aufspüren können. Inzwischen war es für Ryder unmöglich geworden, seine eigene Anwesenheit und sein Interesse für die Familie Heather geheim zu halten. Er war der hochgeschätzte älteste Sohn des Dukes of Blackdown. Manchester war vermutlich niemals zuvor Zeuge so vieler Verbeugungen und Katzbuckeleien gewesen.

Als er in Dillards Haus zurückkehrte, war es später Nachmittag. Ryder durchlebte einen Augenblick wirklicher Furcht, als er den Weg zur Eingangstür hinaufging. Wenn der Earl schon da gewesen war –

Doch sein Mann stand noch auf seinem Posten, und Miracle öffnete die Tür, um ihn anzulächeln. Sein Herz machte einen Sprung, als er das Leuchten in ihren Augen sah.

»Ich bin bereit zu wetten, dass die einzige Person, die bis jetzt noch nichts gegessen hat, Ihr seid«, begrüßte sie ihn.

Er zog sie für einen verstohlenen Kuss in seine Arme. »Wie kommt Ihr darauf? Gab es dramatische Veränderungen, während ich fort war?«

»Nichts, außer dass eine bemerkenswerte Welle von Jubel durch den Haushalt gefegt ist.«

»Gott sei Dank! Diese Verzögerung war mehr als nur ein wenig zermürbend.«

»Dummes Zeug! Jetzt da sie gegessen hat, wäre Amanda selbst Lord Hanley überlegen.«

Sie führte ihn durch in die Küche und stellte einen Teller mit dampfendem Essen vor ihn hin. Ryder sog den würzigen Duft ein – Gott, war er hungrig! –, dann schaute er sich um. Die Küche war makellos: das Geschirr abgewaschen und fortgeräumt, der Boden geschrubbt, der Herd glänzte frisch geschwärzt. Miracles Hände verrieten, wie hart sie gearbeitet hatte.

»Die Elfen sind fleißig gewesen, während ich fort war«, sagte er.

»Es ist immer gut, Beziehungen zum Elfenvolk zu haben.« Sie saß ihm gegenüber und hatte das Kinn auf beide Fäuste gestützt. Dunkle Haarwellen rahmten ihr Gesicht. Er sehnte sich mit plötzlicher Verzweiflung danach, dass sie ihm wirklich ihr Herz schenkte. »Miss Perkins kommt zurück, und Dillard sagt, dass seine Angelegenheiten eine Wendung zum Besseren genommen haben. Das ist natürlich Euer Werk, oder irre ich mich?«

»Ich habe ihm ein Darlehen gewährt, das ist alles. Sein Geschäft ist gesund genug. Es ist nur eine rasche Infusion von Kapital.«

Miracle verzog den Mund und senkte den Blick. »Also hat er wegen nichts solche Angst gehabt?«

»Wenn Ihr so wollt. Ich werde meinen Mr. Davis aus Wyldshay herschicken, der ihn beraten kann, wie er seine Umsätze in Zukunft besser verwaltet.«

Miracle wandte den Kopf und schaute hinaus in den hellen Sommernachmittag jenseits des kleinen Fensters. Der Anblick ihres Profils raubte ihm wie immer den Atem.

»Dillards Frau, Mary, erwartet in wenigen Wochen ein Kind. Sie ist vor vier Tagen auf dem Teppich im Schlafzimmer ausgerutscht und ist ans Bett gefesselt. Dillard ist jetzt bei ihr, und Miss Perkins kümmert sich im Kinderzimmer um die Kinder.«

»Er hat Euch von Mr. Melman berichtet?«

Sie nickte. »Aber alles andere schien so viel wichtiger.«

Ein leises Geräusch im Flur ließ sie aufschauen. Dillard

kam herein und legte eine Hand auf Miracles Schulter, dann setzte er sich neben sie.

»Es tut mir sehr leid, Euch in der Küche zu bewirten, Mylord. Morgen werde ich in der Lage sein, euch beiden ein besserer Gastgeber zu sein.«

Ryder legte Messer und Gabel aus der Hand. »Ich bedaure, dass dringende Geschäfte uns noch heute fortführen werden, Sir. Miracle würde gern ohne weitere Verzögerung ihren Beutel von Mr. Melman holen.«

Dillard nagelte Ryder mit einem trotzigen Blick fest, dann schüttelte er den Kopf und biss sich auf die Lippen.

»Dann ein anderes Mal, Mirry«, sagte er.

Sie legte die Arme um ihren Bruder und drückte ihn an sich. »Es wird Euch nicht gelingen, mich von hier fernzuhalten, Sir.«

Amanda wachte abrupt auf. Sie schluckte ein Schluchzen herunter, doch dann erinnerte sie sich: Alles war wieder in Ordnung gekommen. Perky saß leise schnarchend im Lehnstuhl im Kinderzimmer. Simon und Freddy und George schliefen noch, nachdem sie für einen Mittagsschlaf hingelegt worden waren. Tante Miracle und der nette Mann, der das Essen geschickt hatte, waren fort, aber ein glänzender Kupferpenny funkelte auf dem kleinen Tisch neben ihrem Bett. Sie hatte so viele Brötchen gegessen, wie sie geschafft hatte, und man hatte ihr erlaubt, den Penny zu behalten.

Sie zog sich ihr Kleid an und schob den Penny in ihre Kitteltasche.

Mama und Baby Charlotte schliefen auch noch. Papa hatte sich auf die Chaiselongue in Mamas Schlafzimmer gelegt. Schnarcher rumpelten aus seiner Kehle. Er wachte nicht auf, als sie ihn an der Schulter schüttelte. Die Dienstboten waren noch nicht wieder da, doch Papa hatte gesagt, dass sie morgen neue Zimmermädchen und eine Köchin bekommen würden.

So war nur sie wach, ganz allein auf der großen Welt. Amanda wanderte durch das Haus, schaute in alle Zimmer und vertrieb sich so die Zeit.

Als Hufgeklapper von draußen ertönte, lief sie schnell in den vorderen Salon, um hinauszuschauen. Eine Kutsche fuhr die Straße entlang. Vielleicht kamen Tante Miracle und dieser nette Mann schon zurück! Sie lief in die Halle und riss die Haustür auf. Ihr Herz klopfte wie ein Schaukelpferd. Die Kutsche hatte vor dem Haus gehalten.

Amanda rannte die Stufen hinunter, um sie abzuholen, doch der Mann, der ausstieg, war nicht Tante Miracles Freund. Es war auch keiner von den bösen Männern, die zum Haus gekommen waren, um Papa anzuschreien. Dieser Mann war ein völlig Fremder.

Er kam auf sie zu und beugte sich zu ihr hinunter. »Wohnt hier die Familie Heather?«

Amanda steckte den Finger in den Mund. Sie hatte plötzlich Angst, deshalb hielt sie ihren Penny fest umklammert.

»Leugne es nicht, kleine Miss! Ich habe die Adresse von Mr. Miles, dem Lehrling im Geschäft deines Vaters, bekommen.« Er beugte sich noch ein Stück tiefer zu ihr hinab und lächelte. Er hatte strahlend blaue Augen und gelbes Haar, aber sein Lächeln mochte sie nicht. »Was hast du da in deiner Tasche, Herzchen? Etwas, was dir Glück bringen soll?«

»Meinen neuen Penny.« Amanda griff in die Tasche, um ihm die schimmernde Kupfermünze zu zeigen. »Meine Tante Miracle hat ihn mir gegeben und hat gemacht, dass alles wieder in Ordnung gekommen ist. Aber jetzt ist sie weggegangen.«

»Ah! Sie war also hier?«

Amanda nickte. »Und ihr Freund hat mir alle Brötchen geschickt, die ich wollte, und Perky ist zurückgekommen, und Mama hat aufgehört zu weinen.«

Der Mund des Fremden verzog sich, und er richtete sich auf. Der Junge, der den Mist einsammelte, schob seinen Karren die Straße hinauf.

»Wie lange ist es her, dass sie weggefahren sind?«

»Stunden!« Amanda zog sich ins Haus zurück. »Aber Ihr dürft nicht hereinkommen und Papa wieder krank machen. Und Ihr werdet meine Tante nicht erwischen und diesen netten Mann auch nicht. Sie sind nach Lancashire gefahren, um ihren Freund zu finden, Mr. Melman. Ich weiß das, weil ich gehört habe, wie Papa Mama alles darüber erzählt hat. Ihr könnt jetzt also nach Hause gehen und uns in Ruhe lassen!«

Der Mann lachte.

Sie schlug ihm die Tür vor der Nase zu. Schritte hallten laut, als der Mann davonging. Ein schriller Schrei erschreckte Amanda so sehr, dass sie sich auf den Boden setzte und die Augen schloss. Aber dann hörte sie nur noch Hufschläge, die leiser wurden, als die Kutsche des Mannes die Straße hinauffuhr.

Amanda betrachtete ihren Penny. Er war der beste Glücksbringer, den ein kleines Mädchen jemals gehabt hatte, besser als eine Hasenpfote. Denn er hatte sie so mutig gemacht, dass sie den bösen Mann ganz allein vertrieben hatte.

Kapitel 14

Ich vermute, dass ich kein Geld mehr habe«, sagte Miracle. »Dillard ist es gelungen, all meine Ersparnisse zusammen mit seinen zu verlieren, nicht wahr?«.

Ryder lehnte sich in die Polster zurück. Sie waren am Stadtrand von Manchester in diese größere Kutsche umgestiegen, die der Kutscher und der Pferdeknecht von Wrendale gebracht hatten, und hatten ihr zweirädriges Gespann dort zurückgelassen. In der samtenen Dunkelheit der Augustnacht fuhren sie jetzt nach Norden und näherten sich der Mautstelle. Dort und wie auch an jeder anderen Zollstation fragte der Pferdeknecht diskret nach George Melman.

»Wie kommt Ihr darauf?«, fragte Ryder.

»Weil mein Bruder, hätte er nicht auch mein Geld verloren, mich und nicht Euch um ein Darlehen gebeten hätte. Ich wollte es nicht zur Sprache bringen, solange wir in Dillards Haus waren, aber so ist es doch, oder nicht?«

Er sah sie mit gerunzelter Stirn an. »Möglich. Aber er wird es Euch zurückzahlen.«

»Von dem Geld, das Ihr ihm geben werdet?« Sie lachte. »Gott, Ryder! Gestattet mir die Würde, meinem Ruin zumindest für ein paar Momente ins Auge zu sehen, ehe Ihr mit goldenen Gaben zu meiner Rettung herbeieilt.«

»Ihr lasst mich aussehen wie Zeus, der Danae besucht.«

»Mit dem kleinen Unterschied, dass Danae geschwängert werden konnte und ich nicht.«

Selbst in der Dunkelheit sah sie ihn zusammenzucken. »Ihr könnt mich nicht davon abhalten, Eurem Bruder unter die Arme zu greifen.«

»Aber ich werde Euer Geld nicht nehmen, auch nicht, wenn es über Dillard geleitet wird.«

»Um Gottes willen!« Dunkle Farbe brannte auf seinen Wangen. »Wie zum Teufel wollt Ihr dann überleben? Ihr seid mittellos, Miracle.«

»Lasst uns zuerst George Melman finden«, sagte sie. »Wenn wir meinen Beutel nicht in die Hände bekommen, ehe es Hanley gelingt, dürfte das Gerede über mein Überleben wahrscheinlich sowieso hypothetisch sein.«

Ryder beugte sich vor und ergriff ihre Hand. »Wir werden ihn finden.«

Seine Hand fühlte sich warm an, sein Puls schlug kräftig in einer männlichen Vitalität, die sie bis ins Innerste zu verbrennen schien. Wunderbar! So wunderbar! Verlangen sammelte sich, heiß und drängend, auch wenn ihr Herz zauderte. *Feigling!*

Miracle öffnete mit der freien Hand den Verschluss ihres Umhangs und ließ ihn von den Schultern gleiten. Ryder holte tief Luft, einen raschen kurzen Atemzug, als würde ihm plötzlich die Luft genommen.

»Ob wir ihn finden oder nicht, ich trotze der kalten Nacht und der Drohung unsterblicher trauriger Berühmtheit. Ich trotze dem Tod am Galgen, wie ich dem Leben in der Baumwollspinnerei getrotzt habe. Macht Ihr Liebe mit mir, Ryder?«

»Führt mich nicht in Versuchung. Ich brenne für Euch.«

»Dann lasst mich dieses Feuer löschen. Es ist vielleicht das letzte Mal.«

»Ich kann nicht –« Er keuchte und ließ den Kopf in den Nacken fallen. »Ihr wisst, dass ich Euch nicht widerstehen kann.«

»Dann lasst uns Liebe machen!«

»In der Kutsche?«

Sie lachte, ihr war schwindelig vor Angst und Verlangen. »Ja, natürlich! Ihr habt in Eurer Wiege den Drachen getrotzt. Habt Ihr denn niemals Liebe in einer Kutsche gemacht?«

Ryder zog sie zwischen seine gespreizten Beine. Er stellte einen Fuß auf den gegenüberliegenden Sitz, sodass sie sich gegen sein gebeugtes Knie lehnen konnte. Er war erregt. Sie rieb ihre Hand über dieses herrliche Versprechen und knöpfte seinen Hosenbund auf.

Miracle wusste, was sie riskierte. Sie war eine Kurtisane. Jedes Mal, wenn sie sich liebten, bewies sie dies von neuem. Jedes Mal kam sie dem Tag einen Schritt näher, an dem er ihr ein Halsband oder ein Armband geben und adieu sagen würde. Wie sehr Lord Ryderbourne seine Liebe auch beteuerte – und wie wahr auch immer ihre Liebe zu ihm war –, am Ende würde das ihr Schicksal sein.

Aber jetzt stand er in Flammen und verzehrte sich nach ihr.

Er stöhnte vor Begehren, doch dann schloss sein Mund sich über ihrem, heiß und suchend. Seine Hände glitten über ihren Körper, seine starken Finger kneteten ihren Po. Eine Flamme glitt über ihre Haut, brachte Verzweiflung und Qual und eine glühende, tiefe Freude. Miracle drehte sich in seinen Armen, um ihre Röcke hochzuschieben. Durch den Stoff ihres Kleides streichelte er ihre Brust, reizte ihre Brustwarze, bis sie schmerzhaft hart wurde.

Die Kutsche rumpelte durch ein Schlagloch. Bevor Miracle wieder die Führung übernehmen konnte, setzte Ryder sie zurück auf den ihm gegenüberliegenden Sitz. Einen Moment lang war sie wie benommen.

»Ihr seid noch immer Sir Galahad, sogar jetzt?«, wisperte sie.

»Nein! Gott! Ich habe jeden Anspruch auf diesen Titel vor langer Zeit verloren.«

»Ich will Euch Lust bereiten«, sagte sie und ließ die Hand über seinen Schenkel gleiten. »Lasst es mich tun!«

»Was, wenn ich jetzt an der Reihe bin?« Er hielt sie mit beiden Händen fest, während er sich auf den Boden der Kutsche kniete. Mondlicht schimmerte auf seinem zersausten Haar; sein Mund war vom Küssen bereits geschwollen; in seinen Augen tanzte ein neckendes Funkeln. »Die Frage ist: Werdet Ihr mich Euch Lust bereiten lassen?«

»Ich kann Euch nicht widerstehen«, sagte sie. »Warum zum Teufel dachtet Ihr, dass ich das je könnte?«

Er schob ihre Röcke hoch und streichelte ihre Schenkel. Sie ließ sich auf dem Sitz zurücksinken und wimmerte vor Lust. Mit aufreizender Behutsamkeit folgten seine Lippen seinen Fingerspitzen.

»Ihr werdet mich lehren müssen, das Richtige zu tun«, sagte er zwischen quälenden kleinen Küssen.

»Euer Instinkt wird Euch alles lehren.«

»Gut«, sagte er. »Denn dies wollte ich schon sehr lange tun.«

Sie stöhnte, als seine Zunge sie berührte. Er leckte und küsste, süße flüchtige kleine Zärtlichkeiten. Miracle fühlte sich schrecklich verletzlich, als sie ihre Füße auf den gegenüberliegenden Sitz stellte und sich seiner geschickten Erkundung hingab. Seine Zunge bewegte sich. Unerfahren, aber mit köstlicher Intensität. Ihr ganzes Sein löste sich in eine Welle von Feuchtigkeit auf.

Die Kutsche schaukelte. Die Pferde zogen sie unermüdlich weiter. Ryder schob die Hände unter Miracles Po und begann, sie zu verschlingen.

Als er seine Hose öffnete, war sie schon verloren.

Morgenlicht begann durch die Fenster der Kutsche zu sickern. Ein mattes graues Tageslicht, das über den Ausläufern der Yorkshire Dales hing. Ryder schaute auf Miracles Gesicht hinab. Ihre Lippen waren leicht geöffnet, als würde sie ihm ein Geheimnis zuflüstern oder einem Geist einen Kuss anbieten.

Er strich ihr das Haar aus der Stirn, und sie lächelte zu ihm auf. Sein Herz, seit langem schon verloren, sehnte sich nach einem sicheren Ankerplatz in diesem Lächeln.

»Seid Ihr hungrig? Der Kutscher sagt, dass es in der Nähe ein Gasthaus gibt und dass wir auch Mr. Melman schon recht nahe wären.«

Miracle strich sich das Haar zurück. »Ich glaube, ich bin in einer zu jämmerlichen Verfassung, um mich der Öffentlichkeit zu präsentieren.«

»Ihr habt nie reizender ausgesehen. Ihr erinnert mich an Jungfrauen im Frühling und an Unschuld.«

Sie schaute ihn an und lachte. »Wie könnt Ihr das sagen? Nach der letzten Nacht?«

»Besonders nach der letzten Nacht!«

»Nicht, Ryder! Vergesst nicht, was ich bin! Eine Mätresse und ein Gentleman genießen eine unbeschwerte Freundschaft, die nur von der Lust beherrscht wird, bei der die Herzen aber nicht beteiligt sind.«

»Es ist normalerweise der Mann, der das sagt, damit er seine Geliebte loswerden kann, wenn ihm danach ist.«

»Frauen können auch so tun, als würden sie lieben, während sie in Wirklichkeit nur käuflich sind.«

»Aber das ist nicht die einzige Realität, nicht wahr? Der sorglose Vogel, der fröhlich sein Lied weitersingt, wenn ein Beschützer ihn verlässt?«

Ihre Röcke raschelten, als sie sich auf den Sitz ihm gegenüber setzte. Sie fühlte sich verletzbar durch ihn, entblößt bis auf die Seele, als könnte sie niemals wieder etwas anderes als die Wahrheit sagen.

»Ich weiß es nicht. Mir ist noch nie eine Hure begegnet, selbst die abgestumpfteste nicht, die nicht irgendwelche Narben tief in ihrem Herzen trägt, verursacht durch die Grausamkeit eines Mannes. Sie mag es mit frecher Fröhlichkeit überdecken, oder sie beginnt zu trinken oder Opium zu nehmen, oder sie weint im Stillen, wenn sie denkt, dass sie allein ist. Und ja, einige werden rachsüchtig oder versuchen, sich mit Habgier zu wappnen. Aber die meisten Mätressen haben irgendwann, meist vor langer Zeit, von der wahren Liebe geträumt, selbst wenn sie jetzt aus bitterer Erfahrung wissen, dass ihr Schicksal ein ganz anderes sein wird.«

»Ihr habt von wahrer Liebe mit Guy geträumt?«

»Ja, natürlich. Ich war jung. Er schien alles zu sein, was ein Mädchen sich –« Sie brach ab und drehte ihr Haar zu einem Knoten. »Euer Cousin ist ein guter Freund für mich, Ryder. Auch wenn wir uns noch einige Male getroffen haben, nachdem wir getrennte Wege gegangen sind, so ist es jetzt viele Jahre her, seit wir ein Liebespaar waren. Ich bin meinen eigenen Weg durchs Leben gegangen. Ich würde es gar nicht anders haben wollen, und Guy auch nicht.«

Hühner gackerten lautstark, als die Kutsche in den Hof des Gasthauses einbog und sie aufscheuchte.

Ryder konzentrierte seine Gedanken auf das anliegende Problem. Musste er wirklich wissen, wie Miracle und Guy einander geliebt hatten? Eine neue Lösung nahm Gestalt in seinem Kopf an – eine, die so unerhört war, dass er seinen Verstand in Frage stellen musste, sie überhaupt in Betracht gezogen zu haben.

»Ihr seht aus, als wäre ein Geist über Euer Grab gewandelt«, stellte Miracle fest.

Die Kutsche hielt an. Der Pferdeknecht aus Wrendale öffnete die Tür.

Ryder lächelte Miracle an, als wäre alles in Ordnung. »Ich habe nur gerade eine Entscheidung getroffen. Vielleicht finden wir ja hier Mr. Melman, der seinen Schinken isst und dabei in seiner Bibel liest. Wollen wir hineingehen und nachsehen?«

Eine Stunde später saßen sie mit dem Prediger in einem ruhigen Zimmer des Gasthauses. Miracles Beutel lag auf dem Tisch. Mr. Melmans Gesicht strahlte Rechtschaffenheit und Ehrlichkeit aus. Er stand auf und verneigte sich.

»Es war mir eine Freude, Euch zu Diensten gewesen zu sein, Ma'am. Ich entschuldige mich dafür, dass ich diesen irischen Gentleman nicht davon abhalten konnte, einige Eurer Wertsachen an sich zu nehmen.«

»Könnt Ihr beschreiben, was genau er genommen hat«, fragte Ryder.

Der Prediger zuckte die Schultern. »Ich habe nicht so genau darauf geachtet, Sir. Halsketten? Ohrringe vielleicht? Der Bruder der Lady würde sich ohne Zweifel besser erinnern. Ich muss jetzt zurück zu meiner Arbeit.«

Die Männer gaben sich die Hand. Sobald Mr. Melman das Zimmer verlassen hatte, griff Miracle nach dem Beutel und schüttete dessen Inhalt auf den Tisch. Sie betrachtete die Gegenstände, dann sah sie zu Ryder.

»Ihr werdet denken, dass ich verrückt bin«, sagte sie. »Abgesehen von diesem Armband ist es nur ein Haufen Krimskrams: Fächer, Kämme, Haarnadeln, ein Nähetui, drei unbedeutende Romane. Ich muss nicht ganz bei Verstand gewesen sein, als ich diese Dinge eingepackt habe.«

»Nein. Ihr hattet Angst.« Er nahm eins der Bücher und drehte es in den Händen hin und her. »Kann ich es zerschneiden?«

»Warum?«

»Wonach immer auch Hanley sucht, es ist etwas, von dem er glaubt, es könnte ihn ruinieren. Vielleicht sind Papiere in der Bindung verborgen. Ich muss Seite für Seite heraustrennen, um sicher zu sein.«

»Ja! Ja, natürlich!«

Er nahm ein Messer und schlitzte den Einband auf, dann brach er den Rücken und schnitt die Bänder auf. Seiten flatterten herab und mischten sich zu unzusammenhängenden Szenen. Worte sprangen willkürlich in die Zusammenhanglosigkeit. Den beiden anderen Büchern widerfuhr dieselbe Behandlung.

»Nichts als trockener Leim und zerstörte Worte.« Ryder warf den letzten Einband beiseite. »Könnten die Autoren das sehen, sie würden es mir niemals vergeben.«

Sie unterzogen alles nochmals einer genauen Prüfung. Schließlich zerschnitt Ryder den Beutel selbst, trennte die Hülle vom Futter.

»Nichts!« Miracle schluckte ihre Enttäuschung herunter, während sie die Gegenstände noch einmal genau betrachtete. »Es ist nur bedeutungsloser Plunder. Dieses Armband sollte von einigem Wert sei – ich habe Glück, dass der Ire es übersehen hat –, aber sonst dürfte nichts von Bedeutung für Lord Hanley sein.«

Ryder lehnte sich zurück und schaute nachdenklich vor sich hin, während er zustimmend nickte.

»Also war es letzten Endes vergebliche Mühe. Wenn der Earl herausfindet, dass ich seinen Schatz nicht habe – was immer es auch ist –, wird er mich wegen Mordes anklagen.«

»Nein, das wird er nicht.«

»Doch, das wird er. Euer verrückter Kreuzzug ist zu Ende, Ryder. Ich hätte auf direktem Weg nach Liverpool gehen sollen.«

»Hanleys Leute werden in den Häfen nach Euch Ausschau halten.«

»Es ist eine Chance, die ich nutzen muss.« Sie warf ihm das Armband hin. Licht brach sich in den kleinen Brillanten. »Dies hier ist genug wert, um damit die Überfahrt in ein neues Leben zu bezahlen, würde ich meinen. Aber vielleicht wurde ich ja mit billigem Glas für meine Dienste entlohnt?«

»Wie könnt Ihr es wagen!« Ryder packte ihr Handgelenk, kalt und entschlossen, auch wenn er die Stimme nicht erhob. »Wie könnt Ihr es wagen, mir Eure Vergangenheit ins Gesicht zu werfen!«

»Weil das genau das ist, was ich bin, Mylord. Alle Märchen dieser Welt würden jetzt kein glückliches Ende mehr herbeiführen können.«

Jemand klopfte an die Tür. Ryder ließ Miracles Handgelenk los. Seine Augenbrauen zogen sich angesichts der unwillkommenen Störung zusammen. »Herein!«

Der Pferdeknecht aus Wrendale betrat das Zimmer und hob als Gruß kurz die Hand an die Stirn.

»Ja?«, sagte Ryder. »Was gibt es, York?«

»Mr. George Melman ist unbehelligt weitergereist, Mylord, aber ein anderer Gentleman fragt im Schankraum nach Eurer Lordschaft. Lord Braughton ist bei ihm.«

Miracle schaute auf Ryders Gesicht. »Braughton?«

»Der Richter hier vor Ort. Bitte berichte weiter, York.«

»Der erste Gentleman hat Eure Lordschaft und die Lady dem Wirt sehr genau beschrieben. Auf dem Hof steht ein Bursche Posten, und ein paar Männer beobachten die hinteren

Ausgänge. Der Wirt hat nichts gesagt, aber viele der Reisenden haben uns ankommen sehen.«

Miracle schlug die Hand vor den Mund. Eiskalte Finger zogen Spuren der Angst auf ihren Rücken. »Es ist Lord Hanley! Ich muss fliehen, solange ich noch kann –«

Ryder lächelte, auch wenn sein Lächeln von Sorge und Zorn zeugte. »Ihr könnt nicht fliehen.«

»Er wird mich öffentlich anprangern, und dieses Mal hat er das Gesetz gleich mitgebracht.«

»Wartet hier«, sagte Ryder. »York wird bei Euch bleiben. Ich kümmere mich um Hanley.«

Sie ließ den Kopf in beide Hände sinken, kämpfte gegen das Zittern an, das ihre Glieder befallen hatte. »Ihr dürft nicht für mich töten, Ryder.«

»Das ist meine Entscheidung, nicht Eure.« Seine Finger berührten kurz ihre Schulter. »Angesichts all seiner Verbrechen weiß ich allerdings nicht, ob der Earl es nicht verdient hätte, ohne Prozess zu sterben.«

»Ihr habt noch Vertrauen in die Gerichte? Natürlich, Familien von Dukes machen die Gesetze, während das einfache Volk gehängt wird. Es war leichter, mutig zu sein, als die Bedrohung noch weit entfernt schien, aber jetzt habe ich schreckliche Angst.«

»Ihr müsst keine Angst haben«, sagte er. »Niemand wird in dieser Angelegenheit sterben. Nicht einmal Hanley. Und Ihr schon gar nicht.«

Miracle starrte auf das Durcheinander der Dinge, die noch ausgebreitet auf dem Tisch lagen: die zerschnittenen Bücher, die hübschen Kämme, der Seidenfächer mit einer gemalten Szene von Venus und Adonis. Sie hatte so hart für ihre Sicherheit gekämpft, hatte so viel geopfert, und jetzt hatte sie nicht mehr vorzuweisen als wertlosen Flitter.

»Ich habe einmal gesehen, wie man zwei Männer gehängt hat«, sagte sie. »Sie waren zusammen verurteilt worden. Meine Kutsche fuhr an der Menschenmenge vorbei. Ich kann mich nicht entsinnen, in diesem Moment galante Höflichkeit erlebt oder schöne Reden gehört zu haben, aber ich erinnere mich sehr genau daran, wie einer der Männer geschrien und gestrampelt hat – und dann diese schreckliche würgende Stille –, bevor die Menge zu jubeln begann.«

»Ich werde gleich wieder bei Euch sein.« Er schaute an der Tür noch einmal zu ihr zurück, ein bittersüßes Lächeln lag um seinen Mund. »Ihr müsst nicht tapfer sein. Es wird alles gut werden. Wartet hier mit York, und seid bereit für eine weitere, anstrengende Reise.«

Finsterer Zorn verdunkelte seine Augen, als Lord Ryderbourne das Zimmer verließ.

Es war schneller gekommen, als er gewollt hatte, doch es war unvermeidlich gewesen, dass Hanley sie einholte. Mit flammendem Herzen trat Ryder in den Schankraum. Der Earl und Lord Braughton sprachen angeregt mit einigen der anderen Reisenden. Ohne Zweifel war der Gasthof, wie York es berichtet hatte, von Hanleys Männern umstellt. Es gab keine Fluchtmöglichkeit für Miracle – bis auf eine.

Nun, da der Augenblick gekommen war, erfüllte seine Entscheidung ihn mit einer wilden Erregung. Nach diesem Tag – was immer die Konsequenzen waren, und sie würden zweifellos schrecklich sein – würde es kein Zurück mehr geben.

»Hanley!«, rief er. »Was für eine angenehme Überraschung! Wir machen es uns wohl zur Gewohnheit, einander in obskuren Wirtshäusern über den Weg zu laufen.«

Der Earl fuhr herum, als habe ihn ein Peitschenschlag

getroffen. »Guter Gott! Ryderbourne! Noch immer gesund und munter? Dank der Dienste einer gewissen Lady, nehme ich an?« Seine Augen waren verengt, die an seiner Schläfe pochende Ader zeugte von seiner Anspannung. »Wir haben bereits herausgefunden, dass sie bei Euch ist. Bitte versucht nicht, das zu leugnen!«

»Natürlich, aber wollen wir nicht diskret vorgehen?« Ryder wandte sich an den Richter. »Entzückt, Euch wiederzusehen, Braughton! Ich hoffe, wir können Euch und Lady Braughton bald wieder auf Wyldshay willkommen heißen. Oder auf Wrendale, wenn das für Euch bequemer ist. Die Duchess brennt darauf, den neuesten Klatsch auszutauschen, sobald sie und der Duke in den Norden reisen.«

Braughton lächelte in offensichtlichem Unbehagen. »Meine Gattin wird sich geehrt fühlen, Ryderbourne! Sehr freundlich!«

»Nicht der Rede wert! Allerdings haben Hanley und ich jetzt eine kleine private Angelegenheit zu regeln – die ihn übrigens ziemlich interessieren dürfte –, und ich habe ihn bereits auf eine ausreichend lange Reise durch England geführt. Ihr werdet uns bitte entschuldigen?«

Der ältere Mann verneigte sich. »Jede private Angelegenheit sollten Gentlemen natürlich am besten unter sich regeln. Doch Lord Hanley bestand auf meine Begleitung, weil er meinte, ich müsste in meiner offiziellen Eigenschaft als Richter einige Dinge veranlassen.«

»Ohne Zweifel geht es um meine Stute, oder?« Ryder wandte sich an Hanley, als müsste er einem Kind etwas erklären. »Nachdem er eins meiner besten Reitpferde gestohlen hat, hat irgendein Wegelagerer es für einen Überfall benutzt. Zum Teufel mit ihm! Er hat sie sogar benutzt, mir meine Uhr zu stehlen.«

»Ich erinnere mich an die Stute.« Hanley nahm sich eine Prise Schnupftabak, Feindseligkeit flackerte in seinen Augen. »Derselbe verdammte Schuft hat auch meine Uhr gestohlen. Läge es in meiner Macht, ich würde dafür sorgen, dass der Mann aufgehängt wird.«

»Ich auch«, sagte Ryder,. »der unverschämteste Kerl, den man sich vorstellen kann! Aber wenn Ihr die Angewohnheit habt, Dinge zu verlieren, Hanley, so habe ich hingegen die Gewohnheit, sie zu finden.«

Die Schnupftabaksdose des Earl schnappte zu. »Was zum Teufel meint Ihr, Sir?«

»Nur so viel, dass das Wichtigste, das Euch kürzlich abhandengekommen ist, gefunden wurde. Das sind gute Nachrichten, nehme ich an?«

»Hier gibt es doch nichts, womit Ihr Euch befassen müsstet, Braughton«, stieß Lord Hanley hervor. »Wie es scheint, habe ich Euch ganz umsonst von zu Hause weggeholt. Ich entschuldige mich.«

Lord Braughton sah Ryder an. »Ihr habt Lord Hanleys abhandengekommene Uhr wiedergefunden, Sir?«

»Nein, leider nicht, aber ich habe etwas ganz anderes gefunden. Jedoch war Hanley so freundlich, die Suche nach meiner Stute in die Wege zu leiten. Ich muss ihm danken.«

»Während die Gentlemen ihre Neuigkeiten austauschen, werde ich am besten nach Hause zurückkehren. Schickt mir auch eine Beschreibung des gestohlenen Pferdes, Ryderbourne. Ich werde einige meiner Männer sofort darauf ansetzen.«

Der Richter verbeugte sich, machte auf dem Absatz kehrt und ging.

»Geht es Euch gut?«, wandte sich Ryder an Hanley. »Ihr seht aus, als hättet Ihr Rattengift geschluckt.«

»Zur Hölle mit Euch, Sir!«

»Warum? Weil eine gewisse Lady in Besitz von etwas ist, was Ihr als kompromittierend empfinden könntet?«

Hanley schluckte mühsam. »Dann hat sie es also doch! Diese verdammte Hure! Wo ist sie?«

»In Sicherheit.«

»In Sicherheit?« Der Earl lachte anzüglich. »Ich weiß bereits, dass Ihr sie in einem Zimmer zurückgelassen habt, zusammen mit einem Pferdeknecht. Sehr nachlässig von Euch, Ryderbourne, es sei denn, Ihr zieht es vor, Eure Frauen mit allen zu teilen! Es gibt nicht einen unter meinen Dienern, der nicht ausprobieren würde, was eine Hure im Repertoire hat, wenn sich ihm die Gelegenheit dazu bietet.«

»Möglich. Allerdings gibt es in diesem Fall keine Hure«, entgegnete Ryder. »Was die zu klärende Angelegenheit betrifft, sollten wir sie nicht in einem privateren Rahmen erörtern? Bei einem Glas Wein vielleicht? Eure Echauffiertheit erregt bereits einige Aufmerksamkeit, die Ihr unter den gegebenen Umständen als unwillkommen empfinden mögt.«

Seine Augen blickten hohl, als der Earl sich umschaute. »Wenn Ihr mich jetzt öffentlich bloßstellt, werde ich Euch umbringen, das schwöre ich.«

»Vielleicht. Aber immerhin liegt etwas in Eurer Macht, das ich gern in meiner wissen möchte. Wir mögen uns nicht, doch es sind weder Höflichkeiten noch Beleidigungen nötig. Ich habe einen ganz einfachen Vorschlag zu machen.«

Ryder ging zu einem Tisch in einer ruhigen Ecke des Raums und bestellte Wein. Hanley hatte seine Selbstbeherrschung zurückgewonnen, doch sein Gesicht war nach wie vor fahl.

»Ihr wollt um ihr Leben verhandeln«, sagte er und beugte sich vor. »Euer Schweigen gegen meines? Warum sollte ich Euch glauben, Ihr würdet Euren Teil eines solchen Handels einhalten? Könnt Ihr mir einen guten Grund nennen, warum ich sie nicht auf der Stelle für den Tod von Philip Willcott anklagen sollte?«

»Wenn Ihr das tut, werde ich Euch ruinieren.«

Ryder schenkte mit ruhiger Hand Wein ein und beobachtete, wie Hanley ihn hinunterschüttete. Wenn er so nah wie möglich an der Wahrheit blieb, könnte seine List funktionieren, obwohl allein die Unverfrorenheit dieses Bluffs ihm fast den Atem raubte.

»Wie zum Teufel habt Ihr es herausgefunden?«

»Bevor Ihr mit Miracle in Exeter an Bord der Jacht gegangen seid, hat sie einen Beutel mit einigen Gegenständen zur Aufbewahrung an ihren Bruder geschickt. Ein Prediger brachte ihn für sie dorthin. Sicherlich habt Ihr das herausgefunden?«

Der Earl wandte den Blick ab, er wirkte angespannt. »Ja. Ein Dienstmädchen im Gasthof hat gesehen, dass sie den Beutel einem Fremden gegeben hat, vor meiner Nase. Es hat eine Weile gedauert, bis meine Männer die Geschichte aus dem Mädchen herausbekommen haben.«

»Aber nachdem es ihnen gelungen war, habt Ihr sofort vermutet, was der Beutel enthalten musste.«

Hanleys Finger klammerten sich um den Stiel seines Glases. »Es war nicht in ihrer Wohnung. Willcott hat es nicht auf der Jacht zurückgelassen. Wo sonst hätte es sein können? Gott! Hätte ich früher vom Verrat dieser Hure erfahren –«

»Wirklich jammerschade! Besonders als Ihr erfahren habt, dass der Prediger im Hause ihre Bruders gewesen ist, allerdings mit dem größten Teil des Inhalts des Beutels schon wieder fort war. Wer hat es Euch gesagt? Der Straßenkehrer?«

»Ich musste ihm den Arm dafür brechen. Warum zum Teufel hat der Priester den Beutel behalten?«

Ryder musste sich zwingen, sich nicht über den Tisch zu werfen und das Leben aus seinem Feind zu würgen. »Das ist eine lange Geschichte, und keine, die einen von uns betrifft. Glücklicherweise hat sich Melman als ehrlicher Mann erwiesen, der froh war, zurückgeben zu können, was ein anderer verloren hatte. Und so bekam ich ihn als Erster in die Hände.«

Hanleys Haut glänzte so feucht wie nasser Kalkstein. »Dann habt Ihr das Dokument gelesen?«

»Ein wenig unehrenhaft für einen Gentleman, die Geheimnisse eines anderen zu lesen, aber unter diesen Umständen notwendig, da werdet Ihr sicher zustimmen.«

»Und ohne Zweifel ist der Gegenstand jetzt sicher verwahrt, um öffentlich enthüllt zu werden, sollte Euch unvermutet irgendein Unglück widerfahren?« Hanley starrte auf seine Hände, schwer beladen mit Ringen, und schnitt eine Grimasse. »Ich hätte Euch erschießen sollen, als ich die Gelegenheit dazu hatte.«

»Diese Gelegenheit hattet Ihr niemals.«

»Niemals? Und jetzt schlagt Ihr mir vor, dass Ihr niemals ein Wort über das verlauten lassen werdet, was Ihr erfahren habt, wenn ich dafür schwöre, wegen des Mordes an Willcott keine Anklage gegen sie zu erheben?«

Ryder nickte. »Sie wird dasselbe tun. Ihr Leben ist die angemessene Sicherheit für unser Schweigen, würde ich meinen.«

Hanley schenkte sich Wein ein. Der Hals der Flasche stieß klirrend gegen das Glas.

»Solange sie Eure Mätresse ist, vielleicht. Aber wenn Ihr sie erst abgelegt habt, wird Euer Hass auf mich all diese Galanterie gegenüber einer Hure überwiegen.« Seine Lippen verzogen sich, als er aufschaute. »Oder habt Ihr etwa vergessen, was in Harrow vorgefallen ist?«

»Nein. Ich habe es nicht vergessen.«

»Und Ihr habt es auch nie vergeben, nicht wahr? Genau wie ich.«

»Wir waren Jungen. Das ist jetzt eher unwichtig.«

Hanley leerte sein Weinglas. »Vielleicht solange Ihr von ihrem Körper berauscht seid. Aber Ihr werdet ihrer müde werden. Ihr werdet sie für eine andere Hure aufgeben. Ihr werdet keinen Pfifferling darum geben, ob sie lebt oder ob sie stirbt, und Ihr werdet *niemals* Euer verdammtes Wort halten. Dann werdet Ihr Eure Rache haben und mich bloßstellen. Warum sollte ich sie dann nicht zuvor hängen sehen?«

»Wegen dem, was ich Euch jetzt sagen werde.« Ryder zog seinen einfachen Goldring vom Finger und warf ihn auf den Tisch. »Es ist das, was Euch die Gewissheit gibt, dass Ihr absolut nichts zu befürchten haben werdet, so lange ich lebe.«

Hanley stieß fast die Flasche um. Er fing sie auf und hielt sie fest, seine Knöchel traten weiß hervor, so fest hatte er die Finger um den Flaschenhals geschlossen. Ein Lächeln verzog langsam seine Lippen, ehe er laut herauslachte.

»O Gott! Hören denn die Wunder niemals auf? Wenn Ihr wirklich ein solcher Narr seid, Ryderbourne, dann denke ich, wir können diese Vereinbarung treffen.« Er beugte sich vor, seine Augen waren starr wie Eis. Er schlug mit der Hand auf den Ring, dann nahm er ihn und hielt ihn gegen das Licht. »Aber ich werde Euch nicht länger als vierundzwanzig Stunden geben, es zu tun.«

Miracle nähte ihren zerschnittenen Beutel zusammen, obwohl ihre Sicht von Tränen so getrübt war, dass die Stiche krumm wurden. Wenn sie einfach nur dasaß und nichts tat, würde sie verrückt werden. Warum war sie nicht an die Küste geflohen, solange sie noch die Gelegenheit gehabt hatte? Warum hatte sie es sich erlaubt, sich in der Gesellschaft des Sohnes eines Dukes zu räkeln, der – am Ende – nichts zu verlieren hatte?

York stand respektvoll an der Tür und starrte in die Ferne, doch wenn sie versuchen würde, das Zimmer zu verlassen, würde er sie aufhalten. Ryders Wort war seinen Dienstboten Gesetz. Doch Lord Hanley würde vermutlich jeden Moment hereingestürmt kommen, zusammen mit dem Richter, und sie würde verhaftet werden.

Unter Eid würde sie die Wahrheit sagen. Sie hatte einen Mann getötet. Sie verdiente es, zu sterben.

Doch es lag eine schreckliche Ironie in dem Gedanken, dass eine Hure ihr Leben verlor, weil sie dumm genug gewesen war, zuvor noch ihr Herz zu verlieren!

Miracle versuchte, ihren Fächer mit der eleganten Bewegung aus dem Handgelenk heraus zu öffnen, die sie über die Jahre perfektioniert hatte. Elfenbein schnappte, als ihre Faust sich plötzlich schloss. Mit beiden Händen glättete sie den auf dem Tisch liegenden Fächer. Adonis war zerstört. Sie hatte ihn gegen die Göttin der Liebe gedrückt, und deren Umarmung hatte ihn zerstört.

Sie biss sich auf die Lippen und schaute auf. York schaute noch immer unentwegt gegen die Wand, aber sie glaubte, Angst in seinen Augen zu erkennen. Sie und der Pferdeknecht waren schließlich von einem Schlag. Trotz all seines guten Benehmens war York ohne Zweifel in einem Cottage geboren worden.

Männer wie Ryder gingen mit einem Fingerschnippen über den raschen Tod auf dem Duellierboden oder dem Schlachtfeld hinweg, erfüllt von Mut und Schneid. Nur Menschen wie Miracle und York lebten mit der Bedrohung, langsam vom Seil des Henkers stranguliert zu werden.

Könnte sie den Mut aufbringen, sich allein dem Galgen zu stellen? Würde der Gedanke an die kalten fernen Sterne ausreichen, sie aufrecht zu halten?

Miracle war entschlossen, sich dem Unvermeidlichen mit so viel Würde wie möglich zu stellen, aber sie wollte Ryder nicht dabeihaben. Was, wenn sie zusammenbrach, wenn sie flehte und schrie in der Sprache des Kindes aus der Baumwollspinnerei, das einst vergebens darum gebettelt hatte, nicht auf dem dunklen Dachboden eingesperrt zu werden? Aber vielleicht würde er ihr eine Flasche Brandy oder eine Opiumtinktur schicken, um ihre Sinne damit zu betäuben, wenn sie ihn darum bat?

Die Tür wurde aufgestoßen. Der Fächer fiel zu Boden, als Miracle aufsprang. Es war Ryder, allein. Er sah wild aus, wie ein Falke, der kurz vor dem Abflug auf seiner Stange hockte.

»Kümmere dich um die Pferde, York!«, sagte er. »Wir werden sofort aufbrechen.«

Der Diener verbeugte sich und eilte hinaus.

»Was ist geschehen?« Ihr Herz hämmerte, keuchte. »Wo ist Lord Hanley?«

»Weg!« Ryder bückte sich, um den Fächer aufzuheben. Seine Augen waren verschleiert, als er einen Moment lang auf die ruinierte Zeichnung starrte.

»Was verbergt Ihr vor mir? Ihr habt eine Abmachung mit ihm getroffen? Was kostet es Euch?«

Ryder warf den Fächer zur Seite. Er wirkte entschlossen, gefährlich. »Nichts, was mich kümmert, und weitaus weniger, als ich dadurch gewinne.«

»Dann habt Ihr ihm gedroht? O Gott! Ihr habt Lord Hanley gesagt, dass wir gefunden haben, wonach er gesucht hat, nicht wahr?«

»Ich habe es eher stark angedeutet.« Ryder schaute auf und

lächelte wie über einen geheimen Triumph. »Hanley ist jetzt überzeugt, dass ich ihn ruinieren könnte. Ich habe keine Ahnung, welches Geheimnis er hat, aber er wird lieber alles tun – selbst Euch gehen lassen –, als es der Welt zu enthüllen.«

Ihre Knie gaben nach, und Miracle ließ sich zurück auf den Stuhl fallen. »Dann habt Ihr uns nicht mehr als etwas Zeit erkauft, weil dies alles auf Täuschung beruht.«

»Zeit ist alles, was wir brauchen.« Er griff nach ihrer Hand und zog sie auf die Füße. »Ihr werdet nicht sterben, Miracle. Was sonst könnte noch zählen?«

»Ihr werdet mich auf ein Schiff bringen?«

»Ich werde Euch in eine neue Zukunft bringen, aber jetzt müssen wir aufbrechen, ehe Hanley seine Meinung ändert.«

Sie schluckte hart und löste sich von ihm. Sie war überzeugt, dass Ryder ein Geheimnis verbarg. Sie war ebenso überzeugt, dass er ihr nicht verraten würde, was es war. Doch sie wollte nicht verhaftet werden, oder? Sie fühlte sich so schwindlig, als hätte er ihr Champagner direkt in die Adern geschüttet.

Er führte Miracle hinaus und zur wartenden Kutsche, doch er stieg nicht mit ihr ein.

York führte einen gesattelten grauen Wallach herbei. Ryder schwang sich auf das Pferd und beugte sich mit einem geheimnisvollen Lächeln zu Miracle hinab.

»Es gibt einige andere Dinge, die ich sofort erledigen muss. Wir treffen uns später wieder.«

Die Kutschpferde zogen an. Ryder wendete sein Pferd und ritt schnell davon. Ein Sonnenstrahl ließ Mähne und Schweif des Wallachs so blau schimmernd aufleuchten wie Rigel, den hellsten der Sterne des Orion.

Wenn Miracle Ryder nie wiedersehen würde, es wäre dieses Bild, das sie bis zu dem Tag quälen würde, an dem sie starb: ihr fahrender Ritter, so entschlossen und stark und schrecklich wie der Donner, der auf die fernen Hügel zurollte, sein reines Herz befleckt mit Doppelzüngigkeit – ihretwegen.

Die Sicherheit ihrer Zukunft war noch auf Sand gebaut. Denn wenn Lord Hanley das vermisste Dokument fand und erkannte, dass er ausgetrickst worden war, könnte nichts mehr sie retten. Ryder würde für eine Weile trauern und sie dann vergessen. Eine von diesen weitaus passenderen jungen Ladys würde ihn heiraten und ihm Söhne schenken.

Doch es lag Trost in der Gewissheit, dass er letztendlich sein Glück finden würde.

Vielleicht würde ihr das – mehr als das große, unpersönliche Universum – die Kraft geben, wenn es dazu kam, dem Tod ruhig ins Auge zu sehen.

Miracle war seit einigen Nächten kaum zum Schlafen gekommen. Und so geschah es, dass sie aus purer Erschöpfung einschlief.

Stimmen riefen Befehle. Miracle schreckte aus dem Schlaf auf. Ihr Puls hämmerte in plötzlicher Panik. Doch sie saß immer noch sicher in Ryders Kutsche. Die Sonne stand tief am Himmel. Die Geschäftigkeit verriet nur, dass die Pferde wieder gewechselt wurden oder dass vielleicht für eine längere Rast gehalten worden war. Den größten Teil der langen Reise war sie nur selten und kurz aus ihren quälenden Träumen aufgewacht.

Sie hatte keine Ahnung, wohin York und John, der Kutscher, sie brachten, aber sie waren nicht in Richtung Südwesten, nach Liverpool gefahren. Stattdessen hatten sie Carlisle passiert und den Fluss Esk überquert. Inzwischen mussten sie bereits ein gutes Stück über die Grenze zu Schottland hinweg sein. Vielleicht hatte Ryder geplant, sie den ganzen Weg nach Leith zu schicken, ehe sie auf ein Schiff gehen würde, mit dem sie England verlassen konnte?

York öffnete den Schlag. »Wir sind da, Ma'am. Hier ist Mossholm, in der Nähe von Annan.«

Miracle strich sich das Haar zurück. »Annan? Dann fahren wir westlich am Solway Firth entlang und nicht mehr nach Norden?«

»Ja, Ma'am. Lord Ayre ist weit weg von zu Hause, aber Lord Ryderbourne hatte eine Nachricht vorausgeschickt. Wir werden hier für die Nacht Rast machen.«

Miracle kletterte aus der Kutsche. Sie stand in einem Hof, flankiert von Ställen und Nebengebäuden, aber beherrscht von einer hoch aufragenden Burg. Das Licht der untergehenden Sonne spiegelte sich in einer Vielzahl winziger bleigefasster Fenster und Dutzenden spitz zulaufender Türmchen. Mossholm schien wie besetzt von Rubinen, als hätte es dem Antares seinen Glanz gestohlen.

Gefangen in dieser seltsamen Fantasie lachte sie. »Also lebt Lord Ayre in einem Schloss aus einem Märchen? Ist er denn ein Zauberer?«

York sah sie verwirrt an. »Ich denke, Seine Lordschaft ist durchaus sterblich, Ma'am. Lord Ayre ist ein alter Freund von Lord Ryderbourne. Ihr werdet hier sicher sein.«

Drinnen wurde sie von einer Haushälterin willkommen geheißen, die so respektvoll knickste, als wäre der Gast tatsächlich eine Lady. Nach einem ausgezeichneten Essen in dem holzverkleideten Speisezimmer wurde Miracle in ein Gästezimmer geführt. Das Haus wirkte warm und gemütlich wie ein geliebtes Heim, doch sie stellte keine forschenden Fragen nach ihrem abwesenden Gastgeber, der Ryder ohne

Zögern die Nutzung seines Hauses gestattet hatte. Aber auch das war natürlich nur ein weiteres Beispiel für den außerordentlichen Einfluss des ältesten Sohnes eines Dukes.

Würde jemals jemand einem St. George irgendetwas verweigern?

Angst schlich sich wie ein flackernder Schatten ein. Vielleicht würde er ja doch nicht kommen. Sie könnte es ihm nicht verdenken, wäre er einfach nach London zurückgekehrt. Kein Liebhaber war geblieben. Warum sollte Lord Ryderbourne – der jede Frau haben konnte, die er wollte – anders sein?

In dieser Nacht kam ein Sommersturm auf, peitschte um die Türme und strich stöhnend über die Treppenfluchten. Miracle lag lange Zeit wach, und war sich schmerzlich bewusst, dass sie die Hälfte des vorangegangen Tages verschlafen hatte. Sie fühlte sich seltsam losgelöst von allem. Es war eine so seltsame Reise gewesen, vom Waisenhaus hierher in diese Burg in Schottland. Bereute sie irgendetwas davon?

Nur Hanley.

Doch für die Begegnung mit ihrem Sir Galahad und diese letzten Wochen in seiner Gesellschaft könnte es es fast wert sein, sich dem Galgen ausgeliefert zu sehen. Miracle drehte sich herum und barg ihr Gesicht in das Kissen. Am Rande des Schlafs treibend meinte sie, ihn fast spüren zu können, warm und fest, neben sich im Bett. Ihre Lippen formten Küsse. Aus ihrem Mund drang ein Seufzer der Sehnsucht. Ihr Herz bebte auf tiefe, wunderbare Weise, wenn ihr Körper sich an seinen erinnerte. Vielleicht war Mossholm letzten Endes doch verzaubert?

Ein Fensterladen klapperte. Aufgeschreckt und nun vollkommen wach starrte Miracle auf die dunklen Fenster. Heißes, süßes Verlangen erfüllte sie, das Verlangen nach dem Liebsten, den sie vielleicht nie wiedersehen würde.

Als sie das nächste Mal die Augen öffnete, schien die Sonne von einem blauen Morgenhimmel. Nach dem Frühstück stieg sie auf einen der Türme, von dem aus sie über Schottland schauen konnte. Wasser schimmerte. Im Osten verlief die Straße entlang des Solway Firth, wand sich weiter in Richtung England wie ein unbeachtetes Stück blauer Stoff.

Etwas bewegte sich.

Miracle beobachtete den dunklen Punkt, der immer näher kam. Eine Kutsche rollte nach Westen und auf Mossholm zu: eine Kutsche, gezogen von zwei Pferden. Einige Meilen entfernt folgte ihr ein Reiter im Galopp.

Ein heftiger Stich der Angst ließ ihr Herz für einen Moment erstarren. Miracle stützte die Hände auf die Brüstung und wandte kein Auge von Kutsche und Reiter, als wären sie Vorboten des Todes.

Als der Zweispänner die letzte Abbiegung erreichte, dort, wo die Zufahrt nach Mossholm von der Hauptstraße abzweigte, hatte der Reiter ihn eingeholt. Er beugte sich aus dem Sattel, um mit dem Kutscher zu reden. Das Pferd tänzelte, seine Mähne und Schweif flogen wie Meerschaum im Wind.

Der Reiter hob die Hand an den Hut und ritt weiter. Sein dunkles Haar wehte in der Brise.

Ryder!

Miracle lief die Treppe hinunter. In letzter Minute hielt sie sich zurück, um nicht wie ein kleines Kind auf den Burghof hinauszustürmen. Als der Diener die Tür öffnete und Ryder die Halle betrat, stand sie am Fuß der Haupttreppe und erwartete ihn. Ihr Puls hämmerte mit schmerzendem Verlangen in ihren Adern.

»Ich war nicht sicher, ob Ihr wirklich kommen würdet«, sagte sie mit einem schiefen Lächeln. »Aber ich bin jetzt so ausgeruht und frisch wie eine Mohnblume nach einem Regenschauer und bereit, nach Leith weiterzureisen.«

Ryder blieb stehen. Seine Augen waren sehr dunkel, als tobte Sturm in ihnen. »Ihr habt bezweifelt, dass ich kommen würde?« Er warf einem Diener seinen Hut zu. »Aber ich habe Euch doch mein Wort gegeben!«

Plötzlich voller Angst umklammerte Miracle den Treppenpfosten, um Halt zu haben. »Ist Lord Ayre mit Euch zusammen eingetroffen?«

»Ayre? Nein. Er wird später herkommen.«

Sie fühlte sich hilflos, als wäre sie wieder das Kind in der Baumwollspinnerei. »Ich habe Euch von einem der Türme aus gesehen. Ihr habt gehalten, um mit jemandem in einer Kutsche zu sprechen.«

»George Melman. Ich habe ihn gebeten herzukommen. Er ist die halbe Nacht durchgefahren.«

»Warum?«, fragte sie. »Hat er Lord Hanleys fehlendes Dokument gefunden?«

Ryder ging zu ihr. Die Sturmwolken kündigten noch immer Donner an, doch er beugte den Kopf zu ihr und küsste sie leicht auf den Mund. Miracle beherrschte ihre Sehnsucht nach ihm und erwiderte seinen Kuss ebenso leicht, als wären sie einfach nur Freunde.

»Nein. Nichts dergleichen«, sagte Ryder. »Er wird uns trauen.«

Kapitel 15

Macht keine Scherze über solche Dinge«, sagte Miracle. »Warum ist Mr. Melman wirklich hergekommen?«

Ryder bezähmte den Sog des Verlangens, der ihn erfüllte. Er brannte danach, ihren Mund zu erkunden, tief und gründlich, doch stattdessen nahm er sie am Ellbogen und führte sie in einen der Salons.

Miracle stand vor dem kalten Kamin, während Ryder im Zimmer auf- und abging. Wie stark seine Gefühle auch immer waren, er würde Miracle weder berühren noch versuchen, sie zu überreden.

»Setzt Euch, Miracle. Ich mache keine Scherze.«

Aus schwarzen Glasaugen starrten die Hirschköpfe zu ihnen herab, die, unnahbar und majestätisch, die Wände schmückten. Einige Stühle und eine Chaiselongue standen auf einem kostbaren türkischen Teppich, der vor dem Kamin lag. Am anderen Ende des Zimmers stand ein Klavier, ganz in der Nähe einer tief eingelassenen Fensternische. Abgesehen vom Klavier hatte Ayre auf Mossholm nichts verändert, seit er es geerbt hatte.

Miracle setzte sich auf einen zierlichen Stuhl und verschränkte die Hände. Die Bewegung war reizend, rein und schlicht und anmutig. Ihre Augen schienen bodenlos und so dunkel wie Schokolade, doch ein schwacher Hauch von Rosa überzog ihre Wangen.

»Was zum Teufel habt Ihr dann damit gemeint?«, fragte sie.

Ryder schluckte hart. Wenn sie versuchte, ihm zu trotzen, würde er ihren Widerstand niederreißen, was immer es kostete.

»Es gibt nur einen Umstand, der Hanley demonstrieren

kann, dass Euer Schicksal mich so sehr kümmert, dass ich für immer schweigen werde.«

»Über ein Geheimnis, dass Ihr nicht einmal kennt.«

»Richtig, aber Hanley denkt, dass ich es kenne. Er hasst mich ohnehin, und er hat guten Grund zu glauben, dass diese Antipathie gegenseitig ist. Er fürchtet, ich könnte etwas tun, um ihm zu schaden, und mich einen Dreck um die Konsequenzen scheren. Er würde niemals glauben, dass ich um das Schicksal einer Mätresse willen mein Wort halten würde.« Er holte tief Luft und wandte sich zu ihr um. »Aber er weiß mit absoluter Überzeugung, dass ich für immer schweigen werde um einer Ehefrau willen.«

Die Farbe auf ihren Wangen vertiefte sich. »Seid Ihr verrückt?«

»Ich habe nie in meinem Leben klarer gedacht.«

»Ihr könnt mich doch nicht heiraten!«

Er trat vor sie, auch wenn es bedeutete, dass er über ihr aufragte. »Ich kann und ich werde es tun.«

Sie sprang auf, ihre Augen blitzten. »Habt Ihr den Verstand verloren? Ihr könnt mich nicht zwingen, Euch zu heiraten.«

Etwas zerriss in seiner Brust, als hätte ein Gurt aus Leder sein Herz umschnürt gehalten und es endlich freigegeben.

»Zum Teufel auch, Miracle! Ich wusste, Ihr würdet mir in dieser Sache trotzen. Aber denkt doch erst einmal darüber nach! Wenn Ihr mich nicht heiratet, werde ich nicht in der Lage sein, Euch zu retten. Ihr werdet hängen!«

Sie entfernte sich von ihm, eine seltsam eisige Ruhe ausstrahlend. Es machte ihn wütend. »Ihr könnt mir doch stattdessen helfen, eine Schiffspassage außer Landes zu bekommen. Sicherlich liegt das nicht außerhalb Eurer Macht, oder?«

Seine Hände ballten sich zu Fäusten. Er zwang sich, sich hinzusetzen.

»Wenn wir nicht sofort heiraten, wird Hanley wissen, dass ich geblufft habe. Er wird sich auf der Stelle rächen. Ihr würdet verhaftet werden, sobald Ihr versucht, dieses Haus zu verlassen. Dann würdet Ihr ihnen die Wahrheit über Willcott sagen und werdet gehängt.«

Miracle blieb neben dem Klavier stehen, ihr Rücken kerzengerade. »Lord Hanley weiß, dass ich jetzt mit Euch hier bin?«

Ryder barg die Stirn in beiden Händen, seine Finger gruben sich in sein Haar. »Hanley hat sich geweigert zu glauben, dass ich mein Versprechen wirklich ernst meinen könnte, bis ich ihm Zeit und Ort genannt und versprochen habe, dass die Eheschließung vor Zeugen stattfinden würde, die über jeden Zweifel erhaben wären.«

Als hätten ihre Knie einfach unter ihr nachgegeben, sank Miracle auf den Klavierschemel. »Lord Ayre?«

»Wir werden noch heute Vormittag in der Kapelle von Mossholm heiraten. Ayre und seine Mutter, die verwitwete Countess, werden unsere Zeugen sein. Ich kann sie nicht bitten, in dieser Angelegenheit zu lügen. Hanley hat bestimmt seine Leute hier, die Mossholm nicht aus den Augen lassen werden.«

»Ich könnte an ihnen vorbei hinausgeschmuggelt werden.«

Ryders Kopf fuhr hoch. »Verdammt, Miracle! Dieses Risiko werde ich nicht eingehen.«

»Also habt Ihr mich deshalb nach Schottland gebracht?« Sie drehte den Schemel unter sich herum und öffnete abrupt den Deckel des Klaviers. Es tönte leise, wie eine gedämpfte Glocke.

»Das schottische Recht gestattet uns, ohne Aufgebot zu heiraten. Wenn Ihr länger als bis morgen leben wollt, setzen wir diesen Gedanken in die Tat um.«

Ihre Finger strichen über die Tasten. Drei Akkorde klangen

auf, einer nach dem anderen, mit absoluter Sicherheit, um von einem wütenden Sturm von Noten gefolgt zu werden, als wüteten Donner statt Hämmer. Ryder starrte sie an, berührt bis ins Herz von ihrer Leidenschaft und Stärke.

»Ich habe zu spielen gelernt, als ich elf war.« Ihre Stimme klang hell, während die Saiten vibrierten und schwangen. »Sir Benjamin Trotter engagierte einen Musiklehrer für mich, damit ich zu einer rechten Lady erzogen wurde. Ich habe nicht zugelassen, dass diese Erziehung vergeudet war. Ich habe jedoch nicht geplant, eine Herzogin zu werden.«

Ryder sprang auf und ging zum Fenster. »Selbst wenn Hanley später herausfindet, dass sein Geheimnis uns ebenso unbekannt ist wie die dunkle Seite des Mondes, kann er Euch nichts anhaben, solange Ihr meine Frau seid.«

»Und für diese schwache Versicherung würdet Ihr eine vorübergehende List in die Realität umsetzen? Wir würden das Gelübde ablegen, uns bis in alle Ewigkeit zu lieben und zu ehren? Selbst wenn es bedeutet, dass eine Hure eine St. George wird?«

»Warum nicht, zum Teufel?« Sein Blut pulsierte von einer Unmenge unbehaglicher Gefühle. Er wusste, dass sie recht hatte. Er wusste auch, dass er dies verzweifelt wollte und fast alles tun würde, um es zu bekommen. »Es wird nicht härter sein, eine Duchess zu spielen, als es war, die Ophelia zu spielen.«

Mitten in der Bewegung unterbrach sie ihr Spiel. Schweigen hallte wider, dann barg sie das Gesicht in beiden Händen und begann, mit einer schrecklichen Heiterkeit zu lachen.

»Ach, aber kann's nicht sein, dass die Fäden immer weiterzieh'n?«

»Was zum Teufel sagt Ihr?«

Ihre Finger strichen über die Tasten, entlockten ihnen ein

leises Lamento. »Dass ich ein Mädchen aus einer Baumwollspinnerei bin. Dass ich eine Kurtisane bin. Nicht einmal Ihr könnt meine Vergangenheit verschwinden lassen. Ich kann nicht Eure Frau werden. Ich bin ein Paradiesvogel, ein Stück Musslin, eine Hure, eine Dirne, eine Prostituierte, eine –«

»Das spielt keine Rolle!«

Sie sah ihn an, ihre Augen loderten. »Herrgott, es spielt eine Rolle und das aus einer Menge Gründe! Lasst uns mit dem offensichtlichsten beginnen: Eure Familie wird Euch niemals vergeben. Die Gesellschaft würde Euch niemals vergeben. Ihr würdet Euch selbst niemals vergeben.«

»Das geht doch wohl nur mich etwas an, oder nicht?«

»Nein«, sagte sie mit erschreckender Ruhe. »Es geht nicht nur Euch etwas an. Es ist auch mein Leben.«

Kalter Schweiß lief ihm den Rücken hinunter. Alles, was sie gesagt hatte, war richtig. Er wusste das. Er hatte sich damit auseinandergesetzt. Er hatte seinen Pakt mit Hanley jedenfalls geschlossen. Wenn sie nicht zustimmen wollte, dann musste er seine Trumpfkarte ausspielen.

»Nicht, wenn Ihr den Galgen vorzieht«, sagte er. »Weil das die einzige Wahl ist, die Euch bleibt, Miracle – Heirat oder Tod. Für alles andere ist es jetzt zu spät.«

»Was für einen hübschen Handel habt Ihr mit unserem Feind geschlossen!« Ihre Finger glitten über die Tasten, spielten ein langsames Klagelied in quälendem Moll. »Sir Galahad will also seine Geliebte heiraten. Er ist gewillt, den schlimmsten Stürmen wegen einer Mesalliance zu trotzen, die der Welt beweisen wird, dass er den Verstand verloren hat. Kann ich Mohnblüten für meinen Brautstrang haben?«

»Strang?«

Eine fröhliche Tanzmelodie schwebte durch das Zimmer. »Ein Versprecher. Offensichtlich meinte ich meinen Brautstrauß. Also welche Blumen könnten passend sein? Vergissmeinnicht und Rosmarin?«

Ryder glaubte zu zerspringen. Wie konnte sie es wagen? Wie konnte sie es wagen, seine Liebe abzulehnen und das große Opfer, das er ihr brachte? Glaubte sie, dass er nicht bereits alle Konsequenzen dieses Entschlusses durchdacht hatte? Warum konnte sie nicht sehen, dass er es nicht ertragen konnte, ohne sie zu leben?

Er schlug mit der Faust gegen den zurückgeklappten Fensterladen. Der Schlag hallte wie eine Trommel. Sie hörte auf zu spielen.

»Ich habe alles geregelt. Diese Heirat ist der letzte Schritt. Ihr werdet nie wieder arm sein. Ihr werdet Euch nie wieder fürchten müssen. Ihr werdet für den Rest Eures Lebens in absoluter Sicherheit leben. Seid Ihr zu stolz, um das anzunehmen? Zu erfüllt von all diesen edlen Idealen, die Ihr Euch in der Bibliothek irgendeines Lüstlings angeeignet habt und auf die Ihr Euch zurückzieht, wann immer es Euch passt? Ihr würdet lieber *sterben*, als mich zu heiraten?«

Der Deckel des Klaviers krachte herunter. Miracle fauchte ihn an wie eine vor Rachedurst rasende Furie, wunderschön und schrecklich, die Verkörperung dunklen Verlangens.

»Zu stolz? Zu *stolz*? Ich habe verdammt zu hart für mein Leben gekämpft, seit dem Tag, an dem ich geboren wurde, um jetzt den Tod wegen irgendwelcher edlen Prinzipien zu umarmen. Nur ein Aristokrat wie Ihr würde jemals etwas so Dummes glauben. Menschen wie ich kämpfen gegen die Dunkelheit bis zu dem Moment, in dem sich die Schlinge um ihren Hals zuzieht. Wir werden meineidig und flehen und kämpfen wie ein Dämon, ehe wir freiwillig irgendetwas die Sonne verdunkeln lassen. Aber wie könnt Ihr es wagen, so über Sir Benjamin zu reden?«

»Wie reden?«

»Ihr habt ihn einen Lüstling genannt. Eure Stimme erfüllt mit so großem Abscheu, dass Ihr es nicht einmal über Euch bringen könnt, seinen Namen auszusprechen. Aber Sir Benjamin Trotter hat mich vor der Baumwollspinnerei gerettet. Er hat mich vor Unwissenheit und Armut und Elend und Hunger gerettet. Er hat mich davor gerettet, taub zu werden. Er hat mich davor gerettet, eine Hand in einem Webstuhl zu verlieren. Er hat mir die Welt eröffnet in dieser Bibliothek, die ihr mit so viel Abscheu verhöhnt – eine Welt des Wissens und der Schönheit und des Respekts. Er hat mir ein richtiges Zuhause gegeben, und ich habe ihn geliebt.«

Ryder war so benommen, als hätte ihm jemand einen Schlag auf den Kopf versetzt. »Ihr habt ihn *geliebt*?«

»Was ich von Sir Benjamin gelernt habe, hat mich zu der gemacht, die ich bin. Dank ihm konnte ich mir meine Liebhaber in den schrecklichen Jahren nach seinem Tod auswählen. Die Erziehung, die er mir gegeben hat, hat mich davor bewahrt, auf der Straße zu stehen und mich Seeleuten für einen Sixpence anbieten zu müssen.« Sie ging zu ihm, geschmeidig und schön und gefährlich. »Der einzige Mann, den ich je in mein Bett genommen habe, ohne ihn wirklich ausgesucht zu haben, das wart Ihr, Lord Ryderbourne.«

»Warum hat er Euch dann nicht geheiratet?«

Ihre Augen waren wie schwarze Teiche. »Sir Benjamin dachte, dass ich nicht alt genug wäre, einen so unumkehrbaren Schritt zu tun. Wir kamen überein zu warten, bis ich achtzehn wäre. Dann starb er.«

»Doch er hat Euch in sein Bett genommen.«

»Wir Mädchen aus der Spinnerei werden früh reif«, sagte sie. »Und wie ich Euch gerade gesagt habe, liebte ich ihn.«

Ryder taumelte ein paar Schritte rückwärts. Sie hatte Sir

Benjamin Trotter geliebt? Sie hatte Guy Devoran geliebt? Vielleicht hatte sie sogar Jack geliebt, seinen eigenen Bruder? Doch ihn konnte sie nicht lieben, Laurence Duvall Devoran St. George, der Mann, der dazu bestimmt war, der Duke of Blackdown zu sein. Von allen Männern, die sie je gekannt hatte – abgesehen von Hanley –, konnte nur er ihr Herz nicht gewinnen?

»Sir Benjamin mag Euch vor der Fabrik gerettet haben«, sagte er und betonte jedes Wort. »Aber nur ich kann Euer Leben retten. Deshalb nehme ich doch an, dass Ihr mich – trotz Eurer Bedenken – heiraten werdet?«

Sie ging zur Tür. Sie griff nach dem Riegel, doch dann presste sie die Faust an die Wand und lehnte die Stirn dagegen. »Es gibt nicht eine Hure in London, die nicht jubeln wird, wenn sie die Neuigkeit erfährt, dass eine von ihnen sich Lord Ryderbourne geangelt hat. Ich werde die Heldin der Schänken und das verfluchte Weibsbild in den Salons sein.« Sie fuhr herum, ihr Kinn hoch erhoben, ihre Wangen flammend rot. »Natürlich werde ich Euch heiraten, auch wenn wir beide es unser Leben lang bereuen werden.«

»Gut«, sagte er, obwohl sein Triumph wie eine dunkle Grube in seinen Eingeweiden gähnte. »Ayre und die Countesswitwe werden inzwischen eingetroffen sein. Sie werden mit Mr. Melman in der Kapelle warten.«

Er ging zu ihr, um ihr seinen Arm anzubieten, doch sie riss die Tür auf, wirbelte dann aber zu ihm herum.

»Rührt mich nicht an!«, sagte sie mit einem plötzlichen bitteren Lachen. »Wenn Ihr mich jetzt anfasst, werde ich in winzige Stücke zerspringen, um aufgefegt und weggeworfen zu werden wie ein zerbrochenes Glas.«

Er war verloren in dem Eissturm, der ihn ihm tobte. »Aber wir werden heiraten!«

»Ja, und Ihr brecht mir das Herz, Ihr verrückter St. George. Warum habe ich nicht darauf bestanden, dass Ihr mich ertrinken lasst? Das hätte Euch davor bewahrt, den größten Fehler Eures Lebens zu begehen.«

»Welcher Preis auch gefordert wird, Miracle, ich bin bereit, ihn zu zahlen.«

»Seid Ihr das? Ich kann Euch zumindest versprechen, dass Ihr immer einen Ausweg haben werdet.«

Ein Sonnenstrahl fiel durch eines der hohen Fenster. Er ließ ihr dunkles Haar geheimnisvoll aufschimmern und den hellen Teint ihrer Wangen beinahe durchsichtig aussehen. Sie war so wunderschön.

»Ihr würdet mir absichtlich einen Grund geben, mich von Euch scheiden zu lassen?« Er wollte es nicht glauben.

»Meint Ihr, ich würde dieser Heirat zustimmen, wenn ich denken würde, es wäre wirklich für die Ewigkeit? Wann immer Ihr es wünscht, diese unkluge Verbindung zu lösen, lasst es mich wissen. Das Parlament wird nicht zögern, Euch von Eurem Eheschwur zu befreien, wenn Eure Frau beim Ehebruch ertappt wird.«

Ryder packte sie an beiden Armen. »Wenn Ihr mich je betrügt –«

»Oh hört auf!«, rief sie. »Das ist meine Bedingung. Ihr habt keine Wahl, als sie zu akzeptieren. Wenn wir unsere Verzweiflung jetzt hinunterschlucken und uns trauen lassen werden, dann müssen wir Mr. Melman nicht länger warten lassen.«

Es war nicht so, wie Ryder sich seine Hochzeit vorgestellt hatte. Während er und Miracle das Gelübde sprachen, saß Lady Ayre vor einer Reihe versammelter Dienstboten. Miracle trug ihr schlichtes Reisekostüm, und das einzige Zugeständnis an den besonderen Anlass war ein Strauß weißer Rosen aus den Gärten Mossholms, gebunden mit einem blauen Band und in letzter Minute überreicht von der Countesswitwe.

Lady Ayre war eine hochgewachsene, hagere Frau mit silbrig-rotem Haar. Sie verfolgte die Zeremonie mit ihren scharfen blauen Augen, und natürlich wusste sie nicht, wer Miracle war. Sie wusste nur, dass der Freund ihres Sohnes ihre Anwesenheit bei dieser überraschend stattfindenden Trauung wünschte und dass sie die einzige Geladene war, die der Feier zumindest einen Hauch Respektabilität verlieh. Ihre Ladyschaft würde offensichtlich alles für ihren Sohn tun, der wiederum Himmel und Erde für Ryder in Bewegung setzen würde.

Ayre selbst stand an der Seite, und sein Gesicht war ernst, während er Miracle unablässig ansah. Ryder bemerkte zum ersten Mal bewusst, wie hell das Haar seines Freundes war, wie ausgeprägt seine Gesichtszüge.

Lady Ayres einziger Sohn war groß und schlank und ein wahrer Schotte mit seiner hellen Haut und dem rötlichen Haar. Doch die Haut über seinen Wangenknochen war von einem leichten Goldbraun, als wäre er aus Bronze gegossen. Wie jeder Kapitän, der sein Schiff über exotische Meere gesteuert hatte, schienen seine Augen den Himmel in sich zu bergen. Er fing Ryders Blick auf, und sein Gesicht verzog sich zu einem freundlichen Lächeln, doch in diesen himmelblauen Tiefen lauerte Leidenschaft: eine Leidenschaft, zusammengesetzt aus der Bewunderung für eine schöne Frau und das ungezügeltes Verlangen nach ihr.

Ryder empfand plötzlich den Wunsch, seinen Freund auf der Stelle ins Jenseits zu befördern.

Doch die Zeremonie war vorüber. Ayre trat vor, um Ryder die Hand zu schütteln und Miracle zurückhaltend auf die

Wange zu küssen. Mr. Melman entbot seine Glückwünsche. Lady Ayre machte einige höfliche Bemerkungen und verließ dann mit ihrem Sohn die Kapelle. Der Priester, Ryder und Miracle blieben zurück, um die Dokumente zu unterzeichnen.

Mr. Melmans Kutsche wartete bereits. Während Ryder ihn zur Tür brachte, drückte er ihm eine prall gefüllte Geldbörse in die Hand.

»Für Eure Schäfchen«, sagte er. »Mit meinem und Lady Ryderbournes Dank.«

Noch einmal wurden gute Wünsche ausgetauscht, dann war der Priester fort.

Miracle hob die weißen Rosen an ihr Gesicht und atmete deren Duft ein. »Was jetzt?«, fragte sie und sah Ryder unter gesenkten Lidern hervor an. »Ihr werdet Hanley eine Nachricht über unsere Eheschließung zukommen lassen, nehme ich an?«

»Ich werde sie ihm selbst überbringen.«

»Ach! Und was geschieht mit mir?«

»Ayre und seine Mutter werden Euch zum Blackdown Square begleiten. Es sollte keine allzu unangenehme Reise werden. Ihr werdet jede Nacht in den allerbesten Gasthäusern Rast machen. Lady Ayre wird sich um Euch kümmern.«

Lose Blütenblätter fielen auf den Steinboden der Kapelle, und ihr zarter Duft erfüllte die Luft. Miracle wandte sich zu Ryder um, ihr Blick suchte seine Augen. »Da Ihr nun mein wertloses Leben gerettet habt, soll ich von Eurem faszinierenden Freund nach London gebracht werden? Ihr vertraut mir? In seiner Gesellschaft?«

Ryder grinste, auch wenn sein Herz sich der Verwüstung nahe fühlte. »Ich vertraue Ayre. Außerdem wird seine Mutter während der Reise eine mehr als taugliche Anstandsdame sein. Außerdem weiß er sehr gut, dass ich ihn umbringen werde, würde er das Vertrauen missbrauchen.«

Miracle biss sich auf die Lippen und begann, eine weitere Rose zu zerpflücken. »Werde ich Euch je wiedersehen?«

»Gott, ja! Ich werde Euch abholen lassen, sobald ich kann.« Er starrte auf die am Boden liegenden weißen Blütenblätter, als Miracle sich abwandte. »Es liegt natürlich bei Euch, ob Ihr dann kommen werdet.«

Ihre Schultern spannten sich an, aber sie lachte. »Wenn Ihr nach mir schickt, könnten selbst wilde Pferde mich nicht davon abhalten. Wie sonst könnte ich meine Rache an Euch üben?«

Die Tür knarrte, als Lord Ayre sie öffnete und die Kapelle betrat. Sein gutes Aussehen hatte in der Vergangenheit schon vielen Frauen den Kopf verdreht. Es hatte Ryder bisher nie gestört, doch jetzt tat es das.

»Unsere Kutsche ist fast bereit«, sagte der Schotte. Sein Lächeln wirkte nur freundlich. »Lady Ayre wünscht so bald wie möglich aufzubrechen. Wenn das genehm ist, Lady Ryderbourne?«

Miracle zupfte eine Rosenknospe aus den Resten ihres Brautstraußes und steckte sie sich ins Haar. Die geschlossenen Blütenblätter streichelten ihre Wange. Ryder starrte sie an und kämpfte gegen Visionen von Ophelia und Mohnblüten und Vorzeichen einer Tragödie an. Würde er nicht einmal die Gelegenheit haben, sie zum Abschied zu küssen?

»Ja«, sagte sie. »Danke, Lord Ayre. Wenn Ihr mir einen raschen Besuch meines Zimmers gestattet, damit ich ein paar letzte Kleinigkeiten zusammenpacken kann?«

Blütenblätter und Herzschmerz hinter sich zurücklassend, ging sie zur Tür.

Ayre schüttelte Ryder noch einmal die Hand. »Ich bin entzückt, deine neue Frau nach London begleiten zu dürfen, Ryder, aber was zum Teufel ist so wichtig, dass du sie nicht selbst dorthin bringst?«

Ehe Ryder antworten konnte, wandte Miracle sich an der Tür noch einmal um. Sie schenkte Ayre ihr höchst verwirrendes Lächeln, das sowohl Mut als auch Spott verriet. Besitzergreifende Eifersucht durchbohrte Ryder wie ein Pfeil.

»Mein mir soeben angetrauter Ehemann muss sofort und allein nach Wyldshay«, sagte sie. »Er muss die Neuigkeit überbringen und seiner Mutter sagen, was er ihr angetan hat.«

Die hohen Türme Wyldshays waren schon aus weiter Ferne zu sehen. Das Drachenbanner hing schlaff unter dem blauen Sommerhimmel. Es war eine lange und anstrengende Reise gewesen. Sobald er Hanley verlassen hatte, war Ryder Tag und Nacht gereist, ohne anhalten zu lassen, die Fahrt hatte mehr als dreißig Stunden gedauert.

Schatten huschten, als seine Kutsche über die Brücke und auf den Burghof fuhr. Nach der drückenden Anspannung der vergangenen drei Tage war er zu Hause. Die hohen Türme und weiten Räume waren Balsam für seinen aufgewühlten Geist.

Ryder suchte zuerst seine eigenen Zimmer auf, um sich frischzumachen und umzukleiden. Sein Kammerdiener rasierte ihn und stutzte ihm schweigend das Haar, als wäre es nichts Ungewöhnliches, dass Lord Ryderbourne nach unerklärter Abwesenheit nach Hause kam und wie ein Landstreicher aussah. Ein Diener brachte Sandwiches und heißen Kaffee. Ryder ignorierte das Essen, trank aber den bitter schmeckenden Kaffee, bevor er seine Gemächer verließ, um seiner Mutter seine Aufwartung zu machen.

Miracle hatte direkt in sein Herz geblickt, wie immer. Er konnte die Realität seiner gesellschaftlichen Stellung nicht außer Acht lassen. Ohne die Unterstützung des Dukes und der Duchess of Blackdown – auch wenn diese unwahrscheinlich war –, würde seine Ehe scheitern.

Er fand seine Mutter im Rosengarten, in dem sie einen Spaziergang machte. Die Luft war erfüllt vom schweren Duft der Rosen. Die Sonne brannte heiß auf Steinmauern und eine Reihe von Statuen herunter.

Während Ryder langsam über die Kieswege auf die Herzogin zuging, schaute sie von ihrer Betrachtung einer verblühten roten Rose auf. Im Schatten eines Sonnenschirms aus Seide schienen ihre Augen wachsam und fasziniert zugleich, als betrachtete sie einen interessanten Fremden, der ihr entweder Freude oder Ärger bringen könnte.

Er blieb stehen und verneigte sich. »Euer Gnaden? Ich hoffe, Ihr seid wohlauf?«

»Meine Rosen sind von der grünen Blattlaus befallen«, erwiderte sie trocken. »Patterson sollte sie mit Seifenlauge besprühen.«

»Ich werde mich darum kümmern. Ich muss mich dafür entschuldigen, falls die Gärtner ihre Pflicht während meiner Abwesenheit vernachlässigt haben sollten.«

Sie zog eine schmale Augenbraue hoch und wedelte mit der Hand. Die Rose zerfiel in einen Regen aus roten Blütenblättern, sodass nur ihr mit Spitzen versehenes nacktes Herz zurückblieb.

»Ich sehe, dass Ihr darauf brennt, Euch mitzuteilen, Sir. Könnt Ihr einen Bericht über Eure Abenteuer geben, der für die zarten Ohren einer Mutter geeignet ist?«

»Wahrscheinlich nicht«, sagte Ryder. »Allerdings habe ich nichtsdestotrotz wichtige Neuigkeiten.«

Die Herzogin lachte und schob ihre Hand unter seinen Arm. »Komm, lass uns ein Stück gehen, dann kannst du mir alles erzählen. Hanley war hier. Ich habe keine Ahnung, was du mit einer so unangenehmen Person zu tun hast, aber ich dachte, du solltest wissen, dass er sowohl aufdringliches Interesse an deinen Angelegenheiten gezeigt als auch eine recht fadenscheinige Geschichte vorgebracht hat. Hat Guy Devoran dich gefunden?«

»Die Beobachtungsgabe Eurer Gnaden ist wie immer beinahe unheimlich. Guy hat einen untadeligen Boten abgegeben, und ich schulde ihm mehr, als ich sagen kann. Vielen Dank also.«

Ein Eisentor führte in einen von Mauern umgebenen Burghof. Die Herzogin ließ Ryders Arm los, als er das Tor für sie öffnete. Sie klappte ihren Sonnenschirm zusammen und setzte sich auf eine Bank unter den dicken Ästen eines sehr alten Kirschbaums.

Blätter beschatteten ihren klugen Blick. »Ich fürchtete, du wärest drauf und dran, einen Pakt mit dem Teufel zu schließen.«

Ryder begann, auf dem mit Steinen gepflasterten Hof hin und her zu gehen. »Das war ich und das habe ich.«

»Ich fürchte, dass es bei dieser Übereinkunft mit Hanley um sehr viel mehr als um Spielschulden oder einen Streit um Pferde geht?«

Er fuhr herum und sah sie an. »Ja«, sagte er. »Ich habe seine Geliebte geheiratet.«

Das Schweigen fiel wie ein Knüppel. Ryder starrte seine Mutter an, entsetzt darüber, dass er es auf so ungeschickte Weise direkt verkündet hatte. Zum ersten Mal in seinem Leben erlebte er, dass es der Herzogin nicht nur die Sprache verschlagen hatte, es schien, als sei jedes Leben aus ihr gewichen. Sie saß in völliger Reglosigkeit da, wie gefangen, war leichenblass und hatte die Augen geschlossen.

Geräusche drängten sich ins Bewusstsein – das Rascheln von Blättern, eine Möwe, die über ihnen schrie –, und sie öffnete die Augen: das gleiche tiefe Grün, das ihn jeden Morgen aus dem Spiegel ansah, gerahmt von dunklen Wimpern.

»Ist diese Heirat legal«, fragte sie erschreckend ruhig.

»Wir wurden auf Mossholm getraut. Die Heirat ist nicht nur legal, ich habe auch nicht die Absicht, diese Ehe jemals aufzulösen.«

Röte brannte auf ihren zarten Wangenknochen. Die Duchess umklammerte ihren Sonnenschirm.

»Hanleys Geliebte ist in bestimmten Kreisen eine bekannte Person. Ich bin ihr natürlich nie begegnet, bin aber hinsichtlich des Gesellschaftsklatschs durchaus informiert. Ich glaube, sie erfreut sich des höchst ungewöhnlichen Namens Miracle Heather. Regelmäßiges Überbringen billiger Schmuckstücke hätte Euch ihrer professionellen Gunst versichert, zusammen mit all den Liebesbeteuerungen, die Ihr Euch gewünscht hättet. Doch Ihr habt sie *geheiratet*?«

»Ja.«

»Hat Lady Ayre eine Ahnung, welche Art von Geschöpf sie unterstützt hat?«

»Vermutlich hat Ayre es ihr inzwischen gesagt. Er bringt die beiden nach London.«

»Der schöne Lord Ayre? Man wird Euch Hörner aufgesetzt haben, noch bevor sie London erreichen.«

»Nein, so wird es nicht sein.« Seine Schritte hallten von den Steinen wider, wie ein Echo seines hämmernden Herzens. »Obwohl Miracle angeboten hat, es zu tun – um mir einen Grund zu geben, mich von ihr scheiden zu lassen, sollte ich es wünschen.«

Die Lippen seiner Mutter verzogen sich. »Der künftige Duke of Blackdown ist ein großer Fang für jede Lady, selbst für eine königliche Prinzessin, wäre eine verfügbar. Sollte ihr Gemahl es vorziehen, sich eine Geliebte in London zu halten, würde eine Ehefrau mit der richtigen Erziehung das akzeptieren. Ist Euch diese Möglichkeit nicht in den Sinn gekommen?«

»Das ist nicht die Art von Ehe, die ich will.«

»Dieses Geschöpf ist eine Schönheit, nehme ich an?«

»Ja«, sagte Ryder. »Sie ist wunderschön. Aber sie ist weitaus mehr als das: Sie ist ehrlich, klug, gescheit –«

»Und ihre Fähigkeiten als Liebhaberin sind unvergleichlich.« Die Herzogin warf den Schirm beiseite und stand auf. »Niemand fragt danach, wen Ihr mit in Euer Bett nehmt, Sir. Aber jeder wird danach fragen, wen Ihr geheiratet habt. Ich kann nur vermuten, dass Ihr Euren Verstand verloren habt.«

»Im Gegenteil, es ist das Gescheiteste, was ich je getan habe.«

Die Duchess trat, klein und perfekt wie sie war, ins Sonnenlicht, sie schien wie eine Flamme zu glühen. »Kein Gericht in England würde dem zustimmen.«

Er trat näher. »Ihr würdet versuchen, mich für geistig unzurechnungsfähig erklären zu lassen, um diese Heirat anzufechten?«

Die Duchess stand aufrecht und unbeugsam da. Ihre grünen Augen blitzten. »Wenn es nötig sein sollte, ja!«

»Bevor Ihr noch irgendetwas sagt, was Ihr für den Rest Eures Lebens bedauern werdet, Euer Gnaden, möchte ich Euch nur darum bitten, dass Ihr sie kennenlernt. Sobald Miracle in London eintrifft, werde ich sie hierher bringen.«

»Ich will nicht, dass Ihr Eure Hure nach Wyldshay bringt.«

Ryder ging zum Tor und legte die Hand auf den Riegel. Eine Faust schien sich um seine Brust geschlossen zu haben.

»Miracle ist meine Frau. Wenn Eure Gnaden sie nicht mit dem Respekt willkommen heißt, der der künftigen Herzogin gebührt, falls Ihr sie auch nur im Mindesten schräg anguckt oder ihr auf irgendeine Weise Ungemach bereitet, wenn Ihr sie bei dem kleinsten Fauxpas merken lasst, dass Ihr sie oder ihre bescheidene Herkunft verachtet – werde ich Wyldshay den Rücken kehren. Ihr werdet mich nicht wiedersehen, bis ich zurückkehren werde, um Anspruch auf meinen Titel zu erheben. Solltet Ihr noch leben, wenn ich Duke werde, wird Euch – bei allem schuldigen Respekt – die Tür gewiesen. Die Wahl liegt bei Euch, Mutter.«

Seide raschelte. Die Duchess setzte sich. »Ist Sie bereits von Euch schwanger?«

»Nein.« Ryder stützte die Faust gegen die Steinmauer, während Zorn und Schmerz durch sein Blut rauschten. »Miracle kann keine Kinder bekommen. Sie hatte eine Fehlgeburt, als sie sehr jung war. Sie ist unfruchtbar.«

»Dann brecht Ihr mir das Herz und werdet Euer eigenes zertrümmern.«

»Warum? Es wird doch nur Euren größten Wunsch in Erfüllung gehen lassen: Jack wird der Duke of Blackdown werden, wenn ich sterbe. Er wird es nicht begrüßen, aber es wird ihm auch keinerlei Schaden antun.«

Die Herzogin machte einen tiefen Atemzug. Sie schien zutiefst betroffen, doch sie würde es sich niemals gestatten, die Beherrschung zu verlieren. Tränen brannten in ihren Augen. »Erst vor wenigen Monaten habt Ihr Euren Bruder für seine Sünden mit Anne scharf verurteilt. Es war Euch unerträglich, dass er mit den moralischen Normen der englischen Gesellschaft brechen könnte. Und jetzt heiratet Ihr Eure Geliebte und belastet sein Leben mit gänzlich neuen Erwartungen?«

»Es war falsch von mir, Jack zu verurteilen. Ich habe es nicht verstanden – ich wusste nichts von Leidenschaft.«

»Eine Leidenschaft, die Euch so fest bindet, dass Ihr sogar darauf verzichtet, Söhne zu haben?«

Ryder stieß sich vom Tor ab und ging zu ihr. »Ja«, sagte er. »Auch wenn ich immer Kinder haben wollte.«

Sie gab seinen prüfenden Blick ruhig zurück, aber eine schreckliche Verletzbarkeit lag in den winzigen Falten um ihre Mundwinkel. »Wie könnt Ihr auch nur einen Moment lang denken, ich würde Euch bei dieser Katastrophe unterstützen?«

»Weil ich Euch darum bitte, es zu tun. Weil ich Euer Sohn bin. Weil Ihr mich, wenn Ihr es nicht tut, vielleicht nie wiederseht. Und weil es vielleicht Eure einzige Möglichkeit ist, zu zeigen, dass Ihr Euch doch etwas aus mir macht.«

Sie schaute weg, als würde in ihr tiefer, lange vergessener Kummer hervorbrechen. »Ihr würdet mich mit meiner Liebe zu Euch erpressen?«

»Warum nicht?« Ryder setzte sich neben sie auf die Bank. »Schließlich habt Ihr das mit allen Euren Kindern getan, von dem Tag an, an dem sie geboren wurden.«

»*Touché!*« Die Herzogin umfasste seine Hände, dann schaute sie auf und lachte leise auf. »Wir sind eine überaus komplizierte Familie, mein Lieber. Aber Ihr seid mein erstgeborener Sohn. Könnt Ihr wirklich in Zweifel ziehen, dass ich Euch liebe?«

»Ich habe es immer bezweifelt, aber vielleicht gibt es ja vielfältige Spielarten der Liebe. Ich bitte darum, dass Ihr uns nicht dazu zwingen werdet, uns wegen dieser Sache zu entzweien, Euer Gnaden. Miracle hält mein Herz in ihrer Hand. Ich weigere mich, ohne sie zu leben. Wenn Ihr mich zwingt, zwischen meiner Frau und meiner Familie zu wählen, würde ich, auch wenn es mir das Herz bräche, nicht zögern, mich für meine Frau zu entscheiden.«

Die Herzogin schloss die Augen, als verberge sie plötzliche Tränen. »Man sagt, wir sollten vorsichtig mit dem sein, was wir uns wünschen. Ich habe mir Eure Heirat gewünscht. Ich habe mir Euer Glück gewünscht – glaubt es oder glaubt es nicht, wie Ihr wollt. Ich habe gehofft, Ihr würdet eine Frau finden, die ihr lieben könnt. Jetzt sagt Ihr mir, dass das geschehen ist. Liebt sie Euch?«

»Ich weiß es nicht«, sagte Ryder.

»Sie hat natürlich viele Liebhaber gehabt.«

»Mehr als Ihr, ohne Zweifel, aber wahrscheinlich weniger als Lady Oxford.«

Die Duchess lachte. »Ja, vielleicht wird eine frühere Kurtisane ihrem Ehegelübde gegenüber mehr Treue zeigen als viele Ladys unseres Standes. Doch Ihr werdet immer Männern begegnen, die sie gekannt haben, Ryder. Für den Rest Eures Lebens. Jeder Mann, der Eure Frau ansieht, könnte sich daran erinnern, sie in seinem Bett gehabt zu haben. Könnt Ihr damit leben?«

»Es ist ein Risiko, das einzugehen ich bereit bin – selbst wenn mein eigener Bruder unter ihnen ist.«

»Euer Bruder?«

»Es ist möglich. Ich weiß es nicht.«

»Ihr habt sie nicht gefragt?«

Ryder barg den Kopf in beiden Händen. »Nein, und ich werde sie auch nie danach fragen. Es ist nicht wichtig. Jacks Herz gehört jetzt Anne. Aber wenn Ihr hinter dieser Ehe steht, dann wird kein Mann in England es je wagen – nicht einmal mein eigener Bruder –, eine Anspielung zu machen, dass er Miracle schon einmal begegnet ist, ganz zu schweigen davon, sie jemals gekannt zu haben.«

Eine leichte Brise ließ die Blätter des Kirschbaums rascheln und die Bänder am Kleid der Duchess aufwehen. Wieder einmal saß sie schweigend da, die Hände auf dem Schoß gefaltet. Sie schien die Steinfliesen zu betrachten.

»Ich brauche Eure Unterstützung, Mutter. Ohne sie würde mir keine andere Wahl bleiben, als Miracle ins Ausland zu bringen. Denn sonst – wie immer ich versuchen würde, sie zu beschützen – würden die Schakale sie in Stücke reißen.«

Sie schaute auf. »Ist es mir nicht erlaubt, zuvor zumindest ein Funken Zorn zu zeigen?«

»Ich habe es nicht anders erwartet. Solange nur jedweder Zorn über diesen undiplomatischen Schritt über mich und nicht über sie hereinbricht.«

»Ihr seid natürlich sehr verliebt. Keine andere Lady wird jemals dem Charme dieser Kurtisane das Wasser reichen können. Vielleicht habt Ihr recht. Doch ich weiß nicht, ob ich die Gesellschaft dazu zwingen kann, sie zu akzeptieren. Der Klatsch wird uns wie ein Sog herunterziehen.«

Er nahm ihre Hand und hauchte einen Kuss darauf. »Ein paar alte Klatschweiber werden uns den Rücken zukehren, und die eifrigsten Eiferer werden sich weigern, Miracle zu empfangen. Aber alle anderen werden Eurem Beispiel folgen, allzumal, wenn Ihr es ihnen mit dem genügenden Elan vorlebt. Ihr werdet es ohne Zweifel höchst amüsant finden.«

Die Herzogin hob ihre Hand, um ihre Ringe zu betrachten. Smaragde brachen das Sonnenlicht. »Blackdown wird zustimmen müssen.«

»Der Duke wird sich in dieser Sache Eurer Entscheidung anschließen, wie er es in fast allem getan hat, was Eure Kinder betrifft, seit dem Tag, an dem Ihr ihm mich geboren habt. Niemand sonst in der Gesellschaft verfügt über Euren Einfluss.«

»Also gut«, sagte sie und ließ die Hand sinken. »Bringt Eure

Frau nach Wyldshay! Wenn sie so ist, wie Ihr sagt, dann werde ich der Welt trotzen, um sie zu retten. Wenn sie jedoch das ist, was ich befürchte, dann werde ich alles in meiner Macht Stehende tun, Eure Scheidung in die Wege zu leiten.«

»Sie wird in dem Fall nicht gegen Euch kämpfen«, sagte Ryder. »Die Heirat war meine Idee, nicht ihre. Sie hat bereits angeboten, alles Nötige zu tun, damit ich meine Freiheit wiedererlange. Ich muss sie nur darum bitten.«

»Dann ist sie eine kluge Frau«, sagte die Herzogin. »Aber das habe ich bereits vermutet. Und jetzt, Sir, da Ihr mit Euren Enthüllungen zu Ende seid, schlage ich vor, dass Ihr in Eure Zimmer geht und Euch ein wenig ausruht. Es ist offensichtlich, dass Ihr seit Tagen nicht geschlafen habt.«

Ryder stand auf und verneigte sich. »Euer Gnaden!«

»Ach geh!«, fauchte die Duchess. »Du bist zum Umfallen müde, und ehe ich anfange zu planen, was zu tun ist, erweise mir bitte die Höflichkeit, über diese Heirat zu weinen – allein.«

Miracle entbot Lady Ayre und ihrem Sohn schlicht ihren Dank. Als die Kutsche davonrumpelte, winkte die Countess zum Abschied. Lord Ayre hatte sich während der Reise höflich, aber distanziert verhalten. Seine Mutter war freundlich gewesen, ohne zu vertraulich zu wirken. Ihnen allen drei war das explosive Potenzial bewusst gewesen, das die Situation in sich barg.

Ob Miracle verheiratet war oder nicht, kein Mann würde das jemals von ihr glauben.

In ihrer Wohnung am Blackdown Square schien sich nichts verändert zu haben, abgesehen von den Türschlössern. Hanley hatte natürlich einen Schlüssel besessen. Ryder musste dafür gesorgt haben, dass der Earl nicht länger Zugang zu dem Haus hatte, bevor er London damals verlassen hatte, um ihr zu folgen.

Miracle war gezwungen anzuklopfen, um Einlass in ihr eigenes Haus zu bekommen – nein, Ryders Haus.

Sie verdankte ihm alles. Wenn er sie darum bat – auch wenn es sie zerstören würde –, würde sie ihn freigeben. Selbst wenn das bedeuten würde, sich nackt mit einem anderen Mann beim Ehebruch ertappen lassen zu müssen. Und auch selbst wenn die Komplimente dieses anderen Mannes so oberflächlich wie die von Lord Ayre waren.

Izzy riss die Tür auf und knickste tief, ihr Gesicht war rot vor Freude. »Oh, willkommen zu Hause, Lady Ryderbourne!«

Miracle sah das Mädchen erstaunt an.

»Lord Ryderbourne erwartet Euch, Mylady«, sagte Izzy. »Seine Lordschaft ist schon seit zwei Tagen hier, und er hat mich die Wohnung von oben bis unten putzen lassen, aber er hat gesagt, ich könnte gehen, sobald Eure Ladyschaft eintrifft. Ist das in Ordnung?«

»Ja«, sagte Miracle, und ihr Puls hämmerte heftig, »ja, natürlich.«

Das Mädchen machte noch einen Knicks und verschwand.

Ryder war hier!

Die Floskeln einer außergewöhnlich banalen Konversation hallten in ihrem Kopf – *Ihr hattet eine angenehme Reise? Lady Ayre hat sich gut um Euch gekümmert? Mein Freund, Lord Ayre, er hat sich Eurer Bedürfnisse angenommen?* –, bevor sie sich in schmerzende, irrsinnige Fragen verwandelten: *Bin ich befreit von dieser überstürzt geschlossenen Ehe? Seid Ihr bereits dem Reiz des Körpers eines anderen Mannes erlegen? Bin ich schon zum Hahnrei gemacht worden?*

Miracle holte tief Luft und setzte ihren Hut ab, bevor sie ihr Wohnzimmer betrat. Ryder stand am Fenster. Das Sonnenlicht warf einen hellen Schein auf sein dunkles Haar. Er wandte sich um und blickte ihr entgegen.

Ihr Herz machte einen so hohen Sprung wie ein Hase im Frühling. Verlangen nach ihm ließ sie von Kopf bis Fuß zittern, es wallte in heißen Strömen durch ihren Körper, überflutete sie – Verstand, Körper und Seele – mit Sehnsucht. Miracle war so verwirrt, dass ihr die Worte fehlten. Sie ließ ihr Ridikül fallen.

Ryder stand nur wie zu Stein erstarrt da, doch in den Tiefen seiner Augen brannte ein Feuer, als er sie ansah.

Helle Glut loderte in ihrem Herzen, als Miracle sich die Handschuhe aus weichem Ziegenleder von den zitternden Händen zerrte. Sie ließ sie unbeachtet auf den Boden fallen.

Ein Ausdruck der Leidenschaft prägte die Züge seines Gesichts und seinen vor Anspannung verzogenen Mund. Ohne den Blick von Miracle zu lassen, löste Ryder seine Krawatte und warf sie zur Seite, dann riss er sich mit einer Hand den Kragen fort.

Wie heiße Flammen schien das Verlangen ihren Schoß und ihre Beine zu verbrennen. Eine süße Schwere glühte zwischen ihren Schenkeln. Miracle zitterte von Kopf bis Fuß, als sie ihren Umhang aufköpfte und ihn von den Schultern gleiten ließ.

Ryder atmete schwer, er nestelte an den Knöpfen seiner Jacke und riss sie sich vom Leib.

Miracles Puls klopfte wie verrückt, ihr Herz schien wie besessen vor Begehren, als sie ihre Schuhe abstreifte.

Feuer loderte um ihn auf, als wäre er ein Engel, der ihr in seinem Glanz erschien. Er streifte die Weste ab, Knöpfe fielen zu Boden, als er auf sie zukam.

Von wahnsinnigem Verlangen verschlungen, machte Miracle einen Schritt auf Ryder zu.

Er schloss sie in seine Arme, beugte den Kopf und küsste sie.

Tränen brannten, als sie den Kuss erwiderte, als sie dem heißen Samt seiner Zunge begegnete, der süßen Weichheit seiner Lippen. Sein schlanker, muskulöser Körper presste sich gegen ihre Brüste, ihren Schoß, ihre Schenkel. Ohne ein Wort zu sagen, ohne den Kuss zu beenden, wirbelte Ryder sie herum.

Er öffnete ihr Kleid, einen Knopf nach dem anderen, bis es ihr von den Schultern glitt. Sie klammerte sich an seine schmale Taille, lachte und weinte. Seine Lippen brannten auf ihren, glühend und fordernd, doch gleichzeitig schmeichelnd wie warmer Honig.

Eine Spur von Kleidungsstücken folgte ihnen vom Wohnzimmer zum Schlafzimmer. Er streifte seine Schuhe ab. Ihr Unterkleid fiel zu Boden. Mit einer Hand öffnete er seinen Hosenbund und zerrte sein Hemd aus der Hose.

Ohne den innigen Zungenkuss zu unterbrechen, ließ Miracle die Hände unter das feine Leinen gleiten. Ihre Hände genossen seine nackte Haut, die harten Muskeln seiner Schultern, seines Rückens, seines Bauches.

Sie fühlte sich so flüssig und heiß wie die Sonne, die von ewigem Feuer brannte und Ströme aus Licht in das kalte Universum sandte. Ryder hielt sie umschlungen, drehte sich mit ihr wie in einem im Tanz kosmischer Flammen. Sie waren wie Zwillingssterne. Wie Lesath oder Acrab im Skorpion, dem Bezwinger Orions.

Ryder stieß die Tür zum Schlafzimmer mit dem Fuß hinter ihnen zu und trug Miracle zum Bett. Er setzte sie auf die weißen Laken und barg das Gesicht an ihrem Hals. Sengendes Zittern erfüllte sie, als er mit den Lippen erst ihre Halsbeuge liebkoste und dann an ihrem Ohrläppchen knabberte. Sein Atem streichelte sie so heiß wie der eines Drachens.

Mit nichts als Hemd, Strümpfen und Mieder am Leib ließ Miracle sich in die Kissen sinken. Sie hatte das Gefühl, ihr Herz würde jeden Moment vor Entzücken zerspringen.

Ryder löste sich von ihr, aber nur, um sich das Hemd über den Kopf zu ziehen. Er zerrte sich Hosen und Unterkleider vom Leib, streifte die Strümpfe ab. In seiner ganzen herrlichen nackten Pracht legte er sich zu Miracle.

Ihr Mund, ihre Schenkel, ihr gesamtes Sein hießen ihn willkommen, als er sich auf sie legte und sie wieder küsste. Lange, streichelnde Küsse auf ihr Kinn, ihren Hals. Köstliche kleine Berührungen an den empfindsamen Stellen ihrer Kehle.

Verlangen verschlang sie. Sie wollte ihn berühren, ihn mit ihren Zärtlichkeiten noch weiter treiben. Doch er hielt ihre Hände fest und benutzte nur seinen Mund, um ihr Lust zu bereiten.

Miracle loderte vor hilflosem Begehren. Ihre Haut glühte unter seinen Lippen. Ihre Brustwarzen richteten sich hart auf, als sein Mund sie umschloss. Das Feuer wütete, verschlang alles, als sein Mund sie wie das Innere einer Iris öffnete und plünderte. Sie schrie auf, wand sich, als diese sengende Intensität sie fast ums Bewusstsein brachte.

Als Ryder in sie glitt, war sie verloren, schon geschmolzen zu flüssigem Gold. Ihr Körper bebte in köstlicher Lust, verloren, verloren. Doch mit jedem Stoß forderte er noch mehr. Mehr Offenheit. Mehr Verletzbarkeit. Als würde er bei jedem erobernden Stoß immer noch weiter zu den verborgenen Winkeln ihres Inneren vordringen.

Sie bebte wie eine Violinensaite, die zuckenden Schauder entzückten, als wäre sie nichts mehr als pure Empfänglichkeit.

Als Licht ihren Verstand flutete, fühlten ihre Finger die samtige Haut seines Rückens, das feste Fleisch seines Pos, also hatte er ihre Hände freigegeben. Sie wusste nicht, wann.

Ihr Mund fand seinen, Zungen berührten und streichelten sich, also küsste er sie wieder. Sie wusste es nicht.

Miracle fühlte nur diese hingebungsvolle Leidenschaft für diesen Mann, den einzigen Mann, bei dem sie es jemals zugelassen hatte, ihn absolut und total zu lieben, auch wenn es ihr das Herz brechen würde.

Sie erwachte in seinen Armen. Eine Kerze flackerte neben dem Bett. Der Rest des Zimmers lag im Dunkeln. Sie richtete sich auf. Ryder stützte seinen Kopf auf den gebeugten Ellbogen und lächelte zu ihr hoch.

»Habe ich geschlafen?«, fragte sie.

»Ungefähr acht Stunden. Es ist jetzt nach Mitternacht. Seid Ihr hungrig?«

»Das habt Ihr mich vorhin schon gefragt –«

»Und ich glaube, ich habe Euren Appetit auf zufrieden stellende Weise gestillt, Lady Ryderbourne?«

»Nur Ihr werdet das je können«, sagte sie. »doch die Welt wird uns zerstören.«

»Nicht, wenn meine Mutter es anders entscheidet.«

Miracle beugte sich über ihn und küsste ihn rasch, ehe sie aus dem Bett schlüpfte und sich einen Morgenrock überwarf.

Ryder hatte Besitz von ihr ergriffen, kaum dass sie ihre Wohnung betreten hatte, als hätte er die Erinnerung an die anderen Männer auslöschen wollen, die ihr Bett geteilt hatten. Dabei war das gar nicht nötig. Sie liebte ihn. Nur ihn. Nur er hatte sie je so tief berührt. Nur er ließ sie ihre Vergangenheit vergessen und gab ihr nichts als glückselige Absolution.

Aber Frauen wie sie heirateten nicht die Söhne von Herzögen. So etwas sah die Gesellschaft nun mal nicht vor.

»Nicht einmal eine Herzogin kann ungeschehen machen, was ich bin«, sagte sie. »Ihr hättet mich in einem Eurer Landhäuser verstecken sollen, so wie Heinrich der Zweite seine schöne Rosamund versteckt hat – natürlich nur, bis seine heimliche Geliebte von Königin Eleanor vergiftet wurde.«

Er lächelte, wenn auch nicht mit echter Freude. »Um Gottes willen, ich bin kein König. Ich bin bis jetzt noch nicht einmal ein Duke. Der Earl of Berkeley hat die Tochter eines Schlachters geheiratet, und die Welt hat es überlebt. Sobald es hell ist, werden wir nach Wyldshay fahren. Meine Mutter möchte Euch kennenlernen.«

»Möchte sie das? Das bezweifle ich sehr. Habt Ihr der Herzogin mit Feuer und Schwefel gedroht und Ihr Angst gemacht, sie würde alles verlieren? Sobald sich die Gelegenheit ergibt, wird sie mich zum Teufel schicken.«

»Vielleicht«, sagte er.

»Ich habe eine lange Reise mit der Kutsche hinter mir, auf der ich darüber nachdenken konnte«, sagte sie. »Ich muss das fragen, Ryder: Gibt es zwischen uns wirklich etwas außer Leidenschaft? Wir kennen uns erst seit so kurzer Zeit.«

»Lange genug, um die Wahrheit zu wissen.«

»Die Wahrheit ist, dass ich mit Hanley in diesem Bett geschlafen habe. Dessen werdet ihr Euch immer bewusst sein, wie sehr ich auch denke, dass ihr mich liebt. Das Wissen wird an Eurem Herzen nagen. Ihr werdet meiner überdrüssig werden –«

Ihr Bild brannte in seinen Augen, als wäre sie eine einzige faszinierende Flamme. »Nein.«

»Aber wenn –«

Ein lautes Klopfen hallte durchs Haus. Ryder sprang nackt aus dem Bett, geschmeidig und schlank im Kerzenlicht. Sein Körper war so wundervoll: nur Muskeln, der harte Bauch, sein wunderschöner Po. Der Türklopfer erklang erneut. Ryder stieg in seine Hosen und ging aus dem Schlafzimmer, barfuß und mit nacktem Oberkörper.

Miracle folgte ihm durch das Wohnzimmer und in die Eingangshalle.

Mit auf Stoffstreifen aufgewickeltem Haar war Izzy aus ihrem Bett neben der Küche gesprungen und stand jetzt untätig an der Tür und starrte diese aus riesigen Augen an.

Der Klopfer hämmerte wieder. Ryder riss die Tür auf.

Regen flutete den Bürgersteig und die gepflasterte Straße, prasselte auf die Hausdächer.

Ein Gentleman in einem langen Mantel stand schwankend auf der Eingangsstufe. Wasser lief von seinem Kinn und in dunklen Rinnsalen weiter über seine Schultern.

»Guter Gott«, sagte Ryder. »Dartford? Ihr seid betrunken, Sir!«

»Sehr sogar«, bestätigte Dartford. »Betrunken wie ein Lord! Musste Euch sehen!«

Ryder trat zurück. »Ihr kommt besser herein und trinkt einen Kaffee.«

»Bin nur nüchtern, wenn ich spiele. Kann mir nicht leisten, dabei zu trinken. Hab 'ne Botschaft für Euch, Ryderbourne. Schulde das Miracle.«

Miracle hielt ihren Morgenrock am Hals mit beiden Händen zusammen, als Lord Dartford eintrat. Ryder sah sie an, als sie Dartfords schiefes Lächeln erwiderte.

»Bitte zieh dich an, Izzy. Bring heißen Kaffee in den Salon.«

Izzy knickste, dann huschte sie in die Küche.

Dartford riss sich den Hut vom Kopf und schüttelte das Wasser von ihm ab. Dann ging er auf Miracle zu und verbeugte sich unsicher schwankend vor ihr.

»Will keinen Kaffee«, sagte er. »Bin hier, Euch zu warnen. Hanley sagt, Ihr habt einen Mord begangen. Er will Euch noch vor Morgengrauen verhaften lassen.«

Kapitel 16

»Das kann nur eins bedeuten.« Schatten tanzten an der Wand des Schlafzimmers, als Ryder sich rasch ankleidete. Seine Stimme klang eindringlich und sehr entschlossen. »Hanley hat die verdammten Papiere gefunden und weiß deshalb, dass ich geblufft habe. Und weil er sich sicher genug fühlt, Euch drohen zu können, muss er davon überzeugt sein, dass ich sie nicht gesehen und somit keine Ahnung von ihrem Inhalt habe.«

Die Angst drehte ihr den Magen um, doch Miracle war entschlossen, es Ryder nicht merken zu lassen. Sie setzte sich auf die Bettkante, um ihre Stiefeletten anzuziehen.

»Nun gut! Heiraten in Hast und viel Zeit, es zu bereuen. Ich hatte nur nicht unbedingt geplant, es am Galgen zu bereuen.«

»Dazu wird es nicht kommen, Miracle.« Ryder strich sich übers Haar. »Um Gottes willen! Ihr seid meine Frau. Ihr müsst nicht länger tapfer sein.«

Sie lächelte ihn an, obwohl ihr unregelmäßiger Herzschlag drohte, sie zu verschlingen.

Es klopfte leise an der Tür. Auf Ryders Rufen hin trat Izzy ein. Ihre Hände zupften nervös an der hastig umgebundenen Schürze.

»Ja, Izzy?«, fragte Miracle.

»Lord Dartford ist eingeschlafen, Mylady, im Sessel. Soll ich den Kaffee hierher bringen?«

»Ja, bitte«, sagte Miracle. »Und bring uns auch heißen Toast mit Butter.«

»Sehr wohl, Mylady!« Das Mädchen wandte sich zum Gehen.

»Warte!«, sagte Ryder.

Izzy errötete und knickste. »Ja, Mylord?«

»Ist in den letzten Tagen jemand hier im Haus gewesen, vielleicht kurz bevor ich hier eingetroffen bin?«

Miracle spürte, wie ihr das Blut aus dem Gesicht wich. In plötzlichem Begreifen folgte sie Ryders Überlegung. Lord Hanley musste sehr guten Grund gehabt haben anzunehmen, dass anfangs sie, Miracle, seine Dokumente gehabt haben musste. Sonst würde sein Verhalten keinen Sinn machen.

»Setz dich, Izzy, und antworte Lord Ryderbourne. Ist Lord Hanley vor kurzem hier gewesen? Hat er nach etwas gesucht?«

Izzy ließ sich auf einen Stuhl fallen, ihre Augen huschten unsicher zwischen Miracle und Ryder hin und her. »Ich habe es bestimmt nicht böse gemeint, Mylady. Aber Seine Lordschaft hat gesagt, er würde mich als Diebin anklagen, wenn ich ihm nicht geben würde, was er haben wollte. Obwohl es meine war!«

»Was war deine, Izzy?«, fragte Ryder.

Der Mund des Mädchens verzog sich. »Meine Bibel, Mylord. Die, die meine Mutter mir gegeben hat, obwohl ich sie nie gut lesen konnte – zu viele lange Worte und viel zu kleine Schrift.«

»Du hast Lord Hanley die Bibel deiner Mutter gegeben?«

Mit tränenfeuchten Augen schaute Izzy auf. »Er kam am Tag, bevor Eure Lordschaft eingetroffen ist. Er hat gesagt, er muss etwas haben, dass ihm gehört – ein Buch oder so etwas. Ich habe ihm erklärt, dass ich nichts habe, aber er hat darauf bestanden, dass ich es haben muss, und wenn ich es ihm nicht überlassen würde, dafür hängen müsste. Er hat mir drei Tage Zeit gegeben, darüber nachzudenken, aber ich durfte niemandem etwas davon sagen.« Ihre Stimme brach. »Aber ich hatte nur dieses eine Buch.«

»Aber du hattest Angst. Also hast du ihm die Bibel gegeben und gehofft, das würde ihn zufriedenstellen? Wann war das?«

»Gestern Abend, Mylord. Ich war so froh, dass ich daran gedacht hatte. Lord Hanley hatte einen Mann an der Ecke postiert, der hat dort gewartet. Er hat gesagt, ich wäre ein gutes Mädchen, und mir einen Shilling gegeben.« Sie wischte sich mit einem Schürzenzipfel über die Augen. »War das falsch? Ich habe es doch nicht böse gemeint!«

»Es ist alles in Ordnung, Izzy«, beruhigte Miracle sie. »Lord Hanley ist wütend auf mich, deshalb hatte er wohl vor, mich zu ärgern, indem er dich aufregt. Jetzt geh und trockne deine Tränen, und dann bring uns den Kaffee und den Toast. Du hast nur getan, was du für richtig gehalten hast.«

Das Mädchen nickte und wankte aus dem Zimmer.

Ryders Augen funkelten hell, und seine amüsierte Miene spiegelte Selbstironie. Er fuhr sich mit der Hand durch das ohnehin zerzauste Haar und lachte.

»Das ist nicht komisch!«, fauchte Miracle.

»Doch, das ist es! Ich werde Izzys Bibel für sie zurückholen, und wenn ich Hanley seinen verdammten Hals umdrehen muss.«

»Ich dachte, es geht hier um meinen Hals. Also hatte Izzy die ganze Zeit über seine Dokumente. Oh weh, es scheint fast, dass Ihr mich völlig umsonst geheiratet habt.«

Ryder fuhr herum und sah sie an, sein Lachen war verschwunden. »Ich habe Euch geheiratet, weil ich Euch als meine Frau wollte. Der einzige Punkt in dieser Farce, den ich zu bereuen habe und den ich mir lange nicht werde vergeben können, ist, dass ich nicht an Izzy gedacht habe. Schließlich war Hanley so sehr davon überzeugt, dass Willcott hier etwas versteckt hatte, dass er die Wohnung durchsucht hat. Als seine

Suche erfolglos blieb, konnte er nur vermuten, dass Ihr die Dokumente unabsichtlich eingesteckt hattet.«

»Was ihn zumindest für kurze Zeit glauben ließ, dass wir sie gefunden hätten.«

»Ich muss ein verdammt schlechter Schauspieler sein. Er hat offensichtlich geargwöhnt, dass ich bluffen könnte. Und dann hat er sich an Izzy erinnert.«

»Deshalb kam er direkt zurück nach London, während Ihr in Wyldshay gewesen seid und ich noch auf Reisen mit Lady Ayre war, und hat die Papiere direkt vor unserer Nase aus dem Haus geschafft.«

Ryder warf einige persönliche Gegenstände in einen Beutel. »Aber wie zum Teufel ist Willcott an die Familienbibel des Mädchens gekommen, um etwas darin zu verstecken?«

»Ist das wichtig?«, fragte Miracle. »Auf jeden Fall hat Hanley jetzt die Dokumente, und er hat keine Angst mehr vor Euch.«

»Das sollte er aber.«

»Aber nicht genug! Er hat vor, mich trotz unserer vor dem schottischen Gesetz rechtsgültigen Heirat ins Gefängnis werfen zu lassen.«

Ryder lächelte, als er sie auf die Füße zog. »Hanley kann das nur hier in London riskieren, in der Hoffnung, dass eine Anklage mich dazu zwingen würde, unsere Eheschließung für ungültig erklären zu lassen und nichts mehr mit Euch zu tun haben zu wollen.«

»Das ist eine Möglichkeit«, sagte sie.

Er hob ihre Hände und küsste ihren Ehering. Seine Augen leuchteten meergrün, als er sie unter gesenkten Wimpern ansah. »Niemals!«

Sie schloss die Finger um seine Hände. »Oder vielleicht wird sein Übermaß an Stolz zu einem Schlaganfall führen und das Problem auf diese Weise lösen?«

»Es gibt kein Problem. Alles wird sich ändern, wenn wir erst in Wyldshay sind. Hanley mag glauben, dass er gerade jetzt einen Skandal um meine Person provozieren kann. Aber er wird es niemals riskieren, den Duke und die Duchess of Blackdown mithineinzuziehen, wenn sie sich erst öffentlich vor Euch gestellt haben. Schließlich hat er nicht mehr Beweise für seine Anschuldigungen, als wir welche für sein Geheimnis haben.«

»Und er ist natürlich kein Narr. Meine Zukunft hängt jetzt also von Eurer Mutter ab?«

»Keine Sorge! Sie wird Euch mögen.«

Sie schloss die Hände um seinen Kopf und zog ihn zu sich herab, dann drückte sie ihren lächelnden Mund auf seine Lippen. »Ach, Ihr dummer Mann! Ihre Gnaden mag mich mögen. Ich könnte sie mögen. Aber sie wird diese Heirat ebenso wenig akzeptieren, wie sie ihre Haare rosa färben würde. Glücklicherweise liegt Wyldshay in der Nähe der Küste, nicht wahr?«

»Dazu wird es nicht kommen, Miracle. Aber wenn es doch nötig werden sollte, werde ich mit Euch gehen.«

Das würde er natürlich nicht tun. Er mochte denken, dass es die Wahrheit war, doch künftige Herzöge gaben nicht ihren Titel und ihren Besitz für ihre Geliebte auf. Nicht einmal, wenn sie sie geheiratet hatten. Wenn Ryder gezwungen wäre, zwischen seiner Frau und seinem Erbe zu entscheiden, dann würde Wyldshay gewinnen.

»Wir sollten gehen«, sagte sie. »Es wird schon bald dämmern. Ich würde es vorziehen, nicht mehr hier zu sein, wenn Lord Hanley hier auftaucht.«

»Dank Dartford werdet Ihr das auch nicht sein.« Ryder nahm den Reisesack und ging zur Tür. »Er war einer von ihnen, nicht wahr?«

»Einer von wem?«

»Einer Eurer Liebhaber.«

Angst ließ ihren Puls heftig schlagen. Sie war schneidender als die, die sie verspürt hatte, als Lord Dartford seine Neuigkeiten überbracht hatte. »Ja. Woran habt Ihr es gemerkt?«

»An dem Lächeln, mit dem ihr beide euch an der Tür angesehen habt.« Seine Miene war beherrscht. »Es war voller Wehmut und sprach von zerplatzten Träumen. Ich hoffe, ein solches Lächeln werdet Ihr mir niemals schenken.«

»Ich habe Euch geheiratet«, entgegnete sie. »Wir haben das Ehegelübde gesprochen. Ich werde Euch niemals dieses Lächeln schenken, es sei denn, Ihr bittet darum.«

»Hat Dartford darum gebeten?«

»Tut das nicht, Ryder!«

»Ich bin nur dankbar, dass Euer verflossener Liebhaber noch genügend Zuneigung für Euch empfindet, dass er hergekommen ist, um uns zu warnen.«

»Es ist auch ein Glück, dass Ihr trotz Eurer Vermutung offenkundig beschlossen hattet, ihm keinen Degen in den Bauch zu stoßen.«

»Ich bin kein besonders glänzender Fechter.« Sein Lachen konnte den Schmerz in seinen Augen nicht überdecken. »Obwohl ich im Umgang mit Pistolen verdammt gut bin.«

»Ich werde Euch nur so viel sagen: Ich liebe ihn nicht. Er liebt mich nicht. Wir haben uns in Freundschaft getrennt.«

Ryder starrte auf die Tür. »Und mein rechter Arm würde verdammt müde werden, würde ich jeden Mann zum Duell fordern, den Ihr je gekannt habt, oder?«

»Mehr als müde. Ihr würdet einem Irrtum erliegen. Lord Dartford ist ein guter Mann.«

Das Gefühl von Bitterkeit löste sich auf, als Ryder sie in unverfälschter Erheiterung anlächelte. »Wenn er spielt wie der

Teufel und nüchtern ist, oder wenn er sich auf ehrenhaftere Weise beschäftigt, dafür aber betrunken ist? Keine Sorge! Ich schätze ihn.«

»Obwohl Ihr gerade jetzt Kaffee und Toast weitaus mehr schätzen würdet.«

»Am meisten würde ich es schätzen, wenn wir schon in Wyldshay wären.«

»Ah ja«, sagte die Herzogin, als Miracle vor ihr knickste. »Wunderschön, in der Tat!« Ihre samtene Stimme verhüllte einen Kern aus reinem Stahl. »Natürlich überrascht mich das nicht. Bitte, kommt herein und nehmt Platz.«

»Eure Gnaden sind sehr freundlich.«

Miracle ging über den dicken Teppich und setzte sich auf den ihr zugewiesenen Stuhl. Sie befand sich allein mit der Duchess of Blackdown in einem eleganten Salon, hoch oben in einem alten Rundturm von Wyldshay. Eine schlitzförmige Öffnung im Mauerwerk war vor langer Zeit zu einem modernen Fenster vergrößert worden, doch das steinerne Herz des mittelalterlichen Turms schlug noch beständig in den alten Balken und den verschlissenen Schnitzereien über dem Kamin.

»Wir befinden uns hier im ältesten Teil der Burg«, erklärte die Herzogin. »Der Fortune Tower wurde 1104 von Ambrose de Verrant erbaut, um den hölzernen Turm zu ersetzen, den sein Großvater nach der Eroberung durch die Normannen hatte errichten lassen. Diese Insel ist seit mehr als siebenhundertfünfzig Jahren eine Festung.«

»Ich verstehe, dass sie das noch immer ist«, sagte Miracle trocken.

Die Herzogin lächelte mit einer gewissen Anerkennung,

wenn auch ohne echten Humor. Ihr kluger Blick heftete sich auf das über dem Kaminsims hängende Gemälde: das Porträt eines jungen Mannes, der die pelzverbrämte Robe und die juwelenbesetzte Kappe der Tudors trug. Er hielt eine Rose in der einen Hand, die andere umklammerte einen Schwertgriff.

»Tut Ihr das wirklich? Sollte ich vielleicht darauf hinweisen, dass Ambrose und sein Großvater kaum etwas anderes als Banditen waren? Oder dass der gut aussehende junge Earl auf diesem Gemälde sein Glück dadurch machte, dass er Heinrich VIII. bei der Auflösung der Klöster unterstützte? Die St. Georges sind seit vielen Jahrhunderten für ihre Grausamkeit bekannt.«

Miracle holte tief Luft. Sie hatte eine Art Auseinandersetzung erwartet, aber dies war bereits ein Duell mit gezogener Klinge.

»Euer Gnaden müssen mich nicht daran erinnern«, erwiderte sie. »Die Macht der Blackdowns steht in einem überwältigenden Kontrast zu meiner eigenen Geburt und meinem Hintergrund, und ich könnte mir dessen nicht stärker bewusst sein.«

»Ich nehme nicht an, dass Ihr dumm seid.« Ryders Mutter sah sie mit dem abwägenden, tiefsinnigen Blick einer heidnischen Göttin an. »Weit davon entfernt! Man muss eine sehr kluge Frau sein, meinen Sohn umgarnen zu können. Doch diese unvernünftige Ehe kann einfach nicht aufrechterhalten werden. Ihr begreift, dass es in meiner Macht steht, sie auflösen zu lassen?«

Ein Knoten zog sich in Miracles Magen zusammen. »Ich bin davon ausgegangen, dass das die Absicht Eurer Gnaden sein würde. Ich werde nicht im Wege stehen.«

»Dann werdet Ihr Euch nicht gegen mein Vorhaben stellen?« Die Herzogin zog eine schmale Augenbraue hoch. »Wie viel Geld wollt Ihr?«

Miracle schluckte den plötzlich in ihr aufsteigenden leidenschaftlichen Zorn herunter, bevor sie das Kinn hob und mit absichtlicher Kälte in der Stimme antwortete. »Ich habe sehr wenig in diesem Leben, Euer Gnaden, aber ich versichere Euch, dass ich weder Euer Geld noch das Eures Sohnes annehmen werde. Ich werde Ryder um seinetwillen freigeben, nicht um Euretwegen. Und da ich weder Eure Dienstbotin noch von Euch abhängig bin –«

»Eure Unverfrorenheit erstaunt mich, Madam!«

Der Tonfall war dazu bestimmt, ins Herz zu treffen. Miracle fühlte dessen Anprall, doch sie erhob sich und stand der Herzogin so würdevoll gegenüber, wie es ihr möglich war.

»Ich mag in einer Hütte geboren worden sein, aber ich habe dennoch vor langer Zeit gelernt, dass es an mir ist, meine Integrität zu wahren, weil niemand sonst es für mich tut. Ich habe mein Bestes getan, Euren Sohn vom Irrsinn dieser Heirat zu überzeugen, und ich würde die Hilfe Eurer Gnaden begrüßen, ihn von diesem Band zu befreien – wenn es geschehen kann, ohne ihn weiter zu verletzen –«

Die Duchess trat an das Fenster. Die hauchzarten Bänder ihrer winzigen Spitzenhaube flossen über ihren Rücken. »Warum sollte ich Euch das glauben?«

»Ich kenne die Welt, in der wir leben.«

»Zweifellos! Warum also habt Ihr in diese Heirat eingewilligt?«

»Euer Sohn kann sehr sturköpfig sein.«

»Eine Familieneigenschaft«, sagte die Duchess mit einem Anflug leisen Humors. »Unglücklicherweise denkt Ryder, dass er Euch liebt. Er will nicht einsehen, dass seine Liebe niemals Eure Vergangenheit wird auslöschen können.«

Miracle schloss für einen Moment die Augen, um ihren Schmerz zu verdrängen. »Hat er Euch auch gesagt, dass ich unfruchtbar bin? Ich kann ihm keine Söhne schenken. Er behauptet, es mache ihm nichts aus, aber es würde ihm nur stärker zu schaffen machen, mit jedem Jahr, das vergehen wird –«

»Ja, das befürchte ich auch.« Die Herzogin wandte sich um. Ihr weizengoldenes Haar schimmerte hell, als die Sonne hinter einer Wolke aufflammte. »Doch seine Liebe könnte so groß sein, um sogar das zu überwinden. Doch wie ist es mit Eurer?«

Der Schmerz brannte wie ein heißes Eisen, doch Miracle verbarg ihn und stand unbeirrbar aufrecht da.

»Der Zustand meines Herzens ist irrelevant, Euer Gnaden. Aber darum geht es bei dieser Diskussion auch gar nicht, nicht wahr? Es ist offensichtlich zu jedermanns Nutzen, die gesellschaftliche Ordnung aufrechtzuerhalten. Mein Vater war ein Arbeiter, der mich an eine Fabrik verkauft hat. Ich habe hart arbeiten müssen. Ich habe meine mir eigenen Vorzüge gegen Schutz eingetauscht. Diese Heirat wird am besten rückgängig gemacht, bevor sie Ryder schaden kann.«

»Ich bin sehr froh, dass Ihr es versteht.«

»Ich habe es immer verstanden«, entgegnete Miracle. »Nur *eine* Klasse von Menschen wird dazu geboren und erzogen zu herrschen. Die Stabilität Englands hängt von den weisen Entscheidungen von Menschen wie Eurem Sohn ab.«

»Kluge Entscheidungen, die die Heirat mit einer Lady seiner gesellschaftlichen Stellung einschließen.« Die Herzogin ging einige Schritte, das durch das Fenster hereinfallende Sonnenlicht schimmerte strahlend hinter ihr. »Ihr seid also keine Revolutionärin, Lady Ryderbourne?«

Der Tudor-Earl schaute wie in Abscheu auf sie herunter, seine Lippen zu leichtem Spott verzogen. Miracles Schmerz begann sich aufzulösen. Die Duchess stellte schließlich nur die Wahrheit fest. Wenn sie ihre Kräfte vereinten, könnte Ryder dann vielleicht dazu gebracht werden, in die Auflösung der Ehe einzuwilligen?

»Ich bin eher Pragmatikerin, denke ich. Eheschließungen innerhalb der Gesellschaft helfen, die großen Besitzungen zu bewahren, die die Hälfte der Bevölkerung ernähren. Wer sonst als der erbliche Adel würde seine Felder mit solcher Fürsorge bestellen oder Bäume pflanzen, die erst Generationen später genutzt werden können? Es ist ein beschützendes System, das ist die Realität, der wir uns gegenübersehen. Ob es richtig ist oder nicht, es liegt nicht in meiner Macht, es zu ändern.«

Der Blick aus den grünen Augen der Duchess schien die ganze Welt zu umfassen. »Auch wenn eine gewisse Anzahl von aufgeblasenen Dummköpfen im House of Lords und im House of Commons sitzt?«

»Ja, ich weiß«, sagte Miracle mit einem kleinen Lächeln. »Ich habe mit einem oder zweien von ihnen zu tun gehabt.«

Ryders Mutter lachte. »Was also würdet Ihr ändern, wenn Ihr es könntet?«

Miracle begann die Situation langsam, aber sicher als aberwitzig zu empfinden. Was immer sie von der Herzogin erwartet hatte, eine Diskussion über Politik war es nicht gewesen. Doch die Klassenunterschiede bedeuteten im Grunde einen Stillstand, oder? Die Söhne von Dukes heirateten keine Töchter von Arbeitern, und sie heirateten niemals ihre Kurtisane. Doch sie hatte durch eine ehrliche Antwort nichts zu verlieren.

»Ich wünsche mir eine Welt, in der es mehr Gerechtigkeit gäbe und weniger Gleichgültigkeit gegenüber menschlichem Elend. Andererseits habe ich nicht den Wunsch, England der Herrschaft des Mobs ausgeliefert zu sehen, den ich auch kenne, weil ich in ihm geboren worden bin.«

Ryders Mutter betrachtete nachdenklich das Gemälde.

»Auch dann nicht, wenn zurzeit viele kluge, vielversprechende Männer ihr Führungstalent vergeudet sehen, nur weil sie in die falsche Klasse geboren worden sind?«

»Das Potenzial der Hälfte der Bevölkerung jeder Klasse wird vergeudet, Euer Gnaden«, sagte Miracle. »Ich habe Mary Wollstonecraft gelesen, aber ich erwarte nicht, es noch zu erleben, dass Frauen Rechte bekommen. In England verfügen ausschließlich die Männer über wahre Macht. Alles andere ist nur Gerede.«

Die Duchess sah sie mit aufrichtigem Interesse, ja sogar Sympathie an. »Nun, das ist ausgesprochener Unsinn, und Ihr – von allen Frauen ganz besonders – müsstet das wissen. Wir verlangen, dass Männer stark sind, aber eigentlich sind die Frauen das starke Geschlecht. Kein Mann kann jemals sein ganzes Potenzial ausschöpfen, wenn er nicht die richtige Frau an seiner Seite hat.«

»Und in Ryders Fall muss die richtige Frau eine Lady und zudem noch Jungfrau sein. Ich verstehe.«

»Ja, in der Tat! Was würde denn aus England werden, wenn die gesellschaftlichen Regeln ungestraft gebrochen werden dürften und Adlige ihre Lebenspartner aus Liebe wählten?«

»Ich weiß es nicht«, sagte Miracle. »Aber vielleicht würde es mehr Zärtlichkeit gegenüber den Kindern und mehr Freundlichkeit gegenüber den weniger Glücklichen geben.«

Die Duchess ging wieder zum Fenster. »Ihr meint, dass ich meine Kinder nicht liebe? Setzt Euch wieder, und sagt es mir ehrlich, bitte.«

Miracle nahm wieder auf ihrem Stuhl Platz. »Es spielt keine Rolle, was ich meine, aber Ryder ist überzeugt, dass Ihr seinen Bruder stets mehr geliebt habt als ihn.«

»Alle Eltern haben ein bestimmtes Bild ihrer Kinder«, erwiderte die Duchess. »Ryderbourne war der Starke. Sein

Inneres ist aus purem Gold. Seine Zukunft war nicht nur gesichert, sondern festgelegt. Ich wusste von dem Tag an, an dem er geboren wurde, dass er ein hervorragender Duke sein würde. Doch bei Lord Jonathan war nichts sicher. Er ist fünf Jahre jünger als Ryder. Er trug die Zerbrechlichkeit des Genies in sich, und ein dunkler Schatten lauerte in seiner Seele. Ich hatte schreckliche Angst um ihn. Vielleicht habe ich in meiner Besorgtheit um meinen jüngeren Sohn meinen älteren manchmal weniger beachtet. Meint Ihr das?«

Miracle verschränkte die Hände und fühlte sich, als wäre sie einer gefährlichen Strömung ausgesetzt. »Das müsst Ihr ihn fragen.«

»War Lord Jonathan auch einer Eurer Liebhaber?«

Das Entsetzen stach wie ein Messer. Miracle fühlte sich fast einer Ohnmacht nahe, bevor eine neue Welle von Zorn sie zwang, wieder aufzustehen. Sie tat ihr Bestes, ihre Stimme gleichmütig klingen zu lassen, doch die Verletzung brannte in ihr.

»Ich habe versucht, ehrlich zu Euch zu sein, Euer Gnaden. Ihr habt damit geantwortet, dass Ihr mir eine Falle gestellt habt. Die Gentlemen, die in der Vergangenheit meine Begleiter waren, gehen Eure Gnaden nichts an, und das wisst Ihr. Dennoch kann ich die Antwort auf diese Frage nicht verweigern, weil Ihr sonst annehmen werdet, dass es so wäre – und wenn Ihr Ryder dann sagt, dass sein Bruder mich einmal geliebt hat, werdet Ihr das Todesurteil über seine Seele fällen.«

»Das wird meine Entscheidung sein, nicht Eure«, erwiderte Ryders Mutter mit einer Stimme wie aus Stahl. »Aber ich will die Antwort wissen.«

»Dann lautet die Antwort nein, Euer Gnaden.« Miracle ging zur Tür, ihr Herz war voller Zorn. »Auch wenn ich ihm vor vielen Jahren begegnet bin, so hat Lord Jonathan niemals das Bett mit mir geteilt. Was glaubt Ihr eigentlich, wer ich bin? Ich bin Kurtisane, seit ich sechzehn bin, aber in meiner ganzen professionellen Laufbahn habe ich nur sechs Männer näher kennengelernt. *Sechs!* Es gibt viele Damen der Gesellschaft, die weitaus promiskuitiver sind als ich.«

»Zweifellos.« Die Duchess war unbeugsam wie eine Schwertklinge, sie war die Verkörperung der Macht.

»Doch weil ich zu einem Leben in der Baumwollspinnerei geboren worden bin, weil meine Abmachungen mit diesen Gentlemen nicht von der Kirche abgesegnet wurden, weil Geld direkt von einer Hand in die andere geflossen ist statt als Legate oder Apanagen, werde ich dafür auf immer geächtet. Ich akzeptiere das. Ich habe mein Bestes getan, Ryder weder zu verletzen noch sein Herz zu brechen. Ich wollte diese Heirat nicht, und ich habe sie nicht angestrebt. Aber weder will noch kann ich ihn beherrschen. Weil er, wie Ihr gesagt habt, einen goldenen Kern hat, war es sein Wunsch, mein jämmerliches Leben zu retten. Oder hat er Euch vielleicht gar nicht gesagt, dass ich nicht nur eine Hure, sondern auch eine Mörderin bin?«

Die Duchess wandte sich vom Fenster ab und lächelte, ein seltsam sardonisches Funkeln lag in ihren grünen Augen.

»Gütiger Himmel! Einen Mord zu vergeben fällt der Gesellschaft nicht schwer. Und Promiskuität auch nicht, so lange das Mäntelchen des Ehegelübdes darüber gebreitet ist. Nein, das Problem ist die allgemeine Bekanntheit Eurer vergangenen Beziehungen.«

»Es wird kein Problem geben«, sagte Miracle. Schauder von Zorn tanzten noch immer ihren Rücken herunter. »Um Ryder vor weiterem Schmerz zu bewahren, bin ich vorbereitet, England morgen zu verlassen.«

»England verlassen? Warum?« Die Herzogin trat zu ihr.

»Ihr glaubt nicht, dass es ebenso in meiner Macht steht, diese Ehe zu retten, jetzt, da ich beschlossen habe, das zu tun?«

Der Türgriff brannte heiß unter Miracles plötzlich eiskalt gewordenen Fingern. »Sie retten?«

»Mein liebes Kind, ich bin nicht Eure Feindin«, sagte die Duchess sanft. »Schließlich lieben wir denselben Mann.«

Das Zimmer begann sich in langsamen Kreisen zu drehen, als hätte die Erde ihre Schwerkraft verloren und würde ins Universum davonschweben. Miracle kämpfte um ihr Gleichgewicht, als sie sich von der Tür abwandte.

»Ihr versucht mir zu sagen, dass Ihr dieser verrückten Heirat Euren Segen gebt?«

»Das ist genau das, was ich Euch sage.« Die Duchess ging langsam durch das Zimmer. Ihre Augen schienen nur noch Klugheit und Toleranz widerzuspiegeln. »Ihr werdet mir vergeben, denke ich, dass ich das Gefühl hatte, Euch zuerst ein wenig prüfen zu müssen?«

»Aber ich dachte, dass es den Untergang unserer Nation bedeuten würde, wenn künftige Dukes ihre Mätresse heiraten?«

»Unsinn! Meinem Sohn wird das Herz nicht wegen Werten gebrochen, die aus dem vergangenen Jahrhundert stammen, wenn er beinahe noch die Wende zum nächsten miterleben könnte. Der Wind der Erneuerung weht bereits auch durch England. Wir werden die Reform des Wahlrechts binnen fünf Jahren erleben, und der Einfluss von Familien wie der meinen wird schwinden. Aber wenn diese Ehe bis dahin Bestand haben soll, bleibt trotzdem eine Menge zu tun.«

»Aber ich werde von der Gesellschaft niemals akzeptiert werden!«

Ryders Mutter lachte mit unverfälschter Fröhlichkeit. »Mein liebes Kind, ich habe Euch einmal die Portia spielen sehen. Ihr seid eine brillante Schauspielerin, und das ist wirklich alles, was es braucht, um eine Herzogin zu sein.«

»Unser Gespräch gerade eben war keine Schauspielerei, Euer Gnaden.« Miracle zitterte, als hätte sie vor wenigen Augenblicken noch gegen einen Sturm ankämpfen müssen. »Ihr habt Euer Bestes getan, mir die Wahrheit zu entlocken, und habt Erfolg gehabt.«

»Es war unbedingt notwendig für mich herauszufinden, wer Ihr wirklich seid, Lady Ryderbourne, ehe ich alle Hebel des Herzogtums in Bewegung setze, um Euch zu retten.«

Miracle taumelte zu einem Stuhl und setzte sich. »Ich verstehe nicht.«

Die Duchess machte eine Handbewegung. Ihre Ringe, strahlend, unbezahlbar, funkelten im Sonnenlicht. »Ich habe einmal zu Lord Jonathan gesagt, dass für meine Söhne nur einer von zwei Gründen die Wahl ihrer Braut rechtfertigt: ein außergewöhnlich positiver gesellschaftlicher Nutzen oder – wenn es mit dem Nutzen nicht so weit her ist – wahre Liebe. Ihr liebt meinen Sohn von ganzem Herzen, und er liebt Euch.«

»Ja«, sagte Miracle. Sie fühlte sich bis ins Mark getroffen.

»Doch wenn Ryder eine bekannte Kurtisane zur künftigen Duchess of Blackdown macht, dann müssen wir dafür sorgen, dass er nicht mehr dafür wird opfern müssen, als er ertragen kann. Wir werden mit einer zweiten Heirat beginnen.«

»Ich bin völlig unerfahren in diesem Spiel, Euer Gnaden. Noch eine Hochzeit?«

»Es darf nicht so aussehen, als hätte mein Sohn in aller Eile geheiratet, weil er sich seiner Braut schämen würde. Ihr müsst unangreifbar sein für jeden Klatsch. Der erste Schritt ist, hier auf Wyldshay eine Hochzeitszeremonie abzuhalten. Und der gesamte Adel wird sich darum reißen, dazu eingeladen zu werden.«

»Das könnt Ihr bewerkstelligen?«

»Mein liebes Kind, wenn ihr danach ist, kann die Duchess of Blackdown sogar dem König befehlen.«

Ryder ging unruhig hinter den Zinnen auf und ab. Warum zum Teufel hatte er es Miracle erlaubt, seine Mutter allein zu treffen? Seine erste Reaktion auf ihr Ansinnen war gewesen, darauf zu bestehen, sie zu begleiten. Doch Miracle hatte sich unnachgiebig gezeigt und darauf beharrt, der Vorladung der Duchess ohne ihn zu folgen.

Würde seine Mutter einfach versuchen, die Frau, die er liebte, zunichtezumachen? Wie würde Miracle reagieren, wenn das geschah?

Und welche Zukunft könnte ihre Ehe dann noch haben? Er hatte bereits einen Sitz im Unterhaus inne, und er würde eines Tages ein einflussreicher Peer im Oberhaus sein. Seine Frau würde eine wichtige Rolle in der Gesellschaft spielen. Es war leicht gewesen, das alles zu ignorieren, als er mit Miracle über Englands Straßen gezogen war, doch hier auf Wyldshay konnte diese grausame Realität nicht länger geleugnet werden.

Würde er mit seiner Frau an der Seite in London zu irgendeinem gesellschaftlichen Ereignis erscheinen, würde jede anwesende Lady Miracle den Rücken zukehren.

Ryder blieb stehen und stützte beide Hände auf den Mauerrand. Ein riesiges Areal gut gepflegter Wälder und Felder erstreckte sich von den Füßen des Turms bis hin zur weit entfernten See. Die Burg warf ihre dunkle Silhouette auf die breite Oberfläche des Wyld River. Dort, wo das Wasser die Grundmauern der Burg umschloss, konnte er sogar seinen eigenen Schatten erkennen, der sich auf der funkelnden Fläche leicht kräuselte.

Er liebte sein Zuhause mit einer tiefen Leidenschaft. Wyldshay bestimmte seine Identität, und es gab ihm seinen Halt.

Doch um Miracles willen würde er es aufgeben und es nie wiedersehen. Lord Jonathan, sein jüngerer Bruder, hatte seine Frau genommen und war in die weite Welt hinausgezogen. Wenn nötig, würde Lord Ryderbourne sein Erbe ausschlagen und das Gleiche tun.

Obwohl Ryder mit absoluter Sicherheit wusste, dass er es tun würde, trieb der Schmerz dieses Gedanken ihn dazu, den kalten Stein so fest zu umklammern, dass seine Hände taub wurden.

Ein leises Rascheln erklang hinter ihm. Ryder fuhr herum.

»Mutter!«

Die Duchess sah ihn einen Moment lang an, ohne etwas zu sagen, dann ging sie zu ihm und stellte sich neben ihn. Die Bänder ihrer Haube flatterten. Die Brise spielte mit ihrem Haar und löste Strähnen aus ihrer Frisur, ließ sie um ihre Wangen wehen. Mit nicht geringer Überraschung stellte Ryder fest, dass er seine Mutter noch nie zuvor auch nur im Geringsten so derangiert gesehen hatte.

»Ich habe mein ganzes Leben für die Macht Wyldshays und die Fortführung des Namens Blackdown gekämpft«, sagte die Herzogin. »Es ist mein Lebenswerk. Ich will es nicht zerstört sehen.«

Ryder wandte der Aussicht den Rücken zu und lehnte sich gegen eine der Zinnen. »Wo ist Miracle?«

»Ich habe sie zum Duke geschickt. Blackdown wird von ihrem Witz und ihrer Schönheit entzückt sein, schließlich ist er ein Mann. Wobei er über deine überstürzte Heirat natürlich äußerst verärgert ist.«

»Das hat er mir gesagt. Es ist egal. Ich werde Miracle morgen von hier fortbringen.«

»Wirst du? Wie schade!« Die Duchess zuckte anmutig die Schultern. »Ich habe deine Frau gerade einem kleinen schmerzhaften Verhör unterzogen, und ich fände es äußerst ärgerlich, wenn das reine Zeitverschwendung gewesen wäre.«

»Was zum Teufel habt Ihr von ihr verlangt?«

Ihre grünen Augen schauten zum Himmel, als könnte sie in den Wolken die Lösung für ein Problem finden.

»Ich habe nur verlangt, dass sie mir ihre wahre Natur zeigt. Eine Herzogin muss die Fähigkeit haben, in die Seelen ihrer Mitmenschen schauen zu können. Und einen Einblick in das Seelenleben deiner Frau zu bekommen war mir besonders wichtig. Wenn sie nämlich eines Tages meinen Platz einnehmen wird, muss sie in der Lage sein, mich ganz und gar zu ersetzen. Glücklicherweise besitzt sie sowohl den nötigen Stolz als auch das nötige Rückgrat.«

»Herrgott! Das hätte ich Euch auch sagen können.«

Die Herzogin musterte ihn. »Bitte schau mich nicht so finster wie ein Drache an. Du bist wohl kaum objektiv. Nichtsdestotrotz ist Miracle klug und gut erzogen, sie denkt eigenständig und verfügt über eine wunderbare natürliche Würde. Und sie ist in der Tat sehr schön anzusehen, was grundsätzlich von Vorteil ist, besonders in Bezug auf Männer.«

»Und hat sie vergessen zu erwähnen, dass sie auch singen und tanzen und Klavier spielen kann?«

Die Duchess lachte. »Sei nicht so begriffsstutzig, Ryder! Ich versuche dir zu sagen, dass ich Himmel und Hölle in Bewegung setzen werden, damit eure Ehe eine Zukunft hat.«

Er starrte sie einen Moment lang schweigend an, sein Herz raste.

Seine Mutter schob ihren Arm unter seinen. »Ich hatte weitaus mehr Angst um dich, als ich noch dachte, du könntest Lady Belinda Carhart heiraten. Wir behaupten zwar, dass es das Ideal für Jungfrauen ist, zu heiraten, was aber natürlich reiner Unsinn ist.«

»Ihr erstaunt mich«, sagte Ryder. »Ich kann mich daran erinnern, dass Jack sehr gründlich die Hölle heiß gemacht worden ist, nachdem das mit Anne passiert war.«

»Diese beiden Situationen kann man ja auch nicht miteinander vergleichen.« Sie wandten sich um und gingen nebeneinander her an den Zinnen entlang. »Ich habe damals befürchtet, dass dein Bruder jede moralische Verantwortung vergessen könnte, nachdem er einer jungen Frau die Unschuld gestohlen hatte. In deinem Fall, denke ich, verhält es sich eher andersherum.«

Ryder musste lachen, obwohl ihm dieser Gedanke einen leichten Stich versetzte. »Ja, meine Frau ist ohne jeden Zweifel erfahrener, als ich es bin.«

»Und stört dich das? Denkst du, ihre Vergangenheit bedeutet in irgendeiner Hinsicht mehr als deine? Oder gerätst du noch bei jedem hübschen neuen Gesicht in Versuchung?«

»Um Himmels willen! So lange ich lebe, werde ich nie wieder eine andere Frau anschauen.«

»Oh doch, das wirst du! Niemand kann ein Leben lang verheiratet sein, ohne einem anderen Mann oder einer anderen Frau zu begegnen, in den sie oder er sich auch hätte verlieben können – wären die Dinge anders, als sie es sind. Aber du kannst hinschauen, ohne dass es jemandem schadet, nur eben nicht mehr als das. Miracle weiß das. Sie weiß in ihrem Innern, dass kein anderer Mann, wie charmant auch immer, jemals das bieten könnte, was du und sie gemeinsam aufbauen werdet. Deshalb wird sie sich niemals durch deine gelegentliche Bewunderung für eine andere Lady beunruhigt fühlen, solltest du hin und wieder eine andere Lady bewundern, und sie wird es niemals riskieren, deine Liebe zu verlieren, indem sie sich zu irgendeiner Tändellei hinreißen lässt. Eine jungfräuliche Braut jedoch wird sich immer fragen, was sie versäumt haben könnte. Früher oder später könnte sie sich dann entscheiden, es herausfinden zu wollen.«

»Euer Gnaden, ich bin überrascht. Würdet Ihr das auch in Bezug auf meine Schwestern sagen?«

»Nein, natürlich nicht.« Die Duchess schaute zu ihm hoch. »Deren Freier würden einer so von Vernunft geprägten Philosophie nicht beipflichten. Der Preis, den meine Töchter für ihre Rebellion würden zahlen müssen, wäre zu hoch. Doch wenn ein bekehrter Schürzenjäger einen guten Ehemann abgibt, dann vermag eine Kurtisane, die ihr Herz verloren hat, eine gute Ehefrau sein. Vergangene Liebschaften können nur zur Ehrlichkeit einer Frau beitragen, zumindest wenn jede von ihnen ein Fehler gewesen ist.«

»Warum zum Teufel sagt Ihr mir das, Mutter?«, fragte Ryder.

»Weil andere Männer immer ihre Aufmerksamkeit auf deine Frau richten werden.« Sie erreichten die schmale Tür zur Wendeltreppe. Die Duchess gab seinen Arm frei. »Ich werde diese unüberlegte Heirat unterstützen, Ryder, aber nur, weil Miracle es schaffen wird. Ich werde der Welt entgegentreten und dafür sorgen, dass deine Frau akzeptiert, ja sogar von der Gesellschaft gefeiert werden wird. Aber wenn du deine Vorbehalte über ihre Vergangenheit nicht kontrollieren kannst, dann wirst du selbst Miracle zerstören.«

»Aber ich liebe sie«, sagte er.

»Genug, um alle Zweifel aus deinem Herzen zu verbannen? Der Duke und ich werden sofort nach London aufbrechen müssen, wenn wir diese Ehe retten wollen. Wir werden dort einen Mythos schaffen und Miracle zum Objekt der Bewunderung und der Sympathie machen, bevor Empörung überhaupt erst aufkommen kann. Jeder, der sie je auf der

Bühne gesehen hat oder gehört hat, wie ihr Namen mit Geringschätzung erwähnt wurde, muss das vergessen.«

»Und Hanley muss daran erinnert werden, dass er einen St. George nicht drangsalieren kann, ohne dass das Konsequenzen für ihn nach sich zieht.«

»Du bist mein Sohn«, erwiderte die Herzogin. »Ich würde Hanley in Stücke reißen und seine Eingeweide als Dünger verwenden, bevor ich es zulassen würde, dass er deiner Frau weiterhin schadet.«

»Er war ihr Liebhaber«, sagte Ryder. »Er hat sie verraten.«

»Und du kannst das noch nicht vergeben, habe ich recht? Selbst wenn die besitzergreifende Eifersucht der Tod der Liebe ist.«

Er öffnete die Tür für sie. »Um Himmels willen, ich bin nicht eifersüchtig auf Hanley.«

»Nichtsdestotrotz werden die Männer Miracle immer umschwärmen. Deshalb denke ich, dass du wenigstens eines wissen solltest«, sagte die Duchess, als sie sich zum Gehen wandte. »Deine Befürchtungen hinsichtlich deines Bruders sind unbegründet.«

Der Duke und die Duchess waren seit fünf Tagen fort. Für Miracle und Ryder waren es fünf Tage idyllischer Ungestörtheit gewesen.

Sie waren spazieren gegangen, waren ausgeritten und hatten einander erklärt und miteinander geredet, als könnten sie in jedem Augenblick zu einem Gedanken, einem Zweck verschmelzen.

Wenn es regnete, führte Ryder sie durch das unbekannte Labyrinth aus Türmen und Zimmern und Höfen und Gärten, die gemeinsam Wyldshay Castle ausmachten.

Wenn die Sonne schien, ritten sie zusammen über Felder und durch Wälder, oder sie banden die Pferde an und wanderten über den Strand unterhalb der hohen Klippen.

Sie liebten sich.

Es war eine sehnsüchtige, leidenschaftliche wunderbare Liebe. Und je öfter sie sich liebten und je zärtlicher sie miteinander umgingen, umso mehr schwanden die letzten Reste ihrer Bedenken. Der Knoten aus Schmerz in ihrer Seele schien sich zu lösen, ein Knoten, mit dem Miracle so lange Zeit gelebt hatte, ohne zu wissen, wie das Leben ohne ihn sein könnte.

Er hat einen Kern aus purem Gold.

Ihr Herz öffnete sich dem Wunder jedes vollkommenen Augenblicks. Miracle vergaß sogar beinahe ihre letzten wenigen Befürchtungen, die sie noch in Bezug auf Hanley hatte.

Der sechste Tag war sonnig gewesen und neigte sich nach einem dunstigen Sonnenuntergang mit klarem, warmem Zwielicht seinem Ende entgegen. Die Pferde suchten sich ihren Weg über einen felsigen Weg, der hinaus auf die Spitze einer vorspringenden Klippe führte.

Miracle füllte ihre Lungen mit salziger Seeluft, während sie ihre Stute am Fuße eines im Schatten liegenden runden Turms anhielt, der vor Jahrhunderten auf der Spitze der Klippe erbaut worden war.

Ryder schwang sich aus dem Sattel und band die Zügel seines schwarzen Wallachs an einen Ring in der Steinmauer.

Miracle schaute auf seine langen Beine und seinen festen Rücken. Sie liebte ihn so sehr. Der Sommer war wunderbar. Sie war in Sicherheit. Und jetzt hatte ihr Mann sie zu diesem Turm geführt, weil dort eine Überraschung auf sie wartete.

»Wir nennen diesen Turm Ambrose's Folly«, sagte er. »Lass mich dir helfen abzusteigen.«

Ihr neues Reitkostüm spiegelte den Status einer künftigen

Duchess wider. Wie durch Zauberei waren Schneider gekommen, um ihre neue Garderobe anzufertigen. Jedes Kleidungsstück war von zurückhaltender, aber doch betörender Eleganz.

Ryder hob Miracle mühelos aus dem Sattel und küsste sie mit ungeheurer Intensität. Ihr Herz begann wie wild zu klopfen.

Miracle ergriff seine Hand und ließ sich von ihm führen. Eine baufällige Treppe wand sich im Inneren des Turms hinauf und brachte sie auf ein flaches, von Zinnen umgebenes Dach. Dort nahm Miracle augenblicklich den betörenden Duft von Rosen wahr. Sie schaute auf den Boden. Weiße Blütenblätter lagen zu ihren Füßen. Bei jedem Schritt entschwebte ihr feines Parfüm in die Nachtluft.

Ryder zog Miracle an sich und küsste ihren Nacken.

»Es ist die zweite Augustwoche«, sagte er. »Die Zeit für die Perseiden. Ich dachte, wir könnten hier draußen unter den Sternen liegen, um sie zu beobachten.«

Auf einem kostbaren Teppich war eine Bettstatt aus Seidenkissen und Decken errichtet worden, die verführerisch lockte. Auf einem kleinen Tisch warteten ein leichtes Abendessen und einige Flaschen Wein.

»Wir werden wie die römischen Senatoren auf den Kissen liegen und schwelgen«, sagte sie.

Ryder lachte und zog sie mit sich auf das Bett hinunter. Er öffnete eine Weinflasche und hob die Deckel von den Tellern. Während sie aßen, wich das Zwielicht tiefer Dunkelheit. Die Planeten tauchten am Firmament auf. Unzählige Sterne funkelten, und die Sternbilder des Sommers begannen Gestalt anzunehmen.

Gesättigt lehnte Miracle den Kopf an Ryders Schulter und schaute zum Himmel empor. Seine Finger streichelten ihren

Nacken. Unter dem Frieden eines funkelnden Sternenzeltes entkleideten sie einander langsam, ein Kleidungsstück nach dem nächsten, während tief unter ihnen die Brandung sanft gegen die Klippen schlug.

Verlangen floss durch Miracles gesamten Körper. In der tiefen Stille der Nacht war nichts zu hören außer ihren gewisperten Seufzern und ihrem leisem Stöhnen, als sie sich liebten. Es war so mühelos, dieses Lieben, das Entzücken, dass sie sich gegenseitig schenkten. Ihre Hände glitten über seine harten Muskeln. Ihr Mund verzog sich sinnlich, wenn er sie küsste, ihre Lippen kribbelten vor Wonne, wenn er den Kuss vertiefte.

Es war ein langsames traumgleiches Lieben, erfüllt von tiefer Sinnlichkeit, während der mit Sternen übersäte Himmel über ihnen wie eine Wiese mit Gänseblümchen anmutete.

Und dann kam die erste Sternschnuppe. Sie schoss über den Nachthimmel, als bräche ein Diamant aus schwarzem Samt hervor, um in das Meer zu tauchen.

Ryder ließ die Hand an ihrem Schenkel hinaufgleiten. »Hast du es gesehen?«

Sie strich mit den Fingerspitzen über seinen Rücken und zog Ryder an sich. »Ja«, sagte sie. »Ah! Und da ist noch eine!«

Seine Erregung drängte gegen ihre Hüfte. Seine Hände liebkosten, umfingen ihr Kinn. Seine Zunge neckte ihre in tiefen, wonnetrunkenen Küssen, und währenddessen huschten immer größere Edelsteine über ihnen, zogen leuchtende bunte Streifen über den Himmel.

Seine Augen waren schwarze Seen der Intensität, sein Atem kam so stoßweise wie ihrer, als er in sie eindrang. Miracle kam ihm so leidenschaftlich entgegen, dass ihr Blick immer wieder wegglitt. Doch ihr Bewusstsein füllte sich mit dem Bersten der Sternschnuppen, als Perseus seine Meteore über den Himmel und in das Meer schleuderte. Perseus, der die Medusa erschlagen und Andromeda geheiratet hatte, damit er und seine Frau für immer ihren Platz am Himmel einnehmen konnten.

Ihre Ohren füllten sich mit dem Geräusch ihres eigenen schnellen Atems. Ihre Nasenflügel bebten dank des wunderbaren männlichen Dufts und dem der Rosen. Ihre Finger gruben sich in Ryders Schultern. Miracle öffnete die Augen und sah wieder in die unendliche Sphäre von Sternen und das lächelnde Gesicht ihres Geliebten.

Sie lächelte ihn an, als ein weißer, hell strahlender Stern über den Himmel zog und seinen glänzenden Schein dort zurückließ.

Ryder warf den Kopf in den Nacken, erfüllt von entzückter Konzentration. Miracle zog ihre Beine an, zog ihn tiefer in sich, tiefer und tiefer. Ihre Stimme vermischte sich mit seiner, als jede Faser ihres Körpers in Hingabe zitterte – bis der Erguss seines Samens sie erfüllte und sie in der Ferne das Zischen zu glauben hörte, mit dem die letzte Sternschnuppe im Meer verlöschte.

»Mylord.« Auf einem Silbertablett reichte der Diener Ryder einen Brief. »Lord Braughtons Bote wartet auf eine Antwort.«

Ryder riss den Brief auf und überflog ihn. Miracle schaute von ihrem Frühstück auf. Sie war wie ausgehungert von Ambrose's Folly zurückgekehrt und war seit den drei Tagen, die seitdem vergangen waren, so hungrig wie ein Löwe.

Ryder las die Nachricht schweigend, hob dann mit einem leichten Stirnrunzeln den Kopf, bevor er Miracle anlächelte.

Sie lächelte zurück. Seit dem Sternschnuppenregen erfüllte sie eine so tiefe Zufriedenheit, als wäre ihr Körper sich einer grundlegenden Veränderung bewusst, die ihr Verstand noch nicht ganz fassen konnte. Sie wusste nur, dass ihr Herz offen und frei war, sich völlig sicher in seiner Liebe fühlte – doch nichtsdestotrotz war sie hungrig.

»Leider wird unser Idyll gestört«, sagte er als Antwort auf ihre unausgesprochene Frage. »Man hat Beauty gefunden. Den Kerlen, die sie gestohlen haben, wird nächste Woche der Prozess gemacht. Lord Braughton will sie hängen sehen. Er bittet mich, als Zeuge aufzutreten.«

»Hängen?« Sie zitterte. »Du musst zurück nach Derbyshire?«

»Es gibt noch andere Zeugen. Ein Brief von mir würde wahrscheinlich genügen.«

»Um das Leben von drei Männern zu beenden? Du musst dafür nicht einmal anwesend sein?«

Ryder stand auf, ging um den Tisch herum und küsste sie. »Nein, aber ich werde trotzdem hinreisen. Wenn ich sichergehen will, dass ihr Urteil umgewandelt wird, ist es besser, ich bin vor Ort. Sie haben uns das Leben nicht genommen, als sie die Gelegenheit dazu hatten. Warum sollten wir sie um ihres bringen? Ich werde nur für ein paar Tage fort sein. Wirst du allein bleiben können?«

»Innerhalb der starken Mauern von Wyldshay? Natürlich!«

»Ich hasse es, dich zu verlassen, aber ich glaube nicht, dass es klug wäre, dich gerade jetzt von hier fortzubringen. Nicht, bevor der Duke und die Duchess zurück sind.«

»Dann fahre! Deine Mutter hat Lord Hanley ohne Zweifel bereits eingeschüchtert. Seit er weiß, dass wir keine Ahnung von seinem Geheimnis haben, bedeute ich keine Bedrohung mehr für ihn. Natürlich werde ich hier sicher sein. Und du schuldest es Beauty, sie selbst zurückzuholen.«

»Ich wusste, dass du es verstehen würdest«, sagte er. »Weißt du eigentlich, wie sehr ich dich liebe?«

Sie schaute ihm in die Augen und lachte. »Oh, ich glaube schon! Es scheint mir so, als ob du mich fast so sehr liebst wie ich dich.«

Ryder ließ Beauty nach Wyldshay zurückbringen. Er stattete Dillard einen kurzen Besuch ab, um sicherzugehen, dass Mr. Davis das Geschäft seines Schwagers im Griff hatte. Dann war er gezwungen gewesen, mehr Zeit als beabsichtigt in Wrendale zu verbringen und dort ungeduldig auf und ab zu gehen, weil der Prozess länger dauerte, als er angenommen hatte. Doch am Ende bewahrte er Bruiser und seine Kumpane vor dem Henker, auch wenn er bezweifelte, dass sie dankbar waren, stattdessen für sieben Jahre deportiert zu werden.

Obwohl Ryder vor Ungeduld brannte, nach Hause zurückzukehren, als seine Kutsche schließlich zurück gen Süden rollte – und ihn zu Miracle brachte –, lehnte er sich in die Polster zurück und lächelte vor sich hin.

Boten hatten jeden Tag Nachricht aus Wyldshay gebracht. Seine Eltern hatten London verlassen und statteten auf der Rückreise einigen Familien der Grafschaft Besuche ab. Die Duchess würde eine Unmenge von Vorbereitungen für die zweite Heirat ihres erstgeborenen Sohnes in Angriff nehmen müssen. Der Einfluss seiner Mutter in der Gesellschaft war immens. Er könnte in der jetzigen Situation allerdings gerade ausreichend sein. Vielleicht war das Glück letztlich doch mit den Mutigen!

Vielleicht hatte Miracles Mutter genau gewusst, warum sie ihrer Tochter gerade diesen Namen gegeben hatte.

Die Kutsche fuhr rumpelnd auf den Hof eines Gasthauses.

Ryder stieg aus und schaute sich um. Es war der White Swan, in dem er vor gar nicht langer Zeit mit Hanley jenes unangenehme Gespräch beim Frühstück geführt hatte. Stallknechte schwärmten wie in jedem Gasthaus um seine Kutsche herum.

Ryder schmunzelte und ging ins Haus, um sich ein spätes Abendessen zu bestellen. Als er den Speiseraum betrat, fasste ihn ein hochgewachsener Mann in einem Reitmantel mit Pelerine am Ellbogen. Es war Guy. Bei dem Ausdruck auf dem Gesicht seines Cousins beschlich Furcht Ryders Herz.

»Ryder? Gott sei Dank, dass ich dich hier treffe!«, sagte Guy. »Nein, mit Miracle ist alles in Ordnung. Jedenfalls soweit ich weiß.«

»Aber du siehst aus wie ein Mann, der zu viele Tage hintereinander im Sattel gesessen hat. Was zum Teufel ist los?«

Guy ließ Ryders Arm los und strich sich das Haar zurück. »Ich habe Philip Willcott gefunden.«

Kapitel 17

Die Geräusche des Gasthauses wurden zu einem gedämpften Summen, als Ryder seinen Cousin verständnislos anstarrte. »*Willcott*?«

»Er lebt.«

Langsam drangen die Geräusche wieder in realer Lautstärke in sein Bewusstsein. Miracle hatte niemals offen Gram und Schuldgefühl zugelassen – und sie war, um Gottes willen, auch im Recht gewesen, sich zu verteidigen –, aber Ryder befürchtete, dass ihr der Zwischenfall mit Willcott wie ein Makel auf der Seele lastete. Aber wie zur Hölle konnte der Mann am Leben sein? Hochstimmung kämpfte mit einem Wirbel von Zweifeln.

Er führte Guy in den Gastraum, verlangte nach einem Zimmer, in dem sie sich ungestört unterhalten konnten, und bestellte Wein und ein Tablett mit Brot und Fleisch. Echte Erschöpfung lauerte in Guys Augen. Ohne etwas zu essen und zu trinken könnte er einfach umfallen, und davon abgesehen würde es ohnehin einige Minuten dauern, die Pferde zu wechseln.

Ryder füllte zwei Gläser und reichte eines seinem Cousin. »Du hast ihn nicht umgebracht, als du ihn gefunden hattest?«

»Für das, was er auf der Jacht getan hat? Es ist ein wenig komplizierter als das!« Guy warf sich in einen Sessel, während Ryder in dem kleinen Zimmer hin und her ging. »Er hat mich ausgetrickst. Ich habe ihn wieder verloren.«

»Aber Miracle ist keine Mörderin. Gott sei gelobt! Aber sie hat auf ihn eingestochen?«

»Ja!« Guy trank einen Schluck Wein. Langsam kehrte ein

wenig Farbe in sein Gesicht zurück. »Alles bis zu diesem Punkt ist so geschehen, wie sie es geschildert hat. So viel zumindest habe ich aus ihm herausbekommen. Hanley muss ihn gefunden haben, nachdem Miracle bereits mit dem Boot geflohen war. Ich weiß nicht, ob Hanley dachte, Willcott wäre tot, auf jeden Fall hat er ihn über Bord geworfen. Wäre Willcott dadurch umgekommen, hätte Hanley – nicht Miracle – ihn getötet. Wie auch immer – Willcott ist wieder zu Bewusstsein gekommen, als er auf dem Wasser aufschlug. Er begann wie ein Anker zu sinken, traute sich aber nicht, um Hilfe zu rufen, weil Hanley ihn dann vielleicht wie einen Hund erschossen hätte.«

»Er muss gedacht haben, er würde seinem Schöpfer gegenübertreten«, sagte Ryder trocken.

»Das hat er.«

Ryder riss einen Kanten von dem frischen Brotlaib ab. Für ihn wie für Guy war es wichtig, bei Kräften zu bleiben, gerade weil anfängliche Besorgnis sich zunehmend in echte Angst wandelte.

»Er hat was?«

»Er ist seinem Schöpfer begegnet, oder dachte das zumindest. Willcott ist bis zur völligen Erschöpfung geschwommen. Als er dann in den Wellen versank, ist ihm Gott umgeben von weißem Licht erschienen. Er wirbelte durch einen strahlendhellen Tunnel, in dem es schaukelte wie im Schoße Christi. Als er schließlich – wie Jonas – zurück an die Wasseroberfläche geworfen wurde, fand er sich in einem kleinen Boot und in der Gesellschaft von Schmugglern wieder. Aus seinem jämmerlichen Zustand schlossen sie, dass er wie sie ein Abtrünniger wäre, der einen Zusammenstoß mit Zollbeamten gehabt hatte, und sie nahmen ihn mit sich nach Frankreich.«

»Aber wo zum Teufel hast du ihn gefunden?«

»Nördlich von hier. Gott hat ihm aufgetragen, Hanley zu verfolgen und ihn zu vernichten. Willcott hat in Frankreich noch mehr Beweise gegen Hanley zusammengetragen und ist dann nach England zurückgekommen. Als er erfahren hat, dass der Earl nach Derbyshire gereist war, ist er ihm gefolgt.«

Ryder bezähmte seine brennende Ungeduld. Er musste alle Fakten erfahren, bevor er von seinem wachsenden Schrecken angetrieben etwas unternahm.

»Hat er dir gesagt, welches Geheimnis von Hanley er kennt?«

»Er hat es mir nicht nur gesagt, sondern mir auch den Beweis dafür ausgehändigt. Anscheinend gab es mehrere Abschriften.«

»Den Beweis für was?«

Guy zog ein gefaltetes Dokument hervor und warf es auf den Tisch. »Eine französische Heiratsurkunde. Der vierte Earl of Hanley hat sich in Frankreich eine Frau genommen, ehe er Bigamie beging, indem er in England noch einmal heiratete. Evesham Forbes Frobisher ist deshalb unehelich geboren. Er ist ebenso wenig der fünfte Earl of Hanley, wie ich es bin.«

Rote Flüssigkeit verspritzte, als Ryder herumfuhr. »Willcott ist jetzt wieder aufgebrochen, um Hanley zu finden?«

Guy trank seinen Wein und nickte. »Er hat herausgefunden, dass Hanley – Mr. Frobisher sollte ich wohl besser sagen – bereits nach London zurückgekehrt ist. Ich war ihm auf den Fersen, als ich deine Kutsche in den Hof fahren sah.«

Ryders Herz raste, und er stellte sein Glas ab. »Ich weiß, du brauchst etwas zu essen und Ruhe, Guy, aber du kannst in meiner Kutsche etwas zu dir nehmen und auch schlafen. Wir müssen nach Wyldshay.«

»Wyldshay?«

Ryder packte seinen Cousin an den Rockaufschlägen und zog ihn vom Stuhl hoch. »Um Himmels willen, Guy! Selbst wenn Hanley Willcott den Wiederauferstandenen tötet, so können doch viele Zeugen – du eingeschlossen – bestätigen, dass sie ihn vor kurzem noch recht lebendig in London gesehen haben. Miracle ist keine Mörderin und ist es nie gewesen. Deshalb hat Hanley nichts mehr, womit er mir drohen kann. Doch wenn Willcott zugibt, dass er dir diese Papiere gegeben hat, wird Hanley überzeugt sein, dass du sie mir zeigen wirst.«

Guy taumelte ein wenig, begann aber einen Augenblick später, Brot und Fleisch in eine Serviette zu wickeln. »Könnte er sich nicht darauf verlassen, dass du schweigst?«

»Niemals! Unsere gegenseitige Abneigung ist zu tief.«

»In welchem Fall«, sagte Guy, »Willcotts Existenz den Gleichstand der Macht ins Kippen bringt, richtig?«

»Genau! Sobald Willcott ihn findet, wird Hanley wissen, dass sein ärgster Feind den Beweis hat, der ihn vernichten kann. Da Miracles Unschuld erwiesen ist, hat er nichts mehr vorzubringen, um mich zum Schweigen über sein Geheimnis zu veranlassen. Also was zur Hölle wird ihm dann noch bleiben außer Rache?«

In Ryders Schlafzimmer schaute Miracle zum dunkler werdenden Himmel jenseits des Fensters. Es war fast Zeit hinunterzugehen und ein leichtes Abendbrot einzunehmen, aber sie fühlte sich wie so oft in den letzten Tagen plötzlich zu müde dafür. Sie mochte die Duchess mit ihrem selbstbewussten Auftreten beeindruckt haben, aber jetzt, da Ryder fort war, war sie längst nicht mehr so gelassen. Auch ihr Appetit war verschwunden.

Ihr dünnes Nervenkleid machten es ihr sogar morgens schwer, ein Frühstück zu sich zu nehmen. Manchmal konnte sie ein wenig trockenen Toast essen und einen Tee trinken. An anderen Tagen aß sie nichts und fühlte sich trotzdem, als müsse sie sich übergeben.

Ihr einziger Trost war es, sich in die Zimmer ihres Mannes hinter der Whitchurch Gallery zurückzuziehen. Eine Reihe von Innenhöfen separierte den Whitchurch Flügel vom Rest der Burg. Obwohl ein mittelalterlicher Turm sich majestätisch über ihm erhob, war Ryders privater Bereich elegant, schlicht und friedvoll, und sie liebte es, sich dort aufzuhalten.

Sie lag vollständig angekleidet auf dem Bett, das sie jede Nacht mit Ryder geteilt hatte, seit er sie zum ersten Mal in sein Zuhause gebracht hatte. Jede Nacht bis auf diese eine zauberhafte Nacht auf dem Dach von Ambrose's Folly, als sie gedacht hatte, dass die Sternschnuppen direkt in ihre Seele gefallen wären.

Dunkelheit legte sich über das Zimmer. Miracle schlang die Arme um Ryders Kopfkissen und barg ihr Gesicht in dem sauberen Leinen. Jeden Tag brachte ein Bote eine kleine Nachricht, Briefe, in denen er ihr voller Humor kleine Beobachtungen mitteilte. Sie vermisste ihn mit einem Schmerz, wie eine Wunde ihn hervorrief. Die Hausmädchen hatten an dem Tag, an dem Ryder abgereist war, das Bett zwar frisch bezogen, doch sie meinte seinen Duft noch immer in den Laken erahnen zu können.

Jemand berührte sie an der Schulter. Miracle öffnete die Augen. Eine der Zofen beugte sich über sie und zupfte dann nervös an ihrer Schürze.

»Ja, Jane? Was ist?«

»Euer Abendessen ist angerichtet, Mylady, und da ist ein Gentleman, der Euch sehen möchte. Er wartet in der Halle. Der Diener hat ihm gesagt, dass Ihr niemanden empfangt, aber er hat darauf bestanden, Euch zu rufen. Er hat gesagt, Ihr würdet ihn sehen wollen, da er Neuigkeiten von Lord Ryderbourne hätte.«

Miracle war sofort hellwach. »Hat dieser Gentleman seinen Namen genannt?«

»Er hat gesagt, dass Ihr ihn kennt, Mylady. Er ist in einer schönen Kutsche mit einem Wappen auf der Tür gekommen. Er hat gesagt, er ist als Gast der Herzogin hergekommen. Er erwartet offenbar, zum Abendessen eingeladen zu werden.«

Miracle ging an ihren Waschtisch und spritzte sich Wasser ins Gesicht. Da ihr Mann ganze Heerscharen von Boten bezahlte, bezweifelte sie, dass irgendein Gentleman ihr eine Nachricht von Ryder bringen würde. War es aber vielleicht möglich, dass ihre Vergangenheit beschlossen hatte, ihr einen letzten Besuch abzustatten?

Einen Moment lang starrte Miracle ihr Spiegelbild an. Dieses Gesicht, das sowohl ein Segen als auch ein Fluch gewesen war. Das Gesicht, das sie vor dem Verhungern gerettet hatte. Das Gesicht, das sie zu Sir Benjamin Trotter geführt hatte, der sie geliebt hatte.

Und zu sechs Männern, die es nicht getan hatten.

Guy war einer von ihnen gewesen – obwohl er das nie hatte glauben wollen, – und dann gab es Hanley, natürlich. Die Namen der anderen gingen ihr durch den Sinn: Richard Avedon, Lord Dartford, Sir Robin Hatchley, Lord Burnham. Sie hatte von keinem von ihnen etwas zu befürchten. Vielleicht war Dartford ihr geheimnisvoller Besucher. Dartford, der vermutlich jämmerlich betrunken war und der es für diskreter hielt, den Dienstboten seinen Namen nicht zu nennen, weil ihr Mann nicht im Hause weilte und er einst ihr Liebhaber gewesen war.

Obwohl sie nicht in der Stimmung für Gesellschaft war, ließ sie sich von Jane das Haar kämmen und sich frisieren, bevor diese ihr in ein frisch gewaschenes Kleid half.

Miracle warf einen letzten Blick an sich herunter, ehe sie

das Zimmer verließ. Die Lady der Nacht war verschwunden. An ihrer Stelle ging Lady Ryderbourne, eine künftige Herzogin, in einem bestechend eleganten Kleid aus weißem Satin durch die Korridore und die Treppe hinunter, während jedes Dienstmädchen und jeder Lakai respektvoll Haltung annahm, als sie vorbeiging.

Die Kutsche schwankte bedrohlich, als der Kutscher die Pferde durch die Nacht in Richtung Süden trieb. Ryder wünschte sich, dass sie noch schneller vorankämen, während er Guy berichtete, was alles geschehen war, seit sie Wrendale verlassen hatten.

»Du glaubst also wirklich, dass Hanley versuchen wird, ihr etwas anzutun?«, fragte Guy. »Aber sie wird sich doch sicherlich weigern, ihn zu empfangen? Wyldshay ist voll von Dienstboten, die sich eher opfern würden als zuzulassen, dass einem St. George Schaden zugefügt wird.«

»Die Diener? Gott! Mögen sie noch so loyal sein, aber wie zum Teufel kann man von den Dienstboten erwarten, dass sie sich einem Earl widersetzen?«

»Hanley ist kein Earl.«

»Das weiß vermutlich bis jetzt noch niemand bis auf dich, mich und Willcott.«

Guy wandte den Kopf und sah aus dem Fenster. Sein Gesicht war noch immer blass. »Warum zur Hölle hasst ihr euch so sehr?«

Ryder lehnte den Kopf gegen das Polster. Übelkeit und Wut mischten sich heiß in seinem Blut und trieben seinen Puls zu einem donnernden Rhythmus, als er sich an das erinnerte, was in Harrow geschehen war. Er war noch ein Kind gewesen, ein kleiner Junge in den Händen eines älteren. Aus dem Jungen war ein Erwachsener geworden, der einen Titel trug, und Lord Hanley war, allem Anschein nach, ein perfekter englischer Gentleman geworden.

Ryder hatte diese Erinnerungen so tief in sich vergraben, dass er sie beinahe schon vergessen hatte. Bis er eine Frau aus dem Meer gerettet hatte, deren Verletzungen wie Anklagen gewesen waren. Und dann hatte er erfahren, dass sie Hanleys Mätresse gewesen war.

»Es ist nicht wichtig«, sagte er. »Das alles ist Vergangenheit.«

Guys Gesicht wirkte geisterhaft, als er seinen Cousin ansah. »Ich wünschte, ich könnte das glauben.«

»Vergiss es! Hat Willcott erklärt, warum er eine Abschrift der Papiere in Izzys Bibel versteckt hat?«

»Er hat den Beweis für die Eheschließung in Frankreich zufällig in die Hand bekommen. Und wie wir schon vermutet hatten, erpresste er Hanley damit. Willcott war klar, dass Hanley seine Zimmer durchsuchen würde, sobald sich ihm eine Gelegenheit dazu bieten würde. Deshalb nahm er diesen Beweis mit in Miracles Wohnung. Ich kann mir denken, dass es nicht schwer war, ihn in der Kammer des Mädchens zu verstecken.«

»Und wie sich gezeigt hat, war es das perfekte Versteck – bis Hanley gründlich darüber nachgedacht und schließlich vermutet hat, wo Willcott es deponiert hatte.«

Guy rieb sich mit Daumen und Zeigefinger über die Augen. »Aber warum zur Hölle hat er die Szene auf der Jacht inszeniert?«

»Vermutlich war das gar nicht inszeniert. Miracle kann fast jeden Mann um den Verstand bringen, auch wenn es ihr lieber wäre, es wäre nicht so. Als Willcott also angeboten hat, den vernichtenden Beweis gegen Miracles Gunst und – zweifellos – eine sehr große Summe Geld einzutauschen, muss Hanley ihm das geglaubt haben.«

Sein Cousin schaute auf. »Aber du vermutest, dass Hanley ein doppeltes Spiel trieb?«

Ryder nickte. »Wie konnte er darauf vertrauen, dass Willcott für immer Stillschweigen bewahren würde, egal, wie viel er ihm auch zu zahlen bereit gewesen wäre? Deshalb hat er ihm das Geld versprochen und hat Miracle geopfert, indem er sie in einem Boot ohne Ruder ihrem Schicksal überlassen hat. Er hat damit gerechnet, dass die Strömung das Boot gegen die Felsen treiben würde. Und er hat das Versteck der Dokumente gefunden.«

»Ob Willcott Hanley gesagt hat, dass er die Papiere zwischen Miracles Sachen versteckt hatte?«

»Ich denke, er hat ihm das in jener Nacht auf der Jacht gesagt. Auf gewisse Weise war es die Wahrheit. Wahrscheinlich hat Willcott sich geweigert, das genaue Versteck zu nennen, ehe er das Geld in Händen hatte. Aber eine Halbwahrheit war notwendig, um Hanleys Vertrauen zu gewinnen. Allerdings hat Miracle ihren Plänen dann einen kleinen Dämpfer versetzt, als sie das Messer in Willcotts Schulter stach. Schlaf jetzt, Guy! Es gibt nichts mehr, was wir im Augenblick tun können, außer zu beten.«

Guy zog eine Decke über seine Schultern und lehnte sich in die Ecke des gepolsterten Sitzes. Binnen weniger Augenblicke war er eingeschlafen.

Ryder stützte den Kopf in beide Hände und versuchte, seine Angst nicht überhandnehmen zu lassen. Er versuchte sogar zu beten, um Miracles Sicherheit, um ihre Liebe. Doch immer wieder drängte sich ein anderer Gedanke dazwischen, als er zu Guy hinübersah, der den tiefen Schlaf der Erschöpfung schlief: Sein Cousin war ein großartiger Mensch. Bis zur Erschöpfung setzte er sich für eine Frau ein, die schon einem anderen gehörte.

Miracle zuckte die Schultern und schaute sich in der Halle um. Der Raum wurde von den Gemälden beherrscht, die den Heiligen Georg mit dem Drachen darstellten. Vielleicht hatte der Besucher die Geduld verloren? Was bedeutete, dass es höchstwahrscheinlich nicht Lord Dartford gewesen war.

Sie wandte sich an den Diener, der hinter ihr stand. »Ein Gentleman kam her und hat nach mir gefragt, Duncan, aber er hat seinen Namen nicht genannt, oder?«

»Das ist richtig, Mylady, aber er ist schon wieder gegangen.«

»Gegangen? Du meinst, seine Kutsche ist bereits abgefahren?«

»Ja, Mylady. Vor ein paar Minuten.«

»Kannst du das Wappen auf der Kutsche beschreiben?«

Der Diener schüttelte den Kopf. Doch er ging in den Stall, um einen der Pferdeknechte zu befragen. Miracle wartete mit einem leichten Gefühl des Unbehagens auf seine Rückkehr.

Duncans Schritte hallten schwer von den Bodendielen wider, als er zurückkam. »Die Kutsche war offensichtlich einmal beschädigt gewesen, Mylady, wurde dann aber wohl wieder repariert. Der Stallmeister sagt, es hat ausgesehen, als wäre eine Kugel durch das Türholz gegangen. Er hat diese kleine Zeichnung vom Wappen angefertigt.«

Er reichte Miracle ein Stück Papier.

Es war natürlich nicht nötig, es sich anzusehen.

Die Kutsche rollte weiter, ihre Laternen schnitten einen blass schimmernden Pfad durch die Dunkelheit. Guy schlief noch. Ryder starrte auf die verschleierte Landschaft. Dicke Wolken verbargen die Sterne. Blitze krachten aus einer geheimnisvollen Schwärze, gefolgt von langen grollenden Donnerschlägen.

Gott! Wenn er doch nur die Nacht aufreißen könnte, um wie ein Rabe an Miracles Seite zu fliegen!

Es gab keine Möglichkeit, noch schneller zu fahren. Er zwang sich zur Ruhe und schloss die Augen.

»Sind wir nicht schon fast da?« Sein Cousin schob die Decke weg und reckte sich. »Ist es kurz vor der Dämmerung?«

Ryder schaute auf die Uhr. »Nach der Uhr nicht. Das verdammte Ding muss stehen geblieben sein.«

Er beugte sich vor und schaute aus dem Fenster, dann zerrte er die Scheibe herunter. Erschrecken packte ihn.

»Was zur Hölle ist das?«

Eine wütende rote Narbe färbte den Himmel im Süden, als würde der Teufel schmelzendes Eisen in die Wolken gießen. Einige Minuten lang, während die Kutsche weiterrollte, starrte Ryder schweigend auf dieses bizarre Naturschauspiel. Bis er in der Lage war, die Konturen von Zinnen zu erkennen, die sich scharf vor roter Glut abzeichneten. Die gezackte Silhouette von Türmen und Fahnenmast. Die aufragende Säule des Fortune Tower.

Schrecken wandelte sich zu Entsetzen, unzusammenhängende Gebete taumelten durch sein Bewusstsein.

Der Himmel über Wyldshay flammte wie ein Hochofen.

Ryder schlug mit der Faust gegen die Seitenwand der Kutsche, dann raufte er sich mit beiden Händen das Haar, als könnte er so die Qual aus seinem Herzen reißen.

Guy packte ihn am Handgelenk. »Es hat keinen Sinn, Ryder. Es gibt nichts, was wir tun können, ehe wir dort sind. Die Pferde können nicht schneller laufen.«

Ryder zwang sich, einige Male tief durchzuatmen, ehe seine Qual ihm die Kehle ganz und gar zuschnürte.

»Das weiß ich«, sagte er. »Aber ich habe Miracle dort allein gelassen. Und der verdammte Bastard hat Feuer in Wyldshay gelegt!«

Miracle träumte von ihm: warm, leidenschaftlich, nachdenklich, liebevoll. Lord Ryderbourne!

Doch es rührten sich auch tief vergrabene Gedanken – als würden sie von Kobolden angestachelt –, und diese machten, dass sie sich unruhig in seinem Bett hin und her warf. Donner hallte durch ihre Träume, drohte mit Kummer und Schmerz.

Oder ist es, weil man Mohnblumen nachsagt, dass sie Kummer und Aufruhr bringen?

Aber die Liebe wäre doch sicherlich genug?

Miracle schreckte in plötzlicher Angst zusammen, als ein Kobold sie höhnisch angrinste: *Wie gefällt es dir in deinem Narrenparadies?*

Donner schlug, doch das Grollen war zu einem dumpfen Brüllen geworden, wie ein Wasserfall. Ein fernes Krachen mischte sich in das Geräusch, als strömte Wasser auf trockenes Holz.

»Ich habe dich etwas gefragt«, sagte die Stimme wieder. »Wie gefällt es dir in deinem Narrenparadies?«

Miracle schluckte schieres Entsetzen hinunter und strich sich mit beiden Händen das Haar aus der Stirn, während sie sich aufsetzte. Die Uhr zeigte erst wenige Minuten nach Mitternacht, doch vor dem Fenster leuchtete ein schwacher rötlicher Schein. Ein Mann mit einer Öllampe stand am Fußende ihres Bettes.

Einen langen Moment starrte sie die Erscheinung an, das Herz klopfte ihr wie verrückt in der Brust.

»Er liebt diesen Ort, nicht wahr?«, fragte Lord Hanley. »Er

glaubt auch, dass er dich liebt. Zu schade, dass er das alles verlieren wird.«

Sie schluckte mühsam. Rauchschwaden waberten durch das offen stehende Fenster. »Es brennt«, sagte sie. »Wir haben nicht viel Zeit herauszukommen.«

Schritte donnerten auf dem Korridor. Jemand rief etwas, dann wurde an der Tür gerüttelt.

»Sie ist verschlossen«, sagte Hanley und hob die Lampe höher. »Und für den Fall, dass du es nicht bemerkt hast, ich halte eine Pistole in meiner rechten Hand. Beide Läufe zielen auf dein Herz. Steh auf!«

Miracle schluckte hart. Das Leben schlug schnell in ihren Adern. Sie wollte nicht sterben.

»In nichts als meinem Nachthemd? Vor einem Gentleman? Sir, Ihr schockiert mich!«

Lord Hanley trat vor. Roter Feuerschein schimmerte auf seiner Waffe. »Versuch nicht, clever zu sein, Miracle! Tu, was ich sage!«

»Nun, natürlich! Ich werde mich nicht mit geladenen Pistolen anlegen.« Sie stieg aus dem Bett. *Gewinne Zeit! Gewinne Zeit!* »Ich hatte eigentlich geplant, am Galgen zu sterben. Aber gut! Es ist zwar nur ein kurzes Leben gewesen, aber ein süßes. Ich bedaure nichts, außer Euch.«

Er stieß ihr die Waffe in die Rippen. »Sei still!«

Stimmen riefen auf dem Korridor ihren Namen. Sie hörte Jane und Duncan: Ryders Leute, die versuchten, sie zu retten. Etwas Schweres stieß gegen die Tür. Sie versuchten, sie einzuschlagen.

Lord Hanley schleuderte die Lampe. Glas zersplitterte, verschüttetes, verschlingendes Öl, das sich auf dem Boden ausbreitete, Flammen, die hochleckten.

Er drückte Miracle die Hand auf den Mund und zerrte sie

zu einer verborgenen Tür in der Wandverkleidung. Mit dem Pistolenknauf stieß er sie vor sich her und schob sie durch die Tür. Eine Wendeltreppe führte in den Mauern des Whitchurch Tower zu dessen Dach hinauf.

Miracle stolperte, die Stufen fühlten sich unter ihren bloßen Füßen rau an. Bei jeder dritten oder vierten Wendung gab eine schlitzförmige Maueröffnung den Blick nach draußen frei. Sie sah nichts als rotes Glühen.

Hanley stieß sie hinaus, auf den Gang neben den Zinnen und trat die Tür hinter sich zu.

»Ich will, dass du dabei zusiehst, wie sein Heim bis auf die Grundmauern niederbrennt«, sagte er. »Es tut mir nur leid, dass er nicht hier ist, um es auch zu sehen.«

Eine wütende rote Glut fraß sich beständig ihren Weg die Mauern des Docent Towers hinauf. Die Ställe standen schon in hellen Flammen. Der Fortune Tower ragte aus dem Feuermeer wie eine zornige schwarze Faust auf.

»Woher wusstet Ihr, dass eine Treppe von Ryders Schlafzimmer hier hinaufführt?«, fragte sie.

»Er hat es mir gesagt. Vor vielen Jahren. In Harrow.«

»Als es zum ersten Mal Unstimmigkeiten gab. Was um alles in der Welt hat er Euch getan?«

Hanley stieß sie gegen die Zinnen, verdrehte ihr dabei grausam den Arm. Die Schulternaht ihres Nachthemds riss auf.

»Es geht eher darum, was ich ihm angetan habe. Soll ich es dir erzählen?«

Sie zwang sich zu lachen, auch wenn die Angst sie gepackt hielt. »Wenn Ihr wollt! Es ändert für mich nichts. Ich habe nicht den Wunsch, noch mehr über ihn zu wissen.«

Er gab sie frei und trat zurück. Seine Augen waren kalt, sein gutgeschnittenes Gesicht eine starre Maske.

»Du liebst ihn nicht einmal, oder?«, fragte er.

Vergib mir, mein Geliebter! Aber ich will für dich leben, wenn ich kann. Wenn er weiß, wie viel wir uns bedeuten, wird er mich auf der Stelle töten.

»Lieben? Macht Ihr Witze? Es gefällt mir in seinem Bett, das ist alles!«

»Du kleine Schlampe!« Die Pistole zitterte, als hielte er sie zu fest umklammert. »Glaubst du wirklich, du kommst damit durch? Hälst du es tatsächlich für möglich, dass eine Hure in eine der ersten Familien Englands einheiraten kann? Dass eine Dirne jemals Herzogin werden könnte? Dass du den Adel zu einer großen Hochzeit auf Wyldshay einladen kannst, nachdem wir all diese schmutzigen kleinen Hurentricks in meinem Bett ausprobiert haben?«

»Nein, vermutlich nicht«, sagte sie. »Aber den Versuch war es wert. Schließlich hat er mehr Geld, als Ihr Euch jemals habt erträumen können.«

»Sag lieber, er hat mehr Geld *gehabt*.«

Hanley lehnte sich mit der Hüfte gegen die hohe Mauer hinter sich. Roter Widerschein schimmerte auf seinem Gesicht und in seinem silberblonden Haar, doch seine Augen funkelten wie Eis.

»Ja«, sagte Miracle und schaute hinunter in die Flammen. »Wyldshay wiederaufzubauen wird vermutlich ein wenig mehr kosten, als die Tür Eurer Kutsche zu reparieren.«

Er kam auf sie zu und packte sie am Kinn, dann riss er sie zu sich herum, sodass ihr Bauch hart gegen die Mauerzacke gedrückt wurde.

»Aber vielleicht wird er gar nicht wünschen, das zu tun, wenn er die Leiche seiner Frau findet. Nicht mehr ganz so hübsch allerdings, weil sie bei lebendigem Leib verbrannt ist.«

»Wie wenig originell!«, sagte sie. »Wenn mein Leib verbrannt ist, wie um alles in der Welt wird er dann wissen können, ob ich vergewaltigt worden bin oder nicht – oder habt Ihr vor, es danach zu tun?«

Sekundenlang stand er wie erstarrt da, dann – er hielt noch immer eine Hand an ihrem Kinn und drückte ihr den Kopf in den Nacken – stieß er seine andere Hand, ohne die Pistole loszulassen, unter den Saum ihres Nachthemds.

Tief unten, in den Burghöfen und Gärten, ordnete sich das Durcheinanderhasten von Gestalten zu Eimerketten, mit denen Wasser herangeschafft und auf die gemarterten Steinmauern geschüttet wurde. Pferde, denen Augenbinden angelegt worden waren, drängten aus den Ställen. Eine endlose Reihe von Dienstmädchen trug Gemälde und Armladungen von Wertsachen über die Brücke.

Am Ufer des Flusses arbeiteten Männer fieberhaft an einer Pumpe. Eine andere Gruppe verlegte Schläuche. Das Dach der Ställe stürzte mit einem Krachen in sich zusammen, doch Sekunden später setzte ein feiner Wasserregen ein und sprühte über den Fuß des Fortune Tower.

Auch ohne seinen Herrn kämpfte Wyldshay um das Überleben.

So wie Miracle Heather.

Hanley strich mit der Pistole ihre Schenkel entlang, dann riss er ihr Hemd hoch und entblößte ihren Po. Sein Atem zischte in ihr Ohr.

»Ein letztes Mal noch, Miracle, ehe wir beide sterben!«

»Habt Ihr vergessen«, sagte sie mit zusammengebissenen Zähnen, »dass ich keine feine Dame bin, die sich zurücklehnt und quiekt, während Ihr Euer perverses Vergnügen befriedigt?«

Sie presste ihre Fäuste aneinander und rammte ihm die Ellbogen in den Schritt. Hanley krümmte sich zusammen. Die Pistole fiel ihm aus der Hand und rutschte über den Steinboden. Miracle stürzte los, doch Hanley packte sie am Knöchel.

Sich wie ein Aal windend, rammte sie ihm den nackten Fuß in das Gesicht. Er stöhnte, hielt sie aber immer noch fest, seine Finger schienen ihre Knochen zerbrechen zu wollen.

Es war eine blinde, bittere Wut. All die Kränkungen. All der Schmerz. Die Kindheit voll harter Arbeit und Angst. Die Bedrohung durch Hunger und Verzweiflung und Armut, die sie dazu gebracht hatten, sein Angebot anzunehmen, obwohl ihr Instinkt sie davor gewarnt hatte.

Mit derselben grimmigen Entschlossenheit, mit der sie sich gegen Willcott gewehrt hatte, trat sie noch einmal nach ihm. Hanley fluchte und ließ sie los.

Miracle taumelte rückwärts gegen die harte Mauer, versuchte wieder, nach der Pistole zu greifen. Hanley sprang auf die Füße. Ihre Finger schlossen sich um die Waffe. Als er wieder auf sie zustürzte, zielte sie und schoss.

Er schrie auf und sank einen Augenblick später zu Boden.

Miracle ließ die Pistole fallen und taumelte zur Tür, die zur Wendeltreppe führte. Das Eichenholz war mindestens zwei Zoll stark und hatte breite Eisenbeschläge. Sie legte die Hand auf den Riegel, um ihn zurückzuschieben, und zog sie mit einem Aufschrei zurück. Der Riegel war glühend heiß.

Sie schaute zu Hanley. Sein Haar schimmerte hell im Dunkel, er lag da wie tot.

Jetzt, da sie seinen direkten Angriff nicht mehr fürchten musste, kamen ihr die Tränen der Angst. Rauch leckte durch das Schlüsselloch. Die Zimmer im Turm mussten inzwischen in hellen Flammen stehen. Die Treppe brannte wahrscheinlich auch. Soweit sie wusste, gab es keinen anderen Weg hinunter.

Doch das Leben forderte sein Recht. Ob sie am Ende lebte oder ob sie starb, sie würde mit jeder Faser ihres Seins um ihr

Leben kämpfen. Miracle schaute zum Himmel und wisperte ein schnelles Gebet – auf ketzerische Weise nicht an Gott gerichtet, sondern an die Liebe ihres Mannes. Sie würde die Wolken vom Himmel reißen, wenn das Ryder davor bewahren würde, ihre Leiche zu finden.

Genau über ihr grollte Donner. Ein Blitz schlug krachend in ein Feld auf der anderen Seite des Flusses ein. In seinem taghellen Licht zeichnete sich sekundenlang jeder Stein messerscharf ab. Ein Regenrohr verlief an der Mauer des Turms. Miracle griff hinauf und tauchte die Finger in den Knick des Bleirohres. Wasser vom letzten Regen stand noch darin.

Mit zitternden Fingern riss sie einen Ärmel von ihrem Nachthemd ab und tauchte ihn in das Nass. Dann spritzte sie Wasser über ihr Nachthemd, bis sie die Nässe auf der Haut spürte. Sie wickelte sich den getränkten Ärmel um Nase und Mund und legte die Hand auf den Türriegel.

Die Eichenbretter brüllten, als hielten sie Löwen in Schach.

Sie begann, den Riegel zu bewegen, nass vom Regen und von Tränen. *Mein geliebter Ryder, gib mir die Kraft, für dich zu leben!*

»Miracle! Um Gottes willen! Tu das nicht!«

Sie fuhr herum. Ryder zog sich über die Zinnen. Das Haar hing ihm ins Gesicht, er hatte sich bis auf Hemd und Hosen entkleidet und trug ein aufgerolltes Seil um eine Schulter geschlungen.

»Lass die Tür zu, wenn du nicht sterben willst!«, rief er. »Der ganze verdammte Turm unter uns steht in Flammen.«

Miracle lächelte ihn mit dem Lächeln an, das nur Engeln vorbehalten war, und fiel in Ohnmacht.

Wellen schlugen in ihr Gesicht. Sie trieb auf dem Meer, in einem Boot ohne Ruder. Sie hatte einen Mann getötet. Sie verdiente es, zu sterben.

»*Miracle!*«

Sie schaute in die klaren grünen Augen Sir Galahads. Blitze flammten von Wolke zu Wolke. Ein Regenschauer schlug aus der Dunkelheit herunter, tränkte sein Hemd und sein Gesicht und sein Haar. Er hielt sie fest an seine Brust gedrückt und trug sie mit großen Schritten zu den Zinnen.

»Ich liebe dich«, sagte sie. »Regnet es?«

Ryder nickte, das Haar klebte ihm an der Stirn. »Du bist ohnmächtig geworden. Der Regen wird helfen, den Rest von Wyldshay zu retten, aber dieses Dach hier droht einzustürzen.«

»Du bist den ganzen Turm hochgeklettert?«

»Ja, aber wir müssen sofort von hier weg. Kannst du stehen?«

Sie schaute auf Hanley, der noch dort lag, wo er von ihr niedergeschossen zu Boden gegangen war. Sie schauderte.

»Also habe ich noch einen Mann getötet?«

»Nein.« Ryder setzte sie ab und machte sich daran, Knoten in das Seil zu knüpfen. »Nein. Das soll heißen, dass du noch nie getötet hast.«

Blitze zuckten wieder. Miracle stützte die Hände auf den nassen Stein und schaute hinunter. Regen trieb in schweren Schauern über die Felder, strömte in die Burg, entlud Sturzbäche auf sie. Die Ställe brannten noch, doch der vormals heftige Feuersturm war zu einem schwachen Glühen geworden, das unter dem Sturm zischend erlosch.

»Ich verstehe nicht.« Sie fühlte sich noch ein wenig schwindelig. »Willcott?«

»Ich kann es jetzt nicht erklären, aber Willcott lebt. Und

Hanley ist auch nicht tot. Du hast ihm ins Bein geschossen. Er hat das Bewusstsein verloren, vor Schmerz und Wut. Du hast niemanden getötet, Miracle.«

»Nein«, sagte eine Stimme. »Aber ich.«

Ryder stieß Miracle hinter sich und fuhr herum. Er schien wie aus nassem Stein gemeißelt.

Eine Hand auf seinen Oberschenkel gepresst, hatte Hanley sich zum Sitzen aufgerichtet, den Rücken gegen die Mauer gestützt. »Man wird Willcotts Leiche in einer von Londons Gassen finden. Niemand wird es mit mir in Verbindung bringen.«

»Also habt Ihr ihn getötet?« Ryder band das geknotete Seil um Miracles Brust. »Ihr wisst, dass Guy und ich die Papiere gesehen haben, welche Gefahr hätte Willcott da noch bedeutet?«

Der Regen strömte. Hanleys Kopf schien wie mit Silber überzogen, als trüge er den Helm einer Rüstung.

»Ich hätte das gleich zu Anfang tun sollen, als Willcott zum ersten Mal angedeutet hat, dass er um Geheimnisse wüsste, die mich ruinieren könnten. Doch er sagte, es gäbe mehrere Abschriften und dass diese publik gemacht würden, sollte ihm etwas zustoßen.«

»Und trotzdem seid Ihr das Wagnis eingegangen, ihn mit auf die Jacht zu nehmen?«

»Nachdem er zugegeben hatte, dass er die einzigen Abschriften, die existieren, in England unter Miracles Sachen versteckt hat, schien es dieses Risiko wert zu sein. Wer würde schon nach Frankreich reisen, um nach dem Rest zu suchen?«

Hanley verzog das Gesicht und hob die Hand von seinem Bein. Seine Finger waren klebrig von Blut.

Ryder hob Miracles zerrissenen Ärmel vom Boden auf und warf ihn dem anderen Mann zu. »Wenn Ihr lebend von diesem Dach herunterkommen wollt, solltet Ihr Eure Wunde besser verbinden.«

»Nein!«, sagte Hanley und schleuderte den Ärmel weg. »Lasst mich in Ruhe! Ich will verdammt sein, wenn ich dabei zusehen werde, wie Ihr mich ruiniert.«

»Um Gottes willen! Ich kann Euch nicht hier oben sterben lassen.«

»Warum zur Hölle nicht?« Hanley lachte. »Ich habe alle Brücken hinter mir verbrannt, ebenso wie Euer Heim.«

»Verbindet die Wunde!« Ryder schlang das andere Ende des Seils um eine Zinne. »Sobald ich meine Frau sicher von diesem Dach heruntergebracht habe, werde ich Euch holen.«

»Ihr habt also wirklich vor, die Ehe mit dieser Hure aufrechtzuerhalten? Ihr wollt Eure ganze Familie damit in den Schmutz ziehen und die Reinheit Eures Blutes vergiften, indem Ihr diese Kreatur aus der Gosse in den Adelsstand erhebt. Und Ihr wollt *mich* der Lächerlichkeit preisgeben?«

»Der Charakter, nicht die Geburt, macht den Menschen aus«, sagte Ryder. »Warum nehmt Ihr an, dass ich Euch erpressen würde, wie Willcott es getan hat? Die Sünde, wenn es denn eine gab, war die Eures Vaters, nicht Eure.«

Hanley starrte ihn an. »Ihr denkt wirklich, ich würde mir von Euch das Leben schenken lassen?«

»Wenn Ihr das wollt. Was Willcotts Tod angeht, so habe ich keinen Beweis gegen Euch, und das wisst Ihr. Es liegt ganz und gar bei Eurem Gewissen. Der Mann ist verdammt kein Verlust für die Welt.«

»Aber alles, was ich habe, hängt von dem Titel ab. Wenn herauskommt, dass ich ein Bastard bin, werde ich Zielscheibe entsetzlichen Spottes sein.«

Ryder wand das Tau um eine weitere Zinne. »Was mich betrifft, so hat Willcott sich diese ganze leidige Geschichte ausgedacht und in Frankreich die Urkunden gefälscht. Es gab nach der Revolution genug Chaos, um das möglich zu machen.«

Hanley band den Ärmel um sein Bein. »Aber Ihr habt mich immer gehasst.«

»Nein«, sagte Ryder. »Ich habe es einmal getan, aber ich habe Euch schon vor langer Zeit vergeben. Das Einzige, was ich nicht vergeben kann, ist, dass Ihr versucht habt, Miracle zu benutzen. Und dafür werdet Ihr mir freundlicherweise Satisfaktion geben, wenn Euer Bein geheilt ist.«

»Und warum solltet Ihr mich nicht zuvor aus dem House of Lords ausschließen lassen?«

»Ihr habt Frau und Kinder, Sir. Wenn jemand unschuldig ist an diesem ganzen verdammten Schlamassel, dann ist es Euer kleiner Sohn.«

»Wenn Ihr es kundtut, werden sie alle zu Bettlern.«

Ryder hob Miracle auf die Zinne, küsste sie rasch und bereitete sich darauf vor, sie vom Turm abzuseilen.

»Zum Teufel auch! Habt Ihr noch immer nicht begriffen, dass ich um Eurer Familie willen Schweigen bewahren werde? Auch Miracle und Guy werden schweigen. Ihr habt keinen Cousin, der um sein Erbe betrogen worden wäre. Nichts wäre dadurch gewonnen, dass man Euch ruiniert, Sir!«

Hanley erhob sich mühsam. »Glaubt Ihr wirklich, ich würde so leben wollen? Von Euch abhängig zu sein und jeden Tag darauf zu warten, denunziert zu werden? Was zur Hölle habe ich dann noch, wofür es sich zu leben lohnt?«

»Nicht viel, das gebe ich zu«, sagte Ryder. »Denn wenn Ihr wieder gesund seid, habe ich vor, Euch zu töten.«

»Ihr bietet mir also den Tod eines Gentleman auf dem Duellplatz an? Dann lasst mich den Tod eines Gentleman wählen, hier und jetzt.« Hanley wies mit einem Kopfnicken auf die Pistole, die immer noch dort lag, wo Miracle sie hatte fallen lassen. »Es ist noch eine Kugel im Lauf.«

Miracle keuchte, als ihr Mann die Waffe mit dem Fuß in Hanleys Reichweite schob. Dieser streckte die blutbeschmierten Finger danach aus. Als Hanley die Pistole ergriff, hob Ryder Miracle über die Mauer.

Sie fiel ins Leere, verloren in der peitschenden Dunkelheit, ein Schuss knallte, der Laut wurde vom Regen seltsam gedämpft, als sie wie ein Kreisel auf den schwarzen Fluss zu fiel.

Hände griffen nach ihr, um sie zu halten. Es war Guy, der in einem kleinen Boot am Fuß des Turms gewartet hatte. Er löste das Tau von ihrem Körper und legte ihr seinen Umhang um die Schultern, bevor er sie neben sich auf die schmale Bank zog.

»Ryder!«, sagte sie und klammerte sich an Guys Arm. »Er ist dort oben mit Hanley. Er hat Hanley die Pistole gegeben. Ich habe einen Schuss gehört.«

Guy zog Miracle an sich und schaute in die Dunkelheit hoch. »Ryder ist der beste Mensch, den ich kenne, ihm wird nichts geschehen«, sagte er. »Hab Vertrauen, Miracle!«

Das Ende des Seils rollte sich zurück die Mauer hoch. Miracle saß eingehüllt in Guys Umarmung, das Blut in ihren Adern schien wie erstarrt.

»Ich könnte es nicht ertragen«, flüsterte sie. »Ich könnte nie ohne ihn weiterleben. Ich verdiene ihn nicht, aber trotzdem kann Gott ihn mir doch nicht so bald schon wieder nehmen, oder?«

»Es ist alles in Ordnung«, sagte Guy. »Ryder liebt dich. Er wird nicht für nichts sterben.«

Blitze flammten wieder auf. Ein Mann ließ sich Handgriff um Handgriff mithilfe des Seils vom Turm herunter.

Aus der Spitze des Whitchurch Towers brachen mit einem

plötzlichen Tosen Flammen heraus. Die obere Hälfte des Seils peitschte fort in die Leere. Der Mann an dessen unterem Ende fiel wie ein Stein in den Fluss.

Wasser spritzte auf. Das Boot schwankte. Guy stieß es mit den Rudern ab. Verzweifelt vor Angst schaute Miracle bange Sekunden lang über das schwarze Wasser. Dann tauchte ein dunkler Kopf an der Oberfläche auf. Der Mann schüttelte Wassertropfen aus seinem Haar, die wie Diamanten aufblitzten.

Nasse Ärmel leuchteten weiß auf, als die Arme des Mannes das Wasser teilten. Mit wenigen Armschlägen erreichte er das Boot. Seine starken Hände griffen nach dem Dollbord.

»Hanley hat gesagt, er würde lieber sterben«, sagte Ryder. Sein Gesicht sah wüst aus. »Deshalb habe ich ihm die Pistole gegeben. Er hat sich erschossen.«

Kapitel 18

Ich hoffe«, sagte die Herzogin, als sie die Ruinen des Whitchurch Tower betrachtete, »dass das alles dies wert ist?«

Ryder schaute an den geschwärzten Steinmauern hinauf, den wassergetränkten Resten von verbrannten Balken und verkohltem Stuck. Er zog Miracle fest an seine Seite.

»Um Miracles Leben zu retten! Was zum Teufel denkt Ihr denn, Euer Gnaden?«

»Ich denke, dass Hanley einige unkluge Entscheidungen getroffen hat. Der Duke ist wütend. Ich habe es ihm jedoch so dargestellt, dass der Earl bei dem heldenhaften Versuch umgekommen ist, beim Löschen des Feuers zu helfen.«

»Statt es angezündet zu haben?«, fragte Guy. »Er hat den Brand zuerst in den Ställen gelegt, er hat gewusst, dass das Heu und die trockenen Holzwände sofort wie Zunder in Flammen aufgehen würden. Gott sei Dank wussten die Pferdeknechte, wie sie die Tiere ins Freie bringen mussten.«

»Ja«, sagte die Duchess. Sie wandte sich um und ging dorthin zurück, wo einmal Ryders Schlafzimmer gewesen war. Teile des Fußbodens fehlten. Die Einrichtung war entweder vom Rauch oder vom Wasser oder von beidem zerstört worden. »Ich habe gehört, das Personal hat heroische Anstrengungen mit diesen neumodischen Pumpen vollbracht, die du angeschafft hast, Ryderbourne?«

Ryder nickte. »Ja, das Personal war großartig.«

»Weil du es ihnen beigebracht hast. Hätten sie nicht ihre Sinne beisammengehalten, hätte das Feuer sich auf die ganze Burg ausgebreitet.« Die Herzogin starrte auf die zerstörte Wand neben dem, was das Bett ihres Sohnes gewesen war.

»Allerdings bedauere ich den Verlust des Gemäldes, das dort hing. Ich mochte es sehr.«

»Aber warum Hanley zum Helden machen?«, beharrte Guy.

»Er hinterlässt eine Witwe und kleine Kinder«, sagte die Duchess. »Niemand – nicht einmal Blackdown – muss mehr wissen, außer uns, die wir hier in diesem Zimmer sind. Ich will keinen weiteren Skandal, in dem Miracles Name auftaucht. Es ist jetzt ohnehin schwierig genug, mit den Hochzeitsvorbereitungen fortzufahren.«

»Wie viele hochwohlgeborene Eiferer haben gedroht, die Nase zu rümpfen?«, fragte Ryder.

Seine Mutter ging hinaus auf den Burghof. »Ich kann nur sagen, dass ich mein Bestes getan habe. Die Zeit allein wird zeigen, ob die Neugier über die Vorurteile siegen wird. Aber wir müssen gut planen, um weiter voranzukommen. Abgesehen von deinen Zimmern und den Ställen ist der Rest von Wyldshay glücklicherweise nicht in Mitleidenschaft gezogen worden. Höchst verärgert bin ich allerdings darüber, dass Duncan die Gemälde des heiligen Georg aus der Halle hat entfernen lassen. Zusammen mit einigen eher durchschnittlichen Porträts deiner Vorfahren, über deren Verlust ich wahrlich keinen Schmerz hätte vortäuschen können, ist dort alles verschont geblieben, wohingegen diese Gemälde vom Regen ruiniert worden sind.«

»Dann denkt Ihr, die Hochzeit kann wie geplant stattfinden?«

»Sie muss.«

»Auch auf das Risiko hin, dass niemand kommen wird?«, fragte Ryder.

»Mein lieber Sohn, die Duchess of Blackdown spielt nicht mit ihrem Einfluss und ihrem Ruf für Nichts. Sollten wir zu dem Schluss kommen, dass Wyldshay doch zu sehr in Mitleidenschaft gezogen worden ist, hat Arthur uns Stratfield Saye für die Hochzeitsfeierlichkeiten angeboten.«

»Arthur?«, fragte Miracle. Aus unersichtlichem Grund fühlte sie sich plötzlich ein wenig schwach.

Die Herzogin wandte ihr den Blick zu. »Mein liebes Kind, der Duke of Wellington zählte doch nicht etwa auch zu Euren Liebhabern?«

»Nein«, sagte Miracle. Der Burghof hatte angefangen, sich in langen müßigen Kreisen um sie zu drehen. »Ich habe nicht an den lebenden Mann gedacht. Ich bin dem Eisernen Duke nie persönlich begegnet. Ich dachte an sein Gesicht auf einem Wirtshausschild.«

Die Duchess musterte Miracle einen Augenblick lang prüfend, dann wandte sie sich zu ihrem Sohn um und fuhr ihn heftig an.

»Ryderbourne! Hilf deiner Frau, sich zu setzen!«

»Es ist alles in Ordnung«, sagte Miracle. »Mir geht es wieder gut!«

»Das hoffe ich doch«, sagte die Herzogin, »weil Ihr ganz offensichtlich ein Kind erwartet.«

»Du hast es wirklich nicht gewusst?«, fragte Ryder.

Miracle schaute zu ihm auf. Er hatte sie in die Zimmerflucht getragen, in der sie seit dem Feuer wohnten. Dort hatte er sie auf ein Sofa gelegt. Ihr Kopf ruhte auf seinem Schoß.

»Ich dachte, ich würde mir einfach nur Sorgen um die Zukunft machen«, erklärte sie. »Manchmal fühlte ich mich morgens krank. Auch meine monatliche Unpässlichkeit ist ausgeblieben, aber ich nahm an, dass die Aufregung wegen der Hochzeit die Ursache ist. Wie konnte ich vermuten, dass es ein Baby ist?«

Ryder schien von innen heraus zu strahlen. »Ich kann gar keine Worte finden, um zu beschreiben, wie ich mich fühle.«

Sie streckte die Hand aus und streichelte sein Gesicht. »Meinst du, unser Sohn ist vielleicht bei einem Blitz aus himmlischem Feuer gezeugt worden? In der Nacht des Sternschnuppenregens, auf Ambrose's Folly?«

»Sehr gut möglich. Wenn es ein Junge wird, wollen wir ihn dann Ambrose nennen?«

»Ich weiß nicht«, sagte sie. »Ein Teil von mir hofft, dass wir ein Mädchen haben werden, weil keines meiner Kinder jemals in dieser schrecklichen Drachenkutsche herumgefahren werden soll, die ihr auf Wrendale habt.«

»Aber unser erster Sohn wird ein künftiger Duke sein«, erwiderte Ryder mit einem Grinsen. »Du willst ihm sein Erbe verweigern?«

»Nur die Teile davon, die dir Schaden zugefügt haben könnten.« Miracle setzte sich auf und stellte die Füße auf den Boden. »Was ist damals in Harrow geschehen, Ryder? Werden unsere Söhne auf dieselbe Art und Weise leiden müssen?«

Ryder erhob sich und ging durch das Zimmer.

»Wir sollten wirklich keine Geheimnisse voreinander haben.« Er wandte sich zu ihr um. »Oder?«

Sie stand auf und kam zu ihm. »Nein, dass sollten wir nicht, auch wenn es ein Leben lang dauern könnte, sie alle zu teilen.«

»Wir haben unser Leben lang Zeit dazu«, entgegnete er.

Miracle sah ihn aufmerksam an. »Dennoch werde ich dir heute von den anderen Männern erzählen, die es zwischen Guy und Lord Hanley gab – wenn du es möchtest. Ich habe bisher gedacht, es wäre illoyal von mir, es zu tun. Jetzt, da ich weiß, dass du Teil meines Herzens bist, verdienst du es zu wissen, dass es nicht so schlimm gewesen ist, wie du befürchtet haben magst.«

»Ich muss nicht alles wissen«, sagte er, »nur das, was schmerzlich für dich war.«

»Nein. Ich denke, du hast dich sehr darum gesorgt, Ryder.«

»Ich kann es nicht ertragen zu denken, dass du nur benutzt worden sein könntest, gedankenlos oder grausam.« Ein Schatten flog über sein Gesicht. »Warum sonst hättest du dich dazu entschieden, Hanley deine Gunst zu schenken?«

»Mein einziger wirklicher Fehler! Aber nach Guy gab es nur vier andere: Richard Avedon, Lord Dartford, Sir Robin Hatchley und Lord Burnham.«

Der Schatten wurde schwächer, als er auf sie hinunterlächelte. »Alles anständige Männer, auch wenn Avedon ein wenig von einem Dummkopf hat.«

Sie lächelte ihn ein bisschen schief an. »Ich war nicht wegen seines Verstandes mit ihm zusammen.«

Er lachte. »Und dann hat er geheiratet – und Hatchley ebenso?«

»Richtig. Und da beide junge Männer von einer gewissen Integrität sind, haben sie beschlossen, sich danach keine Geliebte zu halten.«

»Aber Dartford ist Junggeselle.«

»Nun, Lord Dartfords Leidenschaft für den Wein und das Spiel ist recht ausgeprägt. Nach einer Pechsträhne war er drauf und dran, das Land zu verlassen, deshalb stellte er mich Sir Robin vor.«

»Und Burnham starb bei einem Jagdunfall, nicht wahr? Es tut mir sehr leid, Miracle.«

»Ja«, sagte sie. »Er war schneidig und amüsant und sehr freundlich zu mir. Ich denke, ich hätte ihn auch lieben können. Als sie mir seine Leiche zurückbrachten – sie haben sie auf einem Tor getragen –, war ich ein wenig ... durcheinander, wie du dir vorstellen kannst.«

Ryder legte den Arm um ihre Schultern und führte sie zum Sofa. »Und Hanley war da?«

»Ja. Er schien recht freundlich zu sein, und ich war wie gelähmt. Drei Wochen später habe ich sein Angebot angenommen.«

»Er hat einige ziemlich abscheuliche Dinge über dich angedeutet.«

»Hat er das?« Sie schaute zu ihm hoch, ihr Herz offen und voller Frieden. »Vielleicht war das einfach eine Widerspiegelung der Art und Weise, wie er sich deinetwegen fühlte. Ich war einmal mit ihm auf einem Ball, als du den Saal betreten hast. Er bestand darauf, dass wir sofort gehen, und in jener Nacht hat er von mir verlangt, dass ich ihn fessle und mit einer Reitgerte schlage. Wir haben uns fürchterlich gestritten, weil ich mich weigerte. Ich glaube nicht, dass er mir jemals ganz vergeben hat: nicht wegen meiner Weigerung, sondern weil er vor mir zusammengebrochen ist und etwas enthüllt hat, was er für immer hatte verbergen wollen. Was ist Schreckliches zwischen Euch vorgefallen, Ryder?«

»Nichts, was jetzt noch zählt.« Er nahm ihre Hand und betrachtete ihre Finger.

Miracle schloss die Hand um seine. »Du musst es mir nicht erzählen, wenn es zu schmerzlich für dich ist.«

»Schmerzlich? Nein. Nicht mehr. Ich hatte es einfach verdrängt. Ich war nicht einmal sein vorrangiges Ziel. Doch ich werde es dir sagen, weil ich nichts in meiner Seele vor dir verborgen lassen möchte.«

Sie lehnte den Kopf gegen seine Schulter und wartete still.

»Vermutlich ist es nur das gewesen, was Jungen tun«, begann Ryder schließlich, »wenn sie aus ihrem Zuhause gerissen und sich selbst überlassen werden, ohne ausreichende Aufsicht durch Erwachsene. Ich war nicht darauf vorbereitet, weil ich der erste St. George war, der in eine öffentliche Schule geschickt wurde. Mein Vater wurde hier auf Wyldshay unterrichtet. Es war die Idee der Herzogin, dass ihre Söhne den Kontakt zu anderen Jungen haben sollten, um zu lernen, mit ihnen umzugehen. Natürlich hatte sie nicht ahnen können, welche Formen das annehmen würde.«

»Du warst Hanley nie zuvor begegnet?«

»Keine Rede davon. Er war drei Jahre älter. Doch er hat mich von Anfang an nicht leiden können. Ich war noch nicht lange in Harrow, als er mit einer Gruppe älterer Jungen zu mir kam, deren Anführer er war. Neuankömmlinge wie ich wurden von ihnen einem Initiationsritus unterzogen, so nannten sie es. Ich hielt stand. Sie hielten mich fest und taten es irgendwie.«

»Und es war etwas recht Barbarisches, nehme ich an?«

Er lehnte sich zurück und zog ihren Kopf auf seine Schulter. Seine Finger strichen sanft über ihr Haar, als würde er tiefen Trost aus ihrer Nähe ziehen.

»Hanley hielt dem Betreffenden den Kopf unter Wasser, bis der glaubte, er würde ertrinken, während seine Freunde dem Jungen die Hosen auszogen. Es sollte darauf abzielen, uns zu erschrecken und uns sexuell zu demütigen, aber ich hatte Glück. Ich konnte meinen Atem viel länger anhalten als die meisten anderen. Als sie mich losließen, damit ich Luft holen konnte, habe ich wie ein Löwe gekämpft. Ich wurde niedergeschlagen. Wahrscheinlich war das ein Segen, denn ich habe keine Erinnerung an das, was danach geschah.«

»Nur die Vermutung.«

»Mein erstes Gefühl war ein tief verletzter Stolz. Es ist schließlich kein Spaß, über einen bewusstlosen Jungen herzufallen und unzüchtige Handlungen an ihm vorzunehmen. Doch kleine Jungen gehen unter solchen Umständen sehr enge Freundschaften ein, und besonders ein Junge, den ich liebte wie einen Bruder, hatte nicht so viel Glück wie ich.«

Sie schauderte. »Er wurde vergewaltigt?«

Seine Finger hielten einen Moment lang inne, dann küsste er sie auf die Stirn. »Obwohl er den Mut eines Tigers hatte, war mein Freund sehr zart und klein für sein Alter. Er hatte überhaupt keine Chance. Hätten wir Hanley nicht gezeigt, dass wir uns nicht einschüchtern lassen würden, wären wir vielleicht wieder und wieder überfallen worden. Deshalb schlossen mein Freund und ich einen Pakt.«

»Lord Ayre muss wie ein Engel ausgesehen haben, als er klein war«, sagte sie.

»Wie zum Teufel –«

»Keine Sorge! Das ist sein Geheimnis, nicht unseres. Es war nur etwas, was er gesagt hat, als wir von Schottland nach London herunterfuhren. Er sprach davon, dass die Bindung zwischen euch unzerstörbar sei. Und seine Mutter muss einen Grund haben, sich so wohlwollend zu zeigen. Ihr habt euch also zusammengeschlossen, um Rache zu nehmen?«

Ryder küsste sie wieder. »Mit all dem miesen Erfindungsreichtum kleiner Jungen. Hanley hatte keinen Augenblick Ruhe mehr. Er wusste nie, welche demütigenden Überraschungen ihn erwarteten, bis er nach Oxford ging.«

»Dann hat er sich nicht weiter an dir gerächt?«

»Er hat es versucht, aber ich denke, unser empörter Widerstand hat ihn einfach besiegt. Das ist es, was er niemals vergeben konnte: Wir haben uns geweigert, uns einschüchtern zu lassen.«

»Vielleicht hat er sich auch geschämt«, meinte Miracle. »Ich glaube nicht, dass er wirklich grausam sein wollte.«

»Nein. Er wollte Anerkennung. Die Demonstration rücksichtsloser Grausamkeit beeindruckt andere Jungen.«

»Im Waisenhaus war es dasselbe. Ich war froh, ein Mädchen zu sein und damit weit entfernt von den Schlafsälen der Jungen. Die Bosheit der Mädchen beschränkte sich meistens auf gemeine Worte und niederträchtiges Verhalten. Aber die Jungen fochten immer einen grausamen Kampf um die Führung aus.«

»Ja, so in etwa war es in Harrow auch.«

»Und für Lord Hanley war es immer furchtbar wichtig, Macht zu demonstrieren«, sagte Miracle. »Er wusste, dass du eines Tages eine hohe gesellschaftliche Stellung einnehmen und ihn überflügeln würdest. Vielleicht hat er dich ja auch gerade deswegen ausgesucht. Meinst du, er hat vielleicht schon damals vermutet, er könnte illegitim sein?«

»Das weiß nur Gott!«

»Es würde eine Menge erklären. Doch du hast ihm am Ende verziehen, oder?«

»Ohne Hanley wären du und ich uns vermutlich nie begegnet. Und ich bin froh, dass unser Kind gezeugt worden ist, nachdem ich all meine Abscheu für ihn aus meinem Herzen verbannt hatte.«

»In jener Nacht auf dem Dach von Ambrosse's Folly ... ich denke, der Himmel hat allen Schmerz der Vergangenheit auslöschen wollen«, sagte sie. »Bis ich dir begegnet bin, habe ich nicht gewusst, dass Sex – wenn man sich liebt – so wunderbar sein, ja dass die Liebe das Leben so strahlen lassen kann. In einem Herzen, das von Liebe erfüllt ist, hat der Hass keinen Platz.«

»Dann werden wir dieses Mal also wie zwei Jungfrauen heiraten«, sagte Ryder mit einem Grinsen.

»Und eine davon trägt ein Kind unter dem Herzen? Das klingt ein wenig blasphemisch! Lass es uns so sagen: Wir werden noch einmal heiraten, und dieses Mal werden unsere Herzen von einem Strahlen erfüllt sein.«

Der Tag der Hochzeit zog unter einem versprechend blauen Himmel herauf. Wie schon an den vorangegangenen Tagen rollten auch an diesem Morgen Kutschen auf Wyldshay zu. Die Burg platzte aus allen Nähten. Man hatte die meisten Feuerrückstände aus dem Whitchurch Flügel beseitigt, gründlich geputzt und mit den Reparaturen begonnen, doch Ryder und Miracle planten, gleich nach der Zeremonie nach Wrendale zu reisen.

Dillard wirkte inmitten dieser vielen Aristokraten steif und nervös, doch niemand schien es zu bemerken. Mary war in Derbyshire geblieben, bei ihren Kindern und dem Neugeborenen.

»Ich habe eine neue Seite aufgeschlagen, Mirry«, sagte Dillard. »Seit meine jüngste Tochter auf die Welt gekommen ist.«

»Mr. Davis hat dir geholfen, deine Geschäfte wieder in den Griff zu bekommen?«, erkundigte sich Miracle.

»Jawohl, und mehr als das. Ich habe dem Alkohol abgeschworen. Die Trinkerei war der Ruin unseres Vaters, und ich denke, dass auch ich auf dem besten Weg war, mir mein eigenes Grab zu schaufeln. Ich werde nie wieder auch nur einen Tropfen anrühren.«

»Nicht einmal meinen Hochzeitschampagner?«

»Nicht einmal den«, sagte er mit einem zuversichtlichen Lächeln. »Schon deshalb nicht, weil ich dich vor all diesen verdammten Tories weggeben muss.«

Sie küsste ihn. »Sie mögen zwar alle Aristokraten sein, Dillard, sind aber nicht alle Tories.«

»Und da ist noch etwas, Mirry«, sagte er. »Du bist nicht völlig ruiniert. Mr. Davis hat es mir gerade gesagt. Einige meiner Gläubiger waren Betrüger. Er hat das meiste deines Geldes zurückholen können, einschließlich der Juwelen, die dieser verdammte Schuft O'Neill in Manchester an sich genommen hat. Du musst diesen reichen Lord also nicht heiraten, wenn du es nicht wirklich willst.«

»Mein lieber, dummer Bruder«, sagte Miracle. »Ich werde Ryder heiraten, selbst wenn er so arm wäre wie unser Vater. Wie du und Mary heiraten wir aus Liebe.«

»Dann mag Gott dich mit einer ebenso feinen Familie wie meiner segnen, Mirry«, sagte er. »Und jetzt, denke ich, wird es Zeit – wenn du bereit bist.«

Viele wichtige Mitglieder der Gesellschaft waren erschienen und füllten jetzt die alte Kapelle. Guy war natürlich gekommen, stoisch saß er neben Ryders Schwestern und deren Tante, Lady Crowse. Vielleicht glänzten einige hochwohlgeborene Eiferer durch Abwesenheit, doch Miracle kannte nur die mit Zuversicht erfüllende Glückseligkeit einer liebenden Frau.

Alle Köpfe wandten sich neugierig und voller Bewunderung Ryder zu, als er Miracle an seiner Seite willkommen hieß.

»Liebes Brautpaar«, begann der Priester. »Wir sind –«

Plötzlich ging ein Raunen durch die Menge. Einige der Gäste wandten sich um. Der Priester ließ sein Gebetbuch sinken.

Die Tür am Ende der Kapelle war geöffnet worden. Ein hochgewachsener Mann mit auffallender Hakennase trat ein. Er strahlte absolute Befehlsgewohnheit aus, als er den Blick über die Menge gleiten ließ. Schließlich nickte er Ryders Mutter zu.

Die Duchess erwiderte den Gruß des Mannes mit unnachahmlicher Würde.

Ein Quartett aus Lakaien in schimmernder Livree betrat jetzt hinter dem Neuankömmling die Kapelle und stellte die Sänfte ab, die es getragen hatte. Der Mann, der darin gesessen hatte, stieg aus. Er war unglaublich korpulent, sein Gesicht unter der altmodischen Perücke schimmerte von Rouge.

Der hochgewachsene Mann mit der Adlernase bot ihm seinen Arm an, dann gingen die beiden Männer langsam den Mittelgang der Kapelle entlang.

Ausnahmslos jeder Mann verneigte sich, und jede der Damen versank in einen tiefen Knicks. Ryder fasste nach Miracles Hand.

»Ja, ich weiß«, wisperte sie, als auch sie knickste. »Es ist der Herzog von Wellington.«

Ryder zwinkerte ihr zu, als er sich, aus der Taille heraus, tief verbeugte. »Und wie es scheint, bringt er Mutters ultimative Trumpfkarte mit.«

Miracle starrte auf die Orden, die an der ausladenden Brust des anderen Mannes hingen.

»O mein Gott«, sagte sie. »Es ist der König!«

Die Herzogin von Blackdown schaute Miracle an und lächelte.

Epilog

Ambrose strampelte die Decke weg und schrie wie eine Möwe. Ryder nahm ihn hoch und trug ihn an das Fenster, von dem aus sein Sohn auf sein künftiges Erbe schauen konnte. Das Baby stieß gurgelnde Laute hervor und streckte die Hände zum fernen Meer aus, als hätte es sich schon jetzt in das weite Land um Wyldshay verliebt.

Nach ihrem triumphalen Hochzeitsfest war der Herbst gekommen und hatte seine Schönheit auf Wrendale gelegt, wo Dillard und seine Familie immer ein herzliches Willkommen fanden. Amanda und ihre Brüder hatten die Herrlichkeit entdeckt, auf einem richtigen Pferd mit einem richtigen Ledersattel zu reiten. Auch wenn ihr Vater – der sorgsam sein Geschäft wieder aufbaute – zu beschäftigt war, um Miracle sehr oft besuchen zu können.

Als der Winter über die Peaks hereinzubrechen drohte, waren Lord und Lady Ryderbourne in den Süden zurückgekehrt. Der Whitchurch Flügel war inzwischen völlig wiederhergerichtet worden. Keine Spur war vom Feuer geblieben, sodass Wyldshay zu Weihnachten in seiner ganzen herrlichen Pracht erstrahlte.

Die Duchess gab Gesellschaften. Richard Avedon und Sir Robin Hatchley waren unter den Gästen, doch sie schienen seltsam vergesslich zu sein, als wären sie Miracle niemals zuvor begegnet. Und gewiss hatten sie sie auch niemals so gesehen: mit einem Kind unter dem Herzen und einem liebenden Ehemann an der Seite.

Ryder hatte keine Bedenken gehabt, die beiden Männer und deren Ehefrauen in seinem Heim zu begrüßen.

Der Frühling dann hatte alle St. Georges zurück nach London gerufen. Der Duke musste seine Pflichten im Oberhaus wahrnehmen, und Ryders Wiederwahl ins Unterhaus war selbstverständlich gewesen. Er hatte vergeblich versucht, die Baumwollspinnerei zu kaufen, in der Miracle einst gearbeitet hatte, doch er widmete sich der Aufgabe, das Gesetz zu reformieren, das sich mit den Arbeitsbedingungen in den vielen neuen Fabriken befasste. Es war eine Aufgabe, die ihn wahrscheinlich für den Rest seines Lebens beschäftigen würde.

Inzwischen erwartete die Gesellschaft die Duchess of Blackdown und deren schöne, geheimnisvolle Schwiegertochter, deren Leben so tragisch und so romantisch verlaufen war. Doch, leider, befand sich Lady Ryderbourne in anderen Umständen und erwartete ihr erstes Kind, deshalb konnte man nicht von ihr erwarten, sehr oft zu gesellschaftlichen Anlässen zu erscheinen.

Niemand war überrascht, als ihr Mann sie schließlich nach Hause brachte, noch ehe die Saison zu Ende war. Ryders letzte Spuren von Sorge um Miracle waren ohnehin ins Nichts verschwunden.

Als Stapel von Briefen aus Indien eintrafen, lasen sie diese gemeinsam. Auch Jacks Frau Anne erwartete ein Kind. Sie und Jack würden nach Hause kommen.

Lord Dartford hatte beschlossen, nachdem er einmal mehr hoch am Spieltisch verloren hatte, eine Reise auf den Kontinent zu machen.

»Deine Mama hegt einen Verdacht«, sagte Ryder zu Ambrose. »Auch wenn sie niemals ein Wort sagen würde, weiß ich, dass sie es gutheißt. Du schuldest ihm mehr, als du ahnst.«

Das Baby lachte seinen Vater an und trat ihn mit neuerlichem Nachdruck.

»So ist es richtig«, sagte Ryder. »Ich habe seine Spielschulden bezahlt. Doch Dartford hat gesagt, er würde nur wieder neue machen und es vorziehen, dies in Rom zu tun. Deine Mama scheint eine Reihe gebrochener Herzen zurückgelassen zu haben. Ich bin ein sehr glücklicher Mann, Sir, denn meines hat sie geheilt.«

Etwas raschelte hinter ihm. Ambrose streckte die Ärmchen aus, strampelte vergnügt und lächelte wie ein Sonnenstrahl. Ryder wandte sich um und sah Miracle in der Tür stehen.

»Die Kutsche ist bereit«, sagte sie und kam auf ihn zu, um das Baby zu nehmen. »Und ich bin nervös! Ich weiß, ich muss es nicht sein, aber ich bin es.«

Er beugte sich herunter und küsste sie. »Sei es nicht!«

»Ja, ich weiß, du bringst Ordnung in jedes Chaos«, sagte sie. »Es ist deine größte Gabe, Ryder.«

»So wie es deine ist, jedem Tag Bedeutung zu verleihen. Anne wird dich lieben, und Jack tut es wahrscheinlich schon.«

Das Schiff aus Indien warf vor der Küste Anker, und die Mannschaft holte die Segel ein, bevor das Beiboot knirschend den Grund berührte. Die Seeleute grinsten und lüfteten ihre Hüte, als ihre Passagiere ausstiegen: ein hochgewachsener dunkelhaariger Mann, der seine hochschwangere Frau aus dem Boot hob und sie durch die Brandung zum Strand trug.

Sie hatte beide Arme um seinen Hals geschlungen und lachte zu ihm hoch. Am Strand setzte er sie ab, küsste sie und ging dann zu Ryder, um ihm die Hand zu geben.

»Der verlorene Sohn kehrt wieder einmal heim«, sagte Jack. »Aber dieses Mal werden Anne und ich eine Weile bleiben.«

»Herrgott, Jack!«, sagte Ryder. »Alles was mich interessiert ist, Euch beide gesund und glücklich zu sehen!«

Lachend umarmten sich die Brüder und klopften sich gegenseitig auf den Rücken.

Miracle wusste, dass ihr Nervenflattern dumm war, deshalb ging sie auf Anne zu. Ambrose quietschte und lachte über die Wellen, von denen Gischt aufspritzte.

»Du musst Anne sein«, sagte sie. »Ich bin froh, dich endlich kennenzulernen. Du schreibst so wunderbare Briefe!«

Ihre graublauen Augen strahlten, als Anne beide Hände ausstreckte. »So wie du! Du bist mir schon wie eine Schwester, Miracle. Und das ist bestimmt Ambrose.« Sie fing den ausgestreckten Finger des Babys und hielt seine Hand. Er richtete die dunkelblauen Augen auf ihr Gesicht und brabbelte vor sich hin. »Ich bin so glücklich, dass mein Baby einen Cousin fast in seinem Alter haben wird. Darf ich ihn auf den Arm nehmen?«

Miracle lachte. »Natürlich! Cousins sind bei mir gut angeschrieben.«

»Bei mir auch.« Anne wiegte das Baby in ihren Armen, dann schaute sie sich um. »Aber wo ist Guy denn? Ich dachte, er würde auch hier sein.«

»Er verspricht, dich sehr bald zu besuchen, aber er meinte, dass Ryder und Jack diese erste Begegnung für sich allein haben sollten. Sogar die Herzogin war einverstanden, auch wenn die ganze Familie sich danach sehnt, euch beide zu sehen.«

»Ah, die Herzogin!« Anne erwiderte Miracles Blick, und beide Frauen lachten. Ambrose fasste nach einer Locke ihres braunen Haars. »Guy ist ein ganz wunderbarer Mann. Er ist noch nicht verheiratet?«

»Nein.« Miracle schluckte den kleinen Kummer über diese Tatsache herunter, denn sie vermutete, dass auch sie einer der Gründe dafür sein könnte. »Aber ich bin überzeugt, dass er bald einer Frau begegnen wird, die sein Herz gewinnen kann.«

»Das hoffe ich.« Das Baby gluckste, streckte die Arme aus und lachte seine Tante an. Anne erwiderte das Lächeln. »Und wenn das geschieht, dann wird diese Frau ebenso glücklich sein wie wir.«

Ryder hielt den Atem an, dann trat er zurück und grinste seinen Bruder an.

»Komm«, sagte er. »Wir können Anne und Miracle nicht so lange dort am Strand stehen lassen.« Er wies mit der Hand in Richtung Kutsche. »Meine Pferde warten.«

Jack sah zu den beiden Frauen hinüber. Miracle strahlte, als sie Ambrose von Anne zurücknahm.

»Sie ist noch bezaubernder«, sagte er mit einem Lächeln, doch seine Augen waren erfüllt von der Liebe zu seiner Frau.

Ryder lachte. »Bezaubernder als damals, als du ihr begegnet bist?«

»Absolut! Du musst ihr guttun.« Jack blinzelte. »Und ich bin mehr als entzückt, dass Miracle bereits die Mutter eines gesunden Jungen und Erben ist. Meine größte Sorge war immer, dass du deine Pflicht zurückweisen könntest und am Ende mir das verdammte Herzogtum aufdrückst.«

»Ich würde keine Gewissensbisse haben, das zu tun«, erwiderte Ryder. »Aber wenn du und Anne darauf besteht, abenteuernd durch die Welt zu ziehen, werde ich euch vermutlich überleben.«

»Nun«, sagte Jack, »mit unserem Baby, das jeden Augenblick kommen kann, hat die Herumzieherei ein Ende. Ich kann dir nicht sagen, wie froh ich bin, dass es so ist.«

»Wenn du der Familie in Wyldshay deinen fälligen Respekt erwiesen hast, wirst du dann nach Withycombe gehen?«

»Ja, natürlich. Ich möchte, dass unser Kind dort geboren wird. Wir werden nur ein paar Stunden entfernt wohnen.« Seine dunklen Augen suchten Ryders Gesicht. »Ich denke, du und ich werden einander immer eng verbunden bleiben?«

»Um Himmels willen, du bist mein Bruder«, erwiderte Ryder. »Und ich schulde dir mehr, als du weißt.«

»Dasselbe gilt für mich.« Jack griff in eine Tasche. »Übrigens habe ich etwas für dich.«

»Mitgebracht vom Ende der Welt?«

Jack lachte und nickte.

Ryder wickelte das schmale Päckchen aus. Ein kleines aus Jade geschnitztes Pferd befand sich darin. Es war vollkommen. Ryder hielt es in der Hand und schluckte hart, als er die zierlichen Hufe betrachtete, die sich kräuselnde grüne Mähne: Es war die fast exakte Kopie des Pferdes, das er vor einem Jahr von herzzerreißendem Zorn getrieben zerstört hatte.

Obwohl er Jack darum gebeten hatte, ihm ein neues mitzubringen, hatte Ryder nicht wirklich erwartet, dass sein Bruder ihm diesen Wunsch erfüllen würde.

»Du weißt, dass ich es immer in Ehren halten werde«, sagte er. »Doch dich schätze ich noch viel mehr, Jack, du bist mein eigen Fleisch und Blut, du bist mein Bruder. Ich verdanke dir mein Glück, Jack.«

»Dein Glück? Liegt das nicht in Miracles zarten Händen?«

»Doch, natürlich! Aber wärst du nicht gewesen, hätte ich niemals die Chance gehabt, mich in sie zu verlieben. Deshalb verdanke ich dir das alles: Miracle und Ambrose und mein Glück.«

Jack sah ihn fragend an. »Aber ich war doch nicht einmal im Lande!«

»Nein, das warst du nicht, mein lieber Bruder.« Ryder streckte die Hände aus, um seinen Sohn zu nehmen, als Miracle und Anne sich zu ihren Männern gesellten. »Aber du bist immer in meinem Herzen gewesen.«

Anmerkung der Autorin

Miracles genaue Kenntnisse der astronomischen Fakten und Sternbilder datieren aus dem Jahr 1816, als Sir Benjamin ihr zum ersten Mal ein Buch gab, das in jenem Jahr veröffentlicht wurde. Ich habe dieses Buch gelesen und kann mich daher für die Genauigkeit ihres Gedächtnisses verbürgen, auch wenn die Astronomie seit damals sehr viel mehr über das Universum herausgefunden hat.

Anne begegnete und heiratete Ryders Bruder Jack in »Sündige Versuchung«, meinem ersten Buch über Wyldshay.

Die Barden singen von Rain Tairen Soul – König der Fey

C. L. Wilson
IM BANN
DES ELFENKÖNIGS
Roman
560 Seiten
ISBN 978-3-404-18736-2

Einst liebte er eine Frau mit verzehrender Leidenschaft.
Tausend Jahre sind vergangen, seit Rain Tairen Soul diese Liebe verlor und sich von der Welt abwandte. Doch nun stirbt sein Volk. Nur wenn Rain wieder in die Welt der Menschen geht, kann er das Volk der Fey retten.
Für Ellysetta war Rain Tairen Soul nicht mehr als eine Sagengestalt. Doch dann geschieht das Ungeheuerliche: Der Elfenkönig beansprucht sie als seine Seelengefährtin. Für Ellysetta wird ein Traum wahr. Doch in Rains Seele lauert eine dunkle Macht. Kann ihre Liebe die Bestie in ihm bezwingen?

Bastei Lübbe Taschenbuch